KB045350

두 도시 이야기

Charles
Dickens

A Tale of Two Cities

두 도시 이야기

찰스 디킨스 | 권민정 옮김

SIGONGSA

일러두기

1 이 책은 찰스 디킨스의 장편소설 《두 도시 이야기A Tale of Two Cities》를 우리말로 옮긴 것이다. 《두 도시 이야기》는 1859년 찰스 디킨스가 발행한 주간지 《올 더 이어 라운드All the Year Round》에 연재되었던 것으로, 이후 여러 단행본으로 출간되었다.
2 한국어판 번역은 《A Tale of Two Cities》2000, Penguin Classics를 대본으로 삼되, 《The Annotated A Tale of Two Cities》를 참고했다.
3 본문의 주는 모두 옮긴이의 주이다.

차례

3부 폭풍의 진로

저자 서문

내 아이들, 벗들과 함께 윌키 콜린스의 〈얼어붙은 바다〉[1]를 상연하던 중에 나는 이 소설의 골자가 되는 생각을 처음 떠올렸다. 이어 이것을 몸소 구현해 보고 싶다는 강한 열망에 사로잡혔다. 나는 예리한 관객에게 선보이듯 인물의 심리 상태를 각별히 세심하고 주의 깊게 마음속으로 그려나갔다.

그 생각은 내게 점점 친숙해지면서 차츰차츰 현재의 모습을 갖추었다. 이것은 처음부터 끝까지 나를 완전히 사로잡았다. 그리고 책의 지면 속에서 인물이 행하고 겪은 모든 일을 몸소 행하

1 윌키 콜린스의 연극 〈얼어붙은 바다The Frozen Deep〉는 1845년 북극해의 북서항로를 개척하러 떠났다가 전원 실종된 영국 프랭클린 원정대의 이야기를 다루었다. 이 연극에서 디킨스는 자신을 희생하는 영웅인 리처드 워두어 역을 맡았는데, 그는《두 도시 이야기》의 시드니 카턴과 비슷한 인물이었다.

고 겪은 것처럼 검증해나갔다.

혁명 당시나 그 이전에 프랑스 민중이 처했던 상황에 대해 소설에서 언급된 내용은 (아무리 사소한 것일지라도) 믿을 만한 증인들을 통해 진실하게 이루어졌다. 칼라일의 명저[2]에 담긴 철학에 무언가를 보태는 일이 가능할까마는, 이 책이 그 참혹했던 시절을 이해하는 또 하나의 대중적이고 생생한 수단이 되길 희망할 따름이다.

1859년 찰스 디킨스

2 디킨스는 영국의 비평가이자 역사가인 토머스 칼라일의 《프랑스 혁명사》를 수년에 걸쳐 탐독했다. 이 책은 《두 도시 이야기》를 집필하는 데 있어 매우 중요한 자료가 되었다.

1부

되살아나다

1장

그 시절

최고의 시절이었고, 최악의 시절이었고, 지혜의 시대였고, 어리석음의 시대였고, 믿음의 세기였고, 불신의 세기였고, 빛의 계절이었고, 어둠의 계절이었고, 희망의 봄이었고, 절망의 겨울이었고, 우리 앞에 모든 것이 있었고, 우리 앞에 아무것도 없었고, 우리는 모두 천국을 향해 똑바로 나아가고 있었고, 우리는 모두 천국을 등진 채 반대로 나아가고 있었다. 간추리건대 그 시절은 현 시절[3]과 너무나 닮아 있어 일부 목청 높은 권위자들은 당대를 논할 때 좋은 쪽으로든 나쁜 쪽으로든 양극단의 형태로만 평가하려 들었다.

3 '그 시절'은 프랑스 혁명이 발발했던 1789년 전후, '현 시절'은 《두 도시 이야기》가 출간된 1850년대다.

영국의 왕좌에는 턱이 넓적한 왕과 얼굴이 볼품없는 왕비가 있었다. 프랑스의 왕좌에는 턱이 넓적한 왕과 얼굴이 아리따운 왕비가 있었다. 그리고 빵과 물고기 가득한 국유 금렵 구역을 전유한 두 나라의 귀족들에게 명명백백한 사실이 있었으니, 그것은 전반적 상황이 영원히 공고하다는 점이었다.

때는 서기 1775년이었다. 그 은혜로운 시절에도 현 시절과 마찬가지로 영국은 영적인 계시를 여럿 받았다. 얼마 전에 사우스콧 부인[4]이 스물다섯 번째의 신성한 생일을 맞은 터였고, 이에 앞서 예지력을 지닌 한 근위 기병대 사병[5]이 런던과 웨스트민스터를 집어삼킬 재앙을 예고함으로써 그녀의 숭고한 출현을 예언한 바 있었다. 콕 거리의 유령이 쿵쿵 두드려대며 메시지를 전하고 자리에 누운 지도 딱 열두 해밖에 되지 않았고,[6] 바로 지난해만 해도 혼령들이 (초자연적인 면에서 독창성이 떨어지게) 쿵쿵 두드려대며 메시지를 전한 터였다. 최근에는 아메리카에 거주하는 영국 신민들의 의회에서 한낱 세속적 사태에 대한 전갈을 영국 왕실과 백성들에게 보내왔는데,[7] 이상한 이야기이지만, 그것이 콕 거리의 겁쟁이들을 통해 전달된 어떤 전언보다도 인류에게

4 영국의 신비주의자이자 종교적 광신도로 기이한 예언을 많이 남겼다.

5 1750년에 두 도시의 파괴를 예언한 인물. 그는 곧 런던의 베들램Bedlam 정신 병원에 갇혔지만, 이 예언은 당시 극심한 공포를 야기했다.

6 1762년에 런던의 콕 거리에서 벌어진 유령 출몰 사건이다. 열한 살 여자아이의 침대 주변에 한 여인의 유령이 나타나 쿵쿵 두드리거나 긁는 소리를 내면서 자신이 남편에 의해 독살되었음을 주장했는데, 이듬해인 1763년에 모두 조작극으로 판명되었다.

7 제2차 대륙 회의의 소집에 관한 내용으로, 1776년 미국의 독립 선언으로 이어졌다.

더 중요한 것으로 드러났다.

영적인 문제에 관해 방패와 삼지창을 든 자매[8]보다 대체로 은총을 덜 받았던 프랑스는 종이돈을 만들어 써대면서 극도로 매끄럽게 내리막길을 달리고 있었다. 게다가 기독교 사제들의 지도하에 한 젊은이의 양손을 자르고, 집게로 혀를 뽑고, 몸을 산 채로 불태우도록 선고하는 인도적 성취까지 흡족하게 이루었는데, 50~60야드 떨어진 곳에서 지나가는 수도승들의 지저분한 행렬이 보이는데도 빗속에 무릎 꿇고 예를 표하지 않았다는 것이 그 이유였다. 어쩌면 그 젊은이가 죽음에 처하던 순간 프랑스와 노르웨이의 숲에서는 '운명'이라는 산지기가 일찌감치 점찍어둔 나무들이 뿌리를 내리고 자라, 훗날 베여 쓰러지고 널빤지로 잘린 다음, 칼날과 자루를 갖춘 일종의 이동식 틀[9]이 되어 역사에 끔찍하게 남게 되었을지도 모른다. 어쩌면 파리 근교에서 억센 땅을 갈던 경작자들의 허름한 헛간에서는 '죽음'이라는 농부가 혁명의 사형수 호송 마차로 점찍어둔 조잡한 수레 몇 대가, 바로 그날 비바람을 피해 안에 들여진 채 시골 진흙탕이 온통 튀고 돼지들이 킁킁 냄새를 맡아대고 닭과 오리가 퍼덕퍼덕 들어앉은 모양새를 연출했는지도 모른다. 하지만 그 '산지기'와 '농부'는 부단히 일하면서도 조용히 일하였기에 그들이 발소리 죽여 돌아다닐 때 아무도 들은 이가 없었다. 그들의 기척을 의심

8 영국의 로마 시대 이름 '브리타니아'는 방패와 삼지창을 든 여성으로 묘사된다.

9 기요틴(단두대).

하는 것만으로도 무신론자에 반역자가 될 터였기에 더더욱 그러했다.[10]

영국에는 국가적으로 내세울 만한 질서나 치안이 거의 없었다. 수도에서조차 무장 괴한들의 대담한 절도 행각이나 노상강도 사건이 매일 밤 벌어졌다. 집을 비울 일이 있는 가정은 안전을 위해 가구업자의 창고에 세간을 옮겨놓으라는 경고를 공공연히 받았다. 어둠 속에서는 노상강도인 자가 햇빛이 있는 동안에는 런던 상인인 경우도 있어, 한번은 그가 '두목' 역할을 하다가 동료 상인을 잡아 세운 바람에 상대가 알아보고 따지자 호탕하게 상대 머리에 총을 쏘고는 말을 타고 달아나버렸다. 어떤 역마차는 강도 일곱 명한테 습격을 당했는데, 차장이 셋을 쏘아 죽인 뒤 '탄약이 바닥나는 바람에' 넷의 총에 맞아 죽었다. 그 뒤 역마차는 평화롭게 탈탈 털렸다. 한 노상강도는 터넘 그린 공원에서 위대한 통치자이신 런던 시장에게 꼼짝 말고 가진 걸 다 내놓으라고 한 뒤, 수행원이 뻔히 보이는 곳에서 이 저명하신 인사를 털어 갔다. 런던 감옥에서는 죄수들이 간수들과 싸움을 벌였고, 존엄한 법은 탄환을 잔뜩 장전한 나팔총을 그들에게 쏘아댔다. 도둑들은 궁정 응접실에서 귀족 나리들의 목에 걸린 다이아몬드 십자가를 쓱싹했다. 머스킷 총병들이 밀수품을 찾아 세인트 자

10 당시에는 국왕의 권리가 신에게서 받은 절대적인 것이라는 왕권신수설이 지배적이었다. 따라서 혁명을 준비 중인 '산지기'나 '농부'의 존재를 인식하는 것은 신에 대한 부정이자 왕에 대한 반역으로 여겨질 터였다.

일스[11]에 들이닥치자, 폭도들은 총병들에게 총을 쏘고 총병들은 폭도들에게 총을 쐈으며, 그 누구도 이것을 일상에서 벗어나는 사건이라 여기지 않았다. 그러한 가운데 교수형 집행인은 언제나 바쁘고 언제나 백해무익한 존재였으니, 그를 찾는 수요는 끊임이 없었다. 지금은 길게 늘어선 잡범들을 목매달아 죽이고, 지금은 토요일에 가택에 침입했다가 화요일에 잡혀 들어온 강도를 목매달고. 이번에는 뉴게이트 감옥에서 열두 명씩 사람들 손을 지지고, 이번에는 웨스트민스터 홀의 문간에서 소책자를 불태우고. 오늘은 극악무도한 살인자의 목숨을 끊어놓고, 내일은 농부의 아들내미한테서 6펜스를 빼앗은 딱한 좀도둑의 목숨을 끊어놓고.

이 모든 일들이, 그리고 이와 비슷한 무수한 일들이 친애하는 1775년 무렵에 벌어졌다. 이러한 상황 속에서 '산지기'와 '농부'가 기척 없이 일하는 동안, 턱이 넓적한 두 명과 얼굴이 볼품없거나 아리따운 두 명은 충분히 요란스럽게 거동하시면서 신성한 권리를 거만하게 휘둘러댔다. 이처럼 1775년은 이 지체 높으신 분들과 수많은 미미한 존재들—그중에서도 이 연대기에 나오는 존재들—을 그들 앞에 놓인 길 위로 이끌었다.

11 런던의 가난한 지역.

2장

역마차

11월 말의 어느 금요일 밤, 이 역사물에 등장하는 인물들 중 첫 번째 인물 앞에 놓인 길은 도버 로드였다. 그에게 도버 로드는 도버행 역마차 너머에 펼쳐져 있었고, 역마차는 슈터스 힐을 힘겹게 오르는 중이었다. 그는 마차 옆에서 진창길을 걸어 올랐는데, 그건 나머지 승객들도 마찬가지였다. 그들이 걷기 운동을 즐겨서가 아니라 언덕이며 마구며 진창길이며 역마차며, 이 모든 것이 너무 버거워서 말들이 벌써 세 번이나 멈춰 선 데다 한번은 마차를 가로로 돌려 블랙히스로 되돌아가려는 반란까지 꾀했기 때문이었다. 하지만 고삐와 채찍과 마부와 차장은 합심하여 철저한 응징에 나서, 일부 짐승들에게 이성이 있다는 주장을 강하게 옹호할 법한 이러한 의도를 꺾어놓았다. 결국 말들은 항복하고 본분으로 되돌아갔다.

말들은 머리를 축 늘어뜨리고 꼬리를 파르르 떨면서 걸쭉한 진창 속을 철벅철벅 나아갔고, 마치 큰 관절들이 마디마디 끊어지기라도 하는 듯 이따금씩 버둥대고 비틀거렸다. 마부가 최대한 자주 말들을 쉬게 하고 "워—워! 우—어!" 조심스레 외치면서 멈춰 세우기도 했지만, 왼쪽 선두에 선 대장 말은 머리통과 거기에 붙은 모든 것을 격하게 흔들어댔다. 마치 드물게 단호한 말처럼, 마차가 언덕까지 오르는 건 턱도 없다고 말하는 듯했다. 대장 말이 이런 소동을 벌일 때마다 여느 불안한 승객처럼 이 승객도 흠칫 놀라면서 심란해했다.

안개가 골짜기마다 모락모락 피어올라, 안식을 찾아 헤매다가 결국 찾지 못한 악령처럼 쓸쓸히 언덕 위를 떠돌았다. 축축하고 지독히 차가운 안개는 마치 불길한 바다의 파도처럼 뚜렷하게 잔물결을 이뤄 밀려들고 합쳐지면서 대기 속으로 느릿느릿 퍼져나갔다. 안개가 너무 짙어 마차 램프의 불빛에 보이는 것이라곤 안개 자체와 바로 눈앞의 길뿐이었다. 힘겹게 나아가는 말들이 안개 속에 뜨거운 입김을 내뿜어 마치 그놈들이 이 모든 안개를 만들어낸 것 같았다.

이 인물 외에도 다른 승객 두 명이 마차 곁에서 터벅터벅 언덕을 오르고 있었다. 세 사람 모두 광대뼈와 귀를 덮을 정도로 겹겹이 싸맨 채 무릎까지 오는 장화를 신고 있었다. 셋 중 어느 누구도 자신이 본 모습으로는 다른 두 사람이 어떻게 생겼는지 말하지 못했으리라. 또한 각자가 두 동행자의 육체의 눈으로부터 자신을 숨겼듯 이에 못지않게 마음의 눈으로부터도 겹겹이 자신을 숨기고 있었다. 당시 여행자들은 촉박하게 만난 사이인 경우 서로 마음을 터놓는 것을 극히 꺼렸다. 길 위에서는 누가 강도일지 또는 강도와 한 패거리일지 모르기 때문이었다. 후자로 말하자면, 모든 역참과 선술집에서 주인부터 가장 미천한 마구간 일꾼에 이르기까지 누구라도 '두목'의 끄나풀이 될 수 있었기에, 그럴 가능성이 매우 농후했다. 1775년 11월의 그 금요일 밤, 도버행 역마차의 차장은 슈터스 힐을 느릿느릿 오르면서 혼자 그런 생각에 잠겨 있었다. 그는 마차 뒤쪽의 자기 자리에 서서 발을 구르면서 눈앞에 놓인 무기 상자를 주시하며 한 손을 얹고 있었는데, 그 속에는 장전된 나팔총 한 자루가 맨 위에 놓여 있고, 바로 아래에는 장전된 대형 권총 여섯 내지 여덟 자루가, 그리고 제일 밑에는 단검이 깔려 있었다.

도버행 역마차는 평소처럼 정다운 분위기인지라 차장은 승객을 의심하고, 승객은 서로서로와 차장을 의심하고, 모든 이가 다른 이를 의심하고, 마부는 말들 외엔 아무것도 믿지 않았다. 이 말들로 말하자면 이놈들이 노정에 적합한 상태가 아니란 것을 그는 성경에 대고 양심에 거리낌 없이 맹세할 수도 있었다.

"워-워!" 마부가 말했다. "자, 자! 한 번만 더 용쓰면 꼭대기다. 빌어먹을 녀석들, 여기까지 오는 데 말썽을 작작 부렸어야지! 조!"

"어이!" 차장이 대답했다.

"지금 몇 시쯤 된 것 같나, 조?"

"11시하고도 10분쯤."

"젠장!" 마부가 짜증스럽게 외쳤다. "아직 슈터스 힐 꼭대기에도 못 올랐는데! 쯧! 이랴! 어서어서!"

단호한 말은 완강히 거부하다가 채찍질을 호되게 당하고 나자 결연히 뛰어나갔고, 이어 나머지 세 마리도 뒤를 따랐다. 다시 한번 도버행 역마차는 힘겹게 나아갔고, 승객들의 장화가 그 곁을 철벅철벅 지켰다. 마차가 멈추면 그들도 멈췄는데, 아무도 마차 곁을 벗어나지 않았다. 셋 중 어느 누가 다른 이에게 배짱 좋게도 마차보다 앞서 안개와 어둠 속으로 걸어가자고 했다가는 즉각 노상강도로 의심받고 총에 맞기 십상이었다.

마지막 힘을 다해 역마차는 언덕 정상에 올랐다. 말들은 멈춰 서서 숨을 내쉬었고, 차장은 자리에서 내려와 내리막길에 대비해 바퀴에 미끄럼막이를 달고 승객들을 안에 태우기 위해 마차 문을 열었다.

"어이! 조!" 마부가 앉은 자리에서 내려다보며 경계하는 목소리로 불렀다.

"왜 그래, 톰?"

둘 다 귀를 기울였다.

"내 생각에는 말이 이쪽으로 달려오는 것 같은데, 조."

"내 생각에는 말이 엄청나게 내달리는 것 같은데, 톰." 차장이

문에서 손을 떼고 민첩하게 자리에 되돌아가 앉으면서 대답했다. "신사님들! 왕의 이름으로, 다들 잠깐만요!"

그는 이처럼 서둘러 엄명을 내린 뒤 나팔총의 공이를 당기고 공격 태세를 갖추었다.

이 역사물에 등장하는 승객은 마차 계단에 발을 디디고 막 오르려던 참이었다. 다른 두 승객도 바로 뒤에서 따라 타려던 참이었다. 그는 반은 마차 안에 반은 마차 밖에 걸친 채 계단에 멈추었고, 다른 이들은 여전히 아래쪽 땅바닥에 서 있었다. 다들 마부를 봤다 차장을 봤다, 차장을 봤다 마부를 봤다 하면서 가만히 귀를 기울였다. 마부가 뒤쪽을 쳐다봤고 차장도 뒤쪽을 쳐다봤고, 심지어 단호한 대장 말도 아무런 반대 없이 귀를 쫑긋 세운 채 뒤쪽을 쳐다봤다.

덜컹덜컹 힘겹게 나아가던 마차 소리가 멎은 뒤 찾아든 정적, 거기에다 밤의 정적까지 가세해 주변이 참으로 고요했다. 말들이 헐떡이자 그 진동이 전해져 마차도 마음이 불안한 듯 떨렸다. 승객들은 심장이 너무 쿵쾅쿵쾅 뛰어 귀에 들릴 정도였다. 어쨌거나 잠시 찾아든 정적은 숨을 헐떡이는 사람들, 숨을 죽인 사람들, 기다림에 두근두근 맥박이 빨라진 사람들을 귀에 생생하게 드러냈다.

질주하는 말발굽 소리가 빠르고 맹렬하게 언덕을 올라왔다.

"어-이!" 차장이 최대한 힘껏 소리쳤다. "어이, 거기! 멈춰! 안 그러면 쏜다!"

속도가 갑자기 줄더니 뭔가 첨벙대고 버둥대는 소리가 들렸고, 이어 한 남자의 외치는 목소리가 안개 속에서 들려왔다. "도버행 역마차 맞소?"

"뭔지 당신이 무슨 상관이야!" 차장이 되받아쳤다. "당신 정체가 뭐야?"

"도버행 역마차 맞소?"

"그게 왜 궁금한데?"

"승객 한 명을 찾고 있소, 이 마차가 맞다면."

"어떤 승객?"

"자비스 로리 씨."

우리의 등장인물이 곧바로 자기 이름이라고 밝혔다. 차장, 마부, 다른 두 승객이 의심하는 눈초리로 쳐다봤다.

"거기서 꼼짝하지 마." 차장이 안개 속의 목소리에게 소리쳤다. "혹여 내가 실수라도 하게 되면, 당신 살아생전에는 바로잡지 못할 테니까. 로리라는 신사분은 바로 대답하시오."

"무슨 일이오?" 승객이 물었고, 다소 떨리는 어조로 덧붙였다. "누가 나를 찾는 거요? 제리 자넨가?"

("제리라는 자의 목소리가 거슬리는군, 저치가 제리가 맞다면." 차장이 혼잣말로 낮게 중얼거렸다. "마음에 안 들게 목소리가 너무 탁해, 제리라는 저 작자.")

"예, 로리 씨."

"무슨 일인가?"

“저쪽에서 보내는 급한 전갈입니다. T 컴퍼니에서요.”

“내가 아는 심부름꾼이오, 차장.” 로리 씨가 땅바닥에 내려서며 말했다. 다른 두 승객이 친절하다기보다는 신속하게 그를 부축해 내리게 하고는, 곧장 허둥지둥 마차 안으로 들어가 문을 닫고 창문도 위로 올려 닫아버렸다. “오게 해도 됩니다. 아무 탈 없을 거요.”

“그러면 좋겠지만, 그럴지 어떨지 빌어먹을 알 수가 있어야지.” 차장이 퉁명스레 혼잣말을 했다. “어이, 들으시오!”

“어이! 말하시오!” 제리가 앞서보다 더 탁한 목소리로 말했다.

“천천히 와요! 알아들었소? 혹시라도 거기 안장에 권총집이 있거들랑 근처에 손을 얼씬도 안 하는 게 좋을 거요. 나는 실수하나는 귀신같이 잘하는 데다 내가 하는 실수는 총알이랑 관련 있으니까. 자, 이제 나타나시오.”

말과 그 위에 탄 사내의 형체가 소용돌이치는 안개 속에 서서히 나타나 승객이 서 있는 역마차 옆쪽으로 다가왔다. 사내는 몸을 숙여 차장을 한번 힐끗 쳐다보면서 승객에게 작게 접힌 쪽지를 건넸다. 사내가 탄 말이 숨을 헐떡였고, 말의 발굽부터 사내의 모자까지 말과 사내 둘 다 온통 진흙으로 뒤덮여 있었다.

“차장!” 승객이 사무적인 긴밀한 말투로 조용히 불렀다.

차장이 오른손은 개머리판에 왼손은 총신에 두고 나팔총을 받친 채 두 눈으로 말 탄 사내를 주시하면서 짤막하게 대답했다. “예.”

"아무것도 염려하실 필요 없소. 나는 텔슨 은행에서 일합니다. 런던의 텔슨 은행이라고 들어보셨을 거요. 나는 지금 업무차 파리에 가는 길이오. 여기 술값으로 1크라운 드리리다. 이것 좀 읽어도 되겠소?"

"오래 걸리지만 않는다면요, 손님."

그는 한쪽에 달린 마차 램프의 불빛 속에 쪽지를 펼쳐 읽었다. 처음에는 혼자서, 나중에는 소리 내서. "'도버에서 숙녀분을 기다리시오.' 자, 차장, 길지 않군요. 제리, 내가 이렇게 대답했다고 전하게. 되살아나다."

제리가 안장 위에서 흠칫 놀랐다. "거참, 엄청나게 희한한 대답이군요." 그가 지독하게 탁한 목소리로 말했다.

"돌아가서 그렇게 전하게. 그러면 내가 전갈을 받았다는 사실을 다들 알 거야, 내가 직접 글로 쓴 게 아니더라도 말일세. 그럼, 조심해서 돌아가게."

이 말과 함께 승객은 마차 문을 열고 안으로 들어갔다. 이번에는 동료 승객들에게 전혀 부축을 받지 못했다. 그들은 지금 시계와 지갑을 재빨리 장화 속에 숨긴 채 거의 잠든 척한 모양새였으니까. 어떤 종류의 행동이든 초래하지 않으려는 의도가 역력했다.

마차는 다시 힘겹게 나아갔다. 내리막이 시작되면서 이전보다 짙어진 안개의 고리가 마차를 에워쌌다. 차장은 곧 나팔총을 무기 상자에 다시 넣고, 그 안에 담긴 나머지 내용물과 허리띠에 찬

보조 권총들을 확인한 다음 그의 좌석 아래 놓인 작은 상자를 확인했다. 그 안에는 대장간 연장 몇 점, 횃불 두어 개, 부싯깃 통 하나가 들어 있었다. 이처럼 만반의 준비를 갖추었기에, 종종 일어나는 경우처럼 혹시라도 마차 등불이 바람이나 폭풍우에 꺼지더라도 그저 안에 들어가 문을 닫고 부싯돌의 불똥이 짚에 튀지 않도록 주의하기만 하면,[12] (운이 좋은 경우) 5분 안에 비교적 안전하고 쉽게 불을 붙일 수 있었다.

"톰!" 차장이 마차 지붕 너머로 나직하게 불렀다.

"어이, 조."

"전갈 내용 들었나?"

"들었지, 조."

"무슨 뜻인지 이해했나, 톰?"

"도통 모르겠던데, 조."

"거참, 우연의 일치군." 차장이 읊조렸다. "나 역시 그랬으니까."

그러는 사이 제리는 안개와 어둠 속에 홀로 남겨졌다가 말에서 내렸다. 지칠 대로 지친 말을 쉬게 하기 위해서이기도 했지만, 얼굴에 묻은 진흙을 닦아내고 반 갤런은 족히 들어갈 듯한 모자챙에서 물을 털어내기 위해서였다. 역마차 바퀴 소리가 더 이상 들리지 않고 밤의 정적이 다시 내려앉을 때까지, 그는 심하게 얼룩진 팔에 고삐를 건 채 서 있다가 방향을 돌려 언덕을 내려갔다.

12 당시 마차는 추운 날씨에 대비해 짚으로 단열 처리를 했고, 바닥에도 진흙이 묻지 않도록 짚을 두껍게 깔았다.

"템플 바[13]에서부터 그렇게 심하게 내달렸으니, 평지에 들어설 때까지는 네 앞다리를 믿지 못하겠다, 늙은 아가씨." 목소리 탁한 심부름꾼이 암말을 흘깃 보며 말했다. "'되살아나다'라니. 엄청나게 희한한 전갈이군. 그게 너한테는 이로울 게 없겠어, 제리. 암 그렇고말고, 제리! 되살아나는 게 유행하기라도 하면, 너는 엄청나게 심각한 상황에 처할 거야, 제리!"

13 런던 서쪽 끝에 세워져 있던 문.

3장

밤의 그림자

깊이 생각해볼 놀라운 사실 하나, 모든 인간이 서로에게 심오한 비밀이자 수수께끼라는 것. 밤에 대도시에 들어설 때면 숙연하게 떠오르는 생각 하나, 저기 시커멓게 옹기종기 서 있는 모든 집들이 나름대로 비밀을 품고 있으리란 것, 저 모든 집의 모든 방도 나름대로 비밀을 품고 있으리란 것, 저곳의 수십만 가슴 속에 뛰고 있는 심장들도 저마다의 생각 속에서는 가장 가까운 심장에게조차 비밀스러운 존재란 것! 무엇인가 경외로운 것, 심지어 죽음 자체도 이와 비슷할지 모른다. 내가 사랑했던 이 소중한 책을 더 이상 넘길 수도, 언젠가 이것을 다 읽겠다고 헛되이 바랄 수도 없게 된다. 깊이를 알 수 없는 이 물속을, 찰나의 빛이 비추었을 때 바닥에 묻힌 보물들과 가라앉은 갖가지를 얼핏 보았던 그

속을, 이제는 더 이상 들여다볼 수 없게 된다. 겨우 한 쪽밖에 읽지 못했는데도, 영원히 영원히, 그 책은 갑작스레 덮일 운명이다. 햇살이 수면에 까불대고 나는 아무것도 모른 채 물가에 서 있는데도, 그 물은 영원히 얼어붙어 봉인될 운명이다. 내 친구도 죽고, 내 이웃도 죽고, 내 사랑, 내 영혼의 연인도 죽고 없다. 죽음은 그들 개인이 언제나 품고 있던 비밀, 그리고 내 삶이 다하는 순간 내가 품고 갈 비밀을 가차 없이 굳혀서 영속시킨다. 내가 지나가는 이 도시의 묘지에 잠든 영혼들 가운데 가장 깊숙한 내면에 있어, 이 도시의 분주한 거주민들이 내게 그러한 것보다, 혹은 내가 그들에게 그러한 것보다 더 불가해한 존재가 있을까?

이처럼 천부적이고 양도 불가능한 유산에 한해서는 말을 탄 심부름꾼도 왕이나 국무 장관이나 런던 제일의 부자 상인과 견주어 똑같은 양을 소유하고 있었다. 느릿느릿 나아가는 어느 낡은 역마차의 좁은 객실에 갇힌 승객 세 명도 마찬가지였다. 그들은 마치 각자 말 여섯 필이 끄는 마차를 탄 것처럼, 또는 말 육십 필이 끄는 마차를 탄 것처럼, 옆 사람과 자신 사이에 주州 하나만큼의 간격을 유지한 채 서로에게 완전히 수수께끼 같은 존재였다.

심부름꾼은 편안한 속도로 되돌아가면서 도중에 한잔하기 위해 꽤 자주 선술집에 들렀지만, 속내를 드러내지 않으려는 듯한 분위기를 풍기며 모자를 눈 바로 위까지 눌러쓰곤 했다. 그의 두 눈은 모자와 매우 잘 어울렸다. 색깔에서나 모양에서나 깊이가 전혀 없는 새까만 색에, 서로 지나치게 가까이 붙어 있었다. 마치 서로 너무 떨어져 있으면 각자 어떤 일에서 들키지 않을까 두려워하는 것처럼. 푹 눌러쓴 삼각형 타기唾器처럼 생긴 낡은 모자 아래, 그리고 턱과 목을 둘둘 감고 거의 무릎까지 늘어진 커다란 목도리 위로, 두 눈은 험상궂은 빛을 띠고 있었다. 한잔하러 들를 때면, 그는 오른손으로 술을 들이켜는 동안에만 왼손으로 목도리를 치웠고, 그러고 나서는 곧장 다시 목도리를 둘렀다.

"아니, 제리, 아냐!" 심부름꾼은 말을 달리는 내내 한 가지 생각에 잠겨 있었다. "너한텐 이로울 게 없어, 제리. 정직한 장사꾼, 제리, 그건 네가 발 담근 사업에 좋지 않아! 되살아나다니……! 그 분이 술에 취한 게 아니라면 내 목을 내놓겠어!"

전갈 내용이 너무 당혹스러워서 그는 몇 번이고 모자를 벗어 머리를 긁적였다. 듬성듬성 벗어진 정수리 부분만 빼면, 시커멓고 뻣뻣한 머리카락이 온통 삐죽삐죽 솟은 데다 넓적하고 뭉툭한 코에 닿을 정도로 아래로 뻗쳐 있었다. 머리카락이 달린 머리라기보다는 뭔가 대장장이의 작품, 뭔가 대못을 튼튼하게 박아 놓은 담장 꼭대기랑 비슷해서, 등 짚고 뛰어넘기 분야의 최우수 선수들조차도 그를 세상에서 가장 뛰어넘기 위험한 남자라며 거절할 듯했다.

그가 템플 바의 텔슨 은행 문간에서 자리를 지키고 있는 야간 경비원에게 전달하면 그 경비원이 안에 있는 더 높은 분에게 전달할 이 전갈을 가지고 돌아가는 동안, 밤의 그림자는 그에게 전갈에서 비롯된 어떤 형태로 비춰졌고, 암말에게는 뭐든 그놈의 개인적인 불안함에서 비롯된 형태로 비춰졌다. 암말이 길 위에 드리운 모든 그림자에 겁을 집어먹는 걸로 봐선 그놈한테도 불안감이 가득한 모양이었다.

그러는 동안 역마차는 불가해한 승객 셋을 안에 태운 채 느릿느릿, 흔들흔들, 삐걱삐걱, 덜컹덜컹 지루한 길을 나아갔다. 그들에게도 밤의 그림자는 저마다 졸리는 눈과 떠도는 생각이 제시하는 형태로 모습을 드러냈다.

텔슨 은행은 역마차 안에서 예금 인출 사태를 맞았다. 마차가 유난히 뒤흔들릴 때마다 옆자리 승객에게 부딪히거나 구석으로 쏠리지 않도록 가죽 손잡이에 한 팔을 끼운 은행원 승객이 자기 자리에서 반쯤 눈을 감고 꾸벅꾸벅 조는 동안, 마차의 작은 창문과 그 너머로 희미하게 비치는 마차 불빛과 맞은편에 묵직하게 자리한 승객 등이 은행으로 변했고, 한바탕 업무가 진행되었다. 마구가 달각대는 소리는 돈이 짤랑대는 소리였고, 5분 동안 마차 안에서 인수한 어음 액수는 그 세 배에 달하는 시간 동안 국내외에 온갖 거래처를 둔 텔슨 은행이 처리한 액수보다도 많았다. 이어 텔슨 은행의 지하 금고가 이 승객이 알고 있는(그는 아는 것이 적지 않았다) 귀중품과 비밀을 간직한 채 그의 앞에 열렸고, 그는 커다란 열쇠 꾸러미와 약하게 타오르는 촛불을 들고 안으로 들어가 자신이 마지막으로 보았을 때처럼 모든 것이 안전하고 굳건하고 온전하고 평온한 상태인 것을 확인했다.

하지만 은행이 거의 내내 함께하고, 마차도 (아편제의 약효로 통증이 둔해지듯 몽롱하게) 항상 함께했지만, 밤새도록 결코 멈추지 않는 또 다른 의식의 흐름이 있었다. 그는 지금 어떤 사람을 무덤에서 파내러 가는 길이었다.

지금 그의 눈앞에 나타나는 수많은 얼굴 중 어느 것이 파묻힌 사람의 진짜 얼굴인지 밤의 그림자는 알려주지 않았다. 하지만 하나같이 마흔다섯 살 먹은 남자의 얼굴이었고, 드러난 감정이라든가 송장처럼 야위고 지친 모습 정도가 달랐다. 자부심, 경멸, 저항, 고집, 복종, 한탄 등이 잇따라 지나갔다. 움푹 들어간 뺨, 송장 같은 안색, 앙상한 두 손과 형체도 다양하게 지나갔다. 하지만 그 얼굴은 본질적으로 하나의 얼굴이었고, 머리는 너무 일찍 세어버린 백발이었다. 승객은 선잠에 빠진 가운데 환영에게 수백 번 물어보았다.

"얼마나 오래 묻혀 있었습니까?"

대답은 언제나 똑같았다. "거의 18년째요."

"파내줄 것이란 희망을 모두 버리셨습니까?"

"오래전에 버렸소."

"되살아나게 된 것을 아십니까?"

"그렇게들 말하더군요."

"살고 싶은 마음이 있으신지?"

"모르겠소."

"그녀를 보여드릴까요? 와서 보시겠습니까?"

이 질문에 대한 대답은 다양하고 모순적이었다. 때로는 불안정하게 "잠깐만요! 그 애를 너무 일찍 보면 나는 끝장날 거요"라고 했다. 때로는 애틋한 눈물을 비 오듯 쏟으면서 "그 애에게 데려다주십시오"라고 했다. 때로는 빤히 쳐다보면서 당혹스럽게 "나는 저 여자를 모릅니다. 무슨 말인지 모르겠군요"라고 했다.

이처럼 가상의 대화를 나눈 뒤 승객은 상상 속에서—어떤 때는 삽으로, 어떤 때는 커다란 열쇠로, 어떤 때는 양손으로—파고, 파고, 파서 이 가련한 인간을 꺼내주었다. 그렇게 해서 얼굴과 머리카락에 흙이 덕지덕지 붙은 채 마침내 밖으로 나오면, 그는 갑자기 먼지가 되어 사라져버리는 것이었다. 그러면 승객은 화들짝 잠에서 깨어나 현실의 안개와 빗방울을 뺨에 느끼기 위해 창문을 내려 열곤 했다.

하지만 그가 두 눈을 뜨고 안개와 비를, 움직이는 램프의 불빛 조각을, 휙휙 뒤로 물러나는 길가 울타리를 보고 있었음에도, 마차 밖에 도사린 밤의 그림자들은 마차 안에 도사린 일련의 밤의 그림자들 속으로 흘러들었다. 템플 바에 있는 실제 은행 건물, 어제 처리했던 실제 업무, 실제 금고, 그에게 보낸 실제 급전, 그가 답신으로 보낸 실제 전갈, 이 모든 것들이 그곳에 있었다. 그 한가운데에서 유령 같은 얼굴이 떠오르면 그는 다시 말을 걸었다.

"얼마나 오래 묻혀 있었습니까?"

"거의 18년째요."

"살고 싶은 마음이 있으신지?"

"모르겠소."

파고, 파고, 파고, 그러다가 두 승객 중 한 명이 짜증 섞인 기척을 보이면 창문을 다시 올려 닫고, 가죽 손잡이에 팔을 단단히 끼운 다음 잠에 빠진 두 형체를 보며 생각에 잠겼다가, 이윽고 마음속에서 그들이 스르르 빠져나가면서 다시금 은행과 묘지 속으로 흘러들곤 했다.

"얼마나 오래 묻혀 있었습니까?"

"거의 18년째요."

"파내줄 것이란 희망을 모두 버리셨습니까?"

"오래전에 버렸소."

이런 대화가 마치 방금 내뱉은 말처럼—살면서 이렇게 생생하게 느껴본 적이 없을 정도로—귓가에 맴도는 가운데 지친 승객이 흠칫 잠에서 깨어나니 어느덧 동이 트고 밤의 그림자는 사라지고 없었다.

그는 창문을 열고 떠오르는 태양을 내다보았다. 갈아엎어 이랑을 일군 들판이 보였고, 지난밤 말들의 멍에를 벗길 때 그대로 내버려둔 쟁기가 보였다. 그 너머로 고요한 관목 숲이 있었는데, 불타는 듯한 빨간색과 황금빛이 도는 노란색 이파리들이 아직도 나무에 많이 남아 있었다. 대지는 차고 축축했지만 하늘은 맑았고, 태양은 환하고 평온하고 아름답게 떠올랐다.

"18년이라니!" 승객이 태양을 바라보며 말했다. "하느님 맙소사! 18년이나 산 채로 묻혀 있었다니!"

4장

준비

역마차가 오전에 무사히 도버에 도착했을 때 로열 조지 호텔의 지배인이 관례대로 마차 문을 열어주었다. 그는 다소 과장되게 격식을 갖춰 문을 열었는데, 겨울철에 런던에서부터 이곳까지 마차로 달려온 담대한 여행객들의 여정은 축하해줄 만한 성취였기 때문이다.

다만 그때 축하를 받을 담대한 여행객은 한 명밖에 남아 있지 않았다. 다른 두 명은 오는 길에 각자의 목적지에서 내린 터였다. 곰팡내 나는 마차 내부는 축축하고 더러운 짚에, 불쾌한 냄새에, 컴컴하기까지 해서 마치 커다란 개집처럼 보였다. 마지막 승객인 로리 씨 역시 줄줄이 달린 지푸라기에, 헝클어진 보풀투성이 덮개에, 축 처진 모자에, 진흙이 덕지덕지 붙은 다리로 마차를 나서는 모습이 마치 커다란 개처럼 보였다.

"내일 칼레[14]로 가는 우편선이 있소?"

"예, 손님, 날씨가 지금 같고 바람이 그럭저럭 괜찮으면요. 오후 2시경이면 물때가 꽤 좋을 겁니다. 객실은요?"

"밤이 되기 전에 잠을 잘 일은 없소만, 객실은 필요합니다. 아, 이발사도."

"아침 식사는요, 손님? 예, 그렇게 하시지요. 저쪽입니다, 손님, 가시지요. 이보게, 콩코드실로 안내해드리게! 콩코드실로 신사분의 여행 가방과 따뜻한 물도 대령하고. 신사분 장화도 벗겨드리게. (벽난로에 좋은 천연 석탄으로 불을 지펴놓았습니다, 손님.) 콩코드실로 이발사를 올려 보내게. 거기 서둘러, 어서, 콩코드실로!"

콩코드 침실은 언제나 역마차 승객에게 배정되었고, 역마차 승객들은 언제나 머리부터 발끝까지 단단히 싸매고 있었기에, 이 객실은 로열 조지 호텔의 직원들에게 묘한 흥밋거리였다. 들어갈 때는 다들 똑같은데 나올 때는 온갖 다양한 사람들이었으니까. 그런 연유로, 예순의 신사 한 명이 큼직한 사각 소맷동과 큼직한 주머니 덮개가 달린, 꽤 낡기는 했지만 아주 잘 손질된 갈색 정장을 제대로 갖춰 입고 아침 식사를 하러 갈 때 다른 직원 한 명, 사환 두 명, 하녀 몇과 여주인이 다들 우연인지 콩코드실과

14 도버 해협에 면한 프랑스의 항구 도시.

카페 사이 이곳저곳에서 얼쩡거리고 있었다.

그날 오전 카페에는 갈색 정장의 신사 외에 다른 손님은 없었다. 아침 식사를 위한 식탁은 벽난로 앞에 놓여 있었고, 그는 불빛에 감싸인 채 식사를 기다리며 앉아 있었는데, 그 모습이 얼마나 고요하던지 마치 초상화를 그리기 위해 포즈를 취한 사람 같았다.

양 무릎에 한 손씩 얹은 그는 매우 단정하고 체계적인 사람처럼 보였다. 길게 늘어진 조끼 아래에선 요란한 회중시계가 재깍재깍 낭랑한 설교를 울려댔는데, 마치 자신의 엄숙함과 항구성으로 활활 타는 불길의 경박함과 덧없음에 맞서는 듯했다. 그는 다리가 튼실했고 거기에 대해 약간 자부심도 있는 모양이었다. 긴 갈색 양말이 매끈하게 다리를 착 감싼 데다 매우 고운 재질로 만들어져 있었으니까. 버클 달린 구두 또한 평범하긴 해도 단정했다. 그는 특이한 모양의 반질반질하고 곱슬곱슬한 아맛빛 가발을 머리에 바짝 눌러쓰고 있었다. 아마도 진짜 털로 만들었을 테지만, 비단이나 유리 섬유로 짜낸 것에 훨씬 가까워 보였다.

셔츠는 양말만큼 곱지는 않았지만, 인근 해안에 부딪쳐 부서지는 파도 마루처럼, 혹은 저 멀리 바다에서 햇빛 속에 점점이 반짝거리는 돛단배처럼 새하얬다. 얼굴은 습관적으로 조용히 감정을 억눌렀으나 특이한 가발 아래 한 쌍의 촉촉한 눈이 여전히 반짝반짝 빛나는 것으로 보아, 흘러간 옛 시절에는 텔슨 은행 직원으로서 차분하고 절제된 표정을 익히느라 그 눈의 주인이 꽤나

고생했을 것 같았다. 뺨에는 건강한 혈색이 돌았고, 얼굴에는 주름이 지긴 했지만 근심의 흔적은 거의 없었다. 텔슨 은행의 신임을 받는 독신 직원들은 주로 다른 이들의 걱정거리를 처리하느라 여념이 없었을 테지만, 어쩌면 얻어들은 걱정거리는 얻어 입은 옷처럼 쉽게 왔다가 쉽게 사라지는지도 모른다.

초상화를 그리기 위해 포즈를 취한 듯 앉아 있던 로리 씨는 이윽고 꾸벅꾸벅 잠에 빠졌다. 아침 식사가 나오자 그는 잠에서 깼고, 의자를 당겨 앉으면서 점원에게 말했다.

"오늘 언젠지는 모르겠지만 젊은 숙녀 한 분이 도착할 테니 객실을 준비해줬으면 싶소. 자비스 로리를 찾을 수도 있고, 아니면 그냥 텔슨 은행에서 온 신사를 찾을 수도 있어요. 그러면 내게 알려주시오."

"예, 손님. 런던의 텔슨 은행 말입니까?"

"그렇소."

"예, 손님. 저희는 런던과 파리를 오가는 그쪽 신사분들을 자주 모십니다. 출장을 굉장히 많이 다니시나 봅니다, 텔슨 앤드 컴퍼니 은행 말입니다."

"그래요. 우리는 영국 은행이면서 어찌 보면 프랑스 은행이기도 하니까."

"그렇군요. 직접 출장을 가시는 일이 많지는 않나 봅니다, 손님?"

"최근에는 없었죠. 우리, 아니 내가 프랑스에서 마지막으로 건너온 게 15년 전이니까."

"그렇습니까? 제가 이곳에서 근무하기 전이군요. 우리가 이곳에서 근무하기 전입니다. 그때는 조지 호텔이 다른 사람 소유였으니까요."

"그렇겠군요."

"하지만 자신 있게 말씀드리지만, 텔슨 앤드 컴퍼니 같은 은행은 15년 전은 말할 것도 없고 50년 전에도 잘나갔겠지요?"

"그 세 배인 150년이라 해도, 사실에서 크게 벗어나지는 않을 거요."

"그렇습니까, 손님!"

점원은 두 눈이 휘둥그레지고 입이 벌어졌다. 그는 식탁에서 뒤로 물러나 오른팔에서 왼팔로 냅킨을 옮기고 편안한 자세를 취한 뒤, 마치 전망대나 망루에서 지켜보듯 손님이 식사하는 동안 가만히 지켜보며 서 있었다. 고금을 막론하고 점원들이 지켜온 태곳적부터의 관례에 따라.

로리 씨는 아침 식사를 마치고 해안으로 산책을 나갔다. 도버의 좁고 구불구불한 시내는 해안에서 멀찍이 모습을 숨긴 채 마치 바다 타조처럼 머리만 백악질 절벽 속에 묻고 있었다. 해안은 몰아치는 바다와 거세게 구르는 돌이 만들어낸 사막이었고, 바다는 자신이 좋아하는 것을 했으니, 그것은 파괴였다. 바다는 시내를 향해 굉음을 내질렀고, 절벽을 향해 굉음을 내질렀으며, 미친 듯 해안선을 깎아 내렸다. 가옥들 사이에서는 대기에 생선 비린내가 진동해서 마치 병든 사람들이 바다에 몸을 담그러 내려가듯 병든 생선들이 하늘에 몸을 담그러 올라갔나 싶을 정도였다. 항구에는 낚시하는 이들이 몇몇 있었고, 밤에는 바다를 보면서 이리저리 어슬렁대는 자들이 무척 많았다. 특히나 밀물이 들면서 만조에 가까워질 때는 유독 그랬다. 때로는 딱히 일도 하지 않는 소상인들이 뚜렷한 이유도 없이 큰 재산을 일구었고, 이 동네에서는 사람들이 하나같이 가로등지기를 질색한다는 점도 특이했다.[15]

날이 오후로 접어들면서 이따금 프랑스 해안이 보일 정도로 맑았던 대기에 다시금 안개와 증기가 가득해지자, 로리 씨의 생각에도 어두운 그늘이 드리우는 것 같았다. 날이 어두워지고, 그가 아침 식사를 기다렸던 것처럼 저녁 식사를 기다리며 카페 불가에 앉아 있을 때, 그의 마음은 활활 타오르는 새빨간 석탄 속에서 분주히 파고, 파고, 파기를 계속했다.

저녁 식사 후에 마시는 좋은 적포도주 한 병은 새빨간 석탄 속에서 땅을 파는 광부에게 손에서 일을 놓게 만드는 것 외에 달리 해될 일은 없었다. 그리하여 로리 씨가 한참 동안 느긋하게 하는 일 없이 보내면서 포도주 한 병을 다 비워가는 혈색 좋은 노신사에게서 보일 법한 더없이 흡족한 표정으로 마지막 한 잔을 가득

15 도버 주민들의 주된 직업이 밀수업이었다는 것을 암시한다. 당시에는 영국 남부 해안 도시에서 밀수가 성행했는데 주된 품목은 프랑스에서 들여오는 브랜디였다. 어둠 속에서 일하는 밀수꾼들은 가로등이 켜지는 것을 원치 않았을 것이다.

따랐을 때, 덜걱대는 바퀴 소리가 좁은 길을 따라 올라오더니 호텔 안마당에 요란하게 들어섰다.

그는 잔을 입에 대지도 않고 내려놓았다. "숙녀인가 보군!" 그가 말했다.

잠시 후 점원이 들어와 마네트 양이 런던에서 도착했으며 텔슨에서 온 신사 뵙기를 청한다고 전했다.

"이렇게 빨리?"

마네트 양은 오는 길에 요기를 했으므로 따로 식사는 필요 없고 텔슨에서 온 신사에게 실례가 안 된다면 지금 바로 뵙기를 간절히 고대한다고 전해왔다.

텔슨에서 온 신사는 이 말에 초조한 기색으로 무덤덤하게 잔을 비운 뒤, 특이하게 생긴 아맛빛 가발을 귓가 가까이 당겨 쓰고, 점원을 따라 마네트 양의 객실로 향할 수밖에 없었다. 객실은 널찍하고 어두웠다. 장례식에 어울릴 법한 검정색 마미단으로 단장된 데다 묵직한 검정색 탁자들이 객실에 잔뜩 놓여 있었다. 탁자마다 얼마나 기름을 발랐는지, 객실 한가운데 탁자에 놓인 기다란 촛불 두 개의 빛이 모든 표면에서 침침하게 반사되고 있었다. 마치 촛불들이 시커먼 마호가니의 무덤 속에 깊이 파묻혀 있어, 그것들을 꺼내주기 전까지는 어떤 불빛도 기대할 수 없다는 듯했다.

너무 어두운 탓에 앞이 잘 보이지 않았다. 로리 씨는 낡아빠진 터키 양탄자 위로 조심조심 발을 내디디면서 아마도 마네트 양은 잠시 근처 객실에 있는 모양이라고 생각했다. 그러다가 기다란 촛불 두 개를 지났을 때 촛불과 벽난로 사이의 탁자 곁에 그를 향해 서 있는 한 젊은 숙녀를 보았다. 나이는 기껏해야 열일곱 정도에, 승마용 망토를 둘렀고, 여행용 밀짚모자의 리본을 아직 손에 쥐고 있었다. 작고 가냘프고 어여쁜 몸매, 풍성한 금빛 머리카락, 궁금한 기색으로 그의 눈을 마주한 푸른 눈, 그리고 (젊음과 매끈함을 간직한 채) 위로 찌푸리면 딱히 당혹감도, 놀라움도, 불안함도, 그렇다고 그저 총명한 집중력도 아닌, 그러면서도 이 네 가지 감정을 모두 담아낸 표정을 짓는 비범한 재능을 지닌 이마. 그의 시선이 이런 것들에 닿았을 때, 생생하게 닮은 어떤 이미지가 불현듯 눈앞을 스쳤으니, 우박이 거세게 휘몰아치고 파도가 높이 일던 어느 추운 날, 그가 품에 안고 바로 이 해협을 건넜던 어린아이의 모습이었다. 그녀의 뒤쪽에 놓인 앙상한 체경 표면에 스친 입김처럼, 그 닮은 이미지는 스쳐 사라졌다. 체경의 테두리에는 몇몇은 머리가 잘리고 하나같이 불구인 검은 큐피드들의 자선 행렬이 소돔의 사과가 담긴 검은 바구니를 검은 여신들에게 바치고 있었다. 그는 마네트 양에게 격식을 갖춰 허리를 숙였다.

"자리에 앉으세요, 선생님." 매우 맑고 상냥하고 젊은 목소리였다. 약간 외국인 억양이 섞였지만, 정말로 아주 약간이었다.

"손에 입 맞춰 인사드립니다, 아가씨." 로리 씨가 흘러간 시절의 예법으로 말하면서, 다시 격식을 갖춰 허리를 숙인 뒤 자리에 앉았다.

"어제, 은행에서 서신을 받았어요, 선생님. 거기에 쓰여 있길 어떤 정보가 있다고…… 아니 무언가 발견되었다고……."

"단어는 중요치 않습니다, 아가씨. 어떻게 표현하든 괜찮습니다."

"가엾은 저희 아버지가 남기신 얼마 안 되는 재산에 관한 것이라고, 저는 한 번도 뵌 적 없지만요, 오래전에 돌아가셔서……."

로리 씨가 의자에 앉은 채 몸을 움직이며, 검은 큐피드의 자선 행렬 쪽으로 걱정스러운 눈길을 던졌다. 마치 그들이 저 우스꽝스러운 바구니 안에 누군가에게 도움이 될 무언가를 갖고 있기라도 한 것처럼!

"……제가 파리로 가야 한다고, 그곳에서 은행에서 온 신사분과 연락을 해야 한다고 하더군요. 이 일을 위해 파리로 파견되는 훌륭한 분과요."

"저랍니다."

"저도 그렇게 생각했어요, 선생님."

그녀는 자신에 비해 그가 얼마나 연륜 있고 현명한지 전하고픈 어여쁜 마음에, 무릎을 굽혀 인사했다(당시 젊은 숙녀들은 무릎 굽혀 인사했다). 그도 다시 그녀에게 허리를 숙였다.

"그래서 은행에 답장을 썼어요. 제게 조언을 해주실 만큼 친절하고 박식하신 분들이 제가 프랑스에 가야 한다고 여기시니까, 그리고 제가 고아인 데다 함께 가줄 친구가 없다 보니까, 이

번 여정에 그 훌륭하신 신사분의 보호를 받을 수 있다면 무척 감사하겠다고요. 그 신사분은 이미 런던을 떠나신 후였지만, 심부름꾼이 뒤따라가 이곳에서 저를 기다리라고 부탁드린 걸로 알아요."

"이번 임무를 맡게 되어 기뻤답니다." 로리 씨가 말했다. "임무를 완수하게 되면 더 기쁘겠죠."

"선생님, 정말 감사드려요. 몹시 감사히 여기고 있답니다. 은행 측에서 말하길 신사분께서 이번 일에 대해 자세히 설명해주실 거라면서, 놀라운 내용이니 마음의 준비를 하라더군요. 저는 최선을 다해 준비했고, 당연히 무슨 일인지 알고픈 마음이 간절하답니다."

"당연하겠지요." 로리 씨가 말했다. "그래요…… 제가……."

잠시 침묵한 뒤 곱슬곱슬한 아맛빛 가발을 다시 귓가로 당겨 쓰며 그가 덧붙였다. "이야기를 시작하기가 무척 어렵군요."

그는 이야기를 시작하지 않았지만, 마음을 정하지 못한 중에 그녀와 시선이 마주쳤다. 그녀는 젊은 이마를 찌푸려 그 특이한 표정—하지만 특이한 것 외에도 예쁘고 개성적인 표정—을 지으면서, 마치 지나가는 그림자를 자기도 모르게 붙들거나 막기라도 하려는 듯 손을 들었다.

"혹시 제가 아는 분인가요, 선생님?"

"그런가요?" 로리 씨가 되묻듯 미소를 지으면서 양손을 펼쳐 내밀었다.

두 눈썹 사이와 작고 여성스러운 코 바로 위로, 더 바랄 수 없을 정도로 우아하고 어여쁜 선이 하나 생겼다. 의자 곁에 서 있던 그녀가 생각에 잠겨 자리에 앉았을 때 그녀의 표정도 깊어져갔다. 그는 이 모습을 지켜보다가 그녀가 다시 눈을 들었을 때 말을 이었다.

"제 생각에, 아가씨가 입양된 이 나라에서는 아가씨를 젊은 영국인 숙녀답게 호칭하는 게 좋겠지요, 마네트 양?"

"그렇게 하세요, 선생님."

"마네트 양, 저는 사무를 보는 사람입니다. 제게는 처리해야 할 사무가 있어요. 이 이야기를 들을 때 저를 말하는 기계 이상으로 여기지 마세요. 진심으로, 저는 달리 아무것도 아니니까요. 괜찮으시다면, 마네트 양, 저희 고객들 중 한 분의 사연을 들려드릴까 합니다."

"사연을요!"

그는 고의적으로 그녀가 되풀이한 단어를 잘못 알아들은 것처럼 서둘러 덧붙였다. "그래요, 고객들 말입니다. 은행업계에서는 우리와 거래하는 분들을 통상적으로 고객이라고 부릅니다. 그분은 프랑스 신사였지요. 과학 쪽 전문 지식과 상당한 학식을 지닌 분이었습니다. 의사였지요."

"설마 보베[16] 출신인가요?"

16 파리 북서부의 상공업 도시.

"아, 그래요, 보베 출신입니다. 부친이신 마네트 씨처럼 그 신사도 보베 출신이었어요. 그리고 부친이신 마네트 씨처럼 그분도 파리에서 명성이 높았습니다. 저는 그곳에서 그분을 알게 되었지요. 우리는 사무적인 관계였지만, 신뢰가 두터웠습니다. 당시에 저는 프랑스 영업소에서 근무 중이었고……. 오! 벌써 20년이라니."

"당시에……라면, 언제쯤인지 여쭤봐도 될까요, 선생님?"

"20년 전이랍니다, 마네트 양. 그분은 영국 숙녀와 결혼을 했고, 저는 수탁자 중 한 명이었습니다. 다른 수많은 프랑스 신사나 프랑스 가족의 일과 마찬가지로, 그분의 일도 전적으로 텔슨의 손에 맡겨졌습니다. 비슷한 방식으로 저는 지금, 또는 지금까지, 저희 고객 수십 분의 이런저런 수탁자 역할을 맡고 있어요. 이것은 단순히 사무적인 관계랍니다, 마네트 양. 이 속에는 우정이라든가 특별한 관심이라든가 감정 같은 것이 개입되지 않아요. 사무를 보는 하루 동안 이 고객에서 저 고객으로 옮겨 가듯, 평생 사무를 보는 동안 저는 이 관계에서 저 관계로 옮겨 갔어요. 간추리자면 저는 아무 감정이 없어요. 그저 기계랍니다. 이야기를 계속하자면……."

"이건 제 아버지의 사연이군요, 선생님. 게다가 이런 생각이 드네요." 호기심으로 찌푸려진 이마가 온전히 그를 향해 있었다. "아버지에 이어 불과 2년 후에 어머니마저 돌아가시면서 제가 고아가 되었을 때, 저를 영국으로 데려온 분이 선생님이었다고요.

선생님이었다는 확신이 들어요."

로리 씨는 신뢰를 담아 조심스럽게 내민 작은 손을 잡고 다소 격식을 갖춰 입술에 갖다 댔다. 그리고 젊은 숙녀를 다시 의자에 앉혔다. 그는 왼손으로 의자 등받이를 잡고, 오른손으로는 턱을 쓰다듬었다가 가발을 귓가에 당겨 썼다가 이야기를 강조하는 손짓을 했다가 하면서, 자신을 올려다보며 앉아 있는 그녀의 얼굴을 서서 내려다보았다.

"마네트 양, 제가 맞습니다. 제게 아무런 감정이 없고, 인간들과 맺는 관계가 모두 사무적인 관계에 지나지 않는다고 했던 말이 스스로에 대해 얼마나 진실한 것이었는지 이제 아시겠지요. 그날 이후로 마네트 양을 한 번도 본 적이 없잖습니까. 그래요, 그날 이후로 마네트 양은 텔슨 은행의 관리를 받았고, 저는 텔슨 은행의 다른 사무를 보느라 바빴습니다. 감정이라! 제게는 그럴 시간도 없고, 그럴 기회도 없습니다. 마네트 양, 저는 평생을 금전상의 거대한 압착 롤러를 돌리면서 보내고 있어요."

자신의 하루 일과를 이처럼 특이하게 묘사한 뒤, 로리 씨는 머리에 쓴 아맛빛 가발을 양손으로 판판하게 다듬었고(이것은 더없이 불필요한 일이었다. 반질반질 빛나는 이 가발 표면보다 더 판판한 것은 없을 정도였으니까) 이전의 태도를 이어갔다.

"지금까지는 (아까 마네트 양이 이야기했다시피) 마네트 양의 가엾은 아버님에 대한 사연이에요. 이제 다른 점을 이야기하겠습니다. 만약 아버님이 그때 돌아가신 게 아니라면……. 겁먹지 마세요! 너무 놀라시는군요!"

그녀는 실제로 소스라치게 놀랐다. 이어 양손으로 그의 손목을 잡았다.

"부디," 로리 씨가 의자 등받이에서 왼손을 떼어 부들부들 떨면서 애원하듯 자신을 움켜쥔 손 위에 얹으며 달래는 어조로 말했다. "부디 마음을 다잡으세요. 사무적인 일입니다. 제가 말했듯……."

그녀의 표정을 보고 마음이 너무 심란해져서, 그는 잠시 머뭇거리다가 다시 이야기를 시작했다.

"제가 말했듯 만약 마네트 씨가 돌아가신 게 아니라면, 만약 그분이 어느 날 소리 소문 없이 사라졌다면, 만약 그분이 납치를 당했다면, 만약 어떤 끔찍한 장소인지 짐작하기는 어렵지 않으나 무슨 수를 써도 행방을 추적하기가 불가능했다면, 만약 바다 건너 동포 중에 그분의 적이 있었는데, 그자가 그 시절의 가장 대담한 자들조차 감히 입 밖에 내지 못했던 어떤 특권, 예컨대 누군가를 아무도 모르는 감옥에 무한정의 기간 동안 가두도록 백지에 기입할 수 있는 특권[17]을 행사할 수 있었다면, 만약 그분의 아내가 남편의 소식을 알기 위해 국왕과 왕비와 법원과 성직자에게 간청했지만 모든 것이 헛수고였다면…… 그렇다면 아버님의 과

17 프랑스 국왕이 발행한 구속 영장을 말한다. 누구든 재판 없이 무한정의 기간 동안 감옥에 가둘 수 있는 특권으로, 17세기와 18세기 초까지 귀족들이 국왕의 호의를 이용해 정적을 제거하기 위한 용도로 악용했다.

거사는 곧 이 불행한 신사, 보베 출신 의사의 과거사일 겁니다."

"부디 제게 더 이야기해주세요, 선생님."

"예, 그럴 겁니다. 견딜 수 있겠어요?"

"지금, 이 순간 제가 처한 불확실한 상황만 아니라면 뭐든 견딜 수 있어요."

"침착하게 말하는군요, 마네트 양은…… 지금 침착해요. 훌륭합니다!" (하지만 그의 태도는 그의 말처럼 흡족해 보이지는 않았다.) "사무적인 일이에요. 그냥 사무적인 일이라고 — 처리해야 할 일이라고 — 생각하세요. 자, 만약 이 의사의 아내가 비록 대단한 용기와 정신력을 지닌 분이었지만, 이 일로 인해 너무 극심한 고통을 겪은 뒤에 아이를 낳았다면……."

"그 아이는 딸이었지요, 선생님."

"딸이었어요. 자, 사무적인 일입니다. 괴로워하지 말아요. 마네트 양, 만약 이 불행한 여인이 너무 극심한 고통을 겪은 뒤에 아이를 낳았다면, 그래서 자신이 겪었던 괴로움의 어떤 부분도 가엾은 아이에게 물려주지 않겠다고 결심하여 딸을 키울 때 아버지가 죽었다고 믿게 했다면……. 아니, 무릎 꿇지 마세요! 도대체 왜 제게 무릎을 꿇으시는 겁니까!"

"진실을 말해주세요. 오, 선량하고 친절하신 선생님, 진실을 말해주세요!"

"자, 사무적인 일입니다. 저를 혼란스럽게 하는군요. 제가 혼란스러우면 사무를 어떻게 처리하겠습니까? 이성적으로 생각합시다. 만약 지금 마네트 양이, 예컨대, 9펜스를 아홉 배 하면 얼마인지, 또는 20기니는 몇 실링인지 말해줄 수 있다면 기운이 나겠습니다. 그러면 마네트 양의 심리 상태에 대해 한결 마음이 놓이겠어요."

그가 조심스레 그녀를 일으켰을 때 그녀는 이런 호소에 곧바로 대답하진 않았지만, 매우 조용히 앉아 있었다. 그의 손목을 변함없이 놓지 않는 두 손도 이전보다 한결 침착했기 때문에 그녀는 자비스 로리 씨에게 얼마간 확신을 주었다.

"그래요, 그래야죠! 용기를 내요! 사무랍니다! 마네트 양 앞에 놓인 건 사무예요, 유용한 사무. 마네트 양의 어머니께서는 딸에게 그런 조치를 취하셨어요. 그리하여 단 한 순간도 아버님을 찾기 위한 부질없는 노력을 멈추지 않다가 세상을 뜨셨을 때—마음의 병 때문이었겠지요—그분은 두 살 난 딸이 앞으로 건강하고 아름답고 행복하게 피어나도록 하신 거랍니다. 아버님이 감옥에서 이내 비통하게 숨졌는지, 아니면 오랜 세월 그곳에서 시들어갔는지 알지 못하는 채 살아가는 어두운 구름을 딸에게 드리우지 않으신 거죠."

그는 이 말을 하면서 물결치는 금빛 머리카락을 감탄과 연민 어린 눈으로 내려다보았다. 마치 그 머리카락에 이미 잿빛이 감돌게 되었을 것이라 마음속으로 생각하는 듯.

"아시다시피 마네트 양의 부모님께는 큰 재산이 없었고, 남겨진 재산은 모두 어머니와 마네트 양에게로 상속되었습니다.

돈이라든가 다른 재산에 대해서는 새로 발견된 내용이 없어요, 다만……."

그는 손목이 더 세게 잡힌 것을 느끼고 말을 멈췄다. 앞서 유난히 그의 관심을 끌었던, 그리고 이제는 완전히 굳어버린, 그녀의 이마에 깃든 표정이 고통과 두려움으로 깊어져 있었다.

"다만 그분을…… 발견했습니다. 살아 계십니다. 필시, 굉장히 변했을 겁니다. 어쩌면 거의 폐인일지도 몰라요. 최선을 기대할 수밖에요. 그래도, 살아 계십니다. 현재는 파리의 옛 하인 집에 모셔놓았고, 우리는 그곳으로 가는 거랍니다. 저는, 만약 가능하다면 그분이 맞는지 확인하기 위해서고, 마네트 양은, 그분께 다시 삶, 사랑, 도리, 안식, 위안을 안겨드리기 위해서지요."

그녀의 온몸을 관통한 전율이 그에게도 전해졌다. 마치 꿈속에서 말하듯 그녀는 나직하고 또렷하고 두려움에 젖은 목소리로 말했다.

"아버지의 유령을 보게 될 거예요! 제가 보는 건 유령일 거예요, 아버지가 아니라!"

로리 씨는 자신의 팔을 잡은 그녀의 두 손을 가만히 쓰다듬었다. "자, 자, 자! 괜찮아요, 괜찮아요! 이제 최고와 최악의 소식을 모두 알게 되었어요. 마네트 양은 부당하게 고통받은 그 가엾은 신사분에게 가는 길이고, 바닷길이 순탄하고 뭍길이 순조롭다면 이내 그분 곁에 있게 될 겁니다."

그녀는 똑같은 어조로, 거의 속삭이다시피 되풀이했다. "저는 지금껏 자유로웠어요, 지금껏 행복했어요. 지금까지 아버지의 유령은 한 번도 저를 찾지 않았어요!"

"한 가지가 더 있습니다." 로리 씨는 그녀의 주의를 끌기 위해 강세를 더해 말했다. "그분은 다른 이름으로 발견되었어요. 본인의 이름은 오래전에 잊혔거나 오랫동안 감추어졌을 겁니다. 둘 중 어느 경우인지 이제 와서 질문하는 건 백해무익한 일일 거예요. 그분이 십수 년간 방치된 것인지, 아니면 내내 고의적으로 감금된 것인지 알고자 하는 것도 백해무익하고요. 이제 와서 무엇이든 알아내려고 하는 것도 백해무익할 겁니다, 위험할 수 있으니까요. 어디에서든 또는 어떤 식으로든, 이 일에 대해 언급하지 않는 편이, 그리고 어찌 되었건 당분간은 그분을 프랑스에서 벗어나게 하는 편이 나아요. 영국인이라서 안전한 저조차, 프랑스 신용도에 있어 중요한 역할을 하는 텔슨 은행조차 이번 사안에 대해 어떤 식으로든 구체적인 언급을 피하고 있어요. 저는 이 일에 대해 공공연히 언급된 종이쪽지 한 장 지니고 있지 않아요. 이번 일은 철저히 기밀입니다. 제 신임장, 기재 사항, 비망록은 모두 '되살아나다', 이 한 줄로 함축됩니다. 그건 어떤 뜻으로든 해석될 수 있지요. 이런, 무슨 일입니까! 전혀 알아듣질 못하시는군요! 마네트 양!"

그녀는 더없이 조용히, 심지어 의자에 쓰러지지도 않은 채, 그의 손길 아래 완전히 의식 불명의 상태로 앉아 있었다. 활짝 뜬 두 눈은 그에게 못 박혀 있었고, 그 마지막 표정은 마치 이마에 새겨졌거나 낙인 찍힌 것처럼 보였다. 그의 팔을 너무 꽉 잡고 있어서 혹시라도 팔을 뗐다가는 다칠까 싶어, 그는 몸을 가만히 둔 채 큰 소리로 도움을 요청했다.

괄괄하게 생긴 한 여인이—마음이 심란한 중에도 로리 씨의 눈에 들어오길, 온통 빨간 모습에 빨간 머리카락에 몸에 꽉 끼는 특이한 드레스에 머리에는 기다란 그레너디어 나무 계량컵 중에서도 큼직한 놈처럼 생긴 또는 거대한 스틸턴 치즈처럼 생긴 더없이 희한한 보닛을 쓴 그런 여인이—호텔 하인들보다 먼저 방으로 뛰어 들어와 그의 가슴에 억센 손을 얹고 가장 가까운 벽으로 그를 날려버림으로써, 가엾은 젊은 숙녀에게서 어떻게 팔을 뗄까 하는 그의 고민을 단숨에 해결해주었다.

('틀림없이 남자일 거야!' 벽에 부딪힌 동시에 로리 씨에게 떠오른 숨 막힌 생각이었다.)

"어이, 다들 뭐 해요!" 그녀가 호텔 하인들을 향해 호통을 내질렀다. "얼른 가서 뭐라도 가져오지, 왜 가만히 서서 나만 멀뚱멀뚱 쳐다봐요? 내가 뭐 대단한 볼거리는 못 되잖아요, 안 그래요? 얼른 가서 뭐라도 가져오지 못해요? 후자극제[18]랑 냉수랑 식초랑 당장 대령해요, 안 그러면 어떻게 되나 알게 해줄 테니까, 정말로."

즉각 의식 회복에 필요한 재료를 찾으러 다들 흩어졌고, 그녀

18 과거에 사용했던 화학 물질로, 병에 넣어 보관하다가 의식을 잃은 사람의 코밑에 대어 정신이 들게 하는 데 쓰였다.

는 환자를 가만히 소파에 눕힌 뒤 대단히 능숙하면서도 부드럽게 돌보았다. 환자를 "우리 보물!"이라든가 "우리 새!"라고 부르면서, 굉장한 자부심과 세심함으로 금빛 머리카락을 어깨 위에 단정히 펼쳐놓았다.

"그리고 갈색 옷 입은 당신!" 그녀가 분연히 로리 씨를 향했다. "우리 아기씨를 무서워서 죽을 정도로 만들다니, 해야 할 말을 하더라도 가려서 할 수는 없었어요? 좀 보세요, 어여쁜 얼굴이 이렇게 창백하고 손도 차갑잖아요. 그러고도 은행원이라고 할 수 있어요?"

로리 씨는 이토록 대답하기 힘든 질문 앞에서 극도로 당황하여, 그저 멀찍이서 힘없이 동의하며 굴욕감 속에 지켜보는 수밖에 없었다. 그러는 사이 억센 여인은 호텔 하인들에게 멀뚱멀뚱 서 있으면 어떻게 되는지, 언급은 안 했지만 '알게 해줄 거라는' 모호한 처벌로 그들을 몰아낸 뒤, 자신에게 맡겨진 환자의 기력을 차츰차츰 회복시켜 축 늘어진 머리를 자신의 어깨에 기대도록 했다.

"이제 괜찮으면 좋겠군요." 로리 씨가 말했다.

"그렇게 된다고 해도, 갈색 옷 입은 당신 덕분은 아니죠. 우리 어여쁜 아기씨!"

"혹시," 다시금 힘없이 동의하며 굴욕감 속에 있던 로리 씨가 말했다. "마네트 양과 함께 프랑스로 가시는지요?"

"퍽이나 그러겠어요!" 억센 여인이 대답했다. "내가 바닷물을 건너가야 할 거였으면, 신께서 내 운명을 섬에다 점지하셨겠어요?"

이것 역시 대답하기 힘든 질문이었기에, 로리 씨는 생각해보고자 자리에서 물러났다.

5장

포도주 상점

커다란 포도주 통 하나가 길바닥에 떨어져 부서졌다. 수레에서 통을 내리던 중에 일어난 사고였다. 통이 와르르 구르면서 테두리가 터지더니, 산산조각 난 호두 껍질처럼 부서져 포도주 상점 문 앞의 돌바닥에 널렸다.

근처에 있던 모든 사람들이 일을 하다 말고 또는 빈둥거리다 말고 그곳으로 몰려가 포도주를 마셨다. 길바닥에 깔린 거칠고 울퉁불퉁한 돌들, 사방에 뾰족뾰족 솟은 채 어떤 생명체라도 다가오는 족족 불구로 만들 작정으로 보이는 그런 돌들이 둑처럼 작은 웅덩이 안에 포도주를 가두었다. 각 웅덩이의 크기에 따라 사람들이 삼삼오오 또는 떼 지어 몰려들어 서로를 밀쳐댔다. 어떤 남자들은 무릎을 꿇고 양손으로 오목하게 포도주를 떠서 홀짝이거나, 포도주가 손가락 사이로 다 새어 나가기 전에 어깨 너머로 몸을 숙인 여자들에게 맛을 보여주려고 애썼다. 남녀 할 것 없이 이 빠진 사기 컵을 웅덩이에 담갔고, 심지어 여자들의 머릿수건을 웅덩이 포도주에 적셔 어린아이의 입에 짜 넣었다. 어떤 이들은 진흙으로 작은 둑을 쌓아 포도주가 흘러가지 못하도록 했다. 어떤 이들은 높은 창가의 구경꾼들이 일러주는 대로 이리저리 뛰어다니면서 새로운 방향으로 뻗어가는 포도주의 샛길을 차단했다. 어떤 이들은 포도주 앙금이 남은 축축한 통 조각을 공략해 핥아먹었고, 좀 더 말캉하게 포도주가 밴 조각을 게걸스레 우적우적 씹기까지 했다. 포도주가 빠져 내려갈 배수 시설이라고는 전혀 없었는데도, 한 방울도 남김없이 섭취되었을 뿐 아니라 이와 더불어 상당한 오물까지 섭취된 덕분에 마치 거리에 청소부가 다녀간 듯 보일 정도였다. 이 거리의 실정을 아는 이들이 청소부라는 기적적인 존재를 믿을 수 있을 때의 이야기지만.

포도주 놀이가 계속되는 동안 거리에는 새된 웃음소리와 남자, 여자, 아이들의 즐거운 목소리가 울려 퍼졌다. 이 놀이는 거칠지 않으면서 장난기로 가득했다. 그 안에는 특별한 동료애가 존재했고, 모든 이들이 서로 어울리고자 하는 마음이 확연했기에, 운이 좋거나 마음이 유쾌한 자들의 경우에는 서로 장난스레 껴안거나 축배를 들거나 악수를 했고, 심지어 열두어 명이 한꺼번에 손을 맞잡고 춤을 추기까지 했다. 포도주가 다 사라지고, 가장 흥건히 고였던 곳마다 손가락으로 벅벅 긁은 석쇠무늬만 남았을 때, 이 놀이는 시작됐을 때와 마찬가지로 갑자기 끝나 버렸다. 자르던 장작더미 속에 톱을 삐죽 박아놓고 왔던 남자는 다시 톱질을 시작했다. 뜨거운 재가 담긴 작은 단지 앞에서 자신의 또는 아이의 굶주린 손가락과 발가락의 통증을 어떻게든 달래보려 했던 여인들은 문간에 두고 온 단지로 되돌아갔다. 훤히 드러낸 팔, 헝클어진 머리털, 시체 같은 얼굴의 남자들은 지하에서 겨울 햇살 속으로 나왔다가 다시 그곳을 떠나 지하로 내려갔다. 그리고 햇빛보다 더 자연스럽게 어울리는 어둠이 그곳에 모여들었다.

포도주는 붉은색이었고, 그것이 쏟아진 파리 생탕투안 근교의 좁은 길바닥에 얼룩을 남겼다. 또한 수많은 손과 수많은 얼굴과 수많은 맨발과 수많은 나막신에도 얼룩을 남겼다. 나무를 톱질하던 남자의 양손은 장작개비에 붉은 얼룩을 남겼고, 아기를 돌보던 여자의 이마는 머리에 다시 두른 낡은 넝마의 얼룩에 물들었다. 술통 조각을 게걸스레 탐하던 이들의 입가에는 호랑이 같은 얼룩이 남았다. 길고 꾀죄죄한 나이트캡[19]을 머리에 썼다기보다는 벗었다고 해야 할 듯한 키다리 익살꾼 한 명은 온통 지저분해진 모습으로 질척한 포도주 찌꺼기에 손가락을 찍어 벽에 이렇게 휘갈겨 썼다. 피.

그 포도주 역시 돌바닥에 쏟아질 날이, 그 얼룩이 그곳의 수많

19 프랑스 대혁명 시기에 노동자 계층이 종종 썼던 모직 모자로, 길이가 길고 끝으로 갈수록 좁아지는 모양이다.

은 이들을 붉게 물들일 날이 앞으로 다가올 터였다.

그리고 이제, 잠시 햇살이 몰아냈던 구름이 성스러운 생탕투안을 뒤덮었다. 그 아래 드리운 어둠은 무거웠다. 추위, 오물, 질병, 무지, 결핍은 이 성스러운 곳을 보필하는 시종들이자 하나하나가 막강한 권력을 지닌 귀족들이었다. 그중에서도 결핍은 가장 그러했다. 방앗간에서 끔찍하게 갈리고 또 갈린 사람들 몇몇이 모든 길모퉁이에서 몸을 떨고, 모든 문간을 드나들고, 모든 창문에서 내다보고, 바람에 흔들리는 모든 남루한 옷가지 속에서 펄럭댔으니, 그곳은 늙은이를 젊은이로 만들었다는 마법의 방앗간은 필시 아니었다. 그들을 착취한 방앗간은 젊은이를 늙은이로 만드는 방앗간이었다. 아이들의 얼굴은 연로했고 목소리는 엄숙했다. 아이들의 얼굴 위로, 어른들의 얼굴 위로, 세월의 고랑이 되어 새로이 생겨나는 것은 '굶주림'이라는 표시였다. 그것은 도처에 만연했다. 굶주림은 장대와 빨랫줄에 내걸린 초라한 옷가지 속에 고층 주택[20]에서 밀려 나왔다.

굶주림은 이 옷가지에 짚과 넝마와 나무와 종이로 덕지덕지 기워졌다. 굶주림은 톱질하던 남자가 잘라낸 보잘것없는 장작 부스러기에서 되풀이되었다. 굶주림은 연기 없는 굴뚝에서 내려다보았고, 쓰레기를 뒤져도 먹을 내장 하나 찾기 힘든 더러운 길거리에서 올려다보았다. 굶주림은 빵집 선반에 새겨져 있었고,

20 18세기 파리의 노동자 거주 지역에는 높이가 7~8층이나 되는 공동 주택도 있었다.

빈약하게 전시된 질 나쁜 빵 덩이에도 적혀 있었고, 소시지 가게에서 팔려고 내놓은 죽은 개로 만든 요리에도 적혀 있었다. 굶주림은 돌아가는 원통 속의 군밤 사이에서 비쩍 마른 뼈다귀처럼 달각달각 울려댔다. 굶주림은 인색하게 기름 몇 방울을 떨어뜨려 껍질째 구워 낸 초라한 감자 접시에도 미세하게 흩뿌려져 있었다.

굶주림은 적당한 곳이면 어디든 눌러앉았다. 좁고 구불구불한 거리, 기리에 가득한 역겨움과 악취, 그곳에서 갈라져 나간 또 다른 좁고 구불구불한 거리들, 온통 넝마와 나이트캡을 쓴 사람들, 온통 넝마와 나이트캡이 풍기는 냄새, 온통 음울하고 병든 듯한 표정들. 그럼에도 사람들의 쫓기는 분위기 속에는 궁지에 몰렸을 때 반격의 가능성을 품은 야생 짐승 같은 생각이 깃들어 있었다. 우울하고 주눅 든 모습이었지만, 그들 중 눈에 불길을 품은 자들이 없지는 않았다. 속으로 억누르느라 파리하게 악다문 입술도 없지 않았다. 자신이 피해자가 되어, 또는 가해자가 되어 상상했던 교수대의 밧줄처럼 주름진 이마도 없지 않았다. 가게 수만큼이나 많은 간판들은 하나같이 결핍을 음울하게 드러냈다. 푸줏간 상인은 비쩍 말라빠진 고기를 그려놓았고, 빵집 주인은 거칠고 메마른 빵을 그려놓았다. 조잡하게 묘사된 포도주 상점의 술 마시는 사람들은 얼마 되지도 않는 묽은 포도주와 맥주를 앞에 놓고 험상궂은 표정으로 비밀스럽게 웅성대고 있었다. 연장과 무기를 제외하면, 그 어떤 것도 번영하는 모습으로 묘사되지 않았다. 그러나 날붙이 장수의 칼과 도끼는 날카롭게 빛났고, 대장장이의 망치는 묵직했으며, 총포 제작자의 무기고는 무시무시했다. 다치기 딱 좋은 돌바닥은 작은 진창과 물웅덩이로 가득했고, 보행로도 달리 없이 문간에서 뚝 끊어졌다. 이를 보상하기 위해 길 한복판에 도랑이 흘렀는데, 도랑은 큰비가 내린 뒤에나 흘렀고, 그럴 때면 수없이 궤도를 이탈해 집 안으로 흘러들곤 했다. 길 양쪽에는 밧줄과 도르래에 의지한 어설픈 가로등이 널찍한 간격으로 내걸려 있었다. 밤이 되어 가로등지기가 등을 내리고 불을 붙여 다시 내걸면, 흐릿한 심지들의 희미한 숲이 마치 바다에 떠 있기라도 한 듯 머리 위에서 어지럽게 흔들렸다. 실제로 그것들은 바다에 떠 있었고, 배와 선원들은 폭풍의 위기에 처해 있었다.

왜냐하면 그 지역의 앙상한 허수아비들이 하릴없는 굶주림 속에서 가로등지기를 너무 오래 지켜본 탓에, 그의 작업 방식을 향상시켜 밧줄과 도르래에 사람을 매다는 생각을 품게 됨으로써, 자신들의 암흑 같은 처지를 밝히고자 하는 날이 다가오고 있었으니까. 하지만 그날은 아직 오지 않았고, 프랑스에 부는 모든 바람은 헛되이 허수아비들의 넝마를 흔들 뿐이었다. 노랫소리와 깃털이 고운 새들은 전혀 신경 쓰지 않았으니까.

모퉁이에 자리한 포도주 상점은 외관에서나 형편에서나 다른 가게보다 나아 보였다. 포도주 상점 주인은 노란 조끼와 녹색 반바지 차림으로 바깥에 서서 엎질러진 포도주를 놓고 벌어지는 분투를 구경하고 있었다. "나랑은 상관없는 일이야." 그가 마침내 어깨를 으쓱하며 말했다. "시장에서 온 사람들이 저랬으니까, 다시 한 통 가져오라고 해야지."

그때 키다리 익살꾼이 농담을 쓰고 있는 장면이 눈에 띄었다. 그가 길 건너에서 소리쳐 불렀다.

"어이, 거기, 가스파르, 뭐 하는 건가?"

그 부류가 흔히 그러듯 익살꾼은 자기가 쓴 농담을 굉장히 의미심장하게 가리켰고, 마찬가지로 그 부류가 흔히 그러듯 농담은 목표에서 빗나가 완전히 실패했다.

"이게 뭐야? 정신 병원에 들어갈 셈이야?" 포도주 상점 주인이 길을 건너와 진흙을 한 움큼 집어 농담 위에 문질러 지워버렸다. "왜 한길에서 이런 걸 써? 말해보게, 이런 글을 쓸 장소가 달리 없던가?"

훈계를 하는 중에 그는 깨끗한 손을 (어쩌면 우연히, 어쩌면 고의로) 익살꾼의 가슴에 얹었다. 그러자 익살꾼도 자기 손으로 가슴을 톡톡 치더니, 위로 가볍게 훌쩍 뛰어올랐다가 환상적인 춤 동작으로 착지하면서, 얼룩진 신발 한 짝을 발에서 휙 낚아채 손에 들고 쑥 내밀었다. 익살꾼은 음흉한 것까지는 아니지만 극도로 짓궂은 장난꾼처럼 보였다.

"다시 신게, 다시 신어." 그가 말했다. "포도주는, 포도주라고 불러, 거기서 끝내게." 그는 충고와 함께 더러워진 손을 일부러 익살꾼의 변변찮은 옷에 쓱 닦았다. 애당초 그 때문에 손이 더러워졌으니까. 그런 다음 다시 길을 건너 포도주 상점으로 들어갔다.

포도주 상점 주인은 목이 굵고 호전적으로 보이는 서른 살의 남자로, 날씨가 꽤 매서운데도 겉옷을 입지 않고 어깨에 걸친 걸로 봐서 다혈질인 모양이었다. 셔츠 소매도 둘둘 걷어 올려 갈색 피부를 팔꿈치까지 훤히 드러내고 있었다. 머리에 덮어쓴 거라곤 자신의 짧고 짙은 곱슬머리뿐이었다. 그는 전체적으로 가무잡잡한 사내였고, 밝은 두 눈은 서로 뚜렷하게 떨어져 있었다. 전반적으로 서글서글해 보였지만, 가차 없는 인상이기도 했다. 분명 강한 결단력과 확고한 목적을 지닌 사내였고, 깎아지른 절벽의 외나무다리에서 결코 마주치고 싶지 않은 상대였다. 어떤 것도 그를 돌려세울 수 없을 테니까.

그가 상점에 들어섰을 때 그의 아내 드파르주 부인은 카운터 뒤에 앉아 있었다. 그녀는 남편과 비슷한 나이대의 건장한 여성으로, 아무것도 보지 않는 듯한 빈틈없는 두 눈, 반지를 주렁주렁 낀 커다란 손, 흔들림 없는 표정, 강인한 이목구비와 더불어 굉장히 침착한 태도를 지니고 있었다. 드파르주 부인에게는 그녀의 감독하에서는 어떤 계산이든 실수하는 경우가 드물 거라고 상대가 생각하게 만드는 독특한 면모가 있었다. 추위에 민감한 지라 털로 몸을 휘감고 머리에도 밝은색 숄을 겹겹이 둘렀는데, 큼직한 귀고리를 가릴 정도는 아니었다. 그녀 앞에는 뜨개질거리가 있었지만, 내려놓고 이쑤시개로 이를 쑤시는 중이었다. 그녀는 왼손으로 오른쪽 팔꿈치를 받치고 이를 쑤시면서 남편이 들어오자 아무 말 없이 그저 티끌만 한 기침을 내뱉었다. 이것은 짙은 눈썹을 이쑤시개 너머로 보일락 말락 치켜세운 것과 함께 남편에게 그가 밖에 나간 사이 새로 들어온 손님이 있는지 가게 안을 둘러보는 게 어떻겠냐고 암시했다.

이에 부응하여 포도주 상점 주인이 손님들을 살피던 중 그의 두 눈이 구석에 앉은 노신사와 젊은 숙녀에게 닿았다. 다른 손님들도 있었다. 둘은 카드를 치고, 둘은 도미노를 하고, 셋은 카운터 옆에 서서 얼마 안 되는 포도주를 최대한 오래 마시는 중이었다. 그는 카운터 뒤로 걸어가다가 노신사가 젊은 숙녀에게 이렇게 눈짓하는 것을 보았다. '저이가 내가 말한 사람이오.'

"도대체 이 너저분한 곳에 무슨 볼일이지?" 드파르주 씨가 혼잣말을 했다. "나는 모르는 사람들인데."

하지만 그는 두 이방인을 보지 못한 척 카운터에서 술을 마시는 손님 삼인조와 대화를 나누기 시작했다.

"어때요, 자크?" 셋 중 한 명이 드파르주 씨에게 말했다. "엎질러진 포도주는 다 마셨고?"

"한 방울도 남김없이, 자크." 드파르주 씨가 대답했다. 이처럼 그들이 서로 이름을 주고받자, 드파르주 부인이 이쑤시개로 이를 쑤시다 말고 다시 티끌 같은 기침을 내뱉으면서 보일락 말락 눈썹을 치켜세웠다.

"흔한 일은 아니죠." 셋 중 두 번째 남자가 드파르주 씨에게 말했다. "저 비참한 짐승들 대다수가 포도주를 맛보는 일이, 아니

흑빵과 죽음 외에 다른 것을 맛보는 일이 말이에요. 안 그래요, 자크?"

"그렇지, 자크." 드파르주 씨가 대답했다.

이처럼 두 번째로 서로 이름을 주고받자, 드파르주 부인이 여전히 매우 침착하게 이쑤시개를 사용하면서 또다시 티끌 같은 기침을 내뱉고 보일락 말락 눈썹을 치켜세웠다.

셋 중 마지막 사람이 빈 술잔을 내려놓고 입맛을 다시면서 말했다.

"아! 훨씬 비참하지! 저 불쌍한 짐승들의 입속에는 언제나 쓰디쓴 맛밖에 없고, 저들의 삶은 고달프기만 하니까. 안 그래요, 자크?"

"그렇지, 자크." 드파르주 씨의 대답이었다.

이처럼 세 번째로 서로 이름을 주고받자,[21] 드파르주 부인이 이쑤시개를 내려놓고 눈썹을 치켜세우면서 앉은 채로 가만히 몸을 부스럭거렸다.

"잠깐만! 그렇지!" 그녀의 남편이 중얼거렸다. "손님들, 제 안사람이오!"

세 손님이 드파르주 부인을 향해 야단스레 모자를 들어 보였다. 그녀도 답례로 고개를 숙이면서 그들 쪽으로 재빠르게 시선

21 이들이 공통으로 사용하는 자크Jacques라는 이름은 1358년 북프랑스에서 일어난 농민 봉기인 '자크리의 난Jacquerie'에서 따왔다. '자크리'는 당시 농민을 이르던 '자크'라는 단어에서 유래했다.

을 던졌다. 그런 다음 가게 안을 대충 훑더니, 표면상으로는 더없이 침착하고 평온하게 뜨개질감을 들어 일에 열중했다.

"손님들," 남편이 밝은 눈으로 계속 아내를 주시하면서 말했다. "좋은 하루 보내시오. 그리고 아까 독신자용 숙소처럼 꾸민 객실을 보고 싶다고 문의하시던 중에 제가 밖으로 나갔는데, 그 객실은 5층에 있소. 계단 입구는 작은 마당에서 이곳 왼쪽으로 나 있고." 그가 손으로 가리키면서 이야기를 계속했다. "우리 가게 창문과 가까운 쪽이오. 그런데 지금 생각해보니, 여러분 중에 이미 그곳에 가본 분이 있어서 길을 안내할 수 있겠군요. 그럼, 안녕히 가시오!"

그들은 술값을 치르고 그곳을 떠났다. 드파르주 씨의 두 눈이 뜨개질 중인 아내를 살피고 있을 때 노신사가 구석에서 다가와 잠시 말을 나눌 수 있냐고 청했다.

"그러시죠, 손님." 드파르주 씨가 대답하면서 그와 함께 조용히 문가로 걸어갔다.

그들의 대화는 아주 짧았지만, 효과는 확실했다. 첫 마디를 꺼내자마자 드파르주 씨가 깜짝 놀라더니 이야기에 깊이 집중했다. 그리고 1분이 채 안 되어 그가 고개를 끄덕이고 밖으로 나갔다. 그러자 노신사가 젊은 숙녀를 불렀고, 그들 역시 밖으로 나갔다. 드파르주 부인은 민첩한 손가락과 침착한 눈썹으로 뜨개질만 할 뿐 아무것도 보지 않았다.

자비스 로리 씨와 마네트 양은 이렇듯 포도주 상점에서 나와,

조금 전에 드파르주 씨가 자기 일행에게 알려줬던 입구에서 그와 합류했다. 그곳은 악취가 진동하는 작고 시커먼 마당과 연결되어 있었고, 숱한 사람들이 거주하는 수많은 집으로 들어가는 공용 입구였다. 타일이 깔린 컴컴한 계단으로 들어서는, 타일이 깔린 컴컴한 입구에서, 드파르주 씨는 옛 주인의 따님에게 한쪽 무릎을 꿇고 그녀의 손에 입을 맞추었다. 이것은 온화한 행동이었지만 그 방식은 온화함과 거리가 멀었다. 그의 모습이 순식간에 확연하게 변했다. 얼굴에서 유쾌한 표정은 사라지고, 숨김없는 태도도 사라졌으며, 비밀스럽고 험악하고 위험한 남자로 변해 있었다.

"아주 높습니다, 조금 힘들고요. 천천히 오르는 게 좋을 겁니다." 그들이 계단을 오르기 시작했을 때 드파르주 씨가 로리 씨에게 딱딱하게 말했다.

"그분은 혼자 있소?" 로리 씨가 속삭였다.

"혼자 있습니다. 하느님 맙소사, 그럼 누가 같이 있겠습니까!" 드파르주 씨 역시 낮은 목소리로 말했다.

"그럼, 항상 혼자 계신 겁니까?"

"예."

"그분이 원해서?"

"그분한테 필요해서요. 그들이 저를 찾아내서 그분을 맡겠냐고, 위험을 각오하고 조심스럽게 행동하겠냐고 물었을 때, 그러고 나서 제가 처음으로 그분을 뵈었을 때, 그때도 그랬고, 지금도 그렇습니다."

"많이 변하셨소?"

"변했느냐고요?"

포도주 상점 주인이 걸음을 멈추더니 손으로 벽을 쾅 치면서 무시무시한 욕설을 내뱉었다. 어떤 직접적인 대답도 이것의 절반만큼도 강력하지 못했으리라. 로리 씨는 두 동행과 함께 점점 위로 올라갈수록 점점 마음이 무거워졌다.

파리에서도 좀 더 인구가 밀집된 구시가지의 계단 등은 오늘날에도 상태가 열악하다. 하지만 당시에는 이런 것에 감각이 익숙해지거나 무뎌지지 않은 경우라면 넌더리를 칠 정도였다. 거대하고 너저분한 둥지 같은 고층 주택 한 채 속에 따닥따닥 자리한 주거지들—다시 말해, 공용 계단과 연결된 모든 문 뒤에 자리한 단칸방 또는 방들—은 쓰레기 더미를 각자 층계참에 쌓아뒀을 뿐 아니라 창문으로 쓰레기를 내던지기도 했다. 이런 식으로 생겨난 건잡을 수 없고 가망 없는 부패 더미는, 설사 가난과 결핍이라는 무형의 불순물이 더해지지 않았더라도 공기를 오염시켰을 터였다. 설상가상으로 이 두 가지의 열악한 근원이 더해지자 공기는 견딜 수 없는 상태가 되었다. 이런 공기 속에, 오물과 독성으로 가득한 가파르고 컴컴한 통로에, 길이 나 있었다. 그 자신의 마음이 심란해서, 그리고 젊은 동행의 불안이 매 순간 점점 커져서, 자비스 로리 씨는 두 번 걸음을 멈추고 쉬었다. 두 번 다 초라한 쇠창살 옆에서 멈추었는데, 그 틈으로 그나마 부패하지 않고 남아 있는 좋은 공기는 다 빠져나가고 온통 썩고 역겨운 공기만 기어드는 듯했다. 녹슨 창살 사이로, 뒤죽박죽 뒤섞인 동네 모습이 눈이 아니라 혀로 느껴졌다. 그리고 노트르담의 거대한 두 탑 꼭대기보다 가깝거나 낮게 자리한 곳에서는 건강한 삶을 누리거나 건전한 포부를 품을 가능성이 전혀 없어 보였다.

마침내 계단 꼭대기에 이르러 그들은 세 번째로 멈춰 섰다. 하지만 다락이 있는 층에 이르려면 경사가 더 가파르고 폭이 더 좁은 위쪽 계단을 하나 더 올라야 했다. 포도주 상점 주인은 젊은 숙녀에게 질문을 받을까 봐 두렵기라도 한지 언제나 일행보다 조금 앞서 로리 씨와 같은 쪽으로 걸었는데, 이곳에서 뒤돌아 어깨에 걸치고 있던 겉옷 주머니를 조심스럽게 더듬어 열쇠 하나를 꺼냈다.

“문이 잠겨 있단 말이오, 주인장?” 로리 씨가 놀라서 물었다.

“예, 그럼요.” 드파르주 씨의 가차 없는 대답이었다.

“그 불행한 신사분을 이렇게 구석진 곳에 가둬둘 필요가 있다고 생각하시는 거요?”

“열쇠로 잠가둘 필요는 있다고 생각합니다.” 드파르주 씨가 그의 귀에 대고 낮게 말하더니 인상을 잔뜩 찌푸렸다.

“왜요?”

“왜냐고요? 그렇게 오랫동안 감금된 채로 살았으니, 문을 열어두면, 겁에 질릴지, 미쳐 날뛸지, 자신을 갈가리 찢어발길지, 죽을지, 어떤 해를 입을지 어떻게 압니까?”

"그게 가능키나 한 일이오!" 로리 씨가 외쳤다.

"그게 가능키나 한 일이냐고요!" 드파르주가 씁쓸하게 되풀이했다. "예, 우리가 사는 세상이 얼마나 아름다운지, 그런 일이 가능할뿐더러 수많은 다른 일들이 가능하고, 가능할 뿐만 아니라 실제로 행해집니다. 행해진다고요! 저 하늘 아래에서, 날마다요. 악마여, 영원하소서. 계속 갑시다."

이 대화는 아주 나직하게 속삭이듯 이루어졌기에 젊은 숙녀의 귓가에는 한마디도 들어가지 않았다. 하지만 이 시점쯤 되자 그녀는 격한 감정 속에 몸을 떨었고, 얼굴에는 깊은 불안감, 무엇보다도 두려움과 공포가 드리웠다. 로리 씨는 한두 마디 마음을 다독이는 말을 해줘야겠다고 느꼈다.

"용기를 내요, 마네트 양! 용기! 사무랍니다! 최악의 상황은 이제 금방 끝나요. 저 방문을 지나기만 하면 최악의 상황은 끝납니다. 그러면 마네트 양이 그분에게 안겨드릴 온갖 좋은 일들, 온갖 위로, 온갖 행복이 시작되는 거예요. 여기 친절하신 이분이 그쪽에서 부축해드릴 겁니다. 그렇죠, 드파르주 씨? 자, 갑시다. 사무랍니다, 사무!"

그들은 천천히 조심스럽게 올라갔다. 계단이 짧아서 이내 꼭대기에 이르렀다. 그곳에 급격한 모퉁이가 있어 갑작스레 세 남자와 맞닥뜨리게 되었는데, 그들은 어떤 문 앞에서 머리를 낮게 숙인 채 벽에 난 틈새나 구멍을 통해 그 문 너머의 방 안을 열심히 들여다보는 중이었다. 가까이서 발소리가 들리자 셋은 고개를 돌리고 자리에서 일어났다. 포도주 상점에서 술을 마시던, 같은 이름의 삼인조였다.

"갑작스레 찾아오시는 바람에 저들을 잊고 있었군요." 드파르주 씨가 해명했다. "자리 좀 비켜주시게. 이곳에 볼일이 있으니까."

세 사람이 가만히 곁을 지나 조용히 아래로 내려갔다.

그 층에 달리 다른 문은 없는 듯했고, 그들끼리 남게 되었을 때 포도주 상점 주인이 곧장 그 문으로 향했기에, 로리 씨가 다소 분노를 담아 나직하게 물었다.

"마네트 씨를 구경거리로 만든 겁니까?"

"방금 보신 것처럼, 선택된 몇몇에게만 보여줍니다."

"그래도 괜찮은 겁니까?"

"저는 괜찮다고 생각합니다."

"몇몇이 누군데요? 그들을 어떻게 선택합니까?"

"진정한 사나이로만 뽑습니다. 나와 이름이 같고—자크가 내 이름입니다—이 광경을 보는 것이 도움이 될 만한 사람들로요. 됐습니다, 선생은 영국인이시니. 그건 또 다른 문제니까. 괜찮으시면, 잠시만 거기 계십시오."

뒤로 물러나 있으라는 경고의 몸짓과 함께 그는 몸을 숙이고 벽에 난 틈새를 들여다보았다. 이어 다시 고개를 들고 문을 두세 번 쾅쾅 두드렸는데, 소리를 내려는 것 외에 다른 목적은 없는 듯했다. 똑같은 의도로, 그는 열쇠로 서너 번 문을 긁고 난 다음 열쇠를 자물쇠에 어설프게 끼워 최대한 묵직하게 돌렸다.

문이 천천히 안으로 열렸고, 그는 방을 들여다보며 무언가 말했다. 그러자 희미한 목소리가 무언가 대답했다. 어느 쪽도 한 음절 이상 말했을 리 없었다.

그가 어깨 너머로 돌아보면서 그들에게 들어오라고 눈짓했다. 로리 씨는 마네트 양의 허리를 팔로 단단히 감싸 그녀를 지탱했다. 그녀가 주저앉는 게 느껴졌기 때문이었다.

"사, 사무예요, 사무!" 그가 다독였지만, 그의 뺨에서는 딱히 사무와는 상관없는 물방울이 빛나고 있었다. "들어갑시다, 들어가요!"

"그게 두려워요." 마네트 양이 몸을 떨며 대답했다.

"그게? 뭐가요?"

"제 말은, 그분이요. 저희 아버지."

로리 씨는 그녀의 상태와 어서 들어오라는 안내자의 재촉에 다소 필사적이 되어, 그의 어깨를 잡은 채 떨고 있는 그녀의 팔을 자기 목에 두른 다음 그녀를 살짝 들다시피 해서 서둘러 방으로 들어갔다. 그는 방에 들어서자마자 그녀를 앉히고, 자신에게 매달린 그녀를 안아주었다.

드파르주가 열쇠를 빼내 문을 닫고 안쪽에서 잠근 뒤 다시 열쇠를 빼내 손에 쥐었다. 그는 이 모든 일을 체계적으로, 그리고 최대한 시끄럽고 거친 소음을 동반하며 수행했다. 마지막으로 그는 규칙적인 발걸음으로 방을 가로질러 창문이 있는 곳까지 걸어갔다. 그곳에서 멈추고 몸을 돌렸다.

그 다락방은 장작 따위를 보관하기 위해 지어진 곳으로, 침침하고 컴컴했다. 지붕창 형태로 생긴 창문이 사실은 지붕에 달린 문이라서, 그 위쪽으로는 길거리에서 물건을 끌어 올리기 위한 작은 기중기도 설치되어 있었다. 창유리가 없이, 프랑스 건축 양식의 여느 문처럼 문짝 두 개가 중간에서 닫히는 구조였다. 추위를 차단하기 위해 문짝 하나는 단단히 잠겨 있었고 나머지 하나는 아주 조금 열려 있었다. 이런 식으로 빈약한 양의 햇빛만 들어왔기 때문에, 처음 방에 들어섰을 때는 사물을 분간하기 힘들었다. 이런 어둠 속에서 무엇이건 정밀함이 요구되는 일을 하려면 그런 능력은 오로지 오래된 습관을 통해서만 서서히 생길 터였다. 그럼에도 그런 종류의 일이 다락방에서 진행 중이었다. 등은 문을 향하고, 얼굴은 포도주 상점 주인이 지켜보며 서 있는 창문으로 향한 채, 머리가 하얗게 센 남자가 낮은 작업대에 앉아 몸을 구부정히 숙이고 매우 분주히 구두를 만드는 중이었으니까.

6장

구두장이

"안녕하십니까!" 드파르주 씨가 구두를 만드느라 낮게 숙인 백발을 내려다보며 말했다.

머리가 잠시 올라왔고, 마치 멀리 떨어진 듯 아주 희미한 목소리가 인사에 답했다.

"안녕하십니까."

"아직도 열심히 일하시네요, 보아하니?"

기나긴 침묵 뒤에 다시 머리가 올라왔고, 목소리가 대답했다. "예…… 일하고 있습니다." 이번에는 한 쌍의 퀭한 눈이 질문자를 바라보았고, 이내 머리가 아래로 내려갔다.

희미한 목소리가 애처롭고 끔찍했다. 감금 생활이나 혹독한 운명도 분명 원인이 되기는 했겠지만, 그것은 육체적인 허약함에서 비롯된 희미함이 아니었다. 비통하고 특이하게도, 그것은 외로이 지내며 쓰지 않아 비롯된 희미함이었다. 그것은 마치 아주 오래전에 존재했던 어떤 소리의 마지막 가냘픈 메아리 같았다. 인간의 목소리다운 생기나 울림을 완전히 잃어버린 탓에, 마치 한때 아름다웠던 빛깔이 초라하고 희미한 얼룩으로 바래버린 것 같은 느낌을 주었다. 너무나 가라앉고 억눌려 있어 흡사 지하에서 나는 목소리 같았다. 절망적으로 파괴된 인간을 너무나 생생히 드러내고 있어, 굶주린 여행자가 황야에서 쓸쓸히 헤매다 지쳐 쓰러져 죽을 때 이런 목소리로 고향과 친구를 떠올릴 것 같았다.

조용한 작업 속에 몇 분이 흘렀다. 퀭한 두 눈이 다시 위를 쳐다봤다. 어떤 흥미나 궁금함 때문이 아니라, 앞서 그 눈이 보았던 유일한 방문객이 서 있던 자리가 아직 비워지지 않았다는 둔한 기계적 자각 때문이었다.

"괜찮으시다면," 드파르주가 구두장이에게서 시선을 거두지 않고 말했다. "이곳에 조금만 더 햇빛을 들였으면 싶은데. 조금 더 들여도 견디실 수 있겠어요?"

구두장이가 작업을 멈추었다. 멍하니 귀 기울이는 표정으로 한쪽 바닥을 내려다보고, 비슷한 식으로 다른 쪽 바닥을 내려다보았다. 이어 말하는 사람을 올려다보았다.

"뭐라고 하셨소?"

"햇빛을 조금 더 들여도 견디실 수 있겠어요?"

"그러면 견뎌야겠지요, 더 들이신다면." (두 번째 단어에 아주 희미한 강세가 묻어났다.)

열려 있던 문짝이 조금 더 열리고 잠시 그 각도로 고정되었다. 햇살이 폭넓게 다락방에 쏟아지면서, 덜 만든 구두 한 짝을 무릎에 얹은 채 작업을 멈춘 구두장이의 모습이 드러났다. 흔한 연장 몇 점과 잡다한 가죽 조각들이 그의 발치와 작업대에 놓여 있었다. 하얀 수염은 들쭉날쭉 잘렸지만 그렇게 길지는 않았고, 얼굴은 몹시 야위었으며, 두 눈은 극도로 빛났다. 설혹 두 눈이 실제로 크지 않았다고 하더라도, 얼굴이 앙상하게 야윈 탓에 아직 짙은 눈썹과 때 이르게 하얗게 센 머리카락 아래에서 크게 보였을 터였다. 하지만 본래부터 눈이 컸던지라 지금은 부자연스러울 정도로 크게 보였다. 누런 넝마 같은 셔츠가 목 근처에서 벌어져 있어 수척하고 여윈 몸이 그대로 드러났다. 그와 낡은 캔버스 천 작업복과 헐겁게 늘어진 긴 양말과 초라한 누더기 같은 옷가지 전부가 오랫동안 햇빛과 공기를 직접 쐬지 못한 탓에 하나같이 누런 양피지처럼 칙칙하게 색이 바래 어느 것이 어느 것인지 구분하기도 힘들었다.

그가 두 눈과 햇빛 사이를 손으로 가리자 손의 뼈조차 투명하게 보였다. 그런 식으로 그는 변함없이 멍한 시선으로 작업을 멈춘 채 앉아 있었다. 눈앞의 사람을 쳐다볼 때면 언제나 처음에는 이쪽을 다음에는 저쪽을 내려다보았는데, 마치 장소와 소리를 연관 짓는 습성을 잃어버린 듯했다. 말을 할 때면 언제나 이런 식으로 헤맸고, 그러다가 말하는 것을 잊어버렸다.

"오늘 그 구두 한 켤레를 다 끝내시려고요?" 드파르주가 로리 씨에게 다가오라고 손짓하며 물었다.

"뭐라고 하셨소?"

"오늘 그 구두 한 켤레를 다 끝내실 생각이냐고요?"

"그럴 생각이라고는 말 못 하지만, 아마도 그렇겠죠. 모르겠소."

하지만 그 질문 때문에 그는 다시 작업을 떠올리고 일감 위로 몸을 숙였다.

로리 씨가 그의 딸을 문가에 남겨두고 조용히 앞으로 다가왔다. 그가 일이 분쯤 드파르주 곁에 서 있을 때 구두장이가 고개를 들었다. 그는 또 다른 인물을 보고 놀란 기색은 전혀 보이지 않았지만, 상대를 쳐다볼 때 한쪽 손의 떨리는 손가락이 입술 근처를 맴돌았고(그의 입술과 손톱은 똑같이 창백한 납빛이었다), 이어 손을 내리고 일감을 잡더니, 다시 한번 구두 위로 몸을 숙였다. 시선과 동작은 일순간에 이루어졌다.

"저기, 손님이 계십니다." 드파르주가 말했다.

"뭐라고 하셨소?"

"여기 손님이 계시다고요."

구두장이가 앞서 그러했듯 고개를 들었지만, 일감에서 손을 거두지는 않았다.

"어서요!" 드파르주가 말했다. "여기 신사분은 잘 만든 구두를 보면 바로 알아보신답니다. 지금 만들고 계신 구두를 보여드리세요. 여기 있습니다, 선생님."

로리 씨가 구두를 손에 들었다.

"이 신사분에게 어떤 구두인지, 만든 사람이 누군지 알려드리세요."

평소보다 오랜 침묵이 이어진 뒤 구두장이가 대답했다.

"뭐라고 물으셨는지 잊어버렸소. 뭐라고 하셨소?"

"제 말은, 이 신사분한테 구두가 어떤 종류인지 설명해주실 수 있느냐고요?"

"숙녀화요. 젊은 숙녀를 위한 보행용 구두. 요즘 유행하는 스타일로 만들었소. 직접 스타일을 보지는 못했소만, 구두 본을 수중에 갖고 있었소." 그는 희미하게 스치는 자부심 속에 구두를 바라보았다.

"만든 사람 이름은요?" 드파르주가 물었다.

이제 그는 들고 있을 일감이 없었기 때문에, 오른쪽 손가락 마디를 왼쪽 손바닥에 대었다가, 다음에는 왼쪽 손가락 마디를 오른쪽 손바닥에 대었다가, 다음에는 한 손으로 턱수염을 쓸었다가, 이런 식으로 잠시도 쉬지 않고 규칙적으로 동작을 바꿨다. 그는 말을 하고 나면 번번이 넋을 놓아버려, 그를 다시 일깨우는 일은 마치 몹시 쇠약한 사람을 기절 상태에서 깨어나게 하거나, 빠르게 죽어가는 사람에게서 어떤 사실을 알아내고자 그의 정신을 붙잡으려 애쓰는 것과 같았다.

"내 이름을 물어보셨소?"

"그럼요, 맞습니다."

"북탑 105요."

"그게 다입니까?"

"북탑 105요."

한숨도, 그렇다고 신음도 아닌 노곤한 소리를 내뱉은 뒤 그는 작업을 위해 몸을 숙였고, 얼마 뒤 다시 침묵이 깨어졌다.

"직업이 구두장이가 아닌가요?" 로리 씨가 그를 흔들림 없이 바라보며 말했다.

그의 퀭한 두 눈이 이 질문을 넘겨받으라는 듯 드파르주를 쳐다보았다. 하지만 그쪽에서 아무런 도움이 오지 않자, 두 눈은 바닥을 내려다보았다가 다시 질문자를 향했다.

"직업이 구두장이가 아니냐고요? 예, 원래 직업은 구두장이가 아닙니다. 나는…… 이 일을 여기에서 배웠소. 스스로 익혔죠. 허락해달라고……."

그는 몇 분 동안이나 넋을 놓았고, 그러는 내내 규칙적으로 손동작을 바꾸었다. 이윽고 떠돌던 눈이 서서히 상대의 얼굴로 되돌아갔다. 눈길이 상대에게 닿은 순간 그는 흠칫 놀라더니, 마치 잠을 자다 그 순간 깨어나 지난밤의 화제로 되돌아간 사람처럼 이야기를 계속했다.

"허락해달라고 했죠, 스스로 익히겠다고. 한참 뒤에 어렵사리 허락이 났고, 그때 이후로 계속 구두를 만들었소."

그가 자신에게서 가져간 구두를 돌려받으려고 손을 내밀자, 로리 씨가 여전히 흔들림 없이 남자의 얼굴을 바라보며 말했다.

"마네트 씨, 제가 전혀 기억나지 않습니까?"

구두가 바닥에 툭 떨어졌고, 남자는 질문자를 뚫어지게 쳐다보며 앉아 있었다.

"마네트 씨." 로리 씨가 드파르주의 팔에 손을 얹었다. "이 사람이 전혀 기억나지 않습니까? 이 사람을 보십시오. 저를 보세요. 지난날의 은행원이, 지난날의 일이, 지난날의 하인이, 지난날의 시간이 전혀 마음속에 떠오르지 않습니까, 마네트 씨?"

십수 년간 갇혀 지낸 포로가 로리 씨와 드파르주를 번갈아 뚫어지게 쳐다보며 앉아 있을 때, 그의 이마 한가운데에서 오래전에 지워졌던 강렬한 지성의 흔적이, 그를 뒤덮은 시커먼 안개를 헤치며 차츰차츰 모습을 드러냈다. 이어 다시 안개에 뒤덮여 점점 희미해지다가 완전히 사라져버렸다. 하지만 분명 그곳에 있었다. 이 표정이 마네트 양의 젊고 아름다운 얼굴에 어찌나 똑같이 되풀이되었는지 모른다. 어느덧 그녀는 그가 보이는 곳까지 벽을 따라 기어와, 지금은 그곳에 서서 그를 바라보고 있었는데, 처음에는 그를 멀리하거나 시야에서 가리려는 의도까지는 아니더라도 그저 두려운 동정심 때문에 두 손을 들고 있었으나, 지금은 그의 유령 같은 얼굴을 자신의 따뜻하고 젊은 가슴에 품고 사랑으로 보듬어 다시 삶과 희망을 안겨주고자 하는 열망 때문에 떨리는 두 손을 그를 향해 뻗고 있었다. 이 표정이 그녀의 젊고 아름다운 얼굴에 (비록 더 강렬하긴 해도) 어찌나 똑같이 되풀이되었던지, 마치 움직이는 빛처럼 그에게서 그녀에게로 옮겨 간 듯 보였다.

그의 표정에는 어느덧 어둠이 내려앉아 있었다. 그는 두 사람을 점점 더 무심하게 바라보았고, 두 눈은 예전처럼 우울하고 멍하니 바닥을 향했다가 주변을 둘러보았다. 마침내 길고 깊은 한숨과 함께 그는 구두를 집어 들고 작업을 계속했다.

"이분을 알아보시겠습니까, 선생님?" 드파르주가 나직하게 물었다.

"예, 잠시나마. 처음에는 완전히 가망이 없다고 생각했소만, 한 순간 내가 한때 너무나 잘 알았던 얼굴을 틀림없이 보았소. 쉿! 뒤로 물러납시다. 쉿!"

어느새 그녀가 다락방의 벽에서 그가 앉아 있는 작업대 바로 근처까지 다가와 있었다. 손만 뻗으면 만질 수 있을 정도로 가까운데도, 일감 위로 몸을 숙인 그가 상대를 전혀 의식하지 못하는 것에는 뭔가 참혹한 면이 있었다.

어떤 말을 내뱉지도, 어떤 소리를 내지도 않았다. 그녀는 유령처럼 그의 곁에 서 있었고, 그는 일감 위로 몸을 숙이고 있었다.

이윽고 그가 손에 들고 있던 연장을 제화용 칼로 바꿔야 하는 순간이 찾아왔다. 칼은 그녀가 서 있는 쪽이 아니라 반대쪽에 놓여 있었다. 그가 칼을 집어 다시 일감 위로 몸을 숙이던 찰나, 그녀의 치맛자락이 눈에 띄었다. 그가 눈을 들어 그녀의 얼굴을 보았다. 지켜보던 두 사람이 앞으로 뛰어나왔지만, 그녀는 그대로 있으라고 손짓했다. 그들과 달리 그녀는 그가 자신을 칼로 찌를 거란 두려움을 전혀 느끼지 않았다.

그가 두려운 표정으로 그녀를 응시했고, 잠시 뒤 그의 입술이 뭔가 말하려는 듯 달싹거렸지만, 아무 소리도 나오지 않았다. 차츰차츰 가쁘고 힘겹게 숨을 내쉬는 중에 그가 이렇게 말하는 소리가 들렸다.

"이게 뭐지?"

얼굴 위로 눈물이 하염없이 흘러내리는 가운데, 그녀는 양손을 입술에 대었다가 그에게 입맞춤을 보냈다. 이어 가슴께에서 양손을 움켜잡았다. 마치 피폐해진 그의 머리를 자신의 품에 안기라도 하듯.

"간수의 딸은 아닌 듯한데?"

그녀가 한숨을 쉬었다. "예."

"누구시오?"

자신의 목소리가 어떻게 나올지 자신이 없어 그녀는 작업대로 다가가 그의 곁에 앉았다. 그가 움찔했지만 그녀는 그의 팔에 손을 얹었다. 그 순간 기묘한 전율이 그를 강타해 온몸을 타고 흐르는 것이 확연히 보였다. 그는 가만히 칼을 내려놓고 그녀를 응시하며 앉아 있었다.

그녀는 길고 곱슬곱슬한 금발을 대충 쓸어 넘겨 목덜미 뒤로 늘어뜨리고 있었다. 그가 조금씩 손을 뻗어 그녀의 머리카락을 손에 쥐고 들여다보았다. 그러다가 문득 딴생각에 잠긴 듯하더니, 다시 깊은 한숨을 내쉬면서 구두 만드는 일로 돌아갔다.

하지만 오래가지는 않았다. 그녀가 그의 팔을 놓고 어깨에 손을 얹었다. 그는 정말로 손이 거기에 있는지 확인이라도 하듯 두세 차례 미심쩍게 쳐다본 뒤, 일감을 내려놓고 목 주변으로 손을 올려 접힌 넝마 조각이 달린 시커멓게 변색된 끈을 끌렀다. 그가 이것을 무릎에 놓고 조심스레 펼치자 머리카락이 나왔다. 기껏해야 한두 가닥 정도의 금빛 머리카락이었다. 흘러간 시절, 그가 손가락에 감고 다녔던 머리카락이었다.[22]

그가 다시 그녀의 머리카락을 손에 쥐고 자세히 들여다보았다. "똑같아! 어떻게 이런 일이! 그게 언제였지? 그게 어땠었지?"

그의 이마에 집중한 표정이 되살아났을 때 그는 이 표정이 그녀에게도 있다는 것을 알아채는 듯했다. 그는 그녀를 햇빛 속에 돌려세우고 바라보았다.

"그날 밤 내가 불려 나갈 때 그녀는 내 어깨에 머리를 기대고 있었지. 그녀는 내가 가는 걸 두려워했어, 나는 아무렇지도 않았는데. 북탑에 끌려왔을 때 그들이 내 소매에서 이것을 발견했지. '그걸 내게 주겠소? 그것이 있다 한들 육신이 달아나는 데 아무 도움이 되지 못할 거요, 정신에는 도움이 될지 모르지만.' 이게 내가 한 말이었지. 아주 똑똑히 기억나."

22 당시에는 가족이나 연인의 머리카락을 반지에 넣어 끼고 다니곤 했다.

그는 이 말을 내뱉기 전에 몇 번이나 적당한 표현을 찾으려 입술을 달싹거렸다. 그래도 일단 입 밖으로 내뱉었을 때, 그의 말은 비록 느리기는 하나 조리가 있었다.

"어떻게 가능하지? 그게 당신이었소?"

그가 너무나 갑작스레 그녀에게 덤벼드는 바람에 지켜보던 두 사람은 다시 한번 흠칫했다. 하지만 그녀는 그에게 붙들린 채 더없이 차분히 앉아 나직하게 말할 뿐이었다. "두 분께 부탁드릴게요, 우리 곁에 가까이 오지 마세요. 말하지도 마시고, 움직이지도 마세요!"

"들어봐!" 그가 외쳤다. "누구 목소리였지?"

그는 이렇게 외치면서 그녀를 잡았던 손을 놓고 미친 듯한 격정 속에 흰머리를 쥐어뜯었다. 그에게서 구두 만드는 일 외에 모든 것이 사라졌듯, 격정 역시 사라졌다. 그는 작은 꾸러미를 다시 접어 가슴께에 넣으려 했다. 그러면서도 여전히 그녀를 바라보며 우울하게 고개를 저었다.

"아니, 아니, 아니. 당신은 너무 젊고 꽃다운 나이요. 그럴 리가 없어. 죄수가 어떤 꼴인지 보시오. 이건 그녀가 알던 손이 아냐, 이건 그녀가 알던 얼굴이 아냐, 이건 그녀가 들었던 목소리가 아냐. 아니, 아니. 그녀는…… 그는…… 북탑의 더딘 세월 이전에…… 훨씬 전에 존재했어. 상냥하신 천사여, 그대의 이름은 무엇이오?"

그의 목소리와 태도가 누그러진 것에 반색하며, 딸은 그의 앞에 무릎 꿇고 앉아 호소하듯 양손을 그의 가슴에 대었다.

"오, 제 이름이 무엇인지, 제 어머니가 누구인지, 제 아버지가 누구인지, 어찌하여 제가 그분들의 애달프고 애달픈 과거사를 전혀 몰랐는지 언젠가 알게 되실 거예요. 하지만 지금은 말씀드릴 수 없어요, 여기서는 말씀드릴 수 없어요. 지금 여기에서 말씀드릴 건 이것뿐, 부디 간청하건대 저를 어루만지고 제게 축복을 내려주세요. 입 맞춰주세요, 입 맞춰주세요! 오, 소중한 분이여, 소중한 분이여!"

그의 차가운 흰머리가 그녀의 환한 머리카락과 뒤섞였다. 그녀의 머리카락은 마치 그를 비추는 자유의 빛처럼 그의 머리를 따뜻하게 빛나게 했다.

"혹여 제 목소리에서—정말 그런지는 모르겠지만, 그렇다면 좋겠어요—한때 당신의 귓가에 달콤한 음악처럼 들렸던 목소리가 조금이나마 들린다면, 슬피 우세요, 슬피 우세요! 혹여 제 머리카락을 만지면서 젊고 자유롭던 그 시절에 당신의 가슴에 기대었던 사랑스러운 머리가 조금이나마 떠오른다면, 슬피 우세요, 슬피 우세요! 혹여 제가 우리 앞에 기다리는 '집'에 대해, 제가 모든 도리와 살뜰한 보살핌으로 당신께 진심을 다할 그곳에 대해 이야기할 때, 당신이 애타게 그리워하는 동안 오랜 시간 쓸쓸히 버려졌던 '집'이 조금이나마 떠오른다면, 슬피 우세요, 슬피 우세요!"

그녀는 그의 목을 더욱 꼭 끌어안고, 마치 그를 어린아이처럼 품에 안고 얼렀다.

“혹여, 소중하고 소중한 분이여, 제가 당신께 이제 모든 고통이 끝났다고, 제가 당신을 이 고통으로부터 구하기 위해 이곳에 왔다고, 함께 영국으로 가서 평온하게 지낼 거라고 말씀드릴 때, 헛되이 흘러가버린 보람 있던 삶이 떠오른다면, 당신께 너무나 잔인했던 우리의 고국 프랑스가 떠오른다면, 슬피 우세요, 슬피 우세요! 그리고 혹여, 제가 제 이름과 아직 살아 계신 아버지와 이미 돌아가신 어머니에 대해 이야기할 때, 가여운 어머니의 사랑이 제게 아버지의 고통을 숨긴 까닭에, 제가 지금껏 그분을 위해 온종일 애쓴 적도 온밤을 지새우며 흐느낀 적도 없음을 존경하는 아버지 앞에 무릎 꿇고 용서 구해야 함을 알게 되신다면, 슬피 우세요, 슬피 우세요! 제 어머니를 위해, 저를 위해, 슬피 우세요! 오, 여러분, 하느님, 감사합니다! 이분의 신성한 눈물이 제 얼굴에 느껴져요, 이분의 흐느낌이 제 심장을 두드려요. 오, 보세요! 하느님, 감사합니다, 정말 감사합니다!”

그는 그녀의 품속에 무너져 그녀의 가슴에 얼굴을 묻고 있었다. 너무나 가슴 뭉클한 장면이면서도, 이에 앞서 겪어야 했던 크나큰 부당함과 고통이 너무나 끔찍하여, 지켜보던 두 사람은 얼굴을 가렸다.

다락방의 고요함이 한동안 가만히 이어지고, 그의 들썩이던 가슴과 떨리던 몸도 모든 폭풍 뒤에 따르기 마련인 잔잔함—인류에게 있어, 삶이란 폭풍이 잦아들면 궁극적으로 접어들게 될

고요한 안식의 상징 ― 속에 한동안 젖어 들었을 때, 그들이 다가와 아버지와 딸을 바닥에서 일으켰다. 그는 서서히 바닥에 늘어져 완전히 진이 빠진 모습으로 누워 있었다. 그녀 역시 그의 곁에 자리 잡고 누워 아버지의 머리를 자신의 팔로 받치고 있었다. 그녀의 머리카락이 그의 위로 드리워 커튼처럼 빛을 가려주었다.

"혹시나 이분을 불안하게 만들지 않고," 로리 씨가 몇 차례나 코를 푼 다음에 그들 위로 몸을 숙였을 때, 그녀가 손을 내밀며 말했다. "우리가 즉시 파리를 떠날 채비를 갖출 수 있다면, 그래서 저 문을 통해 이곳에서 벗어나게 할 수 있다면……."

"하지만 생각해봐요. 이분이 여행을 하기에 괜찮을지?" 로리 씨가 물었다.

"제 생각엔, 이 도시에 남는 것보다는 괜찮을 것 같아요. 이분께 너무나 끔찍했던 곳이니까."

"맞는 말입니다." 드파르주가 무릎을 꿇은 채 지켜보고 귀 기울이다가 말했다. "다른 이유도 있고요. 어떤 이유에서건 마네트 씨는 프랑스를 벗어나는 편이 좋습니다. 저기, 마차와 역마를 알아볼까요?"

"그게 사무죠." 로리 씨가 순식간에 체계적인 태도를 되찾으며 말했다. "그리고 사무를 처리하려면, 내가 하는 편이 낫겠소."

"그러면 저희를 여기 놔두고 가셨으면 해요." 마네트 양이 부탁했다. "이분이 얼마나 차분해졌는지 보이시죠. 이제 저와 같이 남겨두고 가셔도 전혀 걱정하실 것 없어요. 그럴 이유가 없지 않겠어요? 혹시라도 저희가 방해받지 않게 문을 잠그실 거라면, 다시 돌아오셨을 때 지금처럼 조용한 모습을 보게 되실 거라 확신해요. 어쨌거나 다시 돌아오실 때까지 제가 보살펴드리고 있을게요. 그런 다음 곧장 모시고 떠나도록 해요."

로리 씨와 드파르주는 둘 다 난색을 표하면서 그들 중 한 명이 남았으면 했다. 하지만 마차와 역마뿐 아니라 여행 서류도 알아봐야 했다. 게다가 하루가 이미 저물어가고 있어 시간이 촉박했다. 마침내 그들은 해야 할 사무를 서로 나누기로 하고 부랴부랴 일을 처리하러 나섰다.

어둠이 모여들었을 때 딸은 딱딱한 바닥에 머리를 대고 아버지의 곁에 누워 그를 지켜보았다. 어둠이 점점 깊어지는 동안 그들은 둘 다 조용히 누워 있었고, 이윽고 벽의 틈새로 햇빛이 어슴푸레 빛났다.

로리 씨와 드파르주 씨는 여행 채비를 완전히 마무리한 뒤 여행용 외투와 덮개 외에 빵과 고기, 포도주, 뜨거운 커피를 챙겨 왔다. 드파르주 씨는 챙겨 온 식량과 그가 들고 있던 램프를 구두장이용 작업대에 올려놓고(다락방에는 짚으로 만든 침상 외에 아무것도 없었다), 로리 씨와 함께 포로를 깨운 뒤 그를 부축해서 일으켜 세웠다.

어떤 인간의 지력으로도 그의 겁먹은 듯 무표정한 얼굴에서 그의 수수께끼 같은 마음 상태를 읽어내지는 못했으리라. 그가 지금까지 일어난 일을 아는지, 그들이 들려준 이야기를 기억하는지, 자신이 풀려났다는 사실을 자각하는지, 이것은 어떤 지혜로도 풀지 못할 질문이었다. 그들이 말을 걸어보았지만 그의 상태가 너무 혼란스럽고 대답이 너무 더딘지라, 그들은 행여 잘못될까 겁이 나서 당분간은 그를 가만히 두기로 했다. 그는 이따금 어찌할 바를 모르겠다는 듯 격렬하게 양손으로 머리를 움켜쥐었는데, 이전까지는 보이지 않던 행동이었다. 그럼에도 그는 딸의 목소리가 들리기만 하면 반색했고, 그녀가 말할 때면 어김없이 그쪽을 돌아보았다.

오랜 세월 강제적인 복종에 익숙해진 사람답게 고분고분히, 그는 그들이 주는 대로 먹고 마시고, 그들이 주는 대로 외투와 덮개를 걸쳤다. 딸이 팔짱을 끼자 그는 즉각 반응하면서 양손으로 그녀의 손을 잡고 놓지 않았다.

그들은 계단을 내려가기 시작했다. 드파르주 씨가 램프를 들고 앞장서고, 로리 씨가 이 작은 행렬의 끝에 섰다. 긴 중앙 계단을 얼마 내려가지 않았을 때 그가 걸음을 멈추고 지붕과 벽을 둘러보았다.

"이곳이 기억나세요, 아버지? 이곳에 올라오시던 순간이 기억나세요?"

"뭐라고 했소?"

하지만 그녀가 질문을 반복하기 전에 그는 마치 질문이 반복된 것처럼 나직하게 대답했다.

"기억나냐고? 아니, 기억나지 않아요. 너무 오래전 일이라."

그들이 보기에 그가 감옥에서 이 집으로 옮겨진 일에 대해 아무 기억이 없다는 것은 확실했다. 그가 '북탑 105'라고 중얼대는 것이 들렸고, 주변을 두리번거릴 때면 오랜 세월 자신을 가두었던 튼튼한 감옥 벽을 찾고 있는 듯했다. 안마당에 이르자 그는 도개교가 나올 거라 예상하면서 본능적으로 발걸음을 바꾸었다. 하지만 도개교는 없고, 그 대신 탁 트인 거리에 대기 중인 마차가 보이자, 그는 딸의 손을 놓고 다시 머리를 움켜쥐었다.

문 근처에는 아무도 없었다. 수많은 창문 어디에도 인적이라곤 보이지 않았다. 길거리에는 우연히 지나가는 행인조차 없었다. 그곳은 부자연스러울 정도로 조용하고 썰렁했다. 보이는 사람이라고는 단 한 명, 드파르주 부인뿐이었다. 그녀는 문설주에 기대어 뜨개질을 하면서 아무것도 보지 않았다.

죄수가 마차에 오르고 딸도 뒤따라 올랐다. 하지만 그가 구두장이용 공구와 미완성된 구두를 처량하게 찾는 바람에 로리 씨는 마차 디딤대를 오르다 말고 멈춰 서야 했다. 드파르주 부인이 즉각 남편에게 자신이 가져오겠다고 이르더니, 여전히 뜨개질을 하면서 램프 불빛 너머로 사라져 마당을 가로질렀다. 그녀는 신속히 물건을 챙겨 와 그들에게 건넨 다음, 곧장 문설주에 기대어 뜨개질을 하면서 아무것도 보지 않았다.

드파르주가 마부석에 올라타 "관문으로 갑시다!"라고 일렀다. 마부가 채찍을 휘갈겼고, 그들은 머리 위에서 흔들리는 희미한 가로등 아래 다그닥다그닥 내달렸다.

머리 위에서 흔들리는—상대적으로 양호한 거리에서는 더 밝게, 열악한 거리에서는 더 희미하게 흔들리는—가로등 아래, 불 켜진 상점과 유쾌한 군중과 환히 빛나는 카페와 극장 문 앞을 지나, 도시의 어느 성문으로. 그곳 경비 초소에 랜턴을 든 병사들. "서류 좀 봅시다, 거기 여행객들!" "여기 있습니다, 병사 나리." 드파르주가 마차에서 내려 진지한 표정으로 그를 한쪽으로 데려가며 말했다. "이게 저 안에 계신 백발 신사분의 여행 서류입니다. 제가 저분과 함께 이 서류도 맡게 됐습니다. 어디에서 그랬냐면……." 그가 목소리를 낮추었고, 병사들의 랜턴 사이에 흥분이 일었다. 이어 제복 차림의 어떤 팔이 랜턴 하나를 마차 안으로 밀어 넣었고, 그 팔에 연결된 두 눈이 백발 신사를 쳐다보았는데, 평범한 낮이나 밤에 볼 수 있는 시선은 아니었다. "됐습니다. 출발!" 제복 입은 병사가 말했다. "안녕히 계십시오!" 드파르주가 말했다. 그리하여 점점 더 희미하게 흔들리는 가로등의 짧은 숲을 벗어나, 광활한 별의 숲 아래로.

확고하고 영원한 그 빛의 아치 아래로. 어떤 빛은 이 작은 지구에서 너무 멀어 학자들은 그 빛이 어떤 일이 벌어지거나 행해지는 우주의 한 지점으로서의 지구를 아직 찾지 못했을 거라 말한다. 밤의 그림자는 광활하고 검었다. 동이 틀 때까지 이어진 차갑고 불안한 시간 내내, 밤의 그림자는 자비스 로리 씨에게—지금껏 매장되었다 파내어진 남자의 맞은편에 앉아, 그에게서 영영 사라진 미묘한 힘은 무엇이고 회복 가능한 힘은 무엇인지 생각

중인 그에게—다시 한번 오래된 질문을 속삭였다.

"살고 싶은 마음이 있으신지?"

그리고 오래된 대답.

"모르겠소."

2부

금빛 실

1장

5년 후

템플 바 옆에 자리한 텔슨 은행은 심지어 1780년에도 구식이었다. 그곳은 매우 비좁고, 매우 어둡고, 매우 볼품없고, 매우 불편했다. 게다가 경영진들이 그곳의 비좁음을 자랑스러워하고, 어두움을 자랑스러워하고, 볼품없음을 자랑스러워하고, 불편함을 자랑스러워한다는 점에서, 도덕관념에서도 구식이었다. 심지어 그들은 이런 부분의 탁월함을 뽐내면서, 만약 덜 마뜩잖은 곳이었다면 덜 존경받았을 거라는 확고한 신념에 불타올랐다. 이것은 그저 소극적 신념이 아니라, 좀 더 편리한 영업장소를 공격할 때 사용하는 적극적 무기였다. 텔슨은 (그들에 따르면) 널찍한 공간도 필요 없고, 빛도 필요 없고, 장식도 필요 없었다. '노크스 앤드 컴퍼니'나 '스눅스 브라더스'라면 그럴지 모르지만, 텔슨 은행은 절대!

혹시라도 텔슨 은행을 재건축하자는 이야기를 꺼내는 아들이 있다면 이들 경영진은 누구라도 자기 아들의 상속권을 박탈했을 터였다. 이런 점에서 텔슨은 영국과 동격이었다. 이 나라 역시, 오랫동안 몹시 마뜩잖지만 그 때문에 더욱 존경스럽게 간주된 법과 관습을 개선하자고 주장한 아들이 있으면 종종 상속권을 박탈했으니까.

그리하여 텔슨 은행은 의기양양하게 불편함의 전형으로 통하기에 이르렀다. 힘없이 숨넘어가는 소리를 내는 바보같이 뻑뻑한 문을 덜커덩 열고 두 계단을 내려가 텔슨 은행에 들어서면, 작은 카운터 두 개가 자리하고 있는 작고 초라한 공간 안에 있다는 사실을 깨닫게 된다. 그곳에서는 늙디늙은 노인들이 마치 바람에 스치기라도 하는 듯 수표를 달달 떨게 만들면서 서명을 검사했고, 그들 곁에 자리한 우중충하기 그지없는 창문들은 언제나 플리트 거리에서 쏟아지는 진흙을 잔뜩 뒤집어쓴 데다 쇠창살 본래의 색깔과 템플 바의 묵직한 그림자 때문에 더더욱 우중충해 보였다. 만약 당신이 업무상 행장을 봐야 하는 경우라면, 뒤쪽에 자리한 '사형수 감방' 같은 곳에 보내져 잘못 허비한 삶에 대해 성찰하는 시간을 갖다가, 마침내 행장이 주머니에 양손을 찌르고 나타날 때는 음침한 어스름 속에서 그를 향해 눈도 제대로 끔벅이지 못하게 된다. 당신의 돈은 벌레 먹은 오래된 나무 서랍에서 나오거나 그 속으로 들어갔고, 서랍이 여닫힐 때마다 그 미세한 입자가 콧속이나 목구멍 속으로 날아 들어갔다. 지폐는 퀴퀴한 곰팡내를 풍기는 것이, 마치 급속하게 분해되어 다시 천 조각으로 돌아가려는 것 같았다.[23] 금은 식기류는 근처의 너저분한 곳에 처박혀 불길한 기운을 타고 하루 이틀 만에 빛나는 광택을 잃어버렸다. 각종 증서는 부엌과 식기실을 임시변통하여 만든 귀중품실에 보내져, 양피지의 기름기가 은행 공기 중에 쏙 빠지도록 말라갔다. 가족 문서가 담긴 좀 더 가벼운 상자들은, 언제나 커다란 식탁만 있고 식사는 한 번도 차려지지 않은 일종의 바르메사이드[24] 방으로 올려 보내졌는데, 그곳에 보관된 옛사랑이나 어린 자식들이 보낸 첫 서신들이, 템플 바에 전시되어 창밖에서 노려보는 머리통의 공포에서 벗어난 것이 심지어 1780년에도 최근의 일이었으니,[25] 그 머리들은 아비시니아나 아샨티[26]에 버금갈 정도로 비이성적인 잔인함과 흉포함 속에 전시되었던 터였다.

하지만 실제로 당시에는 사형이 모든 업계와 직종에서 유행하던 비법이었고, 텔슨 은행도 예외가 아니었다. 죽음은 만물에 대

23 1800년대 중반에 목재 펄프로 값싼 종이를 만들 수 있게 되기 전까지 모든 종이는 리넨 조각으로 만들어졌다.

24 《아라비안나이트》에 등장하는 바그다드의 큰 부자로, 거지를 향연에 불러 빈 식기를 대접했다.

25 18세기 중반까지 영국에서는 처형된 반역자의 머리를 창끝에 꽂아 썩어 떨어질 때까지 전시했다. 템플 바에 마지막으로 머리가 전시된 것은 1746년이고, 마지막으로 썩어 떨어진 것은 1772년이었다.

26 아비시니아는 에티오피아의 옛 이름이고, 아샨티는 아프리카 서부의 옛 왕국이다.

한 자연의 해결책이었으니, 법에서도 그렇지 않겠는가? 이에 따라 위조범은 사형에 처해졌다. 위조 화폐를 유통시킨 자도 사형에 처해졌다. 서신을 불법으로 열어본 자도 사형에 처해졌다. 40실링 6펜스를 훔친 자도 사형에 처해졌다. 텔슨 은행 문간에서 말을 잡고 달아난 자도 사형에 처해졌다. 위조 동전을 만든 자도 사형에 처해졌다. 범죄의 전음계에서 4분의 3 음역에 해당하는 자들은 모조리 사형에 처해졌다. 이것이 범죄 예방에 조금이라도 도움이 되어서가 아니라—실상은 정반대라는 사실을 밝혀둬야겠다—이렇게 하면 (이 세계에 관한 한) 골칫거리 같은 개별 사례들을 제거할 뿐만 아니라 이와 연관되어 살펴야 할 것이 하나도 남지 않기 때문이었다. 이처럼 당대 동종 업종인 더 큰 사업장들과 마찬가지로, 텔슨 은행도 영업 시절에 워낙 많은 생명을 앗은지라, 만약 잘린 머리들을 따로 처리하는 대신 템플 바에 쭉 늘어세웠다면, 그나마 지하층에 들어오는 얼마 안 되는 햇빛마저 현저히 가로막혔을 터였다.

텔슨 은행의 온갖 침침한 벽장과 진열장에 비좁게 처박힌 채 늙디늙은 은행원들은 엄숙하게 업무를 보았다. 텔슨 은행의 런던 사무소는 젊은이를 채용하면 그가 늙을 때까지 어딘가에 숨겨두었다. 마치 치즈처럼, 그는 텔슨 은행의 풍부한 향과 푸른곰팡이를 얻을 때까지 어두운 곳에 보관되었다. 그런 뒤에야 두꺼운 장부를 장엄하게 들여다보거나, 반바지와 각반을 벗고 이곳의 무게에 걸맞은 옷차림으로 사람들 앞에 모습을 드러내는 것이 허락되었다.

텔슨 은행 바깥에는 호출되기 전에는 절대 안에 들어오지 않는 잡역부가 있었다. 그는 이따금 수위와 심부름꾼 역할을 겸했고, 은행의 살아 있는 간판 역할을 했다. 그는 영업시간에 절대 자리를 비우지 않았다. 예외적으로 심부름을 가야 할 때는 자기 아들을 대신 세워놓았다. 아들은 열두 살 난 밉살스러운 사내아이로, 아비와 꼭 닮은 모습이었다. 사람들은 텔슨 은행이 이 잡역부를 격에는 안 맞지만 묵인한다고 여겼다. 은행 측에서는 언제나 이런 역할을 맡은 누군가를 묵인해왔고, 세월의 물결이 이 사내를 이 자리로 싣고 온 것이었다. 그의 성은 크런처였고, 어린 시절 런던 동부 하운즈디치 교구 교회에서 대리인을 통해 어둠의 일을 버리기로 선언함으로써 제리라는 이름을 추가로 얻었다.[27]

다음 장면은 화이트프라이어스의 행잉 소드 골목에 위치한 크런처 씨의 자택이다. 때는 서기 1780년, 바람 부는 3월의 어느 아침 7시 반이었다. (크런처 씨는 서기, 즉 '그리스도의 해'를 뜻하는 '아노 도미니'를 항상 '애나 도미노'라고 말했다. 아마도 어떤 여인이 대중적인 게임을 발명한 뒤 자기 이름을 거기에 붙인 데서 기독교의 서력기원이 유래했다고 생각하는 모양이었다.)

크런처 씨의 주거지는 썩 쾌적하지 않은 동네에 있었고, 집에

27 세례식에서 대부(모)는 대자녀의 이름으로 '악마와 그의 일'을 버리기로 선언한다.

방도 두 개뿐이었다. 그것도 판유리 한 개가 달린 골방을 방 하나로 쳤을 때 이야기지만. 그래도 집은 매우 깔끔하게 정돈되어 있었다. 바람 부는 3월 아침, 이른 시간이었지만 그가 잠들어 있는 방은 벌써 구석구석 닦여 있었다. 아침 식사를 위한 컵과 접시가 차려져 있었고, 소나무 널빤지로 만든 싸구려 식탁 위에는 새하얀 식탁보도 깔려 있었다.

크런처 씨는 집에서 쉬는 할리퀸[28]처럼 조각보 이불 아래 누워 있었다. 처음에는 곤히 자고 있었지만 차츰차츰 침대에서 거칠게 뒤척이기 시작하더니, 이윽고 이불 위로 모습을 드러냈는데, 삐죽삐죽한 머리털이 이불을 갈가리 찢어발길 모양새였다. 이 시점에서 그가 격분하여 버럭 소리를 질렀다.

"망할, 또 저 짓거리야!"

단정하고 부지런하게 생긴 한 여인이 구석에서 무릎을 꿇고 있다가 일어섰는데, 허둥지둥 당황한 모습으로 보건대 그가 말한 이가 이 여인인 모양이었다.

"뭐야!" 크런처 씨가 침대에서 장화를 찾으며 소리쳤다. "또 그 짓거리였지, 아냐?"

이처럼 두 번째 아침 인사를 퍼부은 뒤, 그는 세 번째 인사로 그녀에게 장화를 집어 던졌다. 장화는 진흙투성이였는데, 이는 크런처 씨네 생계와 관련된 독특한 상황을 암시했다. 즉, 은행 영

28 이탈리아 희극에 나오는 어릿광대로, 알록달록한 조각보 의상이나 흑백 바둑무늬 의상을 입었다.

업시간이 지나 그가 집에 돌아올 때면 장화가 깨끗했는데, 다음 날 아침에 일어나 보면 똑같은 장화가 종종 진흙투성이가 되어 있는 것이었다.

"대체," 겨냥이 빗나가자 크런처 씨는 호칭을 바꿔가며 말했다. "대체 무슨 수작이야, 이 훼방꾼아?"

"그냥 기도만 했어요."

"기도를 해? 참 착한 여편네야! 털썩 나자빠져선 남편이 잘못되라고 기도하다니 그건 무슨 수작이야?"

"잘못되라고 기도하지 않았어요. 당신이 잘되라고 기도했어요."

"천만에. 혹시 그랬다 쳐도, 나한테 그딴 짓거리 하지 마. 어이! 아들아, 네 어미는 참 착하기도 하지, 아비가 잘못되라고 기도나 하고 말이다. 네 어미는 행실도 바르고, 게다가 신앙심도 깊어, 안 그러냐. 하나밖에 없는 자식 입에서 빵과 버터를 빼앗아달라고 털썩 나자빠져선 기도질이나 하고."

(아직 속옷 차림이었던) 크런처 군은 이것을 몹시 기분 나쁘게 받아들였고, 어머니를 향해 자기한테서 음식을 빼앗아 가는 기도를 하지 말라고 강력하게 항의했다.

"그래서 이 잘난 여자야, 당신 생각에는," 크런처 씨가 아무 생각이나 앞뒤도 없이 말했다. "당신 기도 값어치가 얼마나 되는데? 당신 기도에 매긴 가격이 얼만지 말해봐!"

"그냥 마음에서 우러나는 거예요, 제리. 그것 이상의 가치는 없어요."

"그것 이상의 가치는 없다고?" 크런처 씨가 되풀이했다. "그럼 별 값어치도 없는 주제에. 어쨌거나 잘못되라고 기도하지 마, 분명히 말했어. 나는 그럴 형편이 아니라고. 당신이 뒤에서 하는 짓거리 때문에 재수 옴 붙을 순 없어. 정히 털썩질을 해대야겠으면 남편과 자식을 위해 하든가, 괜히 해코지하지 말고. 나한테 이런 이상한 여편네 말고 다른 여편네가 있었다면, 그리고 이 불쌍한 녀석한테 이런 이상한 어미 말고 다른 어미가 있었다면, 지난주에 나도 돈 좀 만져볼 수 있었을 텐데. 그렇게 되기는커녕 잘못되라는 기도질에 방해 공작에 종교적인 계략 때문에 완전히 재수 더러웠지. 망할!" 이러는 내내 옷을 걸치면서 크런처 씨가 말했다. "신앙심이니 뭐니 이것저것 빌어먹을 것들 때문에 부정 타서 지난주에 이 불쌍한 놈한테, 이 정직한 장사꾼한테 천하에 그런 불운이 없었어! 얼른 옷 입어, 아들아. 그리고 내가 장화를 닦는 동안 네가 가끔 네 어미 좀 지켜봐, 혹시라도 또 털썩질을 할 기미가 보이거든 곧바로 이야기하고. 내가 똑똑히 말하는데," 이 대목에서 그는 다시 한번 아내를 향했다. "이런 식으로 해코지당하지 않겠어. 나는 전세 마차처럼 부서질 지경이야, 아편제처럼 졸음이 쏟아진다고. 허리는 끊어질 지경이라서 이 통증이 아니면 이게 내 몸인지 딴 사람 몸인지 구분도 안 돼. 그런데도 말이지, 이 고생을 하는데도 주머니 사정은 피질 않아. 아무래도 당신이 내 주머니 사정이 피지 못하도록 아침부터 밤까지 수를 쓰는 모양인데, 절대 참지 않겠어. 이 훼방꾼, 할 말 있으면 해봐!"

이에 더해 "아! 그래! 당신은 신앙심도 깊지. 남편과 자식한테 해될 짓은 절대 하지 않아, 그렇지? 웃기고 있네!" 같은 말을 으르렁거리고, 윙윙 돌아가는 분노의 숫돌에서 다른 빈정대는 불꽃들을 내뿜으면서, 크런처 씨는 장화를 닦고 일상적인 출근 준비를 했다. 그러는 동안, 아비보다는 덜 억센 대못이 머리에 비쭉비쭉하고 어린 두 눈이 아비처럼 바싹 붙어 있는 아들놈은 지시대로 제 어미를 감시했다. 아이는 참참이 이 불쌍한 여인을 못살게 굴었으니, 골방 침실에서 몸단장을 하다 말고 튀어나와 "지금 털썩 주저앉을 참이었죠, 어머니? 저기요, 아버지!"라고 소리 죽여 외치고는, 이런 가짜 경보를 울린 뒤에 불효막심하게 싱글거리면서 다시 골방으로 쏙 들어가는 것이었다.

크런처 씨는 아침 식사를 할 때도 기분이 전혀 나아지지 않았다. 그는 크런처 부인이 식전 기도를 올리자 특히 반감을 드러내며 분개했다.

"어이, 훼방꾼! 뭐 하는 수작이야? 또 그 짓거리야?"

그의 아내는 그저 "축복을 구했을 뿐"이라고 해명했다.

"하지 마!" 크런처 씨는 아내의 기도가 효력을 발휘해 빵이 사라질 걸 기대하기라도 한 것처럼 주변을 둘러보았다. "괜히 축복이니 해서 집을 날려버리게 놔두진 않을 거야. 내 식탁에서 식량이 사라지게 놔두지 않을 거라고. 가만히 있어!"

마치 전혀 흥겹지 않게 끝난 파티에서 밤을 새운 사람처럼 극도로 시뻘건 눈에 험상궂은 표정을 한 채, 제리 크런처는 동물원의 네 발 달린 짐승처럼 식사를 놓고 으르렁대면서 아침을 먹는다기보다는 못살게 굴었다. 9시가 가까워지자 그는 불편한 심기를 가다듬고 본모습이야 어떻건 겉으로는 점잖고 사무적인 모양새를 하고 일터로 나섰다.

그는 자신을 "정직한 장사꾼"이라고 묘사하길 좋아했지만, 이건 장사라고 불릴 만한 것이 아니었다. 그의 장사 밑천은 등받이가 부서진 의자를 잘라 만든 나무 걸상이 전부로, 매일 아침마다 어린 제리가 이 걸상을 들고 아버지를 따라가 템플 바에서 가장 가까운 은행 창문 아래 내려놓았다. 이에 더해 잡역부의 발을 추위와 습기로부터 보호할 짚을 지나가는 아무 마차에서 한 줌 구하기만 하면 그날을 보낼 진지가 완성되었다. 이 근무 초소에서 자리를 지키는 크런처 씨는 플리트 거리와 템플 바 근방에 템플 바만큼이나 잘 알려진 인물이었고, 이곳에 버금가게 험상궂은 모습이었다.

제리는 늙디늙은 직원들이 텔슨 은행으로 들어가는 시간에 맞춰 삼각 모자에 손을 얹고 인사할 수 있도록 9시 15분 전에 진지를 구축한 뒤 이 바람 부는 3월 아침에 자신의 자리를 지켰다. 어린 제리는 템플 바를 휘젓고 다니다가 지나가는 소년들 중에 자신의 유쾌한 목적에 적당한 어린아이들을 골라 신체적으로나 정신적으로 얼얼한 상처를 입힐 때를 빼고는 아버지의 곁에 서 있었다. 완전히 판박이처럼 닮은 아버지와 아들이 플리트 거리의 아침 차량들을 말없이 바라보았는데, 각자의 두 눈이 바짝 붙어 있듯 둘의 머리가 바짝 붙어 있는 모습이 한 쌍의 원숭이와 몹시 흡사해 보였다. 나이 든 제리가 지푸라기를 질겅질겅 씹다가 뱉는다든가 어린 제리가 반짝거리는 두 눈으로 쉴 새 없이 아버지뿐 아니라 플리트 거리의 모든 것을 관찰하는 모습까지, 이런 소소한 상황도 원숭이와의 흡사함을 두드러지게 했다.

텔슨 은행 내부에서 일하는 상시 심부름꾼 하나가 문밖으로 머리를 내밀었고, 명령이 떨어졌다.

"수위 들어오랍니다!"

"야호, 아버지! 일찍부터 일을 개시했네요!"

아버지의 일이 순조롭기를 기원한 뒤, 어린 제리는 걸상에 걸터앉아 아버지가 씹다 남긴 지푸라기를 이어 씹으며 생각에 잠겼다.

"항상 녹투성이야! 아버지는 손가락이 항상 녹투성이야!" 어린 제리가 중얼거렸다. "아버지는 저런 쇳녹을 대체 어디서 묻혀 오시는 거지? 여기엔 쇳녹 같은 건 없잖아!"

2장

구경거리

"올드 베일리[29]를 잘 알겠지, 필시?" 늙디늙은 직원 한 명이 심부름꾼 제리에게 말했다.

"아, 예." 제리가 어딘가 완강한 태도로 대꾸했다. "베일리야 알지요."

"그렇군. 로리 씨도 알 테고."

"베일리보다야 로리 씨를 훨씬 잘 압니다. 훨씬 더요." 제리가 말했다. 그는 언급된 기관에 마지못해 서 있는 증인과 크게 다르지 않은 태도였다. "정직한 장사꾼으로서 베일리를 알고 싶은 것보다는 더요."

29 18세기에 뉴게이트 감옥 옆에 자리했던 법원으로, 현재의 런던 중앙 형사 법원이다.

"알겠네. 증인이 드나드는 문을 찾아서 로리 씨에게 보내는 이 쪽지를 문지기에게 보여주게. 그러면 자네를 들여보내줄 걸세."

"법정 안으로요?"

"법정 안으로."

크런처 씨의 두 눈이 '이거 어떻게 생각해?'라고 서로 상의하듯 조금 더 가까이 붙었다.

"그럼 제가 법정 안에서 기다리는 겁니까?" 그가 이런 협의 끝에 물었다.

"지금 말해줌세. 문지기가 로리 씨에게 쪽지를 전하면, 자네는 어떤 식으로든 로리 씨의 시선을 끌어서 자네가 어디 서 있는지 알려드리게. 그런 뒤에 자네가 할 일은, 그분이 자네를 필요로 할 때까지 그곳에서 기다리는 거야."

"그게 답니까?"

"그게 다일세. 로리 씨가 심부름꾼을 가까이 두길 원하셨네. 이걸 보면 자네가 거기 있다는 걸 아실 거야."

늙은 직원이 쪽지를 찬찬히 접어서 겉면에 이름을 쓰는 동안 크런처 씨는 말없이 그를 살펴보다가 압지를 사용하는 단계에 이르러 이렇게 말했다.

"오늘 오전에는 위조범들을 재판하는 거죠?"

"반역죄일세!"

"그럼 사지를 찢는 거잖습니까." 제리가 말했다. "야만적이에요!"

"그게 법일세." 늙은 서기가 안경 너머 놀란 시선으로 그를 쳐다보며 말했다. "그게 법이야."

"제 생각엔, 사람을 난도질하는 건 법이 잔인한 것 같습니다. 사람을 죽이는 것만도 잔인한데, 거기에다 난도질까지 하는 건 너무 잔인하잖습니까."

"무슨 그런 소릴." 늙은 직원이 대꾸했다. "법에 대해 좋게 말하게. 자네 가슴이랑 목소리나 잘 챙기고, 법은 법이 알아서 챙기게 놔두게, 친구. 내가 자네한테 하는 조언일세."

"습기 때문입니다, 그게 가슴과 목에 차서 그래요." 제리가 말했다. "제가 얼마나 눅눅하게 밥벌이를 하는지 생각해보십시오."

"저런, 저런." 늙은 직원이 말했다. "다들 각자 다양한 방식으로 생계를 유지하는 거네. 눅눅한 일자리를 가진 이도 있고, 마른 일자리를 가진 이도 있는 거지. 편지 여기 있네. 그만 가보게."

제리는 편지를 받아들었다. 겉으로는 공손하게 허리 숙여 인사했지만, 속으로는 '말라빠진 늙은이'라고 혼잣말을 한 뒤, 아들 곁을 지나면서 행선지를 이르고 길을 나섰다.

당시에는 타이번에서 교수형을 집행했기 때문에 뉴게이트 감옥 밖의 길거리는 훗날 따라다니게 될 악명 높은 평판을 아직 얻기 전이었다.[30] 하지만 감옥 자체는 극도로 역겨운 곳으로, 온갖

30 타이번은 1196년부터 1783년까지 런던의 공개 처형장이 있던 곳으로, 사형수들은 뉴게이트 감옥에서 2~3마일 떨어진 타이번까지 마차로 호송되었다. 이후 1783년부터는 뉴게이트 감옥 밖의 길거리에서 교수형이 집행되었다.

방탕하고 악랄한 행위가 자행되었으며, 그곳에서 생겨난 끔찍한 질병들이 죄수와 함께 법정 안으로 들어와 때로는 피고석에서 존엄하신 재판장을 향해 곧장 돌진하여 그를 판사석에서 끌어내리기도 했다. 그런 일이 한두 번이 아니라서, 검은 모자를 쓴 판사[31]가 죄수뿐 아니라 자신에게도 틀림없이 닥칠 운명을 선고한 뒤 심지어 죄수보다 먼저 죽는 일도 있었다. 그 외에도 올드 베일리는 일종의 죽음의 여인숙 마당으로 유명했다. 창백한 여행자들이 끊임없이 마차와 수레에 실려 그곳을 출발하여 죽음의 여정 뒤에 저세상으로 건너가는 곳이었으니까. 그들이 2마일 반 남짓한 한길을 지나갈 때 이를 수치스럽게 여기는 선량한 시민은 설혹 있다 해도 극히 드물었다. 관습이란 너무나 강력하여 처음부터 좋은 관습을 들이는 것이 바람직한 법이다. 그곳은 칼을 씌우는 형벌로도 유명했는데, 이 사려 깊은 옛 제도는 아무도 가늠하지 못할 정도의 처벌을 가하곤 했다. 더불어 정겨운 옛 제도이자 지켜보고 있노라면 인간미와 애틋함이 샘솟는 태형 기둥도 유명했고, 옛 지혜의 또 다른 단편이자 돈을 목적으로 하늘 아래 저지를 수 있는 가장 끔찍한 범죄 행위를 조직적으로 양산하는 청부 살인 사례금이 광범위하게 거래되는 곳으로도 유명했다. 총체적으로, 당시에 올드 베일리는 "존재하는 것은 무엇이건 옳다"는 격언의 탁월한 실례였으니, 존재하는 것이라면 어떤 것도

31 영국에서는 사형 선고를 내릴 때 판사가 검은 모자를 쓰는 것이 전통이었다.

틀리지 않았다는 성가신 결론만 포함되지 않는다면 이것은 나태한 것만큼이나 결정적인 격언이었다.

이 흉측한 현장에 사방으로 흩어진 부패한 군중 사이로, 심부름꾼은 가만가만 움직이는 데 익숙한 사람처럼 요령 있게 길을 나아갔고, 원하던 문을 찾아서 문구멍으로 쪽지를 건넸다. 당시에는 올드 베일리의 공연을 보려면 돈을 지불해야 하기 때문이었는데, 이는 베들램의 공연을 보려면 돈을 지불해야 했던 것과 마찬가지였다.[32] 전자의 오락이 훨씬 더 비싸다는 차이만 있을 뿐. 그런 이유로 올드 베일리의 모든 문은 경비가 삼엄했다. 단지 죄인들이 들어가는 친목의 문은 예외였으니, 그런 문은 언제나 활짝 열려 있었다.

잠시 시간을 끌며 항의하자, 문이 마지못해 아주 조금 삐걱 열렸고, 제리 크런처 씨는 비좁은 틈으로 법정에 들어섰다.

"무슨 차렙니까?" 그가 옆에 선 남자에게 귓속말로 물었다.

"아직 시작 안 했소."

"다음엔 뭔데요?"

"반역죄랍디다."

"사지 찢는 죄, 그거요?"

"아!" 남자가 흡족하게 대답했다. "나무틀에 실어 형장으로 끌고 가서 반쯤 목매달고, 그다음엔 끌어 내려서 눈앞에서 살점을

32 18세기 부유층의 오락거리 중 하나는 런던 베들램 정신 병원의 환자들을 구경하는 것이었다.

베어내고, 그다음엔 창자를 꺼내 불태우고, 그다음엔 목을 치고 사지를 찢는 거죠. 그게 벌입니다."

"만일 유죄라면, 그렇단 말이죠?" 제리가 조건부로 덧붙였다.

"오! 당연히 유죄겠죠." 상대가 말했다. "걱정할 필요 없어요."

이 대목에서 크런처 씨는 문지기에게로 관심이 쏠렸다. 문지기가 손에 쪽지를 들고 로리 씨에게 다가가는 것이 보였기 때문이다. 로리 씨는 가발을 쓴 신사들과 함께 탁자에 앉아 있었다. 그에게서 멀지 않은 곳에 죄수의 변호인인 가발 쓴 신사가 있었고, 그 앞에는 엄청난 서류 더미가 쌓여 있었다. 그리고 거의 맞은편에는 또 다른 가발 쓴 신사가 양손을 주머니에 넣고 앉아 있었는데, 크런처 씨가 그때나 이후에 보기에 그 신사는 오로지 법정 천장에만 관심이 있는 듯했다. 얼마간 걸걸하게 기침을 하고 턱을 문지르고 손짓을 한 다음에야 제리는 로리 씨의 눈에 띌 수 있었고, 그를 찾기 위해 일어서 있던 로리 씨는 조용히 고개를 끄덕이고는 다시 자리에 앉았다.

"저분은 이 사건이랑 무슨 관계랍니까?" 앞서 이야기를 나눴던 남자가 물었다.

"난들 무슨 수로 알겠소." 제리가 말했다.

"이런 질문을 해도 되는지 모르겠지만, 그럼, 댁은 이 사건이랑 무슨 관계요?"

"그건들 무슨 수로 알겠소." 제리가 말했다.

판사가 들어오자 법정이 한바탕 어수선해졌다가 다시 가라앉았고, 대화는 중단되었다. 이내 피고석은 모든 관심의 중심점이 되었다. 그곳에 서 있던 간수 둘이 밖으로 나갔고, 이어 죄수가 불려 들어와 법정에 섰다.

천장을 바라보는 가발 쓴 신사만 빼고, 그곳의 모든 사람이 피고를 응시했다. 그곳에 자리한 모든 인간의 숨결이 파도처럼, 또는 바람처럼, 또는 불처럼 그를 향해 밀려들었다. 열중한 얼굴들이 어떻게든 그를 보려고 기둥과 구석에서 목을 내밀었다. 뒷줄 방청객들은 그의 머리카락 한 올도 놓치지 않으려고 아예 자리에서 일어났다. 맨 아래쪽 방청객들은 남이야 어떻게 되건 자기는 보겠다고 앞사람 어깨를 짚었다. 그의 모습을 조금이라도 놓칠세라 사람들은 발끝으로 서고, 선반에 올라서고, 거의 허공을 디디고 섰다. 이 후자의 무리 중에 특히 눈에 띄는 이가 있었으니, 마치 살아 움직이는 뉴게이트의 대못 박힌 담벼락처럼 제리가 서 있었다. 그는 오는 길에 한잔 걸친 맥주 입내를 죄수를 향해 내뿜었고, 이 냄새는 다른 맥주와 진과 차와 커피와 기타 등등의 물결과 뒤섞여 흘러가, 이미 피고의 뒤쪽에 자리한 커다란 창문에 불순한 안개와 비가 되어 맺혀 있었다.

이 모든 시선과 고함의 대상은 건장한 체격에 잘생긴 얼굴, 햇볕에 그을린 뺨과 짙은 눈을 가진, 스물다섯 살 정도의 청년이었다. 모습으로 보건대 젊은 신사 계층이었다. 검정색, 혹은 진회색의 수수한 옷차림에, 길고 짙은 머리카락은 목덜미에서 끈으로 묶여 있었는데, 장식이라기보다는 그저 걸리적거리지 않도록 하기 위해서였다. 마음의 감정이 육신의 막을 통해 어떻게든 드러나듯 그의 처지에서 비롯된 창백함이 갈색으로 그을린 뺨에 드러나면서, 영혼이 햇빛보다 강하다는 사실을 보여주었다. 그 외에 그는 침착한 모습으로, 판사에게 허리를 숙인 뒤 조용히 서 있었다.

이 남자를 향하는 강렬한 시선과 숨결에 담긴 흥미는 인간성을 고양시키는 그런 종류는 아니었다. 만약 그가 이것보다 덜 끔찍한 선고를 받게 될 위험에 처했더라면—야만적인 세부 형벌 중 일부라도 면할 가능성이 있었더라면—그를 향한 흥미는 그것만큼 줄어들었을 터였다. 그토록 치욕스럽게 난도질당할 운명의 그 모습은 구경거리였다. 그토록 잔인하게 도살되어 갈가리 찢길 불후의 존재는 흥분거리였다. 다양한 구경꾼들이 자기기만의 능력과 수완으로 자신의 흥미를 제아무리 그럴듯하게 포장하더라도, 그것은 근본적으로 살인 괴물의 흥미였다.

다들 정숙하시오! 찰스 다네이는 어제 (끝없이 여차여차 저차저차) 그를 고발한 기소 내용에 대해 무죄를 주장하였으며, 그의 죄목은 우리의 온화하고 빛나고 훌륭하고 기타 등등의 군주이신 국왕 폐하에 대한 반역으로, 프랑스 루이스 국왕[33]이 전술한 우리의 온화하고 빛나고 훌륭하고 기타 등등이신 국왕 폐하에 맞서 벌이는 전쟁에서, 피고가 다양한 경우에 걸쳐, 다양한 수

33 당시 프랑스의 국왕은 루이Louis 16세였으나 제리는 루이스Lewis라고 잘못 알아듣고 있다.

단과 방법으로, 그를 도왔기 때문이다. 다시 말해 피고는 전술한 우리의 온화하고 빛나고 훌륭하고 기타 등등이신 국왕 폐하의 영토와 전술한 프랑스 루이스의 영토 사이를 오가면서, 전술한 우리의 온화하고 빛나고 훌륭하고 기타 등등이신 국왕 폐하께서 캐나다와 북아메리카에 파견 준비 중인 군력에 대한 정보를,[34] 전술한 프랑스의 루이스에게, 악덕하고 부정하고 반역적이고 그 외에도 사악하기 그지없게 발설하였다. 법률 용어들 때문에 머리카락이 점점 더 삐쭉삐쭉 곤두서는 가운데, 제리는 이 정도의 내용을 알아들은 것만으로도 굉장히 흡족했고, 전술한, 몇 번이고 전술한 찰스 다네이가 그의 눈앞에서 재판을 받는다는 것, 배심원단이 선서 중이라는 것, 그리고 법무 장관[35]이 발언 준비 중이라는 것 등을 헤매고 헤매다 어렵사리 파악했다.

(본인도 알다시피) 그곳의 모든 사람들의 마음속에서 교수형과 참수형과 능지처참형을 당하는 중인 피고는 이런 상황 때문에 움츠러들지도, 그렇다고 과장된 태도를 취하지도 않았다. 그는 조용히 주의를 기울였고, 심각한 관심 속에서 모두 절차를 지켜보았으며, 앞에 놓인 판자 위에 양손을 얹고 서 있었는데, 태도가 얼마나 침착했던지 판자에 흩뿌려진 약초가 잎사귀 하나 흐트러지지 않고 그대로였다. 감옥의 공기와 감옥의 열병에 대비하여 법정에는 온통 약초와 식초가 뿌려져 있었다.

34 미국 독립 혁명을 말한다.

35 18세기 주요 반역죄 재판에서는 법무 장관이 국가를 대신하여 직접 재판에 참여했다.

죄수의 머리 위에는 거울이 있어 위에서 그에게로 빛을 비추었다. 지금껏 수많은 사악하고 비참한 인간들이 그 속에 비쳤다가 거울 표면과 함께 이 지구 표면에서 사라져간 터였다. 언젠가 바다가 죽은 자들을 내어주듯, 만약 그 거울이 지금껏 거울에 비치었던 자들을 다시 내놓는다면, 이 추악한 장소는 더없이 섬뜩한 방식으로 유령에 시달리게 될 것이었다. 그곳에 담겼던 오명과 치욕에 대한 생각이 죄수의 마음을 스쳤는지도 모르겠다. 어찌 되었건 죄수는 자세를 바꾸다가 얼굴에 비치는 빛 조각을 의식하며 고개를 들었고, 거울을 본 순간 얼굴을 붉히면서 오른손으로 약초를 밀쳐버렸다.

그렇게 하던 중 우연찮게 죄수의 얼굴이 법정에서 그의 왼쪽을 향하게 되었다. 그의 눈높이쯤, 판사석이 있는 방향에 어떤 두 사람이 앉아 있었는데, 그들을 보자마자 그의 시선이 순식간에 고정되었다. 워낙 순식간이었고, 그의 모습이 워낙 확연히 변했기 때문에 그를 향했던 모든 시선이 그 두 사람을 향하게 되었다.

방청객이 발견한 두 사람은 스물을 갓 넘긴 젊은 숙녀와 그녀의 아버지로 보이는 신사였다. 신사는 몹시 두드러지는 외모로, 머리가 완전히 백발인 데다 얼굴에는 뭐라 형언할 수 없는 강렬함—활기 넘치는 강렬함이 아니라 사색하고 성찰하는 강렬함—이 깃들어 있었다. 얼굴에 이런 표정이 드리울 때면 그는 마치 노인처럼 보였다. 하지만 이런 표정이 흩어져 걷히고 나면—지금 잠시 딸과 이야기를 나눌 때처럼—그는 한창때를 넘기지 않은 잘생긴 남성으로 변했다.

딸은 아버지 곁에 앉아 한 손은 그의 팔에 끼고 다른 손으로는 그를 꽉 붙들고 있었다. 이런 상황에 대한 두려움과 죄수를 향한 동정심 속에, 그녀는 아버지 곁에 바싹 붙어 있었다. 그녀의 이마에는 마음을 온통 사로잡은 공포와 오로지 피고가 처한 위험만을 생각하는 연민이 뚜렷하게 나타나 있었다. 이것이 워낙 눈에 띈 데다 워낙 강력하고 자연스럽게 드러났던지라, 지금껏 죄수에게 아무런 동정심도 못 느꼈던 구경꾼들은 그녀를 보고 마음이 움직였다. 이어 속삭임이 번져갔다. "저들은 누구지?"

심부름꾼 제리는 자기 나름대로 유심히 지켜보면서 사건에 열중한 가운데 손가락의 쇳녹을 입으로 빨고 있다가 그들이 누구인지 들으려고 목을 길게 뺐다. 그의 주변에서 군중이 이런 질문을 던지고 전달하여 가장 가까이에 있는 안내원에게 보냈고, 그에게서 좀 더 느리게 답변이 전달되어 돌아와 이윽고 제리의 귀에까지 닿았다.

"증인이래요."

"어느 쪽?"

"반대쪽요."

"누구의 반대쪽?"

"피고 반대쪽요."

판사가 법정을 두루 둘러보다가 시선을 거두고 의자 등받이에 몸을 기댄 채 자기 손에 생명이 달린 남자를 찬찬히 뜯어보는 동안, 법무 장관이 밧줄을 돌리고 도끼를 갈고 교수대에 못을 박기 위해 자리에서 일어났다.

3장

실망

법무 장관이 배심원단에게 고하길, 그들 앞의 피고는 나이는 젊을지 모르나 반역 행위는 오래되었으며 따라서 사형에 처함이 마땅하다고 했다. 그가 공공의 적과 내통한 것은 오늘의 일도, 어제의 일도, 심지어 작년의 일도, 재작년의 일도 아니다. 피고는 그것보다 오랜 기간 프랑스와 영국 사이를 거듭 오간 것이 확실하며, 자신의 비밀스러운 용무에 대해 정직한 해명을 내놓지 못하고 있다. 만약 성공이 반역의 편에 섰다면(다행스럽게도 결코 그렇지 않았지만), 그의 악하고 죄 많은 용무의 실상은 그대로 묻혀버렸을지도 모른다. 하지만 신의 섭리는 두려울 것 없고 나무랄 데 없는 어떤 이에게 피고의 계략을 간파하고자 하는 마음을 내리셨으며, 그는 경악감 속에 피고의 계략을 국무 장관과 추밀원에 밝혔다. 이 애국자를 여러분 앞에 소개하고자 한다. 그의 신분과 태도는 전반적으로 탁월하다. 그는 원래 피고의 친구였으나, 그의 악행을 간파한 상서롭고도 불운한 순간, 더 이상 자신의 가슴에 품을 수 없는 반역자를 조국의 신성한 제단에 바치기로 즉각 결심했다. 만약 고대 그리스나 로마처럼 영국에서도 공공의 은인을 조각상으로 기리자고 법령으로 정한다면, 이 빛나는 시민은 틀림없이 조각상으로 세워질 것이다. 하지만 그런 법령이 없으니, 아마도 그의 조각상은 세워지지 않을 것이다. 무릇 덕성은 예로부터 시인들이 수많은 구절에서 노래했듯(그는 해당 구절을 배심원단이 토씨 하나 빠뜨리지 않고 줄줄 외울 거라 했고, 그러자 배심원단의 표정에는 그런 구절에 대해 전혀 아는 바가 없다는 죄의식이 드러났다), 어떤 면에서는 전염성이 있으며, 애국심, 즉 조국을 향한 사랑이라 알려진 빛나는 덕성의 경우에는 더더욱 그러하다. 이 증인에 대해 언급하는 것은 아무리 소소한 일일지라도 영광이다. 고귀한 본보기로 불릴 만한 이 완전무결한 검찰 측 증인은 피고의 하인과 대화를 나누어, 주인의 책상 서랍과 주머니를 뒤져 그의 서류를 은밀히 입수하고자 하는 거룩한 결심을 하인의 마음속에 심어주었다. 그는(법무 장관은) 이 가상한 하인에게 향할 얼마간의 비난을 들을 각오가 되어 있다. 하지만 전반적으로 그는 이 하인을 그의(법무 장관의) 형제자매보다 더 좋아하며, 그의(법무 장관의) 부모보다 더 존경한다. 배심원들도 그렇게 하길 자신 있게 권한다. 이 두 증인의 증언과 더불어 그들이 발견하여 이제 제출할 서류로 보건대, 피고는 바다와 육지 모두에서 국왕 폐하의 병력, 그 배치와 준비 현황에 관한 목록을 갖고 있었으며, 이러한 정보를 상습적으로 적국에 넘겨준 것이 확실하다. 이 목록이 피고의 필체임을 증명하지는 못했지만, 그래도 결과는 변함없다. 오히려 이것은 검찰 측에 유리한 요소로, 피고가 용의주도하게 미리 대비했다는 것을 드러내기 때문이다. 증거는 5년 전으로 거슬러 올라가는데, 이는 영국 군대와 비국인들 사이에 벌어진 첫 교전 날짜에서 몇 주 전으로, 이미 그때부터 피고가 이 간악한 임무를 수행 중이었음을 보여준다. 이와 같은 까닭에 배심원단은 (그가 잘 알고 있듯) 충성스러운 배심원답게, (그들이 잘 알고 있듯) 책임감 있는 배심원답게, 좋든 싫든 간에 피고가 확실히 유죄임을 밝히고 사형 선고를 내려야 할 것이다. 피고의 머리를 치지 않는 한 그들은 결코 베개에 머리를 뉘지 못할 것이고, 그들의 아내들이 베개에 머리를 뉜다는 생각을 견디지 못할 것이고, 그들의 자식들이 베개에 머리를 뉜다는 생각을 견디지 못할 것이고, 짧게 말해 그들이건 식구건 간에 더 이상 베개에 머리를 누일 일이 없을 것이다. 법무장관은 그가 생각할 수 있는 온갖 빈틈없는 논거를 바탕으로, 또한 자신은 이미 피고를 죽은 몸으로 간주한다는 엄숙한 단언을 근거로, 그의 머리를 배심원단에게 요구함으로써 결론을 맺었다.

법무 장관이 말을 끝내자 법정 안에 웡웡거리는 소리가 일었다. 마치 피고가 조만간 어떤 꼴이 될지 예상하고 거대한 파리 떼가 구름처럼 그의 주변에 모여드는 것 같았다. 소음이 다시 가라앉았을 때, 나무랄 데 없다는 그 애국자가 증인석에 나타났다.

이어 법무 차관이 상관의 본을 따라 애국자를 심문했다. 이름은 존 바사드, 신사 신분. 그의 순수한 영혼에 대한 이야기는 법무 장관이 묘사한 것과 그대로 일치했다. 굳이 단점을 들자면, 다소 너무 정확히 일치하는 것이랄까. 그는 고귀한 마음을 짓누르는 짐을 털어낸 뒤 겸손하게 물러나려 하였으나, 로리 씨로부터 그다지 멀지 않은 곳에 서류를 잔뜩 쌓아두고 앉아 있던 가발 쓴 신사가 증인에게 질문 몇 가지만 하자고 청했다. 맞은편에 앉은 가발 쓴 신사는 여전히 법정 천장만 올려다보고 있었다.

증인 본인은 첩자로 활동한 적이 있는지? 아니, 그런 저속한 암시조차 불쾌하다. 생계는 어떻게 유지하는지? 자산이 있다. 어디에 있나? 어디에 있는지 정확히 기억이 안 난다. 자산의 성격은? 남이 상관할 바 아니다. 상속받은 건가? 그렇다, 상속받았다. 누구한테서? 먼 친척한테서. 아주 먼 친척인가? 그런 편이다. 감옥에 간 적이 있나? 당연히 없다. 채무자 감옥에도 간 적이 없나? 그게 이 일과 무슨 상관인가. 채무자 감옥에도 간 적이 없나? 자, 다시 묻겠다. 정말 없나? 있다. 몇 번이나? 두세 번. 대여섯 번이 아니고? 아마도. 직업은? 신사다. 걷어차인 적이 있나? 그럴지도. 자주? 아니다. 아래층으로 걷어차인 적은? 단연코 없다. 계단 꼭대기에서 걷어차이긴 했지만, 아래층에는 자발적으로 떨어진 거다. 그때 걷어차인 이유가 노름에서 속임수를 썼기 때문인가? 폭력을 행사한 술 취한 거짓말쟁이가 그런 식으로 말하긴 했지만, 사실이 아니다. 사실이 아니라고 맹세하나? 당연하다. 카드놀이에서 속임수를 써서 먹고산 적은? 절대 없다. 카드놀이로 먹고산 적은? 다른 신사들보다 더하지는 않았다. 피고에게 돈을 빌린 적이 있나? 있다. 갚은 적은? 없다. 마차나 여관이나 우편선에서 굳이 피고에게 아는 척했을 뿐, 사실 피고와는 별 친분도 없지 않은가? 그렇지 않다. 피고가 이 목록을 가지고 있는 걸 보았다고 확신하나? 틀림없다. 목록에 대해 더 아는 바가 있나? 없다. 예컨대, 증인 본인이 이걸 입수한 건 아닌가? 그렇지 않다. 이 증언으로 뭔가 얻게 되길 기대하나? 아니다. 정부에서 꼬박꼬박 돈을 받으면서 일하진 않나, 덫을 놓는다든가?[36] 맙소사, 아니다. 아니면 다른 일을 한다든가? 맙소사, 아니다. 맹세하나? 몇 번이고 맹세한다. 순수한 애국심 외에 다른 동기는 없다고? 절대 없다.

강직한 하인, 로저 클라이는 빠른 속도로 증언을 해나갔다. 그는 4년 전에 단순한 신의에서 피고를 모시게 되었다. 칼레로 향하는 우편선에서 피고에게 혹시 잡역부가 필요하지 않냐고 물었더니 피고가 그를 고용했다. 그는 피고에게 자선 행위로 잡역부 자리를 요구한 것이 아니다. 그런 생각은 해본 적도 없다. 그로

36 당시 영국 정부는 잠재적 반역자나 외국 첩자로 의심되는 사람들에게 덫을 놓는 일을 했다.

부터 얼마 뒤, 피고에게 의심을 품게 됐고 그를 주시하기 시작했다. 여행 중에 피고의 옷을 챙기다가 이것과 비슷한 목록을 주머니에서 여러 번 발견했다. 그는 이 목록들을 피고의 책상 서랍에서 가져왔다. 본인이 거기에다 심어둔 게 아니다. 그는 피고가 칼레에서 이것과 똑같은 목록을 프랑스 신사들에게 보여주는 것뿐 아니라, 칼레와 불로뉴에서 이것과 비슷한 목록을 프랑스 신사들에게 보여주는 것을 목격했다. 그는 조국을 사랑하기에 참을 수 없어서 정보를 제공한 것이다. 은제 찻주전자를 훔쳤다니, 그런 의심은 받은 적이 없다. 겨자 그릇과 관련해서 모함을 당한 적은 있지만, 알고 보니 고작 은도금한 물건이었다. 조금 전의 증인과 알고 지낸 지는 칠팔 년 되었다. 그건 순전히 우연의 일치다. 그걸 특별히 신기한 우연의 일치라고 생각지는 않는다. 대부분의 우연의 일치는 신기한 법이니까. 그의 경우에도 진정한 애국심 외에 다른 동기는 없지만, 이것 역시 신기한 우연의 일치라고 생각지는 않는다. 그는 진정한 영국인이고 자기와 같은 이가 많기를 바랄 뿐이다.

파리 떼가 다시 윙윙거렸고, 법무 장관이 자비스 로리를 불렀다.

"자비스 로리 씨, 증인은 텔슨 은행 직원이죠?"

"그렇습니다."

"1775년 11월의 어느 금요일 밤에, 증인은 업무 때문에 런던과 도버 사이를 역마차로 여행했죠?"

"그렇습니다."

"역마차에 다른 승객이 있었습니까?"

"두 명 있었습니다."

"그날 밤에 그들이 도중에 내렸습니까?"

"그렇습니다."

"로리 씨, 피고를 보십시오. 피고가 두 승객 중 한 명이었습니까?"

"그렇다고 장담하지는 못하겠습니다."

"피고가 두 승객 중 어느 한 명과 닮았습니까?"

"워낙 둘 다 단단히 싸매고 있었고, 캄캄한 밤이었던 데다 다들 말을 아꼈기 때문에, 그것도 장담하지는 못하겠습니다."

"로리 씨, 피고를 다시 한번 보십시오. 만약 피고가 두 승객처럼 싸매고 있다고 가정한다면, 체격이나 키로 봤을 때 그중 한 명일 가능성이 없다고 볼 요소가 있습니까?"

"없습니다."

"로리 씨, 피고가 그중 한 명이 아니라고 맹세하지는 못하겠죠?"

"그렇습니다."

"그러니까 최소한 피고가 그중 한 명일 수도 있다는 거지요?"

"예. 다만 제가 기억하기에 그들은 둘 다 저처럼 노상강도 때문에 겁에 질린 눈치였는데, 피고에게는 겁쟁이 같은 기색이 없습니다."

"소심함을 가장한 경우를 보신 적이 없습니까, 로리 씨?"

"물론 있습니다."

"로리 씨, 다시 한번 피고를 보십시오. 증인의 기억에 따르면, 피고를 이전에 보신 적이 있죠?"

"그렇습니다."

"언제죠?"

"그로부터 며칠 뒤에 프랑스에서 돌아오는 길이었습니다. 칼레에서 피고가 제가 탄 우편선에 올랐고, 저와 함께 뱃길을 여행했습니다."

"몇 시에 피고가 배에 탔습니까?"

"자정이 조금 지나서였습니다."

"한밤중이란 말이군요. 그 수상한 시간에 배에 오른 승객은 피고가 유일했습니까?"

"그렇습니다."

"증인은 혼자 여행 중이었습니까, 아니면 동행이 있었습니까?"

"동행이 둘 있었습니다. 신사 한 명과 숙녀 한 명. 그들도 이곳에 와 있습니다."

"이곳에 와 있군요. 증인은 피고와 대화를 나눈 적이 있습니까?"

"거의 없습니다. 날씨가 사나웠고 뱃길이 길고 험해서, 저는 그쪽 해안을 떠나 이쪽 해안에 닿을 때까지 내내 소파에 누워 있었습니다."

"마네트 양!"

앞서 모든 시선이 향했고 다시 한번 시선이 쏠리는 가운데, 젊은 숙녀가 앉아 있던 자리에서 일어났다. 그녀의 아버지도 함께 일어나 딸이 계속 자신의 팔을 잡도록 했다.

"마네트 양, 피고를 보십시오."

그토록 큰 연민, 그토록 진심 어린 젊음과 아름다움을 마주하는 것이 피고로서는 모든 군중을 마주하는 것보다 훨씬 힘든 일이었다. 이를테면 그녀와 따로 떨어져서 자신의 무덤 가장자리에 서 있는 셈이라, 빤히 지켜보는 호기심 어린 시선들도 그 순간만은 그에게 평정심을 유지하려는 오기를 주지 못했다. 그의 황급한 오른손은 눈앞에 놓인 약초를 구획하여 상상의 정원에서 화단을 만들었고, 혈색이 심장으로 모두 빠져나간 파리한 입술은 호흡을 가다듬고 진정하려는 노력 탓에 파르르 떨렸다. 거대한 파리 떼가 다시금 시끄럽게 윙윙거렸다.

"마네트 양, 피고를 예전에 본 적이 있습니까?"

"예."

"어디서죠?"

"방금 전에 언급된 우편선 위에서, 같은 경우에 보았습니다."

"방금 전에 언급된 젊은 숙녀가 증인입니까?"

"오! 안타깝기 그지없지만, 제가 맞습니다!"

그녀의 연민 어린 애절한 음색이, 매섭게 쏘아붙이는 판사의 썩 아름답지 않은 가락과 뒤섞였다. "묻는 질문에만 답하고, 다른 언급은 삼가시오."

"마네트 양, 영국 해협을 건너던 그 뱃길에서 피고와 이야기를 나눈 적이 있습니까?"

"예."

"말해보세요."

깊은 정적 속에 그녀가 가냘프게 이야기를 시작했다. "저 신사분이 배에 올랐을 때……."

"피고를 말하는 겁니까?" 판사가 이마를 찌푸리며 물었다.

"예, 판사님."

"그럼 피고라고 지칭하시오."

"피고가 배에 올랐을 때, 그는 저희 아버지께서," 그녀가 곁에 서 있는 아버지를 애정 어린 눈길로 바라보면서 말했다. "몹시 피로하고 병약한 상태란 걸 알아보았습니다. 아버지가 너무 쇠약하여 상쾌한 공기가 없는 실내로 모시기가 두려웠습니다. 그래서 저는 객실 계단과 가까운 갑판에 잠자리를 마련하여, 아버지 곁에 앉아 간호를 하고 있었어요. 그날 밤에는 다른 승객은 없고 저희 넷뿐이었습니다. 피고는 몹시 친절하게도 어떻게 하면 아버지를 비바람으로부터 더 잘 지킬 수 있는지 조언을 해도 되겠냐며 제게 허락을 구했습니다, 제가 했던 방식보다 더 낫게요. 저는 항구를 벗어나면 바람이 어떻게 불지 이해하지 못했기에 어떻게 해야 잘하는 건지 감이 없었습니다. 피고가 저 대신 그렇게 해주었어요. 피고는 저희 아버지의 상태에 대해 더없는 자상함과 친절을 보여주었는데, 마음에서 우러난 행동이었다고 확신합니다. 그런 식으로 저희는 서로 이야기를 나누기 시작했습니다."

"잠시 이야기에 끼어들겠습니다. 피고는 혼자 배에 탔나요?"

"아니에요."

"몇 명이 같이 있었죠?"

"프랑스 신사 두 명이었습니다."

"그들이 서로 협의를 하던가요?"

"프랑스 신사들이 보트로 갈아타야 했던 마지막 순간까지 서로 협의를 했습니다."

"그들 사이에 서류가 오가던가요, 이런 목록과 비슷한?"

"서류가 오가긴 했지만, 어떤 서류인지는 모르겠습니다."

"모양이나 크기가 이것과 비슷하던가요?"

"아마도요, 그들이 저랑 매우 가까운 곳에 서서 속삭이긴 했지만 정말로 저는 모릅니다. 그들은 객실 계단 꼭대기에 서 있었거든요, 거기 내걸린 램프의 불빛이 필요해서요. 램프가 침침했고, 그들이 매우 나직하게 이야기를 했기 때문에, 무슨 이야기를 나누는지 들리지 않았고, 그저 그들이 서류를 보고 있다는 것만 보였습니다."

"이제, 피고와의 대화에 대해 말해볼까요, 마네트 양."

"피고는 저희 아버지에게 친절하고 다정하게 도움을 준 것처럼, 곤경에 빠진 제게도 아무 숨김없이 솔직했습니다. 부디," 그녀가 왈칵 눈물을 쏟았다. "오늘 제가 그 보답으로 저분께 해를 끼치는 일은 없으면 좋겠어요."

파리 떼의 윙윙거림.

"마네트 양, 증언하는 것은 증인의 의무입니다. 반드시 증언해야 하며 증언하지 않고 빠져나갈 길은 없습니다. 증인이 정말로 어쩔 수 없이 이런 증언을 하고 있다는 사실을 피고가 완벽하게 이해하지 못한다면, 이곳에 자리한 사람들 중 그런 사람은 피고가 유일할 겁니다. 부디 계속하시죠."

"피고는 다른 이를 곤경에 빠뜨릴 수도 있는 미묘하고 까다로운 용무 때문에 여행 중이라 했고, 그래서 가명을 쓰고 있다고 했습니다. 이 용무 때문에 며칠 전에 프랑스에 다녀왔고, 앞으로도 간간이 프랑스와 영국 사이를 오가야 할 것 같다고요."

"미국에 대해서는 아무 말도 없던가요, 마네트 양? 자세히 얘기해보세요."

"피고는 어떻게 해서 그런 다툼이 발생했는지 설명하면서, 피고의 판단으로는 영국 측이 부당하고 어리석게 굴고 있다고 했습니다. 그러면서 농담조로, 어쩌면 조지 워싱턴이 조지 3세만큼 역사에서 위대한 명성을 얻게 될지도 모른다고 했습니다. 하지만 이 말을 할 때 피고에게는 어떤 악의도 없었어요. 피고는 웃으면서 말했고, 그저 시간을 때우기 위한 우스갯소리였습니다."

흥미진진한 장면에서 많은 사람들의 시선이 쏠려 있는 주연배우의 얼굴에 무엇이든 강렬한 표정이 떠오르면, 관중은 자기도 모르게 그 표정을 따라 하는 법이다. 증언을 할 때 그녀의 이마에는 고통스러운 근심과 간절함이 묻어났고, 판사가 기록을 위해 잠시 멈췄을 때 피고 측과 원고 측 변호인의 얼굴에는 그 영향이 고스란히 드러나 있었다. 법정 안의 구경꾼들도 온 사방에서 같은 표정이었다. 그곳에 있던 대다수의 이마가 증인을 비추는 거울이라 해도 무방할 정도였다. 그때 판사가 기록에서 고개를 들고 조지 워싱턴에 관한 터무니없는 사론에 눈을 부릅떴다.

이 대목에서 법무 장관이 판사에게 뜻을 전하길, 만일의 경우에 대비하여 형식상 숙녀의 아버지인 마네트 박사를 부를 필요가 있겠다고 했다. 이에 따라 박사가 호명되었다.

"마네트 박사, 피고를 보십시오. 전에 그를 본 적이 있습니까?"

"한 번, 피고가 제 런던 자택에 들렀을 때 보았습니다. 3년쯤, 아니면 3년 반쯤 전입니다."

"피고가 우편선에 같이 탔던 승객인지 확인해준다거나, 피고가 따님과 나눈 대화에 대해 이야기해줄 수 있습니까?"

"둘 다 못 합니다."

"둘 다 불가능한 데에 뭔가 각별하고 특수한 이유가 있습니까?"

그가 낮은 목소리로 대답했다. "그렇습니다."

"증인의 조국에서, 아무 재판도 없이, 심지어 고발 절차도 없이, 오랫동안 감금되는 불행을 겪은 것이 그 이유입니까, 마네트 박사?"

그가 모든 이의 가슴에 파고드는 어조로 대답했다. "오랫동안 감금되었지요."

"문제가 된 당시에 증인은 막 풀려난 참이었죠?"

"그렇다고들 하더군요."

"당시의 기억이 전혀 없습니까?"

"그렇습니다. 감옥에 갇혀 구두를 만들던 그 언젠가의 시점부터—정확히 언제인지도 모르겠습니다—여기 사랑하는 제 딸과 함께 런던에 살고 있다는 걸 깨달은 시점에 이르기까지, 제 마음은 백지상태였습니다. 자비로우신 하느님께서 제 정신을 되돌려주셨을 때 딸은 이미 제게 익숙한 존재가 되어 있었습니다. 하지만 저는 어떻게 그렇게 되었는지조차 설명할 수 없습니다. 그 과정에 대한 기억이 전혀 없으니까요."

법무 장관이 자리에 앉았고, 아버지와 딸도 함께 자리에 앉았다.

이어 특이한 상황이 벌어졌다. 당면 과제는 피고가 5년 전 11월의 그 금요일 밤에, 알려지지 않은 동료 모반자와 함께 도버행 역마차를 타고 가다가 도중에 눈속임으로 마차에서 내렸지만, 그곳에 머물지 않고 다시 10여 마일을 거슬러 올라가 군 주둔지와 해군 공창에서 정보를 수집했음을 입증하는 것이었다. 한 증인이 불려 나와 피고가 해당 시간에 군 주둔지와 해군 공창이 있는 마을의 어떤 호텔 카페에서 다른 사람을 기다리고 있었다고 확인했다. 피고 측 변호인이 이 증인을 반대 심문했지만 단지 그가 그때를 빼곤 달리 피고를 본 적이 없다는 정도만 알아냈을 뿐 별 소득이 없던 차에, 지금껏 내내 법정 천장만 쳐다보고 있던 가발 쓴 신사가 종이쪽지에 단어 한두 개를 끄적이더니, 종이를 구깃구깃 뭉쳐선 변호인에게 툭 던졌다. 변호인은 잠시 멈췄을 때 쪽지를 펼쳐보더니, 피고를 매우 주의 깊고 흥미롭게 바라보았다.

"그게 피고가 틀림없다고 거듭 확신합니까?"

증인은 틀림없다고 했다.

"피고와 매우 닮은 사람을 본 적이 있습니까?"

증인이 말하길 아무리 닮아도 자기가 착각할 정도는 아니라고 했다.

"저 신사분, 저기 앉은 제 박식한 동료[37]를 자세히 보십시오." 변호인이 종이 뭉치를 던졌던 신사를 가리켰다. "그런 뒤에 피고를 자세히 보십시오. 어떻습니까? 두 사람이 매우 닮지 않았습니까?"

그의 박식한 동료의 외모가 방탕한 것까지는 아니지만 무심하고 너저분하다는 점을 감안하면, 두 사람을 이렇듯 비교해서 보니, 증인뿐 아니라 그곳에 자리한 모든 이들이 놀랄 만큼 그들은 외모가 흡사했다. 부디 제 박식한 동료에게 가발을 벗으라고 명해달라는 청을 받고 판사가 그다지 너그럽지 않게 응하자 둘의 흡사함은 더더욱 두드러졌다. 판사가 스트라이버 씨(피고의

37 '제 박식한 동료my learned friend'는 영국 법정에서 변호사들끼리 서로를 부를 때 쓰는 경칭이다.

변호인)에게 질문하길, 다음에는 카턴 씨(박식한 동료의 이름)를 반역죄로 재판할 작정이냐고 했다. 이에 스트라이버 씨가 판사에게 대답하길, 아니라고, 하지만 증인에게 요청하건대 한 번 일어난 일이 두 번 일어나지 않으리란 법이 있는지, 그의 성급함을 드러내는 이런 실례를 더 일찍 보았더라도 그렇게 확신할 수 있었겠는지, 이제 실례를 보았으니 아까처럼 확신하는지 등등을 말해달라고 했다. 그 결과, 증인은 오지그릇처럼 박살 나고 재판에서 맡은 그의 역할도 쓸모없는 잡동사니로 산산조각 나고 말았다.

이때쯤 되자 크런처 씨는 증언을 따라가면서 손가락의 쇳녹으로 상당히 배를 채운 터였다. 이제 그는 스트라이버 씨가 피고 변론을, 마치 잘 짜인 옷 한 벌처럼 배심원단에게 꼭 맞게 맞추는 과정을 경청해야 했다. 그에 따르면 애국자 바사드는 고용된 첩자이자 반역자이고, 생명을 사고파는 파렴치한 악덕 상인이며, 지상에서 이렇게 비열한 악당은 가증스러운 유다 이후에 처음이라고—확실히 생김새까지 유다를 닮았다고—했다. 강직한 하인 클라이는 그의 친구이자 동업자로, 딱 그에 걸맞은 위인이라 했다. 위조와 위증을 일삼는 이들은 빈틈없는 시선으로 피고를 희생자로 찍었는데, 이는 피고가 프랑스 태생이다 보니 가족 일 때문에 영국 해협을 여러 차례 건너야 했기 때문이라고—가족 일이 무엇이었는지는, 그에게 가깝고 소중한 사람들을 배려하여 설사 그의 목숨이 달려 있다 해도 밝힐 수가 없다고—했다. 젊은 숙녀에게 비틀어 짜내어 억지로 끼워 맞춘 증언만 해도, 그녀가 그 증언을 할 때 얼마나 고통스러워했는지는 다들 목격한 바이며, 같은 공간에 놓이게 된 젊은 신사와 젊은 숙녀라면 누구에게나 있을 법한 순수한 친절과 예의일 뿐 아무것도 아니라고, 단지 조지 워싱턴에 대한 언급이 걸리긴 하지만 워낙 엉뚱하고 말도 안 되는 이야기인지라 터무니없는 우스갯소리 그 이상도 이하도 아니라고 했다. 저급하기 그지없는 국민적 반감과 공포를 이용해 대중의 인기에 영합하려는 이 시노가 무산되면 정부로서는 약점이 될 것이고, 그래서 법무 장관이 이를 최대한 이용했다고도 했다. 그럼에도 불구하고 이 사건에서 증거가 되는 것이라곤, 이런 사건들을 너무나 자주 훼손시키고 이 나라의 《국사범재판》을 가득 채운, 비열하고 파렴치한 위증밖에 없다고 했다. 하지만 이 시점에서 판사가 (그건 사실이 아니라는 듯 근엄한 얼굴로) 끼어들면서, 그런 식의 암시를 판사석에 앉아 가만히 듣고 있지는 않을 거라 했다.

이어 스트라이버 씨가 몇 안 되는 증인들을 불렀고, 그다음에 크런처 씨는 스트라이버 씨가 배심원단에게 맞춰 만든 옷을 법무 장관이 홀라당 뒤집는 과정을 경청해야 했다. 그는 바사드와 클라이가 자기가 생각했던 것보다 백배는 더 훌륭하다고, 반면 피고는 백배는 더 악질이라고 했다. 마지막으로 판사님께서 친히 등장하여 한번은 옷을 이렇게 뒤집고 한번은 저렇게 뒤집었는데, 그럼에도 전반적으로는 단호하게 이것을 피고에게 입힐 수

의로 재단했다.[38]

그리고 이제, 배심원단이 평결을 내리기 위해 모였고, 거대한 파리 떼가 다시 들끓었다.

카턴 씨는 그렇게 오랫동안 법정 천장만 올려다보며 이렇게 시끌벅적한 와중에도 자리나 자세를 바꾸지 않았다. 그의 박식한 동료인 스트라이버 씨가 엄청난 서류를 눈앞에 쌓아둔 채 근처에 앉은 이들과 소곤대면서 이따금 초조하게 배심원단을 흘깃거리는 동안에도, 모든 방청객들이 사실상 자리를 이동하여 새로이 무리를 짓는 동안에도, 심지어 판사조차 자리에서 일어나 연단 위를 느릿느릿 오가는 통에 관중의 마음속에 그가 열병에 걸린 건 아닌가 하는 의심이 이는 동안에도, 이 남자 한 명만은 찢긴 법복을 반쯤 걸치고, 너저분한 가발은 앞서 벗었다가 머리에 대충 얹은 그대로 놔두고, 양손은 주머니에 찔러 넣고, 두 눈은 온종일 그랬던 것처럼 천장을 향한 채, 몸을 뒤로 젖히고 앉아 있었다. 뭔가 유난히 무성의한 태도 때문에 그는 품위 없게 보였을 뿐만 아니라, 피고와 영락없이 흡사해 보였던 모습도 급격히 사라진 탓에(그들이 함께 비교될 때 그가 순간적으로 진지하여 더더욱 흡사해 보였다), 구경꾼들 다수는 이제 그를 지켜보면서 왜 둘이 닮았다고 생각했는지 모르겠다는 식으로 말했다. 크런처 씨도 이런 의견을 옆 사람에게 전하면서 이렇게 덧붙였다.

38 영국 재판에서는 원고와 피고 측이 각각 변론을 마치면, 판사가 배심원단을 위해 재판 과정에서 제출된 모든 증거와 피고에게 유리하거나 혹은 불리한 쟁점들을 요약해준다.

"저치는 법률 일을 하나도 못 맡을 거라는 데 금전 반 푼 걸죠. 그런 일을 맡을 사람처럼은 안 보여요, 그렇죠?"

하지만 이 카턴 씨는 겉보기와는 달리 상황을 속속들이 눈여겨보고 있었다. 왜냐하면 마네트 양의 머리가 아버지의 가슴께로 떨어졌을 때 그것을 처음으로 보고 큰 소리로 알린 사람이 그였기 때문이다. "관리님! 저기 숙녀분 좀 보시오. 신사분을 도와서 그녀를 밖으로 옮겨요. 기절하려는 게 안 보입니까!"

그녀가 옮겨질 때 많은 이들이 그녀를 가엾게 여기고 그녀의 아버지를 동정했다. 감금되었던 나날을 되새기는 것이 그에게는 분명 크나큰 고통이었을 터였다. 그는 질문을 받을 때 강한 심적 동요를 보였고, 그를 노인처럼 보이게 했던 심사숙고하는 표정이 마치 짙은 구름처럼 그때 이후로 내내 그에게 드리워져 있었다. 그가 밖으로 나가자, 어느덧 자리에 돌아와 잠시 멈추었던 배심원단이 배심원장을 통해 의견을 밝혔다.

그들은 합의에 이르지 못했다며 퇴정하기를 청했다. 판사는 (아마도 조지 워싱턴이 마음속에 남아서인지) 그들이 합의에 이르지 못했다는 사실에 얼마간 놀라움을 표했지만, 그들에게 보호 감시하에 퇴정하라고 명한 뒤 본인도 퇴정했다. 재판이 온종일 지속된 탓에 법정에는 이제 등불이 밝혀져 있었다. 배심원단이 꽤 오랫동안 돌아오지 않을 거란 소문이 돌기 시작했다. 구경꾼들은 요기를 하기 위해 흩어졌고, 피고도 피고석 뒤쪽으로 물러나 자리에 앉았다.

로리 씨는 젊은 숙녀와 아버지가 밖으로 나갈 때 함께 나갔다가 다시 나타나 제리를 손짓해 불렀다. 대중의 관심이 느슨해진 덕분에 그는 손쉽게 로리 씨에게 다가갈 수 있었다.

"제리, 뭐든 요기를 하고 싶으면 그렇게 하게. 하지만 근처에 있어야 하네. 배심원단이 돌아왔을 때 꼭 알 수 있어야 해. 그들보다 잠시도 뒤처지면 안 되네. 평결이 나면 자네가 곧장 은행에 전달해줬으면 하니까. 자네는 내가 아는 심부름꾼 중에 가장 빠른 사람이니, 나보다 훨씬 빨리 템플 바에 도착할 거야."

제리에겐 손가락 마디를 갖다 댈 이마가 적당히 있었고,[39] 그는 이야기와 1실링을 잘 받았다는 표시로 이마를 톡 쳤다. 그때 카턴 씨가 다가와 로리 씨의 팔을 건드렸다.

"숙녀분은 좀 어떻습니까?"

"몹시 괴로워하지만, 아버지가 위로하고 있어요. 그래도 법정 밖으로 나가서 좀 괜찮아진 모양이오."

"피고에게 그렇게 전하겠습니다. 아시다시피, 선생님처럼 점잖은 은행 신사께서 공공연히 피고와 이야기하는 모습을 보이면 좋을 게 없으니까요."

로리 씨는 실제로 이런 문제를 마음속으로 따졌던 걸 의식한 듯 얼굴을 붉혔고, 카턴 씨는 법정과 방청석 사이의 난간 밖으로

39 남자 하인이나 직원은 주인 또는 상관과 대화할 때 알아들었다는 정중한 표시로 손가락 마디를 이마에 갖다 댔다. 이것은 윗사람에게 인사할 때 모자에 살짝 손을 대었던 관습에서 유래했다.

나갔다. 법정 밖으로 나가는 길도 그 방향이라, 제리는 눈과 귀와 뾰족뾰족한 머리털까지 온통 집중한 채 그를 따라갔다.

"다네이 씨!"

피고가 즉각 앞으로 다가왔다.

"증인에 대한 소식을 당연히 듣고 싶어 하실 테지요, 마네트 양 말입니다. 별 탈 없을 거랍니다. 아까 같은 최악의 상황은 지나갔답니다."

"저 때문에 그리되어 마음이 괴롭습니다. 대신 그렇게 좀 전해 주시겠습니까? 진심으로 감사드린다는 말도요."

"예, 그러죠. 부탁하신다면, 전해드리죠."

카턴 씨의 태도는 무례해 보일 정도로 무심했다. 그는 피고에게서 반쯤 몸을 돌린 채 팔꿈치를 난간에 느긋하게 기대고 서 있었다.

"부탁드립니다. 진심으로 감사드리고요."

"결과를," 카턴이 여전히 몸의 절반만 그를 향한 채 말했다. "어떻게 예상하십니까, 다네이 씨?"

"최악이겠죠."

"그렇게 예상하는 게 가장 현명하죠, 그럴 확률이 높고요. 그래도 배심원단이 퇴정한 건 다네이 씨한테 유리할 것 같군요."

법정에서 나가는 길목에서 어슬렁대는 것은 용납되지 않았기에 제리는 더 이상 듣지 못하고 나섰다. 남은 두 사람은—외모는 너무나 닮았지만, 태도는 너무나 딴판인 그들은—서로 나란히 선 채 머리 위의 거울 속에 모습이 비치고 있었다.

양고기 파이와 맥주로 시간을 때우긴 했지만, 도둑과 불한당이 버글거리는 아래층 통로에서는 한 시간 반이 느릿느릿 지루하게 흘렀다. 목소리 탁한 심부름꾼은 그렇게 요기를 한 다음 등받이 없는 긴 의자에 불편하게 앉아 꾸벅꾸벅 잠이 들었는데, 그때 요란한 소음을 동반한 사람들의 거센 물살이 법정으로 난 계단을 오르면서 그를 함께 싣고 갔다.

"제리! 제리!" 그가 도착했을 때 로리 씨는 이미 문간에서 그를 부르고 있었다.

"여깁니다, 나리! 다시 돌아가는 게 전쟁이네. 여기 있습니다, 나리!"

로리 씨가 인파 사이로 종이를 건넸다. "서두르게! 잘 받았나?"

"예, 나리."

종이에 서둘러 쓴 단어는 이것이었다. "무죄."

"만약 '되살아나다'라는 전갈을 다시 보내셨다면," 제리가 돌아서면서 중얼거렸다. "이번에는 그게 무슨 뜻인지 알았을 텐데."

그는 올드 베일리를 완전히 벗어나기 전까진 다른 말은커녕 생각조차 할 겨를이 없었다. 군중이 맹렬하게 쏟아져 나와 거의 넘어질 지경이었으니까. 마치 실망한 파리 떼가 또 다른 썩은 고기를 찾아 흩어지는 것처럼 요란하게 윙윙대는 소리가 거리를 휩쓸었다.

4장

축하

희미하게 밝혀진 법정 복도, 그곳에서 온종일 끓었던 인간 스튜의 마지막 찌끼가 걸러지고 있을 때 마네트 박사와 그의 딸 루시 마네트, 로리 씨, 피고 측 사무 변호사, 피고 측 법정 변호사인 스트라이버 씨는 이제 막 풀려난 찰스 다네이 주위에 둘러서서 죽음에서 벗어난 것을 축하하고 있었다.

설혹 불빛이 훨씬 밝았다 하더라도 지적인 얼굴과 꼿꼿한 자세를 지닌 마네트 박사에게서 파리 다락방의 구두장이를 알아보기는 어려웠을 것이다. 그럼에도 누구든 그를 두어 번 보면 어김없이 다시 쳐다보곤 했다. 비록 그런 식의 관찰이 그의 낮고 진지한 목소리에 담긴 슬픈 음색이나, 뚜렷한 이유도 없이 갑작스레 그를 어둡게 뒤덮는 산란함까지 알아차리지는 못했지만. 한

가지 외적 요인, 즉 긴 세월 동안 지속된 고통에 대한 언급은 재판 때와 마찬가지로 어김없이 그의 영혼 밑바닥에서 이런 상태를 불러냈는데, 한편으로 이것은 그 속성상 스스로 솟구쳐 그에게 그늘을 드리우기도 했기에, 그의 사연을 모르는 이로서는 마치 그 실체가 300마일이나 떨어져 있음에도 실제 바스티유 감옥의 그림자가 여름 햇빛 속에 그에게 드리운 것을 본 것처럼 불가해한 일이었다.

오직 그의 딸만이 마음속에서 이런 음울한 어둠을 몰아낼 힘이 있었다. 그녀는 그를 고통 너머의 과거, 그리고 고통 너머의 현재로 이어주는 금빛 실이었다. 그녀의 목소리, 빛나는 얼굴, 손길은 거의 언제나 그에게 강한 긍정적 영향을 미쳤다. 그녀가 자신의 힘이 미치지 못했던 몇몇 경우를 떠올릴 수 있는 것으로 보아 절대적으로 언제나 그런 것은 아니었다. 하지만 그런 경우는 거의 드물었고, 그녀는 이제 더는 없으리라 믿었다.

다네이 씨는 그녀의 손에 열렬히 감사의 키스를 한 뒤 스트라이버 씨를 향해 돌아서서 진심으로 고마움을 표했다. 스트라이버 씨는 서른을 갓 넘겼지만 스무 살은 더 늙어 보이는 남자로, 통통하고, 목청 크고, 불그레하고, 거침없고, 섬세함 같은 장애 따위에 구애받지 않았으며, 무리나 대화에 끼어들 때 (정신적으로나 육체적으로나) 어깨로 밀치고 들어서는 습성이 있었는데, 이는 그가 인생 출셋길도 어깨로 밀치며 올랐음을 잘 입증해주었다.

그는 아직도 가발과 법복 차림이었고, 전前 의뢰인을 향해 얼마나 어깨를 떡 벌리고 이야기를 했던지 죄 없는 로리 씨를 일행 밖으로 완전히 밀어내고 말았다. "명예를 회복하게 되셔서 기쁩니다, 다네이 씨. 기소 자체가 악독했어요, 무지막지하게 악독했어요. 그렇다고 해서 원고 측이 승소하지 말라는 법은 없었지만요."

"제가 큰 신세를 졌습니다, 남은 생을 걸고요—두 가지 의미에서요." 전 의뢰인이 그의 손을 잡으며 말했다.

"그저 최선을 다했습니다, 다네이 씨. 제 최선이 다른 사람에게 뒤지진 않는다고 믿습니다."

이 대목에서 누군가가 "훨씬 뛰어나지요"라고 얘기해야 할 분위기였기에 로리 씨가 그렇게 말해주었다. 전혀 사심 없이 말한 것은 아니었고, 내심 다시 비집고 들어가려는 목적이 있었다.

"그렇게 생각하십니까?" 스트라이버 씨가 말했다. "허허! 온종일 그곳에 계셨으니 선생님이 더 잘 아시겠지요. 게다가 본인도 일에 종사하시니."

"그래서 말인데," 로리 씨가 말했다. 법에 박식한 변호인은 앞서 그를 어깨로 밀어냈던 것처럼 다시 어깨로 밀어 무리 안에 넣어준 터였다. "그래서 말인데 마네트 박사님께 청하겠습니다. 이제 협의를 끝내고 각자 집으로 돌아가라고 명해주시죠. 루시 양도 아파 보이고, 다네이 씨도 끔찍한 하루에 시달렸고, 많이들 지쳤으니까요."

"그건 선생님 입장이고요, 로리 씨." 스트라이버가 말했다. "저는 아직 밤새 할 일이 남았습니다. 선생님이나 그렇겠죠."

"저는 제 입장과 다네이 씨 입장과 루시 양 입장을 말한 겁니다." 로리 씨가 대답했다. "루시, 내가 모두를 대신해서 말해도 되겠지?" 그는 그녀를 콕 집어 물으면서 그녀의 아버지에게 시선을 던졌다.

박사는 다네이를 향해 얼어붙은 듯 아주 묘한 표정을 짓고 있었다. 그 강렬한 표정은 혐오와 불신으로 일그러져갔는데, 심지어 두려움마저 깃들어 있었다. 그는 이렇듯 기묘한 표정을 지은 채 생각의 끈을 놓고 있었다.

"아버지." 루시가 부드럽게 그의 손을 잡으며 말했다.

그는 서서히 어둠을 떨쳐내고 그녀를 바라보았다.

"이제 집으로 돌아갈까요, 아버지?"

그가 긴 숨을 내쉬며 대답했다. "그러자꾸나."

죄수 본인이 그런 인상을 심어준 까닭에 석방된 죄수의 친구들은 그가 그날 밤에 풀려나기는 어려울 거라 여기며 모두 흩어진 터였다. 복도의 불빛은 거의 다 사라졌고, 철문은 삐걱삐걱 덜컹덜컹 닫히는 중이었고, 이 음침한 공간은 교수대, 칼 형틀, 태형 기둥, 낙인 도구 등을 기대하며 내일 아침 새로운 사람들이 몰려들 때까지 버려질 것이었다. 루시 마네트는 아버지와 다네이 씨 사이에 서서 바깥으로 걸어 나왔다. 전세 마차가 불려 왔고, 부녀는 그것을 타고 떠났다.

스트라이버 씨는 복도에서 그들과 헤어진 뒤 어깨에 힘을 주고 법원 탈의실로 돌아갔다. 그 대신 다른 사람, 그때까지 일행과 함께하지도 않고 누구와도 말 한마디 섞지 않은 채 가장 어두컴컴한 벽에 기대 서 있던 이가, 나머지 일행을 따라 말없이 밖으로 걸어 나와 마차가 사라질 때까지 가만히 지켜보았다. 그리고 이제 그가 로리 씨와 다네이 씨가 서 있는 보도로 다가왔다.

"그래서, 로리 씨! 일에 종사하시는 분들도 이제 다네이 씨와 말해도 되나 보죠?"

그날 재판에서 카턴 씨가 한 역할에 대해 누구도 감사를 표하지 않은 터였다. 그의 역할에 대해 아무도 몰랐기 때문이다. 그는 법복을 벗은 상태였는데 그렇다고 해서 외모가 더 나아 보이지는 않았다.

"일에 종사하시는 분들의 마음속에서요, 선량한 충동이나 일과 관련된 체면이나 선택해야 할 때 어떤 갈등이 벌어지는지 아신다면 꽤 재미있으실 겁니다, 다네이 씨."

로리 씨가 얼굴을 붉히면서 발끈하여 말했다. "선생도 앞서 말하지 않았소. 우리처럼 일에 종사하고 회사를 섬기는 사람들은 자신의 뜻대로 움직이는 게 아닙니다. 자신보다 회사를 먼저 생각해야 해요."

"저도 압니다, 저도 알아요." 카턴 씨가 건성으로 대꾸했다. "화내지 마십시오, 로리 씨. 확신하건대 선생님도 다른 사람에게 뒤지진 않으실 겁니다. 어쩌면 더 뛰어나실지도."

"참말로, 선생," 로리 씨가 그를 무시하고 말을 이어나갔다. "선생이 이 일과 무슨 상관인지 정말로 모르겠소. 그쪽보다 훨씬 연장자이니 결례를 무릅쓰고 말씀드리지만, 이게 선생이 상관할 일인지 정말로 모르겠소."

"일이라고요! 맙소사, 저랑은 상관없는 일이죠." 카턴 씨가 말했다.

"그러시다니 유감입니다."

"제 생각도 그렇습니다."

"만약 그랬다면," 로리 씨가 계속해서 말했다. "성심껏 임하셨을 텐데."

"하느님 맙소사, 천만에요! 그럴 리가 없죠." 카턴 씨가 말했다.

"허, 선생!" 로리 씨가 상대의 무심한 태도에 완전히 발끈하여 외쳤다. "일이란 아주 훌륭한 겁니다, 아주 존경할 만한 것이고요. 그리고 선생, 만약 일 때문에 자제하고 침묵해야 하는 제한적인 상황이 생긴다면, 다네이 씨는 너그러운 젊은 신사답게 이런 상황을 이해하고 넘어가실 거요. 다네이 씨, 안녕히 가십시오, 신의 축복이 깃들기를! 이날을 기점으로 성공과 행복이 가득한 삶이 펼쳐지길 바랍니다. 어이!"

아마도 이 법정 변호사에게 화난 것 못지않게 자기 자신에게도 다소 화가 난 듯, 로리 씨는 부산스레 마차에 올라탔고 텔슨 은행으로 실려 갔다. 그러자 카턴은 웃음을 터뜨리면서 다네이에게 돌아섰는데, 포트와인 냄새를 풍기는 게 그다지 멀쩡해 보이진 않았다.

"선생과 내가 한 공간에 놓이다니 기이한 우연이군요. 선생한테는 묘한 밤이겠습니다, 여기 길거리에서 자신의 닮은꼴과 단 둘이 서 있다니?"

"아직 실감이 안 납니다." 찰스 다네이가 대답했다. "이 세상에 다시 속했다는 사실이 말입니다."

"그럴 만하죠. 저세상으로 한참 가시다가 돌아온 지 얼마 안 됐으니까. 쓰러질 것 같은 목소리군요."

"실제로 쓰러질 것처럼 느껴지던 참입니다."

"그런 식사를 해야지 뭐 합니까? 저는 식사를 했습니다, 아까 그 돌대가리들이 선생을 어느 세상에 보낼지—이 세상에 보낼지 저세상에 보낼지—심사숙고하는 동안에요. 제대로 식사를 할 만한 가까운 주점으로 안내해드리죠."

그는 상대의 팔을 자신의 팔에 끼고 루드게이트 힐을 따라 플리트 거리로 내려간 뒤 지붕 달린 통로를 지나 주점으로 들어섰다. 이곳에서 그들은 작은 방으로 안내되었고, 찰스 다네이는 알차고 소박한 식사와 좋은 포도주 덕분에 이내 기력을 회복하고 있었다. 그러는 동안 카턴은 따로 포트와인 한 병을 앞에 두고, 딱 반쯤 무례한 태도로 같은 식탁의 맞은편에 앉아 있었다.

"다시 이 지상 조직에 속했다는 느낌이 아직 안 드십니까, 다네이 씨?"

"시간이나 공간과 관련해선 몹시 혼란스럽습니다만, 그런 느낌이 들 정도로는 회복된 것 같습니다."

"굉장히 흡족하시겠습니다!"

그는 쓰라리게 말을 내뱉고는 다시 잔을 가득 채웠다. 그것도 큰 잔이었다.

"제 경우엔 말이죠, 제가 바라는 가장 큰 소망은, 이곳에 속했다는 걸 잊는 겁니다. 이곳엔—이런 포도주만 빼고—제게 좋을 일이 하나도 없어요, 저 역시 이곳에 좋을 일이 없고요. 그런 점에서 우리는 별로 안 닮았군요. 사실 우리는, 선생과 나 말입니다, 어떤 점에서도 별로 안 닮았다는 생각이 들기 시작하는군요."

하루 동안 겪은 감정 때문에 혼란스러운 데다 행동거지가 거친 이 닮은꼴과 함께 그곳에 있다는 것이 꿈처럼 느껴져, 찰스 다네이는 어떻게 대꾸해야 할지 막막했다. 결국, 아무 대꾸도 하지 않았다.

"이제 식사도 끝났으니," 카턴이 이내 말했다. "축배를 드시지 그래요, 다네이 씨. 건배를 해야 하지 않습니까?"

"무슨 축배를 들까요? 무슨 건배를 할까요?"

"거참, 선생 입속에 맴도는 말이 있잖습니까. 분명히 있어요, 확실히 있어요, 내 장담하죠."

"그럼, 마네트 양을 위해!"

"그럼, 마네트 양을 위해!"

축배를 들이켜는 동안 카턴은 동행의 얼굴을 빤히 쳐다보더니, 잔을 어깨 너머로 휙 던졌다. 잔은 벽에 부딪혀 산산이 부서졌다. 이어 그는 종을 울려 다른 잔을 가져오게 했다.

"어둠 속에서 손을 잡고 마차까지 모시고 싶을 만큼 아름다운 아가씨였지요, 다네이 씨!" 그가 새 잔을 채우며 말했다.

살짝 찌푸린 인상과 간결한 "예"가 대답으로 돌아왔다.

"그런 아름다운 아가씨가 가엾게 여기면서 당신을 위해 흐느껴 울어주다니, 어떤 기분입니까? 그런 연민과 동정의 대상이 되다니, 자신의 목숨을 걸고 재판을 받을 만한 가치가 있습니까, 다네이 씨?"

이번에도 다네이는 아무 대답도 하지 않았다.

"선생 전갈을 전해주었더니 몹시 기뻐하더군요. 그 아가씨가 그런 내색을 한 건 아니지만, 아마 그랬을 겁니다."

이런 언급을 듣자 다네이는 그날 곤경에 처했을 때 이 유쾌하지 않은 동행이 자진하여 도움을 주었다는 사실을 때마침 기억해냈다. 그는 화제를 그쪽으로 돌리고 감사의 말을 전했다.

"감사 같은 건 바라지 않습니다, 칭찬 따위도요." 무심한 대답이었다. "우선, 별로 한 일도 없는 데다, 둘째, 내가 왜 그랬는지 모르겠으니까. 다네이 씨, 질문 하나만 합시다."

"그러시죠, 큰 호의에 대한 작은 성의입니다."

"제가 선생을 특별히 좋아한다고 생각하십니까?"

"정말로, 카턴 씨," 다네이가 뜻밖의 질문에 당황하여 대답했다. "그런 질문은 따로 생각해본 적이 없습니다."

"그럼, 지금 해보십시오."

"저를 좋아하는 것처럼 행동하시지만, 제 생각엔 아닌 것 같습니다."

"제 생각에도 아닌 것 같습니다." 카턴이 말했다. "선생의 인지력이 아주 훌륭하다는 생각이 들기 시작하는군요."

"그렇다고 해도," 다네이가 종을 울리기 위해 자리에서 일어나며 말을 이었다. "제가 계산을 하거나 서로 악감정 없이 헤어지지 못할 이유는 없었으면 합니다."

카턴이 "전혀 없습니다!"라고 대꾸했고, 다네이가 종을 울렸다. "전체를 다 계산하실 겁니까?" 카턴이 물었다. 상대가 그렇다고 대답하자, 그가 말했다. "그럼 똑같은 포도주로 1파인트 더 가져다주시오. 그리고 10시에 좀 깨워주시고."

계산을 마친 뒤, 찰스 다네이가 자리에서 일어나 그에게 편안한 밤이 되기를 바란다고 말했다. 카턴은 아무 답례 인사 없이 자리에서 일어나더니, 뭔가 도전적인 태도를 내비치며 말했다. "마지막으로 하나만 더. 다네이 씨, 제가 취한 것 같습니까?"

"줄곧 술을 드시는 것 같더군요, 카턴 씨."

"같다고요? 줄곧 술을 퍼마신 걸 알고 있잖소."

"그렇게 말하길 원하신다면, 알고 있습니다."

"그렇다면 왜 그런지도 아셔야지. 나는 고역에 시달리는 실망한 인간이오, 선생. 나는 이 세상 누구도 좋아하지 않고, 이 세상 누구도 나를 좋아하지 않아요."

"참으로 안타깝습니다. 재능을 더 잘 쓰실 수도 있었을 텐데."

"그럴지도 모르죠, 다네이 씨. 아닐지도 모르고. 그렇다고 그 말짱한 얼굴로 우쭐대지는 말아요. 나중에 어떤 일을 겪게 될지는 모르는 법이니까. 안녕히 가시오!"

혼자 남게 되자, 이 특이한 존재는 초를 집어 들고 벽에 걸린 거울로 다가가 그 속에 비친 자신의 모습을 유심히 살폈다.

"그자를 특별히 좋아하나?" 그가 자기 모습에 대고 중얼거렸다. "너를 닮은 사람을 특별히 좋아할 이유가 뭐 있겠어? 너한테는 좋아할 구석이라곤 없는데, 스스로도 잘 알잖아. 아, 빌어먹을! 어쩌면 이렇게 많이 변했는지! 네가 어떤 모습으로부터 멀어졌는지, 어떤 모습이 될 수 있었는지 보여주기 때문에 어떤 이를 좋아한다는 게 합당한 이유가 되나! 그자와 자리를 바꾼다면, 그 푸른 눈이 그를 바라봤듯 나를 바라보고, 그 걱정스러운 얼굴이 그를 동정했듯 나를 동정해줄까? 자, 그냥 솔직하게 말해! 너는 그자를 미워해."

그는 포도주 1파인트를 위안 삼아 몇 분 만에 모두 마셔버린 뒤 양팔을 베고 잠이 들었다. 탁자 위엔 그의 머리카락이 온통 흐트러졌고, 촛농이 기다란 수의처럼 그의 위로 뚝뚝 떨어졌다.

5장

자칼

당시는 음주의 시대였고, 남자들 대부분이 엄청나게 마셔댔다. 시간이 흐르면서 이런 습성이 무척 개선되었기 때문에, 당시에 한 남자가 완벽한 신사라는 평판에 흠집을 내지 않고 밤새 어느 정도의 포도주와 펀치를 들이켤 수 있었는지 이야기한다면 오늘날에는 터무니없는 과장처럼 느껴지리라. 이처럼 바쿠스 신을 추종하는 경향은 박식한 법조계도 다른 박식한 직종에 절대 뒤지지 않았다. 또한 이미 빠른 속도로 어깨를 밀치며 나아가 수지맞는 의뢰인을 잔뜩 보유하게 된 스트라이버 씨의 경우에도, 법조계 경쟁이라는 좀 더 무미건조한 영역에서와 마찬가지로 이 점에 있어서도 동료들에게 절대 뒤지지 않았다.

올드 베일리뿐만 아니라 치안 판사 법원의 총애까지 받는 스트라이버 씨는 그간 사다리를 밟고 오르면서 아래쪽 디딤판들을 조심스레 잘라 해치워온 터였다. 이제 치안 판사 법원과 올드 베일리는 이 총아에게 각별히 애타는 손짓을 보내야 했고, 마치 정원 가득 무성한 나팔꽃 동료들 사이에서 커다란 해바라기 하나가 태양을 향해 쑥 몸을 내밀 듯, 스트라이버 씨의 불그레한 얼굴은 날마다 왕좌 재판소[40] 수석 재판관의 면전을 향해 가발의 화단 사이에서 불쑥 솟아올랐다.

한때 법정 변호사들 사이에서 이야기되길, 스트라이버 씨가 입심 좋고, 도덕관념 없고, 동작 재고, 배짱 두둑한 인간이긴 하지만, 변호인에게 가장 두드러지고 필수적인 능력, 즉 산더미 같은 진술에서 핵심을 뽑아내는 능력은 없다고 했다. 하지만 이 점에서도 그는 비범한 향상을 선보였다. 더 많은 사건을 맡을수록 사건에서 골자와 골수를 뽑아내는 능력은 점점 더 강해지는 듯했다. 게다가 아무리 밤늦은 시간까지 시드니 카턴과 술을 퍼마셔도, 다음 날 아침이면 핵심을 빠삭하게 꿰고 있었다.

시드니 카턴은 더없이 나태하고 가망 없는 인간으로, 스트라이버에겐 큰 협력자였다. 두 사람이 힐러리 개정기부터 미클마스 개정기까지[41] 함께 퍼마신 술은 국왕의 배를 띄울 정도였다. 어

40 영국 고등 법원에서 주로 형사 사건을 취급한 관습법 재판소.

41 영국의 법정 연도는 힐러리 개정기(1월 중순부터 겨울), 이스터 개정기(이른 봄), 트리니티 개정기(늦은 봄), 미클마스 개정기(11월)로 나뉜다. "힐러리 개정기에서 미클마스 개정기까지"는 '1월부터 11월 말까지', 즉 '일 년 내내'라는 뜻이다.

디서건 스트라이버가 사건을 맡으면, 어김없이 카턴도 주머니에 양손을 찌르고 법정 천장을 응시하면서 그곳에 함께했다. 그들은 순회 재판도 함께 돌아, 심지어 그곳에서도 흥청망청 밤늦게까지 술판을 벌였는데, 카턴이 훤한 대낮에 방탕한 고양이처럼 슬금슬금 비틀비틀 자기 숙소로 돌아가더란 소문도 들렸다. 이윽고 이 일에 관심 있는 사람들 사이에서는, 비록 시드니 카턴이 절대 사자는 못 되겠지만 놀랍도록 훌륭한 자칼이라서 스트라이버의 그 변변찮은 능력을 보필하고 있다는 말이 떠돌았다.

"10시입니다, 손님." 그를 깨우기로 한 점원이 말했다.

"뭐가 어쨌다고?"

"10시입니다, 손님."

"무슨 소리요? 밤 10시?"

"예, 손님. 깨우라고 이르셨습니다."

"아! 그랬지. 맞아, 맞아."

그는 몽롱한 상태로 몇 차례나 다시 잠을 청했고, 이에 직원은 5분 동안 끊임없이 난롯불을 들쑤시며 노련하게 맞섰다. 마침내 그는 자리에서 일어나 모자를 툭 걸쳐 쓰고 바깥으로 나왔다. 그는 템플[42]로 접어들었고, 왕좌 재판소 산책로와 페이퍼 빌딩의 보도를 두어 번 오가면서 정신을 차린 뒤 스트라이버의 사무실

42 런던의 법률 거리이다. 법학원인 이너 템플, 미들 템플 등으로 구성되어 있으며, 법학도와 법조인의 사무실 및 거처 등도 이곳에 자리하고 있다. 왕좌 재판소 산책로와 페이퍼 빌딩은 이너 템플에 속한다.

로 향했다.

스트라이버의 직원은 이런 회의에는 절대 참석하지 않았기에 이미 퇴근한 후였고, 스트라이버 본인이 문을 열어주었다. 그는 슬리퍼와 헐렁한 가운 차림에 목도 편안하게 드러내고 있었다. 두 눈에서는 뭔가 사납고 팽팽하고 소진된 흔적이 엿보였는데, 이는 제프리스[43]의 초상화 이래 그의 계급에 속한 모든 도락가들에게서 목격되는 것이자, 예술이라는 다양한 구실 아래 모든 음주 시대의 초상화에서 발견되는 것이었다.

"좀 늦었군, 암기왕." 스트라이버가 말했다.

"평상시와 비슷해. 15분쯤 늦었으려나."

그들은 책이 즐비하고 서류가 너저분하게 널린 우중충한 방으로 들어갔다. 난롯불이 활활 타오르고 있었다. 벽난로 안쪽의 시렁에서는 주전자가 칙칙 끓었고, 서류 잔해 한가운데에서는 탁자 하나가 빛났는데, 그 위에는 넉넉한 포도주와 브랜디, 럼주, 설탕과 레몬이 놓여 있었다.

"보아하니 벌써 한 병 비운 모양인데, 시드니."

"오늘 밤엔 두 병일걸. 오늘의 의뢰인과 함께 식사를 하고 있었네, 아니 그가 식사하는 걸 봤다고 해야 하나. 그게 그거지만!"

"닮았다는 사실에 주목하다니, 기발한 생각이었네, 시드니. 어떻게 그런 생각을 했나? 언제 그런 생각이 들었어?"

43 17세기 영국의 재판관이었던 조지 제프리스.

"꽤 잘생긴 친구 같다는 생각이 들었지. 그리고 나도 운만 좀 따랐더라면 꽤 비슷한 모습이 되지 않았을까 생각했지."

스트라이버 씨는 때 이르게 불룩 나온 배가 흔들릴 정도로 웃어댔다.

"자네와 운이라니, 시드니! 이제 일하게, 이제 일해."

몹시 뚱한 기색으로 자칼은 옷을 느슨하게 푼 뒤 옆방으로 들어갔고, 이어 냉수가 담긴 커다란 물병, 대야, 수건 한두 개를 들고 돌아왔다. 그는 냉수에 수건을 적시고 살짝 비틀어 짜낸 다음 그것들을 척척 접어 볼썽사납게 머리에 얹더니, 탁자에 앉으며 말했다. "이제 준비됐네!"

"오늘 밤에는 별로 요약할 게 없어, 암기왕." 스트라이버 씨가 서류를 살피면서 쾌활하게 말했다.

"얼마나 되는데?"

"겨우 두 건."

"더 까다로운 놈부터 주게."

"여기 있네, 시드니. 자, 시작하게!"

그런 다음 사자는 술이 놓인 탁자의 한쪽 소파에 등을 대고 누웠다. 자칼은 그 반대쪽에서 서류가 어지럽게 쌓인 탁자에 따로 앉았는데, 술병과 잔이 손에 닿는 거리였다. 두 사람 다 술이 놓인 탁자를 아낌없이 이용했지만, 각자 방식은 달랐다. 사자는 대체로 양손을 허릿단에 얹고 비스듬히 기댄 채 불길을 바라보거나 이따금 가벼운 서류와 노닥거렸다. 반면 자칼은 찌푸린 이

마와 열중한 표정으로 일에 너무 몰두한 나머지, 술잔을 향해 손을 뻗을 때 심지어 눈이 따라가지도 않았고, 종종 1분 이상 더듬거리고 나서야 잔을 찾아 입술에 갖다 대곤 했다. 두세 번은 손안의 사안이 너무 복잡하게 얽히고설켜 자리에서 일어나 수건을 새로 적시지 않을 수 없었다. 그는 물병과 대야를 향해 순례를 떠났다가 도저히 형언할 수 없는 괴상한 몰골로 축축한 머릿수건을 얹고 돌아왔는데, 초조하고 진지한 표정 때문에 더더욱 이살맞게 보였다.

마침내 자칼은 사자를 위한 간편한 식사를 마련했고, 이를 떠먹여주기 시작했다. 사자는 신중하고 주의 깊게 받아먹으면서 그중 선택을 하고 자기 논평도 곁들였는데, 자칼은 이 과정 역시 도와주었다. 이윽고 식사를 충분히 음미하고 나자, 사자는 다시 허리춤에 양손을 얹고 자리에 누워 명상에 잠겼다. 그러자 자칼은 목구멍까지 한 잔 가득 들이켜고 머리에 새 수건을 얹어 기운을 차린 뒤, 두 번째 식사를 준비하는 일에 착수했다. 이것 역시 똑같은 식으로 사자에게 제공되었고, 시계가 새벽 3시를 알렸을 때에야 비로소 마무리될 수 있었다.

"이제 다 끝났으니, 시드니, 펀치나 한 잔 가득 따라보게." 스트라이버 씨가 말했다.

자칼이 다시 김이 오르는 머리에서 수건을 치운 뒤, 기지개를 켜고 하품을 하고 온몸을 떨더니 시키는 대로 했다.

"오늘 검사 측 증인 차례일 때 말이야, 시드니, 자네 판단이 확실하던데. 모든 질문이 나왔어."

"내 판단이야 항상 확실하지. 안 그래?"

"누가 아니라 했나. 왜 이렇게 까칠해졌어? 펀치 좀 마시고 기분 좀 풀어."

자칼은 아니라는 듯 툴툴거리면서도 다시 시키는 대로 했다.

"옛날 슈루즈베리 학교 시절의 옛날 시드니 카턴." 스트라이버가 현재와 과거의 그를 논평하면서 고개를 끄덕였다. "시소 같던 시드니였지. 한순간 올라갔다가 다음 순간 내려오고. 금방 활기에 넘쳤다가 금방 의기소침했다가!"

"아!" 카턴이 한숨을 내쉬며 대꾸했다. "그랬지! 똑같은 시드니에, 똑같은 운이군. 심지어 그때도 나는 다른 녀석들 숙제는 대신 해주면서 내 건 거의 안 했었지."

"왜 그랬나?"

"난들 알겠나. 그게 내 방식이었나 보지."

그는 양손을 주머니에 넣고 두 다리를 쭉 뻗고 앉아 불길을 바라보았다.

"카턴." 그의 친구가 을러대는 태도로 어깨를 떡 벌리고 말했다. 마치 벽난로는 꾸준한 노력이 주조되는 용광로이고, 옛날 슈루즈베리 학교 시절의 옛날 시드니 카턴에게 해줄 유일한 배려는 그를 그 속에 밀어 넣는 것이라는 듯. "자네 방식은 지금도 예전에도 절름발이 방식이야. 자네는 활기도 목적의식도 없어. 나를 보게."

"아, 귀찮게 왜 이래!" 시드니가 아까보다 가볍고 기분 좋게 웃으며 대꾸했다. "자네한테서 설교는 듣지 않겠네!"

"내가 지금껏 이룬 일을 어떻게 이뤘지?" 스트라이버가 말했다. "내가 지금 하는 일을 어떻게 하냐고?"

"부분적으로는 내게 돈을 주고 도움을 받아서겠지. 하지만 괜히 힘 빼지 말게, 허공에 외치는 꼴이니까. 자네가 원하는 일이 있으면 하면 돼. 자네는 항상 앞줄에 있었고, 나는 항상 뒷줄에 있었지."

"나는 앞줄에 들어가야 했어. 원래부터 그 줄에서 태어나지 않았으니까, 안 그래?"

"자네가 태어날 때 참석은 안 했지만, 아마 그랬을걸." 카턴이 말했다. 그는 이 말을 하며 웃었고, 두 사람 다 웃었다.

"슈루즈베리 이전에도, 슈루즈베리 시절에도, 슈루즈베리 이후에도 내내," 카턴이 말을 이었다. "자네는 자네 줄에 속했고, 나는 내 줄에 속했어. 심지어 우리가 카르티에라탱[44]에서 프랑스어니 프랑스 법이니 그다지 신통치 않았던 프랑스 부스러기들을 익히던 동급생 시절에도, 자네는 항상 어딘가에 있었고 난 항상 어디에도 없었지."

"그게 누구 잘못인데?"

"맹세코, 그게 자네 잘못이 아니었다고는 확신하지 못하겠네.

44 파리 센 강의 왼쪽 지역으로, 주요 대학과 여러 문화 시설이 자리하고 있다. 많은 학생과 예술가들이 거주하는 곳이다.

자네가 잠시도 쉬지 못할 정도로 항상 내달리고 잡고 밀치고 몰아붙이는 통에 나는 가만히 녹슬어가는 것 외엔 달리 방도가 없었으니까. 하지만 새벽이 밝아오는데 지난날 얘기나 하는 건 우울하군. 가기 전에 다른 화제로 좀 바꿔보게."

"뭐 그렇다면! 그 예쁜 증인을 위해 함께 건배하세." 스트라이버가 잔을 들며 말했다. "이제 유쾌해졌는가?"

그가 다시 우울해진 것으로 보아, 아닌 모양이었다.

"예쁜 증인이라." 그가 잔을 들여다보며 중얼거렸다. "오늘 낮과 밤에 숱한 증인이 있었지. 자네가 말하는 예쁜 증인이 누군가?"

"그림처럼 아름답던 의사 딸, 마네트 양 말일세."

"그 아가씨가 예쁘다고?"

"아니라는 건가?"

"그래."

"거참, 웃긴 친구 같으니, 법정 전체가 그 아가씨를 보고 감탄했단 말이네!"

"법정 전체가 감탄했든 말든 웃기는군! 누가 올드 베일리를 미인이나 심사하는 곳으로 만들었나? 그냥 금발 인형이었어!"

"그거 아는가, 시드니." 스트라이버 씨가 예리한 눈으로 그를 바라보면서 한 손으로 불그레한 얼굴을 천천히 닦았다. "그때 내 생각으로는 자네가 그 금발 인형을 동정하는 것처럼, 그리고 금발 인형에게 어떤 일이 생겼는지 재빨리 알아차린 것처럼 보이던데?"

"어떤 일이 생겼는지 재빨리 알아차렸다니! 만약 어떤 아가씨가, 인형이든 아니든, 어떤 사내의 시야에서 기절하면, 확대경 없이도 보이는 게 당연하지. 건배는 하겠지만, 아름다움은 인정하지 않겠네. 이제 그만 마셔야겠어. 자러 가겠네."

주인이 촛불을 들고 계단까지 따라와 내려가는 길을 비추어 줬을 때, 더러운 창문 너머 새벽이 차갑게 안을 들여다보고 있었다. 집을 나서자 공기는 싸늘하니 슬펐고, 칙칙한 하늘은 구름으로 뒤덮였으며, 강은 어둑하니 흐릿했고, 풍경 전체가 생명 없는 사막 같았다. 흙먼지가 아침 돌풍 속에 빙글빙글 소용돌이치고 있었다. 마치 머나먼 곳에서 일어난 사막 모래가 뿌옇게 진군하여 도시를 뒤덮기 시작하는 것처럼.

내면의 힘은 낭비되고 주변에는 온통 사막이었다. 그는 양옆으로 건물이 늘어선 고요한 거리를 지나다 가만히 멈춰 섰고, 눈앞에 펼쳐진 황무지 속에서 한순간 명예로운 야망, 자제력, 인내심이라는 신기루를 보았다. 환상이 빚어낸 이 아름다운 도시에는 사랑과 은총으로 그를 지켜보는 높은 회랑, 생명의 열매가 탐스럽게 익어가는 정원, 눈앞에서 반짝반짝 빛나는 희망의 샘이 있었다. 순식간에 환상은 사라졌다. 그는 연립 주택 높은 층에 자리한 셋방으로 기어올라 옷도 벗지 않은 채 방치된 침대 위로 털썩 쓰러졌다. 베개는 헛된 눈물로 축축했다.

슬프게, 슬프게, 태양이 떠올랐다. 떠오르는 태양 아래 이 남자보다 슬픈 광경도 없었으니, 훌륭한 능력과 훌륭한 감정을 지녔음에도 그것을 제대로 발휘하지 못하고, 자신을 돕거나 행복을 챙기지도 못하며, 무엇이 자신을 좀먹는지 알면서도 그것이 자신을 먹어치우도록 체념해버린 터였다.

6장

수백 명의 사람들

마네트 박사의 조용한 거처는 소호 광장에서 그리 멀지 않은 조용한 길모퉁이에 있었다. 어느 화창한 일요일 오후, 넉 달이라는 파도가 반역 재판 위로 밀려와 그것을 넘실넘실 싣고 대중의 관심과 기억으로부터 저 멀리 바다로 보냈을 즈음, 자비스 로리 씨는 자택이 있는 클러큰웰에서부터 햇살 좋은 거리를 따라 박사와 식사를 하러 가는 길이었다. 그는 몇 차례 일에 빠져 정신없이 보내다가 박사와 친구가 되었고, 이 조용한 길모퉁이는 그의 삶에서 햇살 가득한 양지였다.

이 화창한 일요일, 로리 씨는 세 가지 습관상의 이유에서 이른 오후에 소호를 향해 걸어가고 있었다. 첫째, 화창한 일요일에는 정찬 전에 종종 박사, 루시와 함께 산책을 했기 때문이었다. 둘째, 궂은 일요일에는 친구로서 그들 가족과 함께 이야기하고, 책을 읽고, 창밖을 내다보고, 이런 식으로 하루를 보내는 데 익숙했기 때문이었다. 셋째, 그에게 나름대로 풀어야 할 조심스러운 의혹이 하나 있는데, 박사 가족의 생활 방식으로 보아 지금이야말로 그 의혹을 풀 수 있는 적기임을 알기 때문이었다.

박사가 거주하는 곳보다 더 고아한 정취가 있는 길모퉁이는 런던에서 찾아보기 힘들었다. 그곳은 관통하는 길이 없는 막다른 골목이었고, 박사의 집에서 앞쪽 창문으로 내다보면 고즈넉한 분위기가 감도는 예쁜 거리가 보였다. 당시에는 옥스퍼드 거리 북쪽으로 건물이 거의 없어서, 지금은 사라진 들판에 임목이 울창하고 야생화가 자라고 산사나무 꽃이 피어 있었다. 그 결과, 시골 산들바람이 정주지 없는 떠돌이 빈민들처럼 어쩔 수 없이 교구에 머무는 것이 아니라 기운차고 자유롭게 소호를 돌아다녔다. 멀지 않은 곳에서는 제법 많은 복숭아나무가 남쪽 벽을 이루어 제철이면 복숭아들이 탐스럽게 익어갔다.

하루 중 이른 시간에는 여름 햇살이 눈부시게 이 길모퉁이에 쏟아졌다. 하지만 길거리가 뜨거워질 무렵이면 이곳에는 그늘이 졌는데, 그늘이 너무 널찍하게 드리운 것은 아니어서 그 너머로 눈부실 만큼 이글거리는 햇살을 볼 수 있었다. 이곳은 시원한 곳, 차분하면서도 유쾌한 곳, 메아리를 품은 멋진 보금자리, 맹렬한 길거리를 피해 숨을 수 있는 안식처였다.

이러한 정박지에는 고요한 배 한 척이 있어야 하는 법이며, 실제 그곳에 존재했다. 박사는 크고 튼튼한 건물의 두 층을 사용했다. 그 건물에서는 몇 가지 업종이 낮 동안 행해진다고 했으나 어느 날이고 소리가 들린 적은 드물었고, 밤이면 모두가 그곳을 떠났다. 뒤쪽에 자리한 건물 한 채는 플라타너스가 푸른 잎을 바스락거리는 안뜰을 거쳐야 나왔는데, 소문에 의하면 그곳에서 교회 오르간을 만들고, 은을 세공하고, 수수께끼 거인이 금을 두드려 편다고 했다. 마치 거인이 스스로를 두드려 세공이라도 한 것처럼, 그리고 찾아오는 방문객도 똑같이 바꿔버리겠다고 위협이라도 하는 것처럼, 바깥 현관 벽에는 툭 튀어나온 금빛 팔[45]이 있었다.

이 같은 작업자들이나, 위층에 산다고 알려진 어느 외로운 세입자나, 아래층에 회계 사무실이 있다는 아둔한 마차 장식업자의 경우에는 좀처럼 눈에 띄지도, 인기척이 들리지도 않았다. 이따금 떠돌이 작업자가 윗옷을 걸치면서 현관을 가로지르거나, 낯선 이가 그곳에서 두리번거리거나, 안뜰 너머에서 희미하게 쨍강쨍강 소리가 들리거나, 금빛 거인이 내는 쿵쿵 소리가 들려오곤 했다. 하지만 이것들은 집 뒤쪽 플라타너스의 참새들과 집 앞쪽 모퉁이의 메아리가 일요일 아침부터 토요일 밤까지 이곳을 독차지했다는 원칙을 시험하는 예외에 불과했다.

마네트 박사는 옛 명성과 더불어 그의 사연이 풍문으로 떠돌

45 18세기 금세공인의 표지이다. 당시에는 문맹률이 높았기 때문에 상점이 어떤 상품이나 기술을 다루는지 표지로 보여주는 경우가 많았다.

면서 명성이 부활한 덕분에 제법 환자들을 맞았다. 그의 과학적 지식이나 정교한 실험을 수행하는 조심성과 탁월함은 환자를 계속 불러들였고, 그는 원하는 만큼 돈을 벌었다.

그 화창한 일요일 오후, 자비스 로리 씨가 길모퉁이의 고요한 집 앞에서 초인종을 울릴 때 그는 이러한 내용들을 알고 생각하고 인지하고 있었다.

"마네트 박사 계시오?"

곧 돌아오신다고 했다.

"루시 양은 계시오?"

곧 돌아오신다고 했다.

"프로스 양은 계시오?"

아마도 계실 텐데, 프로스 양의 의도를 하녀로서는 확실히 알기가 불가능하기에 인정도 부인도 할 수 없다고 했다.[46]

"내 집처럼 편한 곳이니 그냥 위층에 올라가보겠소."

박사의 딸은 자신의 모국에 대해 아는 바가 전혀 없었지만, 모국의 가장 유용하고 바람직한 특징 중 하나인, 적은 것으로 많은 것을 이루어내는 재능을 타고난 듯 보였다. 가구는 더없이 소박했지만, 딱히 가치는 없어도 취향과 안목이 돋보이는 소소한 장식들이 수없이 곁들여져 있어 보는 이를 즐겁게 했다. 가장 큰 물

46 당시 예법에 따르면, 손님이 중상류층 가정을 초대 없이 방문했을 경우, 주인은 본인의 부재 여부를 선택할 수 있었다. '집에 없다'는 것은 손님을 맞을 의향이 없다는 완곡한 표현이었다. 이런 관습은 18세기 중반에 시작되어 1940년대까지 이어졌다.

건부터 가장 작은 물건에 이르기까지 방마다 모든 사물들의 배치와 색깔의 안배, 소소한 절제와 섬세한 손길과 맑은 눈과 뛰어난 분별력이 빚어낸 우아한 다양성과 대조, 이 모든 것이 그 자체로 너무나 조화로울 뿐 아니라 그 주인을 생생히 드러내고 있어, 로리 씨가 방을 둘러보며 서 있자니 의자와 탁자가 지금은 그에게 너무나 익숙해진 그 독특한 표정을 지으며 이렇게 물어보는 듯했다. 마음에 드세요?

한 층에 방이 셋 있었고, 방을 연결하는 문들은 공기가 잘 통하도록 모두 열려 있어, 로리 씨는 사방에서 찾아볼 수 있는 그 독특한 유사성을 흐뭇하게 눈여겨보면서 이 방에서 저 방으로 거닐었다. 첫 번째는 응접실로, 루시의 새와 꽃과 책과 책상과 작업대와 수채화 물감 상자가 놓여 있었다. 두 번째는 박사의 상담실로, 식당 겸용으로도 쓰였다. 세 번째는 안뜰에서 살랑거리는 플라타너스가 시시각각 다른 그림자를 흩뿌리는 방으로, 이곳이 박사의 침실이었다. 그리고 이 방의 한쪽 구석에, 파리 생탕투안 교외의 포도주 상점 옆에 자리한 음울한 주택 5층에 있던 그대로, 지금은 사용되지 않는 구두장이 작업대와 도구함이 놓여 있었다.

"이상한 일이군." 로리 씨가 방을 둘러보다 걸음을 멈추고 말했다. "본인의 고통을 상기시키는 물건을 계속 곁에 두다니!"

"그게 왜 이상한가요?" 갑작스러운 질문에 그는 깜짝 놀랐다.

질문을 한 이는 프로스 양이었다. 괄괄하고 불그레하고 손이 억센 여인으로, 도버의 로열 조지 호텔에서 처음 만난 이후 그와 친분을 쌓아왔다.

"그야 당연히……." 로리 씨가 말하기 시작했다.

"거참! 그야 당연히는 무슨!" 프로스 양이 말했다. 로리 씨는 말을 멈추었다.

"어떻게 지내세요?" 그러자 여인이 물었다. 날카로운 말투였지만, 그럼에도 그에게 아무런 악의가 없다는 것을 드러내고자 하는 듯했다.

"덕분에 잘 지내고 있습니다." 로리 씨가 온순하게 대답했다. "프로스 양은 잘 지내십니까?"

"자랑할 정도는 아니에요."

"그래요?"

"아! 그래요!" 프로스 양이 말했다. "우리 아기씨 때문에 너무 심란해요."

"그래요?"

"맙소사, '그래요' 말고 다른 말 좀 하세요, 신경에 거슬려서 죽을 지경이니까." 프로스 양이 말했다. 그녀는 인내심이 (신장과는 달리) 짧았다.

"그럼, 정말로요?" 로리 씨가 수정하여 말했다.

"정말로요도 마음에 안 들지만, 그나마 낫네요. 네, 너무 심란해요."

"이유를 여쭤봐도 될까요?"

"아기씨가 상대할 가치도 없는 사람들이 수십 명씩 이곳에 아기씨를 찾아온단 말이에요." 프로스 양이 말했다.

"정말로 수십 명이 그런 목적으로 찾아온다고요?"

"수백 명이요." 프로스 양이 말했다.

이 여인의 특징은 (그녀 이전이나 이후에 살았던 일부 사람들과 마찬가지로) 언제든 자기가 처음 했던 주장에 의문이 제기되면 그것을 과장하는 것이었다.

"저런!" 로리 씨가 말했다. 이것이 그가 생각할 수 있는 가장 안전한 대꾸였다.

"우리 사랑하는 아기씨가 열 살 때부터, 저는 아기씨를 데리고 살았어요. 정확히 말하면 아기씨가 저를 데리고 살면서 보수를 지급한 거죠. 법정에 대고 맹세하건대, 제가 아무 보수 없이도 저나 아기씨를 건사할 능력이 됐다면 절대로 보수 따위는 받지 않았을 거예요. 이건 정말로 힘든 일이에요." 프로스 양이 말했다.

무엇이 정말로 힘든 일인지 정확히 이해하지 못한 채 로리 씨는 고개를 저었다. 그는 이 중요한 신체 부위를 마치 어디에나 딱 들어맞는 요정 망토처럼 활용했다.

"우리 귀여운 아기씨가 상대할 가치라곤 손톱만큼도 없는 온갖 사람들이, 언제고 불쑥불쑥 나타난다니까요." 프로스 양이 말했다. "로리 씨가 처음에 이 일을 벌였을 때……."

"제가 처음에 이 일을 벌였다고요, 프로스 양?"

"아니에요? 아기씨의 아버지를 되살려놓은 게 누군데요?"

"오! 그걸 처음이라고 치신다면……." 로리 씨가 말했다.

"끝은 아니잖아요, 안 그래요? 제 말은, 처음에 로리 씨가 이 일을 벌였을 때도 충분히 힘들었다고요. 그렇다고 마네트 박사님한테 무슨 흠이 있다는 건 아니에요. 단지 그분한테 이런 따님이 과분하다는 측면은 있지만, 그게 딱히 박사님 잘못은 아니죠, 천지를 뒤져도 이런 따님이 과분하지 않을 사람은 없을 테니까요. 하지만 박사님이 되살아난 이후로 사람들이 우글우글 버글버글 나타나서(이것만 아니라면 그분을 용서할 수도 있었어요), 우리 아기씨의 애정을 제게서 빼앗아 가는 건 정말 두 배 세 배로 힘들다고요."

로리 씨는 프로스 양이 질투심이 강하다는 것을 알고 있었지만, 또한 이때쯤 되자 그녀가 별난 행동 이면으로는—오직 여성들 사이에서만 발견되는—이타적 존재라는 것도 알고 있었다. 오직 순수한 애정과 흠모의 대상을 위해, 자신은 이제 잃어버린 젊음과 결코 갖지 못했던 아름다움, 불운하게도 이루지 못했던 성취, 암담한 인생에 한 번도 비치지 않았던 눈부신 희망에 기꺼이 헌신하는 존재들. 그는 세상을 겪을 만큼 겪었기에 이 세상에 마음에서 우러난 충직한 봉사, 어떤 금전적인 타락에도 물들지 않고 행해지는 봉사보다 나은 것은 없다는 사실을 잘 알고 있었다. 그는 이것을 너무나 귀히 여겼기에, 그가 마음속에 그린 응보의 서열도에서—정도의 차이는 있으나, 우리는 모두 그런 서열을 매긴다—프로스 양은 자연적으로든 인위적으로든 그녀와는 비교가 안 될 정도로 잘 차려입은, 텔슨 은행에 계좌를 보유한 수많은 숙녀들보다 훨씬 하급 천사들 가까이에 자리하고 있었다.

"우리 아기씨의 상대가 될 만한 남자는 예전에도 앞으로도 한 명밖에 없어요." 프로스 양이 말했다. "바로 내 동생 솔로몬이죠. 그 애가 살면서 실수만 안 했어도."

또 시작이었다. 로리 씨가 프로스 양의 개인사를 알아본 결과, 그녀의 남동생 솔로몬은 누나의 전 재산을 투자 밑천으로 탕진하고 아무런 양심의 가책 없이 그녀를 영원한 빈곤 속에 내버린 냉혹한 건달이었다. 솔로몬에 대한 프로스 양의 한결같은 믿음은(위의 사소한 실수로 조금 깎이긴 했지만), 로리 씨에게 꽤 중요한 문제였고, 그녀에 대한 호의적인 평가에서 나름대로 무게를 지니고 있었다.

"어쩌다 보니 지금 저희 둘만 있고, 또 둘 다 실무를 보는 사람들이니," 그들이 다시 응접실로 돌아와 다정하게 자리에 앉았을 때 그가 말했다. "좀 여쭙겠습니다. 박사님이 루시와 이야기하면서 구두 만들던 시절에 대해 언급한 적이 없나요, 아직?"

"없어요."

"그런데도 저 작업대와 도구들은 곁에 두고요?"

"아!" 프로스 양이 고개를 흔들면서 대답했다. "그렇다고 그분이 마음속으로도 언급하지 않았다고는 말 못 하죠."

"박사님이 그때에 대해 많이 생각하는 것 같습니까?"

"그래요." 프로스 양이 말했다.

"당신이 상상하기로는……." 로리 씨가 말을 시작했을 때 프로스 양이 바로 잘라버렸다.

"저는 상상 같은 건 안 해요. 상상력이 전혀 없어요."

"그럼 정정하겠습니다. 당신이 추측하기로는…… 추측은 하시죠, 가끔은?"

"이따금 하죠." 프로스 양이 말했다.

"당신이 추측하기로는," 로리 씨가 밝은 눈에 반짝이는 웃음기를 머금고 그녀를 다정하게 바라보며 말을 이었다. "마네트 박사에게 이 긴 세월 동안 간직해온 나름대로의 견해가 있는 것 같습니까? 본인이 왜 그렇게 억압당했는지 그 이유라든가, 어쩌면 본인을 억압한 사람의 이름이라든가?"

"거기에 대해 제가 따로 추측한 건 없어요, 아기씨가 제게 얘기해준 것 말고는요."

"그 얘기란 건……?"

"아기씨 생각으로는 있는 것 같대요."

"제가 이런 질문들을 드린다고 언짢아하진 마십시오. 저는 그저 실무를 보는 우둔한 사람이고, 당신도 실무를 보는 분이니까요."

"우둔하다고요?" 프로스 양이 차분하게 물었다.

그런 겸손한 형용사를 괜히 사용했다고 후회하면서, 로리 씨가 대답했다. "아니, 아니, 아니. 그럴 리가요. 다시 일로 돌아가서…… 우리 모두가 확신하는 것처럼 그분이 죄를 지었을 리 만무한데, 마네트 박사님이 그 질문을 한 번도 언급하지 않는 게 희한하지 않습니까? 저한테 말고요, 비록 그분이 십수 년 전에 저와 일 때문에 거래했고 지금은 서로 친밀한 관계이긴 하지만요, 제 말은 아름다운 따님한테도 언급하지 않는다는 거예요. 박사님이 그렇게 애정을 쏟는 따님이 아닙니까, 따님도 그렇게 박사님에게 애정을 쏟고요. 진심으로 말씀드리건대, 프로스 양, 저는 단순한 호기심에서 이 문제를 꺼내는 게 아닙니다. 깊은 관심 때문이에요."

"글쎄요! 제가 최선을 다해 이해한 바로는, 뭐 아시는 것처럼 최선이라 해봤자 형편없지만," 프로스 양이 양해를 구하는 말투에 마음이 누그러져서 말했다. "그분은 이런 주제를 아예 두려워하세요."

"두려워한다고요?"

"그분이 왜 그러는지, 제 생각엔 명백한 것 같은데요. 끔찍한 기억이잖아요. 그뿐 아니라 정신 이상도 그것 때문에 생긴 거고요. 본인이 어떻게 제정신을 잃었는지, 또는 어떻게 되찾게 되었는지 모르는데, 다시 그런 일이 발생하지 않으리라고 확신하기가 어렵겠죠. 제 생각엔, 그것 하나만으로도 썩 유쾌한 주제는 아닐 것 같은데요."

이것은 로리 씨가 기대했던 것보다 더 심오한 대답이었다. "맞습니다." 그가 말했다. "다시 생각하기 두렵겠죠. 하지만 프로스 양, 마네트 박사가 내면에 그것을 내내 억누르고 있는 것이 과연 좋은 일일까 하는 의문을 마음에서 떨칠 수가 없어요. 실제로 이런 의문과 때때로 이것으로 인해 생기는 불안감 때문에 지금 당신과 대화를 나누는 것이고요."

"어쩔 도리가 없어요." 프로스 양이 고개를 저으며 말했다. "그 주제를 건드리는 즉시 박사님 상태는 악화될 거예요. 그냥 놔두는 편이 나아요. 간단히 말해, 좋든 싫든, 그냥 놔둬야 해요. 때때로 그분은 고요한 한밤중에 일어나 방 안을 이리 걸었다 저리 걸었다, 이리 걸었다 저리 걸었다 그러세요. 위층에 있는 우리 귀에 다 들리거든요. 그럼 아기씨는 이제 알죠, 그분이 마음속으로 옛 감옥 안을 이리 걸었다 저리 걸었다, 이리 걸었다 저리 걸었다 한다는 걸. 그러면 아기씨는 서둘러 내려가요. 그러고는 둘이 함께 걸어요, 이리 걸었다 저리 걸었다, 이리 걸었다 저리 걸었다, 그분이 진정하실 때까지요. 하지만 박사님은 본인이 왜 그렇게 안절부절못하는지 진짜 이유를 따님한테 한마디도 하지 않아요. 아기씨도 그냥 아무 내색하지 않는 게 최선이라 여기시고요. 침묵 속에 두 분은 함께 이리 걸었다 저리 걸었다, 함께 이리 걸었다 저리 걸었다 그러세요, 아기씨의 애정과 동행 속에 그분이 제정신을 차릴 때까지요."

프로스 양은 본인이 상상력이 없다 했었지만, 이리 걸었다 저리 걸었다, 이 구절을 반복하는 것으로 보아 한 가지 슬픈 생각에 반복적으로 시달리는 고통을 인식하고 있었고, 이것은 그녀에게 상상력이 있음을 입증해주었다.

앞서 언급되었듯 그곳은 메아리를 위한 멋진 길모퉁이였다. 그곳에서는 다가오는 발소리가 어찌나 생생하게 울려 퍼졌던지, 마치 힘없이 이리저리 거닐었다는 이야기를 꺼낸 것만으로도 메아리가 울려 퍼진 것 같았다.

"돌아오셨네요!" 프로스 양이 자리에서 일어나며 협의를 끝냈다. "그리고 조만간 수백 명의 사람들이 몰려들겠죠!"

그곳은 음향적으로 매우 독특한 길모퉁이였고, 매우 특이한 '귀'와 같은 장소라서, 로리 씨가 조금 전에 발소리가 들린 아버지와 딸을 찾아 열린 창가에 서 있을 때 그들이 절대 다가오지 않을 것처럼 느껴졌다. 마치 발소리가 떠난 것처럼 메아리가 사라졌을 뿐 아니라, 그곳에 있지도 않은 다른 발소리의 메아리들이 대신 들렸다가 가까이 다가오는 듯하더니 영영 사라지는 것이었다. 하지만 아버지와 딸은 이윽고 모습을 드러냈고, 프로스 양은 그들을 맞이하기 위해 바깥 현관에 대기 중이었다.

프로스 양은 괄괄하고 불그레하고 퉁명스러웠지만 그럼에도 보기 흐뭇한 장면을 연출했으니, 사랑하는 아기씨가 위층에 올라오자 그녀의 보닛을 벗기고, 손수건 끝자락으로 손질하고, 입으로 불어 먼지를 털고, 망토를 치우기 위해 척척 접고, 이어 아기씨의 풍성한 머리카락을 매만질 때는 마치 세상에서 가장 허영심 많고 아름다운 여성이 자기 머리카락을 보며 지닐 법한 자부심을 드러내는 것이었다. 사랑하는 아기씨 역시 보기 흐뭇한 장면을 연출했으니, 프로스 양을 안으면서 고마워하고, 자기 때문에 너무 애쓴다고 나무라는 것이었다. 하지만 이런 나무람도 장난스럽게 해야지, 그렇지 않았다가는 프로스 양이 심하게 마음이 상해 자기 방으로 들어가 울어버리기 때문이었다.

박사 역시 보기 흐뭇한 장면을 연출했으니, 그들을 바라보면서 프로스 양의 애정이 너무 과해 루시의 버릇이 나빠지겠다고 말하면서도, 정작 본인의 말투와 눈빛에서는 프로스 양 못지않은 애정이 묻어나는 것이었는데, 만약 그런 일이 가능했다면 심지어 더한 애정도 묻어날 정도였다. 로리 씨 역시 보기 흐뭇한 장면을 연출했으니, 작은 가발을 쓴 채 이 모든 장면을 향해 환하게 웃으면서, 늘그막에 자신을 '집'으로 이끌어준 독신자 별에게 감사하는 것이었다. 하지만 '수백 명'의 사람들이 이런 장면을 보기 위해 찾아오지는 않았고, 로리 씨는 프로스 양의 예언이 실현되기를 헛되이 기다렸다.

정찬 시간이 되었지만, 여전히 '수백 명'의 사람들은 없었다. 이 작은 가정을 꾸려나감에 있어, 프로스 양은 하인 구역을 책임졌고 언제나 탁월하게 맡은 일을 해냈다. 그녀의 정찬은 아주 소박했지만 워낙 훌륭하게 요리되고 멋지게 차려진 데다, 반은 영국식에 반은 프랑스식으로 짜임새 또한 뛰어나서 더할 나위가 없었다. 프로스 양의 친교는 철저히 실용적이어서, 그녀는 실링이나 반 크라운 몇 닢에 자신에게 요리 비법을 전수해줄 빈곤한 프랑스인을 찾아 소호와 인근 지역을 샅샅이 뒤진 터였다. 이처럼 쇠락한 갈리아의 아들딸들로부터 그녀가 워낙 놀라운 비법들을 얻어낸 덕에 그 집에서 하녀로 일하는 아낙과 소녀는 그녀를 마법사나 신데렐라의 대모쯤으로 생각했다. 닭 한 마리, 토끼 한 마리, 텃밭의 채소 한두 가지를 가져오게 해선 무엇이든 자기가 원하는 대로 바꾸어버렸으니까.

프로스 양은 일요일에는 박사의 식탁에서 함께 식사했지만, 다른 요일에는 알려지지 않은 시간대에 하인 구역이나 2층에 있는 본인의 방—아기씨 외에는 아무도 들어가보지 못한 푸른 방—에서 먹기를 고집했다. 이날에는 아기씨의 유쾌한 얼굴과 그녀를 즐겁게 하려는 유쾌한 노력에 응답하여 프로스 양도 상당히 긴장을 풀었고, 따라서 정찬 역시 몹시 유쾌했다.

이날은 숨 막히게 후텁지근한 날이어서 정찬이 끝난 뒤 루시는 포도주를 플라타너스 아래로 가져가 야외에 앉아 있자고 제안했다. 만사가 그녀에게 달려 있고 그녀를 중심으로 돌아갔기 때문에 그들은 플라타너스 아래로 나갔고, 그녀는 특별히 로리 씨를 위해 포도주를 내갔다. 언제부턴가 그녀는 로리 씨를 위해 술 따르는 역할을 자처한 터라, 그들이 플라타너스 아래 앉아 이야기를 나눌 때 계속해서 그의 잔을 채워주었다. 그들이 함께 이야기를 나누는 동안 신비에 싸인 집들의 뒷면과 모서리가 그들을 훔쳐보았고, 플라타너스도 머리 위에서 나름대로 그들에게 속삭였다.

여전히 '수백 명'의 사람들은 모습을 드러내지 않았다. 그들이 플라타너스 아래 앉아 있을 때 다네이 씨가 모습을 드러내긴 했지만, 그는 '한 명'일 뿐이었다.

마네트 박사는 그를 친절하게 맞았고, 루시 역시 그랬다. 하지만 프로스 양은 갑자기 머리와 온몸이 쑤신다면서 집 안으로 들어가버렸다. 그녀는 드물지 않게 이런 증상에 시달렸는데, 친밀한 대화에서 그녀는 이것을 '경련 발작'이라 불렀다.

박사는 최상의 상태였고 유난히 젊어 보였다. 이런 순간이면 그와 루시의 닮은 점이 더욱 도드라졌다. 나란히 앉아 그녀는 아버지의 어깨에 기대고 그는 딸의 의자 등받이에 팔을 얹고 있을 때 그들의 닮은 점을 찾아보는 것은 몹시 흐뭇한 일이었다.

박사는 드물게 활기를 띠며 다양한 주제에 관해 온종일 이야기하고 있었다. "참, 마네트 박사님." 플라타너스 아래 앉아 있을 때 다네이 씨가 말했다. 그는 대화 중인 화제와 관련해 자연스레 말을 꺼냈는데, 마침 그들은 런던의 오래된 건물들에 관해 이야기를 나누던 중이었다. "런던 탑[47]을 제대로 보신 적이 있습니까?"

"루시와 함께 가보긴 했지만, 그냥 가볍게 들른 거였죠. 흥미로운 것이 가득하다는 걸 알 정도로만 둘러보았소. 그게 다예요."

"기억하시다시피 저도 그곳에 가본 적이 있습니다." 다네이가 미소를 지으며 말했지만, 다소 분개한 듯 얼굴이 붉어졌다. "하지

47 영국 런던에 있는 옛 감옥이다. 오랫동안 국사범의 감옥으로 쓰였다.

만 상황이 달랐고, 그곳을 제대로 둘러볼 만한 상황은 아니었지요. 제가 그곳에 있을 때 사람들이 흥미로운 이야기를 해주었습니다."

"무슨 이야기였나요?" 루시가 물었다.

"일꾼들이 그곳을 일부 개조하던 중 오래된 지하 감옥을 발견했는데, 수십 년 전에 지어졌다가 잊힌 곳이었습니다. 그곳 내벽은 죄수들이 새긴 글—날짜, 이름, 한탄, 기도 등—이 돌마다 빽빽했답니다. 한쪽 벽 모서리의 주춧돌에 아마 처형된 것으로 짐작되는 어떤 죄수가 마지막 작품으로 글을 새겨놓았는데, 세 글자였대요. 보잘것없는 도구로, 허둥지둥, 손을 떨며 새긴 것이었습니다. 처음에는 'D. I. C.'인 줄 알았는데, 나중에 더 자세히 살펴보니 마지막 글자가 'G'로 밝혀졌어요. 그런 머리글자를 가진 죄수는 기록으로도 이야기로도 전해진 바가 없었기에, 과연 이름이 무엇이었을지 헛된 추측만 무수히 나왔습니다. 이윽고 그 글자들이 머리글자가 아니라 'DIG'[48]라는 온전한 단어가 아니냐는 의견이 나왔어요. 글자가 새겨진 곳의 아래쪽 바닥을 샅샅이 훑었더니, 어떤 돌인지 기와인지 포석 조각인지 그 아래 흙 속에, 재로 변한 종이와 재로 변한 작은 가죽 상자 혹은 가방이 뒤섞여 있더랍니다. 그 미지의 죄수가 뭐라고 썼는지는 앞으로도 알 길이 없겠지만, 그는 무언가를 써서 간수의 눈에 띄지 않게 숨

48 '파다'라는 뜻의 영어 단어.

겨뒀던 것이지요."

"아버지!" 루시가 외쳤다. "편찮아 보이세요!"

박사가 손으로 머리를 감싸고 갑작스레 벌떡 일어났기 때문이었다. 그의 태도와 표정은 그들 모두의 간담을 서늘하게 했다.

"아니, 루시, 괜찮다. 굵직한 빗방울이 떨어져서 놀란 것뿐이란다. 안으로 들어가는 게 좋겠구나."

박사는 거의 순식간에 원래 태도를 되찾았다. 실제로 굵직한 빗방울이 떨어지고 있어서 그는 손등에 떨어진 빗방울을 보여주기도 했다. 하지만 언급되었던 발견과 관련해선 한마디도 하지 않았고, 그들이 집에 들어갔을 때 로리 씨의 실무적인 눈에 실제일지도 상상일지도 모를 무언가가 감지되었다. 박사가 찰스 다네이를 향할 때 그의 얼굴에 드러난 표정이 예전에 법정 복도에서 찰스 다네이를 향했을 때와 똑같은 기이한 표정이라는 것이었다.

하지만 박사는 워낙 순식간에 원래 태도를 되찾아서 로리 씨는 본인의 실무적인 눈을 의심했다. 그가 현관의 금빛 거인의 팔 아래 멈춰 서서 자기는 아직 (앞으로도 그럴지 모르겠지만) 사소한 놀라움에 단련되어 있지 않다고, 그래서 비 때문에 놀랐다고 그들에게 해명했을 때, 그 거인의 팔도 박사보다 더 듬직하진 않았다.

다과 시간이 되자 프로스 양이 또 한차례 경련 발작을 겪으며 차를 준비했다. 하지만 여전히 '수백 명'의 사람들은 없었다. 카턴 씨가 설렁설렁 들르긴 했으나 그래봤자 '두 명'에 불과했다.

찌는 듯이 후텁지근한 밤이었다. 문과 창문을 모두 열고 앉았지만 그들은 열기 때문에 녹초가 되었다. 다과가 끝났을 때는 모두들 창문 한 곳으로 자리를 옮겨 잔뜩 흐린 석양을 바라보았다. 루시는 아버지의 곁에 앉고, 다네이는 그녀의 곁에 앉고, 카턴은 창가에 기대었다. 길고 흰 커튼이 길모퉁이에 휘몰아친 뇌우 돌풍에 휩쓸려 천장에서 유령 날개처럼 나부꼈다.

"굵고 묵직한 빗방울이 아직도 간간이 떨어지는군요." 마네트 박사가 말했다. "폭풍이 느리게 다가오나 봅니다."

"그래도 확실히 다가오죠." 카턴이 말했다.

그들은 나직하게 말했다. 무언가를 지켜보며 기다리는 사람들이 대부분 그러하듯, 그리고 어두운 방 안에서 번개가 치기를 지켜보며 기다리는 사람들이 항상 그러하듯.

길거리는 폭풍이 몰아치기 전에 피할 곳을 찾아 걸음을 재촉하는 사람들로 몹시 분주했다. 메아리를 위한 멋진 길모퉁이에는 오고 가는 발소리가 메아리쳤지만, 실제로 그곳에서 생긴 발소리는 아니었다.

"사람들이 무수한데, 그런데도 적막하다니!" 그들이 얼마간 귀 기울였을 때 다네이가 말했다.

"인상적이지 않아요, 다네이 씨?" 루시가 물었다. "때때로 저녁에 이곳에 앉아 있으면, 어떤 상상을 하게 돼요. 하지만 오늘 밤에는 어리석은 상상의 그림자만으로도 오싹한 기분이 드네요.

모든 것이 너무 어둡고 숙연해서…….”

“저희도 오싹한 기분을 느껴볼까요? 어떤 상상인지 알고 싶군요.”

“여러분에게는 시시하게 보일 거예요. 이런 공상은 만들어낼 때만 인상적인 것 같아요. 다른 사람들에게 이야기해선 안 되죠. 때때로 저녁에 이곳에 홀로 앉아 귀를 기울이고 있으면, 바깥에서 울리는 메아리들이 머지않아 우리 삶 속으로 들어올 모든 발소리들의 메아리처럼 느껴지는 거예요.”

“만약 그렇게 된다면, 언젠가 엄청난 군중이 우리 삶 속으로 들어오겠군요.” 시드니 카턴이 특유의 침울한 태도로 끼어들었다.

발소리는 끊임없이 이어졌고, 서두르는 기색도 더더욱 급박해졌다. 길모퉁이에는 사람들의 발소리가 메아리치고 다시 메아리쳤다. 어떤 발소리는 창문 아래에서 난 듯했다. 어떤 발소리는 방 안에서 난 듯했다. 어떤 것은 다가오고, 어떤 것은 멀어지고, 어떤 것은 뚝 끊기고, 어떤 것은 아예 사라졌다. 전부 멀찍한 길거리에 있었고, 단 하나도 보이는 곳에 없었다.

“이 모든 발소리들이 우리 모두에게 다가올 운명인가요, 마네트 양, 아니면 우리가 이것들을 나눠 가지게 되나요?”

“저도 몰라요, 다네이 씨. 어리석은 상상이라고 말씀드렸는데도 굳이 물어보셔서 대답한 것뿐이에요. 그런 상상에 잠길 때면 저는 혼자였어요. 그러고는 그것들이 언젠가 제 삶에, 그리고 아버지의 삶에 들어올 사람들의 발소리라고 상상하곤 했죠.”

"제가 그것들을 제 삶에 받아들이겠습니다!" 카턴이 말했다. "저는 아무 질문도, 아무 조건도 없습니다. 거대한 군중이 우리를 향해 돌진하고 있군요, 마네트 양, 저들이 보입니다, 번갯불 속에서요!" 번개가 친 뒤 그가 마지막 말을 덧붙였다. 섬광이 번쩍이자 창가에 느긋하게 기댄 그의 모습이 보였다.

"소리도 들리는군요!" 쾅쾅 천둥이 울리자 그가 다시 덧붙였다. "저들이 몰려오네요, 빠르게, 거세게, 맹렬하게!" 그가 묘사한 것은 포효하면서 휘몰아치는 빗줄기였고, 그의 이야기도 끊겼다. 그 속에서는 어떤 목소리도 들리지 않았으니까. 거센 빗줄기와 함께 기억에서 잊히지 않을 천둥과 번개가 몰아쳤다. 자정에 달이 떠오를 때까지 굉음과 불빛과 물줄기가 잠시도 멈추지 않았다.

세인트폴 성당의 큰 종이 맑게 갠 대기 속에 1시를 알렸을 때, 로리 씨는 장화와 랜턴으로 무장한 제리의 호위를 받으며 클러큰웰을 향해 귀갓길에 올랐다. 소호와 클러큰웰 사이에는 인적이 드문 구간이 있어 로리 씨는 노상강도에 대비해 항상 제리에게 이 일을 맡겼는데, 평상시라면 두 시간 전에 이루어졌을 일이었다.

"정말 대단한 밤이었네!" 로리 씨가 말했다. "마치 죽은 사람도 무덤에서 일으킬 듯한 밤이었어."

"저는 한 번도 못 봤습니다, 나리. 앞으로도 볼 일이 없을 거고요. 그런 일이 일어나는 밤이라니요." 제리가 대답했다.

"안녕히 가시오, 카턴 씨." 은행원이 말했다. "안녕히 가시오, 다네이 씨. 우리가 다시 이런 밤을 보게 될까 싶소, 다 함께!"

어쩌면 그러리라. 어쩌면 포효하며 휘몰아치는 거대한 군중이 그들을 향해 돌진하는 것 역시 보게 되리라.

7장

도시의 귀족 나리

궁정의 최대 권력자 중 한 명인 대귀족 나리는 파리의 호화로운 저택에서 격주마다 연회를 열었다. 대귀족 나리는 안쪽 방에 계셨으니, 바깥쪽 여러 방에 모인 숭배자들에게 이곳은 신성하디 신성한 성역이자 거룩하디거룩한 성소였다. 대귀족 나리는 이제 코코아[49]를 드시려는 참이었다. 대귀족 나리는 참으로 많은 것을 수월하게 삼킬 수 있었고, 일부 못마땅한 사람들이 보기에는 프랑스마저 빠르게 삼키고 있는 중이었다. 하지만 대귀족 나리는 요리사 외에도 장정 네 명의 도움 없이는 아침 코코아를 목구멍으로 넘기지 못했다.

49 뜨거운 코코아는 18세기 영국과 프랑스의 부유층 사이에서 인기 있는 아침 음료였다. 가격이 비싸고 준비 과정이 번거로웠기 때문에 상류층의 사치품에 속했다.

그랬다. 대귀족 나리의 입술에 흐뭇한 코코아를 대령하려면 네 명의 사람들이 필요했다. 네 명 모두 화려한 장식으로 번쩍번쩍했고, 그중 대장은 주머니에 금시계가 최소 두 개는 있어야지 그것보다 적으면 살 수가 없었으니, 그것은 고귀한 분들을 모방한 것이자 대귀족 나리가 선보이신 고상한 풍습이었다.[50] 첫 번째 시종은 코코아 단지를 신성한 안전으로 들고 갔고, 두 번째 시종은 해당 용도에 쓰이는 고급스러운 도구를 이용해 초콜릿을 휘저어 거품을 냈으며, 세 번째 시종은 은혜로운 냅킨을 준비했고, (금시계 두 개를 지닌) 네 번째 시종은 코코아를 따랐다. 대귀족 나리의 경우 코코아 시종들 중 한 명이라도 줄어들면 찬란한 하늘 아래 고귀한 신분을 유지하는 게 불가능했다. 만약 천박하게도 그의 코코아를 시중드는 인원이 세 명에 불과하다면 가문의 명예에 짙은 얼룩이 질 것이었다. 두 명에 불과하다면 그냥 죽어버릴 것이었다.

대귀족 나리는 희극과 그랜드 오페라가 매력적으로 상연된 곳에서 어젯밤에 가벼운 만찬을 들고 오신 터였다. 대귀족 나리는 대부분의 밤에 매혹적인 일행과 가벼운 만찬을 들러 나갔다. 대귀족 나리는 얼마나 정중하고 감수성이 풍부하신지, 지루한 국정이나 국가 기밀을 다룰 때 희극과 그랜드 오페라가 프랑스 전체의 요구보다 그에게 훨씬 큰 영향을 미쳤다. 프랑스로서는

50 18세기에는 시계의 정확성이 떨어졌기 때문에 경제적으로 여유로운 사람들은 두 개를 지니고 다니면서 정확한 시간을 추측했다.

행복한 상황이었으니, 비슷한 은총을 받은 모든 국가들이 늘 그러하리라! (예컨대) 나라를 팔아먹은 유쾌한 스튜어트[51] 치하의 애석한 시대에 영국이 늘 그러했듯이.

대귀족 나리는 전반적인 공무에 대해 진실로 고귀한 생각 하나를 품고 있었으니, 그것은 만사가 그냥 저절로 흘러가게 내버려두자는 것이었다. 개별적인 공무에 관해서는 또 다른 진실로 고귀한 생각을 품고 있었으니, 모든 것이 그의 뜻대로 흘러가야 한다는—자신의 권력과 호주머니에 이바지해야 한다는—것이었다. 쾌락에 관해선 전반적이든 개별적이든 진실로 고귀한 생각을 또 하나 품었으니, 세상이 쾌락을 위해 만들어졌다는 것이었다. (대수롭지 않게, 원문에서 대명사 하나만 바뀐) 그의 규율서는 다음과 같았다. "대귀족 나리께서 말씀하시길, 땅과 거기에 충만한 것이 다 내 것이로다."[52]

하지만 대귀족 나리는 그의 사적 문제와 공적 문제 모두에서 저속하게도 재정난이 발생한 것을 서서히 인식하게 되었다. 그리고 이 두 영역의 문제에서 그는 부득이하게 징세 도급인[53]과 동맹을 맺었다. 공적 재정의 경우에는 대귀족 나리가 아는 게 도통 없어서 그럴 역량이 되는 사람에게 맡겨야 했기 때문이었고, 사

51 프랑스 루이 14세에게서 비밀리에 보조금을 받은 스튜어트 왕조의 찰스 2세를 말한다.

52 성경의 시편 24편 1절에 나오는 구절을 변형한 것이다.

53 프랑스 혁명 전 왕실의 세금 징수인이다. 소작농과 노동자 계층으로부터 과도한 세금을 징수했으며, 다수가 막대한 부를 쌓아 귀족 작위와 영지를 사기도 했다.

적 재정의 경우에는 징세 도급인은 부유하고 대귀족 나리는 수세대에 걸친 사치와 향락으로 인해 점점 가난해지고 있기 때문이었다. 그리하여 대귀족 나리는 누이가 걸칠 수 있는 가장 저렴한 의복이자 눈앞에 다가온 수녀용 베일을 물리칠 시간이 아직 남아 있을 때 누이를 수녀원에서 빼내, 매우 부유하지만 가문은 보잘것없는 징세 도급인에게 상품으로 하사한 터였다. 문제의 징세 도급인은 격에 맞게 금빛 사과가 꼭대기에 달린 지팡이를 들고 지금 바깥쪽 방에서 다른 이들과 어울리고 있었으며, 수많은 인간들이 그 앞에서 굽실거렸다. 다만 대귀족 나리의 혈통인 우월한 인간들은 언제나 예외였으니, 그의 아내를 비롯해 그들은 더없이 거만하게 그를 업신여기고 깔보았다.

징세 도급인은 사치스러운 남자였다. 그의 마구간에는 말이 서른 필, 저택에는 남자 하인이 스물네 명 있었으며, 여섯 명의 몸종이 아내의 시중을 들었다. 자신은 어디에서든 가능하기만 하면 약탈과 수탈밖에 안 한다고 공공연히 드러낸다는 점에서, 징세 도급인은—그의 결혼 관계가 사회 윤리에 어떤 식으로 이바지했건—최소한 그날 대귀족 나리의 저택에 참석한 인사들 가운데 가장 진실성 있는 인물이었다.

이유인즉 비록 그 방들이 보기에는 아름답고 당대의 안목과 솜씨를 최대한 발휘하여 온갖 장식을 해놓았지만, 실제로는 건전한 일이 벌어지는 곳이 아니기 때문이었다. 도처에 존재하는 누더기와 나이트캡 차림의 허수아비들과 연관 지어 생각했을 때

(그리 멀리도 아니었다. 양극단[54]에서 거의 같은 거리에 위치한 노트르담의 망루에서 두 곳이 다 보였으니까) 그곳은 극도로 불편한 일이 벌어지는 곳이었다. 물론 대귀족 나리의 저택에서 이것을 자기 일로 여기는 사람이 있을 때의 이야기이지만. 군사 지식이 결핍된 육군 장교들, 배에 관해 아무것도 모르는 해군 장교들, 공무 개념조차 없는 공무원들, 눈빛이 음탕하고 입이 경박하고 삶은 더 경박한 최악의 속물근성을 지닌 철면피 성직자들. 하나같이 각자의 소명에 철저히 무능했고, 하나같이 각자의 소명에 적임자인 듯 지독하게 거짓말을 해댔지만, 하나같이 가깝든 멀든 대귀족 나리의 집단에 속한 자들이었고, 그리하여 뭐든 잇속을 챙길 수 있는 공직 자리를 부당하게 꿰차고 앉은 자들이었다. 이런 사례는 숱하게 많았다. 대귀족 나리나 국가와 직접적인 관련은 없지만 마찬가지로 모든 현실적인 일과 동떨어진 자들이나, 지상의 진실한 목적지를 향해 곧은길을 따라가는 삶과 동떨어진 자들 역시 막상막하로 넘쳐났다. 존재하지도 않는 허구의 질병을 고치는 섬세한 치료법으로 떼돈을 번 의사들은 대귀족 나리의 대기실에서 기품 있는 환자들을 향해 미소 지었다. 국가에 스며든 자잘한 해악들을 처리할 온갖 해법을 다 찾았다면서도 한 가지 죄악이라도 진득이 뿌리 뽑을 해법만은 찾지 못한 이론가들은 대귀족 나리의 연회에서 누구든 귀만 기울이면 횡설

54 부유층의 저택이 위치한 파리 남서쪽과 빈민가가 위치한 동쪽을 의미한다.

수설 떠들어댔다. 언어로 세상을 새로 지으면서 카드로 바벨탑을 쌓아 하늘에 닿고자 하는 믿음 없는 철학자들은 대귀족 나리가 벌여놓은 이 멋진 파티에서 연금술에 눈독을 들이는 믿음 없는 화학자들과 이야기를 나누었다. 그 놀라운 시대에—그리고 이후로도 줄곧—무릇 교양 있는 집안 출신이라는 것은 인간이 자연스레 관심을 가질 만한 모든 사안에 대해 무관심해지는 결실로 알려진바, 더없이 교양 있게 자란 세련된 신사들은 대귀족 나리의 저택에서 이 같은 극도의 피로감을 나무랄 데 없이 선보이고 있었다. 이처럼 다양한 저명인사들이 파리의 세련된 사교계에 얼마나 멋진 가정을 뒤로하고 왔던지, 여기에 모인 대귀족 나리의 추종자들 가운데—그 고상한 무리의 절반은 족히 차지할—첩자들은 이 천체를 누비는 천사들 중에서 태도로나 외모로나 본인이 어머니라고 인정하는 부인을 단 한 명도 쉽게 가려내지 못했으리라. 실제로, 성가신 존재를 이 세상에 내놓는다는 단순한 행위—그 자체만으로는 어머니라는 이름을 실현하지 못하는 행위—를 제외하면, 유행에 민감한 상류 사교계에는 이런 개념이 존재하지 않았다. 농부 아낙네들이 유행에 뒤떨어진 아이들을 곁에 두고 키우는 동안, 매력 넘치는 예순 할머니들은 스무 살 때처럼 차려입고 음료를 홀짝거렸다.[55]

55 18세기 프랑스에서 귀족 자녀들은 매우 무관심한 대우를 받았다. 대개 출생 직후에 소작농 유모에게 맡겨져 이삼 년간 양육된 뒤, 다시 가정으로 돌아오면 하인들의 손에 컸다. 일정한 나이가 되면 남자아이들은 엄격한 기숙 학교로 보내졌다. 여자아이들은 수녀원의 기숙 학교에 보내졌는데 대개는 혼처가 정해질 때까지 그곳을 떠나지 못했다.

비현실성이라는 나병이 대귀족 나리를 섬기는 모든 인간들을 흉하게 일그러뜨렸다. 가장 바깥쪽 방에는 지난 몇 년간 전반적으로 상황이 잘못되어가고 있다는 막연한 불안감을 품어온 예외적인 인물들이 대여섯 명 있었다. 상황을 바로잡기 위한 전도유망한 방법으로 그 대여섯 명 중 절반은 '경련주의자'[56]라는 괴이한 종파의 신도가 되었고, 심지어 지금도 즉석에서 거품을 물고 발광하고 울부짖고 몸이 뻣뻣해져야 하는 게 아닌가, 그리하여 '미래'로 향하는 명료한 표지를 세워 대귀족 나리의 길잡이가 되어야 하는 게 아닌가, 하고 자기들끼리 상의하는 중이었다. 이런 데르비시[57]들 외에도 '진리의 중심'에 관한 용어로 문제를 해결하는 또 다른 종파에 뛰어든 사람이 셋 있었다. 그들은 인간이 '진리의 중심'에서 벗어났지만 — 그것은 굳이 입증할 필요도 없다 — 아직 원둘레를 벗어난 것은 아니라고 주장했다. 따라서 원둘레 밖으로 튀어 나가지 못하게 잡아야 하고, 다시 중심으로 밀어 넣기 위해서 금식을 하고 성령을 접해야 한다고 했다. 그런 연유로 이들 사이에서는 성령과의 대화가 많이 이루어졌고, 이것은 전혀 입증되지 않은 무수한 덕행을 행했다.

56 프랑스에서 18세기 중반에 성행한 광신도 종파로, 자칭 종교적 영감을 받을 때 '경련'을 일으키는 데서 이름이 유래되었다.

57 극도의 금욕 생활을 서약하는 회교도 일원으로, 예배 때 격렬한 춤을 추는 것으로 유명하다. '데르비시'라는 단어는 격렬한 춤을 추는 사람이나 상황을 묘사하는 말로도 쓰이기 때문에, 앞서 언급한 격렬한 신체 활동을 보이는 경련주의자를 빗대어 표현한 말로 보인다.

그래도 위안이 되는 것은 대귀족 나리의 호화로운 저택에 참석한 모든 이들이 완벽하게 차려입었다는 점이었다. 만약 '심판의 날'이 옷차림으로 심판을 받는 날이라고 확정되기만 한다면, 그곳의 모든 이들은 영원토록 죄가 없을 듯했다. 곱슬곱슬하게 지지고 분을 뿌려서 높이 올린 머리카락이며, 인위적으로 손보고 유지한 아름다운 안색이며, 보기에도 용맹한 칼들이며, 후각에 뿌듯하게 와닿는 섬세한 향까지, 이것들은 만물을 영원히 계속되게 하리라. 더없이 교양 있게 자란 세련된 신사들은 조그만 펜던트 장식을 걸고 있어 그들이 나른하게 움직일 때마다 짤랑짤랑 소리가 났다. 이 금빛 족쇄들은 귀한 방울처럼 울렸다. 이렇게 울리는 방울 소리와, 실크와 양단과 고운 리넨이 사각사각 스치는 소리에 공기가 파르르 떨리면서 생탕투안과 그곳의 게걸스러운 굶주림을 멀리멀리 날려버렸다.

옷은 만물을 제자리에 유지하는 데 쓰이는 부적이자 주문이었다. 모든 이들이 결코 끝나지 않을 '가장무도회'를 위해 차려입었다. 튀일리 궁전에서부터 시작하여, 대귀족 나리와 궁정 대신들을 거쳐, 집무실과 재판소와 모든 사회 계층을 거쳐(허수아비들은 빼고), 가장무도회는 사형 집행인에게까지 이르렀다. 이 부적에 따라 그는 '곱슬곱슬 지지고, 분을 뿌리고, 금빛 레이스가 달린 상의와 굽 높은 구두와 흰색 실크 양말 차림으로' 직무를 수행해야 했다. 주교들의 방식처럼, 오를레앙 선생과 나머지 선생들을 비롯해 각 지역의 형제 선생들 사이에서 파리 선생으로 불리던 그는[58] 교수대와 거열형 틀에서—도끼 처형은 드물었다—이처럼 고상한 차림으로 처형을 관장했다. 서기 1780년에 대귀족 나리의 연회에 참석한 무리 중에서 곱슬머리, 머리카락 분, 금빛 레이스, 굽 높은 구두, 흰색 실크 양말 차림의 사형 집행인에 기반을 둔 체제가 저 별들보다 더 오래가지 못하리라고 그 누가 감히 의심할 수 있었으랴!

대귀족 나리는 코코아를 마심으로써 네 시종의 무거운 의무를 덜어준 뒤 거룩하디거룩한 성소의 문을 활짝 열게 하고 밖으로 납시었다. 그러자 다들 어찌나 공손하고, 어찌나 굽실굽실 알랑거리고, 어찌나 비굴하고, 어찌나 천하게 복종하던지! 육신으로나 정신으로나 엎드려 절하는 것으로 말하자면, 천국을 위해 남겨둘 것이 없을 정도였다. 어쩌면 대귀족 나리의 추종자들이 천국을 찾지 못하는 이유 중에는 이런 것도 포함되었으리라.

여기에서는 약조의 말을 저기에서는 미소를 하사하고, 이 행복한 노예에게는 속삭여주고 저 노예에게는 손을 흔들어주면서, 대귀족 나리는 사근사근하게 여러 방을 지나 변방 지역인 '진리의 원둘레'까지 납시었다. 이어 그곳에서 몸을 돌려 되돌아갔고, 적절한 시간이 지난 뒤 코코아 요정들에 의해 성역이 굳게 닫힌 채 그는 더 이상 모습을 드러내지 않았다.

쇼가 끝나자 공기 중의 떨림은 작은 폭풍이 되었고, 귀한 방울

58 사형 집행인은 각자가 주재하던 도시명에 따라 불리곤 했다.

들이 짤랑짤랑 울리며 아래층으로 내려갔다. 이내 그곳에는 그 많던 사람들 중에 단 한 명만 남았다. 그는 겨드랑이에 모자를 끼고 손에는 코담뱃갑을 들고 출구를 향해 느릿느릿 거울 사이를 지났다.

"당신을 바치도록 하지." 그가 나가던 길에 마지막 문에 멈춰 서서 성역 방향을 바라보며 말했다. "악마에게!"

그 말과 함께 그는 발에서 먼지를 털어내듯 손가락에서 코담배를 털어냈고, 이어 조용히 아래층으로 내려갔다.

그는 예순가량의 남자로, 옷차림이 훌륭했고 태도는 거만했다. 얼굴은 우아한 가면 같아서, 투명하도록 창백한 낯빛에 뚜렷하게 드러난 이목구비, 하나로 굳은 표정이었다. 코는 아름다운 모양이었지만, 양 콧구멍의 끝이 아주 살짝 집혀 있었다. 이 두 개의 눌린 곳 또는 옴폭한 곳에 얼굴이 드러내는 미미한 변화가 유일하게 깃들어 있었다. 때때로 이곳은 고집스럽게 색이 변하기도 했고, 가끔은 희미한 맥박 같은 것에 의해 팽창하거나 수축하기도 했다. 그럴 때면 얼굴 전체에 배신의 표정, 그리고 잔인함의 표정이 드러났다. 주의해서 살펴보면 이런 표정을 도와주는 것에는 너무 일자에다 가느다란 눈매나 입매도 있었다. 그럼에도 전반적인 인상으로 보자면 잘생긴 얼굴이었고 두드러진 얼굴이었다.

이 얼굴의 주인은 아래층으로 내려가 안뜰에서 마차를 타고 출발했다. 연회에서 그와 이야기를 나눈 사람은 별로 없었다. 그는 조금 떨어져 서 있었고, 대귀족 나리는 좀 더 살가운 태도를 보이면 좋았을 텐데 그러지 않았다. 상황이 이렇다 보니, 평민들이 그의 말들 앞에서 흩어지는 광경, 종종 거의 치일 뻔하다가 간신히 벗어나는 광경이 그에게는 흡족한 듯했다. 그의 마부는 마치 적에게 돌진하듯 마차를 몰았지만, 이런 광분의 질주 앞에 주인의 얼굴이나 입술에는 제지하려는 기색이 전혀 없었다. 이 귀먹은 도시와 입 막은 시대에도 때때로 소리 내어 항의가 이루어지기도 했는데, 보도도 없는 좁은 길에서 험하게 마차를 몰아대는 귀족들의 포악한 관습이 일반 서민들을 잔인하게 위험에 빠뜨리고 불구로 만든다는 것이었다. 하지만 이 일에 대해 재고할 만큼 관심을 가진 이는 드물었고, 다른 모든 사안과 마찬가지로 이 경우에도 비천한 인간들은 각자 알아서 어려움을 벗어나는 수밖에 없었다.

미친 듯이 덜컹대고 달가닥대면서, 그리고 오늘날에는 이해하기 쉽지 않은 비인간적이고 배려심 없는 행태로, 마차는 도로를 내달려 모퉁이를 돌았다. 여자들은 그 앞에서 비명을 지르고 남자들은 마차에 치일세라 서로를 끌어당기고 아이들을 끌어당겼다. 결국 분수 옆 길모퉁이를 휩쓸던 중 바퀴 하나가 갑자기 소름 끼치게 덜컹하더니, 이어 여러 사람의 비명 소리가 크게 울렸고, 말들이 앞발을 쳐들었다가 뒷발을 쳐들었다가 난리였다.

말들만 불편하게 굴지 않았더라면 마차는 아마도 멈추지 않았을 것이었다. 알려진 바처럼 마차들은 종종 다친 이들을 내버려둔 채 계속 질주하곤 하였으니, 그러지 못할 이유가 없잖은가. 하지만 겁에 질린 하인이 허둥지둥 마차에서 내렸고, 스무 개의 손이 말고삐를 붙든 터였다.

"뭐가 문제냐?" 후작이 냉정하게 밖을 내다보며 말했다.

나이트캡을 쓴 키다리 사내 한 명이 말발굽 사이에서 어떤 꾸러미를 집어 분수대 바닥에 내려놓고, 흙탕물 속에 주저앉은 채 야생 짐승처럼 목 놓아 울부짖고 있었다.

"송구합니다, 후작님!" 누더기 차림의 순종적인 남자 한 명이 말했다. "어린애입니다."

"저자는 왜 저런 불쾌한 소리를 내는 것이냐? 저자의 아이냐?"

"송구합니다, 후작님. 안타깝게도, 그렇습니다."

분수는 조금 떨어진 곳에 있었다. 도로가 그 지점에서 10내지 12제곱야드 넓이의 공간으로 트이기 때문이었다. 키다리 사내가 갑자기 땅에서 벌떡 일어나 마차를 향해 달려오자 후작은 즉각 칼자루에 손을 대었다.

"애를 죽였어!" 사내가 머리 위로 양팔을 쳐들고 그를 응시하면서 격한 절망감 속에 외쳤다. "죽었다고요!"

사람들이 모여들어 후작을 쳐다보았다. 그를 쳐다보는 수많은 눈에는 경계심과 간절함 외에 다른 감정은 드러나지 않았다. 위협이나 분노도 눈에 띄지 않았다. 또한 사람들은 아무 말도 없었다. 맨 처음 비명을 지른 이후로는 다들 조용했고 지금도 그러했다. 앞서 말했던 순종적인 남자의 목소리는 극도의 고분고분함 속에 단조롭고 무기력했다. 후작이 그들 전부를 쓱 훑어보았다. 마치 그들이 구멍에서 기어 나온 시궁쥐에 불과하다는 듯.

후작이 지갑을 꺼냈다.

"참으로 특이하군." 그가 말했다. "어떻게 네놈들은 자기 자신이나 자식들을 챙기지 못하는 건지. 번번이 꼭 한 놈씩 길에서 걸리적거린단 말이야. 네놈들 때문에 내 말이 어떤 해를 입었을지 어떻게 알겠어. 자! 저자한테 이걸 주거라."

그는 하인이 줍도록 금전 한 닢을 던졌고, 모두가 떨어지는 금전을 눈으로 좇으면서 목을 앞으로 내밀었다. 키다리 사내가 더없이 섬뜩한 소리로 다시 울부짖었다. "죽었다고요!"

또 다른 남자가 곧바로 도착하여 그를 제지했고, 나머지 사람들은 길을 비켜주었다. 남자를 보자, 불행한 사내는 그의 어깨에 쓰러져 흐느끼고 울부짖으면서 분수를 가리켰다. 그곳에서는 몇몇 여인들이 아무 미동 없는 꾸러미를 내려다보며 근처에서 가만가만 움직이고 있었다. 하지만 그들 역시 남자들처럼 조용했다.

"알고 있네, 알고 있어." 늦게 온 남자가 말했다. "용기를 내게, 가스파르! 저 가엾은 어린 것은 사는 것보다 저렇게 죽는 게 나아. 아무 고통 없이 한순간에 죽었잖은가. 한 시간인들 행복하게 살았겠는가?"

"어이 거기, 자네는 철학자로군." 후작이 미소를 띠며 말했다. "이름이 뭔가?"

"드파르주라고 불립니다."

"하는 일은?"

"포도주 상인입니다, 후작님."

"그걸 줍게, 철학자 겸 포도주 상인." 후작이 금전 한 닢을 더 던지며 말했다. "쓰고 싶은 대로 쓰게. 거기 말들은 어때, 아무 이상 없나?"

마치 어쩌다가 흔한 물건을 깨뜨리고 물건값을 치렀으며 그럴 능력이 되는 신사 같은 태도로, 후작은 군중을 한 번 더 거들떠보지도 않고 등받이에 몸을 기댄 채 막 떠나려던 참이었다. 그때 동전 하나가 마차 안으로 날아들어 바닥에 짤랑 떨어지면서 느닷없이 그의 평온함을 흩뜨렸다.

"멈춰라!" 후작이 말했다. "말을 멈춰! 어떤 놈이 던졌어?"

그는 포도주 상인 드파르주가 조금 전에 서 있던 자리를 쳐다봤다. 하지만 그곳에는 가련한 아버지가 바닥에 얼굴을 댄 채 엎드려 있었고, 그의 곁에 서 있는 이는 가무잡잡하고 건장한 여인으로, 뜨개질 중이었다.

"개자식들!" 후작이 말했다. 하지만 차분한 목소리였고, 코 위의 움폭한 곳을 빼고는 표정도 그대로였다. "어떤 놈이든 아주 기꺼이 마차로 깔아뭉개 이 세상에서 없애버리겠어. 어떤 놈이 마차에다 던졌는지 알기만 하면, 그리고 그 괘씸한 놈이 근처에 있다면, 바퀴로 짓이겨주지."

그들은 워낙 겁에 질린 처지였던 데다 이런 자가 법의 테두리 안팎에서 그들에게 어떤 짓을 할 수 있는지 워낙 오래도록 고된 경험을 했던지라, 누구 하나 목소리를 내지도, 손을 들지도, 심지어 눈을 들지도 못했다. 남자들 중에는 아무도 없었다. 하지만 뜨개질을 하며 서 있던 여인만은 흔들림 없는 눈빛으로 후작의 얼굴을 쳐다보았다. 이것을 눈치채는 것은 위신에 맞지 않았으므로 그의 경멸적인 시선은 그녀를 무시했고, 다른 시궁쥐들도 전부 무시했다. 그는 다시 등받이에 몸을 기대고 명령했다. "출발해!"

그는 계속 질주했다. 다른 마차들이 빠른 속도로 연이어 소용돌이치며 지나갔다. 장관, 정부 이론가, 징세 도급인, 의사, 변호사, 성직자, 그랜드 오페라, 희극, 가장무도회 전체가 끊임없이 이어지는 눈부신 흐름 속에 소용돌이치며 지나갔다. 시궁쥐들이 이를 구경하러 구멍에서 기어 나와 몇 시간이고 떠나지 않고 구경했다. 군인과 경찰이 종종 그들과 화려한 광경 사이를 막아서며 장벽을 이루었고, 시궁쥐들은 그 뒤에서 살금살금 움직이고 그 틈으로 빼꼼히 내다보았다. 아버지는 이미 오래전에 꾸러미를 들고 모습을 감췄고, 그 꾸러미가 분수대 바닥에 놓여 있을 때 보살폈던 여인들은 흐르는 물과 계속되는 가장무도회를 지켜보며 그곳에 앉아 있었다. 그리고 두드러진 모습으로 뜨개질을 하며 서 있던 여인은 운명의 여신처럼 확고하게 계속 뜨개질을 해나갔다. 분수의 물이 흘렀고, 거센 강물이 흘렀고, 낮이 흘러 저녁이 되었고, 규칙에 따라 도시의 수많은 삶이 죽음으로 흘러갔고, 세월은 어떤 사람도 기다려주지 않았고, 시궁쥐들은 다시 컴컴한 구멍 속에서 서로 바싹 붙어 잠들었고, 가장무도회는 만찬장에서 환히 빛났고, 그렇게 만물이 자연스레 흘러갔다.

8장

시골의 귀족 나리

아름다운 풍경, 눈부시게 빛나는 밀, 하지만 풍성하지는 않은 모습. 밀이 있어야 할 자리에 빈약한 호밀밭, 빈약한 완두콩과 강낭콩 밭, 밀을 대신하는 더없이 조악한 채소밭. 이것을 키운 남녀들과 마찬가지로, 무생물계에도 널리 드리운 듯한 마지못해 자라는 경향—그냥 포기하고 시들어버리려는 무기력한 성향.

후작은 역마 네 마리와 기수 두 명이 이끄는 여행 마차를 타고 (좀 더 가벼우면 좋았으련만 그렇지 않았다), 가파른 비탈길을 힘겹게 올랐다. 후작의 안색이 붉었지만, 그가 교양 있는 집안 출신답지 않게 감정을 제어하지 못했다는 뜻은 아니었다. 그 빛은 내면에서 나온 것이 아니었으니까. 그것은 그가 제어하지 못하는 외부 환경에서 비롯된 것이었다. 바로 석양이었다.

여행 마차가 언덕 꼭대기에 올랐을 때 석양이 너무나 눈부시게 비치면서 마차 안의 승객을 진홍색으로 흠뻑 물들였다. "이제 지겠군." 후작이 손을 흘깃 보며 말했다. "곧."

실제로 해가 아주 낮게 드리웠다가 그 순간 지기 시작했다. 묵직한 제동 장치를 바퀴에 장착한 뒤 마차가 석탄재 냄새와 자욱한 먼지 속에 언덕을 내려가자 붉은빛은 순식간에 사라졌다. 해와 후작이 함께 내려갔고, 제동 장치를 제거했을 때 붉은빛은 남아 있지 않았다.

하지만 황폐한 시골은 그대로 남아 가파르게 펼쳐졌다. 산기슭의 작은 마을, 그 너머 벌판과 언덕, 교회 탑, 방앗간, 사냥을 위한 숲, 험한 바위산과 그곳에 자리한 감옥으로 쓰이는 요새. 밤이 다가오면서 어둑해져가는 이 모든 것들을 후작은 집에 거의 다다른 사람 같은 태도로 둘러보았다.

마을에는 가난한 길이 하나 나 있고, 가난한 양조장, 가난한 무두질 작업장, 가난한 선술집, 역마를 교체하기 위한 가난한 마구간 마당, 가난한 샘터, 일상적으로 존재하는 모든 가난한 설비들이 있었다. 또한 가난한 사람들도 있었다. 그곳의 사람들은 모조리 가난했는데, 그중 많은 이들이 문간에 앉아 저녁에 먹을 빈약한 양파 따위를 썰거나, 샘터에서 이파리나 풀이나 땅에서 나는 것 중 빈약하나마 뭐든 먹을 만한 것들을 씻고 있었다. 그들이 무엇 때문에 가난한지 드러내는 표시는 부족하지 않았다. 국가에 내는 세금, 교회에 내는 세금, 지주에게 내는 세금, 지방세와 일반세 등등 작은 마을에 엄숙하게 새겨진 글귀에 따르면 이곳에도 세금 저곳에도 세금이었기에, 아직 살아남은 마을이 있다는 사실이 놀라울 정도였다.

아이들은 거의 보이지 않았고, 개는 아예 없었다. 이곳의 남녀에게 지상에서 주어진 선택지는 방앗간 아래 작은 마을에서 근근이 유지하는 비천한 삶이냐, 아니면 바위산에 우뚝 솟은 감옥에서 맞이하는 감금과 죽음이냐, 그런 전망밖에 없었다.

전령을 미리 앞세우고, 마치 복수의 여신들처럼 저녁 하늘에 뱀 같은 채찍을 머리 위로 휘두르는 기수들을 거느린 채, 후작은 여행 마차를 타고 역참 정문에 멈추었다. 그곳은 샘터와 매우 가까워 소작농들이 하던 일을 멈추고 그를 쳐다보았다. 그도 그들을 쳐다보았는데, 눈으로 보면서도 알지 못한 것은 빈곤에 지친 그들의 얼굴과 몸이 느리지만 확실히 쪼그라들어간다는 점이었다. 이는 프랑스인은 왜소하다는 영국인의 불합리한 고정 관념을 한 세기 가까이 지속시키는 원인이 되었다.

후작은 그의 앞에 숙인 순종적인 얼굴들을 쓱 훑어보았다. 자신도 궁정의 대귀족 나리 앞에서 머리를 숙인 바 있지만, 유일한 차이점이라면 이들은 비위를 맞추기 위해서가 아니라 그저 고통을 감내하기 위해 머리를 숙인 것이었다. 그때 머리가 희끗희끗한 도로 보수공이 무리에 합류했다.

"저 사내를 이리 대령해라!" 후작이 전령에게 말했다.

사내가 손에 모자를 든 채 불려 나왔고, 파리 분수 주변의 사람들처럼 다른 사내들도 보고 듣기 위해 빙 둘러섰다.

"네놈을 길에서 지나쳤지?"

"맞습니다, 나리. 황송하게도 길에서 저를 지나쳐 가셨습니다."

"언덕을 오를 때와 언덕 꼭대기, 둘 다에서?"

"맞습니다, 나리."

"뭘 보고 있었느냐, 그렇게 뚫어지게?"

"그자를 보고 있었습니다, 나리."

그는 살짝 허리를 숙이고 너덜너덜한 파란 모자로 마차 아래를 가리켰다. 다른 사내들도 모두 마차 아래를 보기 위해 허리를 숙였다.

"그자라니, 돼지 같은 놈아? 그곳은 왜 보는 게냐?"

"송구합니다, 나리. 그자가 바퀴 쇠사슬에, 그러니까 제동 장치에 매달려 있었습니다."

"누가?" 여행자가 채근했다.

"그자가요, 나리."

"악마는 이 천치 같은 놈들을 안 잡아가나! 그자 이름이 무엇이냐? 네놈은 이 일대 사내들을 다 알 테지. 그자가 누구였어?"

"용서하십시오, 나리! 그자는 이 일대 출신이 아닙니다. 제 평생, 처음 보는 자였습니다."

"쇠사슬에 매달려 있었다고? 숨통이 끊어지려고?"

"말씀드리기 황송하지만, 그게 참으로 놀라웠습니다, 나리. 그자 머리가 매달려 있었거든요, 이렇게요!"

그는 마차를 향해 비스듬히 돌아서서 얼굴은 하늘을 향하고 머리는 아래로 떨어지도록 몸을 뒤로 젖혔다. 이어 다시 일어나서는 모자를 만지작거리며 공손히 허리를 굽혔다.

"어떻게 생겼더냐?"

"방앗간 주인보다 더 하얬습니다, 나리. 온통 먼지를 뒤집어쓴 데다 유령처럼 희고, 유령처럼 컸습니다!"

그의 묘사는 둘러선 사람들 사이에 엄청난 동요를 일으켰다. 하지만 모든 눈이 다른 눈과 의견을 나누는 법도 없이 후작을 쳐다보았다. 아마도 그의 양심에 걸리는 유령이 없나 살펴보기 위해서였으리라.

"그래, 참 잘하는 짓이다." 이런 버러지들 때문에 심란해지면 안 된다고 적절히 자각하면서 후작이 말했다. "도둑놈이 내 마차에 붙은 걸 보고도 그 잘난 입을 열지 않았다니. 에잇! 저놈을 치우게, 가벨!"

가벨 씨는 역참의 우두머리이자 다른 조세 일도 맡아보는 관리였다. 그는 아까부터 후작의 심문을 돕기 위해 몹시 굽실거리면서 앞으로 나와 심문받는 자의 팔소매를 공무적인 태도로 붙들고 있었다.

"에잇, 옆으로 비켜!" 가벨 씨가 말했다.

"만약 그자가 오늘 밤에 자네 마을에서 잠잘 곳을 찾거든 바로 붙잡아서 수상한 일은 없는지 확인하게, 가벨."

"후작 나리, 명을 받들게 되어 영광입니다."

"이봐, 그자가 달아나더냐? 이 빌어먹을 놈은 또 어딜 갔어?"

그 빌어먹을 놈은 이미 대여섯 명의 특별한 동료들과 함께 마차 밑에 기어 들어가 파란 모자로 쇠사슬을 가리키고 있었다. 또 다른 대여섯 명의 특별한 동료들이 즉각 그를 끌어내어 숨을 헐떡대는 그를 후작 앞에 대령했다.

"덜떨어진 놈, 우리가 제동 장치 때문에 멈췄을 때 그자가 달아나더냐?"

"그자는 산비탈 아래로 곤두박질쳤습니다, 나리, 마치 강에 뛰어드는 사람처럼 거꾸로요."

"가서 확인하게, 가벨. 출발해!"

쇠사슬을 쳐다보던 대여섯 명은 여전히 양 떼처럼 바퀴 근처에 모여 있었다. 바퀴가 너무나 급작스럽게 돌아가는 바람에 그들이 살가죽과 뼈를 무사히 건진 것이 다행이었다. 건질 것이 거의 없었기에 망정이지, 그렇지 않았다면 그렇게 운이 좋지는 못했으리라.

마차는 힘차게 마을에서 출발하여 그 너머의 길을 올랐지만, 언덕이 가팔라 이내 속도가 느려졌다. 서서히 마차는 도보 속도로 줄었고, 여름밤의 수많은 달콤한 향기 속에 흔들흔들 힘겹게 오르막길을 나아갔다. 복수의 여신들 대신 수천 마리의 미세한 각다귀들이 주위를 에워싸자 기수들의 채찍질 횟수도 조용히 빨라졌다. 시종은 말과 나란히 걸었고, 저 멀리 흐릿하게 앞서 걷는 전령의 발소리가 들렸다.

언덕의 가장 가파른 지점에 조그만 매장지가 있어, 십자가 하나와 새로 만든 큼직한 구세주 조각상이 보였다. 그것은 초라한 나무 조각상으로, 어느 미숙한 시골 조각가가 만든 것이었지만, 그는 삶에서—아마도 자신의 삶에서—그 모습을 생각한 모양이었다. 조각상은 끔찍하게 여위고 앙상한 모습이었으니까.

오랫동안 점점 악화되어왔고 앞으로도 더 악화될 지독한 빈곤의 이 비참한 상징 앞에서 한 여인이 무릎 꿇고 있었다. 마차가 다가오자 그녀는 고개를 돌렸고 재빨리 일어나더니 마차 문가에 모습을 드러냈다.

"나리시군요, 후작 나리! 청이 있습니다, 나리."

후작은 짜증 섞인 소리를 내뱉었지만 아무런 변화 없는 표정으로 밖을 내다보았다.

"그래, 거참! 무슨 일이냐? 허구한 날 청이라니!"

"제발 부탁입니다, 나리! 산지기인 제 남편 일입니다."

"산지기 네 남편이 어쨌다고? 네놈들은 항상 똑같구나. 남편이 무슨 세금을 못 낸다는 거냐?"

"세금은 모두 다 냈습니다, 나리. 그이는 죽었으니까요."

"그래! 그놈은 말이 없겠군. 나더러 다시 살려내라는 거냐?"

"아아, 아닙니다, 나리! 하지만 그이는 저기, 초라한 풀 더미 아래 누워 있습니다."

"그래서?"

"나리, 초라한 풀 더미가 너무 많지 않습니까?"

"다시 말하지만, 그래서?"

그녀는 늙은 여인처럼 보였지만 사실은 젊었다. 그녀의 태도에는 격렬한 슬픔이 묻어났다. 그녀는 핏줄이 울퉁불퉁하게 불거진 두 손을 격정적으로 꽉 움켜쥐었다가 이어 한 손을 마차 문에 올려놓기를 반복했다. 부드럽게, 어루만지듯, 마치 마차 문이 인간의 가슴인 것처럼, 그래서 간절한 손길을 느낄 수 있으리라 기대하는 것처럼.

"제 말을 들어주십시오, 나리! 제 청을 들어주십시오, 나리! 제 남편은 가난 때문에 죽었습니다. 너무나 많은 사람들이 가난 때문에 죽습니다. 너무나 많은 사람들이 앞으로도 가난 때문에 죽을 겁니다."

"다시 말하지만, 그래서? 나더러 먹여 살리라는 것이냐?"

"나리, 자비로운 하느님께선 아시겠지만, 그런 것을 부탁드리는 게 아닙니다. 제 청은, 그이가 어디에 묻혔는지 알 수 있게 남편 이름이 적힌 나뭇조각이나 돌조각을 그이 위에 놓도록 허락해주십사 하는 것입니다. 그렇지 않으면 그곳은 금방 잊혀버릴 거예요. 저 역시 같은 질병으로 죽고 나면 아무도 그곳을 못 찾을 테고요. 저는 또 다른 초라한 풀 더미 아래 묻히겠지요. 나리, 그런 무덤이 너무 많습니다. 너무 빨리 늘어나요. 다들 너무 가난합니다. 나리! 나리!"

시종이 그녀를 문가에서 떼어내고, 마차는 기운차게 출발하고, 기수들은 속도를 높이고, 그녀는 뒤로 멀어져가고, 후작은 다시금 복수의 여신들에게 호위를 받으면서 그와 저택 사이에 남은 1~2리그[59]의 거리를 빠르게 줄여나갔다.

여름밤의 달콤한 향기가 그를 둘러싼 사방에서 피어올랐다. 마치 비가 내릴 때처럼 차별 없이 그 향기는 그다지 멀지 않은 샘터에서 먼지투성이에, 누더기 차림에, 노동으로 지친 무리에게도 피어올랐다. 도로 보수공은 그 무리에게 자기 존재의 필수 요소인 파란 모자의 도움을 받아가며 유령 같던 남자에 관해 아직도 구구절절 늘어놓는 중으로, 그들이 견디고 들어주는 한 계속할 기세였다. 차츰차츰 그들은 더 이상 견딜 수 없었으므로 하나둘씩 떨어져나갔고, 여기저기 작은 창에는 불빛이 반짝거렸다. 창이 컴컴해지고 더 많은 별이 떠오르자 그 불빛들은 꺼진 게 아니라 하늘로 솟아오른 것처럼 보였다.

그즈음 후작은 높은 지붕을 인 대저택과 머리 위에 드리운 수많은 나무들의 그림자 속에 있었다. 마차가 멈추자 그림자는 빛나는 횃불에 자리를 내주었고, 웅장한 성문이 열리면서 그를 맞았다.

"샤를이 오기로 했는데, 영국에서 도착했느냐?"

"후작 나리, 아직 안 오셨습니다."

59 1리그는 약 4.8킬로미터이다.

9장

고르곤의 머리

후작의 성, 그곳은 묵직하게 커다란 건물이었다. 앞쪽에는 넓은 돌 마당이 있었고, 곡선을 이룬 돌계단 두 개가 정문 앞의 돌 테라스에서 연결되었다. 돌로 만든 묵직한 난간, 돌로 만든 항아리, 돌로 만든 꽃, 돌로 만든 사람 얼굴, 돌로 만든 사자 머리, 온 사방이 돌로 만든 것 천지였다. 마치 200년 전에 이곳이 완성되었을 때 고르곤[60]의 머리가 훑고 지나간 것처럼.

횃불을 앞세운 채 후작은 마차에서 내려 단이 낮은 널찍한 층계를 올랐다. 어둠이 흩뜨려지자 저 멀리 나무들 사이 커다란 마구간 건물 지붕에서 올빼미 한 마리가 항의하듯 큰 소리로 울었

60 그리스 신화에 나오는 괴물로, 머리카락이 뱀으로 되어 있고, 그와 눈이 마주치면 누구나 돌로 변한다.

다. 그 외에는 모든 것이 너무나 조용해서, 층계 위를 오르는 횃불이나 정문에 세워진 횃불이 탁 트인 밤공기 속에서가 아니라 밀폐된 접견실 안에서처럼 타올랐다. 분수에서 돌 수반에 떨어지는 물소리만 들릴 뿐 올빼미 소리 외에 다른 소리는 전혀 없었다. 그날은 마치 캄캄한 밤이 한 시간이고 숨을 참았다가 길고 낮게 한숨을 내쉬고는 다시 숨을 참는 듯한 그런 밤이었으니까.

그의 뒤로 커다란 문이 쾅 닫혔고, 후작은 오래된 멧돼지용 창과 검과 사냥칼 때문에 음침한 분위기를 풍기는 현관을 가로질렀다. 이곳은 묵직한 승마용 장대와 채찍 때문에 더더욱 음침해 보였는데, 이제는 자비로운 죽음의 품에 안긴 수많은 소작농들이 주인이 화가 났을 때 그것들의 무게를 감내한 바 있었다.

횃불 든 하인을 앞장세우고 밤새 문을 잠가두는 어두컴컴한 큰 방들을 피하면서, 후작은 계단을 올라 복도의 어떤 문 앞에 이르렀다. 문을 열자, 세 개의 방으로 구성된 개인 공간이 나타났다. 침실과 다른 방 둘이 딸린 곳이었다. 높고 둥근 천장, 양탄자를 깔지 않은 서늘한 바닥, 겨울철에 장작을 때기 위한 벽난로의 커다란 받침쇠, 그 외에도 사치스러운 시대와 국가의 후작이라는 신분에 걸맞게 온갖 사치스러운 물건들이 가득했다. 고인이 된 루이 중 끝에서 두 번째 왕, 대대손손 끊어지지 않을 혈통을 가진 그 왕[61] —루이 14세— 때 유행했던 방식이 그곳의 값비싼

61 반어적 표현이다. 그로부터 얼마 뒤 루이 16세는 왕위에서 쫓겨나고 처형되었다.

가구에 두드러지게 나타났다. 하지만 그곳에는 프랑스 역사의 옛 페이지를 장식했던 다른 수많은 물건도 다채롭게 존재했다.

세 번째 방에 두 명을 위한 저녁 식사가 차려졌다. 성에는 촛불 끄는 도구처럼 끝부분이 원뿔 모양인 탑이 넷 있었는데, 그중 하나에 자리한 둥근 방이었다. 작고 높은 방에는 활짝 열린 창문에 나무로 만든 베니션 블라인드가 드리워져 있어서, 어두컴컴한 밤은 돌 색깔의 널찍한 수평선 사이사이 검은빛의 가느다란 수평선으로만 엿보였다.

"내 조카는," 후작이 차려진 저녁 식사를 흘깃 보며 말했다. "아직 도착하지 않았다던데."

안 오셨다고 했다. 후작 나리와 함께 오시는 줄 알았다고 했다.

"아! 아마 오늘 밤에 도착하지 않을 것 같군. 어쨌거나 식탁은 그대로 놔두어라. 15분 후에 준비하고 올 테니."

15분 후에 후작은 준비를 마치고 호화롭고 훌륭한 식사 앞에 홀로 앉았다. 그의 의자는 창문 맞은편에 있었는데, 그는 수프를 먹은 뒤 보르도 포도주 잔을 입가에 가져가다가 다시 내려놓았다.

"저게 뭐지?" 그가 검은빛과 돌빛의 수평선들을 주의 깊게 바라보면서 차분하게 물었다.

"후작 나리? 저것이라니요?"

"블라인드 바깥에. 블라인드를 걷어봐."

그렇게 했다.

"뭐냐?"

"후작 나리, 아무것도 아닙니다. 이곳에 있는 거라곤 나무와 어둠뿐입니다."

이렇게 말한 하인은 블라인드를 활짝 걷고 텅 빈 어둠 속을 내다본 뒤, 그 텅 빈 공간을 등지고 지시를 기다리며 서 있었다.

"됐다." 언제나 태연자약한 주인이 말했다. "다시 닫거라."

이번에도 그렇게 했고, 후작은 식사를 계속했다. 식사를 반쯤 마쳤을 때 후작은 바퀴 소리를 듣고 다시 손에 잔을 든 채 멈췄다. 소리는 기운차게 등장해 성의 앞쪽으로 다가왔다.

"누가 도착했는지 알아봐라."

후작 나리의 조카였다. 그는 이른 오후에 후작보다 몇 리그 뒤처져 있었다. 빠른 속도로 거리를 좁혔지만, 길에서 후작을 따라잡을 정도는 아니었다. 그는 후작이 자기보다 앞서 지나갔다고 역참에서 들은 터였다.

(후작께서 이르시길) 조카에게 저녁 식사가 기다리니 부디 함께 하면 좋겠다고 즉각 전하라 했다. 잠시 뒤 그가 나타났다. 그는 영국에서 찰스 다네이로 알려져 있었다.

후작은 품위 있게 그를 맞았지만, 악수를 하지는 않았다.

"어제 파리를 떠나셨습니까?" 조카가 식탁에 앉으면서 후작에게 말했다.

"그래. 너는?"

"저는 바로 왔습니다."

"런던에서?"

"예."

"오는 데 오래도 걸렸구나." 후작이 미소를 지으며 말했다.

"오히려 반대입니다. 바로 왔으니까요."

"오해했구나! 내 말은, 여정이 오래 걸렸다는 게 아니다. 여정을 결심하는 데 오래 걸렸다는 거지."

"제가 지체하게 된 건……." 조카는 대답을 하다 잠시 멈췄다. "이런저런 일이 있었습니다."

"아무렴, 그럴 테지." 품위 있는 숙부가 말했다.

하인이 곁에 있는 한 그들 사이에 다른 말은 오가지 않았다. 커피가 나오고 단둘만 있게 되자, 조카가 숙부의 우아한 가면 같은 얼굴의 눈을 마주하면서 대화를 시작했다.

"예상하시겠지만, 저는 어떤 목적을 이루고자 떠났고 여전히 그런 마음으로 돌아왔습니다. 이것 때문에 예상치 못한 큰 위험에 처했지요. 하지만 이것은 신성한 목적이고, 설령 이것 때문에 죽음에 처했다고 해도 이것이 저를 버티게 해주었을 거라 소망합니다."

"죽음까지는 아니지." 숙부가 말했다. "죽음에 처하다니, 그런 말은 할 필요가 없지."

"의문입니다." 조카가 대답했다. "혹시라도 이것 때문에 제가 죽음의 문턱까지 실려 갔다면, 과연 숙부님께서 저를 그곳에서 멈추도록 잡아주셨을지."

코의 옴폭한 자국이 더 깊어지고 잔인한 얼굴의 가늘고 곧은 선이 더 길어지면서 이 말에 불길한 느낌을 더했다. 숙부는 항의하듯 우아한 몸짓을 취했지만, 그저 예의상 그러는 것이 명백했으므로 그다지 설득력이 없었다.

"실제로, 아마도 숙부님께서는 저를 둘러싼 수상한 상황이 더더욱 수상하게 보이도록 각별히 애쓰셨는지도 모르겠습니다."

"이런, 이런, 그럴 리가." 숙부가 사근사근하게 말했다.

"하지만 어찌 되었건 간에," 조카가 깊은 불신에 찬 시선을 던지며 말을 이었다. "숙부님은 수완을 발휘해 수단을 가리지 않고 저를 막으려 하시겠죠, 또한 어떤 수단을 쓰든지 아무런 거리낌이 없으실 테고요."

"이보게 조카님, 내가 이미 말했을 텐데." 두 개의 움푹한 자국이 미세하게 떨리면서 숙부가 말했다. "오래전에 내가 그렇게 말했던 걸 부디 기억해주면 고맙겠군."

"기억합니다."

"고맙네." 후작이 말했다. 너무나 다정하게.

그의 음성은 거의 악기의 음색처럼 공중에 맴돌았다.

"사실, 제가 이곳 프랑스에서 지금껏 감옥신세를 면했던 건 숙부님의 불운과 제 행운 덕분이었다고 믿습니다."

"무슨 말인지 모르겠군." 숙부가 커피를 홀짝이며 대답했다. "설명을 부탁해도 되겠나?"

"만약 숙부님께서 궁정의 눈 밖에 나지 않았다면, 그래서 지난 몇 년간 그 먹구름에 가려지지 않았다면, 저는 '구속 영장'에 의해 어떤 요새에 무기한 갇혔을 거란 뜻입니다."

"가능한 일이지." 숙부가 대단히 태연하게 말했다. "가문의 명예를 위해서라면, 너한테 그 정도 불편을 끼치는 일은 감수해야지."

"저에게는 다행스러운 일이지만, 제가 알기로는 그저께 있었던 연회에서도 평소처럼 냉랭한 대접을 받았다고 하더군요."

"다행스러운 일이라고는 말하지 못하겠군, 조카님." 숙부가 세련되게 예의를 차리며 말했다. "나라면 그렇게 확신하지는 않겠네. 고독이라는 이점에 둘러싸여 생각에 잠길 좋은 기회를 가지면, 네 운명에 훨씬 바람직한 영향을 끼칠지도 모르지, 네 스스로 영향을 끼치는 것보다 말이야. 하지만 이런 문제를 논해봐야 소용없는 일이지. 네가 말했듯 나는 불리한 상황에 처해 있으니까. 이런 소소한 교정 수단, 가문의 권력과 명예를 지키던 고상한 지원, 너한테 불편을 끼쳤을 사소한 특권을 얻으려면 이제는 연줄과 집요함 없이는 불가능하지. 원하는 이는 너무 많은데, 얻는 이는 (상대적으로) 얼마나 적은지! 예전에는 이렇지 않았어. 하지만 프랑스는 이런 문제 전반에서 나쁜 방향으로 변해가고 있지. 그다지 오래되지도 않은 시절, 우리 선조들에겐 주위 천한 것들의 생사를 좌우할 권리가 있었어. 바로 이 방에서 그런 개자식들이 숱하게 끌려 나가 목이 매달리곤 했어. 바로 옆방(내 침실)에서도 어떤 놈이 제 딸에 관해 민감한 소리를 건방지게 지껄였다가 그 자리에서 바로 단검에 찔렸다고 하더군.[62] 제 딸이라니? 우리는 수많은 특권을 잃었어. 새로운 철학이 유행하게 되었지. 오늘날에는 우리 신분을 행사했다가는 어쩌면(확실히라고까지는 말하지 않겠다) 정말 불편한 상황에 처할 수도 있어. 모든 게 참으로 부당해, 너무나 부당해!"

후작은 품위 있게 코담배를 약간 집으면서 고개를 저었다. 이 나라를 다시 일으킬 위대한 수단, 즉 본인이 아직 몸담은 조국에 대해 그의 신분에 어울리는 우아하게 낙담한 모습을 보이면서.

"과거에도 현재에도, 우리가 너무 과하게 신분을 행사한 탓에," 조카가 우울하게 말했다. "프랑스에서 우리 가문보다 더 증오받는 가문은 없을 겁니다."

"그러길 바라야지." 숙부가 말했다. "상류층에 대한 증오는 하류층이 본능적으로 표하는 존경심이니까."

"우리를 둘러싼 이 시골 전체에서," 조카가 아까와 같은 어조로 말했다. "그저 공포와 굴종의 음울한 경의뿐, 다른 식으로 제게 경의를 표하는 얼굴은 하나도 보지 못했습니다."

"위대한 우리 가문에 대한 찬사다." 후작이 말했다. "우리 가문이 그런 위대함을 유지해온 방식 덕분에 얻게 된 찬사야. 하!" 그러고는 다시 품위 있게 코담배를 살짝 집은 뒤 가볍게 다리를 꼬

62 자신의 딸이 후작의 조상에게 강간을 당했다고 대담하게 항의했다는 뜻이다. 중세에는 소작농의 딸이 결혼할 때 영주가 신랑보다 먼저 신부와 잠자리를 할 수 있는 '영주 초야권'이 있었다고 전해진다.

았다.

하지만 조카가 식탁에 팔꿈치를 대고 생각과 낙담에 잠겨 손으로 눈을 가리자, 우아한 가면은 무관심을 가장하는 주인과 어울리지 않게 예리함, 엄중함, 그리고 혐오가 담긴 강렬한 시선으로 그를 곁눈질했다.

"억압은 유일하게 영속적인 철학이야. 공포와 굴종의 음울한 경의는 앞으로도 개자식들이 채찍에 순종하도록 해줄 테지." 후작이 고개를 들어 지붕을 쳐다보며 말을 이었다. "이 지붕이, 하늘을 가려주는 한 계속."

그것은 후작이 생각하는 것만큼 긴 세월이 아닐지도 몰랐다. 그로부터 불과 몇 년 뒤 그의 성이 어떻게 될지, 불과 몇 년 뒤 쉰 채에 달하는 비슷한 성들이 어떻게 될지, 그날 밤에 후작에게 그 광경을 보여줄 수 있었다면, 그는 불에 숯덩이가 되고 약탈에 처참하게 부서진 무시무시한 폐허들 속에서 어떤 것이 자기 성인지 가려내지 못했으리라. 그가 자랑한 지붕으로 말하자면, 그는 그것이 새로운 방식으로 하늘을 가리게 될 것을, 정확히 말해 지붕의 납이 수십만의 머스킷 총에서 발사되어 몸뚱이에 박히고 그리하여 두 눈에서 영원히 하늘을 가리게 될 것을 알았으리라.[63]

"그러는 동안," 후작이 말했다. "나는 가문의 명예와 품위를 지키겠다, 네가 하지 않겠다면. 하지만 피곤하겠구나. 오늘 밤은 이

63 프랑스 혁명 전쟁 당시, 몰수된 건물 지붕에서 모은 납을 녹여 머스킷 총 탄환을 만들곤 했다.

만 대화를 끝내지?"

"잠시만 더 하시죠."

"원한다면, 한 시간도 괜찮다."

"숙부님," 조카가 말했다. "우리는 잘못을 저질렀고, 이제 잘못의 결실을 거두고 있습니다."

"**우리**가 잘못을 저질렀다고?" 숙부가 되풀이해 말했고, 질문하듯 미소를 지으면서 처음에는 조카를, 다음에는 자신을 우아하게 가리켰다.

"우리 가문, 우리 명예로운 가문 말입니다. 가문의 명예는 우리 둘 다에게 그토록 중요하지만, 방식은 너무나 다르지요. 심지어 아버지의 시절에도 우리는 수많은 잘못을 저질렀어요. 그게 무엇이 되었건 쾌락과 우리 사이에 방해가 되는 인간이 있으면 모조리 해치면서요. 제가 굳이 아버지의 시절을 들먹일 필요가 있을까요, 그 시절은 동시에 숙부님의 시절인데요? 아버지의 쌍둥이 동생이자, 공동 상속자이자, 차후 계승자를 아버지와 분리할 수 있을까요?"

"죽음이 이미 그렇게 했지!" 후작이 말했다.

"덕분에 제 처지는," 조카가 대답했다. "끔찍한 체제에 묶인 채 그것에 대한 책임은 지고 있는데, 그 안에서 아무런 힘도 없습니다. 사랑하는 어머니의 입술에서 나온 마지막 부탁, 사랑하는 어머니의 마지막 눈빛, 부디 자비심을 갖고 잘못을 바로잡으라는 그 간청을 따르고자 애쓰지만, 도움과 힘을 구하고자 해도 헛수고일 뿐이니 너무나 괴롭습니다."

"그것들을 내게서 구하고자 한다면, 조카님," 후작이 조카의 가슴을 검지로 톡톡 건드리며 말했다. 이제 그들은 벽난로 곁에 서 있었다. "아무리 구해도 영원히 헛수고가 될 거네, 명심하게."

후작이 코담뱃갑을 손에 들고 조용히 조카를 바라볼 때, 깨끗하고 하얀 얼굴의 가늘고 곧은 선들이 하나같이 잔인하고 교활하고 굳게 다물어졌다. 다시 한번 그는 조카의 가슴을 톡톡 건드리며 말했다. 마치 그의 손가락이 작은 검의 뾰족한 끝이라도 되어 우아한 솜씨로 조카의 몸을 찔러 죽이려는 듯이.

"조카님, 나는 내가 살아온 체제를 영구히 지키다 죽을 거네."

그는 이렇게 말한 뒤 마지막으로 코담배 한 줌을 집고는 담뱃갑을 주머니에 넣었다.

"이성적으로 굴면 좋으련만." 후작이 탁자에 놓인 작은 종을 울린 뒤 덧붙였다. "자신의 타고난 운명을 받아들이고 말이야. 하지만 보아하니, 넌 가망이 없겠구나, 샤를 나리."

"제겐 이 재산과 프랑스가 가망 없게 느껴집니다." 조카가 우울하게 말했다. "이것들을 포기하겠습니다."

"포기하다니, 그 둘이 네 거라서? 프랑스는 그럴지 모르겠지만, 이 재산은? 재산이라고 해봤자 말할 가치도 없지만, 그래도 아직은 아닐 텐데?"

"그런 표현을 썼지만, 제 소유라고 주장하려던 의도는 없었습니다. 제가 숙부님한테 재산을 물려받을 때, 그게 내일일지……."

"주제님께 바라건대 그런 일은 없으면 좋겠군."

"아니면 20년 후가 될지는 모르겠지만……."

"너무 추켜세우는구나." 후작이 말했다. "그래도 그편이 낫지."

"저는 그것을 버리고 다른 곳에서 다른 방식으로 살아갈 겁니다. 사실 포기할 것도 없습니다. 그저 무수한 고통과 파멸뿐이지 않습니까?"

"하!" 후작이 호화로운 방을 둘러보며 말했다.

"눈에는 꽤 아름답게 보이겠죠, 여기는요. 하지만 하늘 아래, 환한 햇빛 속에 온전한 모습이 드러나면, 이곳은 낭비, 부실 관리, 강탈, 빚, 저당, 억압, 굶주림, 결핍, 그리고 고통의 허물어져가는 탑일 뿐입니다."

"하!" 후작이 자못 흡족한 태도로 다시 말했다.

"언젠가 이곳이 제 소유가 된다면, 좀 더 자격을 갖춘 이에게 맡겨서 무겁게 파멸로 이끄는 무게로부터 서서히 이곳을 해방시킬 겁니다. (그런 일이 가능하다면요.) 그리하여 이곳을 떠나지 못하고 오랜 세월 인내의 마지막 한계까지 쥐어짜인 비참한 이들이 다음 세대에서는 덜 고통받게 할 겁니다. 하지만 제 몫은 아니에요. 이곳은, 이 땅 전체는, 저주에 걸렸어요."

"그래서 너는?" 숙부가 말했다. "호기심을 이해하거라. 너는, 네 새로운 철학 아래, 어떻게 살아갈 작정이냐?"

"다른 동포들, 심지어 고귀함을 등에 업고 태어난 이들도, 살기 위해서 언젠가는 해야 하는 것을 해야겠지요. 일을 하겠습니다."

"이를테면, 영국에서?"

"예. 이 나라에서 제가 가문의 명예를 해칠 일은 없습니다. 다른 곳에서도 저 때문에 가문의 이름이 손상되지는 않을 겁니다. 어디서도 그 이름을 쓰지 않을 테니까요."

종이 울린 뒤 옆방 침실에는 불이 밝혀졌다. 이제 연결되는 문을 통해 불빛이 환히 비쳤다. 후작이 그쪽을 쳐다보면서 멀어지는 시종의 발소리에 귀를 기울였다.

"그곳에서 그렇게 변변찮게 지내는 걸 보니, 영국이 네게 매우 매력적이기도 하겠구나." 그가 태연하게 미소 띤 얼굴로 조카를 바라보며 말했다.

"이미 말씀드렸다시피, 제가 그곳에서 그런 일을 겪은 것은 어쩌면 숙부님 덕분인지도 모른다는 사실을 알고 있습니다. 그것 외에는, 영국은 제게 피난처입니다."

"그 허세 심한 영국인들, 그들 말로는 영국이 많은 이들의 피난처라지. 그곳에서 피난처를 찾은 한 동포를 아느냐? 의사인데?"

"압니다."

"딸이 하나 있고?"

"예."

"그렇군." 후작이 말했다. "피곤하겠구나. 잘 자거라!"

후작이 더없이 정중한 태도로 고개를 숙였을 때 그의 미소 띤 얼굴에는 어떤 비밀이 깃들어 있었고, 그의 말에도 뭔가 수상쩍은 기운이 담겨 있어, 조카의 눈과 귀에 강하게 와닿았다. 이와 동시에 그의 가늘고 곧은 눈매, 가늘고 곧은 입매, 그리고 코에 옴폭한 자국이 냉소적으로 곡선을 그리면서 잘생긴 얼굴이 사악하게 보였다.

"그래," 후작이 되풀이했다. "의사와 딸이라. 그렇지. 그렇게 새로운 철학이 시작되는군! 피곤하겠구나. 잘 자거라!"

후작의 얼굴에서 무언가를 알아내느니 성 밖의 돌조각 얼굴에서 무언가를 알아내는 게 훨씬 쓸모 있었을 것이다. 조카는 문으로 향하면서 헛되이 그를 바라보았다.

"잘 자거라!" 숙부가 말했다. "아침에 다시 보게 되길 고대하겠다. 편히 쉬어! 조카님의 침실까지 불을 밝혀 안내하거라! 그리고 가능하다면 조카님을 침대에서 불태워버리고." 그가 혼잣말로 덧붙이고는 작은 종을 다시 울려 자기 침실로 시종을 불렀다.

시종이 왔다 가자, 후작은 그 무덥고 고요한 밤에 편안하게 잠자리에 들기 위해 헐렁한 가운 차림으로 이리저리 거닐었다. 그는 부드러운 슬리퍼를 신은 발로 바닥에 아무 소리도 내지 않으면서 방 안을 가볍게 오갔고, 우아한 호랑이처럼 움직였다. 마치 이야기 속의 뉘우침이라고는 모르는 사악한 후작이 마법에 걸려 주기적으로 호랑이로 변신하는 일을 이제 막 끝내려는 것처럼, 또는 이제 시작하려는 것처럼 보였다.

그는 관능적인 침실을 끝에서 끝까지 오가면서 마음속에 원치 않게 떠오른 그날 여정의 단편들을 다시 바라보고 있었다. 해질 녘 느릿느릿 힘겹게 오르던 언덕, 석양, 내리막길, 방앗간, 바위산의 감옥, 골짜기의 작은 마을, 샘터의 소작농들, 파란 모자로 마차 아래 쇠사슬을 가리키던 도로 보수공. 그 샘터로 인해 떠오른 파리 분수대, 단에 놓인 작은 꾸러미, 그 위로 몸을 숙인 여인들, 양팔을 쳐들고 이렇게 부르짖던 키 큰 사내. "죽었다고요!"

"이제 좀 시원해졌군." 후작이 말했다. "잠자리에 들어야겠어."

그리하여 그는 커다란 벽난로 위에 촛불 하나만 남겨둔 채 얇은 거즈 커튼을 주위에 둘러쳤다. 이어 마음을 가다듬고 잠을 청하는데, 밤이 침묵을 깨고 긴 한숨을 내쉬는 소리가 들려왔다.

무거운 세 시간 동안 바깥벽에 자리한 돌조각 얼굴들은 컴컴한 밤을 맹목적으로 응시했다. 무거운 세 시간 동안 마구간의 말들은 꼴 시렁에서 덜걱거리고, 개들은 짖어대고, 올빼미는 인간 시인들이 통상적으로 그것에게 부여한 소리와는 전혀 닮지 않은 소리를 냈다. 하지만 정해준 대로 말하지 않는 것은 이런 동물들의 고집스러운 관습이었다.

무거운 세 시간 동안 성의 돌조각 얼굴들, 곧 사자와 인간이 밤을 맹목적으로 응시했다. 칠흑 같은 어둠이 모든 풍경에 내려앉았고, 칠흑 같은 어둠이 모든 길 위의 고요한 흙먼지에 자신의 고요함을 더했다. 매장지의 초라한 풀 더미들은 서로 분간도 안 될 지경이었다. 십자가에 매달린 형상은 거의 보이지도 않아 십자가에서 내려왔는지도 모를 일이었다. 마을에서는 세금을 매기는 자들과 세금을 내는 자들이 곤히 잠들어 있었다. 어쩌면 굶주린 자들이 흔히 그러듯 만찬의 꿈을 꾸거나, 혹사당하는 노예와 멍에에 묶인 소가 그러듯 편안한 휴식의 꿈을 꾸면서, 그곳의 앙상한 주민들은 달게 자며 배불리 먹고 자유를 얻었다.

어두운 세 시간 동안 마을의 샘물은 보이지도 들리지도 않게 흘렀고, 성의 샘물도 보이지도 들리지도 않게 떨어졌으며, 마치 '시간'의 샘에서 떨어지는 분처럼 둘 다 스르르 사라져갔다. 이윽고 둘의 어둑어둑한 물이 햇빛 속에 흐릿하게 드러나기 시작했고 성의 돌조각 얼굴들이 눈을 떴다.

날이 점점 밝아지면서 마침내 태양이 고요한 나무 꼭대기에 닿고 언덕 위로 찬연한 빛을 쏟아냈다. 붉은빛 속에서 성의 샘물이 피로 변하는 듯했고, 돌조각 얼굴들도 진홍색으로 물들었다. 새들이 크고 높게 지저귀었고, 후작의 커다란 침실 창문의 비바람에 낡은 창틀에서 작은 새 한 마리가 있는 힘껏 더없이 고운 노래를 불렀다. 가장 가까이에 자리한 돌조각 얼굴이 이 장면을 놀란 듯 쳐다보았는데, 입을 헤 벌리고 턱을 늘어뜨린 모습이 두려움에 젖은 것처럼 보였다.

이제 태양이 완전히 떠오르고 마을에서 움직임이 시작되었다. 여닫이창이 열리고, 삐걱대는 문의 빗장이 풀리고, 아직은 신선하고 상쾌한 공기가 춥게 느껴져 사람들이 몸을 부르르 떨며 밖으로 나왔다. 그런 뒤 마을 주민들 사이에 하루의 고달픈 노동이 시작되었다. 어떤 이는 샘터로 가고, 어떤 이는 들판으로 가고, 여기서는 사람들이 땅을 파고, 저기서는 사람들이 보잘것없는 가축을 돌보고, 비쩍 마른 소들을 길섶 어디든 풀 뜯을 만한 곳으로 끌고 갔다. 교회와 십자가 앞에는 한두 명이 무릎을 꿇었고, 기도하는 이들 곁에서는 끌려온 소가 발치의 잡초 사이에서 아침거리를 찾아 뒤적였다.

성은 지위에 걸맞게 더 늦게 깼지만, 차츰차츰 확실하게 깨어났다. 먼저 쓸쓸한 멧돼지용 창과 사냥칼이 옛날처럼 붉게 물들었다가, 이어 아침 햇살 속에 날카롭게 빛났다. 이제 문과 창문이 활짝 열렸고, 마구간의 말들이 문간에서 쏟아져 들어오는 햇빛과 상쾌함에 어깨 너머를 돌아보았으며, 나뭇잎은 쇠창살이 달린 창가에서 반짝반짝 빛나며 바스락거렸고, 개들은 사슬을 당기고 뒷발로 서면서 얼른 풀려나고 싶어 안달했다.

이 모든 소소한 일들은 규칙적인 일상이자 반복되는 아침의 모습이었다. 그러나 성의 커다란 종이 울린다거나, 황급히 계단을 오르내린다거나, 테라스에서 사람들이 허둥댄다거나, 여기저기 사방에서 장화 발로 저벅댄다거나, 서둘러 말에 안장을 얹고 어디론가 달려가는 것도 과연 그러할까?

어떤 바람이 머리카락이 희끗희끗한 도로 보수공에게, 이미 마을 너머 언덕 꼭대기에서 까마귀가 쪼아댈 가치도 없는 (얼마 되지도 않는) 점심 꾸러미를 돌무더기 위에 놓아두고 일을 하고 있던 그에게, 이런 야단법석을 전했을까? 새들이 우연히 씨앗을 퍼뜨리는 것처럼, 이 소식의 씨앗을 먼 곳으로 물고 가다 그의 위로 한 알을 떨어뜨린 것일까? 실제로 그랬건 아니건, 그 찌는 듯한 아침에 도로 보수공은 마치 생사가 달린 듯 무릎까지 흙먼지를 뒤집어쓴 채 언덕을 달려 내려갔고, 샘터에 이를 때까지 한 번도 멈추지 않았다.

마을의 모든 사람들이 샘터에 있었다. 그들은 의기소침한 태도로 둘러서서 낮게 속삭였지만, 음울한 호기심과 놀라움 외에 다른 감정은 내보이지 않았다. 서둘러 끌고 와 어디든 적당한 곳에 묶어둔 소들은 멍하니 구경을 하거나, 앞서 어슬렁대던 중에 뜯어 먹은 딱히 씹을 보람도 없는 것을 되새김질하며 누워 있었다. 성의 몇몇 사람들, 역참의 몇몇 사람들, 그리고 세무 관리 전원이 어느 정도 무장한 채 작은 도로의 건너편에 우유부단하게 모여 있었는데, 목적의식이라고는 전혀 없어 보였다. 이미 도로 보수공은 쉰 명의 특별한 동료들 한가운데에 파고들어 파란 모자로 자기 가슴을 탕탕 두드리고 있었다. 이 모든 것은 무엇을 의미하는 것이며, 마치 독일 발라드 〈레오노레〉[64]의 새로운 판본처럼 말 탄 하인의 뒤에 가벨 씨를 서둘러 올려 태운 뒤, (말이 갑절을 실었음에도) 앞서 말한 가벨 씨를 싣고 전속력으로 떠난 것은 무엇을 의미하는 것인가?

그것은 저 위쪽 성에 돌 얼굴이 하나 더 많아졌다는 의미였다.

고르곤이 밤사이 성을 다시 훑은 뒤 부족했던 돌 얼굴 하나를

64 독일 시인 고트프리트 아우구스트 뷔르거의 시. 레오노레가 연인 빌헬름을 전쟁에서 잃고 죽음을 소망하자, 빌헬름이 유령의 모습으로 나타나 그녀를 말 뒤에 태우고 떠나지만, 실은 '죽음'이 그녀를 무덤으로 데려간 것이었다는 내용이다.

보태놓은 것이었다. 거의 200년 동안이나 성이 기다려온 그 돌 얼굴을.

그 얼굴은 후작의 베개 위에 누워 있었다. 마치 우아한 가면 같았고, 갑자기 놀랐다가 분노했다가 굳어진 얼굴이었다. 돌 얼굴에 연결된 돌 신체의 심장에 정통으로 꽂힌 것이 있었으니, 바로 칼이었다. 칼자루에는 종이 한 장이 감겨 있었는데, 거기에는 이런 글이 휘갈겨져 있었다.

"그를 태우고 무덤으로 질주하라. 자크로부터."

10장

두 가지 약속

열두 달이라는 시간이 더 왔다가 지나가는 동안 찰스 다네이는 프랑스 문학에 능통한 고급 프랑스어 교사로서 영국에 자리를 잡았다. 오늘날이라면 교수가 되었겠지만 당시에는 강사였다. 그는 전 세계에서 사용되는 살아 있는 언어[65]를 배울 흥미나 여유가 있는 젊은이들과 함께 공부했고, 이 언어의 풍부한 지식과 상상력에 대한 감각을 키워주었다. 그 외에도 그는 온전한 영어로 이것에 관해 쓸 수 있었고, 온전한 영어로 번역할 수도 있었다. 당시에 이런 스승을 구하기는 쉽지 않았다. 한때 왕손이었거나 왕이 될 예정이었던 이들이 아직은 교사 신분으로 내몰리지

65 프랑스어는 17세기에서 19세기까지 세계 공용어였다. 교양 있는 유럽인이라면 어느 정도 프랑스어를 구사해야 했다.

않았고, 몰락한 귀족들도 아직은 텔슨 은행의 장부에서 삭제되어 요리사나 목수가 되기 전이었다. 뛰어난 학식으로 학생들을 매우 유쾌하고 유익하게 이끄는 강사로서, 그리고 작품 속에 단순한 사전적 지식 외에 무언가를 부여하는 세련된 번역가로서, 젊은 다네이 씨는 곧 명성과 자신감을 얻게 되었다. 게다가 그는 모국의 상황에 대해서 잘 알고 있었으며, 이런 상황에 대한 사람들의 관심은 점점 커지고 있었다. 그리하여 한결같은 인내심과 꾸준한 노력으로 그는 성공을 거두었다.

그는 런던에서 황금으로 포장된 길을 걷는다거나 장미꽃 침상에 눕는다는 기대 따위는 한 적이 없었다. 만약 이런 허황된 기대를 품었다면 아마 성공하지 못했을 것이다. 그는 노동을 기대했고, 그것을 찾았고, 최선을 다해 행했다. 이것이 그의 성공 요소였다.

그는 일정 시간을 케임브리지에서 보냈고, 그곳에서 세관을 통해 그리스어나 라틴어를 운송하는 대신 유럽 언어를 밀수하는 일종의 용인된 밀수업자 신분으로 학부생들을 가르쳤다. 나머지 시간은 런던에서 보냈다.

그리고 이제, 언제나 여름이었던 에덴동산의 시절로부터 대부분 겨울인 추방된 지역에서의 이 시절에 이르기까지, 한 남자의 세상은 변함없이 하나의 길을 걸었고, 찰스 다네이 역시 그 길을 걸었으니, 그것은 한 여자를 사랑하는 길이었다.

그는 위험에 처했던 그 순간부터 줄곧 루시 마네트를 사랑했다. 그녀의 연민 어린 목소리보다 더 달콤하고 다정한 소리는 들은 적이 없었다. 그를 묻으려고 팠던 무덤의 가장자리에서 서로 얼굴을 마주했을 때의 그녀처럼 애틋하고 아름다운 얼굴은 본 적이 없었다. 하지만 그는 아직 그녀에게 이런 이야기를 꺼내지 않았다. 저 멀리 넘실대는 바다와 기나긴 흙먼지 길 너머의 버려진 성—이제는 그저 희뿌연 꿈처럼 되어버린 돌로 만든 단단한 성—에서 암살이 벌어진 지도 어느덧 1년이 지났건만, 그는 아직 그녀에게 자신이 어떤 마음인지 한마디도 드러낸 적이 없었다.

여기에는 나름대로 이유가 있었고, 그는 그것을 너무나 잘 알았다. 다시 찾아온 어느 여름날, 그는 대학 일을 마치고 런던에 도착해 마네트 박사에게 자신의 마음을 털어놓을 기회를 얻고자 소호의 조용한 길모퉁이로 들어서고 있었다. 여름날이 저물어갈 무렵이었고, 그는 루시가 프로스 양과 외출했음을 알고 있었다.

그가 도착했을 때 박사는 창가 안락의자에서 독서 중이었다. 지난날 고통 속에서 자신을 지탱시켜준 동시에 고통을 더욱 날카롭게 악화시키기도 했던 원기를 차츰차츰 회복한 박사는 이제 확고한 목적의식, 강인한 결단력, 활기찬 행동력을 지닌 매우 원기 왕성한 사람이었다. 처음에 다른 기능을 회복하여 사용할 때도 그랬던 것처럼, 그의 회복된 원기는 이따금 갑자기 나타났다가 사라지기도 했다. 하지만 이런 일이 자주 관찰된 적은 없었고, 시간이 흐를수록 점차 드물어졌다.

박사는 많이 공부했고, 적게 잤고, 상당한 피로도 쉽게 견뎠고, 한결같이 쾌활했다. 찰스 다네이가 들어서자 그는 책을 내려놓고 손을 내밀었다.

"찰스 다네이! 이렇게 보니 반갑소. 이제 돌아올 때가 되었다고 지난 사나흘 동안 다들 기대했지. 스트라이버 씨와 시드니 카턴 씨도 어제 둘 다 다녀가면서 다네이 씨가 지금쯤이면 왔어야 한다고들 했고."

"그렇게 관심을 보여주시다니 다들 감사합니다." 그가 그들에 관해서는 다소 냉담하게, 하지만 박사에게는 아주 따뜻하게 대답했다. "마네트 양은……."

"잘 있소." 그가 말을 멈추자 박사가 대답했다. "다네이 씨가 돌아와서 다들 기뻐하겠군. 루시는 집안일 때문에 잠시 나갔는데 금방 돌아올 거요."

"마네트 박사님, 따님이 지금 없다는 걸 알고 있습니다. 마네트 양이 없는 틈을 타서 박사님께 드릴 말씀이 있습니다."

무거운 침묵이 흘렀다.

"그래요?" 박사는 거북한 기색이 역력했다. "그럼 이쪽으로 의자를 가져와서 이야기하도록 하지."

그는 의자에 관해서는 시킨 대로 따랐지만, 이야기의 경우에는 그렇게 쉽지 않은 모양이었다.

"마네트 박사님, 저는 지난 1년 반 동안 이곳에서 이렇듯 친분을 쌓는 행복을 누렸습니다." 마침내 그가 입을 뗐다. "그래서 지금부터 제가 드리려는 말씀 때문에 아무쪼록……."

박사가 손을 내밀며 제지하는 바람에 그는 말을 멈추었다. 박사는 잠시 그렇게 있다가 다시 손을 거두며 말했다.

"루시에 관한 이야기요?"

"그렇습니다."

"언제든 루시에 관한 이야기를 하는 건 내게 힘든 일이오. 지금과 같은 그런 어조로 루시에 관한 이야기를 듣는 것은 내게 너무 힘든 일이오, 찰스 다네이."

"이것은 열렬한 탄복과 진실한 존경과 깊은 사랑의 어조입니다, 마네트 박사님!" 그가 공손하게 말했다.

다시 무거운 침묵이 흐른 뒤 그녀의 아버지가 답했다.

"그 말을 믿소. 부당하게 굴지는 않으리다. 그 말을 믿소."

그가 거북해하는 기색이 너무 역력한 데다, 그의 거북함이 이런 주제에 대한 거리낌 때문이라는 사실도 너무 역력했기 때문에, 찰스 다네이는 머뭇거렸다.

"계속 말씀드려도 될까요?"

또다시 무거운 침묵.

"그래요, 계속하시오."

"제가 무슨 말을 할지 아마 짐작하실 겁니다. 하지만 남몰래 간직한 제 마음, 그리고 이런 마음을 오랫동안 짓눌렀던 희망과 두려움과 불안을 알지 못하신다면, 제가 얼마나 간절하게 말씀드리는지, 얼마나 간절하게 느끼는지 모르실 겁니다. 마네트 박사님, 저는 따님을 애틋하게, 극진하게, 순수하게, 온 마음을 다해 사랑합니다. 세상에 사랑이란 것이 있다면, 저는 따님을 사랑합니다. 박사님도 사랑을 하셨지요. 부디 박사님의 옛사랑이 제 마음을 대변하게 해주십시오!"

박사는 얼굴을 돌리고 두 눈은 바닥을 향한 채 앉아 있었다. 마지막 말을 듣자 그는 다시 황급히 손을 뻗으며 외쳤다.

"제발 그것만은! 그냥 놔두시오! 부탁이니, 그 기억을 상기시키지 마시오!"

그의 비명은 실제로 고통당할 때의 비명과 너무나 흡사하여 말을 마친 후에도 오랫동안 찰스 다네이의 귓가에 맴돌았다. 앞으로 뻗은 그의 손이 마치 다네이에게 그만하라고 호소하는 듯 움직였다. 다네이는 그렇게 받아들이고 가만히 침묵을 지켰다.

"이해하시오." 얼마간 시간이 흐른 뒤 박사가 가라앉은 목소리로 말했다. "루시를 사랑한다는 그 말을 의심하진 않소. 그 점은 안심해도 좋아요."

박사는 앉은 자리에서 그를 향해 몸을 돌렸지만, 얼굴을 바라보거나 눈을 들지는 않았다. 턱을 손으로 괸 그의 얼굴 위로 흰 머리카락이 흘러내렸다.

"루시에게 말한 적이 있소?"

"없습니다."

"편지도?"

"없습니다."

"그렇게 하지 않은 이유가 딸아이의 아비를 생각해서란 걸 모르는 체한다면 옹졸한 짓이겠지. 아비로서 고맙소."

그는 손을 내밀었다. 하지만 두 눈은 손을 따라오지 않았다.

"알고 있습니다." 다네이가 공손하게 말했다. "제가 어떻게 모를 수 있겠습니까, 마네트 박사님. 나날이 두 분이 함께하는 걸 보아온 제가 아닙니까. 박사님과 마네트 양 사이에 너무나 특별하고, 너무나 애틋하며, 너무나 그럴 수밖에 없는 상황에서 비롯된 애정이 존재하기에, 그 어떤 아버지와 자식의 애정을 따져보아도 견줄 만한 경우가 드물다는 사실을요. 알고 있습니다, 마네트 박사님, 제가 어떻게 모를 수 있겠습니까. 그녀의 마음속에 어느덧 여인이 된 딸의 애정과 도리 외에도, 아기처럼 박사님을 사랑하고 의지하는 마음이 뒤섞여 있다는 것을요. 어린 시절에 부모님이 없었기에, 이제 그녀는 현재의 나이와 성품에 걸맞은 한결같은 열성 외에도, 아버지의 존재를 몰랐던 어린 시절의 순진한 믿음과 애착으로 박사님께 헌신하고 있다는 것을요. 그녀의 눈에 박사님은 언제나 신성한 존재이고, 설령 박사님께서 저세상에서 되살아나 오셨다고 해도 이보다 더 신성하지는 않으리라는 것을 너무나 잘 알고 있습니다. 그녀가 박사님께 매달릴 때 아기와 소녀와 여인의 손이 하나가 되어 박사님의 목을 끌어안고 있음을, 저는 알고 있습니다. 그녀가 박사님을 사랑하면서 자기 또래인 어머니를 보고 사랑하며, 제 또래인 아버지를 보고 사랑하며, 비탄에 겨운 어머니를 사랑하며, 끔찍한 시련과 은총 어린 회복을 감내한 아버지를 사랑한다는 것을, 저는 알고 있습니다. 이 댁에서 두 분을 알게 된 이후로, 저는 밤낮으로 이런 사실을 알고 있었습니다."

그녀의 아버지는 얼굴을 숙인 채 말없이 앉아 있었다. 호흡이 조금 가빠졌지만, 그 외에는 마음의 동요를 일절 드러내지 않았다.

"존경하는 마네트 박사님, 언제나 이런 사실을 알면서, 언제나 신성한 빛에 둘러싸인 박사님과 따님을 보면서, 저는 인간의 본성이 허락하는 한 참고 또 참았습니다. 두 분 사이에 끼어들기에는 제 사랑이—저처럼 간절한 사랑조차도—두 분이 함께한 역사에 비할 바 없이 모자란다는 것을, 저는 예전부터 느꼈고, 심지어 지금도 느끼고 있습니다. 하지만 저는 그녀를 사랑합니다. 하늘에 맹세코 저는 그녀를 사랑합니다!"

"그 말을 믿소." 그녀의 아버지가 구슬프게 대답했다. "이전부터 그럴 거라 생각했지. 그 말을 믿소."

"하지만 부탁드리건대," 다네이가 박사의 구슬픈 어조에서 책망의 기색을 느끼고 말했다. "혹시라도 제가 언젠가 행복하게도 그녀를 아내로 맞이하였을 때 박사님과 따님 사이를 언제이건 갈라놓을 운명이라면, 지금 드리고 있는 이런 말씀을 감히 드릴 수도 없고, 드리지도 않을 것임을 부디 믿어주십시오. 그런 일은 불가능하단 걸 알고 있을뿐더러 비열한 짓임도 알고 있으니까요. 혹여 먼 훗날에라도 제가 그런 가능성을 생각에 품거나 마음에 숨긴다면, 혹여 그런 적이 있었다면, 혹여 그럴 가능성이 있다면, 지금 이 고귀한 손을 감히 만지지 못할 것입니다."

그는 이렇게 말하면서 박사의 손에 자기 손을 얹었다.

"그렇습니다, 마네트 박사님. 저는 박사님처럼 자발적으로 프랑스를 떠났고, 박사님처럼 그곳의 혼란과 억압과 불행 때문에 내쫓겼고, 박사님처럼 좀 더 행복한 미래를 믿으며 제 힘으로 타지에서 살아가려 애쓰고 있습니다. 저는 그저 박사님의 운명을 함께 나누고, 박사님의 삶과 가정을 함께 나누고, 죽을 때까지 박사님께 신의를 다하고 싶을 뿐입니다. 루시에게서 박사님의 자식이자 동료이자 벗인 특권을 뺏으려는 게 아니라, 그것을 누리도록 도움을 주고, 그녀를 박사님께 더욱 가까이 묶어주고 싶을 뿐입니다, 그런 일이 가능하다면요."

그의 손길은 여전히 그녀의 아버지 손에 머물러 있었다. 그녀의 아버지는 짧게, 그러나 쌀쌀하지는 않게 그의 손길에 답한 뒤 양손을 의자 팔걸이에 얹었고, 대화가 시작된 이후 처음으로 고개를 들었다. 고투한 기색이 얼굴에 역력했다. 이따금 어두운 근심과 두려움으로 치닫곤 하는 그런 표정과의 고투였다.

"너무나 열정적이고 남자다운 이야기였소, 찰스 다네이. 진심으로 감사하오. 나 역시 마음을 활짝, 거의 활짝 열겠소. 루시가 다네이 씨를 사랑한다고 믿을 만한 근거가 있소?"

"없습니다. 아직은 없습니다."

"이렇듯 마음을 털어놓는 이유가, 나에게서 지금 당장 그 사실을 확인하기 위함이오?"

"전혀 아닙니다. 앞으로 몇 주가 지나도 그런 용기는 못 낼지도 모릅니다. (옳든 아니든) 내일 당장 용기를 낼지도 모르고요."

"내게서 혹시 얻고 싶은 조언이 있소?"

"아무것도 바라지 않습니다, 박사님. 하지만 박사님께서 그렇게 하는 게 옳다고 여기시면, 제게 조언을 해주실 수도 있겠다는 생각은 했습니다."

"내게서 혹시 얻고 싶은 약속이 있소?"

"있습니다."

"어떤 약속인지?"

"박사님 없이는 제게 아무런 희망이 없다는 것을 잘 알고 있습니다. 설령 지금 이 순간 마네트 양이 순수한 가슴에 저를 품었다 하더라도—주제넘게 실제로 그렇게 바란다고는 생각지 마십시오—아버지에 대한 사랑과 어긋난다면 제가 그 가슴에 계속 자리하지 못하리란 것도 잘 알고 있습니다."

"만약 그렇다면, 그 점과 관련해 달리 생각하는 바가 있소?"

"아버지가 어떤 구혼자에 대해 호의적으로 말하면 그 말이 그녀에게는 자기 자신이나 온 세상보다 더 중요하게 여겨지리란 사실 역시 잘 알고 있습니다. 이런 이유로, 마네트 박사님," 다네이가 겸손하지만 확고하게 말했다. "그런 말씀은 부탁드리지 않겠습니다. 제 목숨이 달려 있다 하더라도요."

"잘 알겠소. 찰스 다네이, 멀리 떨어진 사이와 마찬가지로, 가까이 사랑하는 사이에서도 비밀은 존재하죠. 후자의 경우, 그 비밀은 미묘하고 섬세하며 꿰뚫기가 어려워요. 내 딸 루시는, 이 점에서는 내게 너무나 큰 수수께끼요. 그 애의 마음이 어떠한지 나는 전혀 짐작도 못 하겠소."

"혹시 여쭤봐도 되겠습니까, 박사님 생각에는 따님에게……."

그가 머뭇거리자 그녀의 아버지가 나머지 말을 대신해주었다.

"다른 구혼자가 있는지?"

"제가 여쭤보려던 말입니다."

그녀의 아버지는 잠시 생각에 잠겼다가 대답했다.

"이곳에서 카턴 씨는 직접 보셨을 테고, 스트라이버 씨도 이따금 들르곤 하죠. 만약 구혼자가 있다면, 그들 중 한 명일 수밖에 없겠군요."

"둘 다이거나요." 다네이가 말했다.

"둘 다라는 생각은 해보지 않았소. 아마 둘 다 아닐 거요. 나한테 바라는 약속이 있다고 했는데, 무언지 말해보시오."

"지금까지 제가 박사님께 용기 내어 속마음을 털어놓았듯 언젠가 마네트 양이 박사님께 그런 마음을 내보인다면, 부디 제가 이런 말을 했었고, 제 말을 믿는다고 증언해주십시오. 박사님께서 저를 좋게 여기셔서 제게 불리한 영향력을 행사하시지 않길 바랄 따름입니다. 더는 바라지 않겠습니다. 이게 제가 부탁드리는 약속입니다. 이런 부탁에는 조건이 따르는 법이며, 박사님께는 당연히 그런 조건을 요구하실 권리가 있겠지요. 말씀하시면 즉각 지키겠습니다."

"약속하겠소." 박사가 말했다. "아무 조건 없이. 다네이 씨의 목적이 순수하고 진실하게 지금까지 말한 그대로라고 믿소. 다네이 씨의 의도가 나의 분신이자 나보다 훨씬 소중한 존재와 나의 관계를 약화하려는 것이 아니라 영속시키기 위함이라는 것도. 만약 딸아이가 자신의 완벽한 행복에 다네이 씨가 필수적이라고 말하는 날이 온다면, 그 애를 드리리다. 설령…… 찰스 다네이, 설령……."

청년은 그의 손을 감사히 잡았다. 둘의 손이 맞닿은 채 박사가 말을 이었다.

"어떤 상상이든, 어떤 이유든, 어떤 불안이든, 새로운 것이든 오래된 것이든, 무엇이건 딸아이가 진심으로 사랑하는 남자에게 불리한—그렇지만 본인에게는 직접적인 책임이 없는—것이 있더라도, 그 아이를 위해 모두 지워야겠지. 딸아이는 내게 전부요. 내게는 그 애가 고통보다 중요하고, 내게는 그 애가 부당함보다 중요하며, 내게는…… 그만둡시다! 부질없는 이야기니까."

그가 이야기를 맺는 방식이 너무 기묘한 데다 말을 멈추면서 뚫어지게 바라보던 시선도 너무 기묘해서, 다네이는 상대의 손길 안에서 자신의 손이 차갑게 얼어붙는 느낌이었다. 박사는 천천히 그의 손을 놓았다.

"내게 어떤 말을 했는데," 마네트 박사가 미소를 지으며 말했다. "아까 했던 말이 무엇이었죠?"

다네이는 답을 찾지 못해 망설이다가 문득 조건에 관해 이야기했던 것이 떠올랐다. 기억이 떠오른 것에 안도하며 그가 대답했다.

"저를 신뢰해주셨으니 저 역시 박사님께 온전한 신뢰로 보답하고자 합니다. 박사님도 기억하시다시피 현재 제가 쓰는 이름은, 비록 어머니의 이름을 살짝 바꾸었을 뿐이긴 하지만, 제 본명이 아닙니다. 제 이름이 무엇인지, 그리고 제가 왜 영국에 있는지, 박사님께 말씀드리고 싶습니다."

"그만!" 보베의 의사가 말했다.

"제가 그러고 싶습니다. 그래야 박사님의 신뢰를 받을 자격이 있고, 박사님께 아무런 비밀이 없을 테니까요."

"그만하시오!"

한순간 박사는 양손으로 자기 귀를 틀어막기까지 했다. 게다가 한순간 양손으로 다네이의 입을 막기까지 했다.

"지금 말고, 내가 묻거든 그때 말해주시오. 만약 다네이 씨의 구혼이 성공하면, 만약 루시가 다네이 씨를 사랑하게 되면, 결혼식 날 아침에 내게 말해주시오. 약속하시겠소?"

"물론입니다."

"손을 주시오. 이제 곧 딸아이가 돌아올 거요. 오늘 밤에는 우리가 함께 있는 모습을 보이지 않는 편이 낫겠소. 가시오! 하느님의 축복이 함께하길!"

*

찰스 다네이가 그곳을 나섰을 때는 이미 날이 어두웠고, 루시가 돌아온 것은 그로부터 한 시간이 지나 더 어두워졌을 때였다. 그녀는 혼자 서둘러 방에 들어섰다가—프로스 양은 곧장 위층으로 올라간 터였다—아버지의 독서용 의자가 비어 있는 것을 보고 놀랐다.

"아버지!" 그녀가 불렀다. "아버지!"

아무 대답도 없었지만, 그의 침실에서 나직한 망치질 소리가 들려왔다. 그녀는 중간 방을 민첩하게 가로지른 뒤 그의 방을 들여다봤다가 겁에 질려 다시 달려 나와선, 온몸의 피가 얼어붙은 듯 이렇게 외쳤다. "어떻게 하지! 어떻게 하지!"

그녀의 당황한 기색은 오래가지 않았다. 그녀는 서둘러 되돌아가 그의 방문을 가볍게 두드린 뒤 부드럽게 아버지를 불렀다. 그녀의 목소리가 들리자 망치질 소리가 그쳤고, 그가 곧 딸의 곁으로 나왔으며, 그들은 오래도록 함께 이리저리 걸었다.

그날 밤 그녀는 침대에서 일어나 잠든 아버지를 보러 내려왔다. 그는 곤히 자고 있었고, 그의 구두장이 연장과 미완성된 옛 일감은 평소와 다름없었다.

11장

같은 그림 다른 풍경

"시드니." 같은 날 밤 혹은 새벽, 스트라이버 씨가 자칼에게 말했다. "펀치 한 사발만 더 섞게. 자네한테 할 얘기가 있으니까."

시드니는 그날 밤에도, 그저께 밤에도, 그끄저께 밤에도, 연달아 숱한 밤 동안, 기나긴 휴정기[66]가 시작되기 전에 스트라이버 씨의 서류들을 해치우기 위해 두 배로 일하고 있었다. 대대적인 정리는 드디어 효과를 거뒀고, 스트라이버의 밀린 일감이 훌륭하게 마무리되었다. 11월이 대기의 안개와 법정의 안개를 거느리고 돌아와 돈벌잇감이 다시 생길 때까지 모든 것이 말끔히 처리되었다.

66 영국의 법정 휴정기는 7월부터 10월까지다.

시드니는 그렇게 많은 일감 앞에 평소보다 더 정신이 말짱하거나 활기가 있을 리 없었다. 밤새 버티기 위해 여느 때보다 빈번히 물수건을 적셨고, 이에 상응하여 그 전에는 포도주도 상당히 비운 터였으니까. 이윽고 머리에 둘렀던 수건을 벗어 지난 여섯 시간 동안 수시로 물을 적셨던 대야에 던졌을 때, 그는 몹시 상한 몰골이었다.

"펀치 한 사발 더 섞고 있나?" 뚱보 스트라이버가 허릿단에 양손을 얹은 채 소파에 등을 대고 누웠다가 힐끔 돌아보며 물었다.

"그래."

"어이, 여기 좀 보게! 지금부터 자네한테 어떤 이야기를 할 건데 아마 꽤 놀랄 거야. 어쩌면 자네가 평소 생각하는 것만큼 내가 영리하지 않다고 여기게 될지도 모르지. 결혼할 생각이네."

"그래?"

"그래. 게다가 돈을 목적으로 하는 것도 아니야. 자, 어떻게 생각하나?"

"그다지 생각하고 싶은 기분이 아니야. 상대가 누군가?"

"맞춰보게."

"내가 아는 사람인가?"

"맞춰보라니까."

"새벽 5시에, 머릿속에서 뇌가 지글지글 타고 있는데, 그럴 생각 없네. 나더러 맞추라고 할 셈이면 식사에 초대를 하든가."

"뭐 그렇다면 그냥 얘기해주지." 스트라이버가 느릿느릿 일어나 앉으며 말했다. "시드니, 자네한테 나 자신을 이해시키는 건 포기했네, 자네는 감수성이라곤 없는 놈이니까."

"그러는 자네는," 시드니가 분주하게 펀치를 섞으며 대꾸했다. "몹시도 섬세하고 시적인 영혼이지……."

"왜 이래!" 스트라이버가 보란 듯 껄껄 웃으며 응수했다. "내가 낭만적인 영혼이라는 주장 따위는 좋아하지 않지만(그 정도로 어리석으면 안 되니까), 그래도 자네보다는 다정한 인간이지."

"나보다 운 좋은 인간이란 얘기겠지."

"그런 뜻이 아니야. 내 얘기는 내가 자네보다 좀 더…… 좀 더……."

"그냥 말이 나온 김에, 여성들한테 깍듯하다고 말하게."

"그렇지! 깍듯하다고 말할 수 있지. 내 얘기는 나란 남자가," 스트라이버는 펀치를 만드는 친구를 향해 의기양양하게 가슴을 부풀리며 말했다. "여성과 함께 있을 때, 좀 더 호감 가게 보이는 데 신경 쓰고, 좀 더 호감 가게 보이려 애쓰고, 좀 더 호감 가게 보이는 데 능숙하다는 거지, 자네보다는 말이야."

"계속해보게." 시드니 카턴이 말했다.

"아니, 계속하기 전에," 스트라이버가 특유의 닦달하는 태도로 고개를 저었다. "이 점은 자네랑 분명히 해야겠네. 자네는 나만큼이나 자주 마네트 박사 댁에 들렀지, 어쩌면 더 자주 들렀을지도 모르고. 거참, 그곳에서 자네가 얼마나 뚱하게 굴던지 내가 다 창피했네. 내내 말도 없고 시무룩하게 풀 죽은 태도라니, 정말이지 자네 때문에 얼마나 창피했는지 모르네, 시드니!"

"무엇 때문이든 창피해한다는 건 자네처럼 변호사로 먹고사는 사람한테는 아주 유익한 일이지." 시드니가 대꾸했다. "나한테 고마워하게."

"그런 식으로 빠져나갈 생각 말게." 스트라이버가 답변을 우악스레 떠밀었다. "아니, 시드니, 자네한테 말해주는 게 내 의무야. 도움이 되게 얼굴에 대고 그냥 말하겠네. 자네는 그런 식의 사교 자리에서 극도로 언짢게 굴어. 불쾌한 상대란 말이네."

시드니는 본인이 만든 펀치를 한 잔 가득 들이켠 뒤 웃었다.

"나를 보게!" 스트라이버가 어깨를 떡 벌리며 말했다. "나는 자네보다 호감을 사려고 애쓸 필요가 없어, 경제적으로 더 여유가 있으니까. 그런데도 내가 이렇게 애쓰는 이유가 뭐겠나?"

"아직까지 애쓰는 걸 본 적이 없는데." 카턴이 중얼거렸다.

"그게 현명한 행동이기 때문이야. 그게 내 원칙이기 때문이고. 나를 보게! 잘해나가고 있잖아."

"결혼 계획 이야기는 잘해나가고 있지 않지." 카턴이 무심한 태도로 대답했다. "옆길로 새지 않으면 좋겠군. 나로 말하자면, 구제 불능이란 걸 언제쯤 이해할 건가?"

그는 얼마간 경멸의 기색을 담아 물었다.

"자네는 구제 불능으로 굴 권리가 없어." 돌아온 친구의 대답은 그다지 위로조는 아니었다.

"내겐 어떻게 굴 권리도 없지, 내가 아는 바로는." 시드니 카턴이 말했다. "상대 여성이 누구인가?"

"자, 내가 이름을 말해도 언짢아하지 말게, 시드니." 스트라이버 씨가 이름 공개를 앞두고 짐짓 챙겨주는 척 그를 준비시켰다. "자네는 마음에도 없는 소리를 곧잘 한다는 걸 아니까. 설령 자네가 진짜 그런 뜻으로 말했다고 해도 전혀 중요치도 않고. 내가 이렇게 서론을 다는 까닭은, 언젠가 자네가 이 아가씨에 대해 얕보는 투로 말한 적이 있어서네."

"그래?"

"그래. 그것도 이 방에서."

시드니 카턴은 펀치를 바라보고, 득의양양한 친구를 바라보았다. 이어 펀치를 비우고, 득의양양한 친구를 바라보았다.

"그 아가씨를 보고 금발 인형이라고 했었지. 바로 마네트 양이네. 만약 자네가 이런 면에서 감수성이나 섬세한 감정을 지닌 친구였다면, 시드니, 나는 자네가 그런 표현을 쓴 것에 조금 마음이 상했을지도 몰라. 하지만 자네는 그런 친구가 아니니까. 그런 감정이라곤 전혀 없는 친구니까. 따라서 나는 자네의 표현에 전혀 개의치 않네. 그림을 알아보는 눈이라곤 없는 사람이 내 그림을 평한다거나, 음악을 알아보는 귀라곤 없는 사람이 내 음악을 평한다고 개의치 않는 것처럼 말이네."

시드니 카턴은 펀치를 엄청난 속도로 마셔댔다. 친구를 쳐다보면서 여러 잔을 연거푸 들이켰다.

"자, 이제 모든 걸 말했네, 시드니." 스트라이버 씨가 말했다.

"나는 재산은 신경 쓰지 않아. 그녀는 매력적인 아가씨고, 나는 내가 원하는 대로 하기로 마음먹었네. 전반적으로, 원하는 대로 할 만한 형편은 되는 것 같으니까. 그녀는 이미 꽤 성공한 데다 빠르게 부상 중인 저명한 남편을 얻게 되는 거지. 그녀한테도 행운이야, 하지만 그녀 정도면 행운을 누릴 자격이 있지. 어때, 놀랐나?"

카턴은 여전히 펀치를 들이켜며 대꾸했다. "내가 놀라야 할 이유라도 있나?"

"찬성해?"

카턴은 계속해서 펀치를 들이켜며 대꾸했다. "내가 찬성하지 못할 이유라도 있나?"

"좋아!" 그의 친구 스트라이버가 말했다. "내가 상상했던 것보다는 수월하게 받아들이는군. 그리고 생각했던 것보다는 나를 대신해 돈 문제를 따지지도 않고 말이야. 하긴, 확실히 지금쯤이면 자네도 오랜 친구가 얼마나 굳센 의지를 지닌 사람인지 잘 알겠지. 그래, 시드니, 딱히 변화라고 할 만한 것도 없는 이런 생활은 이제 질렸네. 남자한테 마음이 내키면 돌아갈 가정이 있다는 건 기분 좋은 일일 것 같아(내키지 않으면 안 들어가면 그만이고). 게다가 마네트 양은 어떤 사회적 신분에도 내세울 만하고 내 체면을 세워줄 것 같단 말이지. 그래서 결심을 굳히게 되었네. 그건 그렇고, 시드니, 이 친구야, 자네 전망에 대해서도 한마디 해야겠어. 알겠지만, 자네는 지금 형편없이 살고 있어. 정말로 형편없이 살고 있다고. 돈의 가치도 모르고, 생활도 방탕하고, 그러다 머지않아 망가질 대로 망가져서 병들고 가난한 처지가 되겠지. 돌봐줄 사람을 얻는 걸 진지하게 생각해봐야 해."

마치 부유한 후원자인 양 생색내는 말투 때문에 그는 실제보다 몸집이 두 배는 커 보였고 네 배는 더 역겨워 보였다.

"자, 내가 주는 조언은," 스트라이버가 계속했다. "현실을 직시하라는 거야. 나는 내 나름대로 현실을 직시했네. 자네는 자네 나름대로 현실을 직시해야지. 결혼하게. 자네를 돌봐줄 사람을 구해. 여성들과 어울리는 걸 즐기지 않고, 이해도 못 하고, 요령도 없겠지만, 그냥 신경 쓰지 말게. 누군가를 구해. 만약의 경우를 대비해서 재산이 좀 있는 괜찮은 여성—임대를 하거나 셋방을 놓는 여성—을 찾아서 결혼하게. 그게 자네한테 필요한 일이야. 잘 생각해보게, 시드니."

"생각해보지." 시드니가 말했다.

12장

섬세한 친구

스트라이버 씨는 아량 넓게도 박사의 딸에게 행운을 안기기로 마음먹은 만큼, 기나긴 여름휴가를 맞아 런던을 떠나기 전에 그녀에게 찾아든 행복을 알려주기로 결심했다. 그는 얼마간 머리를 굴린 끝에 모든 사전 작업을 미리 끝내놓는 게 좋겠다고 생각했다. 그래서 미클마스 개정기를 한두 주 앞두고 그녀에게 자기 손을 내줄지, 아니면 미클마스와 힐러리 개정기 사이의 짧은 크리스마스 연휴 때 그렇게 할지 둘이서 시간 나는 대로 정하면 되겠다고 결론 내렸다.

그의 논거가 얼마나 확실한지는 의심할 여지가 없었으며, 평결이 어떻게 날지도 훤히 내다보였다. 배심원단을 상대로 현실적이고 세속적인 근거—고려할 가치가 있는 유일한 근거—를 따져봐도 그의 논거는 명백했고 허점이라고는 없었다. 원고 측 역할을 자처해봐도 그의 증거를 뒤집을 길은 없었고, 피고 측 변호인은 사건을 포기했으며, 심지어 배심원단은 따로 논의할 필요조차 없었다. 재판을 마친 뒤 스트라이버 재판장은 이것보다 단순 명쾌한 사건은 없다며 흡족해했다.

이에 따라 스트라이버 씨는 여름휴가의 시작과 더불어 마네트 양을 복스홀 가든에 데려가겠노라고 정식으로 제안했다. 이것이 실패하자 래닐러 가든에 가는 것을 제안했다.[67] 그것도 영문을 알 수 없이 실패하자, 그는 몸소 소호에 납시어 고귀한 의도를 밝힐 수밖에 없었다.

그리하여 스트라이버 씨는 갓 시작된 여름휴가의 싱그러움이 아직 남아 있는 템플 바를 나서 어깨에 잔뜩 힘을 주고 소호를 향해 나아갔다. 그가 아직 템플 바의 세인트 던스턴 교회 쪽에 있을 때 누구든 그가 힘차게 소호로 돌진하는 모습을 보았더라면, 자신보다 힘없는 사람들을 모조리 밀치며 기세등등하게 길을 나아가는 모습을 보았더라면, 그가 얼마나 난공불락의 상대인지 알아보았으리라.

마침 가는 길에 텔슨 은행이 있었는데, 본인이 이곳과 거래를 하는 데다 로리 씨가 마네트 가족과 아주 가까운 사이임을 알고 있었으므로, 그는 은행에 들어가서 로리 씨에게 소호의 지평선이

67 복스홀 가든과 래닐러 가든은 18세기 런던에서 인기 있던 공원이다.

얼마나 찬란하게 되었는지 알려줘야겠다는 생각이 들었다. 그리하여 그는 힘없이 숨넘어가는 소리를 내는 문을 덜커덩 열고 계단 두 개를 휘청휘청 내려간 다음, 늙디늙은 직원 둘을 지나 곰팡내 나는 뒷방으로 밀치고 들어섰다. 로리 씨는 숫자를 기입하기 위해 줄 쳐진 커다란 장부 앞에 앉아 있었다. 창문에는 세로로 쇠창살이 달려 있었는데, 마치 구름 아래 모든 것이 계산인 듯 쇠창살도 숫자를 기입하기 위해 그어놓은 줄처럼 보였다.

"안녕하십니까!" 스트라이버 씨가 말했다. "어떻게 지내십니까? 평안하시면 좋겠네요!"

스트라이버 씨는 어떤 장소, 어떤 공간에 있든 언제나 너무 거대하게 보인다는 대단한 특징이 있었다. 그는 텔슨 은행에 있기에는 너무 거대했기 때문에, 먼 구석 자리의 늙은 직원들이 마치 그가 자신들을 벽에 밀어붙이기라도 한다는 듯 항의하는 표정으로 쳐다보았다. 꽤 멀리 떨어진 곳에서 위엄 있게 신문을 읽고 있던 행장 역시 마치 스트라이버의 머리가 자신의 책임감 막중한 조끼를 들이받기라도 한 듯 불쾌하게 얼굴을 찌푸렸다.

신중한 로리 씨는 이런 상황에서 권할 만한 표본 같은 어투로 "안녕하십니까, 스트라이버 씨? 어떻게 지내십니까?"라고 말한 뒤 악수를 했다. 그가 악수하는 방식은 독특했는데, 이것은 행장의 존재가 대기에 충만할 때 고객과 악수를 나누는 모든 텔슨 직원에게서 언제든 찾아볼 수 있는 특징이었다. 그는 자기 자신이 아니라 텔슨 은행을 대표하는 사람처럼 악수했다.

"어떻게 도와드릴까요, 스트라이버 씨?" 로리 씨가 사무적인 어조로 물었다.

"아니, 아닙니다. 선생님께 사적인 일로 찾아온 겁니다, 로리 씨. 사적으로 말씀 좀 나눌까 해서요."

"오, 그렇습니까!" 로리 씨가 귀를 기울이면서 눈으로는 먼 곳의 행장을 살폈다.

"제가 말입니다," 스트라이버 씨가 은밀한 태도로 책상에 팔을 기대며 말했다. 그러자 큼직한 이인용 책상이었음에도 그에게는 반쪽짜리 책상에도 못 미치는 것처럼 보였다. "제가 말입니다, 선생님의 상냥한 친구분, 마네트 양에게 청혼을 할 생각입니다, 로리 씨."

"이런 세상에!" 로리 씨가 턱을 문지르면서 방문객을 미심쩍게 바라보며 외쳤다.

"'이런 세상에'라고요?" 스트라이버가 뒤로 물러나며 되풀이했다. "이런 세상에? 그게 무슨 뜻입니까, 로리 씨?"

"제 말은," 사무에 밝은 그가 말했다. "당연히, 친근함과 호의를 바탕으로 말씀드린 겁니다, 선생께 굉장히 뿌듯한 일이 되겠다고요. 짧게 말해, 선생이 바랄 수 있는 모든 뜻으로 말씀드린 겁니다. 그래도…… 정말로, 뭐랄까, 스트라이버 씨……." 로리 씨가 말을 멈추고 더없이 묘한 태도로 상대를 향해 고개를 저었다. 마치 본의 아니게 속으로는 이렇게 덧붙일 수밖에 없다는 듯이. '정말이지 비대해, 심하게 비대해!'

"글쎄요!" 스트라이버가 호전적인 손으로 책상을 탕탕 치더니 두 눈을 부릅뜨고 긴 숨을 들이마시며 말했다. "대체 무슨 말씀을 하시는 건지, 로리 씨, 죽어도 모르겠습니다!"

로리 씨가 이에 대한 대답으로 양 귓가에서 작은 가발을 매만지고, 이어 펜에 달린 깃털을 잘근잘근 씹었다.

"젠장!" 스트라이버가 그를 노려보며 말했다. "제가 자격이 안 된다는 겁니까?"

"이런 세상에, 그럴 리가요! 되지요, 아무렴, 자격이 됩니다!" 로리 씨가 말했다. "자격을 말씀하시는 거라면, 선생은 자격이 되지요."

"제가 재력이 달립니까?" 스트라이버가 물었다.

"오! 재력에 관한 거라면, 선생은 재력이 충분하지요." 로리 씨가 말했다.

"그럼 출세는요?"

"출세에 관한 거라면, 선생도 알다시피," 로리 씨가 이번에도 상대에게 동의해줄 수 있다는 것에 기꺼이 대답했다. "아무도 의심할 사람이 없지요."

"그럼 도대체 무슨 뜻입니까, 로리 씨?" 스트라이버가 눈에 띄게 기운 빠진 모양새로 다그쳤다.

"글쎄요! 그게…… 지금 그 댁에 가시던 길입니까?" 로리 씨가 물었다.

"곧장요!" 스트라이버가 푸둥푸둥한 주먹으로 책상을 내리쳤다.

"제가 선생이라면, 그렇게 하지 않을 것 같은데요."

"왜요?" 스트라이버가 말했다. "이제 확실히 좀 따져야겠습니다." 그는 법정에서 다투듯 상대에게 검지를 흔들면서 물었다. "실무에 종사하는 분이니 이유가 있을 것 아닙니까. 이유를 대세요. 왜 가지 않겠다는 겁니까?"

"왜냐하면," 로리 씨가 말했다. "이런 목적으로 가려면 뭔가 성공할 거란 근거가 있어야 하니까요."

"젠장!" 스트라이버가 외쳤다. "대체 무슨 소리인지."

로리 씨는 멀찍한 곳의 행장을 힐끗 보고, 씩씩거리는 스트라이버를 힐끗 보았다.

"은행에서 실무에 종사하고, 연륜도 있고, 경험도 있는 분이, 완벽하게 성공할 주된 이유 세 가지를 간추려놓고도, 이제 와서 성공할 이유가 하나도 없다니! 멀쩡하게 달린 머리로 어떻게 그런 말을!" 마치 싹둑 잘린 머리로 말했으면 훨씬 덜 희한했겠다는 듯 스트라이버 씨가 이상한 점을 지적했다.

"제가 말하는 성공은 숙녀분과의 성공을 말하는 겁니다. 제가 말하는 성공할 만한 근거와 이유는 숙녀분과 성공할 만한 근거와 이유를 말하는 거고요. 숙녀분이요, 선생." 로리 씨가 스트라이버의 팔을 가볍게 두드리며 말했다. "숙녀분 말입니다. 숙녀분이 가장 우선이지요."

"그럼 지금 말씀이, 로리 씨," 스트라이버가 팔꿈치를 똑바로

하며 말했다. "선생님의 신중한 의견에 따르면 지금 논의 중인 숙녀분이 우둔한 멍청이란 말입니까?"

"그런 뜻이 아닙니다. 제가 말하려는 바는, 스트라이버 씨," 로리 씨가 얼굴을 붉히며 말했다. "그 숙녀분에 관한 모욕적인 언사는 그 어떤 입에서건 듣지 않겠다는 겁니다. 그리고 혹시라도 제가 아는 어떤 사람이—부디 그런 사람이 없길 바라지만—취향이 너무 천박하고 성격이 너무 거만하여 그 숙녀분에 관한 모욕적인 언사를 이 책상에서 떠들지 않고는 못 배긴다면, 이곳이 아무리 텔슨 은행이라고 할지라도 제가 그자에게 따끔하게 한마디 하겠다는 겁니다."

앞서 스트라이버 씨가 화를 낼 차례였을 때 그는 소리 죽여 화를 내야 할 필요성 때문에 혈관이 위험한 상태에 처했었다. 이제 로리 씨가 화를 낼 차례가 되자, 평소에는 질서 정연하게 흘렀던 그의 혈관도 딱히 더 나은 상태는 아니었다.

"그게 제가 말씀드리려는 겁니다, 선생." 로리 씨가 말했다. "부디 그 점에는 아무 착오 없길 바랍니다."

스트라이버 씨는 잠시 자를 들고 끝부분을 빨더니, 이어 자를 이에 탁탁 치며 장단을 맞추었다. 아마도 그것 때문에 이가 꽤 아팠을 터였다. 그가 어색한 침묵을 깨며 말했다.

"이건 제게 생소한 경우입니다, 로리 씨. 그러니까 지금 저더러 소호에 청혼하러 가지 말라고 신중하게 조언하시는 겁니까? 저더러, 왕좌 재판소의 스트라이버한테?"

"제 조언이 필요하십니까, 스트라이버 씨?"

"예, 필요합니다."

"좋습니다. 그럼 조언을 드리죠. 정확히 조금 전에 말씀하신 그대로입니다."

"이것밖에 할 말이 없군요." 스트라이버가 짜증스레 웃었다. "하, 하! 이렇게 어이없는 경우는 과거에도, 현재에도, 미래에도 없다고요."

"양해 바랍니다." 로리 씨가 말을 이었다. "실무에 종사하는 사람으로서, 저는 이 사안에 대해 어떤 말도 할 자격이 없습니다. 실무에 종사하는 사람으로서, 이런 사안에 대해서는 아는 바가 없으니까요. 하지만 저는 마네트 양을 품에 안고 왔던 사람, 마네트 양뿐 아니라 그녀의 아버지에게도 충실한 벗, 그 둘에게 크나큰 애정을 품고 있는 늙은이로서 말씀드린 겁니다. 기억하시겠지만, 이 대화는 제가 시작한 게 아닙니다. 자, 제 말이 옳지 않다고 생각하십니까?"

"아니요!" 스트라이버가 휘파람을 불며 말했다. "상식을 지닌 제삼자를 찾았다고는 단언하지 못하겠습니다. 그건 제가 직접 찾을 수밖에요. 저는 어떤 사안에서 이성을 추구하는데, 선생님은 우둔하고 유치한 헛소리를 추구하는군요. 제겐 생소합니다만, 그 말씀이 맞을 수도 있겠네요."

"제가 뭘 추구하는지는, 스트라이버 씨, 제가 직접 결정합니다. 그리고 외람된 말씀이지만, 선생," 로리 씨가 금세 다시 얼굴을 붉히며 말했다. "저는—설령 이곳이 텔슨 은행이라고 하더라도—다른 신사가 저를 두고 그런 말을 하는 건 용납하지 않겠습니다."

"저런! 실례를 용서하십시오!" 스트라이버가 말했다.

"그러지요. 감사합니다. 그래요, 스트라이버 씨, 제가 하려던 말은 이겁니다. 선생으로선 본인 판단이 틀렸다는 걸 깨달으면 괴로울 테고, 마네트 박사도 선생한테 솔직히 얘기해야 하는 임무가 괴로울 테고, 마네트 양도 선생한테 솔직히 얘기해야 하는 임무가 매우 괴로울 겁니다. 선생도 아시다시피 저는 그 가족과 친밀하게 지내는 영광과 행복을 누리고 있습니다. 만약 괜찮으시다면, 어떤 식으로든 선생을 곤란하게 한다거나, 어떤 식으로든 선생을 대변하는 일 없이, 제가 새로운 관찰과 판단에 특별히 힘을 쏟아 앞서 드린 조언을 정정할까 싶습니다. 만약 새로운 조언을 납득하지 못하겠다면, 선생이 직접 그게 온당한지 시험해 보시면 될 테고, 반면에 선생이 납득했는데 그게 지금과 똑같은 조언이라면, 모든 당사자들이 굳이 겪지 않아도 될 일을 피할 수 있을 거고요. 어떻게 생각하십니까?"

"그러려면 제가 얼마나 더 런던에 머물러야 합니까?"

"오! 몇 시간이면 됩니다. 저녁에 소호에 갔다가 이후에 선생의 거처에 들르면 되니까요."

"그렇다면 좋습니다." 스트라이버가 말했다. "지금은 그곳에 가지 않겠습니다, 꼭 가야 할 만큼 간절한 것도 아니고요. 그렇게 하시죠. 오늘 밤 들르시길 기다리겠습니다. 그럼 이만."

이어 스트라이버 씨는 몸을 돌려 쿵쾅쿵쾅 은행을 나섰다. 나가는 길에 얼마나 공기를 뒤흔들었던지, 두 카운터 뒤에서 허리 숙여 인사하던 두 늙디늙은 직원은 이에 맞서느라 남은 기운을 모조리 짜내야 했다. 이 덕망 있고 노쇠한 직원들은 누군가 볼 때마다 항상 허리 숙여 인사하는 모습이었던 까닭에, 사람들은 그들이 나가는 고객을 허리 숙여 배웅한 뒤 텅 빈 사무실에서 계속 그 자세로 있다가 들어오는 고객을 허리 숙여 맞이한다고들 믿었다.

변호사는 그 은행원이 마음속으로 틀림없다고 여겼으니 그랬겠지 아무런 근거 없이 그런 말을 하지는 않았을 거라고 추론할 만큼은 머리가 돌아갔다. 이런 쓴 약을 삼켜야 한다고는 전혀 예상치 못했으나, 그는 약을 털어 넣었다. "자, 이제," 스트라이버 씨는 약을 삼키고 나서 템플 전반을 향해 법정에서 다투듯 손가락을 흔들었다. "여기에서 내가 빠져나갈 길은, 당신들 모두가 틀렸다고 하는 거지."

이것은 올드 베일리의 책략가들이 사용하는 술책으로, 그는 여기에서 큰 위안을 발견했다. "아가씨, 나한테 대고 틀렸다고는 못 할걸." 스트라이버 씨가 말했다. "내가 당신 대신 그렇게 하겠어."

그리하여 로리 씨가 그날 밤늦게 10시에 들렀을 때, 스트라이버 씨는 이런 목적으로 여기저기 수많은 책과 서류 더미를 흩어 놓은 채 오전에 나눈 주제에는 전혀 마음이 없는 척했다. 심지어 그는 로리 씨를 보고 뜻밖이라는 표정까지 지었으며, 완전히 다른 일에 정신이 팔린 사람처럼 굴었다.

"그래서 말입니다!" 이 문제에 관해 그의 관심을 얻으려고 반 시간이나 헛되이 애쓴 뒤 사람 좋은 특사가 말했다. "소호에 다녀왔습니다."

"소호에요?" 스트라이버 씨가 감흥 없이 되풀이했다. "오, 그렇지! 이렇게 정신머리가 없어서야!"

"확실히," 로리 씨가 말했다. "저희가 나눴던 대화에서 제 생각이 맞았습니다. 제 의견이 옳다는 걸 확인했고 제 조언은 변함이 없습니다."

"장담하건대," 스트라이버 씨가 더없이 다정하게 대답했다. "선생님한테도 송구스러운 일이고, 그 가엾은 아버지한테도 송구스러운 일입니다. 이런 얘기가 그 댁에 언제나 쓰라린 화제란 걸 잘 압니다. 이제 더는 꺼내지 말도록 하죠."

"무슨 말씀인지 이해가 안 됩니다." 로리 씨가 말했다.

"아마 그러시겠죠." 스트라이버가 사근사근하고 단호하게 고개를 끄덕이며 대답했다. "중요치 않습니다, 중요치 않아요."

"하지만 중요한 문제입니다." 로리 씨가 주장했다.

"아뇨, 그렇지 않습니다. 단언하건대 중요치 않아요. 분별이 없는 상대한테 분별이 있다 여기고, 가상한 야망이 없는 상대한테 가상한 야망이 있다 여겼으니, 이런 실수에서 벗어나 다행일 뿐 해를 입은 건 없습니다. 젊은 여성들은 이전에도 종종 이런 어리석은 짓을 범했고, 이전에도 종종 가난과 미친함 속에서 본인의 어리석음을 후회했지요. 이타적으로 생각했을 때 저는 이번 일이 무산되어 유감입니다. 현실적인 관점에서 보면 상대에게 유리한 일이 되었을 테니까요. 하지만 이기적으로 생각했을 때 저는 이번 일이 무산되어 기쁩니다. 현실적인 관점에서 보면 제게 불리한 일이 되었을 테니까요. 만약 성사되었다면 저로선 얻을 게 아무것도 없었다는 건 굳이 말할 필요도 없겠지요. 해를 입은 건 전혀 없어요. 그 숙녀분한테 청혼한 것도 아니고, 우리끼리 말이지만, 다시 생각해보니 제가 그 정도까지 고려해야 했나 확신이 안 듭니다. 로리 씨, 머리가 텅 빈 아가씨들의 우둔한 허영심과 경박함은 제어할 수가 없어요. 그렇게 하겠다는 기대를 아예 말아야지, 아니면 번번이 실망하기 마련이지요. 자, 부디 더는 말하지 맙시다. 말씀드리건대, 다른 사람들 입장에서는 유감스러운 일이지만, 제 입장에서는 다행스러운 일입니다. 그리고 선생님의 생각을 여쭤보도록 허락해주시고 조언까지 해주신 점, 정말로 감사드립니다. 그 숙녀분이야 선생님이 저보다 더 잘 아시겠지요. 선생님 말씀이 옳았습니다. 절대 잘되지 못했을 겁니다."

로리 씨가 너무 기가 막혀 그를 멍하니 쳐다보는 동안 스트라이버 씨는 상대의 혼미한 머리 위에 너그러움, 관용, 선의를 아낌없이 퍼붓는 모양새를 연출하며 그를 문간으로 몰고 갔다. "나름대로 최선을 다해야지요, 선생님." 스트라이버가 말했다. "더는 아무 말씀 마십시오. 선생님의 생각을 여쭤보도록 허락해주셔서 다시 감사드립니다. 그럼 이만!"

로리 씨는 정신을 차려보니 어느덧 밤거리에 서 있었다. 스트라이버 씨는 소파에 반듯이 누운 채 천장을 향해 눈을 끔벅거렸다.

13장

섬세하지 않은 친구

시드니 카턴이 어디에서건 빛난 적이 있는지는 모르겠지만, 그곳이 마네트 박사의 거처는 결코 아니었다. 그는 1년 내내 그곳에 자주 들렀고, 언제나 똑같이 우울하고 뚱한 방문객이었다. 기분이 내킬 때는 말을 잘했다. 하지만 아무것에도 마음이 없는 듯한 태도는 구름처럼 그에게 파멸적인 그늘을 드리웠고, 내면의 빛은 좀처럼 이를 뚫고 나오지 못했다.

그런데도 그는 그 집을 둘러싼 거리, 그 길에 깔린 의미 없는 돌멩이에 무언가 마음이 끌렸다. 수많은 밤 포도주에서 일시적인 기쁨조차 찾지 못할 때 그는 막연히 불행하게 그곳을 헤매었다. 수많은 우울한 새벽에도 그의 외로운 형체는 그곳을 서성였고, 어둠에 파묻혔던 교회 첨탑과 높은 건물의 아름다운 조각들이 첫 아침 햇살 속에 또렷이 모습을 드러낼 때도 그는 여전히 그곳을 서성였다. 마치 이 고요한 시간이 그간 잊고 지냈던 이룰 수 없는 것, 뭔가 더 나은 것에 관한 생각을 그의 마음속에 불러일으키는 듯했다. 최근 들어 템플의 거처에 휑하니 방치된 그의 침대는 점점 더 주인을 볼 수 없게 되었고, 그는 침대에 털썩 몸을 던졌다가도 몇 분이 채 지나기도 전에 다시 일어나 그 동네를 맴돌기 일쑤였다.

8월의 어느 날, 스트라이버 씨가 ("결혼 건은 없던 일로 하기로 했다"라고 자칼에게 통보한 뒤) 그 섬세한 몸을 이끌고 데번셔로 떠났을 때, 그리고 런던 거리에 피어난 꽃 풍경과 향기가 악인에게는 선함을, 병자에게는 건강을, 노인에게는 젊음을 어렴풋하게나마 불어넣었을 때, 시드니의 발은 여전히 그 돌바닥을 밟고 있었다. 어떤 의지나 목적도 없이 떠돌던 그의 발길이 문득 결심이 선 듯 활기차게 변하더니 그를 박사의 집 문간으로 데려갔다.

그가 위층으로 안내되어 올라가니 루시는 혼자 자수를 놓던 중이었다. 그녀는 그와 함께하는 것이 썩 편치 않았던 까닭에 그가 자신의 탁자 가까이에 앉자 다소 당황하며 그를 맞이했다. 하지만 의례적인 인사말을 주고받던 중 그녀는 그의 얼굴을 보았고, 그 속에서 어떤 변화를 감지했다.

"몸이 안 좋으신 것 같아요, 카턴 씨!"

"예. 하지만 마네트 양, 제가 사는 방식이 건강으로 이끄는 삶은 아니지요. 이런 방탕아한테서, 또는 이런 방탕아가, 무엇을 기대하겠습니까?"

"좀 더 나은—용서하세요, 질문을 이미 입에 담은지라—삶을 살지 않는 건 안타까운 일이 아닌지요?"

"맹세코 수치스러운 일이지요!"

"그렇다면 왜 바꾸지 않나요?"

그녀는 다시 그를 부드럽게 바라보았다가 그의 두 눈에 어린 눈물을 보고 놀라움과 슬픔을 느꼈다. 그가 대답했을 때 목소리에도 눈물이 어려 있었다.

"그러기에는 너무 늦었습니다. 저는 결코 지금보다 나아지지 못할 겁니다. 더 타락하고 더 나빠지겠지요."

그는 탁자에 팔꿈치를 대고 손으로 눈을 가렸다. 이어진 침묵 속에 탁자가 떨렸다.

그녀는 지금껏 이토록 연약해진 그를 본 적이 없었기에 마음이 괴로웠다. 그는 보지 않고도 그녀가 그렇다는 것을 알고 이렇게 말했다.

"부디 용서하십시오, 마네트 양. 지금부터 어떤 말씀을 드리고 싶은지 알기에 감정을 주체하지 못했습니다. 제 말을 들어주시겠습니까?"

"그렇게 해서 조금이라도 도움이 된다면, 카턴 씨, 그렇게 해서 더 행복해지실 수 있다면, 저도 정말 기쁠 거예요!"

"다정한 연민을 가진 그대에게 신의 축복이 있길!"

그는 잠시 뒤 얼굴에서 손을 내리고 차분하게 이야기했다.

"제 이야기를 듣는 것을 두려워 마십시오. 제가 어떤 이야기를 하든 겁내지 마시고요. 저는 젊은 나이에 죽은 것이나 마찬가지입니다. 제 평생이 그러할지 모릅니다."

"아니에요, 카턴 씨. 틀림없이 앞으로 더 좋은 순간이 있을 거예요. 틀림없이 앞으로 훨씬 더 가치 있는 삶을 사실 거예요."

"그렇게 말씀해주시다니, 마네트 양, 비록 그렇지 않다는 걸 알지만—비록 어둡게 가려진 제 비참한 마음속으로는 그렇지 않다는 걸 알지만—결코 잊지 않겠습니다!"

그녀는 창백하게 떨고 있었다. 그는 자신을 향한 깊은 절망 속에서도 그녀를 위로하려 했고, 이것은 그들의 대화를 세상에 있음 직한 그 어떤 대화와도 다르게 만들었다.

"설령, 마네트 양, 당신이 지금 눈앞에 보고 있는 남자—당신이 아는 것처럼 내버려지고, 피폐해지고, 술에 찌들고, 삶을 탕진한 한심한 남자—의 사랑에 응답하는 일이 가능했더라도, 그자는 지금 이 순간, 행복한 중에도 알고 있었을 겁니다. 결국엔 자신이 당신에게 비참함을 안기고, 슬픔과 회한을 안기고, 당신을 망가뜨리고, 더럽히고, 자신과 함께 몰락시킬 것임을요. 당신이 제게 애틋한 감정을 전혀 가질 수 없다는 걸 잘 압니다. 바라지도 않고요. 그런 일이 불가능하다는 것을 심지어 감사하게 여깁니다."

"그런 감정이 없더라도, 제가 당신을 구할 순 없나요, 카턴 씨? 제가 당신을 더 나은 길로—다시금 용서하세요!—되돌릴 순

없나요? 제게 속마음을 털어놓으신 것에 대해 어떤 식으로든 보답할 수는 없는지요? 이것이 제게만 하시는 이야기란 걸 알아요." 그녀가 잠시 머뭇거린 뒤 진심 어린 눈물을 보이며 말했다. "다른 사람에게는 이런 이야기를 하시지 않으리란 것도요. 제가 어떤 식으로든 이것을 당신께 이롭게 만들 길은 없는지요, 카턴 씨?"

그는 고개를 저었다.

"없습니다. 예, 마네트 양, 없어요. 제 이야기를 조금만 더 들어주시면, 당신이 저를 위해 해주실 수 있는 일은 모두 끝납니다. 당신이 제 영혼의 마지막 꿈이었음을 부디 아셨으면 합니다. 저는 타락한 몸이지만 완전히 타락하지는 않았는지 당신이 아버님과 함께하는 모습, 그리고 당신 덕분에 너무나 가정다워진 이 가정의 모습이 제 안에서 이미 죽었다고만 여겼던 옛 그림자들을 일깨웠습니다. 당신을 알게 된 이후로, 저는 다시는 저를 꾸짖지 않을 줄 알았던 자책에 시달렸고, 영원히 침묵할 줄만 알았던 위로 나아가라는 옛 목소리의 속삭임을 듣게 되었습니다. 새롭게 노력하자고, 다시 시작하자고, 나태와 육체적 쾌락을 떨치자고, 포기했던 싸움을 끝까지 싸워보자고 막연한 생각들을 품게 되었습니다. 그저 꿈, 모두 꿈인지라, 아무런 결과도 맺지 못한 채, 잠든 자는 누워 있던 그 자리에서 벗어나지 못했지만, 그래도 당신이 이런 꿈을 불어넣어주었다는 것은 아셨으면 합니다."

"그중 아무것도 남지 않을까요? 오, 카턴 씨, 다시 생각하세요! 다시 시도해보세요!"

"아뇨, 마네트 양, 그러는 내내 저는 제게 그럴 만한 자격이 없다는 것을 알고 있었습니다. 그럼에도 불구하고 그간 제 안에 있던 나약함, 그리고 지금도 제 안에 있는 나약함 때문에, 당신이 얼마나 갑작스럽고 능숙하게 저를, 잿더미에 불과한 저를 불붙게 만들었는지 알려드리고 싶었습니다. 하지만 그 불은 본성상 저와 떼어놓을 수 없는지라 무엇을 되살리지도, 무엇을 밝히지도, 어떤 도움을 주는 일도 없이, 헛되이 타올랐다 꺼져갔지요."

"제가 불운한 탓에, 카턴 씨, 저를 알기 전보다 더 불행하게 되셨으니……."

"그런 말씀 마십시오, 마네트 양. 저를 바른길로 되돌리는 일이 가능했다면, 그건 당신만이 할 수 있었을 겁니다. 당신 때문에 제가 더 나빠지는 일은 없을 겁니다."

"카턴 씨가 묘사하신 마음 상태가, 어쨌거나, 얼마간 저로 인해 비롯된 것이니—기탄없이 말씀드려도 된다면, 이게 제가 말하고자 하는 바예요—제가 어떤 식으로든 영향력을 발휘하여 도움을 드릴 수는 없는지요? 당신을 선한 길로 이끌 힘이 제게 없나요, 전혀?"

"지금 제게 가능한 최상의 선을 이루는 것이, 마네트 양, 제가 이곳에 온 이유입니다. 제 그릇된 삶의 남은 나날 동안 제가 이 세상에서 마지막으로 당신에게 마음을 열어 보였다는 기억을 지니게 해주십시오. 그리고 제가 이 순간에는 당신의 슬픔과 연민을 받을 무언가를 아직 지니고 있었다는 기억도요."

"거듭거듭, 제 온 마음을 다해, 너무나 간절히 청한 것처럼, 그 무언가가 더 나은 것들을 할 수 있다고 부디 믿어주세요, 카턴 씨!"

"그것을 믿으라고 더는 청하지 마십시오, 마네트 양. 저 자신이 이미 해보았고, 아니란 걸 알고 있습니다. 제가 괴로움을 안겨드리고 있군요. 제 이야기는 이제 곧 끝납니다. 훗날 이날을 되돌아볼 때 제가 털어놓은 삶의 마지막 이야기가 당신의 순수하고 순결한 가슴속에 간직되어 있다고, 오로지 그곳에만 머물며 그 누구에게도 전해지지 않을 것이라고, 믿게 해주시겠습니까?"

"그게 당신께 위안이 된다면, 그러겠어요."

"앞으로 알게 될 그 어떤 소중한 사람에게도요?"

"카턴 씨," 그녀가 잠시 심란함 속에 말을 멈춘 뒤 대답했다. "이것은 당신의 비밀이지, 제 것이 아니에요. 비밀을 지키겠다고 약속드리겠어요."

"감사합니다. 그리고 다시금, 신의 축복이 있길!"

그는 그녀의 손에 입을 맞춘 뒤 문을 향해 걸어갔다.

"걱정하지 마십시오, 마네트 양, 앞으로 지나가는 말이라도 이 대화를 계속하는 일은 없을 테니까요. 다시는 언급하지 않겠습니다. 설령 제가 죽은 몸이라 해도 이보다 더 확실하게 입을 다물진 못할 겁니다. 제가 죽음을 맞이하는 순간, 마음속에 성스럽게 품을—그리고 그것에 대해 당신에게 감사와 축복을 드릴—다정한 기억 하나가 있을 터이니, 그것은 저 자신에 대한 마지막 고백을 당신에게 드렸다는 것, 그리고 제 이름과 과오와 불행이 당신의 마음속에 부드럽게 간직되었다는 것입니다. 이 외에는 그대의 마음이 아무 근심 없이 행복하길!"

그가 평소에 보였던 모습과 너무나 달랐기에, 그리고 지금까지 그가 얼마나 많은 것을 허비했고 날마다 얼마나 많은 것을 헛되이 그릇되게 쓰는지 생각하면 너무나 슬펐기에, 루시 마네트는 그를 위해 애통하게 흐느꼈다. 카턴은 그런 그녀를 뒤돌아 바라보았다.

"슬퍼 마십시오!" 그가 말했다. "저는 그런 감정을 받을 가치가 없습니다, 마네트 양. 지금부터 한두 시간 뒤면, 제가 경멸하면서도 굴복하는 저속한 무리와 저속한 습성 때문에, 저는 길거리를 기어 다니는 불쌍한 인간들보다도 그런 눈물을 흘려줄 가치가 없는 놈이 될 겁니다. 슬퍼 마십시오! 하지만 저는, 마음속으로는, 당신을 향해 언제나 지금 이 모습일 겁니다. 비록 겉으로는 지금까지 보아왔던 모습일 테지만요. 제가 마지막 부탁에 앞서 드리는 청은, 이 말을 믿어달라는 겁니다."

"그러겠어요, 카턴 씨."

"제 마지막 청은, 이겁니다. 이것을 끝으로, 당신과 아무런 공통점도 없고 당신과는 건널 수 없는 간극을 지녔음을 아는 방문객은 그만 물러날 겁니다. 이런 말을 해봐야 소용없다는 걸 압니다. 하지만 제 영혼에서 우러나오는 말입니다. 당신을 위해서라면, 당신에게 소중한 사람을 위해서라면, 저는 무엇이든 하겠습니다. 만약 제 생애가 좀 더 바람직하게 흘러가 어떤 식으로든 희생할 기회나 가능성이 생긴다면, 저는 당신과 당신에게 소중한 이들을 위해 어떤 희생이든 감수하겠습니다. 언젠가 조용한 시기에, 이 한 가지에서만은 뜨겁고 진실했던 모습으로 당신의 마음속에 저를 기억해주십시오. 때가 되면, 그리 오래지 않아 때가 되면, 당신 주변에는 새로운 관계가 생겨나겠지요. 당신과 당신이 이처럼 꾸며놓은 가정을 더욱 부드럽고 강하게 묶어주고, 당신에게 더없는 감사와 기쁨을 안겨줄 소중한 관계 말입니다. 오, 마네트 양, 행복한 아버지의 얼굴을 빼닮은 작은 얼굴이 당신을 올려다볼 때, 당신을 빼닮은 환하고 어여쁜 모습이 당신의 발치에 새로이 피어났을 때, 당신이 사랑하는 생명을 당신 곁에 지켜주기 위해서라면, 자기 생명도 바칠 남자가 있음을 부디 이따금 생각해주십시오!"

그는 "안녕히!"라고 말했고, 마지막으로 "신의 축복이 있길!"이라고 말한 뒤 그녀를 떠났다.

14장

정직한 장사꾼

밉살맞은 어린 아들을 옆에 끼고 플리트 거리의 걸상에 앉아 있는 제러마이아 크런처 씨의 눈앞에는 날마다 수많은 다양한 사물들의 움직임이 펼쳐졌다. 하루의 분주한 시간대에 플리트 거리의 어딘가에 걸터앉은 사람치고, 두 개의 거대한 행렬 앞에 눈이 어질하고 귀가 먹먹해지지 않을 사람이 누가 있으랴! 한 행렬은 언제나 태양을 따라 서쪽을, 다른 행렬은 언제나 태양을 등진 채 동쪽을 향했으니, 두 행렬 모두 언제나 태양이 지는 붉은빛과 자줏빛의 경계 너머 들판을 향했다.

수백 년 동안 하나의 물결을 지켜보았다는 이교도 시골뜨기처럼, 크런처 씨는 입에 지푸라기를 물고 앉아 두 개의 물결을 지켜보고 있었다. 단지 제리의 경우에는 물결이 말라붙을 가능성은 전혀 없었다. 게다가 그가 그런 가능성을 바라는 것도 아니었다. 그의 수입 일부는 물결을 건너려는 소심한 여성들(대부분 한껏 차려입은 중년이 지난 여성들)을 텔슨 은행 쪽에서 반대편 기슭으로 안내해주는 것에서 나왔으니까. 매번 동행하는 거리는 짧았지만 크런처 씨는 숙녀들에게 어찌나 극진했던지 그들의 건강에 축배를 들고 싶다는 강한 열망을 잊지 않고 표현했다. 이런 인정 깊은 뜻을 행하시라며 건네받은 선물이 조금 전에 언급되었듯 그가 벌어들이는 수입의 일부였다.

시인이 공공장소의 걸상에 앉아 사람들을 바라보며 사색에 잠기던 시절이 있었다. 크런처 씨도 공공장소의 걸상에 앉아 있었지만 시인은 아닌 탓에 사색은 가급적 삼가면서 주변을 둘러보았다.

어쩌다 보니 지금은 사람도 거의 없고 길 늦은 여인들도 거의 없어 전반적으로 수입이 형편없었다. 틀림없이 마누라가 대놓고 '털썩질'을 하고 있으리란 강한 의심이 가슴속에 드는 차에 플리트 거리의 서쪽으로 몰려드는 특이한 무리가 그의 관심을 끌었다. 크런처 씨는 그쪽을 지켜보다가 일종의 장례 행렬이 다가오고 있다는 것, 이 장례 행렬을 군중이 반대한다는 것, 이로 인해 시끌벅적한 소동이 벌어졌다는 것을 알아냈다.

"제리." 크런처 씨가 아들을 향해 말했다. "매장하러 가나 보다."

"만세, 아버지!" 어린 제리가 소리쳤다.

어린 쪽은 이런 기쁨의 환성을 수상하면서도 의미심장하게 내질렀다. 나이 든 쪽은 이 소리를 괘씸하게 여긴 나머지, 기회를 엿보다가 어린 쪽의 귀를 후려쳤다.

"뭔 뜻이냐? 만세는 왜 질러? 아비한테 대고 무슨 말을 하고 싶은 거야, 요 망나니 녀석? 날이 갈수록 감당이 안 되는군!" 크런처 씨가 아들을 살피며 말했다. "만세라니, 이 녀석이! 다시 그 딴 소리 냈다간 봐, 한 번 더 얼얼한 맛을 느끼게 해줄 테니. 알아들었어?"

"아무 잘못도 안 했는데." 어린 제리가 뺨을 문지르며 항변했다.

"그럼 집어치워." 크런처 씨가 말했다. "잘못이건 아니건 죄다 됐으니까. 여기 의자에 올라서서 사람들이나 봐."

아들은 시키는 대로 따랐다. 군중이 몰려들었다. 그들은 우중충한 장례 마차와 우중충한 조문객 마차를 둘러싸고 고래고래 소리치고 야유를 보냈는데, 조문객 마차 안에는 이런 엄숙한 자리에 필수인 우중충한 상복을 차려입은 조문객이 달랑 한 명만 타고 있었다. 하지만 이 자리는 결코 상주에게 달갑지 않아 보였다. 점점 늘어나는 폭도들이 마차를 둘러싼 채 그를 조롱하고, 그를 향해 얼굴을 찡그리고, 끊임없이 야유하고 고함을 질러댔으니까. "야! 첩자다! 우우! 첩자야!" 이 외에도 수많은 찬사가 있었지만, 너무 과격하고 무수해서 다시 옮기지는 않겠다.

장례 행렬은 언제이건 크런처 씨의 관심을 크게 끌었다. 그는 장례 행렬이 텔슨 은행 앞을 지나갈 때면 언제나 감각을 곤두세우곤 흥분했다. 그런고로, 당연히, 그는 이처럼 심상치 않은 군중이 참여한 장례 행렬에 몹시 흥분하여 지나가는 첫 번째 남자를 붙들고 물어보았다.

"뭡니까, 친구? 뭔 일이래요?"

"나야 모르죠." 남자가 말했다. "첩자다! 우우! 첩자다!"

그는 다른 남자에게 물어보았다. "누가 죽었는데요?"

"나야 모르죠." 남자가 대답했다. 그러면서도 그는 양손을 입가에 모으고선 놀라운 열의와 크나큰 열성으로 고래고래 소리를 질렀다. "첩자다! 우우! 첩자야!"

마침내 그는 사건의 실태에 대해 좀 아는 사람과 마주쳤고, 이것이 로저 클라이라는 사람의 장례 행렬이라는 사실을 알게 되었다.

"첩자였대요?" 크런처 씨가 물었다.

"올드 베일리 첩자였대요." 정보 제공자가 대답했다. "우우! 올드 베일리의 첩자다!"

"맞아, 그렇지!" 제리가 예전에 참석했던 재판을 떠올리며 외쳤다. "본 적이 있는 사람인데. 죽었대요, 그 사람?"

"확실히 죽었죠." 상대가 말했다. "그 이상 확실히 죽을 수가 없죠. 끄집어내, 첩자다! 끌어내버려, 첩자다!"

의견이라곤 전혀 없던 터에 꽤 솔깃한 의견인지라 군중은 열렬히 이에 반응했고, 끄집어내라느니 끌어내라느니 요란하게 이 제안을 되풀이하면서 두 대를 워낙 바싹 에워싼 통에 마차는 아예 멈춰 서고 말았다. 군중이 마차 문을 열어젖히자, 한 명뿐이었던 조문객이 허둥지둥 바깥으로 튀어나왔다가 잠시 군중의 손에 붙들렸다. 하지만 그는 워낙 민첩한 데다 틈을 잘 노려서 잠시 뒤 외투, 모자, 모자에 두른 기다란 상장, 주머니에 꽂은 하얀 손수건, 그 외 상징적인 눈물들을 모두 떨군 채 냅다 샛길로 달아나고 있었다.

이 물건들을 사람들은 몹시 흥겹게 갈기갈기 찢어서 널리 뿌려댔고, 그러는 동안 상인들은 서둘러 가게 문을 닫았다. 당시 군중은 어떤 것에도 멈추지 않는 끔찍하게 두려운 괴물이었기 때문이다. 그들은 이미 관을 끄집어내려고 장례 마차를 열어젖히기까지 했는데, 그때 어떤 총명한 천재가 제안하길, 그렇게 하기보다는 다 같이 떠들썩하게 기뻐하면서 관을 목적지까지 호송하자고 했다. 쓸모 있는 제안이 무척 필요했던 터라, 이 제안 역시 환호 속에 받아들여졌다. 이내 마차에는 안에 여덟, 바깥에 열둘이 꽉 들어찼고, 장례 마차 지붕에도 최대한 많은 이들이 온갖 기묘한 재주를 발휘하여 올라탔다. 맨 처음 오른 이들 중에는 제리 크런처도 끼어 있었는데, 그는 행여 텔슨 은행의 눈에 띌세라 조문객 마차의 먼 구석에서 삐죽삐죽한 머리를 조심스레 숨기고 있었다.

식을 이끌던 장의사들은 장례식에 생긴 이러한 변화에 얼마간 항의했지만, 강이 위협적으로 가까운 데다, 말 안 듣는 업계 인간들을 정신 차리게 만들려면 찬물에 집어넣는 게 효과 만점이라는 몇몇 목소리가 들려오자, 이런 항의도 미약하고 짧게 끝났다.

새로이 편성된 행렬이 출발했다. 굴뚝 청소부가 장례 마차를 몰고—기존의 마부는 조언자 역할을 떠맡아, 엄중한 감시를 받으며 굴뚝 청소부 곁에 앉아 있었다—파이 장수가 마찬가지로 각료를 거느린 채 조문객 마차를 몰았다. 떠들썩한 행렬이 스트랜드 거리를 따라 멀리 나아가기 전, 당시 거리에서 인기를 끌던 곰 부리는 사람도 추가 장식으로 강제 동원되었다. 시커멓고 꾀죄죄한 그의 곰은 행렬의 일원으로서 장례 분위기를 한층 고조했다.

이런 식으로, 맥주도 마시고, 담배도 피우고, 목청껏 노래도 부르고, 애통함에 젖은 척 한없이 풍자도 하면서 무질서한 행렬은 계속 나아갔다. 걸음을 뗄 때마다 새로운 사람이 모여들었고, 그들의 도착에 앞서 모든 상점은 문을 닫아걸었다. 목적지는 들판 저 멀리에 자리한 오래된 세인트 판크라스 교회였다. 이윽고 행렬이 그곳에 이르렀다. 다들 굳이 매장지까지 몰려가겠다고 우겼으며, 나름의 방식대로 몹시 흡족하게 고인이 된 로저 클라이의 매장을 완수했다.

고인을 처치하고 나자 군중은 뭔가 다른 오락거리를 찾을 필요성을 느꼈다. 또 다른 총명한 천재가 (어쩌면 아까와 똑같은 천재가) 그냥 지나가는 사람들을 올드 베일리 첩자라고 고발한 뒤 앙갚음을 하자는 익살스러운 생각을 냈다. 이 즉흥적인 생각을 실현하는 과정에서 그들은 평생 올드 베일리 근처에도 가본 적 없는 수십 명의 무고한 사람들을 뒤쫓아 거칠게 밀치고 난폭하게 다루었다. 이것이 창문 부수기, 술집 약탈하기와 같은 오락으로 옮겨 가는 것은 쉽고도 자연스러운 일이었다. 마침내 몇 시간이 흐른 뒤 잡다한 정자들이 파괴되고 지하 출입구의 철책이 뜯겨 좀 더 호전적인 인간들의 무기로 사용되었을 때, 근위병이 오고 있다는 소문이 돌았다. 이런 소문 앞에 군중은 차츰차츰 흩어졌다. 어쩌면 실제로 근위병이 왔는지도, 어쩌면 오지 않았는지도 모르지만, 이것이 폭도들의 일반적인 수순이었다.

크런처 씨는 마무리 오락에는 참여하지 않고 교회 묘지에 남아 장의사들과 의견을 나누고 조의를 표했다. 그곳은 그를 차분하게 진정시키는 힘이 있었다. 그는 인근 술집에서 손에 넣은 파이프 담배를 피우면서 울타리 안을 둘러보고 묘지도 찬찬히 살펴보았다.

"제리." 크런처 씨가 여느 때처럼 자신의 이름을 부르며 말했다. "너는 그날 그곳에서 클라이를 봤지. 젊고 멀쩡하게 생긴 그자를 네 두 눈으로 똑똑히 봤어."

담배를 다 피우고 잠시 더 생각에 잠긴 뒤, 그는 텔슨 은행의 폐점 시간에 맞춰 근무 초소에서 얼굴을 내비치고자 발길을 돌렸다. 그가 죽음에 대한 명상 때문에 속이 거북해졌다든가, 이전부터 건강 상태에 무슨 이상이 있었다든가, 아니면 저명한 분에게 작은 예의를 차리고 싶어졌다든가, 이런 것들은 여기에서 그다지 상관이 없다. 이 대목에서 짚어야 할 점은 그가 돌아오는 길에 의사—저명한 외과 의사—에게 잠깐 들렀다는 사실이다.

어린 제리는 아버지의 자리를 충실하게 지켰고, 그가 없는 사이 아무 일도 없었다고 보고했다. 은행이 문을 닫았고, 늙디늙은 직원들이 밖으로 나왔고, 평소처럼 경비가 섰고, 크런처 씨와 아들은 저녁을 먹으러 집에 갔다.

"자, 내 말 똑똑히 들어!" 크런처 씨가 집에 들어서며 아내에게 말했다. "만약 정직한 장사꾼으로서 오늘 밤 내 일이 틀어지면, 당신이 나를 해코지하려고 기도했다는 뜻으로 알 거야. 그러면 당신이 그 짓을 하는 걸 목격한 거와 마찬가지로 두들겨 패주겠어."

기죽은 크런처 부인이 고개를 저었다.

"뭐야, 내 면전에서 그 짓을 해!" 크런처 씨가 분노와 불안감을 드러내며 말했다.

"아무 말도 안 했어요."

"뭐, 그렇다면, 아무 생각도 하지 마. 당신은 생각하는 게 털썩 질이랑 다를 바 없으니까. 이런 식이든 저런 식이든 내게 해코지를 하겠지. 다 그만두라고."

"알았어요, 제리."

"알았어요, 제리." 크런처 씨가 저녁 식탁에 앉으며 되풀이했다. "아! 이거 좋군, 알았어요, 제리. 대충 비슷해. 이 말은 해도 돼, 알았어요, 제리."

크런처 씨가 딱히 무슨 의미를 지니고 이렇듯 퉁명스러운 표현을 사용한 것은 아니었다. 그저 사람들이 드물지 않게 그러하듯 전반적인 불만을 빈정거리면서 표출한 것뿐이었다.

"당신은 '알았어요, 제리'만 하라고." 크런처 씨가 말했다. 그는 버터 바른 빵을 한 입 베어 물더니, 마치 눈에 보이지 않는 커다란 굴이라도 곁들이는 것처럼 받침 접시에 담긴 차를 들이켰다. "아! 아무렴. 당신을 믿고말고."

"오늘 밤에 나갈 건가요?" 그가 다시 한 입 베어 물었을 때 예의 바른 아내가 물었다.

"그래, 나갈 거야."

"저도 따라가도 돼요, 아버지?" 아들이 씩씩하게 물었다.

"아니, 안 돼. 아버지는—네 어미도 알다시피—낚시하러 가는 거야. 거기가 내가 가는 데야. 낚시하는 곳."

"아버지 낚싯대는 많이 녹슬었잖아요, 아니에요, 아버지?"

"너는 신경 쓰지 마."

"집에 물고기 가져오실 거예요, 아버지?"

"만약 안 가져오면 내일 변변찮게 먹게 되겠지." 아버지가 고개를 저으며 답했다. "질문은 이제 그만해. 아버지는 네가 잠들고 한참 뒤에나 나갈 거야."

행여 아내가 자신을 해코지하는 기도를 마음속으로 생각할까 봐 그는 나머지 저녁 시간 동안 철저히 크런처 부인을 감시하고 끊임없이 부루퉁하게 말을 시켰다. 같은 이유로, 그는 아들에게도 어머니에게 계속 말을 걸라고 시켰고, 뭐든 트집 잡을 거리만 있으면 아내를 들들 볶으면서 잠시도 혼자 생각할 시간을 주지 않음으로써 이 가련한 여인을 힘들게 했다. 정직한 기도의 효험을 믿는 걸로 치자면 제아무리 신앙심 깊은 사람도 크런처 씨가 아내를 불신하는 정도에는 미치지 못할 터였다. 마치 유령 따위는 믿지 않는다고 공공연히 말하는 사람이 유령 이야기에 겁을 집어먹는 것과 같았다.

"그리고 명심해!" 크런처 씨가 말했다. "내일은 아무 수작 부리지 마! 만약 내가 정직한 장사꾼으로서 고기 한두 덩이를 애써 구해 오면, 고기엔 손도 대지 않고 빵만 먹는 짓거리는 안 돼. 만약 내가 정직한 장사꾼으로서 맥주를 애써 조금 구해 오면, 물만 마시겠다는 짓거리도 안 돼. 로마에 가면 로마가 하는 대로 따라야지. 만약 안 그랬다간 로마한테 혼쭐날 줄 알아. 내가 당신한테 로마야, 알겠지?"

그러고는 다시 툴툴대기 시작했다.

"먹고 마실 음식을 거부하다니! 당신의 그 털썩질과 인정머리 없는 행동 때문에 먹고 마실 음식이 얼마나 부족한지 모르겠어. 이 녀석을 봐. 당신 자식 맞지, 아냐? 꼬챙이처럼 홀쭉하잖아. 어미가 됐으면 자식 놈을 통통하게 살찌우는 게 첫째 의무지, 그런 것도 모르면서 그러고도 당신이 어미야?"

이 말은 어린 제리의 민감한 부분을 건드렸다. 아이는 어머니에게 어미로서의 첫째 의무를 다해달라고, 어머니가 그 외에 어떤 일을 하고 안 하는지는 모르겠지만 부친이 너무나 다정하고 조심스럽게 이른 그 모성의 역할을 다하는 것만은 무엇보다 각별하게 신경 써달라고 간청했다.

이런 식으로 크런처 가족의 저녁 시간이 흘러갔다. 이윽고 어린 제리에게 잠자리에 들라는 명령이 떨어졌고, 아이의 어미도 비슷한 명령을 받고 이에 따랐다. 크런처 씨는 홀로 파이프 담배를 피우면서 이른 밤 시간의 지루함을 달랬으며, 거의 1시가 될 때까지 길을 나서지 않았다. 유령이 출몰하는 그 야심한 시각에 가까워지자 그는 자리에서 일어나 주머니에서 열쇠를 꺼냈다. 잠긴 벽장을 열고는 자루 하나, 편리한 크기의 쇠 지렛대 하나, 밧줄과 쇠사슬 하나, 그 외에도 이런 종류의 낚시 도구들을 꺼냈다. 그는 이 물건들을 능숙하게 몸에 두른 뒤 크런처 부인에게 멸시의 인사말을 던지고는 불을 끄고 밖으로 나갔다.

어린 제리는 잠자리에 들 때 옷을 벗는 척만 했던지라 이내 아버지의 뒤를 밟았다. 아이는 어둠 속에 몸을 숨긴 채 뒤따라 방에서 나오고, 뒤따라 계단을 내려가고, 뒤따라 마당을 지나고, 뒤따라 길거리로 나섰다. 다시 집 안에 들어가는 일은 걱정할 게 없었다. 그곳에는 세입자가 가득해서 밤새 문이 열려 있었으니까.

아버지가 몸담은 정직한 직업에 관한 특수 기술을 알고 싶다는 가상한 포부에 이끌려, 어린 제리는 바싹 붙은 자신의 두 눈만큼이나 가옥의 정면과 벽과 출입구에 바싹 붙은 채 존경하는 부친을 시야에서 놓치지 않고 따라갔다. 존경하는 부친은 북쪽으로 향했는데, 얼마 가지 않아 아이작 월턴[68]의 또 다른 제자가

68 영국의 수필가 겸 전기 작가. 평소 낚시를 즐겼으며 영국 수필 문학의 대표작 중 하나로 꼽히는 《조어대전》(1653)을 썼다.

합류하더니, 둘이 함께 터벅터벅 나아갔다.

처음 길을 나선 뒤 반 시간이 지나지 않아 그들은 깜박거리는 가로등을 지나고 껌벅거리는 경비들을 지나 외딴길에 접어들었다. 또 다른 낚시꾼이 이곳에서 합류했는데, 그게 얼마나 가만가만 이루어졌던지 어린 제리가 미신을 믿는 아이였다면 두 번째 낚시 추종자가 갑자기 두 명으로 쪼개졌다고 여겼을지 모른다.

세 사람은 계속 나아갔고, 어린 제리도 계속 나아갔다. 이윽고 세 사람은 길 위로 돌출된 둑 밑에서 멈춰 섰다. 둑 위에는 낮은 벽돌담이 있었고, 담 위에는 철책이 쳐져 있었다. 둑과 담의 그늘 속에 세 사람은 길에서 벗어나 막다른 골목으로 들어섰는데, 8~10피트 높이로 솟은 벽돌담이 그곳에서 골목의 한 측면을 이루고 있었다. 구석에 쪼그리고 앉아 골목을 엿보던 어린 제리의 눈에 들어온 다음 장면은, 존경하는 부친이 구름에 싸인 희뿌연 달빛 속에 뚜렷이 윤곽을 드러낸 채 날렵하게 철책을 오르는 모습이었다. 그는 곧 철책을 넘었고, 이어 두 번째 낚시꾼이, 다음으로 세 번째 낚시꾼이 넘어갔다. 그들 모두 출입문 안쪽으로 조용히 착지했고, 잠시 그곳에—아마도 귀를 기울이면서—엎드려 있었다. 이어 그들은 양손과 무릎을 대고 기어가기 시작했다.

이제 어린 제리가 출입문으로 다가갈 차례였다. 아이는 숨을 죽이고 그렇게 했다. 이번에도 한쪽 구석에 쪼그리고 앉아 안을 들여다보았더니, 세 낚시꾼이 무성한 수풀 사이를 기어가고 있었다. 교회 묘지의 모든 비석들이—그들이 들어간 곳은 널찍한 교회 묘지였다—흰옷 차림의 유령들처럼 지켜보고, 교회 탑 역시 기괴한 거인의 유령처럼 지켜보고 있었다. 그들은 얼마 기어가지 않아 멈추더니 자리에서 일어났다. 그러고는 낚시질을 시작했다.

그들은 처음에 삽으로 낚시를 했다. 곧이어 존경하는 부친이 커다란 코르크 마개 따개처럼 생긴 도구를 매만지는 듯했다. 어떤 도구를 가지고 일하든 그들은 열심히 일했다. 이윽고 교회 시계 종소리가 무시무시하게 울리자, 어린 제리는 혼비백산하여 부친만큼이나 머리카락이 빳빳하게 곤두선 채 줄행랑치고 말았다.

하지만 이런 일에 대해 좀 더 알고 싶다는 오래된 열망 때문에, 아이는 달아나다가 멈췄을 뿐만 아니라 다시 돌아오기까지 했다. 아이가 두 번째로 출입문에서 안을 훔쳐보았을 때 그들은 아직도 끈기 있게 낚시 중이었다. 하지만 이제 입질이 온 모양이었다. 저 아래에서 뭔가 삐걱삐걱 죄는 듯한 소리가 들렸고, 구부정한 그들의 형체는 무거운 것을 당기는 듯 안간힘을 쓰고 있었다. 서서히 무거운 물체가 흙을 헤치며 솟아올라 땅 위로 모습을 드러냈다. 어린 제리는 그것이 무엇인지 아주 잘 알고 있었다. 그런데도 그것을 보았을 때, 그리고 존경하는 부친이 그것을 비틀어 열려고 하는 모습을 보았을 때, 아이는 그런 광경이 처음인지라 완전히 혼비백산하여 다시 줄행랑쳤고, 1마일이 지나도록 달리는 것을 멈추지 않았다.

너무 숨이 차지 않았다면 아이는 그때도 달리는 것을 멈추지 않았을 것이다. 그것은 유령과의 달리기 경주였고 한시바삐 결승선에 도착하는 게 너무나 바람직했으니까. 아까 봤던 관이 자기 뒤를 쫓아오고 있다는 생각이 강하게 들었다. 좁은 면을 바닥에 딛고 똑바로 곧추선 관이 뒤에서 폴짝폴짝 쫓아오는 듯했고, 언제나 금방이라도 따라잡을 것처럼, 금방이라도 옆에서 튀어나올 것처럼—어쩌면 자기 팔을 낚아챌 것처럼—느껴졌기에, 어떻게든 이 추격자를 따돌려야 했다. 이것은 도처에 존재하는 변덕스러운 악령이기도 했다. 밤새 등 뒤를 무시무시하게 만드는 한편으로, 퉁퉁 부어오른 몸에 꼬리와 날개가 잘린 사내아이용 연 같은 모양새로 온 사방의 골목에서도 툭 튀어나올 것 같아 아이는 컴컴한 골목을 피해 한길로 달음박질쳐야 했으니까. 이것은 문간에도 숨어 있다가 끔찍한 어깨를 문에 비비기도 하고, 마치 껄껄 웃는 것처럼 어깨를 귀까지 쳐들기도 했다. 이것은 길 위의 그림자 속에 숨었다가 아이를 넘어뜨릴 속셈으로 교활하게 등을 대고 눕기도 했다. 그러는 내내 등 뒤에서도 끊임없이 폴짝폴짝 쫓아와 점점 거리를 좁혀왔기에, 아이가 자기 집 문간에 다다랐을 때 반죽음 상태가 된 것도 놀랄 일이 아니었다. 심지어 그때조차도 이것은 아이를 가만두지 않았고, 계단마다 쿵쿵 소리를 내며 위층까지 따라 올라와 아이와 함께 침대로 기어든 뒤 죽어 무거워진 몸으로 잠든 아이의 가슴 위에 퍽 쓰러졌다.

동이 트고 아직 해는 솟기 전, 골방의 어린 제리는 거실에서 아버지의 인기척을 느끼고 억눌린 잠에서 깨어났다. 아버지는 뭔가 일이 틀어진 모양이었다. 어쨌거나 그가 크런처 부인의 양쪽 귀를 붙잡고 뒤통수를 침대 머리판에 쿵쿵 찧는 상황인지라 어린 제리는 그렇게 추측했다.

"내가 그럴 거라고 했지." 크런처 씨가 말했다. "그러니까 맞아야지."

"제리, 제리, 제리!" 아내가 애원했다.

"일해서 돈 좀 벌겠다는데 당신이 훼방 놓았지." 제리가 말했다. "그래서 나랑 동업자들만 고생이야. 남편을 받들고 따라야지, 도대체 왜 그래?"

"저는 착한 아내가 되려고 애쓰고 있어요, 제리." 가여운 여인이 눈물을 흘리며 항변했다.

"남편 일을 훼방 놓는 게 착한 아내가 할 짓이야? 남편 일을 깔아뭉개는 게 남편을 받드는 거야? 남편 일의 중요한 사안을 놓고 대드는 게 남편을 따르는 거냐고?"

"그때는 이런 끔찍한 일을 하지 않았잖아요, 제리."

"정직한 장사꾼의 아내가 됐으면, 아낙네의 소갈머리로 남편이 언제 일을 했는지 안 했는지 따위는 계산하지 말라고. 남편을 받들고 따르는 아내라면 일에는 관여를 말아야지. 당신이 독실한 여자라고? 만약 당신이 독실한 여자라면, 나는 독실하지 않은 여자가 낫겠어! 당신이 도리에 대해 갖는 의식은 여기 템스 강

바닥에 박힌 교각보다도 빈약해. 교각처럼 당신한테는 올바른 의식을 박아 넣을 필요가 있겠어."

언쟁은 낮은 목소리로 이루어졌고 종국에는 정직한 장사꾼이 진흙투성이 장화를 벗어던지며 바닥에 길게 뻗어버림으로써 끝이 났다. 녹물이 밴 양손을 베개 삼아 머리 아래 받친 채 등을 대고 누운 아버지를 살그머니 엿보고 난 뒤, 아들 역시 자리에 누웠고 다시 잠이 들었다.

아침 식사에 물고기라곤 없었고 딱히 다른 음식도 별로 없었다. 크런처 씨는 기운도 없고 기분도 언짢아, 혹시라도 크런처 부인이 식전 기도를 올리려는 징후가 보이면 버르장머리를 고치려고, 언제라도 발사할 수 있게 쇠 냄비 뚜껑을 옆에 두고 있었다. 그는 여느 때와 같은 시간에 빗고 씻으며 준비를 했고, 표면상의 직업을 수행하기 위해 아들과 함께 길을 나섰다.

화창하고 북적대는 플리트 거리를 따라 겨드랑이에 걸상을 끼고 아버지와 나란히 걷고 있는 어린 제리는, 무시무시한 추격자를 피해 어둠과 외로움 속에 집으로 달려오던 전날 밤의 어린 제리와 사뭇 다른 아이였다. 날이 밝자 총기가 되살아났고, 밤이 가자 두려움도 사라졌다. 이 점에 있어, 그 맑은 아침에 플리트 거리와 런던 시내에서 어린 제리와 같이 느꼈을 사람들이 또 있었으리란 건 제법 있음 직한 이야기다.

"아버지." 그들이 함께 걸어갈 때 어린 제리가 아버지와 팔 하나의 간격을 유지하고 둘 사이에 걸상이 오도록 확실히 하면서 말했다. "부활인[69]이 뭐예요?"

크런처 씨가 길 위에서 발길을 멈추더니 이윽고 대답했다. "아버지가 어떻게 알아?"

"뭐든 다 아시는 줄 알았어요, 아버지." 천진한 아이가 말했다.

"흠! 그게," 크런처 씨가 다시 발길을 떼면서 머리털이 마음껏 삐죽삐죽 솟을 수 있게 모자를 벗었다. "장사꾼이지."

"파는 물건이 뭔데요, 아버지?" 씩씩한 어린 제리가 물었다.

"파는 물건은," 크런처 씨가 머리를 굴린 뒤 대답했다. "과학 계통의 물건이지."

"사람 시체죠, 아니에요, 아버지?" 활발한 소년이 물었다.

"그런 종류의 물건이라 할 수 있지." 크런처 씨가 말했다.

"오, 아버지, 저도 나중에 크면 부활인이 되고 싶어요!"

크런처 씨는 마음이 한결 누그러졌지만, 애매한 훈계조로 고개를 저었다. "그건 네가 재능을 어떻게 계발하는가에 달렸지. 재능을 계발하고, 가급적이면 아무한테도 말을 떠벌리지 않도록 조심해. 네가 어떤 일에 맞을지 지금으로선 아무도 모르는 거니까." 어린 제리가 이렇듯 격려를 받고 템플 바의 그늘에 걸상을 내려놓으러 몇 걸음 앞장서 걸어갈 때 크런처 씨가 혼잣말로 덧붙였다. "제리, 정직한 장사꾼아, 저 녀석은 확실히 네게 복이

69 '시체 도굴범'을 말한다. 서양 의학이 발전하면서 해부용 시신의 수요는 느는 데 반해 수세기에 걸친 종교상의 이유로 연간 해부할 수 있는 시신 수는 제한되었다. 이로 인해 불법 시신 거래가 성행했다.

될지도 모르겠어. 제 어미가 저런 걸 저 녀석이 보상할지도 모르겠어!"

15장

뜨개질

요즈음 드파르주 씨의 포도주 상점에서는 사람들이 평소보다 이른 시간에 술을 마시고 있었다. 고작 아침 6시에 누르께한 얼굴들이 그곳의 창살 사이를 슬쩍 엿보면 이미 포도주 위로 고개를 숙인 다른 얼굴들이 안에 보이곤 했다. 드파르주 씨는 경기가 호황일 때도 아주 묽은 포도주를 팔았지만, 근래에는 포도주가 유난히 묽어진 듯했다. 게다가 맛이 시큼한, 또는 기분을 시큼하게 만드는 포도주이기도 했다. 그것을 마신 사람들은 기분이 우울해지곤 했으니까. 드파르주 씨의 압착된 포도에서는 유쾌한 바쿠스의 불길이 뿜어져 나오지 않았다. 그 대신 어둠 속에서 서서히 타오르는 불길이 포도주 찌꺼기 속에 숨어 있었다.

드파르주 씨의 포도주 상점에서 사람들이 이른 시간에 술을 마신 지 이날 아침으로 사흘 연속이었다. 월요일에 시작하여 이제 수요일이 되었다. 이른 음주라기보다는 이른 상념에 가까웠다. 상점이 문을 연 순간부터 많은 이들이 귀를 기울이고 나직이 속삭이고 가만가만 오갔기 때문이었는데, 자기 영혼을 구제하는 일이 걸렸다 해도 카운터에 땡전 한 푼 내놓을 형편이 안 되는 이들이었다. 하지만 그들은 마치 포도주를 통째로 시킬 여력이 되는 것만큼이나 그곳에 관심이 지대했고, 자리에서 자리로, 구석에서 구석으로 옮겨 다니면서 게걸스러운 표정으로 술 대신 이야기를 들이켰다.

손님들의 왕래가 평소와 달랐음에도 불구하고, 포도주 상점 주인은 보이지 않았다. 그를 아쉬워하는 이들도 없었다. 아무도 문간을 넘어서면서 그를 찾지 않았고, 아무도 그의 행방을 묻지 않았고, 드파르주 부인만 자리를 지키고 앉아 포도주 따라주는 일을 맡아보는데도 아무도 의아하게 여기지 않았다. 그녀의 앞에는 닳아빠진 작은 동전이 담긴 그릇이 놓여 있었는데, 너덜너덜한 호주머니에서 그것들을 꺼낸 초라한 인간 주조물들과 마찬가지로, 동전들은 원래 문양을 알아볼 수 없을 정도로 훼손되고 두들겨 맞은 모양새였다.

첩자들은 왕의 궁전부터 죄수의 감옥까지 높고 낮은 모든 곳을 엿보았던바, 만약 그들이 포도주 상점을 엿보았다면 온통 시큰둥하고 멍하니 늘어진 사람들을 보았을 터였다. 카드놀이는 시들했고, 도미노를 하는 이들은 생각에 잠긴 채 도미노로 탑을 쌓았으며, 술을 마시는 이들은 떨어진 포도주 방울로 탁자에 그림을 그렸다. 드파르주 부인조차 소매 무늬를 이쑤시개로 따라 짚으면서 저 멀리 보이지도 않고 들리지도 않는 어떤 것을 보고 듣고 있었다.

한낮이 될 때까지 생탕투안은 포도주와 관련된 영역에서 이런 식이었다. 먼지투성이 사내 두 명이 생탕투안의 흔들리는 가로등 아래 그 거리를 지난 것은 정오 무렵이었다. 그중 한 명은 드파르주 씨였고, 다른 한 명은 파란 모자를 쓴 도로 보수공이었다. 둘은 온통 햇볕에 그을리고 갈증에 시달리는 모습으로 포도주 상점에 들어섰다. 그들의 도착은 생탕투안의 가슴에 일종의 불을 지폈다. 그들이 나아감에 따라 빠르게 번진 불은 대부분의 문과 창가의 얼굴들에서 불길이 되어 일렁이고 깜박였다. 하지만 아무도 그들을 따라가지는 않았고, 그들이 포도주 상점에 들어섰을 때 그곳에 있던 모든 이들의 시선이 그들을 향했지만 아무도 말을 하지는 않았다.

"안녕하십니까, 여러분!" 드파르주 씨가 말했다.

이것은 입을 떼도 된다는 신호였는지도 모른다. 이 말에 모든 이들이 이구동성으로 대답했다. "안녕하세요!"

"날씨가 궂네요, 여러분." 드파르주가 고개를 저으며 말했다.

이 말에 모든 이들이 옆 사람을 쳐다보더니, 이어 다들 시선을 내리깐 채 조용히 앉아 있었다. 한 사람만 예외로, 그는 자리에서 일어나 밖으로 나갔다.

"여보." 드파르주가 드파르주 부인에게 큰 소리로 말했다. "여기는 자크라고 하는 도로 보수공인데 나랑 몇 리그를 같이 여행했소. 파리를 벗어나 하루 반 정도 여행했을 때—우연히—만났지. 좋은 친구요, 자크라고 하는 이 도로 보수공. 이 친구한테 마실 것 좀 내주구려, 여보!"

두 번째 남자가 자리에서 일어나 밖으로 나갔다.

드파르주 부인이 자크라고 하는 도로 보수공 앞에 포도주를 내놓자, 그는 파란 모자를 벗어 사람들에게 인사한 뒤 이것을 마셨다. 그는 셔츠 가슴께에 거친 흑빵을 조금 넣어 왔다. 그는 짬짬이 이것을 먹었고, 드파르주 부인의 카운터 근처에 앉아 우적우적 씹고 마셨다. 세 번째 남자가 자리에서 일어나 밖으로 나갔다.

드파르주 본인도 포도주 한 모금으로 목을 축인 뒤—하지만 그에게 포도주는 그다지 희귀한 물건이 아니었기에, 그는 이방인에게 내준 것보다 적게 마셨다—시골 사람이 아침 식사를 마칠 때까지 기다리며 서 있었다. 그는 그곳에 자리한 사람들을 전혀 쳐다보지 않았고, 이제 그들도 전혀 그를 쳐다보지 않았다. 드파르주 부인조차 시선을 거둔 채 일감을 집어 들고 뜨개질을 하고 있었다.

"식사는 다 하셨소, 친구?" 적당한 시간이 지났을 때 그가 물었다.

"예, 고맙습니다."

"자, 그럼 갑시다! 당신한테 써도 된다고 했던 방을 보여주겠소. 무척 마음에 드실 거요."

포도주 상점을 나와 거리로, 거리를 지나 안뜰로, 안뜰을 지나 가파른 계단으로, 계단을 지나 다락방으로. 한때 백발 남자가 낮은 작업대에 앉아 구부정히 몸을 숙인 채 매우 분주히 구두를 만들던 그 다락방이었다.

이제 그곳에 백발 남자는 없었다. 대신 따로따로 포도주 상점을 나갔던 세 남자가 있었다. 그들과 머나먼 곳의 백발 남자 사이에는 작은 연결 고리가 하나 있었으니, 한때 그들이 벽의 틈새로 그를 들여다본 적이 있다는 사실이었다.

드파르주가 조심스레 문을 닫고 목소리를 낮춰 말했다.

"자크 일, 자크 이, 자크 삼! 이쪽은 나, 자크 사가 약속을 정해 만난 목격자네. 이 사람이 모두 말해줄 거야. 말해보시오, 자크 오!"

손에 파란 모자를 든 도로 보수공은 가무잡잡한 이마를 모자로 쓱 훔치고 말했다. "어디부터 시작할까요?"

"시작은," 드파르주 씨가 합당하게 대답했다. "처음 시작되는 곳부터 해야지."

"제가 그 남자를 본 건, 여러분," 도로 보수공이 이야기를 시작했다. "1년 전 요맘때 여름이었죠. 후작의 마차 아래 쇠사슬에 매달려 있었다니까요. 어떻게 매달려 있었는지 들어보세요. 저는 길에서 일을 마친 참이에요. 해가 지고 있고, 후작의 마차가 천천히 언덕을 오르는데, 그가 쇠사슬에 매달려 있어요, 이렇게요."

도로 보수공은 다시금 전체적인 장면을 선보였다. 그의 연기는 1년 내내 마을 사람들에게 실패 없는 오락거리이자 없어서는 안 될 여흥이었던 까닭에, 지금쯤 되자 그의 연기력도 완벽에 가까워졌을 터였다.

자크 일이 끼어들어 물었다. 그 사람을 예전에 본 적이 있소?

"없죠." 도로 보수공이 다시 똑바로 서며 대답했다.

자크 삼이 따져 물었다. 그럼 이후에 그를 어떻게 알아봤소?

"키가 커서요." 도로 보수공이 손가락을 코에 얹고 조용히 대답했다. "후작 나리가 그날 저녁에 '이봐, 그자가 어떻게 생겼더냐?'라고 다그치셔서 제가 대답하지요, '유령처럼 컸습니다'라고요."

"난쟁이처럼 작다고 했어야지." 자크 이가 받아쳤다.

"하지만 제가 뭘 알았겠습니까? 그때는 그런 짓을 저지르기 전이었고, 그가 제게 미리 털어놓은 것도 아닌데요. 들어보세요! 상황이 그런데도 저는 자진해서 증언하지는 않아요. 제가 작은 샘터 근처에 서 있는데, 후작 나리가 손가락으로 가리키면서 '저 사내를 이리 대령해라!'라고 말해요. 맹세코, 여러분, 제가 자진해서 증언하지는 않아요."

"이자 말이 맞아, 자크." 드파르주가 끼어든 남자에게 낮게 말했다. "계속하시오!"

"그러죠!" 도로 보수공이 비밀스러운 기색으로 말했다. "키 큰 남자는 사라지고, 수색이 계속돼요. 몇 달이었더라? 아홉 달, 열 달, 열한 달?"

"숫자는 중요하지 않소." 드파르주가 말했다. "그는 잘 숨겨졌지만 결국에는 불행히도 발각되고 말지. 계속하시오!"

"저는 다시 산비탈에서 작업 중이고, 해가 다시 지려고 해요. 저 아랫마을은 이미 컴컴하고, 저는 마을에 있는 오두막으로 내려가려고 연장들을 챙기고 있어요. 그러다 눈을 드는데 병사 여섯 명이 언덕을 넘어오는 게 보여요. 그들 가운데 키 큰 남자가 양팔이 묶여 있어요—옆구리에 꽁꽁—이렇게요!"

그는 분신 같은 모자를 활용해 팔꿈치가 허리께에 단단히 묶이고 등 뒤로 밧줄 매듭이 지어진 남자를 묘사했다.

"저는 제 돌무더기 옆에 서 있어요, 여러분, 병사들과 죄수가 지나가는 걸 보려고요. (그곳은 외딴길이라 어떤 광경이라도 볼 만한 가치가 있거든요.) 처음에는 그들이 다가올 때 그저 병사 여섯 명과 몸이 결박된 키 큰 남자라는 것만 보여요. 제 눈에는 그들이 거의 시커먼 모습으로만 보여요—해가 지는 쪽은 말고요, 그쪽에서는 그들의 윤곽이 붉게 물들어 있어요. 또, 그들의 그림자가 길 건너편의 우묵한 등마루에, 그리고 그 위쪽 언덕에 길게 드리운 게 보여요, 거인들의 그림자처럼요. 또, 그들이 먼지에 뒤덮인 것과 그들이 터벅터벅 걸을 때 먼지가 같이 움직이는 게 보여요. 하지만 그들이 꽤 근처까지 다가왔을 때 저는 키 큰 남자를 알아보고, 그도 나를 알아봐요. 아, 그때와 거의 비슷한 장소에서, 그와 제가 처음 만났던 저녁때처럼, 그는 다시 한번 산비탈 아래로 곤두박질치고 싶었을 거예요!"

그는 마치 그곳에 있는 것처럼 묘사했다. 그때의 장면이 그의 눈앞에 생생한 것이 틀림없었다. 아마도 그는 살면서 달리 많은 것을 못 본 모양이었다.

"저는 키 큰 남자를 알아본다는 사실을 병사들에게 드러내지 않아요. 그도 저를 알아본다는 사실을 병사들에게 드러내지 않아요. 서로 알아본다고, 그걸 안다고, 우리는 눈으로만 주고받아요. '서둘러!' 일행의 대장이 마을을 가리키며 말해요. '빨리 이놈을 무덤으로 끌고 가!' 그러자 그들이 더 빨리 그를 끌고 가요. 저도 따라가요. 그는 양팔이 너무 꽉 묶여서 부어올랐고, 나막신은 크고 투박한 데다, 다리를 절면서 걸어요. 그가 다리를 절어서 느리게 걷자 그들이 총으로 그를 몰고 가요, 이렇게요!"

그는 머스킷 총의 개머리판에 떠밀려 앞으로 걸어가는 남자의 동작을 흉내 냈다.

"그들이 경주 중인 미치광이들처럼 언덕을 내려가자 그가 넘어져요. 그들은 껄껄 웃으면서 그를 다시 일으켜 세워요. 얼굴에 피가 나고 흙먼지가 잔뜩 묻었지만, 그는 얼굴을 만질 수가 없어요. 그러자 그들이 다시 껄껄 웃어요. 그들은 그를 마을로 끌고 가요. 온 마을 사람들이 달려 나와 구경해요. 그들은 그를 끌고 방앗간을 지나 감옥으로 올라가요. 온 마을 사람들이 지켜보는 가운데 밤의 어둠 속에 감옥 문이 열리더니 그를 집어삼켜요, 이렇게요!"

그는 최대한 입을 크게 벌렸다가 이로 딱 부딪는 소리를 내며 닫았다. 입을 다시 열면 이런 효과가 사라질까 봐 그가 가만있는 것을 보고 드파르주가 말했다. "계속하시게, 자크."

"온 마을 사람들이," 도로 보수공이 발끝으로 서서 낮은 목소리로 이야기를 계속했다. "자리를 떠요. 온 마을 사람들이 샘터에서 속닥거려요. 온 마을 사람들이 잠이 들어요. 온 마을 사람들이, 바위산 감옥의 자물쇠와 창살 뒤에 갇혀 죽기 전에는 결코 그곳에서 나오지 못할 그 불행한 사람의 꿈을 꿔요. 아침이 되자, 저는 연장을 어깨에 지고 흑빵 한 조각을 먹으면서 걷다가, 일터로 가던 길에 감옥 옆을 둘러서 가요. 저 높이, 우뚝하게 솟은 철창 뒤에서, 지난밤처럼 피투성이에 흙먼지를 뒤집어쓴 채 그가 내다보는 게 보여요. 그는 손이 자유롭지 않아 제게 손을 흔들지 못해요. 저도 감히 그를 부르지 못해요. 그는 마치 죽은 사람처럼 저를 바라봐요."

드파르주와 세 남자는 음산한 표정으로 서로를 쳐다보았다. 시골 사람의 이야기를 듣는 동안 그들 모두는 어둡고 억눌리고 복수심 가득한 표정을 짓고 있었다. 그들 모두의 태도 역시 비밀스러우면서도 권위적이었다. 마치 급조한 재판정 같은 분위기였다. 자크 일과 이는 짚으로 만든 낡은 침상에 앉아서 각자 손으로 턱을 괸 채 두 눈은 도로 보수공을 강렬하게 응시하고 있었다. 자크 삼 역시 강렬한 시선으로 그들 뒤에서 한쪽 무릎을 꿇고 앉아 있었는데, 초조한 손이 항상 입과 코 주변의 섬세한 신경망 위를 맴돌았다. 드파르주는 앞서 창가의 빛 속에 세워둔 서술자와 그들 사이에 서서 그에게서 그들에게로, 그들에게서 그에게로 번갈아 시선을 던졌다.

"계속하시게, 자크." 드파르주가 말했다.

"그는 며칠 동안 철창 뒤에 갇혀 있어요. 마을 사람들은 몰래 그를 쳐다봐요, 두려우니까요. 그래도 항상, 멀리에서, 바위산 위의 감옥을 쳐다봐요. 그리고 저녁이 되어 하루 일이 끝나고 다들 샘터에 모여 쑥덕거릴 때면, 모든 얼굴이 감옥 쪽을 향해요. 예전에는 역참 쪽을 향했는데, 이제는 다들 감옥 쪽을 향해요. 사람들이 샘터에서 속삭이길, 비록 그자가 사형 선고를 받긴 했지만 처형되지는 않을 거래요. 그들 말로는 파리에서 탄원서를 올렸대요, 그자가 자식의 죽음 때문에 너무 분노하여 정신이 나갔다는 내용으로요. 그들 말로는 국왕 폐하께 직접 탄원서를 올렸대요. 제가 뭘 알겠어요? 가능하긴 하죠. 어쩌면 그럴지도, 어쩌면 아닐지도."

"그렇다면 새겨들으시오, 자크." 그 이름을 가진 첫 번째 사내가 준엄하게 끼어들었다. "국왕과 왕비께 탄원서를 올렸다는 걸 알려주지. 국왕은 마차를 타고 거리를 지나고 있었지, 왕비 옆에 앉아서 말이야. 그러다 탄원서를 받는 걸 당신만 빼고 이곳의 모두가 봤소. 손에 탄원서를 든 채 자기 목숨을 걸고 말발굽 앞에 뛰어든 이가 바로 당신 눈앞에 있는 드파르주요."

“다시 한번 새겨들으시오, 자크!” 무릎을 꿇고 앉은 세 번째 남자가 말했다. 마치 뭔가에—먹을 것도 마실 것도 아닌 뭔가에—굶주린 듯 두드러지게 게걸스러운 기색으로, 그의 손가락은 그 섬세한 신경망 위를 끊임없이 맴돌았다. “근위대가, 기병 보병 할 것 없이, 탄원인을 둘러싸고 그를 두들겨 팼지. 알아들었소?”

“예, 여러분.”

“그럼 계속하시게.” 드파르주가 말했다.

“다른 한편으로, 사람들이 샘터에서 수군대요.” 시골 사람이 다시 시작했다. “그를 우리 고장에 끌고 온 건 즉결 처형을 위해서라고, 처형하는 건 확실하다고요. 심지어 사람들이 수군대길, 그가 후작을 살해했고 후작은 자신이 다스리는 소작인들의—농노들의—뭐든 간에—아버지이기 때문에 그를 존속 살인죄로 처형할 거래요. 한 노인이 샘터에서 말하길, 칼을 들었던 오른손을 그의 면전에서 불태우고, 팔과 가슴과 다리에 상처를 내어 거기에다 끓인 기름, 녹인 납, 뜨거운 송진, 밀랍, 유황을 들이붓고, 마지막으로 힘센 말 네 마리로 그의 사지를 갈가리 찢어버릴 거래요. 그 노인이 말하길, 선왕인 루이 15세의 목숨을 노렸던 한 죄수한테 이 모든 벌을 실제로 내렸대요. 하지만 그 노인이 거짓말을 하는지 제가 어떻게 알겠어요? 제가 많이 배운 사람도 아닌데.”

“그렇다면 다시 한번 새겨들으시오, 자크!” 손을 가만두지 못하는 게걸스러운 기색의 남자가 말했다. “그 죄수의 이름은 다미

앵[70]이었고, 그 모든 일이 환한 대낮에, 이 도시 파리의 환한 길거리에서, 실제로 벌어졌지. 그 장면을 구경한 거대한 군중 가운데 누구보다도 눈에 띄었던 건 고귀한 상류층 여인들로, 그들은 마지막 순간까지 열렬한 관심에 가득 차 있었소. 마지막 순간까지, 자크, 해 질 녘이 되도록 계속된 그 순간까지, 그가 양쪽 다리와 팔 하나가 잘린 채 여전히 숨통이 붙어 있던 그 순간까지 말이오! 그 일이 벌어진 건, 잠깐만, 나이가 어떻게 되시오?"

"서른다섯입니다." 예순은 되어 보이는 도로 보수공이 말했다.

"그 일이 벌어진 건 당신이 열 살도 넘었을 때인데. 그럼 봤을지도 모르겠군."

"그만!" 드파르주가 단호하고 초조하게 말했다. "악마여, 영원하소서! 계속하시오."

"자! 어떤 이들은 이렇게 수군대고, 어떤 이들은 저렇게 수군대요. 다들 이 이야기밖에 안 해요. 샘물조차 이 가락에 맞춰 떨어지는 것처럼 보여요. 마침내 온 마을 사람들이 잠든 일요일 밤, 병사들이 감옥에서 구불구불한 길을 내려오고, 그들의 총이 작은 거리의 돌바닥 위에 울려요. 인부들이 땅을 파고, 인부들이 망치질을 하고, 병사들이 껄껄 웃으면서 노래를 불러요. 아침이 되자, 샘터 옆에 40피트나 되는 교수대가 떡하니 서 있어요, 샘물을

70 로베르 프랑수아 다미앵. 광신도이자 정신 이상자로 알려져 있으며, 베르사유 궁전에서 마차에 오르는 루이 15세를 칼로 찔렀으나 얕은 상처를 내는 데 그쳤다. 그의 공개 처형은 역사상 잔인하기로 악명 높다.

더럽히면서요."

도로 보수공은 낮은 천장을 쳐다본다기보다는 꿰뚫어 보면서, 마치 하늘 위 어딘가에 교수대가 보이는 것처럼 손으로 가리켰다.

"모든 일이 중단되고, 모든 이가 그곳에 모여요. 아무도 소를 바깥에 풀어놓지 않고, 소들조차 사람들과 함께 그곳에 있어요. 한낮이 되자, 둥둥 북소리가 울려요. 병사들이 지난밤 감옥으로 행군하여 들어갔고, 이제 그는 많은 병사들 가운데 있어요. 그는 예전처럼 결박된 채 입에는 재갈이 물렸는데, 끈으로 너무 꽉 묶여 마치 웃는 얼굴처럼 보여요." 그는 엄지손가락 두 개를 입가 안쪽에 넣고 귀까지 당겨 얼굴을 구김으로써 실제 어땠는지 보여주었다. "교수대 꼭대기에는 날이 위로 향하고 끝이 공중에 솟도록 칼을 고정해두었어요. 그는 40피트 높이에서 목이 매달렸고, 아직도 목이 매달린 채 있어요. 샘물을 더럽히면서요."

그들이 서로를 바라보는 동안, 그는 그 광경을 회고하면서 다시금 얼굴에 맺힌 땀방울을 파란 모자로 훔쳐냈다.

"끔찍한 일이에요, 여러분. 여자들과 아이들이 이제 어떻게 물을 긷겠어요! 누가 저녁에 한담을 주고받을 수 있겠어요, 그런 그림자 아래에서! 그런 그림자 아래라고요, 무슨 말인지 아시겠죠? 제가 월요일 저녁 해 질 녘에 마을을 떠나면서 언덕에서 돌아보았더니, 그 그림자가 교회 위에, 방앗간 위에, 감옥 위에 길게 드리웠고, 마치 온 세상에 드리운 것처럼 보였어요. 하늘과 땅이 맞닿은 곳까지요!"

게걸스러운 남자가 다른 셋을 쳐다보면서 손가락 하나를 잘근잘근 씹었다. 그의 손가락은 내면의 굶주림으로 떨렸다.

"이게 다입니다, 여러분. 저는 (미리 통고받은 대로) 해 질 녘에 떠났고, 그날 밤과 다음 날 한나절 동안 걷고 걸어서 (미리 통고받은 대로) 이 동지를 만났어요. 그런 뒤 이분과 함께, 때로는 말을 타고 때로는 걸어서, 어제의 나머지 시간과 지난밤 내내 이동했고, 이렇게 여러분 앞에 서 있는 겁니다!"

음울한 침묵 뒤 자크 일이 말했다. "잘했소! 충실하게 행동하고 이야기를 들려주었소. 잠깐만 밖에 나가서 기다리겠소?"

"기꺼이 그러지요." 도로 보수공이 말했다. 드파르주는 그를 계단 꼭대기까지 데려가 그곳에 앉혀놓은 다음 다시 돌아왔다.

그가 다락방에 돌아왔을 때 세 남자는 자리에서 일어나 머리를 맞대고 있었다.

"어떻게 생각하시오, 자크?" 첫 번째가 물었다. "명부에 올릴까요?"

"명부에 올려야지, 몰살할 대상으로." 드파르주가 대답했다.

"훌륭해!" 굶주린 사내가 쉰 목소리로 말했다.

"성과 그 일족 전부?" 첫 번째가 물었다.

"성과 그 일족 전부." 드파르주가 대답했다. "씨를 말려야지."

굶주린 사내가 황홀감에 찬 쉰 목소리로 "훌륭해!"라고 되풀이하더니 다른 손가락을 잘근잘근 씹기 시작했다.

"확신하십니까?" 자크 이가 드파르주에게 물었다. "우리가 명부를 보관하는 방식 때문에 곤혹스러워질 일은 없겠는지? 확실히 안전하기는 하죠, 우리 말고는 아무도 해독하질 못하니까. 하지만 우리가 언제든 그걸 해독할 수 있겠소? 정확히 말하자면, 부인이?"

"자크." 드파르주가 똑바로 일어서며 대답했다. "설령 내 아내가 혼자만의 기억 속에 명부를 보관하는 일을 맡는다고 해도, 단어 하나—음절 하나—놓치지 않을 거네. 하물며 자기만의 뜨개질 방식과 상징으로 짜놓았으니, 이건 그녀에게 언제든 명명백백하게 읽히겠지. 드파르주 부인을 믿으시게. 드파르주 부인이 짜놓은 명부에서 자기 이름이나 범죄에 관한 글자 하나를 지우는 것보다는 세상에서 가장 나약한 겁쟁이가 자기 존재를 세상에서 지우는 게 차라리 쉬울 테니까."

신뢰와 지지의 웅성거림이 일었고, 이어 굶주린 사내가 물었다. "저 촌뜨기는 곧 돌려보냅니까? 그러면 좋겠소. 사람이 너무 단순하던데. 조금 위험하지 않을까요?"

"그는 아무것도 몰라." 드파르주가 말했다. "고작해야 자기 자신이 똑같은 높이의 교수대에 매달리기 십상인 내용 정도지. 내가 저자를 책임지지. 나랑 같이 있으면 돼. 내가 돌보다가 다시 돌려보내겠어. 저자는 상류 세계를—국왕과 왕비와 궁정을—보고 싶어 하더군. 일요일에 보게 해줄 거네."

"뭐요?" 굶주린 사내가 빤히 쳐다보며 외쳤다. "왕족과 귀족을 보고 싶어 한다니, 그게 좋은 징조입니까?"

"자크." 드파르주가 말했다. "고양이가 우유를 마시고 싶게 만들려면 우유를 보여주는 게 현명하지. 개가 훗날 타고난 먹잇감을 쓰러뜨리게 만들려면 먹잇감을 보여주는 게 현명한 법이고."

그들은 더는 아무런 말도 하지 않았고, 이미 계단 꼭대기에서 꾸벅꾸벅 졸고 있던 도로 보수공에게 짚으로 만든 낡은 침상에 누워서 좀 쉬라고 권했다. 그는 설득할 필요도 없이 이내 잠이 들었다.

그런 시골 노예가 지낼 만한 드파르주의 포도주 상점보다 못한 곳은 파리에 널려 있었다. 드파르주 부인에 대한 알 수 없는 두려움에 끊임없이 시달린다는 점만 빼면, 그의 생활은 아주 새롭고 쾌적했다. 하지만 부인이 온종일 카운터에 앉아서 너무나 대놓고 그의 존재를 무시하는 데다 그가 그곳에 있는 이유가 그저 표면상의 이유만은 아니란 걸 너무나 확고하게 모르는 체했기에, 그는 그녀를 볼 때마다 나막신을 신은 온몸이 덜덜 떨렸다. 저 여인이 다음에는 어떤 것을 가장할지 그로서는 내다볼 길이 없었기 때문이었다. 만약 그녀가 저 화사하게 꾸민 머리로, 그가 살인을 했다고, 그런 뒤에 시신의 살가죽을 벗기는 걸 봤다고 가장하기로 마음먹는다면, 그녀는 한 치의 실수도 없이 그것을 밀어붙여 끝장을 보고 말 것이라 그는 확신했다.

그런고로 일요일이 되었을 때, 도로 보수공은 드파르주와 본인 외에 부인도 베르사유까지 동행한다는 것을 알고 (비록 말은 그렇다고 했지만) 썩 행복하지는 않았다. 더구나 그곳까지 가는 내내 대중 마차 안에서 부인이 뜨개질을 하고 있어 그는 마음이 불편했다. 이에 더해 국왕과 왕비의 마차를 보려고 기다리는 동안에도 부인이 오후의 군중 속에서 여전히 뜨개질을 하고 있어 그는 더더욱 마음이 불편했다.

"열심이시네요, 부인." 가까이에 있던 한 남자가 말했다.

"네." 드파르주 부인이 대답했다. "할 일이 많아서요."

"뭐를 만드는 건가요, 부인?"

"이것저것."

"예를 들자면……."

"예를 들자면," 드파르주 부인이 태연하게 대답했다. "수의요."

남자는 기회가 닿자 서둘러 멀찍이 피했고, 도로 보수공은 파란 모자로 부채질을 했다. 숨 막히게 후텁지근한 기분이었다. 그의 기운을 북돋는 데 왕과 왕비가 필요했다면, 그는 운 좋게도 치유책을 바로 손에 넣었다. 이내 얼굴이 넓적한 왕과 얼굴이 아리따운 왕비가 금빛 마차를 타고 등장했으니까. 그들은 빛나는 궁정의 핵심 세력, 웃고 있는 숙녀들과 세련된 신사들로 구성된 눈부신 무리를 거느리고 있었다. 도로 보수공은 보석과 실크와 가루분과 광채와 우아하게 도도한 모습과 아름답게 경멸하는 얼굴의 남녀들을 실컷 바라보았고, 순간적으로 너무 황홀해진 나머지, 당대에 도처에 깔린 자크에 대해선 까맣게 잊어버린 듯 이렇게 외쳤다. 국왕 폐하 만세, 왕비 폐하 만세, 모두 모두 만만세! 다음에는 정원, 안뜰, 테라스, 분수, 푸른 언덕을 구경했고, 다시금 왕과 왕비, 궁정의 핵심 세력, 지체 높은 신사 숙녀들을 보았으며, 다시금 그들 모두를 위한 만만세를 외쳤다. 그러다 급기야는 감정에 복받쳐 펑펑 흐느껴 울기에 이르렀다. 세 시간 남짓 이런 광경이 연출되는 동안 도로 보수공 외에도 함께 소리치고 흐느끼고 감정이 격해진 이들은 숱하게 많았다. 그러는 내내 드파르주는 행여 그가 순간적인 몰두의 대상에게 덤벼들어 그들을 갈기갈기 찢을까 염려라도 되는지 그의 옷깃을 붙잡고 있었다.

"브라보!" 모든 게 끝났을 때 드파르주가 보호자처럼 그의 등을 탁 치며 말했다. "참 잘했소!"

도로 보수공은 그제야 정신을 차렸고, 본인이 그런 식으로 행동한 것이 실수는 아니었는지 걱정스러워했다. 하지만 아니었다.

"당신은 우리가 딱 원하는 사람이오." 드파르주가 그의 귓가에 대고 말했다. "당신 덕분에 이 멍청이들은 모든 게 영원히 지속될 거라 믿겠지. 그러면 그들은 더더욱 오만방자하게 굴 테고, 그러면 끝이 더더욱 가까워지는 거지."

"우와! 도로 보수공이 곰곰이 생각하다가 외쳤다. "참말 그렇겠네요."

"이 멍청이들은 아무것도 몰라. 그들은 당신의 숨결조차 경멸하고, 자기네 말이나 개 한 마리를 죽게 하느니 당신네 같은 인간들 100명의 숨통을 영원히 끊으려 들 테지. 하지만 한편으로 그들은 당신의 숨결이 말해주는 것밖에 몰라. 그러니 그들이 좀 더 속게 놔둡시다. 아무리 속여도 지나치지 않으니까."

드파르주 부인이 피보호자를 거만하게 쳐다보며 동의의 뜻으로 고개를 끄덕였다.

"당신으로 말하자면," 그녀가 말했다. "뭐든 그럴싸하고 떠들썩한 것만 보면 환호하고 눈물을 흘리겠죠. 자! 안 그런가요?"

"참말로, 부인, 그런 것 같습니다. 어쨌거나 지금은요."

"만약 당신에게 인형 한 무더기를 보여주면서 갈기갈기 잡아뜯고 원하는 대로 가져도 된다고 하면, 그중에서 가장 값지고 화려한 걸 고르겠죠. 자! 안 그런가요?"

"참말로 그렇죠, 부인."

"그래요. 그리고 만약 당신에게 날지 못하는 새 떼를 보여주면서 원하는 대로 깃털을 잡아 뜯어 가져도 된다고 하면, 그중에서 깃털이 가장 고운 새를 고르겠죠. 안 그런가요?"

"그렇습니다, 부인."

"오늘 인형과 새를 둘 다 봤어요." 드파르주 부인이 저들의 모습이 마지막으로 보였던 곳을 향해 손짓하며 말했다. "이제 집으로 돌아가요!"

16장

계속되는 뜨개질

드파르주 부인과 남편이 생탕투안의 품으로 화목하게 되돌아오는 동안, 파란 모자를 쓴 점 하나는 어둠을 헤치고 흙먼지를 헤치고 길섶을 따라 수 마일의 지루한 여정을 힘겹게 나아가고 있었으니, 그가 느릿느릿 향하는 방위상의 지점은 지금은 무덤 속에 드신 후작 나리의 성이 나무들의 속삭임을 듣고 있는 그곳이었다. 이제 돌조각 얼굴들은 나무나 샘물의 속삭임에 귀 기울일 여유가 넘쳤기 때문에, 마을의 앙상한 허수아비 몇몇은 배 속을 달랠 풀포기나 불을 지필 마른 땔감 조각을 찾아, 돌로 만든 거대한 안뜰과 테라스 계단이 보이는 곳까지 흘러들었다가, 굶주림으로 인한 환상에 사로잡혀 돌조각 얼굴들의 표정이 달라졌다고 여기기에 이르렀다. 이 마을에 깃들어 사는 어떤 소문—마을 주민들과 마찬가지로 근근이 미약한 생명을 유지해가는 소문—에 따르면, 칼이 정통으로 꽂혔을 때 돌조각 얼굴들이 자부심 가득한 표정에서 분노와 고통의 표정으로 바뀌었다고 했다. 또한 죄수가 샘터 위로 40피트 높이에 대롱대롱 매달렸을 때, 그 얼굴들은 복수를 했다는 잔인한 표정으로 다시 바뀌었고, 그 이후로 영원히 그 표정을 지니게 될 것이라 했다. 살인이 벌어졌던 침실의 커다란 창문 위에 자리한 돌조각 얼굴의 경우에는, 조각된 코에 두 개의 미세하게 팬 자국이 생겼는데, 이것은 모든 이들이 알아차린 변화이자, 어떤 이도 예전에는 보지 못했던 것이었다. 간혹 돌로 변한 후작 나리를 잽싸게 엿보기 위해 누더기를 걸친 소작농 두세 명이 무리에서 나설 때가 있었지만, 앙상한 손가락으로 잠시 그것을 가리켰다가 하나같이 산토끼처럼 이끼와 나뭇잎 사이로 후다닥 흩어지기 일쑤였다. 그나마 산토끼들은 그곳에서 그럭저럭 먹고살 만하다는 점에서 그들보다 운이 좋았다.

성과 오두막, 돌조각 얼굴과 대롱대롱 매달린 시신, 돌바닥을 물들인 붉은 얼룩, 마을 샘터의 맑은 물, 수천 에이커의 땅, 프랑스의 한 주州, 프랑스 전체가 머리카락 두께에 불과한 희미한 선 하나로 응축된 채 밤하늘 아래 놓여 있었다. 그렇게 전 세계가, 그리고 그 안에 깃든 온갖 위대하고 소소한 일들이, 반짝이는 별 하나에 자리한 것이다. 미미한 인간의 지식으로도 빛을 쪼개고 그것이 무엇으로 이루어졌는지 분석할 수 있으니, 하물며 더더욱 숭고한 지성이라면 희미하게 빛나는 우리 지구에서 모든 지각 있는 생명체들의 모든 생각과 행동, 모든 선과 악을 읽어낼 수 있으리라.

드파르주 부부는 별빛 아래 대중 마차를 타고 덜거덕덜거덕 나아가, 이윽고 그들의 노정에 자연스레 자리한 파리 관문에 이르렀다. 여느 때처럼 그들은 검문소에서 멈췄고, 여느 때처럼 검색과 질문을 위한 등불들이 다가와 그들을 훑어보았다. 드파르주 씨가 마차에서 내렸다. 그는 그곳의 병사 한둘과 경찰 한 명을 알고 있었다. 경찰과는 꽤 가까운 사이라 정겹게 얼싸안았다.

생탕투안이 다시 드파르주 부부를 자신의 컴컴한 날개 안에 품었을 때, 그리고 그들이 마침내 생탕투안 언저리에서 내려 검은 진흙과 오물로 덮인 길거리를 걸어가고 있을 때, 드파르주 부인이 남편에게 말했다.

"이제 말해봐요, 여보. 자크 경찰이 뭐라고 하던가요?"

"오늘 밤에는 정보가 거의 없지만, 자기가 아는 건 전부 말해주더군. 우리 구역에 또 다른 첩자가 배치되었나 보오. 자기가 아는 바로는 여러 명일 수도 있지만, 한 명은 확실히 안다더군."

"으흠!" 드파르주 부인이 침착하게 사무적인 태도로 눈썹을 추켜세우며 말했다. "그자도 명부에 올려야겠네요. 뭐라고 부르던가요?"

"영국인이래."

"더더욱 잘됐네요. 성은?"

“바사드.” 드파르주가 프랑스어처럼 발음했다. 하지만 그는 정확성을 기하려고 세심하게 신경 쓴 터라, 이어 완벽하게 철자를 불러주었다.

“바사드.” 부인이 되풀이했다. “좋아요. 이름은?”

“존.”

“존 바사드.” 부인이 혼잣말로 한 번 중얼거린 다음 되풀이해 말했다. “좋아요. 다음은 외모. 어떻게 생겼대요?”

“나이는 마흔가량. 키는 1미터 80 정도. 머리카락은 검은색, 안색은 가무잡잡. 전체적으로 잘생긴 얼굴. 눈은 짙은 색. 얼굴은 마르고 길쭉하고 누르스름한 편. 코는 매부리코이지만 곧지 않고 왼쪽 뺨에 특이하게 치우친 모양. 그런고로 비열해 보이는 인상.”

“아, 세상에. 초상화가 따로 없군!” 부인이 웃으며 말했다. “그자는 내일 명부에 올리겠어요.”

그들은 포도주 상점으로 들어갔다. (이미 자정이라) 상점은 닫혀 있었다. 드파르주 부인은 즉각 카운터에 자리 잡고 앉아, 본인이 자리를 비운 사이 들어온 얼마 안 되는 현금을 세고, 재고를 확인하고, 장부 목록을 훑어보고, 직접 목록을 기입하고, 종업원에게 온갖 내용을 꼬치꼬치 확인한 뒤, 마침내 그에게 자러 가라고 허락했다. 그런 다음 그릇 속의 동전을 다시 쏟아 손수건에 올리고, 밤새 안전하게 보관하기 위해 일련의 매듭을 지어 따로따로 묶기 시작했다. 그러는 내내 드파르주는 입에 파이프 담배를 물고 이리저리 걸으면서 부인의 작업을 흡족하게 바라보되 절대 참견하지는 않았다. 실제로, 장사에서나 가정사에서나 그는 평생 이런 식으로 이리저리 걸어온 터였다.

무더운 밤이었고, 상점은 꼭 닫힌 데다 워낙 불결한 동네에 둘러싸인 탓에 고약한 악취가 풍겼다. 드파르주 씨의 후각은 결코 섬세한 편이 아니었지만, 포도주 재고는 그 어느 때 맛본 것보다 독한 냄새를 풍겼고, 럼과 브랜디와 아니스의 재고도 마찬가지였다. 그는 다 피운 파이프를 내려놓으면서 연기를 훅 내뿜어 이렇게 뒤섞인 냄새를 날려버렸다.

"피곤한가 봐요." 부인이 동전을 매듭지으면서 힐긋 쳐다보며 말했다. "평상시에도 나는 냄새들뿐인데."

"조금 피곤하긴 하군." 남편이 인정했다.

"조금 우울하기도 하고." 부인이 말했다.

그녀의 예리한 눈은 장부에 아무리 몰두해도 언제나 남편을 향해 한두 번 빠른 시선을 던질 수 있었다. "아, 남자들이란, 남자들이란!"

"하지만 여보." 드파르주가 입을 뗐다.

"하지만 여보!" 부인이 단호하게 고개를 끄덕이며 되풀이했다. "하지만 여보! 오늘 밤 당신은 마음이 약해졌어요, 여보!"

"글쎄, 그렇다고 해도," 마치 생각을 가슴에서 짜낸 듯 드파르주가 말했다. "너무 오랜 시간이잖소."

"오랜 시간이죠." 부인이 되풀이했다. "하지만 오랜 시간이 아닌 적이 있나요? 복수와 응징에는 오랜 시간이 걸려요. 그게 규칙이에요."

"벼락으로 내리치면 오랜 시간이 걸리지 않을 텐데." 드파르주가 말했다.

"그렇다면," 부인이 차분하게 따졌다. "벼락을 만들어서 저장하기까지는 얼마나 오래 걸리죠? 말해봐요."

드파르주가 그 말에도 뭔가 일리가 있다는 듯 생각에 잠겨 고개를 들었다.

"지진이 한 마을을 집어삼키는 데는 오랜 시간이 걸리지 않아요." 부인이 말했다. "으흠! 그럼 말해봐요, 지진을 준비하기까지는 얼마나 오래 걸리죠?"

"긴 시간이 걸리겠지, 아마도." 드파르주가 말했다.

"하지만 일단 준비가 되면, 지진이 일어나서 그 앞에 놓인 모든 것을 산산이 박살 내요. 그러기까지는 비록 보이지도 들리지도 않지만, 언제나 준비 중이죠. 그걸 위안으로 삼아요. 잊지 말고."

그녀는 마치 적의 목을 조르기라도 하듯 눈을 번득이며 매듭을 지었다.

"단언하건대," 부인이 강조하기 위해 오른손을 뻗으며 말했다. "비록 길에서 오랜 시간이 걸리긴 하지만, 그것은 길 위에 있고 다가오고 있어요. 단언하건대 그것은 절대 물러서지도, 절대 멈추지도 않아요. 단언하건대 그것은 항상 전진 중이에요. 주위를 둘러보고 우리가 아는 모든 세상 사람들의 삶을 생각해봐요, 우리가 아는 모든 세상 사람들의 얼굴을 생각해봐요, 자크 집단이 매시간 점점 더 커지는 확신 속에 해결하고자 하는 분노와 불만을 생각해봐요. 그런 것들이 영영 계속되겠는지? 그럴 리가요! 어리석게 굴지 말아요."

"우리 용감한 아내," 마치 교리 문답 교사 앞에 서서 온순하게 경청하는 학생처럼 드파르주는 고개를 살짝 숙이고 양손을 등 뒤에서 맞잡은 채 아내 앞에 서서 대답했다. "내가 이 모든 걸 의심하는 건 아니오. 하지만 지금까지 오랜 시간이 걸렸잖소. 그리고 어쩌면—당신도 잘 알다시피, 여보, 어쩌면—우리 생전에는 일어나지 않을지도 몰라."

"으흠! 그래서 어쨌다고요?" 부인이 또 다른 적의 목을 조르듯 다시 매듭을 지으며 말했다.

"그게!" 드파르주가 반쯤 불평하듯 반쯤 변명하듯 어깨를 으쓱하며 말했다. "우리는 승리를 못 보게 되잖소."

"그래도 승리에 도움을 줬잖아요." 부인이 앞서 뻗은 손을 힘차게 움직였다. "우리가 하는 어떤 행동도 헛된 것은 없어요. 우리가 승리를 보게 될 거라고, 나는 온 영혼으로 믿어요. 하지만 설령 그렇게 되지 못하더라도, 설령 그렇게 되지 못한다는 걸 확신하더라도, 나는 독재자 귀족의 모가지를 보는 즉시……."

부인은 이를 악물고 참으로 무시무시하게 매듭 하나를 지었다.

"잠깐만!" 드파르주가 외쳤다. 그는 겁쟁이라는 비난을 받았다고 느꼈는지 얼굴이 조금 붉어졌다. "나 역시, 여보, 어떤 것에도 멈추지 않을 거요."

"그래요! 하지만 당신은 이따금 먹잇감과 기회를 눈앞에서 확인해야만 버텨낸다는 게 약점이에요. 그런 것 없이도 버텨야 해요. 때가 되면, 호랑이와 악마를 풀어놔요. 하지만 그때까지는 호랑이와 악마에게 사슬을 채운 채, 결코 드러나지 않게, 하지만 언제나 태세를 갖추고, 기다려야 해요."

부인은 카운터를 박살 낼 듯 동전 사슬로 쾅 내리치며 조언을 강력하게 마무리했다. 그런 다음 평온한 태도로 묵직한 손수건을 겨드랑이에 끼더니, 이제 자러 갈 시간이라고 말했다.

다음 날 한낮에 이 존경스러운 여인은 여느 때처럼 포도주 상점에 자리를 지키고 앉아 부지런히 뜨개질을 하고 있었다. 옆에는 장미 한 송이가 놓여 있었는데, 이따금 꽃을 흘깃 보긴 했지만 평소와 다름없이 일에 열중하는 모습이었다. 술을 마시거나 마시지 않거나, 서 있거나 앉아 있거나 하는 손님 몇 명이 드문드문 흩어져 있었다. 몹시 무더운 날이었다. 부인 근처에 놓인 끈적끈적한 작은 유리잔들의 바닥에는 호기심과 모험심을 주체 못 하고 덤벼들다 죽은 파리 떼가 수북했다. 유유히 날아다니는 다른 파리들은 이놈들의 죽음에서 아무런 인상도 받지 못했는지(마치 자기들은 코끼리라든가 뭔가 완전히 상관없는 존재인 것처럼) 죽은 파리들을 몹시 태연하게 바라보았고, 그러다 결국에는 똑같은 운명을 맞이했다. 파리들이 얼마나 생각이 없는지 헤아려보면 기이하지 않은가! 어쩌면 그 화창한 여름날에 궁에 계신 그분들도 파리만큼이나 생각이 없었는지도 모르겠다.

문간에 들어선 어떤 이가 드파르주 부인에게 그림자를 드리웠다. 낯선 이의 그림자라는 느낌이 들었다. 그녀는 누구인지 쳐다보기 전에, 뜨개질감을 내려놓고 장미꽃을 머리 장식에 달기 시작했다.

신기한 일이었다. 드파르주 부인이 장미꽃을 집어 든 순간, 손님들이 대화를 멈추더니 하나둘씩 포도주 상점을 빠져나가기 시작했다.

"안녕하세요, 부인." 새로운 손님이 말했다.

"안녕하세요, 손님." 그녀는 소리 내어 인사한 뒤 뜨개질을 계속하며 마음속으로 덧붙였다. '하! 안녕하세요, 나이는 마흔가량, 키는 1미터 80 정도, 머리카락은 검은색, 전체적으로 잘생긴 얼굴, 안색은 가무잡잡, 눈은 짙은 색, 얼굴은 마르고 길쭉하고 누르스름한 편, 매부리코이지만 곧지 않고 왼쪽 뺨에 특이하게 치우쳐 있어 비열한 인상! 빠짐없이 몽땅 다, 안녕하세요!'

"잘 숙성된 코냑 한 잔이랑 시원한 물 한 잔만 주시겠어요, 부인?"

부인은 싹싹한 태도로 응대했다.

"코냑이 끝내주는데요, 부인!"

누가 코냑에 대해 칭찬한 것은 처음 있는 일이었다. 드파르주 부인은 그 말을 곧이곧대로 믿을 정도로 이것의 내력을 모르지는 않았다. 하지만 코냑을 칭찬해줘서 고맙다고 말한 뒤 뜨개질감을 집어 들었다. 손님은 잠시 그녀의 손가락을 지켜보다가 상점을 전체적으로 둘러보았다.

"뜨개질 솜씨가 대단하신데요, 부인."

"익숙해져서요."

"무늬도 예쁘군요!"

"그렇게 생각하세요, 손님은?" 부인이 미소를 띠며 그를 바라보았다.

"그럼요. 무엇을 뜨는 중인지 여쭤봐도 될까요?"

"소일거리죠." 부인이 말했다. 그녀는 손가락을 민첩하게 놀리면서 여전히 미소를 띠고 그를 쳐다보았다.

"쓰실 건 아니고요?"

"그건 형편에 달렸죠. 언젠가 쓸 용도를 찾게 되겠죠. 그렇게 되면…… 뭐," 부인이 숨을 들이마시고 뭔가 매서우면서도 교태 부리듯 고개를 끄덕였다. "그때는 써야죠!"

신기한 일이지만, 생탕투안 사람들은 드파르주 부인의 머리 장식에 꽂힌 장미꽃을 단호하게 싫어하는 듯했다. 남자 두 명이 따로 들어와 술을 주문하려다가 이 새로운 장식을 보고는 말을 더듬더니, 그곳에 없는 어떤 친구를 찾는 척하면서 밖으로 나가 버렸다. 이 손님이 들어왔을 때 그곳에 있던 손님들 중에도 남아 있는 이는 한 명도 없었다. 이미 다들 빠져나간 터였다. 첩자는 두 눈을 활짝 뜨고 살폈지만 어떤 신호도 감지할 수 없었다. 사람들은 가난에 찌들고 딱히 목적도 없고 무심한 태도로 설렁설렁 빠져나갔는데, 이는 더없이 자연스럽고 트집 잡기 어려운 행동이었다.

존. 부인이 생각했다. 그녀는 손가락으로는 뜨개질을 하고 눈으로는 낯선 이를 쳐다보면서 일감에 표시를 하고 있었다. '조금만 더 있어 봐, 네놈이 가기 전에 바사드라고 떠줄 테니.'

"남편이 있습니까, 부인?"

"있어요."

"아이는요?"

"아이는 없어요."

"장사가 신통찮아 보이는데요?"

"장사야 영 신통찮죠. 사람들이 너무 가난하니까요."

"아, 불행하고 비참한 사람들! 게다가 그렇게 압제에 시달리고요—부인이 말씀하신 것처럼."

"손님이 말씀하신 거겠죠." 부인이 그의 말을 바로잡아 되받아쳤다. 그러면서 그의 이름에 뭔가 추가로 능숙하게 짜 넣었는데 그에게 좋은 징조는 아니었다.

"아이고 이런. 확실히 그 말은 제가 했군요. 하지만 부인도 물론 그렇게 생각하실 텐데요, 당연히."

"제가 그렇게 생각한다고요?" 부인이 목소리 높여 대답했다. "저랑 남편은 이 포도주 상점을 건사하는 것만으로도 할 일이 태산인데, 생각은 무슨. 이곳에서 우리가 생각하는 거라곤, 어떻게 살아가야 하나 이것뿐이에요. 이게 우리가 생각하는 문제이고, 이것만으로도 아침부터 밤까지 생각할 거리가 차고 넘치는데,

머리 복잡하게 딴 사람들 걱정까지 왜 하겠어요. 제가 딴 사람들 생각을 한다고요? 아뇨, 아뇨."

어떤 정보 부스러기라도 찾거나 만들어 집어 가려고 그곳에 와 있던 첩자는 비열한 얼굴에 곤혹감을 드러내지 않도록 애썼다. 그 대신 소탈하게 한담이나 주고받으려 한다는 듯 드파르주 부인의 카운터에 팔꿈치를 기대고 서서 이따금 코냑을 홀짝거렸다.

"참으로 안타까운 일이에요, 부인, 가스파르의 처형 말입니다. 아! 불쌍한 가스파르!" 그가 동정심 가득한 한숨을 내뱉었다.

"세상에!" 부인이 냉정하고 대수롭지 않게 받아쳤다. "사람들이 그런 짓을 하려고 칼을 썼으면 대가를 치러야죠. 그런 방종에 따른 대가가 무엇인지 그도 이미 알고 있었어요. 대가를 치른 거죠."

"제 생각엔," 첩자가 속내를 말해도 된다는 듯 목소리를 은근히 낮추고, 사악한 얼굴의 근육 하나하나마다 상처받은 혁명적 감수성을 드러내며 말했다. "제 생각엔 그 불쌍한 친구와 관련해 인근 주민들 사이에 동정심과 분노가 크게 일었겠는데요? 우리끼리 하는 말이지만."

"그래요?" 부인이 금시초문이란 듯 물었다.

"아닌가요?"

"저희 남편이 오네요!" 드파르주 부인이 말했다.

포도주 상점 주인이 문간에 들어서자, 첩자가 모자에 손을 대어 인사한 뒤 사근사근한 미소를 지으면서 말했다. "안녕하세요, 자크!" 드파르주가 우뚝 멈춰 서서 그를 빤히 쳐다보았다.

"안녕하세요, 자크!" 첩자가 되풀이했다. 하지만 상대가 빤히 쳐다보자 아까처럼 자신만만한 태도나 여유로운 미소는 아니었다.

"뭔가 착각하셨나 봅니다, 손님." 포도주 상점 주인이 대답했다. "저를 딴 사람으로 생각하신 것 같은데요. 제 이름은 그게 아닙니다. 저는 에르네스트 드파르주라고 합니다."

"아무렴 어떻겠습니까." 첩자가 쾌활하게 말했지만 당황한 기색도 엿보였다. "안녕하세요!"

"안녕하십니까!" 드파르주가 건조하게 대답했다.

"주인장께서 들어오실 때 부인과 대화 중이었는데, 제가 이렇게 말하던 참이었습니다. 사람들이 말하길 — 당연한 일이죠! — 불쌍한 가스파르의 딱한 운명을 두고, 생탕투안 주민들 사이에 동정심과 분노가 크게 일었다고요."

"제게는 그렇게 말한 사람이 없는데." 드파르주가 고개를 저었다. "저는 전혀 모르는 일입니다."

그는 그렇게 말한 뒤 작은 카운터 뒤로 걸어가 아내의 의자 등받이에 손을 얹고 서서 그 장벽 너머로 상대를 응시했다. 그들 부부와 대립하는 인간이자, 둘 다 더없이 흡족하게 총으로 쏘아 버렸을 인간을.

첩자는 자기 임무에 익숙했던지라 무심한 태도를 바꾸지 않왔고, 코냑 잔을 비우고 물을 한 모금 마신 뒤 코냑을 한 잔 더 주문했다. 드파르주 부인은 코냑을 따라준 뒤, 다시 일감을 집어 들고 뜨개질을 하면서 노래를 흥얼거렸다.

"손님은 이 지역을 잘 아시나 봅니다. 제 말은, 저보다 더 훤하신 것 같은데요?" 드파르주가 말했다.

"그럴 리가요, 하지만 좀 더 잘 알았으면 하지요. 이곳의 비참한 주민들에게 몹시 마음이 쓰여서요."

"하!" 드파르주가 중얼거렸다.

"이렇게 대화를 나누다 보니, 드파르주 씨, 문득 생각나는 게 있군요." 첩자가 말을 이었다. "주인장의 이름과 연관해 뭔가 흥미로운 이야기를 알고 있거든요."

"그렇습니까?" 드파르주가 아주 시큰둥하게 말했다.

"예, 그럼요. 제가 알기로는 마네트 박사가 풀려났을 때 옛 하인이었던 주인장께서 그분을 돌보았다고 하더군요. 박사를 당신에게 데려다주었다던데요. 제가 그 상황에 대해 꽤 잘 알죠, 그렇지 않습니까?"

"맞습니다, 확실히." 드파르주가 말했다. 그의 아내는 흥얼흥얼 뜨개질을 하면서 우연인 듯 팔꿈치로 남편을 건드려, 지금은 대답하는 게 상책이라고, 하지만 대답은 항상 간결하게 하라고 전한 터였다.

"주인장에게 박사의 딸이 찾아왔죠." 첩자가 말했다. "주인장이 보살피던 박사를 거두어 갔고요. 갈색 정장을 입은 말쑥한 신사가 함께였는데, 이름이 뭐였더라? 작은 가발을 썼는데—로리였어—텔슨 앤드 컴퍼니 은행 소속이었고. 그런 뒤 영국으로 갔죠."

"맞습니다." 드파르주가 되풀이했다.

"참으로 흥미로운 기억이지 않습니까!" 첩자가 말했다. "제가 마네트 박사와 그분 따님을 알게 되었거든요, 영국에서요."

"그래요?" 드파르주가 말했다.

"이제는 그분들 소식을 별로 안 들으시나 봅니다?" 첩자가 말했다.

"예." 드파르주가 말했다.

"사실," 부인이 노래와 뜨개질을 멈추고 고개를 들며 끼어들었다. "그 사람들과는 소식이 끊겼어요. 무사히 도착했다는 편지를 받은 뒤로, 한 통이었나 두 통이었나 그 정도 더 받았을걸요. 그 이후로는 점차 자기네 인생길을 가고, 우리는 우리 길을 가고, 그렇게 서로 연락이 끊겼어요."

"그렇군요, 부인." 첩자가 대답했다. "박사의 딸이 조만간 결혼할 거랍니다."

"조만간?" 부인이 되풀이했다. "꽤 예뻐서 이미 오래전에 결혼한 줄 알았는데. 당신네 영국인들은 냉정하군요, 제가 보기엔."

"오! 제가 영국인이란 걸 알아보시는군요."

"억양이 영국식이니까요." 부인이 대답했다. "억양이 영국식이면, 사람도 영국인이겠죠."

그는 이렇듯 신원이 파악된 것을 칭찬으로 여기지 않았다. 하지만 어떻게든 최선을 다해 웃어넘겼다. 그는 코냑을 홀짝홀짝 다 비운 뒤 덧붙였다.

"예, 마네트 양이 조만간 결혼할 거랍니다. 하지만 상대는 영국인이 아니에요. 그녀처럼 태생이 프랑스인이지요. 그리고 가스파르 이야기가 나온 김에(아, 가엾은 가스파르! 잔인하고, 잔인한 일이었어요!), 가스파르를 저렇게 높이 매달리게 만든 후작 있잖습니까, 참으로 묘하게도 그녀의 결혼 상대가 그 후작의 조카라고 하더군요. 다시 말해, 그가 현재의 후작인 셈이지요. 하지만 그는 영국에서 신분을 감춘 채 살고 있고, 그곳에선 후작이 아니지요. 이름이 '찰스 다네이'랍니다. 외가 쪽 성이 '돌네'거든요."

드파르주 부인은 꾸준히 뜨개질을 했지만, 그녀의 남편은 이 정보에 영향을 받은 게 분명했다. 그는 카운터 뒤에서 성냥을 그어 파이프에 불을 붙였지만 어떻게 하든 간에 심란해 보였고 손도 불안했다. 이런 점을 눈치채지 못했다든가 마음속에 새기지 않았다면 첩자는 첩자라 불릴 자격도 없을 터였다.

앞으로 어떤 가치가 있을지는 모르겠으나 일단 이 한 방은 성공했고, 또한 뭐든 도움이 될 만한 손님들도 전혀 들어오지 않았기에, 바사드 씨는 술값을 지불하고 그곳을 나섰다. 그는 떠나기 전, 다시 드파르주 부부를 뵙게 되길 기대한다고 사근사근한 태도로 인사도 남겼다. 그가 생탕투안의 바깥 거리로 나간 뒤로도 몇 분간, 부부는 혹시라도 그가 다시 돌아올까 싶어 자세도 바꾸지 않고 그대로 있었다.

"사실일까?" 드파르주가 낮은 목소리로 말했다. 그는 아내의 의자 등받이에 손을 얹고 담배를 피우면서 그녀를 내려다보았다. "저자가 마네트 양에 관해 말한 내용이?"

"저자가 말한 것이니," 부인이 눈썹을 조금 추켜세우며 대답했다. "아마도 거짓말이겠죠. 하지만 사실일 수도 있고."

"만약 그렇다면……." 드파르주가 말문을 뗐다가 그만두었다.

"만약 그렇다면?" 아내가 되풀이했다.

"……게다가 만약 우리 생전에 그것이 실제로 일어나 승리를 보게 된다면…… 부디 그녀를 위해, 운명의 신의 힘으로 그녀의 남편이 계속 프랑스에서 벗어나 있으면 좋겠소."

"그녀 남편의 운명은," 드파르주 부인이 여느 때처럼 침착하게 말했다. "그가 가게 될 곳으로 그를 데려갈 테고, 그에게 정해진 결말로 그를 이끌겠죠. 내가 아는 건 그게 다예요."

"하지만 참으로 기묘하군. 어쨌거나 참으로 기묘하지 않소?" 드파르주가 말했다. 그는 아내에게 그렇다는 말을 받아내려고 거의 애원하다시피 했다. "우리가 그녀의 아버지와 그녀를 그렇게 동정했는데, 남편의 이름은 지금 이 순간 당신의 손길 아래 명부에 올라야 한다니, 그것도 방금 여기에서 나간 그 극악무도한 개자식 옆에!"

"그것이 실제로 일어나면 더 기묘한 일들도 벌어질 거예요." 부인이 대답했다. "둘 다 여기에 이름을 올렸어요, 확실하게. 그리고 둘 다 각자 응당한 이유로 여기에 오른 거예요. 그걸로 충분해요."

그녀는 이런 말을 하고 난 뒤 뜨개질감을 둘둘 말아 치우고, 머리에 감고 있던 스카프에서 곧바로 장미꽃을 뗐다. 생탕투안 사람들은 이 혐오스러운 장식이 사라졌음을 본능적으로 안 것인지, 아니면 이것이 사라질 때까지 계속 지켜본 것인지, 어쨌거나 그로부터 얼마 지나지 않아 사람들이 호기롭게 설렁설렁 몰려들었고, 포도주 상점은 평상시의 모습을 되찾았다.

생탕투안에 저녁이 찾아오면 그 어느 때보다 안팎이 뒤집혀, 주민들은 문간과 창틀에 걸터앉거나 불결한 길거리와 마당의 한 구석으로 나와 바깥 공기를 쐬었는데, 그럴 때면 드파르주 부인은 손에 뜨개질감을 들고 이곳에서 저곳으로 이 무리에서 저 무리로 옮겨 다니곤 했다. 그녀는 이 세상이 다시는 길러내지 말아야 할 선전원이었고, 이런 임무를 띤 이들은 많았다. 모든 여인들이 뜨개질을 했다. 그들은 보잘것없는 것들을 떴다. 하지만 기계적인 일은 먹고 마시는 것을 기계적으로 대체했다. 턱과 소화 기관을 대신해 손이 움직였다. 만약 앙상한 손가락이 움직이지 않고 가만히 있었다면, 배 속은 더더욱 굶주림에 뒤틀렸을 것이다.

하지만 손가락이 움직이면, 눈도 움직이고, 생각도 움직였다. 그리고 드파르주 부인이 이 무리에서 저 무리로 옮겨 갈 때마다, 그녀와 이야기를 나누고 남겨진 여인들의 작은 무리에선 매번 이 세 가지가 더더욱 빨라지고 맹렬해졌다.

그녀의 남편은 자기 문간에서 담배를 피우며 아내를 감탄스럽게 쳐다보았다. "훌륭한 여인이야." 그가 말했다. "강인한 여인, 위대한 여인, 놀랍도록 위대한 여인!"

어둠이 몰려들었고, 이어 교회에서 울리는 종소리와 궁의 안뜰에서 둥둥거리는 군인들의 희미한 북소리가 들려왔다. 그때에도 여인들은 자리에 앉아 또각또각, 또각또각 뜨개질을 했다. 어둠이 그들을 에워쌌다. 한편 또 다른 어둠이 확실히 다가오고 있었으니, 그때가 되면 지금 프랑스 방방곡곡의 우뚝 솟은 수많은 첨탑에서 즐겁게 울려대는 저 교회 종들이 불에 녹여져 우렛소리를 내는 대포로 만들어질 터였다. 그때가 되면 저 군인들의 북소리는 한 가련한 목소리—지금 이 밤에는 권력과 풍요, 자유와 생명의 목소리로서 강력하기 그지없는 그 목소리—를 뒤덮기 위해 둥둥 울릴 터였다. 또각또각, 또각또각 뜨개질을 하며 앉아 있는 여성들 주위로 너무나 많은 것들이 몰려들어, 그들 자신까지도 지금은 만들어지지 않은 어떤 구조물[71] 주위로 몰려가고 있었다. 훗날 그들은 그곳에 둘러앉아 또각또각, 또각또각 뜨개질을 하면서, 떨어지는 머리의 개수를 헤아리게 되리라.

71 기요틴은 1789년에 제안되어 1792년 봄에 완성되었다.

17장

어느 밤

박사와 딸이 플라타너스 아래 앉아 있던 어느 잊지 못할 저녁, 소호의 조용한 길모퉁이에서는 그 어느 때보다도 찬연하게 해가 졌다. 달이 여전히 나무 아래 앉아 있던 부녀를 발견하고 나뭇잎 사이로 그들의 얼굴을 비추었던 그날 밤, 런던에는 그 어느 때보다도 은은하게 빛나는 달이 떠올랐다.

루시는 다음 날 결혼할 예정이었다. 그녀는 이 마지막 저녁을 아버지를 위해 남겨두었고, 그들은 단둘이 플라타너스 아래 앉아 있었다.

"행복하세요, 아버지?"

"그럼, 아가."

그들은 오랫동안 그곳에 있었지만 말은 거의 없었다. 자수를 놓거나 책을 읽어도 괜찮을 정도로 아직 햇살이 남아 있을 때도, 그녀는 평상시처럼 부지런히 자수를 놓지도 않았고, 아버지에게 책을 읽어주지도 않았다. 지금껏 셀 수 없이 여러 번, 그녀는 이 나무 아래 아버지의 곁에 앉아 이런 일을 했다. 하지만 지금 이 순간은 여느 때와 달랐고, 결코 여느 때처럼 될 수 없었다.

"저도 오늘 밤에 매우 행복해요, 아버지. 하늘이 베풀어주신 사랑—찰스를 향한 제 사랑, 저를 향한 찰스의 사랑—덕분에 진심으로 행복해요. 하지만 혹시라도 제 삶을 계속 아버지께 바치지 못하게 되었다면, 또는 제 결혼 때문에 아버지와 떨어져 지내게 되었다면, 저는 지금 말로 다 표현하지 못할 만큼 불행하고 자책감을 느꼈을 거예요. 심지어 지금도……."

심지어 지금도, 그녀는 목소리를 가다듬기 어려웠다.

슬픈 달빛 속에서, 그녀는 아버지의 목을 끌어안고 그의 가슴에 얼굴을 묻었다. 해의 빛이 그러하듯—인생이라 불리는 빛이 그러하듯—올 때와 갈 때는 언제나 슬픈, 그 달빛 속에서.

"사랑하는 아버지! 마지막으로 한 번만 더 제게 말씀해주시겠어요? 저의 새로운 사랑이, 저의 새로운 의무가, 절대 우리 사이에 끼어들지 못할 거라고 굳게 확신하시나요? 저는 그러리란 걸 알아요, 하지만 아버지도 그러신가요? 마음속으로 굳게 믿으시나요?"

그녀의 아버지는 가장일 리 없는 유쾌하고 굳은 확신을 지니고 대답했다. "굳게 믿고말고, 아가!" 그가 딸에게 부드럽게 입을 맞추며 덧붙였다. "그뿐 아니라, 네가 결혼했을 때의 내 미래가, 루시, 네가 결혼하지 않을 때보다—아니, 지금까지 그 어느 때보다—훨씬 밝단다."

"정말로 그럴 수만 있다면, 아버지……."

"아비 말을 믿으렴! 정말로 그렇단다. 그럴 수밖에 없는 것이 얼마나 당연하고 자연스러운 일인지 생각해보렴. 효성 깊고 어린 너는 이 아비가 느꼈을 걱정을 온전히 이해하진 못하겠지, 네 삶을 이렇게 헛되이……."

그녀는 손을 들어 아버지의 입술에 대었지만, 그는 딸의 손을 잡고 그 말을 되풀이했다.

"헛되이, 아가, 헛되이 쓸까 봐—세상의 이치에 어긋나게 살까 봐—이 아비 때문에 말이다. 너는 이기심이라곤 없는 아이이니 내가 얼마나 이것 때문에 노심초사했는지 온전히 이해하지 못할 거란다. 하지만 스스로에게 물어보렴, 네가 완벽하게 행복하지 않은데 어떻게 아비가 완벽하게 행복하겠는지?"

"만약 찰스를 만나지 못했다면, 아버지, 그래도 저는 아버지와 무척 행복하게 지냈을 거예요."

이제 찰스를 만났으니 그가 없인 불행할 것이라고 자기도 모르게 인정한 셈이라, 그는 딸의 말에 미소를 지으며 대답했다.

"아가, 너는 인연을 만났고, 그게 찰스란다. 만약 찰스가 아니었다면, 다른 사람을 만났겠지. 만약 아무도 못 만났다면, 그 이유는 나 때문이었을 테고, 그러면 내 삶의 어두운 과거가 나 자신을 넘어 너에게까지 그림자를 드리웠을 거야."

재판 때를 빼고 그가 고통스러웠던 과거에 대해 언급하는 것은 처음 있는 일이었다. 아버지의 말이 귓가에 머무는 동안 그녀는 묘하고 새로운 기분을 느꼈고, 그 후로도 오랫동안 그 말을 기억했다.

"보렴!" 보베 출신의 의사가 손을 들어 달을 가리키며 말했다. "저 빛을 견디기 힘들었던 때에도 나는 저 달을 감옥 창문으로 바라보았었지. 저 빛이 내가 잃어버린 것들을 비춘다는 생각에 너무나 고통스러워 감옥 벽에 머리를 찧던 그때에도 나는 저 달을 바라보았어. 너무나 둔하고 무기력한 상태에서 저 달을 바라보았기에, 그저 꽉 찬 보름달 속에 가로로 선을 몇 개나 그을 수 있을까, 그것과 교차하게 세로로 선을 몇 개나 그을 수 있을까, 그 생각뿐이었지." 그는 달을 바라보며 마음속으로 사색하듯 덧붙였다. "기억하기로는 어느 쪽이든 스무 개였어. 스무 번째 선은 끼워 넣기가 쉽지 않았지."

그 시절에 대한 아버지의 회고를 들으면서 그녀가 느낀 묘한 전율은 이야기가 계속되면서 더더욱 강해졌다. 하지만 이야기를 해나가는 아버지의 모습 속에 우려할 만한 요소는 없었다. 그저 고통스럽게 감내한 지나간 시절에 비해 지금이 얼마나 유쾌하고 행복한지 비교하는 듯했으니까.

"나는 저 달을 바라보면서 내게서 앗아 간 아직 태어나지 않은 자식을 수천 번 생각했지. 살아는 있을까. 무사히 태어났을까, 아니면 가련한 제 어미의 충격 때문에 사산되었을까. 언젠가 아비를 대신해 복수해줄 아들일까(감금되었던 당시 복수에 대한 열망에 견디기 힘들었던 때가 있었지). 아버지의 사연을 전혀 모르는 아들은 아닐까. 심지어 아버지가 자발적으로 사라졌을 가능성을 염두에 둔 건 아닐까. 혹시 훗날 여인으로 자라날 딸일까."

그녀는 아버지 곁으로 가까이 다가가 그의 뺨과 손에 입을 맞췄다.

"혼자서 그려보곤 했지, 내 딸이 나를 완전히 잊은 것을, 정확히 말하면, 나에 대해 아무것도 모르고, 내 존재 자체를 모르는 것을. 해가 바뀔 때마다 나는 딸아이의 나이를 더해나갔단다. 그 아이가 내 운명에 대해 아무것도 모르는 남자와 결혼하는 것도 보았지. 나는 살아 있는 이들의 기억 속에서 완전히 사라졌고, 다음 세대가 되자 내 자리는 공백으로 남았어."

"아버지! 존재하지도 않았던 딸에 대해 그런 생각을 하셨다니, 이야기를 듣는 것만으로도 마치 제가 그 아이였던 것처럼 마음이 아려요."

"네가 말이니, 루시? 이 마지막 밤에 이런 기억이 떠올라 우리와 달 사이에 오가는 건, 다 너로 인해 이렇게 위로받고 회복한 덕분인걸. 음…… 방금 어디까지 얘기했지?"

"딸이 아버지에 대해 아무것도 모른다고요. 아버지에 대해 아무 마음도 없다고요."

"그래! 하지만 달빛 비치는 또 다른 밤, 슬픔과 고요가 다른 방식으로 내 마음을 건드리면—고통이 바탕에 깔린 모든 감정이 그러하듯 일종의 슬픈 평온함이 내 마음을 움직이면—나는 그 아이가 감옥으로 나를 찾아와 굳은 담장 너머 자유로운 곳으로 나를 이끄는 것을 상상했지. 지금 내가 너를 보듯, 나는 종종 달빛 속에서 그 아이의 모습을 보았단다. 한 번도 품에 안아보지는 못했지만 말이다. 그 모습은 창살 달린 작은 창문과 문 사이에 서 있었어. 하지만 그것이 내가 말하고 있는 아이가 아니었단 걸 이해하겠니?"

"그 모습은 상상이, 아버지의 상상이 아니었나요?"

"그래, 그건 또 다른 것이었어. 그 모습은 내 어지러운 시각 앞에 서 있었지만, 한 번도 움직이지 않았지. 내 마음이 좇던 그 환영은 또 다른 아이였고 좀 더 실재적인 아이였어. 겉모습으로 말하자면 제 어미를 닮았다는 것 정도밖에 모르겠구나. 다른 아이도 제 어미와 닮은 모습이었지만—그건 너도 마찬가지지—서로 같지는 않았어. 지금까지 이해하겠니, 루시? 힘들겠지, 아마도? 외로운 죄수가 되어보지 않는 한 이 혼란스러운 차이점을 이해하긴 어려울 것 같구나."

그가 이렇듯 본인의 옛 상태를 분석하려 애쓰는 동안, 그의 침착하고 차분한 태도에도 불구하고 그녀는 피가 차갑게 얼어붙는 듯했다.

"그렇게 좀 더 평온한 상태가 되면 나는 상상했어. 그 애가 달빛 속에 다가와 나를 밖으로 데리고 나가서 잃어버린 아버지에 대한 애틋한 기억이 가득한 결혼 생활의 보금자리를 보여주는 것이었단다. 그 애의 방에는 내 그림이 있었고, 그 애의 기도 속에도 내가 있었지. 그 애의 삶은 적극적이고 유쾌하고 유익했어. 하지만 이 모든 것에 내 슬픈 사연도 함께 스며 있었지."

"제가 그 아이였어요, 아버지. 그 아이의 반만큼도 따라가진 못하겠지만, 그래도 사랑하는 마음만은 저였어요."

"그리고 그 애는 내게 손주들도 보여주었어." 보베 출신의 의사가 말했다. "그 아이들은 나에 대해 들어 알고 있었고, 나를 가엾게 여기도록 배운 터였지. 그들은 나라 안의 어느 감옥이든 지나갈 때면, 험준한 담벼락에서 멀찍이 떨어진 채 그곳의 쇠창살을 올려다보며 작은 소리로 속삭였지. 그 애는 나를 구해낼 수는 없었어. 내 상상 속에서 그 애는 그런 장면들을 보여준 다음 항상 나를 다시 데려다 놓았어. 하지만 그럴 때면 나는 눈물로 위안을 얻은 후 무릎을 꿇고 그 애를 위해 축복을 빌었지."

"제가 그 아이면 좋겠어요, 아버지. 오, 아버지, 사랑하는 아버지, 내일 저를 위해서도 그렇게 뜨겁게 축복을 빌어주시겠어요?"

"루시, 내가 이런 옛 고통을 떠올린 건 오늘 밤 말로 다 표현할 수 없을 만큼 너를 사랑하고 내게 주어진 지극한 행복에 대해 신께 감사드리기 때문이란다. 더없이 혼란스러운 생각도 내가 너와 함께 누린 행복, 그리고 우리 앞에 놓인 행복 근처에는 감히 다가오지 못했어."

그는 딸을 끌어안고 부디 그녀를 굽어살펴달라고 하늘에 엄숙히 청한 뒤 자신에게 그녀를 내려주신 하늘에 겸허히 감사드렸다. 이윽고 그들은 집으로 들어갔다.

결혼식에 초대된 이는 로리 씨밖에 없었다. 심지어 신부 들러리도 초췌한 프로스 양이 전부였다. 결혼을 하더라도 주거지에는 아무 변화가 없을 예정이었다. 그들은 존재 자체가 알쏭달쏭하고 도통 보기 힘들었던 세입자가 쓰던 위층까지 주거지를 넓힌 터라, 더는 바랄 것이 없었다.

마네트 박사는 간단한 저녁 식사 자리에서 매우 유쾌했다. 식탁에는 세 사람뿐이었는데, 프로스 양이 세 번째 구성원이었다. 박사는 찰스가 그곳에 없어 아쉬워하면서, 일부러 자리를 피해준 다정한 음모에 대해 거의 반대하고픈 마음이었다. 그는 찰스를 위해 애정을 담아 건배했다.

어느덧 그가 루시에게 잘 자라는 인사를 건넬 시간이 되었고, 그들은 헤어졌다. 하지만 고요한 새벽 3시쯤 루시는 다시 아래층으로 내려와 그의 방에 살며시 들어갔다. 앞서 느꼈던 막연한 두려움에서 벗어나지 못했기 때문이었다.

하지만 모든 것이 제자리에 있었다. 만물이 고요했다. 하얀 머리카락이 평온한 베개 위에 그림처럼 놓여 있고 양손은 이불 위에 조용히 놓인 채 그는 잠들어 있었다. 그녀는 굳이 필요 없는 촛불을 멀찍이 어둠 속에 내려놓고, 아버지의 침대로 가만히 다가가 그의 입술에 입을 맞추었다. 이어 그의 위로 몸을 숙이고 그를 바라보았다.

그의 잘생긴 얼굴에는 감금된 시절에 흘렀던 쓰라린 흔적이 남아 있었다. 하지만 그는 너무나 강인한 결의로 이 자국을 메운 지라, 잠든 중에도 그것을 제어하고 있었다. 보이지 않는 적을 상대로 벌이는 조용하고 결연하고 조심스러운 투쟁에 있어, 그날 밤, 드넓은 잠의 제국에서 그보다 더 비범한 얼굴은 없었으리라.

그녀는 아버지의 가슴에 조심스레 손을 얹고 부디 자신의 사랑이 열망하는 것만큼, 그리고 그의 슬픔이 온당히 받아야 할 만큼, 그에게 마음을 다할 수 있기를 기도했다. 이어 손을 거두고, 다시 한번 그의 입술에 입 맞춘 뒤 그곳에서 물러났다. 이윽고 해가 떠오르고, 플라타너스 잎사귀가 그의 얼굴 위에 너울거리는 그림자를 드리웠다. 마치 그녀의 입술이 그를 위해 기도하며 움직였을 때처럼 부드럽게.

18장

아흐레

결혼식 날이 눈부시게 빛나고 있었다. 박사가 방에서 찰스 다네이와 이야기를 나누는 동안 일행은 닫힌 방문 밖에서 대기 중이었다. 아름다운 신부와 로리 씨, 프로스 양은 교회에 갈 채비를 마쳤다. 프로스 양으로 말하자면, 이날을 피할 수 없는 현실로 차츰차츰 받아들였다. 남동생 솔로몬이 신랑이었어야 한다는 미련만 없었다면, 그녀는 이 결혼식을 더없이 크나큰 행복으로 여겼을 터였다.

"그러니까," 로리 씨가 말했다. 그는 아무리 신부를 바라보며 감탄해도 부족하여 그녀의 주위를 돌면서 소박하지만 어여쁜 드레스 자태를 속속들이 눈에 담고 있었다. "그러니까 이게 다 이날을 위한 거였구나, 우리 예쁜 루시, 내가 너를 데리고 해협을 건너온 것 말이다, 그 어린 아기를! 이런 세상에! 그때는 내가 무슨 일을 하는 건지 알지 못했어! 내가 친구 찰스 씨에게 얼마나 가치 있는 일을 하는 건지 전혀 생각지도 못했어!"

"그때는 그럴 마음이 아니었잖아요." 무미건조한 프로스 양이 말했다. "그러니 무슨 수로 알았겠어요? 실없으시긴!"

"그래요? 허, 그래도 울지는 말아요." 친절한 로리 씨가 말했다.

"울기는 누가 울어요." 프로스 양이 말했다. "선생님이 우시면서."

"제가요, 친애하는 프로스 양?" (이쯤 되자 로리 씨는 이따금 뱃심 좋게 그녀에게 농담을 건네기도 했다.)

"방금 그러셨잖아요. 제가 다 봤는데. 하긴 놀랄 일도 아니죠. 선생님이 해주신 식기 선물을 보면 누구라도 눈에 눈물이 고일걸요." 프로스 양이 말했다. "지난밤에 상자가 도착한 뒤로, 식기 세트에서 포크 하나 숟가락 하나, 제가 보면서 눈물을 쏟지 않은 게 없어요. 나중엔 눈이 안 보일 정도였으니까요."

"참으로 흐뭇하군요." 로리 씨가 말했다. "비록 맹세코, 제 보잘것없는 마음의 선물이 누군가의 눈앞에서 흐릿하게 사라지게 하려는 의도는 결코 없었지만요. 이것 참! 이런 날엔 자신이 살면서 놓쳤던 모든 일을 떠올리게 되는군요. 이런, 이런, 이런! 지난 50여 년 동안 로리 부인이라는 사람이 존재했을 수도 있겠다고 생각하다니!"

"그럴 리가요!" 프로스 양이 대꾸했다.

"로리 부인이 있었을 가능성이 전혀 없다고 생각하시는 건가요?" 그 이름의 신사가 물었다.

"흠!" 프로스 양이 대꾸했다. "선생님은 요람에서부터 독신이었어요."

"이런!" 로리 씨가 환하게 웃으며 작은 가발을 매만졌다. "그럴 가능성도 있겠군요."

"게다가 아예 요람에 들어가기 전부터," 프로스 양이 말을 이었다. "독신으로 재단되어 태어났고요."

"그렇다면, 제 생각엔," 로리 씨가 말했다. "제가 너무 야박한 대접을 받은 것 같군요. 어떤 모양으로 재단이 될지는 제게도 의사를 물어봤어야 할 텐데 말입니다. 제 얘기는 됐고! 자, 우리 루시," 로리 씨가 안심시키듯 그녀의 허리에 팔을 두르면서 말했다. "옆방에서 기척이 들리는구나. 프로스 양과 나는 형식을 따지는 실무자들이니 네가 듣고 싶어 하는 말을 해줄 마지막 기회를 놓치지 않으마. 너는 아버지를 네 손만큼이나 진실하고 다정한 손에 맡기는 거란다. 아버지는 아무런 부족함 없이 보살핌을 받으실 거야. 네가 워릭셔 일대에 머무르는 두 주일 동안 네 아버지 앞에서는 텔슨 은행조차도 뒷전으로 밀릴 거란다(상대적으로 그렇다는 얘기지). 그러다가 두 주가 지나고, 아버지가 너와 네 사랑하는 남편에게 합류하여 다시 웨일스로 두 주간 여행을 떠날 때면, 우리가 그분을 더없이 건강하고 행복한 상태로 네게 보내드렸음을 알게 될 거야. 자, 신랑이 문으로 다가오는 발소리가 들리는구나. 신랑이 와서 자기 사람이라고 주장하기 전에, 구식이지만 이 독신남이 우리 루시에게 축복을 담은 입맞춤을 하게 해주렴."

잠시 그는 어여쁜 얼굴을 감싼 채 익히 기억하는 이마의 표정을 바라본 다음 빛나는 금빛 머리카락을 자신의 갈색 가발 가까이 끌어당겼다. 이렇듯 참다운 다정함과 부드러움을 구식이라고 한다면, 그것은 아담 시절만큼이나 오래된 것이었다.

박사의 방문이 열리고 그가 찰스 다네이와 함께 나왔다. 그는 시체처럼 창백해서—앞서 방에 함께 들어갈 때는 그렇지 않았다—얼굴에 혈색이라고는 없었다. 하지만 침착한 몸가짐은 그대로였다. 다만 로리 씨의 예리한 시선에 포착된 것이 있었으니, 그것은 회피와 두려움의 옛 기운이, 마치 싸늘한 바람처럼 최근에 박사를 훑고 지나갔다는 어렴풋한 조짐이었다.

그는 딸에게 팔을 내밀었고 함께 아래층으로 내려가 이날을 위해 로리 씨가 빌린 마차에 올랐다. 나머지 일행도 다른 마차로 뒤따랐다. 얼마 뒤 인근 교회에서, 낯선 구경꾼은 전혀 없는 가운데, 찰스 다네이와 루시 마네트는 행복하게 결혼식을 올렸다.

예식이 끝나자 몇 안 되는 일행의 미소 속에 반짝반짝 빛나는 눈물이 고였고, 신부의 손에서는 로리 씨의 컴컴한 호주머니 속에서 갓 풀려난 다이아몬드가 눈부시고 찬란하게 반짝반짝 빛났다. 그들은 집으로 돌아와 아침 식사를 했고, 만사가 순조롭게 흘러 이윽고 작별을 고하는 문간에서, 한때 파리 다락방에서 뒤섞였던 가엾은 구두장이의 하얀 머리카락과 금빛 머리카락이 다시 한번 아침 햇살 속에 서로 뒤섞였다.

길지는 않지만 힘든 작별이었다. 하지만 아버지는 딸을 다독인 뒤 그녀의 얼싸안은 손길에서 부드럽게 벗어나며 마침내 말했다. "데려가게, 찰스! 이제 자네 사람이네!" 이어 그녀는 마차 창문으로 그들에게 감정에 복받쳐 손을 흔들었고, 그렇게 떠났다.

*

그 길모퉁이는 쓸데없이 호기심 많은 사람들에게서 멀찍이 벗어나 있었고, 결혼식도 소박하고 조촐하게 준비되었던 터라, 이제 박사와 로리 씨와 프로스 양만이 남게 되었다. 로리 씨가 박사에게 큰 변화가 생겼음을 알아차린 것은 그들이 시원한 현관의 반가운 그늘 속에 들어섰을 때였다. 마치 그곳에 매달린 금빛 팔이 그에게 치명적인 일격을 가한 것 같았다.

물론 그는 그동안 감정을 많이 억누르고 있었기 때문에 억누름의 원인이 사라지고 나면 급격한 감정의 반동이 예상되었던 바였다. 하지만 로리 씨를 심란하게 만든 것은 옛날처럼 겁에 질리고 혼란스러운 그의 표정이었다. 그들이 위층으로 올라갔을 때 그가 멍하니 머리를 부여잡고 쓸쓸히 자기 방으로 들어가자, 로리 씨는 포도주 상점 주인이었던 드파르주와 별빛 아래 마차를 타고 달렸던 일이 떠올랐다.

"제 생각엔," 그가 근심스레 고심한 끝에 프로스 양에게 속삭였다. "제 생각엔 지금 당장은 박사님에게 말을 걸지 않는 게, 또는 어떤 식으로든 방해하지 않는 게 상책일 것 같군요. 텔슨 은행도 들여다봐야 하니 곧장 그곳에 갔다가 금방 돌아오겠습니다. 그런 뒤에 함께 박사님을 모시고 시골로 마차를 타고 나가 그곳에서 식사를 합시다. 그러면 다 괜찮을 거요."

로리 씨로서는 텔슨 은행을 들여다보는 일이 텔슨 은행에서 빠져나오는 일보다 쉬웠다. 그는 두 시간 동안 지체되었다. 다시 돌아왔을 때 그는 하인에게 아무런 질문도 하지 않고 혼자 계단을 올랐고, 박사의 방에 들어가려다가 무언가 두드리는 나직한 소리에 멈춰 섰다.

"하느님 맙소사!" 그가 깜짝 놀라며 말했다. "대체 뭐지?"

프로스 양이 두려움에 사색이 된 얼굴로 그의 귓가에 대고 말했다. "어떡해요, 어떡해요! 다 글렀어요!" 그녀가 양손을 꼭 쥐며 외쳤다. "우리 아기씨한테 뭐라고 말해요? 박사님이 저도 못 알아보고, 구두를 만들고 계시는데!"

*

로리 씨는 최선을 다해 그녀를 진정시킨 뒤 박사의 방에 직접 들어갔다. 예전에 작업 중이던 구두장이를 보았을 때처럼 작업대가 햇빛을 향해 돌려져 있었고, 고개를 숙인 박사는 몹시 분주해 보였다.

"마네트 박사님. 접니다, 마네트 박사님!"

박사가 잠시 그를 쳐다보더니—반은 왜 그러느냐는 듯이, 반은 말을 걸어서 화가 난 듯이—다시 일감 위로 몸을 숙였다.

그는 겉옷과 조끼를 벗고 있었다. 셔츠는 예전에 이 일을 할 때 그랬던 것처럼 목이 훤히 드러나게 풀어 젖히고 있었다. 심지어 얼굴조차 예전처럼 초췌하고 빛바랜 모습이었다. 그는 마치 그간 방해를 받았다는 듯이 열심히—초조하게—일했다.

로리 씨가 박사의 손에 들린 일감을 보니, 예전에 보았던 크기와 모양의 구두였다. 그는 박사 옆에 놓인 다른 한 짝을 집어 이것이 무엇이냐고 물었다.

"젊은 숙녀의 보행용 구두요." 그가 쳐다보지 않고 중얼거렸다. "이미 오래전에 끝냈어야 하는데. 가만히 놔두시오."

"하지만, 마네트 박사님, 저를 좀 보세요!"

그는 예전처럼 기계적으로 순순히 따랐지만, 작업을 멈추지는 않았다.

"저를 아시겠습니까, 박사님? 잘 생각해보세요. 이건 박사님이 하시던 일이 아닙니다. 생각해보세요, 박사님!"

어떤 것도 그에게서 그 이상의 말을 끌어내지는 못했다. 그는 상대가 요청하면 그때마다 잠시 고개를 들었지만, 어떻게 설득해도 입을 열지는 않았다. 침묵 속에, 일하고, 일하고, 일할 뿐이었다. 그에게 말하는 것은 마치 메아리 없는 벽에, 또는 허공에 대고 말하는 것 같았다. 그나마 로리 씨가 발견한 유일한 희망의 빛은 그가 이따금 자진해서 슬며시 고개를 들었다는 점이었다. 그럴 때면 호기심이나 당혹감이 희미하게 얼굴에 비치는 듯했다. 마치 마음속에 품은 어떤 의구심을 풀어보려고 애쓰는 것처럼.

즉각 로리 씨는 그 무엇보다도 시급한 두 가지를 떠올렸다. 첫 번째는 루시에게 이 일을 비밀로 해야 한다는 것이었다. 두 번째는 박사를 아는 모든 사람에게 이 일을 비밀로 해야 한다는 것이었다. 그는 프로스 양과 공모해 박사가 몸이 좋지 않아 며칠간 절대 안정을 취해야 한다는 공고를 냄으로써, 두 번째 예방 조치를 즉각 취했다. 그의 딸에게 취할 선의의 거짓말을 위해서는 프로스 양이 박사가 직업상의 일 때문에 다른 곳에 불려 갔다는 편지를 쓰기로 했고, 그 속에 그가 그녀 앞으로 서둘러 두세 줄 적어 보내왔다는 가공의 편지도 함께 언급하기로 했다.

어떤 경우에든 취해야 바람직할 이런 조치들을 로리 씨는 그가 곧 제정신으로 돌아오길 바라며 행했다. 만약 박사가 곧 정신을 차리면, 그는 또 다른 조치를 취할 생각이었다. 그것은 그가 최적임자라고 생각하는 전문가에게서 박사의 증상에 대해 의견을 구하는 것이었다.

박사가 회복하여 이 세 번째 조치를 취할 수 있기를 바라면서, 로리 씨는 최대한 눈에 띄지 않게 그를 자세히 지켜보기로 마음먹었다. 이에 따라 그는 평생 처음으로 텔슨 은행에 휴가를 내고 박사와 같은 방의 창가에 자리를 잡았다.

머지않아 그는 박사에게 말을 거는 것이 백해무익하다는 걸 알게 되었다. 박사가 압박을 느끼면 불안해하기 때문이었다. 로리 씨는 첫날에 그런 시도를 포기하고, 그가 이미 빠져들었거나 빠져들고 있는 망상에 대한 무언의 항의로서 그저 언제나 그의 앞에 자리하기로 결심했다. 그리하여 그는 창가 자리를 지키고 앉아 읽기도 하고 쓰기도 하면서, 생각할 수 있는 온갖 유쾌하고 자연스러운 방식으로 이곳이 자유로운 곳임을 표현했다.

첫날, 마네트 박사는 주는 대로 먹고 마셨으며, 너무 어두워 앞이 보이지 않을 때까지 작업을 계속했다. 로리 씨로서는 설령 목숨이 걸린 일이라 해도 앞이 보이지 않아 읽지도 쓰지도 못할 상황인데, 박사는 그 뒤로도 반 시간가량 작업을 계속했다. 이윽고 그가 아침이 되기 전까지는 소용없는 연장을 내려놓았을 때, 로리 씨가 자리에서 일어나 말했다.

"밖에 나가실래요?"

그는 예전처럼 양옆의 바닥을 내려다보고, 예전처럼 고개를 들어 쳐다보면서, 예전처럼 낮은 목소리로 되풀이했다.

"밖에?"

"예, 저와 산책합시다. 안 될 것 없잖아요?"

그는 안 될 것 없다고 대답하지도 않았고, 아무런 말도 하지 않았다. 하지만 로리 씨는 그가 팔꿈치를 무릎에 대고 양손으로 머리를 감싼 채 어둠 속에서 작업대 위로 몸을 숙였을 때 뭔가 막연히 "안 될 것 없잖아?"라고 스스로에게 묻는 것을 본 듯했다. 로리 씨의 실무적인 재간은 이 대목에서 유리한 점을 간파했고 그것을 붙잡기로 결심했다.

프로스 양과 그는 밤 시간을 둘로 나누어 옆방에서 참참이 그를 지켜보았다. 그는 자리에 눕기 전에 오랫동안 이리저리 서성였다. 하지만 마침내 자리에 눕자 잠이 들었다. 다음 날 아침, 그는 일찌감치 일어나 곧장 작업대와 일감으로 향했다.

둘째 날, 로리 씨는 그의 이름을 부르며 명랑하게 인사하면서 최근에 그들이 이야기를 나누었던 주제들에 관해 말을 건넸다. 그는 아무 대답도 하지 않았지만, 그가 자신에게 건넨 말을 듣고 혼란스럽게나마 그것에 대해 생각하고 있다는 것은 분명했다. 로리 씨는 이 점에 고무되어 프로스 양에게도 그날 여러 차례 일감을 들고 들어오도록 청했다. 그럴 때면 그들은 루시에 관해서나 그곳에 함께한 그녀의 아버지에 관해, 마치 모든 것이 정상이라는 듯 평소와 똑같은 태도로 조용히 이야기를 나누었다. 이런 대화는 그를 괴롭히지 않도록 너무 길지 않게, 너무 잦지 않게, 노골적이지 않은 태도로 행해졌다. 그가 좀 더 자주 쳐다보는 데다 자신을 둘러싼 모순을 느끼는지 동요한 기색을 보였기 때문에 로리 씨의 친절한 마음은 가벼워졌다.

다시 날이 어두워졌을 때 로리 씨가 앞서와 같이 그에게 물었다.

"박사님, 밖에 나가실래요?"

앞서와 같이 그가 되풀이했다. "밖에?"

"예, 저와 산책합시다. 안 될 것 없잖아요?"

로리 씨는 그에게서 아무런 대답이 없자 이번에는 밖에 나가는 척하면서 한 시간 동안 자리를 비웠다가 다시 돌아왔다. 그사이 박사는 창가로 자리를 옮겨 플라타너스를 내려다보며 앉아 있었다. 하지만 로리 씨가 돌아오자 다시 슬그머니 작업대로 돌아갔다.

시간은 매우 느리게 흘렀고, 로리 씨의 희망은 사라져갔다. 그의 마음은 다시 무거워지기 시작해 날이 갈수록 점점 더 무거워져만 갔다. 셋째 날이 왔다가 지나갔고, 넷째 날, 다섯째 날도 그랬다. 닷새, 엿새, 이레, 여드레, 아흐레.

희망은 점점 사라져가고 마음은 줄곧 무거워져만 가는 가운데, 로리 씨는 초조한 시간을 보냈다. 비밀을 잘 지킨 덕분에 루시는 아무것도 모른 채 행복했다. 하지만 아흐렛날의 어스름한 저녁이 되자, 로리 씨는 보지 않을 수 없었다. 처음에는 다소 서툴던 구두장이의 손이 두렵도록 능숙해지고 있음을, 그리고 그가 지금처럼 일에 열중한 적도, 그의 손이 지금처럼 민첩하고 노련했던 적도 없었음을.

19장

전문가의 의견

로리 씨는 초조하게 지켜보다 녹초가 되어 자리에서 잠이 들었다. 긴장감 속에 맞이한 열흘째 아침, 그는 어두운 밤 노곤한 잠에 빠져들었던 그 방으로 환하게 햇빛이 쏟아져 들어오는 것에 화들짝 놀랐다.

그는 눈을 비비며 자리에서 일어났다. 하지만 그렇게 하면서도 아직 잠에서 깨어나지 않은 건지 의심스러웠다. 박사의 방문으로 다가가 안을 들여다보니, 구두장이용 작업대와 연장이 다시 한쪽으로 치워져 있고, 박사 본인은 창가에 앉아 독서 중이었기 때문이었다. 박사는 평소 아침에 입던 옷차림이었고, 그의 얼굴은 (로리 씨에게 똑똑히 보이는 것처럼) 여전히 아주 창백하기는 해도 차분하고 집중한 표정이었다.

로리 씨는 자신이 깨어 있다고 충분히 납득했을 때조차도, 혹시 최근에 벌어진 구두장이 사건이 자신이 꾼 뒤숭숭한 꿈은 아니었는지 잠시 혼란스러웠다. 그의 눈앞에 보이는 친구는 평상시와 다름없는 옷차림과 모습으로 여느 때처럼 행동하고 있지 않은가? 게다가 자신의 뇌리에 강하게 박힌 그 변화가 실제로 일어났던 일이라는 표시가 조금이라도 남아 있긴 한가?

하지만 이것은 처음에 느낀 혼란과 놀라움에서 나온 질문일 뿐 대답은 명백했다. 만약 자신의 뇌리에 박힌 기억이 실제로 일어난 충분한 원인에서 기인한 것이 아니라면, 어떻게 그가, 자비스 로리가, 그곳에 있겠는가? 어떻게 그가 마네트 박사의 진찰실 소파에서 옷을 입은 채 잠이 들었으며, 이른 아침에 박사의 침실 문밖에서 이런 점을 따지고 있겠는가?

얼마 지나지 않아 프로스 양이 그의 곁에 서서 속삭이고 있었다. 만약 그에게 티끌만큼이라도 의구심이 남아 있었다면 그녀의 말을 통해 필연적으로 사라졌을 터였다. 하지만 그때쯤 되자 이미 그는 머리가 맑았고 의구심이라곤 없었다. 그는 평상시 아침 식사 시간이 될 때까지 기다렸다가 마치 아무런 일도 일어나지 않았던 것처럼 박사를 만나자고 조언했다. 만약 박사가 평소와 같은 마음 상태로 보인다면, 로리 씨는 그동안 초조함 속에 간절히 얻고자 했던 전문가의 의견과 지도를 조심스레 구해볼 생각이었다.

프로스 양은 그의 판단에 따랐고, 그들은 조심스레 계획을 실행했다. 로리 씨는 평소처럼 꼼꼼히 몸단장할 시간이 넉넉했기에, 평소처럼 하얀 셔츠와 말쑥한 긴 양말 차림으로 아침 식사 자리에 나타났고, 박사도 평소처럼 아침 식사 자리에 불려 나왔다.

로리 씨는 조심스레 차근차근 접근하는 것만이 안전한 방식이라 느꼈다. 이런 접근 방식에서 벗어나지 않으면서 최대한 이해한 바에 따르면, 박사는 처음에 딸의 결혼식이 전날 일어난 일이라고 여기는 듯했다. 넌지시 우연을 가장하여 일부러 요일과 날짜를 언급하자, 그는 생각해보고 또 계산을 해보더니 당혹해하는 기색이 역력했다. 하지만 그는 다른 면에서는 워낙 침착하고 평소와 다름이 없었기에 로리 씨는 본인이 생각했던 도움을 구하기로 마음먹었다. 그리고 그 도움을 구할 상대는 박사 본인이었다.

그리하여 아침 식사가 끝난 뒤 식탁이 정리되고 그와 박사가 함께 남았을 때 로리 씨가 절절하게 말했다.

"마네트 박사님, 제가 깊이 마음 쓰고 있는 매우 특이한 사례가 있는데, 박사님의 전문적 의견을 비밀리에 구하고자 합니다. 뭐랄까, 제게는 매우 특이해 보이지만, 어쩌면 박사님은 지식을 갖추셨으니 덜 특이해 보일지도 모르겠습니다."

박사는 최근의 작업 때문에 변색된 손을 흘깃 쳐다보더니 심란한 표정으로 주의 깊게 귀 기울였다. 그는 이미 몇 번이나 자기 손을 쳐다본 터였다.

"마네트 박사님." 로리 씨가 그의 팔을 다정하게 잡으며 말했다. "이건 제게 각별한 친구의 사례입니다. 부디 잘 생각해보시고, 제게 조언을 좀 해주십시오. 그를 위해—무엇보다도 그의 딸을 위해—그의 딸을 위해서요, 마네트 박사님."

"제가 올바로 이해했다면," 박사가 조용한 어조로 말했다. "뭔가 정신적 쇼크로 인한……?"

"맞습니다!"

"구체적으로 말해보세요." 박사가 말했다. "하나도 빠짐없이."

로리 씨는 그들이 서로를 이해했음을 알고 이야기를 계속했다.

"마네트 박사님, 이 쇼크 사례는 오래전에 발병하여 장기간 지속되었던 것으로, 환자에게 격심하고 심각한 영향을 미쳤습니다. 감정과 마음과 박사님이 표현하신 것처럼…… 정신에 말입니다. 정신에요. 이 쇼크 사례에서 환자는 오랫동안 증상에 시달렸으며, 그 기간이 얼마인지는 아무도 모릅니다. 제가 알기로 환자 본인도 그 기간을 추산하지 못할뿐더러 그것을 알아낼 다른 방도도 없기 때문입니다. 이 쇼크 사례에서 환자는 회복했는데, 그게 어떤 식으로 진행되었는지는 본인도 알지 못합니다. 언젠가 공개 석상에서 그가 인상적인 태도로 그렇게 말하는 것을 들은 바 있습니다. 이 쇼크 사례에서 환자는 워낙 말끔히 회복하여 고도의 정신적 집중이나 격렬한 신체적 활동도 소화할 수 있는 매우 지적인 사람이 되었으며, 이미 방대하게 쌓은 지식에 끊임없이 새로운 지식을 더해나가고 있습니다. 하지만 안타깝게도 최근에," 그가 말을 멈추고 깊이 숨을 들이마셨다. "가벼운 재발이 있었습니다."

박사가 낮은 목소리로 물었다. "얼마나 오랫동안입니까?"

"아흐레 낮과 밤입니다."

"어떤 증상으로 나타나던가요? 제가 추측하기론," 박사가 다시 자기 손을 흘깃 쳐다봤다. "쇼크와 관련된 예전 활동을 다시 시작하던가요?"

"바로 그렇습니다."

"그럼, 혹시 예전에," 박사가 여전히 낮은 목소리지만 또렷하고 차분하게 물었다. "그가 그 활동을 하던 것을 보신 적이 있습니까?"

"한 번 있습니다."

"그럼 병이 재발했을 때 그가 대부분의 측면에서, 혹은 모든 측면에서, 예전과 같은 상태였나요?"

"모든 측면에서 그랬던 것 같습니다."

"아까 그분의 따님에 대해 언급하셨는데, 딸도 재발 사실을 알고 있습니까?"

"아닙니다. 딸에게는 비밀로 했고, 앞으로도 계속 비밀로 했으면 합니다. 이 사실을 아는 사람은 저 자신과 믿을 만한 다른 한 사람밖에 없습니다."

박사가 그의 손을 잡고 나직이 말했다. "정말 친절하십니다. 정말 사려 깊으십니다!" 로리 씨도 답례로 그의 손을 잡았고, 두 사람 모두 잠시 말이 없었다.

"자, 마네트 박사님." 이윽고 로리 씨가 더없이 친절하고 다정하게 말했다. "저는 그저 사무를 보는 사람에 불과하여 이렇게 복잡하고 어려운 사안은 다루질 못합니다. 제게는 이런 분야에 필요한 정보도 없고, 이런 분야의 지식도 없습니다. 이끌어주실 분이 필요합니다. 올바르게 이끌어주실 분으로 저는 이 세상에 박사님보다 더 의지하는 사람이 없습니다. 말씀해주십시오, 어떻게 병이 재발한 겁니까? 또다시 재발할 위험이 있습니까? 재발을 방지할 길은 없을까요? 재발하면 어떻게 치료해야 하는지요? 도대체 왜 이런 일이 생긴 걸까요? 제가 친구를 위해 무엇을 해줄 수 있는지요? 이 세상 어떤 사람도 친구를 돕고픈 마음이 저만큼 간절하지는 못할 겁니다. 방법을 알 수만 있다면요. 하지만 이런 사례 앞에서 저는 어떻게 시작해야 할지도 모르겠습니다. 박사님의 현명함과 지식과 경험으로 저를 올바른 방향으로 이끌어주시면, 저는 할 수 있는 일이 많을 것 같습니다. 하지만 아무런 정보나 가르침 없이는 할 수 있는 일이 거의 없어요. 부디 저와 상의해주십시오. 부디 제가 이 사례를 좀 더 명확하게 이해하도록 이끌어주시고, 어떻게 하면 제가 좀 더 도움이 될 수 있을지 가르쳐주십시오."

이처럼 진심 어린 말을 전하자 마네트 박사는 가만히 앉아 생각에 잠겼다. 로리 씨는 그를 재촉하지 않았다.

"제 생각엔 아마도," 박사가 힘겹게 침묵을 깨고 말했다. "방금 묘사하신 그 병의 재발을 환자가 예상하지 못한 것은 아닐 겁니다, 선생님."

"환자가 재발을 두려워했다고요?" 로리 씨가 용기 내어 물었다.

"무척이나요." 그가 자기도 모르게 몸서리를 치며 말했다. "그런 불안감이 얼마나 환자의 마음을 짓누르는지, 그리고 그가 자신을 괴롭히는 문제에 대해 한마디라도 꺼내는 게 얼마나 힘든 일인지—얼마나 불가능에 가까운 일인지—선생님은 짐작도 못 하실 겁니다."

"그럼," 로리 씨가 물었다. "그런 일이 생겼을 때, 그 남모를 고민을 다른 이에게 털어놓을 수 있다면 마음이 한결 편해지지 않을까요?"

"그럴 겁니다. 하지만 말씀드렸다시피 그건 불가능에 가까워요. 심지어, 어떤 경우에는, 완전히 불가능할지도 모릅니다."

"그럼," 둘 사이에 잠시 침묵이 이어진 뒤 로리 씨가 다시 박사의 팔에 부드럽게 손을 얹으며 말했다. "왜 이런 증상이 생겼다고 생각하십니까?"

"제 생각엔," 마네트 박사가 대답했다. "애초에 이 병을 야기했던 일련의 생각과 기억이 강렬하고 특이하게 되살아났던 것 같습니다. 무언가 더없이 고통스럽고 강렬한 연상이 생생하게 되살아난 것이지요. 아마도 오랫동안 그의 마음속에는 그런 연상이 되살아날 거라는—말하자면 어떤 상황에서—말하자면 특정한 경우에—그렇게 될 거라는 두려움이 도사리고 있었을 겁니다. 그는 대비하려고 애썼지만 헛수고였지요. 어쩌면 대비를 하려고 애쓴 것 때문에 오히려 더 견디기 힘들게 되었는지도 모르고요."

"재발 기간에 어떤 일이 있었는지는 기억할까요?" 로리 씨가 당연히 주저하며 물었다.

박사가 우울하게 방을 둘러보고 고개를 젓더니, 낮은 목소리로 대답했다. "전혀 못 할 겁니다."

"그럼, 앞날에 관해서는요?" 로리 씨가 넌지시 말했다.

"앞날에 관해선," 박사가 다시 확신을 지니고 말했다. "전망이 아주 밝다고 봅니다. 하늘의 뜻으로 그가 그토록 빨리 회복되었으니, 전망이 아주 밝다고 봐야지요. 그가 오랫동안 두려워하고 오랫동안 막연히 예견하면서 맞서 싸우던 뭔가 복잡다단한 것의 압력에 의해 쓰러졌다가, 한바탕 폭우가 퍼붓고 지나가자 다시 회복했다는 것, 그것만으로도 최악의 상황은 지났다고 봅니다."

"이런, 이런! 정말 다행입니다. 감사할 일이에요!" 로리 씨가 말했다.

"감사할 일이지요!" 박사가 공손하게 머리를 숙이며 되풀이했다.

"제가 가르침을 받고자 하는 점이 두 가지 더 있습니다." 로리 씨가 말했다. "계속해도 될까요?"

"친구분에게 그 이상으로 도움이 되는 일도 없을 겁니다." 박사가 그에게 손을 내밀었다.

"그럼 첫 번째부터. 그는 학구적인 성향에, 대단히 활동적인 사람입니다. 전문 지식을 습득하거나, 실험을 하거나, 갖은 일에 열성을 다하지요. 저기, 그가 너무 지나치게 일하는 걸까요?"

"아닐 겁니다. 항상 뭔가에 몰두해야 하는 특이한 면은 그의 성격일 겁니다. 부분적으로는 그렇게 타고났기 때문일 테고, 부분적으로는 고통에서 비롯된 것이겠죠. 마음을 건강한 활동에 쏟지 않으면, 해로운 방향으로 흘러갈 위험성이 커지니까요. 아마도 그는 스스로를 관찰하여 이런 점을 발견했을 겁니다."

"그가 지나치게 무리하는 것이 아니라고 확신하십니까?"

"그 점에 대해선 확신합니다."

"마네트 박사님, 혹시라도 그가 지금 무리하는 거라면……."

"로리 선생님, 그런 일이 쉽게 일어나지는 않을 겁니다. 지금껏 한 방향으로 격심한 스트레스를 받았기에, 다른 방향으로 그것을 상쇄할 필요가 있는 겁니다."

"죄송합니다만, 제가 사무를 보는 사람이라 끈덕진 면이 있습니다. 그가 무리했다고 잠시만 가정해보죠. 만약 그렇다면 이게 이 병의 재발로 나타날 수도 있습니까?"

"제 생각엔 아닙니다. 제 생각에 이 병을 재발시키는 원인은," 마네트 박사가 강한 확신을 내보이며 말했다. "끈질기게 이어지는 하나의 연상 작용 외에는 없어요. 앞으로는 뭔가 극단적으로 그런 기억을 불러일으키지 않는 한 병이 재발하지는 않을 겁니다. 이미 이런 일을 겪었고 그가 회복되었으니, 그렇게 격렬하게 기억을 불러일으킬 일이 다시 생기긴 어려울 겁니다. 이 병을 재발시킬 상황이 이젠 소진되었다고 생각합니다. 아니, 거의 확신합니다."

그는 아무리 사소한 것일지라도 연약한 정신 체계를 뒤엎을 수 있음을 아는 사람으로서 조심스레 말했지만, 그러면서도 인내와 고통을 통해 서서히 자신감을 쟁취한 사람으로서 확신을 갖고 말했다. 이런 확신을 꺾는 것은 친구가 할 일이 아니었다. 로리 씨는 실제로 느낀 것보다 더 안심되고 기운이 난다고 말하면서, 두 번째이자 마지막 문제에 접근했다. 그에게는 이것이 가장 어려운 문제처럼 느껴졌다. 하지만 지난 일요일 아침에 프로스 양과 나누었던 대화를 떠올리며, 그리고 지난 아흐레 동안 자신이 목격했던 장면을 떠올리며, 그는 이 문제에 맞서야 한다는 것을 알고 있었다.

"너무나 다행스럽게 떨쳐낸 이 병이 일시적으로 재발한 동안 환자가 다시 시작한 작업이 있는데," 로리 씨가 목청을 가다듬으며 말했다. "일단 대장간 일이라고 하겠습니다, 대장간 일요. 일단 상황이 어떠했는지 상세히 예를 들어야 하니, 불운했던 시기에 그가 작은 용광로에서 작업하곤 했다고 가정하겠습니다. 그런데 그가 다시 용광로에서 작업하는 모습이 예기치 않게 목격되었다고 하면요, 그것을 계속 가까이에 두다니 안타까운 일이 아닌지요?"

박사는 손으로 이마를 가리고 초조하게 바닥을 발로 두드렸다.

"그는 항상 그것을 가까이에 둡니다." 로리 씨가 친구를 근심스럽게 바라보며 말했다. "저기, 이제는 없애버리는 게 낫지 않을까요?"

여전히 박사는 이마를 가린 채 초조하게 바닥을 발로 두드렸다.

"조언을 해주시기 힘든가요?" 로리 씨가 말했다. "이게 민감한 질문임을 저도 잘 압니다. 하지만 제 생각엔……." 이 대목에서 그는 고개를 저으면서 말을 멈추었다.

"그게," 마네트 박사가 불편한 침묵 뒤에 그를 향해 말했다. "이 불쌍한 남자의 마음이 내면 깊숙한 곳에서 어떻게 움직이는지 일관성 있게 설명하기가 몹시 힘듭니다. 한때 그는 이 작업을 너무나 간절히 원했고, 그래서 그것을 얻었을 때 매우 반색했습니다. 의심할 것 없이 이것은 그의 고통을 너무나 많이 덜어주었습니다. 두뇌의 혼란을 손가락의 혼란으로 대체하고, 일이 점점 능숙해짐에 따라 정신적 고통의 재간을 손가락의 재간으로 대체할 수 있었으니까요. 따라서 그는 이것을 손에 닿지 않는 곳에 치운다는 생각을 견디지 못했습니다. 제 생각에 그 어느 때보다도 자신을 낙관적으로 생각하고, 심지어 자신에 대해 일종의 확신을 지니고 이야기하는 지금조차, 그는 혹시라도 옛 작업이 필요하게 되었을 때 그것을 찾지 못한다고 생각하면 불현듯 공포

감에 휩싸입니다. 마치 길 잃은 어린아이가 느낄 법한 그런 감정 말입니다."

그가 두 눈을 들어 로리 씨의 얼굴을 쳐다보았을 때, 그는 본인이 묘사한 어린아이처럼 보였다.

"하지만 혹시라도—기억하십시오! 저는 그저 기니나 실링이나 지폐 같은 물질적인 것만 다루는 끈덕진 사무원으로서 정보를 구하는 겁니다—그 물건을 계속 지니기 때문에 그 기억도 계속 지니게 되지는 않을까요? 만약 그 물건이 사라지면, 마네트 박사님, 두려움도 함께 사라지진 않을까요? 간단히 말해, 용광로를 계속 보관하는 건 불안감에 굴복하는 게 아닌지요?"

또다시 침묵이 이어졌다.

"아시다시피," 박사가 떨리는 목소리로 말했다. "그것은 너무나 오래 함께한 벗입니다."

"저라면 계속 보관하지 않겠습니다." 로리 씨가 고개를 저으며 말했다. 그는 박사가 동요한 것을 보자 더욱 확신을 얻었다. "저라면 그것을 단념하라고 권하겠습니다. 저는 박사님의 재가가 필요할 뿐입니다. 그건 아무짝에도 도움이 되지 않는다고 확신합니다. 자! 재가해주세요, 멋진 분답게 말입니다. 그의 딸을 위해서요, 마네트 박사님!"

그의 내면에서 벌어지는 갈등을 지켜보는 것은 얼마나 묘한 일인지!

"그럼, 딸을 위해, 그렇게 하십시오. 허락하겠습니다. 하지만 저라면 그가 있을 때 그것을 치우진 않겠습니다. 그가 없을 때 치우도록 하세요. 이미 사라지고 난 뒤 오랜 벗을 그리워하도록 해주십시오."

로리 씨는 기꺼이 약속했고 상담은 끝이 났다. 그들은 시골에서 하루를 보냈고, 박사는 상당히 본모습을 되찾았다. 이후 사흘간 그는 지극히 건강했고, 열나흘째 되던 날 루시 부부와 합류하기 위해 떠났다. 박사에게서 아무 소식이 없었던 이유를 해명하기 위해 그들이 취했던 조치로 말하자면, 로리 씨가 미리 그에게 설명을 해두어 박사가 이에 맞춰 루시에게 편지를 보낸 터라, 그녀는 아무런 의심도 하지 않았다.

박사가 집을 떠난 날 밤, 로리 씨는 도끼, 톱, 끌, 망치를 들고 그의 방으로 들어갔고, 프로스 양이 촛불을 들고 곁을 지켰다. 그곳에서, 문을 꼭 닫은 채, 뭔가 비밀스럽고 켕기는 태도로, 로리 씨는 구두장이용 작업대를 산산조각 나도록 후려쳤다. 그러는 동안 프로스 양은 마치 살인을 돕기라도 하듯—그녀의 음산하게 굳은 표정으로 볼 때 그 일에 썩 어울리지 않는 것도 아니었다—촛불을 들고 있었다. (처리하기 용이하게 미리 토막 내어 준비한) 시신을 불태우는 일이 지체 없이 부엌 아궁이에서 진행되었고, 연장과 구두와 가죽은 마당에 파묻혔다. 훼손과 비밀은 정직한 사람들에게 너무나 사악하게 느껴지는 법이라, 로리 씨와 프로스 양은 이런 행위를 하고 증거를 인멸할 때, 마치 끔찍한 범죄의 공모자들처럼 느껴졌고, 실제로도 그렇게 보였다.

20장
간청

신혼부부가 집에 돌아왔을 때 축하를 건네기 위해 맨 처음 들른 이는 시드니 카턴이었다. 그들이 집에 돌아온 지 몇 시간도 되지 않아 그가 모습을 드러냈다. 그는 습성에서나 외모에서나 태도에서나 그다지 나아진 바가 없었다. 하지만 그에게서 뭔가 투박한 신의 같은 게 느껴졌는데, 찰스 다네이로서는 처음 보는 모습이었다.

그는 기회를 엿보다가 다네이를 창가로 데리고 가서 아무도 엿듣지 않을 때 이야기했다.

"다네이 씨, 우리가 친구로 지내면 좋겠습니다."

"이미 친구 아닌가요, 바라건대."

"예의상 그렇듯 친절하게 말씀하시지만, 저는 예의상 하는 말이 아닙니다. 사실, 제가 친구로 지내면 좋겠다고 말할 때도 딱히 그런 뜻으로 말한 건 아니고요."

이에 찰스 다네이가 당연하게, 쾌활하고 정다운 말투로, 그럼 무슨 뜻으로 이야기한 건지 물었다.

"맹세코," 카턴이 미소를 지으며 말했다. "제 마음속으로 이해하는 것보다 다네이 씨에게 이해시키는 게 더 어려울 것 같군요. 그래도 한번 해보겠습니다. 혹시 제가 평소보다 더 많이 취했던 어느 각별한 날을 기억하십니까?"

"카턴 씨가 술을 꽤 마셨음을 인정하라고 제게 강요하셨던 어느 각별한 날은 기억나는군요."

"저도 기억합니다. 그런 날들의 폐해가 저를 무겁게 짓누릅니다, 내내 기억에서 떠나질 않으니까요. 훗날 제 삶이 모두 끝났을 때 이런 점들이 참작되길 바랄 뿐이지요! 걱정하지 마십시오. 설교를 늘어놓을 생각은 아니니까."

"걱정이라뇨. 카턴 씨의 진심 앞에 걱정이라니 가당치 않습니다."

"아!" 카턴이 이 말을 털어버리려는 듯 무심하게 손을 흔들었다. "술에 취했던 문제의 그날(아시다시피 그런 날이야 숱하게 많지만), 저는 다네이 씨를 좋아하고 싫어하는 문제를 두고 볼썽사납게 굴었지요. 부디 그때를 잊어주셨으면 합니다."

"이미 오래전에 잊었습니다."

"또 예의상 그러시는군요! 하지만 다네이 씨, 당신은 이미 잊었다고 하는데 저는 무언가를 잊는 게 그렇게 쉽지 않습니다. 저는 그 일을 전혀 잊지 않았고, 가벼운 대답은 제가 잊는 데 도움이 되지 않습니다."

"가벼운 대답으로 들렸다면," 다네이가 대답했다. "부디 용서하십시오. 저는 그저 사소한 일에 카턴 씨가 너무 마음 쓰시는 것 같아 놀란 한편, 그것을 지난 일로 묻으려는 마음 외에 다른 의도는 없었습니다. 신사의 신의를 걸고 말씀드리는데, 저는 이미 오래전에 그 일을 마음에서 지웠습니다. 맙소사, 지우고 말고 할 일이 없지 않습니까! 그날 제게 그렇게 크나큰 도움을 주셨는데요. 제가 기억해야 할 더 중요한 일이 있지 않습니까?"

"그 크나큰 도움으로 말하자면," 카턴이 말했다. "다네이 씨가 그런 식으로 말하시니 솔직히 고백하지 않을 수 없군요. 그건 그저 직업적인 술책에 불과했고, 그 도움을 드렸을 때 저는 당신이 어떻게 되건 그다지 신경도 안 썼습니다. 유념하십시오! 그 도움을 드렸을 때라고 말했습니다. 과거에 그랬다는 겁니다."

"제가 받은 은혜를 가볍게 여기시는군요." 다네이가 대답했다. "하지만 당신의 가벼운 대답을 나무라진 않겠습니다."

"거짓 없는 진실입니다, 다네이 씨, 저를 믿으세요! 주제에서 벗어났군요. 우리가 친구로 지내면 좋겠다는 이야기를 하고 있었죠. 이제, 제가 어떤 인간인지 아실 겁니다. 제가 더 뛰어나고 나은 부류의 인간이 될 수 없다는 것도 아실 겁니다. 혹시 믿지 못하겠다면, 스트라이버에게 물어보십시오. 그렇다고 말해줄 겁니다."

"그분의 도움 없이 저 스스로 판단하고 싶군요."

"뭐! 어쨌거나 제가 방탕한 인간이란 건 아실 겁니다. 지금껏 쓸모 있게 살지도 않았고, 앞으로도 그럴 테지요."

"'앞으로도 그럴' 터인지는 잘 모르겠군요."

"하지만 저는 알아요. 제 말을 믿으셔야 할 겁니다. 어쨌거나! 이렇게 쓸모없는 인간이, 이렇게 평판 나쁜 인간이, 이따금 이곳에 드나드는 것을 용납하실 수 있다면, 친구라는 특별한 자격으로 드나들도록 허락해주셨으면 합니다. 그저 저를 쓸모없는 가구라고(볼품없는 가구라고 덧붙이고 싶지만, 우리 외모가 흡사하니 그 말은 삼가지요), 그저 오랫동안 있었기에 그냥 놔두는, 아무도 신경 쓰지 않는 가구라고 여기셨으면 합니다. 제가 허락을 남용할 일은 없을 겁니다. 십중팔구 1년에 네 차례 정도만 쓸 테니까요. 그래도 그런 허락을 받았다는 사실을 알면 마음이 흡족할 것 같습니다."

"그렇게 해보시겠습니까?"

"그 말인즉 내가 청한 관계를 허락한다는 뜻이군요. 고맙습니다, 다네이. 이제 이름을 편히 불러도 되겠죠?"

"그래요, 카턴, 이쯤 됐으면."

그들은 동의의 뜻으로 악수를 했고, 시드니는 자리를 떴다. 그로부터 1분도 되지 않아 시드니는 겉으로 보기에 어느 모로나 여느 때처럼 건실치 못한 모습이었다.

그가 돌아간 뒤 찰스 다네이는 프로스 양, 박사, 로리 씨와 함께 저녁 시간을 보내던 중 그와의 대화를 대강 언급하면서 시드니 카턴의 무관심과 부주의함이 딱하다고 말했다. 다시 말해, 그를 신랄하게 비판하거나 깎아내리려는 의도 없이, 그저 그가 내보이는 겉모습을 본 사람이라면 누구든 말할 법한 식으로 말했다는 것이다.

그는 아름답고 젊은 아내가 이 말을 마음속에 담고 있으리라고는 생각지도 못했다. 하지만 이후에 그가 둘만의 방에서 아내에게 다가갔을 때, 그녀는 어여쁜 이마를 예전처럼 심각하게 찌푸리고 그를 기다리고 있었다.

"오늘 밤에는 생각에 잠긴 얼굴이군요!" 다네이가 그녀를 팔로 감싸며 말했다.

"네, 사랑하는 찰스." 그녀가 남편의 가슴에 양손을 얹고 질문하듯 열중한 표정으로 그를 바라보았다. "오늘 밤에는 생각에 잠겨 있어요. 마음에 걸리는 게 있거든요."

"뭔가요, 루시?"

"만약 내가 부탁하면, 아무 질문도 하지 않겠다고 약속할래요?"

"약속하겠느냐고요? 사랑하는 그대에게 못 할 약속이 뭐가 있겠소?"

한 손으로는 금빛 머리카락을 그녀의 볼 뒤로 쓸어 넘기고, 다른 손으로는 자신을 위해 뛰는 심장을 느끼는데, 참말로, 못 할 약속이 무엇이랴!

"내 생각엔, 찰스, 가엾은 카턴 씨는 오늘 밤에 당신이 보여준 것보다 좀 더 배려와 존중을 받을 만한 분이에요."

"그래요, 내 사랑? 그건 왜인가요?"

"해서는 안 된다는 질문이 그것이에요. 하지만 내가 생각하기로는—내가 알기로는—그래요."

"그대가 안다면 그걸로 충분해요. 그럼 내가 어떻게 하면 좋겠소, 내 사랑?"

"언제나 그분을 너그럽게 대하고 그가 없는 자리에서도 결점을 관대히 봐주면 좋겠어요. 그분에겐 좀처럼, 좀처럼, 드러내지 않는 마음이 있다는 것을, 그리고 그 속엔 깊은 상처가 있다는 것을 믿어주면 좋겠어요. 사랑하는 여보, 난 그 마음에서 피가 흐르는 걸 봤어요."

"그를 부당하게 대했다고 생각하니, 마음이 괴롭군요." 찰스 다네이가 매우 놀라서 말했다. "그에게 그런 면이 있으리라곤 생각도 못 했소."

"하지만 사실이에요, 여보. 안타깝지만 그분이 새 삶을 살기는 힘들 것 같아요. 성격에서나 운명에서나 이제는 어떤 것도 돌이킬 가망이 없어요. 하지만 나는 확신해요. 그분이 선한 일, 친절한 일, 심지어 고결한 일도 할 수 있다고요."

이 가망 없는 남자를 향해 순수한 믿음을 내보이는 그녀가 너무나 아름다웠기에, 남편은 몇 시간이고 지금 이 모습을 바라볼 수 있을 것만 같았다.

"그리고, 오 사랑하는 여보!" 그녀가 남편에게 바싹 다가가 그의 가슴에 머리를 대고 두 눈을 들어 바라보며 간청했다. "우리가 행복 속에서 얼마나 강인한지, 또 그가 불행 속에서 얼마나 나약한지 기억해줘요!"

이 간절한 부탁은 그의 마음을 깊이 건드렸다. "언제나 기억하겠소, 내 사랑! 살아 있는 동안 언제나 기억하겠소."

그는 금발 위로 몸을 숙이고 장밋빛 입술에 입을 맞춘 뒤 그녀를 품에 안았다. 그 시각 어두운 길거리를 배회하는 한 쓸쓸한 사내가 그녀의 순수한 고백을 들을 수 있었더라면, 너무나 다정하게 남편을 바라보는 그 보드라운 푸른 눈에 맺힌 연민의 눈물을 그가 키스로 닦아주는 것을 볼 수 있었더라면, 사내는 밤을 향해 이렇게 외쳤으리라. 또한 그의 입술에서 그런 말이 나온 것이 처음 있는 일도 아니었으리라.

"다정한 연민을 지닌 그녀에게 신의 축복이 있길!"

21장

메아리치는 발소리들

메아리를 위한 멋진 길모퉁이, 박사가 사는 길모퉁이는 앞서 이렇게 언급된 바 있다. 루시는 조용한 행복이 깃든 삶 속에서, 남편과 아버지와 그녀 자신과 오랜 유모이자 벗을 하나로 엮는 금빛 실을 어느 때보다 부지런히 감으면서, 고요하게 울리는 길모퉁이의 평온한 집에 앉아 메아리치는 세월의 발소리들을 듣고 있었다.

더없이 행복한 젊은 아내였음에도, 처음에는 그녀의 손에서 일감이 스르르 떨어지고 두 눈이 촉촉이 흐려지곤 하는 때가 있었다. 메아리 속에서 무엇인가 다가오고 있었기 때문이었다. 가볍고 아득하며 아직 소리도 잘 들리지 않지만, 그녀의 가슴을 세차게 뒤흔드는 무엇인가. 두근두근 고동치는 희망과 불안감, 그녀에게 아직 알려지지 않은 어떤 사랑에 대한 희망과 자신이 이 땅에 살아남아 그 새로운 기쁨을 맛볼 수 있을까 하는 불안감이 그녀의 가슴을 양분했다. 그럴 때면 메아리들 가운데 때 이른 자신의 무덤가를 찾은 발소리가 일었고, 쓸쓸히 홀로 남겨져 너무나 애통해할 남편에 대한 생각이 두 눈에 차올라 물결처럼 터지곤 했다.

그 시간이 지나고 어린 루시가 그녀의 품에 안겼다. 그러자 다가오는 메아리들 가운데 아이의 자그마한 발소리와 재잘거리는 말소리도 담기게 되었다. 제아무리 더 큰 메아리들이 울려도, 아기의 요람 곁을 지키는 젊은 엄마는 언제나 그 소리들이 다가오는 것을 들을 수 있었다. 그 소리들이 실제로 이르러, 그늘이 드리워진 집은 어린아이의 웃음소리로 환히 빛났다. 아이들의 성스러운 벗이자 그녀가 어려움에 처했을 때 마음을 털어놓았던 그분이, 옛 아이에게 그랬듯이 그녀의 아이를 품에 안아주시는 듯했고, 이에 그녀는 신성한 기쁨을 느꼈다.

그들 모두를 하나로 엮는 금빛 실을 어느 때보다 부지런히 감고, 그들 모두의 삶 속에 두루두루 자신의 유쾌한 영향력을 짜 넣되 결코 두드러지지 않으면서, 루시는 세월의 메아리 속에서 다정하고 따뜻한 소리만을 들었다. 메아리 가운데 남편의 발소리는 강인하고 탄탄했다. 아버지의 발소리는 안정적이고 차분했다. 오호, 프로스 양을 보라, 끈에 묶인 채 메아리를 깨우는 모습을, 채찍으로 길들인 사나운 군마답게 정원의 플라타너스 아래에서 콧김을 뿜으며 앞발로 땅을 긁는 모습을!

심지어 메아리 가운데 슬픔의 소리가 섞였을 때도 그것들은 가혹하거나 잔인하지 않았다. 심지어 그녀를 닮은 금빛 머리카락이 베개 위에서 어린 소년의 쇠약한 얼굴 주변에 후광처럼 펼쳐지고, 소년이 환한 미소를 지으며 "사랑하는 아빠, 엄마, 두 분을 남겨두고 가서, 우리 예쁜 누나를 남겨두고 가서 정말 죄송해요. 하지만 저는 부름을 받아서 가야 해요!"라고 말했을 때도, 그녀의 품에 맡겨졌던 영혼이 그렇게 그녀의 곁을 떠나갔을 때도, 젊은 어머니의 뺨을 적신 눈물은 그저 고통의 눈물만은 아니었다. 그들을 용납하고 내게 오는 것을 금하지 말라. 그들은 우리 아버지의 얼굴을 보리라. 오, 아버지, 성스러운 말씀이여!

그리하여 천사의 부드러운 날갯짓이 다른 메아리들과 섞이어, 그것들은 온전히 지상의 것이 아니라 천상의 숨결을 품게 되었다. 작은 묘지의 무덤 위로 스치는 바람의 한숨 또한 그것들과 섞이어, 두 소리는 나직한 속삭임 속에—마치 모래 해안에 잠든 여름 파도의 숨결처럼—루시의 귀에 들려왔다. 그러는 동안 어린 루시는 우스꽝스러울 정도로 아침 일과에 열심이거나 어머니의 발 받침대에 앉아 인형 옷을 입히면서 자신의 삶 속에 섞여 있는 '두 도시'의 언어로 재잘거렸다.

메아리들이 시드니 카턴의 실제 발소리에 응답하여 울리는 경우는 드물었다. 기껏해야 1년에 대여섯 차례, 그는 초대 없이 그곳에 들르는 특권을 사용했고, 한때 자주 그랬던 것처럼 그들과 함께 앉아 저녁 시간을 보내곤 했다. 포도주에 얼근히 취해 그곳에 들른 적은 한 번도 없었다. 메아리 속에는 그에 관한 속삭임이 하나 더 있었는데, 그것은 예로부터 모든 진실한 메아리들이 속삭여왔던 것이었다.

한 남자가 한 여자를 진심으로 사랑했다가 잃었을 때, 그리고 누군가의 아내와 어머니가 된 그녀에게 한결같지만 떳떳한 마음을 간직했을 때, 그녀의 아이들은 여지없이 그에게 묘한 연민—본능적인 동정심—을 품게 된다. 이런 경우 그 어떤 섬세하게 숨겨진 감수성이 작용하는 것인지, 메아리는 이야기해주지 않는다. 하지만 그것은 사실이고, 이곳에서도 그러했다. 카턴은 어린 루시가 통통한 팔을 내민 첫 번째 외부인이었고, 그는 아이가 자라나는 동안 그 자리를 지켰다. 어린 소년 역시 거의 마지막 순간에 그를 언급한 바 있었다. "가엾은 카턴 아저씨! 아저씨께 제 입맞춤을 전해주세요!"

스트라이버 씨는 마치 탁한 물을 헤치고 나아가는 거대한 엔진처럼 법조계를 어깨로 밀치며 앞으로 나아갔고, 선미에 보트를 매어 끌고 가듯 자신의 쓸모 있는 친구를 함께 끌고 갔다. 그런 대접을 받은 보트가 대개 거친 곤경에 처하고 십중팔구 물속에 잠기듯이, 시드니 역시 수렁에 빠진 삶을 살았다. 하지만 습관은 안타깝게도 그를 북돋을 공명심이나 수치심보다 훨씬 편하고 강력했기에, 그는 앞으로도 이런 삶을 살 터였다. 실제 자칼이 사자가 되려는 생각을 할 성싶지 않은 것처럼, 그 역시 사자의 자칼이라는 처지에서 벗어나려는 생각을 하지 않았다. 스트라이버는 부유했다. 그는 재산 많고 혈색 좋은 과부와 결혼했는데, 그녀에게 딸린 세 아들은 둥그런 만두 같은 머리에 달린 곧은 머리카락 외에는 딱히 빛나는 게 없었다.

스트라이버 씨는 본인이 후원자라도 되는 양 불쾌하기 그지없는 거만함을 온몸의 땀구멍으로 내뿜으면서 이 세 명의 어린 신사를 세 마리 양처럼 소호의 조용한 길모퉁이로 몰고 와선 루시의 남편에게 제자로 내밀었다. 그러면서 섬세하게도 이렇게 말하는 것이었다. "안녕하시오! 여기 치즈 곁들인 빵 세 덩이를 당신네 부부의 소풍을 위해 가져왔소, 다네이!" 이 치즈 곁들인 빵 세 덩이가 정중하게 거절당하자 스트라이버 씨는 단단히 부어올랐고, 이후에 이 어린 신사들을 훈육할 때 이 일을 언급하여 이르길, 저 교사 나부랭이 같은 거지들의 자존심을 경계하라 했다. 또한 그는 진한 포도주를 마실 때면 스트라이버 부인을 상대로, 한때 다네이 부인이 자기를 '낚으려고' 어떤 솜씨를 발휘했는지, 하지만 자기가 어떤 막상막하의 솜씨를 발휘하여 '낚이지 않았는지' 열변을 토하곤 했다. 이따금 그의 진한 포도주와 거짓말에 동참한 왕좌 재판소의 동료들은 그의 거짓말을 그러려니 하면서, 그가 이 거짓말을 너무 자주 하다 보니 실제로 믿게 되었다고 했다. 이는 원래부터 괘씸한 범죄를 구제 불능으로 악화시키는 것이기에, 이런 짓을 범한 자는 적당히 으슥한 곳으로 끌고 가서 목을 매달아 처치해도 부당한 일이 아닐 터였다.

어린 딸이 여섯 살이 될 때까지, 메아리 울리는 길모퉁이에서 때로는 생각에 잠겨, 때로는 즐겁게 웃으며 루시가 들은 것은 이러한 것들이었다. 메아리 속에 들리는 딸아이의 걸음마, 사랑하는 아버지의 언제나 활기차고 침착한 발소리, 그리고 사랑하는 남편의 발소리가 얼마나 그녀의 가슴에 가깝게 와닿았는지는 굳이 말할 필요도 없으리라. 더불어 그녀가 너무나 지혜롭고 명쾌하게 알뜰살뜰 꾸린 덕분에 어떤 흥청망청한 삶보다도 더 풍족한 삶을 누린 그들의 화목한 가정에서는 더없이 희미한 메아리조차 그녀에게 음악처럼 들렸다는 사실도. 또한, 그녀의 주변에는 온통 다정한 메아리뿐이었다는 사실도 굳이 말할 필요가 없으니, 아버지는 몇 번이나 그녀에게 미혼일 때보다 결혼한 뒤에 (그런 일이 가능하다면) 효심이 더 지극해졌다고 말하고, 남편은 몇 번이나 그녀에게 어떤 걱정이나 의무도 남편을 향한 그녀의 사랑과 도움을 분산시키는 것 같지 않다며 이렇게 묻는 것이었다. "그대는 마치 우리가 한 명뿐인 듯 한 사람 한 사람에게 온전한 사랑을 다 주면서도, 결코 일에 쫓기거나 일이 너무 많아 버거워하는 기색이 없으니, 그 신비한 비결이 뭐요?"

하지만 저 멀리 또 다른 메아리들이 있어, 이 기간 내내 길모퉁이에서 위협적으로 우르릉대고 있었다. 그리고 이제, 어린 루시의 여섯 번째 생일 무렵, 그것들이 끔찍한 소리를 내기 시작했다. 마치 무시무시하게 바다가 솟구치며 휘몰아치는 프랑스의 거대한 폭풍처럼.

1789년 7월 중순의 어느 밤, 로리 씨가 텔슨 은행에서 늦게 퇴근하여 루시 부부와 함께 깜깜한 창가에 앉았다. 거센 바람이 휘몰아치는 무더운 밤이었고, 그들 셋은 지금과 똑같은 장소에서 번개를 바라봤던 그 옛날 일요일 밤을 떠올렸다.

"이런 생각이 들기 시작하더군." 로리 씨가 갈색 가발을 뒤로 당기며 말했다. "까딱하다간 텔슨에서 밤새우게 생겼다고. 온종일 일이 얼마나 많던지, 먼저 무엇부터 해야 할지, 어느 방향으로 가야 할지 도무지 정신이 없더군. 파리 내에 불안감이 너무 커져서 실제로 우리 쪽에 예금을 맡기는 사태가 벌어졌다니까! 저쪽에 있는 고객들 말일세, 한시라도 빨리 우리 쪽에 자산을 예탁하려고 안달이 난 것 같아. 확실히 그들 사이에 영국으로 자산을 보내려는 광풍이 일고 있어."

"조짐이 안 좋은데요." 다네이가 말했다.

"조짐이 안 좋은 것 같나, 다네이? 맞아, 하지만 우리는 어떤 이유로 일이 이렇게 돌아가는지 영문을 몰라. 사람들이 너무 종작없이 군다니까! 우리 텔슨 직원들 중에는 연로해져가는 사람들도 있는데, 합당한 이유 없이 일상 업무에서 벗어나는 건 힘에 부친단 말일세."

"그래도," 다네이가 말했다. "그쪽 상황이 얼마나 암울하고 위협적인지 아시잖습니까."

"알긴 하지, 확실히." 로리 씨가 인정했다. 그는 평소 온화했던 기분이 지금은 언짢다고, 그래서 좀 툴툴거려야겠다고 스스로를 납득시키는 중이었다. "하지만 길고 성가신 하루를 보냈으니 투정 좀 부리기로 마음먹었네. 마네트 박사님은?"

"여기 있습니다." 박사가 그 순간 어두운 방으로 들어오며 말했다.

"집에 계시니 참으로 안심입니다. 하루 종일 주변이 온통 허둥대고 불길한 예감 천지인지라, 저마저 아무런 까닭 없이 신경이 곤두서더군요. 외출하실 계획이 아니면 좋겠는데?"

"예, 선생님과 백개먼 게임[72]이나 하려고요, 생각이 있으시면." 박사가 말했다.

"솔직히 말씀드리면, 지금은 생각이 없습니다. 오늘 밤에는 박사님과 겨룰 만한 형편이 아니에요. 차 쟁반이 아직 거기 있니, 루시? 보이지가 않는구나."

"그럼요. 아저씨를 위해 챙겨두었는걸요."

"고맙구나, 얘야. 우리 소중한 꼬마는 아무 탈 없이 잠자리에 들었고?"

"쌔근쌔근 자고 있어요."

"그렇지. 모든 게 아무 탈 없이 무사하구나! 이곳이 아무 탈 없이 무사하지 않을 까닭이 없지, 다행이야. 하지만 내가 온종일 너무 시달린 데다 예전만큼 젊은 몸도 아니잖니! 차 좀 주련. 고맙기도 하지. 자, 이제 우리 사이에 와서 앉으렴. 다 같이 조용히 앉

72 두 사람이 하는 주사위 놀이.

아서 네가 지론을 품고 있는 메아리들을 들어보자꾸나."

"지론은 아니고요. 그냥 공상이었어요."

"그럼 공상이라고 하자꾸나, 우리 똑똑한 루시." 로리 씨가 그녀의 손을 톡톡 쓰다듬으며 말했다. "하지만 메아리들이 아주 많고 아주 요란하구나, 그렇지 않니? 한번 들어보렴!"

*

이 오붓한 무리가 깜깜한 런던 창가에 앉아 있을 무렵, 어떤 이의 삶 속이든 강제로 밀고 들어가는 저돌적이고 광포하고 위험한 발소리가 있었다. 한번 시뻘겋게 얼룩지면 다시 깨끗해지기 쉽지 않은 발소리, 저 멀리 생탕투안에 사납게 휘몰아치는 발소리가.

그날 아침, 생탕투안에는 허수아비들의 거대하고 시커먼 물결이 앞뒤로 굽이치는 가운데 그들의 넘실대는 머리 위로 여기저기에서 빛이 번득였으니, 바로 햇살 속에 빛나는 강철 칼날과 총검이었다. 생탕투안의 목구멍에서 어마어마한 함성이 솟구쳤고, 숲을 이룬 헐벗은 팔들이 겨울바람 속의 앙상한 나뭇가지들처럼 허공에서 아우성쳤다. 저마다 손에는 온갖 무기들, 또는 무기 비슷한 것들을 격렬하게 움켜쥐고 있었는데, 거리가 얼마이건 저 아래 심연에서 건져 올린 것들이었다.

이것들을 누가 나눠줬는지, 이것들이 마지막으로 어디에서 왔는지, 이것들이 어디에서 시작되었는지, 이것들이 어떤 주체를 통해 한 번에 수십 개씩 군중의 머리 위에서 마치 일종의 번개처럼 들쑥날쑥 흔들리고 휙휙 요동치는지, 인파 중의 어떤 이도 알지 못했을 것이다. 그럼에도 머스킷 총이 배부되고 있었다. 탄약통, 화약, 탄환, 쇠막대기와 나무 막대기, 칼, 도끼, 창, 그 외에 광기의 독창성으로 찾아내거나 고안할 수 있는 온갖 무기들도 마찬가지였다. 아무것도 잡지 못한 사람들은 피 흐르는 손으로 담벼락에서 돌멩이와 벽돌을 뜯어냈다. 생탕투안의 모든 맥박과 심장이 뜨겁게 팽팽해졌고 뜨겁게 달아올랐다. 그곳의 모든 살아 있는 인간들은 목숨에 아무런 가치를 부여하지 않았고, 기꺼이 목숨을 바치겠다는 열정에 미쳐 있었다.

끓는 물의 소용돌이에 중심점이 있듯, 이 모든 격정은 드파르주의 포도주 상점을 중심으로 휘몰아쳤고, 가마솥의 모든 인간 물방울들은 드파르주 본인이 자리한 소용돌이를 향해 빨려 들었다. 그는 이미 화약과 땀으로 뒤범벅된 채 명령을 내리고, 무기를 지급하고, 이 사람을 뒤로 물리고, 저 사람을 앞으로 끌어내고, 여기에서 무기를 거둬 저기에 쥐어주는 등 대혼란의 한가운데에서 고군분투하고 있었다.

"내 곁을 지키게, 자크 삼." 드파르주가 외쳤다. "그리고 자네들, 자크 일과 이는 흩어져서 최대한 많은 애국지사들의 선두에 서게. 내 처는 어디 있지?"

"으흠! 여기 있어요!" 부인이 말했다. 여느 때처럼 침착했지만 오늘은 뜨개질을 하지 않았다. 부인의 단호한 오른손에는 평소의 보드라운 도구들 대신 도끼가 자리했고, 허리춤에서는 권총과 무자비한 칼이 보였다.

"어디로 갈 거요, 여보?"

"지금은 당신과 같이 가겠어요." 부인이 말했다. "여자들의 선두에서 내가 보일 거예요, 이제 곧."

"그럼, 돌격!" 드파르주가 쩌렁쩌렁한 목소리로 외쳤다. "애국지사 여러분, 준비는 끝났소! 바스티유로!"

마치 프랑스에서 내뱉은 모든 숨결이 이 혐오스러운 단어를 외치는 듯 어마어마한 함성이 이는 가운데, 살아 있는 바다가 솟구쳐 파도가 파도를 뒤덮고 심연이 심연을 뒤덮으면서 온 도시를 휩쓸고 그 지점으로 몰려갔다. 경종이 울리고, 북소리가 울리고, 파도가 사납게 날뛰며 새로운 해안에 부딪쳐 세차게 부서지고, 공격이 시작되었다.

깊은 해자, 이중 도개교, 육중한 돌담, 여덟 개의 거대한 탑, 대포, 머스킷 총, 불길과 연기. 불길을 헤치고 연기를 헤치고—바다가 그를 대포 쪽으로 밀고 가는 바람에 순식간에 포병이 되어 불길과 연기 속에서—포도주 상점의 드파르주는 격렬한 두 시간 동안 용맹한 병사처럼 싸웠다.

깊은 해자, 단일 도개교, 육중한 돌담, 여덟 개의 거대한 탑, 대포, 머스킷 총, 불길과 연기. 도개교 하나 함락! "돌진, 모든 동지들이여, 돌진하라! 돌진, 자크 일, 자크 이, 자크 천, 자크 이천, 자크 이만오천. 모든 천사의 이름으로 또는 악마의 이름으로—어느 쪽이든 좋을 대로—돌진하라!" 이처럼 포도주 상점의 드파르주는 이미 오래전에 뜨겁게 달아오른 대포를 여전히 지키며 외쳤다.

"이리로, 여자들이여!" 그의 아내가 외쳤다. "그래! 일단 이곳이 함락되면 우리도 남자들 못지않게 죽일 수 있지!" 날카롭고 목마른 함성과 함께 여성들이 떼 지어 그녀 주위로 몰려들었다. 무장한 방식은 각자 다양했지만 굶주림과 복수심으로 무장한 것은 똑같았다.

대포, 머스킷 총, 불길과 연기. 하지만 여전히 남아 있는 깊은 해자, 단일 도개교, 육중한 돌담, 여덟 개의 거대한 탑. 부상자들이 쓰러지면서 휘몰아치는 바다에 생긴 약간의 자리 이동. 번쩍이는 무기, 이글거리는 횃불, 연기가 피어오르는 젖은 짚단이 실린 마차, 사방의 인근 방책에서 벌어지는 힘겨운 싸움, 비명, 일제 사격, 저주의 말, 아낌없는 용기, 발사하고 박살 나고 무너지는 소리, 그리고 살아 있는 바다의 노기등등한 함성. 하지만 여전히 남아 있는 깊은 해자, 단일 도개교, 육중한 돌담, 여덟 개의 거대한 탑, 격렬한 네 시간 동안 쏘아대어 두 배로 뜨거워진 대포를 여전히 지키고 있는 포도주 상점의 드파르주.

요새 안에서 백기가 올라갔고, 이어 적과의 교섭이 시작됐으나 휘몰아치는 폭풍 속에 희미하게 인지될 뿐 아무것도 똑똑히 들리지는 않았다. 갑자기 바다가 가없이 드넓어지고 높아지더니, 포도주 상점의 드파르주를 싣고, 내려진 도개교 위를 지나 육중한 외벽을 지나 항복한 여덟 개의 거대한 탑 사이로 몰려갔다!

그를 싣고 간 바다의 힘은 불가항력이었기에 그로서는 숨을 고르거나 머리를 돌리는 것조차 마치 남태평양의 파도와 맞서 싸우는 것처럼 불가능한 일이었다. 이윽고 그는 바스티유의 바깥쪽 마당에 내려졌다. 그곳에서 그는 담벼락 모퉁이에 기대어 힘겹게 주위를 둘러보았다. 자크 삼이 바로 곁에 있었다. 드파르주 부인은 조금 떨어진 안쪽에서 여전히 일부 여성들의 선두에 서 있었고, 손에는 칼을 들고 있었다. 사방이 격동, 환호, 귀청이 터질 듯 열광적인 혼란, 어마어마한 소음, 그러면서도 맹렬한 무언극이었다.

"죄수들!"

"기록물!"

"비밀 감방!"

"고문 도구!"

"죄수들!"

이 모든 외침과 만 개의 어수선한 외침 속에서, 마치 시간과 공간이 무한한 것처럼 사람도 무한한 듯 끝없이 몰려드는 바다가 가장 많이 외친 말은 "죄수들!"이었다. 맨 앞의 파도가 간수들을 함께 휩쓸고 가면서 행여 숨겨진 구석방이 하나라도 남으면 그들 모두를 즉각 죽이겠다고 위협하고 있을 때, 드파르주가 그들 중 한 명, 머리가 희끗하고 손에 횃불을 든 사내의 가슴에 억센 손을 얹더니, 그를 나머지 일행에게서 떼어내 자신과 벽 사이에 세웠다.

"북탑으로 안내해!" 드파르주가 말했다. "어서!"

"기꺼이 그래야지요." 사내가 대답했다. "저를 따라오십시오. 하지만 그곳엔 아무도 없는데요."

"북탑 105가 무슨 뜻이지?" 드파르주가 물었다. "어서!"

"뜻요?"

"죄수를 뜻하는 거야, 아니면 갇힌 장소를 뜻하는 거야? 아니면 네놈을 때려죽이라는 뜻이야?"

"죽여버려요!" 자크 삼이 어느덧 가까이 다가와서 쉰 목소리로 말했다.

"감방을 뜻하는 겁니다."

"그곳으로 안내해!"

"그럼, 이쪽으로."

여느 때처럼 굶주린 표정의 자크 삼은 이 대화가 핏빛으로 물들 가능성이 없게 흘러가자 실망한 기색이 역력한 채 드파르주의 팔을 잡았고, 드파르주는 간수의 팔을 잡았다. 이 짧은 대화를 나누는 동안 그들 셋은 머리를 바싹 붙이고 있었는데, 그때조차도 서로의 말을 듣기 위해서는 그렇게 해야 했다. 살아 있는 바다가 요새로 밀고 들어와 마당과 복도와 계단으로 범람하는 소리가 어마어마했기 때문이었다. 바깥에서도 사방에서 바다가 깊고 거친 함성으로 벽을 두드려댔고, 이따금 시끄러운 함성의 파편들이 튀어 올라 물보라처럼 허공에서 부서졌다.

낮의 햇빛이 한 번도 들지 않은 음울한 지하 감옥들을 거쳐,

컴컴한 우리와 철창의 흉측한 문들을 지났고, 동굴 같은 계단을 내려간 뒤, 이어 계단이라기보다는 메마른 폭포에 가까운, 돌과 벽돌로 이루어진 가파르고 울퉁불퉁한 길을 다시 올랐다. 드파르주와 간수와 자크 삼은 손과 팔을 서로 붙잡은 채 최대한 걸음을 재촉했다. 이곳저곳에서, 특히 처음에는, 인파가 그들을 향해 밀려들었다가 지나가곤 했다. 하지만 내리막길이 끝나고 어떤 탑을 빙빙 돌며 오르기 시작하자 그들만 남게 되었다. 육중하고 두꺼운 벽과 아치로 둘러싸이니, 마치 조금 전에 벗어난 소음 때문에 청력이 거의 망가지기라도 한 것처럼 요새 안팎의 폭풍이 희미하고 둔탁하게 들렸다.

간수가 어느 낮은 문 앞에서 걸음을 멈추더니, 쨍강거리는 자물쇠에 열쇠를 끼우고 천천히 문을 열어젖힌 뒤 모두가 고개를 숙이고 안으로 들어설 때 이렇게 말했다.

"북탑 105입니다!"

쇠창살이 굳게 쳐진 유리 없는 작은 창문 하나가 벽 높이 자리했는데, 그 앞에는 돌로 만든 가리개가 있어, 허리를 낮게 숙이고 위를 쳐다봐야만 하늘이 보였다. 안으로 몇 발짝 떨어진 곳에는 가로장이 단단히 쳐진 작은 굴뚝이 있었다. 벽난로 바닥에는 오래된 나뭇재가 깃털처럼 수북이 쌓여 있었다. 걸상 하나, 탁자 하나, 그리고 짚으로 만든 침대 하나. 사방의 벽은 시커멓게 그을었고, 그중 하나에는 녹슨 쇠고리가 달려 있었다.

"그 횃불로 벽들을 천천히 비춰봐, 내가 볼 수 있게." 드파르주가 간수에게 말했다.

간수가 시키는 대로 하자 드파르주는 두 눈으로 세심히 불빛을 좇았다.

"멈춰! 여기 좀 보게, 자크!"

"A. M.!" 자크 삼이 쉰 목소리로 게걸스레 읽었다.

"알렉상드르 마네트." 드파르주가 화약이 깊게 밴 거무스름한 검지로 글자를 짚으면서 그의 귓가에 대고 말했다. "여기에는 '가엾은 의사'라고 써놓았군. 이 돌에 달력을 새긴 것도 확실히 그분이야. 자네 손에 든 게 뭔가? 쇠 지렛대? 이리 주게!"

그의 손에는 아직 대포의 화승간[73]이 있었다. 그는 갑자기 두 도구를 맞바꾸더니, 벌레 먹은 걸상과 탁자에 덤벼들어 몇 번 만에 그것들을 조각조각 박살 냈다.

"불을 더 높이 들어!" 그가 분노에 차서 간수에게 말했다. "이 조각들을 자세히 살펴보게, 자크. 그리고 여기! 내 칼이네." 그가 자크 삼에게 칼을 던졌다. "저 침대를 찢어서 짚 속을 살펴봐. 어이, 불을 더 높이 들라고!"

그는 간수에게 험악한 표정을 지으면서 벽난로 바닥에 기어들었고, 이어 굴뚝을 올려다보면서 쇠 지렛대로 옆면을 치고 비튼 뒤 가로로 쳐진 쇠 살대를 공격했다. 몇 분 지나지 않아 회반죽과 흙먼지가 후두두 떨어졌고, 그는 얼굴을 돌려 피했다. 회반

73 구식 대포의 화승, 곧 도화선에 불을 붙일 때 썼던 막대.

죽과 흙먼지, 오래된 나뭇재, 그의 무기가 저절로 혹은 억지로 비집고 들어간 굴뚝 틈새를 그는 조심스러운 손길로 더듬었다.

"나뭇조각 속에 아무것도 없나, 짚 더미 속에도, 자크?"

"없어요."

"이것들을 감방 한복판에 모으세. 그렇지! 어이, 불을 붙여!"

간수가 불을 붙이자 작은 더미는 뜨겁게 활활 타올랐다. 불길을 그대로 놔둔 채 그들은 다시 허리 숙여 낮은 아치문을 빠져나왔고, 왔던 길을 되돌아 안마당으로 향했다. 아래로 내려갈수록 청력이 다시 돌아오는 듯했고, 이윽고 그들은 다시 한번 휘몰아치는 물결 속에 들어섰다.

그들이 도착했을 때 물결은 드파르주를 찾느라 거칠게 요동치고 있었다. 바스티유를 방어하면서 군중에게 총포를 쏘아댄 감옥 소장을 끌고 갈 호송대의 선두를 포도주 상점 주인이 맡아야 한다면서 생탕투안은 아우성이었다. 그런 방식이 아니면 감옥 소장을 심판하러 시청까지 끌고 가지 못한다고 했다. 그런 방식이 아니면 감옥 소장이 탈출할 것이고, (오랜 세월 아무 가치도 없다가 갑자기 어떤 가치를 지니게 된) 민중의 피는 복수를 하지 못한다고 했다.

회색 겉옷과 붉은색 훈장 때문에 두드러져 보이는 이 굳은 표정의 늙은 소장을 온통 에워싼 듯한 격정과 논쟁의 아수라장에서 단 한 명 냉정한 인물이 있었으니, 그것은 여성이었다. "저기, 남편이 오네요!" 그녀가 손가락으로 가리키며 외쳤다. "드파르주예요!" 그녀는 굳은 표정의 늙은 소장 곁에 확고부동하게 서 있었고, 그 뒤로도 그의 곁을 확고부동하게 지켰다. 드파르주와 나머지 사람들이 그를 호송할 때도 그녀는 거리를 지나는 내내 그의 곁을 확고부동하게 지켰다. 목적지에 거의 이르러 그가 뒤로부터 가격을 당하기 시작했을 때도 그녀는 그의 곁을 확고부동하게 지켰다. 오래전부터 불어난 자상과 구타의 세찬 빗줄기가 쏟아졌을 때도 그녀는 그의 곁을 확고부동하게 지켰다. 그가 공격 속에 고꾸라져 죽었을 때도 그녀는 바로 곁에 있었기에, 돌연 활기를 띠며 그의 목에 발을 얹고서 오랫동안 준비해온 무자비한 칼로 그의 머리를 잘라냈다.

그 순간이 다가왔다. 자신이 무엇이 될 수 있고 무엇을 할 수 있는지 보여주기 위해 생탕투안이 사람을 가로등처럼 매다는 끔찍한 생각을 실행에 옮기는 순간이. 생탕투안의 피는 위로 솟구쳤고, 철권통치와 폭정의 피는 아래로—소장의 시신이 널브러져 있는 시청 계단 아래로—목을 잘라내기 위해 시신을 단단히 밟고 있는 드파르주 부인의 신발창 아래로—흘렀다. "거기 가로등 좀 내려봐!" 생탕투안이 새로운 죽음의 수단을 찾아 눈을 번득인 뒤 외쳤다. "여기 보초로 남겨둘 그의 병사 한 명이오!" 보초병 한 명이 대롱대롱 매달렸고, 바다는 계속 내달렸다.

위협적으로 넘실대는 시커먼 바다, 파도가 연이어 파괴적으로 솟구치는 바다, 그 깊이를 아직 가늠하지 못하고 그 힘을 아직 알지 못하는 바다. 격렬하게 흔들리는 형태들, 복수를 부르짖는 목소리, 고통의 용광로에서 단단히 굳어져 연민의 흔적은 들어설 여지가 없게 된 얼굴들의 무자비한 바다.

하지만 모든 격하고 사나운 표정들이 생생하게 살아 있는 얼굴들의 바다에서 나머지와 너무나 확고하게 대조적인 두 무리의 얼굴—각각 일곱 개—이 있었으니, 지금껏 이보다 더 인상적인 난파선을 싣고 온 바다는 없을 정도였다. 일곱 개의 죄수 얼굴이 그들의 무덤을 부서뜨린 폭풍 덕분에 갑자기 풀려나 군중의 머리 위로 높이 떠받들어졌다. 마치 최후 심판의 날이 도래한 듯했고, 주위에서 기뻐 날뛰는 자들은 길 잃은 영혼들인 듯하여, 죄수들은 하나같이 겁에 질리고, 하나같이 당황하고, 하나같이 놀라 어리둥절한 표정이었다. 더 높이 들린 다른 일곱 개의 얼굴은 일곱 개의 죽은 얼굴이었으니, 축 늘어진 눈꺼풀과 반쯤 보이는 눈으로 최후 심판의 날을 기다리고 있었다. 무표정하지만, 그럼에도 일시적으로 정지된 듯한—아예 사라진 것이 아닌—어떤 표정을 지닌 얼굴들. 무시무시한 정지 상태에 놓였지만, 금방이라도 늘어진 눈꺼풀을 뜨고 핏기 없는 입술로 이렇게 증언할 듯한 얼굴들. **"네놈들의 짓이다!"**

일곱 명의 풀려난 죄수, 일곱 개의 창끝에 꽂힌 피투성이 머리, 여덟 개의 튼튼한 탑을 가진 저주받은 요새의 열쇠, 이미 오래전에 마음의 병으로 숨진 옛 시절 죄수들의 서신과 기록, 기타 등등. 요란하게 메아리치는 생탕투안의 발소리들은 1789년 7월 중순에 파리 거리를 따라 이러한 것들을 호송했다. 부디 하늘은 루시 다네이의 공상을 물리치시어 이러한 발소리들이 그녀의 삶에 가까이 오지 못하도록 하소서! 그것들은 저돌적이고 광포하고 위험한 발소리니까. 드파르주의 포도주 상점 문간에서 포도주 통이 부서졌던 그날로부터 너무나 긴 시간이 흐른 지금, 그것들은 한번 시뻘겋게 얼룩지면 다시 깨끗해지기 쉽지 않은 발소리니까.

22장

계속 거세지는 바다

초췌한 생탕투안이 승리감에 젖어, 얼마 되지 않는 딱딱하고 쓰디쓴 빵을 형제애의 포옹과 축하를 곁들여 최대한 촉촉하게 맛본 지 불과 일주일 되었을 무렵, 드파르주 부인은 여느 때처럼 카운터에 앉아 손님들을 통솔하고 있었다. 드파르주 부인은 이제 머리에 장미꽃을 꽂지 않았다. 불과 일주일 만에, 첩자들의 거대한 조직이 생탕투안이라는 성인의 자비에 자신을 맡기는 데 있어 극도로 몸을 사렸기 때문이었다. 까딱하다가는 그들이 이곳 길거리에 늘어선 가로등에 매달려 낭창낭창 흔들릴 판이었으니까.

드파르주 부인은 아침 햇살과 열기 속에 팔짱을 끼고 앉아 포도주 상점과 거리를 찬찬히 바라보고 있었다. 두 곳 모두 삼삼오오 몇 무리가 어슬렁대고 있었는데, 다들 누추하고 궁핍했지만 이제는 어떤 권력 의식이 그들의 고통 위에 뚜렷이 자리하고 있었다. 더없이 초라한 머리 위에 삐뚜름히 얹힌 더없이 낡아빠진 나이트캡도 이런 뒤틀린 의미를 내포하고 있었다. '나는, 이 모자의 주인은, 내 삶을 꾸려가기가 얼마나 힘들어졌는지 잘 알아. 하지만 내가, 이 모자의 주인이, 당신의 삶을 파괴하는 것 역시 얼마나 쉬워졌는지 알아?' 모든 앙상하고 헐벗은 팔들은 지금껏 일거리가 없었지만 이제는 언제든 할 수 있는 일거리를 얻게 되었으니, 그것은 치고 갈기는 것이었다. 뜨개질하는 여인들의 손가락은 갈가리 잡아 뜯을 수 있다는 것을 경험했기에 잔인함을 띠게 되었다. 생탕투안은 겉모습에 변화가 생겼다. 지난 수백 년간 망치질 아래 이런 모습으로 만들어지다가 마지막 결정타에 뚜렷한 표정을 얻게 된 것이었다.

드파르주 부인은 생탕투안 여인들을 이끄는 지도자에 걸맞게 내심 흐뭇한 기색을 억누른 채 이런 장면을 눈여겨보고 있었다. 자매단 한 명이 그녀 곁에서 뜨개질을 했다. 어느 굶주린 식료품상의 작고 통통한 아내이자 두 아이를 둔 엄마였는데, 이 부관은 이미 '방장스'[74]라는 찬사 어린 별명을 얻은 터였다.

"쉿!" 방장스가 말했다. "들어봐요! 누가 오는 거죠?"

마치 생탕투안 구역의 가장 바깥쪽에서 포도주 상점 문간까

74 '복수, 앙갚음'을 뜻하는 프랑스어.

지 쭉 연결된 화약에 갑자기 불이 붙은 듯, 어떤 웅성거림이 순식간에 번지면서 돌진해왔다.

"드파르주예요." 부인이 말했다. "조용히 하세요, 애국지사 여러분!"

드파르주가 숨 가삐 안으로 들어와 쓰고 있던 붉은색 모자를 벗더니 주위를 둘러보았다! "다들, 들어봐요!" 부인이 다시 말했다. "이 사람 말을 들어봐요!" 문밖에 모여든 이글대는 눈들과 벌어진 입들을 배경으로, 드파르주는 숨을 헐떡이며 서 있었다. 포도주 상점 안에 있던 사람들도 모두 자리에서 일어나 있었다.

"자, 말해봐요, 여보. 무슨 일이에요?"

"저승에서 온 소식이오!"

"무슨 말이에요?" 부인이 어이없다는 듯 외쳤다. "저승?"

"다들 풀롱을 기억합니까? 굶주린 사람들한테 풀을 먹으면 된다고 했던 늙은이, 그러다가 죽어서 지옥에 떨어진 늙은이 말입니다."

"당연하죠!" 사람들이 한목소리로 외쳤다.

"그 인간에 대한 소식이오. 그자가 우리 가운데 있어요!"

"우리 가운데!" 사람들이 또다시 한목소리로 외쳤다. "죽어서?"

"죽지 않았소! 그자는 우리가 너무 두려웠던 나머지—그럴 만하죠—죽은 것처럼 위장해선 가짜 장례식을 성대하게 치른 거였소. 하지만 사람들이 멀쩡히 시골에 숨어 있는 그자를 발견하곤 이리로 끌고 왔어요. 그자가 죄수 신분으로 시청에 끌려가는 걸 지금 막 보고 왔소. 앞서 그자가 우리를 두려워할 만하다고 했습니다. 다들 말해봐요! 두려워할 만합니까?"

인생의 칠십 고개를 넘긴 비참하고 늙은 죄인, 설령 그가 지금껏 그 사실을 몰랐다고 하더라도 그들의 쩌렁쩌렁한 대답을 들었더라면 이제는 뼈저리게 알게 되었으리라.

잠시 깊은 침묵이 이어졌다. 드파르주와 아내는 서로를 흔들림 없이 응시했다. 방장스가 허리를 숙였고, 그녀가 카운터 뒤의 발치에서 북을 꺼내는 소리가 끼익 들렸다.

"애국지사 여러분!" 드파르주가 결연한 목소리로 말했다. "준비됐습니까?"

즉각 드파르주 부인의 허리춤에 칼이 꽂혔다. 북과 고수가 마법으로 함께 날아가기라도 한 듯 길거리에서 북이 울리고 있었다. 방장스는 복수의 여신 마흔 명이 한꺼번에 등장한 것처럼 끔찍한 소리를 내지르고 양팔을 머리 위로 흔들면서 집집이 뛰어다니며 여자들을 일깨우고 있었다.

남자들은 무시무시했다. 그들은 살벌한 분노 속에 창가에서 내다보고 있다가 무엇이든 무기가 될 만한 것을 집어 들고 거리로 우르르 쏟아져 나오고 있었다. 하지만 여자들의 모습은 가장 용맹한 사람마저 오싹하게 만들 정도였다. 찢어지는 가난 속에 근근이 꾸려가던 집안일을 뒤로하고, 자식들을 뒤로하고, 굶주리고 헐벗은 채 맨바닥에 웅크린 노인들과 병자들을 뒤로하고, 그들은 머리카락을 온통 휘날리면서, 서로서로와 스스로를 재촉하면서, 격렬하기 그지없는 함성과 행동으로 광기를 향해 내달렸다. 악랄한 풀롱이 잡혔대요, 자매여! 늙은 풀롱이 잡혔대요, 어머니! 사악한 풀롱이 잡혔단다, 딸아! 이어, 스무 명 남짓한 다른 이들이 그들 가운데로 달려와 가슴을 두드리고 머리카락을 쥐어뜯으며 비명을 내질렀다. 풀롱이 살아 있었어! 굶주린 사람들에게 풀을 먹으라고 했던 풀롱! 우리 늙은 아버지께 드릴 빵 한 조각 없었을 때 그분에게 풀을 먹으라고 했던 풀롱! 이 젖가슴이 바싹 말라버렸을 때 우리 아기에게 풀을 빨아 먹으라고 했던 풀롱! 오, 성모 마리아여, 그 풀롱입니다! 오, 하늘이여, 우리의 고통을 아시지요! 들으소서, 숨진 우리 아가와 쇠약한 우리 아버지. 이 돌바닥 위에 무릎 꿇고 맹세하노니, 풀롱에게 당신들의 원수를 갚겠습니다! 남편들이여, 형제들이여, 젊은이들이여, 우리에게 풀롱의 피를 주시오, 우리에게 풀롱의 머리를 주시오, 우리에게 풀롱의 심장을 주시오, 우리에게 풀롱의 몸과 영혼을 주시오! 풀롱을 갈기갈기 찢고 땅속에 파묻어 그자에게서 풀이 자라게 하시오! 이런 절규와 함께 수많은 여인들이 눈먼 광분에 휩싸여 자기 동지들마저 치고 뜯으며 이리저리 내달리다가 급기야 격정에 못 이겨 실신하기에 이르렀고, 사람들의 발길에 짓밟힐 위기인 것을 그들의 남자들이 간신히 구해내었다.

그럼에도 불구하고 한순간도 지체되지 않았다. 한순간도! 이 풀롱이란 자가 시청에 있었고 어쩌면 풀려날지도 몰랐다. 안 돼,

생탕투안이 지금껏 겪었던 고통과 모욕과 부당함을 안다면 절대로! 무장한 남녀들이 얼마나 순식간에 그곳을 우르르 빠져나갔던지, 그리고 마지막 한 명까지 얼마나 거세게 빨아들였던지, 불과 15분 만에 생탕투안의 품에 남은 인간이라곤 늙은 노파 몇 명과 울부짖는 아이들밖에 없었다.

절대로 안 돼. 그때쯤 그들 모두는 이 추하고 사악한 늙은이가 있는 심문실에 버글버글 모여들어 인접한 공터와 길거리까지 넘쳐나고 있었다. 드파르주 부부와 방장스, 자크 삼은 인파의 선두에 있었고, 심문실에서 그자와 그다지 멀지 않은 거리에 있었다.

"봐요!" 부인이 칼로 가리키며 외쳤다. "저 늙은 악당이 밧줄에 묶여 있군요. 저자의 등짝에 풀 한 다발을 묶어놓다니 참 잘했군. 하하! 정말 잘했어. 이제 저걸 먹이면 되겠어!" 부인이 칼을 겨드랑이에 끼고 마치 연극이라도 보듯 박수를 쳤다.

드파르주 부인이 왜 흐뭇해하는지 그녀의 바로 뒤에 있던 사람들이 뒷사람들에게 설명하자, 그들이 다시 다른 사람들에게 설명하고, 그들이 또 다른 사람들에게 설명하여, 인근 거리에는 박수 소리가 가득 울려 퍼졌다. 같은 식으로, 두세 시간 동안 느릿느릿 말이 길어지고 수많은 단어를 키질하여 걸러내는 작업이 이어지자, 드파르주 부인이 자주 지었던 성마른 표정도 놀랄 만큼 신속하게 멀리까지 전달되었다. 특히나 신속했던 이유는, 몇몇 남자들이 뛰어난 민첩성을 발휘하여 건물 외벽을 기어올라 창문 안을 들여다보았는데, 그들이 드파르주 부인을 잘 알고 있어 그녀와 건물 밖의 군중 사이에서 신호기 역할을 했기 때문이었다.

마침내 해가 까마득히 솟아올라 마치 희망처럼 또는 보호처럼 너그러운 햇살을 늙은 죄수의 머리에 정통으로 비추었다. 이것은 도저히 용납할 수 없는 은혜였다. 놀랍도록 오랫동안 버텼던 쓸모없는 장벽이 순식간에 허물어지고, 생탕투안은 그자를 손에 넣었다!

곧장 이 사실은 가장 멀리 떨어진 군중에게까지 알려졌다. 드파르주가 이제 막 난간과 탁자를 풀쩍 뛰어넘어 그 비참한 인간에게 죽음의 포옹을 안겼고, 드파르주 부인이 이제 막 그를 뒤따라가 죄인을 묶은 밧줄 중 하나를 손에 쥐었으며, 방장스와 자크 삼은 아직 그들 근처에 이르지 못했고, 창가의 남자들은 높은 가지에 앉은 맹금처럼 아직 심문실을 내리 덮치진 않았을 때, 이런 함성이 온 도시에 쩌렁쩌렁 울리는 듯했다. "밖으로 끌어내! 가로등으로 끌어내!"

넘어지고, 일어나고, 건물 계단에 머리부터 곤두박질쳤다. 무릎으로 기었다가, 두 발로 걸었다가, 등을 대고 자빠졌다. 끌려가고, 얻어맞고, 수백 개의 손이 그의 얼굴에 쑤셔대는 풀과 짚 뭉치에 숨이 막혔다. 찢기고, 멍들고, 헐떡이고, 피 흘리고, 그러면서도 계속 애걸복걸 자비를 구걸했다. 사람들이 구경하려고 서로를 뒤로 당길 때 그자 주변에 조그만 공간이 생기자 격렬한 고통에 몸부림쳤고, 죽은 통나무처럼 다리들의 숲 사이로 끌려다녔다. 그가 죽음의 가로등 하나가 흔들거리는 가장 가까운 길모퉁이로 끌려오자, 그곳에서 드파르주 부인은 마치 고양이가 쥐에게 하듯 그를 놓아주고는 말없이 태연하게 쳐다보았다. 그러는 와중에도 사람들은 준비를 하고 죄인은 그녀에게 애걸했다. 여자들은 내내 그를 향해 격렬하게 소리를 질러댔고, 남자들은 죄인 입에 풀을 물려서 죽이자고 단호하게 주장했다. 첫 번째, 그가 위로 올라갔고, 밧줄이 끊어졌고, 사람들이 비명을 질러대는 그를 붙들었다. 두 번째, 그가 위로 올라갔고, 밧줄이 끊어졌고, 사람들이 비명을 질러대는 그를 붙들었다. 그런 다음, 밧줄이 자비를 베풀어 그를 지탱하자 금세 그의 머리는 창끝에 꽂히고 입에는 한가득 풀이 물렸으며, 그 꼴을 본 생탕투안은 다들 덩실덩실 춤을 췄다.

그날의 끔찍한 행위는 이걸로 끝이 아니었다. 생탕투안은 성난 피가 솟구치도록 고함을 질러대고 춤을 췄던지라, 하루가 저물어갈 즈음 처형된 자의 사위이자 민중을 모욕한 또 다른 적이 기병대 500명의 호위 아래 파리로 들어오고 있다는 소식을 듣자 다시금 피가 들끓었다. 생탕투안은 너울거리는 종이에 그의 죄목을 적었고, 그자를 붙잡아 — 풀롱에게 길동무를 만들어주기 위해서라면 온 군대를 상대로도 그를 낚아챘으리라 — 머리와 심장을 창끝에 꽂은 뒤, 그날의 전리품 세 개를 쳐들고 늑대 행렬처럼 거리를 누볐다.

남녀들이 굶주림에 울고 있는 자식들에게로 돌아간 것은 컴컴한 밤이 다 되어서였다. 이어 초라한 빵 가게들 앞에는 사람들이 겹겹이 길게 늘어서 질 나쁜 빵이나마 사기 위해 참을성 있게 기다렸다. 현기증이 나도록 텅 빈 배를 부여잡고 기다리는 동안, 그들은 서로서로 부둥켜안고 그날의 승리를 축하하거나 이런저런 담소로 승리를 다시 만끽하면서 지루한 시간을 견뎠다. 차츰차츰 이 남루한 사람들의 줄이 짧아지면서 한 가닥 한 가닥 흩어져 갔다. 이어 높은 창가에 희미한 불빛이 비치기 시작했고, 길거리에는 약한 불길이 지펴졌다. 그 불로 이웃들은 함께 음식을 만들었고, 이후 각자의 문간에서 저녁을 먹었다.

고기는커녕 형편없는 빵에 곁들일 소스도 변변찮은 부실하고 보잘것없는 저녁밥이었다. 그럼에도 인간적인 동료애가 돌처럼 딱딱한 음식에 어떤 영양분을 불어넣었고, 그 속에서 유쾌한 불꽃을 끌어냈다. 최악의 하루에 온전히 가담했던 부모들은 야윈 자식들과 상냥하게 놀아주었다. 또한 연인들은 주위와 눈앞이 온통 이런 세상이지만 서로 사랑하고 희망을 나누었다.

드파르주의 포도주 상점에서 마지막 손님 무리가 떠난 것은 거의 새벽이 되어서였다. 드파르주 씨가 문을 잠그면서 쉰 목소리로 아내에게 말했다.

"마침내 그것이 왔어, 여보!"

"으흠!" 부인이 대답했다. "거의 그렇죠."

생탕투안은 잠들었고, 드파르주 부부도 잠들었다. 방장스도 굶주린 식료품상 남편과 잠들었으며, 북도 잠들었다. 이 북이 내는 소리는 피와 격정이 생탕투안에서 바꾸지 않은 유일한 소리였다. 북 관리인인 방장스가 이것을 깨워 소리를 내면, 바스티유가 무너지기 전과 마찬가지로, 또는 늙은 풀롱이 잡히기 전과 마찬가지로 똑같은 소리가 날 터였다. 하지만 생탕투안의 품에 안긴 남녀들의 쉰 목소리는 그렇지 않았다.

23장

거세지는 불길

샘물이 흘러내리던 마을, 도로 보수공이 그의 가난하고 무지한 영혼과 가난하고 쇠약한 육신을 헝겊 조각처럼 하나로 기워줄 빈약한 빵을 얻고자 날마다 큰길에 돌멩이를 캐러 가던 마을, 그곳에 변화가 생겼다. 바위산 위의 감옥은 옛날처럼 위압적이지 않았다. 감옥을 지키기 위해 병사들이 있었지만 많지는 않았다. 병사들을 지키기 위해 장교들도 있었지만, 그들 중 누구도 부하들이 무슨 짓을 할지 확신하지 못했다. 확실한 것은, 시킨 대로 하지는 않으리라는 점이었다.

황폐해진 시골이 드넓게 펼쳐져 있었다. 이곳에서 나는 것이라곤 황량함밖에 없었다. 초록 이파리 하나하나, 풀잎과 낟알 하나하나, 모든 것이 가난에 찌든 사람들처럼 시들고 초라했다. 모든 것이 휘어지고, 풀 죽고, 억눌리고, 부서진 모습이었다. 거주지, 담장, 가축, 남자들, 여자들, 아이들, 그리고 그들을 지탱하는 토양까지 모든 것이 메말라 있었다.

귀족 나리들은 (종종 개인으로는 더없이 훌륭한 신사로서) 국가적인 축복이었고, 만물에 정중한 품격을 부여했으며, 호화롭고 빛나는 삶의 고상한 본보기이자, 이와 상응한 여러 면에서 크나큰 존재였다. 그럼에도 귀족 나리들은 하나의 계층으로서는 어찌 된 셈인지 사태를 이 지경으로 만들어놓았다. 특별히 귀족 나리들을 위해 창조되었을 우주 만물이 이렇게 순식간에 메말라 버려 더 비틀어 짜낼 것도 없다니 이상한 일이 아닌가! 필시 창조 과정에 뭔가 근시안적인 데가 있었으리라! 하지만 실제 상황이 그러했다. 그리하여 부싯돌에서 마지막 피 한 방울까지 짜냈을 때, 그리고 고문대의 마지막 나사까지 번질나게 돌려 지렛대가 망가지고 이제 더는 아무것도 맞물리지 않은 채 헛돌기만 했을 때, 귀족 나리들은 이렇게 저속하고 이해할 수 없는 상황을 피해 달아나기 시작했다.

하지만 이것이 이 마을이나 이곳과 비슷한 수많은 마을에 나타난 변화는 아니었다. 지난 수십 년 동안 귀족 나리들은 이곳을 비틀고 쥐어짰으며, 이곳에 친히 납시는 경우라고는 사냥을 즐길 때뿐이었으니, 어떤 때는 사람을 사냥하고, 어떤 때는 짐승을 사냥하고, 사냥감을 보존하고자 야생의 메마른 황무지를 널찍이 마련하는 솔선수범을 보인 바였다. 아니, 그 변화는 조각한 듯한, 아름답게 꾸민, 빛나는 상류층의 얼굴이 사라진 것보다는 하류층의 낯선 얼굴이 나타난 것과 관련 있었다.

이유인즉 그 시절 도로 보수공이 '자신이 흙이니 흙으로 돌아가리'란 상념에 굳이 젖을 겨를도 없이, 대개 저녁거리가 너무 빈약하다거나 그럴 수만 있다면 얼마나 실컷 먹고 싶은지와 같은 생각에만 골몰한 채 흙먼지 속에서 홀로 일하고 있을 때, 그 시절 그가 외로운 작업을 하다 시선을 들어 먼 곳을 바라보면 어떤 거친 형체가 뚜벅뚜벅 다가오는 모습이 보이곤 했기 때문이었다. 예전에는 이 근방에서 그런 경우가 드물었지만 이제는 흔한 일이 되었다. 낯선 이가 가까이 다가올 때 도로 보수공의 눈에 어김없이 들어오는 모습은, 거의 야만인에 가깝도록 털이 텁수룩한 키 큰 남자의 모습이었다. 도로 보수공의 눈에조차 투박하게 보이는 나막신 차림에, 험상궂고, 거칠고, 거무스름하고, 수많은 큰길에서 진흙과 먼지를 뒤집어쓰고, 수많은 저지대 늪지에서 눅눅하게 젖고, 수많은 숲속 샛길에서 가시와 나뭇잎과 이끼가 들러붙은 모습이었다.

어느 궂은 7월 한낮, 그가 비탈 아래 쌓아둔 돌무더기에 앉아 빗발치는 우박을 그럭저럭 피하고 있을 때 이런 남자 하나가 유령처럼 그를 향해 다가왔다.

남자는 그를 쳐다보았고, 골짜기의 마을과 방앗간과 바위산의 감옥을 쳐다보았다. 그는 우매한 마음을 총동원하여 이런 대상들을 확인한 뒤 간신히 알아들을 만한 사투리로 말했다.

"어떻게 지냅니까, 자크?"

"다 괜찮습니다, 자크."

"그럼 악수합시다!"

그들은 손을 맞잡았고, 이어 남자가 돌무더기에 앉았다.

"점심은 없소?"

"요즘은 저녁 요기가 고작입니다." 도로 보수공이 배고픈 얼굴로 말했다.

"어디나 마찬가지군." 남자가 성난 목소리로 말했다. "어디서도 점심 먹는 걸 못 봤소."

그는 시커메진 담뱃대를 꺼내 속을 채우고 부싯돌과 쇳조각으로 불을 붙인 뒤 새빨갛게 타오를 때까지 입으로 빨았다. 그런 다음, 갑자기 담뱃대를 멀리 잡더니 엄지손가락과 다른 손가락으로 뭔가를 그 속에 넣었다. 그러자 불길이 확 일었다가 한 줌 연기 속에 사라졌다.

"그럼 악수합시다." 이런 작업을 보고 나자 이번에는 도로 보수공이 이 말을 할 차례였다. 그들은 다시 손을 맞잡았다.

"오늘 밤?" 도로 보수공이 말했다.

"오늘 밤." 남자가 담뱃대를 입에 물며 대답했다.

"어디에서?"

"여기."

남자와 도로 보수공은 서로를 말없이 쳐다보며 돌무더기에 앉아 있었다. 우박이 난쟁이의 총검 습격처럼 그들 사이로 내리치더니 이윽고 마을 위로 하늘이 개기 시작했다.

"설명해보시오!" 여행자가 언덕배기로 걸어가며 말했다.

"보세요!" 도로 보수공이 손가락을 뻗으며 대답했다. "이쪽으로 내려가서 길을 따라 쭉 가다가, 샘터를 지나면……."

"그딴 소리는 집어치우고!" 상대가 풍경을 쓱 훑으며 그의 말을 끊었다. "나는 길로도 안 가고 샘터도 안 지나요. 알겠소?"

"아! 저기 마을 위로 솟은 언덕 꼭대기 너머로 2리그 정도 됩니다."

"그렇군. 일은 언제 마치시오?"

"해 질 녘에요."

"가기 전에 나를 좀 깨워주겠소? 꼬박 이틀 밤을 쉬지도 않고 걸어왔소. 일단 담배부터 다 피우고, 그다음엔 아이처럼 잘 거요. 깨워주겠소?"

"그럼요."

여행자는 담배를 다 피운 다음 그것을 가슴 안쪽에 넣고, 커다란 나막신을 벗은 뒤 돌무더기 위에 등을 대고 누웠다. 그러고는 곧바로 곤히 잠들었다.

도로 보수공이 흙먼지 속에서 작업하는 동안 우박 구름이 걷히면서 눈부신 하늘이 군데군데 줄무늬처럼 드러났고, 이에 화답하듯 풍경 위로 은빛 햇살이 어슴푸레 빛났다. (이제는 파란 모자 대신 붉은 모자를 쓴) 작은 사내는 돌무더기 위에 누운 인물에게 매료된 듯했다. 그쪽으로 얼마나 자주 눈을 돌렸던지, 연장을 다루는 솜씨가 형편없다고 해도 무방할 정도로 기계적이었다. 구릿빛 얼굴, 텁수룩한 검은색 머리카락과 턱수염, 조악한 모직으로 만든 붉은 모자, 손으로 짠 투박한 직물과 털 달린 짐승 가죽을 잡다하게 섞어 만든 거친 의복, 쪼들리는 생활 때문에 비쩍 여윈 건장한 골격, 잠든 중에도 못마땅한 듯 절박하게 꽉 다문 입술 등등, 모든 것이 도로 보수공에게 경외심을 불러일으켰다. 여행자는 먼 길을 걸어온 터라, 두 발은 쓸려 벗겨지고 발목은 까여 피가 흘렀다. 나뭇잎과 풀잎으로 속을 채운 커다란 신발은 머나먼 길에 걸쳐 끌고 오기엔 무거웠고, 그 자신이 온통 쓸려 상처투성이인 것처럼 옷가지 또한 쓸려서 구멍이 숭숭했다. 도로 보수공은 그의 곁에 허리를 숙이고 남자의 가슴팍이나 다른 곳에 혹시 숨겨진 무기는 없나 슬쩍 엿보려 했다. 하지만 소용없었다. 남자는 몸 위로 팔짱을 낀 채, 그것도 입술만큼이나 결연히 낀 채 잠을 잤기 때문이었다. 도로 보수공이 보기엔 온갖 방책과 경비 초소, 관문, 해자, 도개교 등으로 무장한 도시들도 이 인물에 비하면 공기에 지나지 않을 것 같았다. 상대에게서 시선을 거두고 지평선과 주위를 둘러보았을 때, 그는 다른 비슷한 인물들이 어떤 장애물에도 멈추지 않고 프랑스 전역에서 중심지들을 향해 나아가는 모습을 상상 속에서 보았다.

우박이 쏟아지든 사이사이 화창하게 개든, 얼굴에 햇살이 비치든 그늘이 지든, 둔탁한 얼음덩이가 후두두 몸을 두드리든 그것들이 햇빛 속에 다이아몬드처럼 빛나든, 남자는 해가 서쪽으로 낮게 지고 하늘이 붉게 타오를 때까지 계속 잠만 잤다. 이윽고 도로 보수공이 연장을 챙기고 마을로 내려갈 채비를 모두 마친 뒤 남자를 깨웠다.

"알았소!" 잠들었던 이가 팔꿈치를 대고 일어나며 말했다. "언덕 꼭대기 너머로 2리그라고 했소?"

"대략."

"대략. 알았소!"

바람이 부는 방향대로 흙먼지가 뿌옇게 앞장서는 가운데 도로 보수공은 집으로 향했고, 이내 샘터에 이르렀다. 그는 그곳에 물 마시러 끌려온 앙상한 암소들 사이로 비집고 들어가 온 마을 사람들에게 귓속말을 했는데, 마치 암소들에게까지 귓속말을 하는 것처럼 보였다. 마을 사람들은 초라한 저녁 식사를 마쳤을 때 평소처럼 잠자리에 드는 대신 다시 문밖으로 나와 그곳에 머물렀다. 기묘한 전염병처럼 수군대는 소리가 번졌고, 사람들이 어둠 속에서 샘터에 모였을 때도 기묘한 전염병처럼 다들 뭔가를 기대하듯 오로지 한 방향으로만 하늘을 쳐다보았다. 이 마을의 최고 관리인 가벨 씨는 불안해졌다. 그는 혼자 옥상에 올라가 자기도 그쪽을 바라보았다. 그러고는 저 아래 샘터에서 어두워져 가는 얼굴들을 굴뚝 뒤에서 슬쩍 내려다본 뒤, 교회 열쇠를 관리하는 교회지기에게 전갈을 보내 조만간 경종을 울릴 필요가 있을지도 모르겠다고 알렸다.

밤이 깊어갔다. 오래된 성을 에워싼 나무들이 이곳을 외따로 고립시킨 채 어둠 속의 육중하고 시커먼 건물들을 위협하듯 거세지는 바람 속에 흔들렸다. 빗줄기가 두 개의 테라스 계단 위로 사납게 들이치면서 마치 집 안의 사람들을 깨우는 급한 전령처럼 커다란 문을 두드려댔다. 불안한 바람이 복도로 휘몰아쳐 낡은 창과 칼 사이를 지났고 계단을 한탄하며 올라가 마지막 후작이 잠들었던 침대의 커튼을 흔들었다. 동, 서, 남, 북에서, 숲 사이로, 네 명의 부스스한 남자가 무거운 발걸음으로 키 큰 풀을 짓밟고 나뭇가지를 부러뜨리면서 성큼성큼 걸어 나와 조심스레 안마당에 모였다. 그곳에서 네 개의 불길이 붙었고, 각자 다른 방향으로 흩어졌으며, 사방이 다시 캄캄해졌다.

하지만 오래가지는 않았다. 이내 성은 어둠 속에서 빛을 발하는 야광체처럼 뭔가 스스로의 빛에 의해 기묘하게 모습을 드러내기 시작했다. 이어, 건물 정면 뒤쪽에서 깜박깜박 불빛이 어른거리더니, 건물의 속살을 훤히 비추면서 난간과 아치와 창문을 드러냈다. 다음 순간 불빛이 더 높아지고 더 넓어지고 더 환해졌다. 곧 스무 개 남짓한 커다란 창문으로 불길이 터져 나왔고, 돌로 만든 얼굴들이 잠에서 깨어나 불길 속에서 빤히 쳐다보았다.

그곳에 남아 있던 몇 안 되는 사람들이 웅성대는 소리가 저택 주변에서 희미하게 일었고, 이어 말에 안장을 얹고 급히 출발하는 소리가 들렸다. 어둠 속에 박차를 가하며 철벅철벅 내달리다가 마을 샘터 옆에서 고삐가 당겨졌고, 입에 거품을 문 말이 가벨 씨의 문간에 멈춰 섰다. "도와주시오, 가벨! 도와주시오, 다들!" 경종이 초조하게 울렸지만, 다른 도움은 (경종이 도움이 되었다 쳐도) 전혀 없었다. 도로 보수공과 250명의 각별한 친구들은 팔짱을 끼고 샘터에 서서 하늘의 불기둥을 바라보기만 했다. "40피트는 되겠군." 그들이 엄숙하게 말했다. 그러고는 꿈쩍도 하지 않았다.

성에서 달려온 기수와 입에 거품을 문 말은 다그닥다그닥 마을을 지나 바위산 위의 감옥을 향해 가파른 돌길을 올랐다. 감옥 정문에서 장교 무리가 불길을 쳐다보고 있었다. 그들과 떨어진 곳에 병사 무리도 있었다. "도와주시오, 나리들, 장교님들! 성에 불이 났어요. 얼른 서두르면 귀한 물건들을 불길 속에서 건져낼 수 있을 겁니다! 도와주시오, 도와줘요!" 장교들이 불구경 중인 병사들 쪽을 쳐다보더니 아무 명령도 내리지 않았다. 그러고는 어깨를 으쓱하고 입술을 깨물며 대답했다. "탈 건 타야지."

기수가 다시 언덕을 내려가 길거리를 지날 때 마을은 불빛으로 빛나고 있었다. 도로 보수공과 250명의 각별한 친구들이 불을 밝힌다는 생각에 일제히 고무되어 각자 집으로 달려가 칙칙한 유리창마다 촛불을 밝혀놓았던 까닭이다. 전반적으로 모든 것이 부족했던지라 초도 다소 강제적인 방식으로 가벨 씨에게서 빌려 왔다. 이 관리가 잠시 머뭇머뭇 주저하자 한때는 권위에 그렇게 고분고분했던 도로 보수공이 말하길, 모닥불을 피우기엔 마차가 제격이라면서 이참에 역마도 구워버리자고 했다.

성은 활활 타올라 그냥 타버리도록 방치되었다. 포효하며 날뛰는 대화재 속에, 지옥에서 곧장 불어온 듯한 뜨겁디뜨거운 바람이 건물을 날려버리는 듯했다. 불길이 넘실넘실 오르내리면서 돌조각 얼굴들은 고통 속에 놓인 것처럼 보였다. 커다란 돌덩어리와 나무가 우르르 떨어지자 코에 두 개의 옴폭한 자국이 있는 돌 얼굴이 시야에서 사라지더니, 이내 연기 속에서 아등바등 다시 모습을 드러냈다. 마치 화형에 처해져 불길과 싸우고 있는 잔인한 후작의 얼굴인 것처럼.

성은 모두 타버렸다. 가장 가까이에 있던 나무들은 불길의 손아귀에 붙잡혀 그슬리고 쪼그라들었다. 네 명의 험상궂은 인물이 불을 지른 멀리 있던 나무들은 활활 타는 건물을 새로운 연기의 숲으로 에워쌌다. 녹아내린 납과 쇠가 분수의 대리석 수반에서 부글부글 끓었다. 물은 바싹 말라버렸다. 촛불 끄는 도구처럼 생긴 탑 꼭대기들은 열기 앞에 얼음처럼 사라져 네 개의 울퉁불퉁한 불의 샘 속으로 흘러내렸다. 단단했던 벽에는 결정체라도 생기듯 온통 금이 가고 틈이 생겼다. 얼빠진 새들이 주위를 빙빙 돌다가 용광로 속으로 떨어졌다. 네 명의 험상궂은 인물은 밤으로 뒤덮인 길을 따라서, 자신들이 불붙인 봉홧불을 길잡이 삼아, 다음 목적지를 향해 동, 서, 남, 북으로 터벅터벅 사라졌다. 환히 불 밝힌 마을은 경종을 탈취하고 정당한 종지기를 몰아낸 뒤 기쁨의 종을 울렸다.

그뿐이 아니었다. 마을 사람들은 굶주림과 불과 종소리에 머리가 어찔해져선, 가벨 씨가 소작료와 세금을 거두는 일과 관련 있음을 생각해냈고—비록 근래에는 가벨이 세금을 조금씩만 거두고 소작료는 아예 안 거뒀지만—그와 지금 당장 면담을 해야겠다면서 그의 집을 포위한 채 그에게 밖으로 나와서 직접 이야기 좀 하자고 요구했다. 이에 가벨 씨는 문을 굳게 걸어 잠그고 자기 자신과 상의하러 들어갔다. 그 상의의 결과, 가벨은 다시 옥상으로 올라가 굴뚝 뒤에 숨었다. 그러면서 만약 사람들이 문을 부수고 들어오면(그는 복수심 강한 남부 출신의 왜소한 사내였다), 난간 너머로 거꾸로 몸을 던져 밑에 있는 사람을 한두 명쯤 뭉개버리겠다고 결심했다.

아마도 가벨 씨는 저 멀리 보이는 성을 난롯불과 촛불 삼아, 그리고 기쁨의 종소리와 더불어 그의 대문을 두드려대는 소리를 음악 삼아, 그곳에서 기나긴 밤을 보냈을 것이다. 게다가 그의 역참 대문 앞길에 불길한 가로등 하나가 매달려 있었는데, 여차하면 마을 사람들이 기꺼이 그 자리에 그를 대신 매달 것이란 점은 말할 나위도 없었다. 시커먼 바다에 삼켜지기 일보 직전의 상황에서, 앞서 결심했듯 그 속으로 뛰어내릴 각오를 한 채 여름밤을 꼬박 지새워야 하는 것은 얼마나 피가 마르도록 괴로운지! 하지만 마침내 친절한 새벽이 밝아오고 마을을 밝혔던 골풀 양초들이 파르르 꺼져가자, 사람들은 흐뭇하게 흩어졌고, 가벨 씨도 당분간은 목숨을 부지한 채 아래로 내려왔다.

그날 밤과 여러 밤 동안 100여 마일 이내에선, 그리고 또 다른 불길의 불빛 속에선, 가벨 씨보다 운이 덜한 관리들도 있었으니,

해가 떴을 때 그들은 한때 평화로웠던 길거리에서, 자신들이 태어나고 자란 그곳에서 목이 매달린 채 발견되었다. 또한 도로 보수공이나 그의 동료들보다 운이 덜한 마을 사람들과 읍내 주민들도 있어, 이 경우에는 그 자신들이 관리들과 병사들에게 패하여 목이 매달리기도 했다. 하지만 상황이 어떠하건 험상궂은 인물들은 동, 서, 남, 북으로 한결같이 나아가고 있었다. 그리고 누가 목이 매달리건 불길은 타올랐다. 교수대가 얼마나 높이 올라가야 그것이 물을 향해 마음을 돌리고 저 불들을 끌 것인지, 어떤 관리도, 어떤 수학의 범위로도, 도저히 계산해낼 수 없었다.

24장

자석 바위에 이끌리어

이처럼 불길이 거세지고 바다가 거세지는 가운데—성난 바다는 이제 잦아드는 법도 없이 언제나 점점 더 높게 밀려들고, 이로 인해 단단했던 대지가 뒤흔들리고 기슭에서 바라보는 이들은 두려움과 놀라움에 사로잡힌 가운데—폭풍의 3년이 지났다. 어린 루시가 세 번 더 맞이한 생일은 금빛 실에 의해 평화로운 가정의 삶이라는 천으로 짜였다.

수많은 밤과 수많은 낮 동안 이 집에 사는 이들은 길모퉁이의 메아리에 귀를 기울였고, 우르르 몰려드는 발소리를 들을 때면 심장이 내려앉곤 했다. 그들의 마음속에서 그 발소리들은 조국이 위험에 처했다고 선언하며 붉은 깃발 아래 격동하는 어떤 민중, 너무나 오랫동안 끔찍한 마법에 시달려 사나운 짐승으로 변해버린 어떤 민중의 발소리로 여겨졌기 때문이었다.

하나의 계급으로서 귀족 나리들은 자신들이 인정받지 못하는 현상, 곧 자신들이 프랑스에서 너무나 달갑지 않은 존재라 그곳에서 쫓겨나거나 어쩌면 아예 이승에서 쫓겨날 상당한 위험에 처한 이런 현상을 자신들과 상관없는 일로 여겼다. 마치 우화에 나오는 시골뜨기가 온갖 정성을 들여 악마를 불러낸 뒤 그 모습에 너무 겁이 나서 아무 질문도 못 한 채 곧장 달아나버렸다는 이야기처럼, 귀족 나리들은 수년 동안 대담하게 주기도문을 거꾸로 읽고[75] 그 외에도 악마를 불러내기 위해 수많은 강력한 주문을 외고는 막상 악마를 보자마자 공포에 질려 그 고귀한 몸으로 줄행랑을 친 것이었다.

'과녁의 눈'처럼 궁정의 핵심이었던 빛나는 무리는 사라졌다. 그렇지 않았다면 전국에서 태풍처럼 휘몰아치는 총탄의 표적이 되었을 터였다. 그 무리는 애초에 제대로 볼 수 있는 눈도 아니었지만—루시퍼[76]의 교만과 사르다나팔로스[77]의 사치와 두더지의 맹목성이 티끌처럼 오랫동안 그 안에 박혀 있었으니까—이제는 전부 떨어져 나가 사라지고 없었다. 가장 핵심에 자리한 특권층에서부터 가장 바깥쪽에 위치한 음모, 부패, 위선의 썩은 고리에 이르기까지, 궁정은 모두 사라지고 없었다. 왕족도 사라졌

75 주기도문을 거꾸로 읽으면 악마를 불러낼 수 있다는 미신을 말한다.

76 하늘에서 떨어진 교만한 대천사.

77 호사한 생활로 유명한 아시리아 최후의 왕.

다. 마지막 파도가 휩쓸었을 때 그들은 궁전에서 포위된 채 '직무 정지'된 상태였다.[78]

1792년 8월이 다가왔고, 귀족 나리들은 이때쯤 널리 흩어진 처지였다.

자연스러운 일이지만, 런던에서 귀족 나리들의 본부이자 주요 집결지는 텔슨 은행이었다. 혼령은 그들의 육신이 가장 즐겨 찾았던 곳을 맴돈다고 하는바, 돈 한 푼 없는 귀족 나리들은 한때 그들의 돈이 보관되었던 장소를 맴돌았다. 게다가 그곳은 가장 믿을 만한 프랑스 정보를 가장 빨리 접하는 장소였다. 덧붙이자면, 텔슨은 인심이 넉넉한 은행인지라 높은 신분에서 몰락한 옛 고객들에게 넓은 아량을 베풀었다. 또한 일부 귀족들은 다가오는 폭풍을 제때 감지하고 약탈이나 몰수를 예견하여 텔슨 은행 측에 미리 송금을 해두는 선견지명을 발휘한바, 궁핍한 동포들은 그들에 관한 소식을 언제든 그곳에서 들을 수 있었다. 게다가 프랑스에서 새로 건너오는 사람들은 거의 당연지사처럼 자신의 도착과 소식을 텔슨에 알렸다. 이처럼 다양한 이유로 인해 당시에 텔슨은 프랑스 정보에 관한 일종의 증권 거래소 역할을 했다. 이런 사실은 대중에게 워낙 잘 알려져 있었고, 그 결과 그곳에 들어오는 문의도 워낙 많아서, 때때로 텔슨은 최신 소식을 한두 줄

78 1792년 8월 10일, 프랑스 시민들이 튀일리 궁전을 포위하고 이후 국왕 일가가 코뮌에 인도되면서 왕권은 일시 정지되었다. 1792년 9월 22일, 프랑스 국민 공회는 왕정을 폐지하고 공화정의 채택을 선언하였다.

적어 은행 창문에 붙여놓아 템플 바를 지나는 모든 이들이 볼 수 있게 했다.

안개가 자욱하게 낀 어느 오후, 로리 씨는 책상에 앉아 있고, 찰스 다네이는 그 위로 기대고 서서 그와 나직하게 이야기를 나누고 있었다. 한때 행장과의 면담을 위한 공간이었던 작은 참회실은 이제 소식 거래소가 되어 사람들로 넘쳐났다. 폐점까지 30분가량 남은 시간이었다.

"선생님께선 그 누구보다 팔팔하시긴 하지만," 찰스 다네이가 다소 주저하며 말했다. "아무리 그래도, 저는 여전히 선생님께서……."

"알고 있네. 너무 늙었다고?" 로리 씨가 말했다.

"날씨도 변덕스럽고, 여정도 길고, 여행 수단도 확실치 않고, 그쪽 나라도 혼란스럽고, 심지어 그 도시는 안전하지 않을지도 모릅니다."

"이보게, 찰스." 로리 씨가 유쾌한 자신감을 지니고 말했다. "자네가 말한 것들은 내가 가야 하는 이유이지, 멀찍이 피해 있어야 하는 이유가 아니라네. 내겐 충분히 안전할 거야. 그곳에 집적거릴 만한 사람이 그렇게나 많은데, 누가 나처럼 팔순이 다 되어가는 늙은이를 집적거리겠나. 그 도시가 혼란스럽다는 점으로 말하자면, 그곳이 혼란스럽지 않았다면 애초에 이쪽 영업소에서 저쪽 영업소로 사람을 보낼 일도 없었을 거야. 옛날부터 그 도시와 업무를 잘 알고 텔슨이 신뢰할 수 있는 사람으로 말이지. 여행 수단이 확실치 않고, 여정이 길고, 겨울 날씨[79]인 것에 관해선, 이 긴 세월을 함께한 내가 텔슨을 위해 그 정도 불편함도 감수할 각오가 안 되었다면, 누가 그렇게 하겠는가?"

"제가 갈 수 있다면 좋겠습니다." 찰스 다네이가 다소 초조하게, 마치 혼잣말처럼 무심코 말했다.

"정말인가! 이러면서 자네가 반대하고 조언을 해!" 로리 씨가 외쳤다. "자네가 갈 수 있다면 좋겠다고? 프랑스 태생인 자네가? 참으로 현명한 상담가로군."

"친애하는 선생님, 제가 프랑스 태생이기 때문에 그런 생각이 자주 마음에 스치는 겁니다(비록 이곳에서 그런 말을 할 생각은 아니었지만요). 누군가 그 비참한 사람들을 가엾게 여겨 그들에게 뭔가를 내어주고 왔다면," 이 대목에서 그는 앞서와 마찬가지로 생각에 잠긴 듯 말했다. "어쩌면 그의 말에는 귀 기울이지 않을까, 어쩌면 설득하여 자제시킬 힘이 그에게 있지는 않을까, 이런 생각을 하지 않을 수 없으니까요. 어젯밤만 해도, 선생님께서 떠나시고 난 뒤, 제가 루시와 이야기를 나눌 때……."

"자네가 루시와 이야기를 나눌 때." 로리 씨가 되풀이했다. "그래, 자네가 아무 부끄러움 없이 루시 이름을 입에 담는 게 놀랍군! 이런 시국에 프랑스에 가면 좋겠다고 하면서 말이지!"

"하지만 저는 안 가잖습니까." 찰스 다네이가 미소를 지으며

79 원래 초안에서 디킨스는 이 부분의 시기를 1792년 12월로 잡았다. 이후 그는 로리 씨의 출발 시점을 여름인 8월로 고쳤으나 '겨울 날씨'에 관한 부분을 간과한 것으로 보인다.

말했다. "지금 가겠다고 말하는 사람은 선생님이시죠."

"나는 가야지, 그게 엄연한 사실이네. 실제로 말일세, 찰스." 로리 씨가 멀찍이 있는 행장을 흘깃 본 뒤 목소리를 낮췄다. "우리 업무가 얼마나 힘들게 이루어지고 있는지, 저쪽에 있는 우리 장부와 서류가 어떤 위험에 처해 있는지, 자네는 상상도 못 할 걸세. 우리 문서 중에 일부가 압수되거나 파괴된다면, 고객들 상당수가 어떤 난감한 상황에 처할지 아무도 모를 일이야. 게다가 자네도 알다시피 그런 일이 언제 닥칠지 몰라. 파리가 오늘 불타지 않는다고, 또는 내일 약탈당하지 않는다고 누가 장담하겠나! 자, 이들 문서 가운데 필요한 걸 최대한 지체 없이 가려내어, 그것들을 파묻거나 다른 식으로 안전하게 처리해야 하는데(귀중한 시간을 허비하지 않고), 그런 일을 할 만한 사람은 나 말고는 마땅히 없어. 지난 60년간 내가 누구 덕에 먹고살았는데, 그런 텔슨이 이런 사실을 알고 이렇게까지 말하는데, 내가 그깟 뼈마디가 좀 시원찮다고 해서 몸을 사려서야 되겠는가? 허허, 이곳에 있는 영감탱이 대여섯 명에 비하면, 나는 아직 청년이라오, 선생!"

"그 젊은 기상과 용기가 정말 존경스럽습니다, 로리 씨."

"허! 당치 않네, 선생! 게다가 이보게, 찰스." 로리 씨가 다시 행장을 흘깃 곁눈질하며 말했다. "요즘 같은 시기에 파리에서 뭔가를 빼 온다는 건, 그게 어떤 물건이든 간에, 거의 불가능에 가깝다는 걸 알아두게. 오늘만 해도 서류와 귀중품이 우리가 있는 이곳으로 넘어왔는데(극비로 이야기하는 거네, 자네한테조차 이런 이야기를 귀띔하는 건 직업 윤리에 어긋나니까), 그걸 운반한 이들은 자네가 상상할 수 있는 한 가장 희한한 사람들이라네. 다들 하나같이 관문을 통과할 때 목숨이 위태위태했지. 보통 때였다면 업무가 척척 돌아가는 영국에서와 마찬가지로 우리 행성이 수월하게 오갔겠지만, 지금은 모든 게 정지 상태야."

"정말 오늘 밤에 떠나신다고요?"

"정말 오늘 밤에 떠나네. 상황이 너무 긴박해서 지체할 겨를이 없어."

"아무도 동행하지 않고요?"

"온갖 사람들을 추천받긴 했지만, 누구와도 볼일 없네. 나는 제리를 데려갈 생각이야. 오랫동안 일요일 밤마다 내 경호원 역할을 해왔기 때문에 제리랑은 익숙하지. 다들 제리를 보면 영국산 불도그라고만 생각할 거야. 누구든 주인을 건드리면 덤벼들 생각밖에 머릿속에 없다고 말이지."

"다시 한번 말씀드리지만, 그 용기와 젊은 기상이 진심으로 존경스럽습니다."

"다시 한번 말하지만, 당치 않네, 당치 않아! 이번 소임을 마치고 나면, 아마도 텔슨의 은퇴 제안을 받아들여 편안히 지낼지도 모르겠네. 그러면 늙어가는 일에 대해 생각할 시간이 충분하겠지."

이 대화는 로리 씨의 평소 자리에서 이루어졌는데, 그곳에서 조금 떨어진 곳에서는 귀족 나리들이 우글우글 모여 조만간 그

천한 놈들에게 어떤 복수를 할지 떠벌리고 있었다. 이런 태도는 피난민으로 신세가 역전된 귀족 나리들과 본토박이 영국식 관행에서 보이는 너무나 전형적인 방식이었다. 그들은 이 끔찍한 혁명에 대해 이야기할 때 마치 이것이 하늘 아래 씨를 뿌리지도 않았는데 자라난 유일한 작물인 듯—마치 이것을 야기할 만한 어떤 짓도 지금껏 한 적이 없었다거나 등한시한 적이 없었다는 듯—마치 수백만의 비참한 프랑스인들, 그리고 그들의 번영을 위해 쓰였어야 할 자원이 오용되고 악용되는 광경을 지켜본 이들이 이미 수년 전에 이것의 불가피한 도래를 예견하고 자신들이 목격한 바를 똑똑히 문서로 남기지 않았다는 듯—떠들어댔다. 이와 같은 허황한 생각, 이와 더불어 이미 스스로를 완전히 고갈시켰을 뿐 아니라 하늘과 땅마저 함께 고갈시킨 이 형국을 다시 되돌리겠다는 귀족 나리들의 터무니없는 계획은, 제정신이 박히고 진실을 아는 사람이라면 거부감 없이 들어주기 힘든 것이었다. 그의 귓가에 온통 들려오는 이런 허황한 이야기는 마음속에 잠복한 불편한 의식에 더해 마치 머릿속에 심란하게 뒤얽힌 피처럼 오래전부터 찰스 다네이를 안절부절못하게 했고, 지금도 그러했다.

이야기를 나누는 이들 중에는 왕좌 재판소의 스트라이버도 있었는데, 그는 한창 출세 가도를 달리는 중이라 이 주제에 대해 목청을 높였다. 그는 귀족 나리들에게 민중을 날려버려 이 세상에서 깡그리 박멸하고 그들 없이 살아갈 방법이라든가, 그 외에도 이와 유사한 수많은 목표를 달성할 방법을 떠들어댔는데, 하나같이 그 본질에 있어 독수리의 꼬리에 소금을 뿌려 그 종을 멸종시킨다는 것과 다를 바 없었다.[80] 그는, 다네이는, 특별히 반감을 품고 이야기를 들었다. 그냥 자리를 피해 더는 듣지 말까, 아니면 남아 있다가 이야기에 끼어들까 마음을 정하지 못하고 서 있을 때, 앞으로 전개될 어떤 일이 모습을 드러냈다.

행장이 로리 씨에게 다가와 그 앞에 아직 뜯지 않은 꾀죄죄한 편지 한 통을 내려놓으면서 이렇게 물었다. 이 편지의 수신인에 관해 아직도 아무런 흔적을 찾지 못했는가? 행장이 편지를 다네이와 아주 가까운 곳에 놓았기 때문에 그는 수신인이 누구인지 보았다. 그것도 아주 빨리. 바로 그 자신의 이름이기 때문이었다. 영어로 옮긴 주소는 다음과 같았다. "매우 긴급. 프랑스의 전前 생 에브레몽드 후작 귀하. 영국 런던 텔슨 앤드 컴퍼니 관계자에게 처리 위탁."

결혼식 날 아침, 마네트 박사는 찰스 다네이에게 절실하고 명확하게 한 가지 약조를 받아냈는데, 그것은 이 이름을—그가, 즉 박사가 의무를 파기하지 않는 한—철저히 둘 사이의 비밀로 해야 한다는 것이었다. 그들 외에는 아무도 이것이 그의 이름인 줄 몰랐다. 아내조차도 아무런 의심을 하지 않았다. 로리 씨도

80 새의 꼬리에 먼저 소금을 뿌리면 그것을 잡을 수 있다는 근거 없는 통념을 말한다. 야생 독수리를 이런 방식으로 잡는 것이 불가능하듯 스트라이버의 계획들이 모두 실현 불가능하다는 것을 의미한다.

알 턱이 없었다.

"예." 로리 씨가 행장에게 대답했다. "지금 이곳에 계신 모든 분들한테 문의해본 것 같은데, 이 신사분의 행방에 대해 아는 사람이 없습니다."

시곗바늘이 은행 폐점 시간에 가까워지자 이야기를 나누던 무리가 로리 씨의 책상 곁으로 우르르 지나갔다. 그는 문의하듯 편지를 내밀었다. 모의하고 분노하던 한 피난민의 모습으로, 귀족 나리께서 편지를 쳐다보았다. 모의하고 분노하던 또 다른 피난민의 모습으로, 귀족 나리께서 편지를 쳐다보았다. 이분, 저분, 다른 분, 모든 이들이 이 행방이 묘연한 후작에 관해 프랑스어 또는 영어로 뭔가 폄하하는 발언을 했다.

"살해당한 세련된 후작의 조카였지, 아마도. 어쨌거나 타락한 후계자였지만." 한 명이 말했다. "다행히 나는 그 작자랑은 일면식도 없소."

"자기 지위를 내버린 겁쟁이였어." 다른 이가 말했다. 이 귀족 나리는 건초 더미 속에서 두 다리를 쳐들고 반쯤 질식한 채로 파리를 빠져나온 터였다. "몇 년쯤 전에."

"새로운 사상에 물들어선," 세 번째 사람이 지나가다가 단안경 너머로 수신인을 보고 말했다. "고인이 된 후작과 맞서다가, 재산을 물려받자 다 포기하곤, 그 불한당 무리한테 넘겨줬지. 이제 그놈들이 그 작자에게 합당한 보상을 해주면 되겠군."

"그래요?" 뻔뻔한 스트라이버가 외쳤다. "정말 그랬다고요?

그런 인간이란 말이죠? 파렴치한 이름 좀 봅시다. 빌어먹을 놈!"

다네이는 더는 참을 수가 없어 스트라이버 씨의 어깨를 건드리며 말했다.

"제가 아는 사람입니다."

"그래요, 참말로?" 스트라이버가 말했다. "유감이오."

"왜요?"

"왜라니, 다네이 씨? 그자가 어떤 짓을 했는지 못 들었소? 왜라니, 그런 질문 마시오, 이런 시국에."

"하지만 여쭤봐야겠습니다, 왜죠?"

"그렇다면 다시 말씀드리지, 다네이 씨. 유감이오. 이런 터무니없는 질문을 하시는 것도 유감이고. 여기 이 작자는 지금껏 알려진 가장 유해하고 불경스러운 악마론에 물들어선, 대량 학살을 해대는 이 세상 가장 비열한 인간쓰레기들한테 자기 재산을 넘겨줬다는데, 어린 학생들을 가르치는 분이 그런 자를 알고 지내는 게 왜 유감이냐고 묻는 겁니까? 뭐, 그렇다면 말씀드리지. 내 생각에 그런 악당은 다른 이도 오염시키기 때문에 유감이라는 겁니다. 그게 이유요."

다네이는 비밀을 의식하고 매우 힘겹게 자제력을 발휘하여 말했다. "당신은 그 신사를 이해하지 못할 겁니다."

"당신을 어떻게 궁지에 몰지는 이해하지, 다네이 씨." 깡패 스트라이버가 말했다. "지금 그렇게 할 거고. 만약 이 작자가 신사라면 나는 그를 이해하지 못하겠소. 그자에게 그렇게 전해도 됩니다, 내 안부 인사도 전해주시고. 또 내가 이렇게 말하더라고 하시오. 자기 재산과 지위를 이런 도살자 무리한테 넘겨준 마당에 왜 그자들의 우두머리가 되지 않는지 내가 궁금해하더라고. 하긴, 그럴 리 없지. 신사 여러분," 스트라이버가 주위를 둘러보며 손가락으로 딱 소리를 냈다. "제가 인간의 본성에 대해 좀 알아서 말씀드리는데, 이런 작자 같은 인간은 자기가 보호한다는 그 소중한 인간들의 자비에 절대 자신을 내맡기지 않아요. 암요, 신사 여러분. 이런 자는 난투가 벌어지면 아주 일찌감치 그놈들에게서 달아나 몰래 숨어버릴걸요."

이렇게 말하며 마지막으로 손가락을 튕겨 딱 소리를 낸 뒤, 스트라이버 씨는 경청자들의 전반적인 동조 속에 플리트 거리로 밀치고 나아갔다. 다들 은행을 나서는 가운데 로리 씨와 찰스 다네이는 책상에 단둘이 남았다.

"자네가 이 편지를 맡겠나?" 로리 씨가 말했다. "어디로 전달할지는 알고?"

"예."

"아마도 우리가 어디로 전송하면 되는지 알까 싶어 이쪽으로 보낸 모양이라고, 그리고 한동안 이곳에 있었다고 좀 설명해드리겠나?"

"그렇게 하겠습니다. 여기에서 바로 파리로 떠나실 겁니까?"

"여기에서, 8시에."

"그럼 배웅하러 다시 들르겠습니다."

다네이는 자신에게, 그리고 스트라이버와 대부분의 사람들에게 몹시 심기가 불편해진 채 최대한 서둘러 조용한 템플로 향했고, 이어 편지를 개봉하여 읽었다. 내용은 다음과 같았다.

파리 아베이 감옥

1792년 6월 21일

전 후작 나리 귀하,

저는 오랫동안 마을 사람들의 손에 생명의 위협을 느꼈고, 결국에는 엄청난 폭력과 굴욕 속에 체포되어 파리까지 머나먼 길을 걸어야 했습니다. 길 위에서도 갖은 고초를 겪었습니다. 그게 전부가 아닙니다. 저희 집마저 파괴되어 완전히 잔해만 남았습니다.

전 후작 나리, 제가 감옥에 갇힌 죄목, 그리고 (나리의 너그러운 도움이 없다면) 재판소에 소환되어 목숨을 잃게 될 죄목은, 그들에 따르면, 인민 주권에 대한 반역죄로, 제가 망명자를 위해 그들을 해롭게 했다는 것입니다. 제가 나리의 분부에 따라 그들을 이롭게 했지, 해롭게 한 것이 아니라고 주장해도 아무 소용이 없습니다. 망명자 재산의 몰수 조치 이전에, 이미 제가 그들이 내지 않고 있던 세금을 감면해줬고, 소작료는 아예 거두지 않았으며, 그들에게 어떤 법적 조치도 취하지 않았다고 주장해도 아무 소용이 없습니다. 돌아오는 답변이라곤, 제가 망명자를 위해 행동했다는 것, 그리고 그 망명자는 어디에 있냐는 것뿐입니다.

아! 더없이 자비로우신 전 후작 나리, 그 망명자는 어디 있습니까? 저는 잠결에 울부짖습니다, 그분은 어디 있나요? 저는 하늘에 묻습니다, 그분이 저를 구해주러 오실까요? 아무 대답이 없습니다. 아, 전 후작 나리, 파리에 알려진 텔슨인가 하는 큰 은행을 통해 혹여 나리의 귀에 닿기를 바라며, 제 외로운 절규를 바다 건너 보냅니다!

하늘과 정의와 너그러움과 고귀한 가문의 명예를 위해, 전 후작 나리, 부디 저를 구원하시고 석방해주시길 간청합니다. 제 잘못이라곤, 나리께 신의를 지켰다는 것뿐입니다. 오, 전 후작 나리, 부디 나리께서도 제게 신의를 지켜주시길 기도합니다!

매시간 점점 더 죽음을 향해 다가가는 이 공포의 감옥에서, 전 후작 나리, 제 비통하고 불행한 충심을 나리께 바칩니다.

고통받는 가벨 올림

이 편지는 다네이의 마음속에 잠복해 있던 불편한 의식을 세차게 흔들어 깨웠다. 오래되고 충직한 하인, 지은 죄라곤 그 자신과 그의 가문에 충실했다는 것밖에 없는 하인에게 닥친 위험이 너무나 원망스럽게 그를 똑바로 응시하고 있었기에, 그는 어떻게 해야 할지 고심하면서 템플을 서성일 때 행인들에게 거의 얼굴을 가리다시피 했다.

오랜 가문의 악행과 악명이 절정에 달했던 그 행위를 알게 되었을 때의 경악감, 숙부를 향한 분노와 의심, 그리고 자신이 떠받쳐야 했던 허물어져가는 체제를 바라볼 때 양심에서 느꼈던 혐오감 때문에, 그는 자신이 완벽하게 처신하지 못했음을 매우 잘 알고 있었다. 또한 루시를 향한 사랑 때문에, 비록 마음속에 이미 품어왔던 생각이긴 했지만, 사회적 지위를 포기하는 일을 서둘러 불완전하게 처리했음도 매우 잘 알고 있었다. 그 일을 체계적으로 계획해서 감독했어야 했음도, 또한 그렇게 할 생각이었지만 그렇게 하지 않았음도 알고 있었다.

본인이 선택한 영국 가정에서 누린 행복, 언제나 열심히 일할 수밖에 없던 필요성, 너무나 순식간에 잇따라 흘러가 금주의 사건이 지난주의 미숙한 계획을 쓸모없게 만들고 다음 주의 사건이 다시 모든 것을 새롭게 만들어버리는 시국의 사태와 급격한 변화, 이러한 상황의 힘 앞에 자신이 굴복했음을, 불안감이 없지 않았지만 부단히 힘을 모아 저항하지도 않았음을 그는 잘 알고 있었다. 자신이 행동에 나설 시기를 기다리며 시국을 지켜보았다는 것, 시국이 급격히 변하고 요동쳐서 결국엔 그 시기를 놓쳐버렸다는 것, 귀족들이 모든 큰길과 샛길을 통해 프랑스에서 대거 빠져나오고 있다는 것, 그들의 재산이 몰수되고 파괴되는 중이며 그들의 이름 자체가 지워지고 있다는 것, 이러한 사실들을 그는 자신에게 죄를 물을 프랑스의 새로운 권력자들만큼이나 잘 알고 있었다.

하지만 그는 지금껏 어떤 사람도 억압한 적이 없고, 어떤 사람도 감금한 적이 없었다. 그는 가혹하게 세금을 징수하는 사람과는 거리가 멀었기에 자의로 이것들을 포기한 채 아무런 특권도 없는 세상에 자신을 내던졌으며, 그곳에서 자신만의 공간을 얻고 스스로 생계를 꾸렸다. 궁핍해져 저당 잡힌 재산의 관리는 가벨 씨에게 서면 지시로 맡기면서 사람들을 가엾게 여기라고, 그들에게 무엇이든—고액 채권자들이 겨울철에 허용해줄 만한 연료라든가, 같은 이들의 손아귀에서 여름철에 건질 만한 농산물 등을—여력이 되는 대로 나눠주라고 이른 터였다. 틀림없이 그는 본인의 안전을 위해 이를 진술서와 증거물에 포함했을 것이기에 지금쯤이면 이런 사실이 드러날 수밖에 없었다.

이것은 찰스 다네이가 마음먹기 시작한 절박한 결심, 즉 파리로 가야겠다는 결심을 북돋웠다.

그래. 옛이야기에 나오는 뱃사람처럼 바람과 물결이 그를 자석 바위의 세력권 속으로 몰아넣었고,[81] 그것이 그를 끌어당기고 있기에 그는 가야 했다. 그의 마음속에 이는 모든 생각이 계속해서, 점점 더 빠르게, 점점 더 흔들림 없이, 그를 무시무시한 인력

81 《아라비안나이트》의 '세 번째 탁발승 이야기'이다. 왕의 아들 아지브는 부하들과 항해를 떠났다가 바다 한가운데 떠 있는 자석 산에 끌려가 난파한다.

쪽으로 밀고 갔다. 그에게 잠재해 있던 불편한 의식은 그의 불행한 조국에서 나쁜 매개자들에 의해 나쁜 목적이 이루어지고 있다는 것, 자신이 그들보다 낫다는 사실을 어쩔 수 없이 인식하는 그가 그곳에 없다는 것, 유혈 사태를 저지하고 자비와 인간성을 주장하기 위해 아무것도 하고 있지 않다는 것이었다. 이러한 불편한 의식이 반쯤은 억눌리고 반쯤은 그를 책망하는 가운데, 그는 너무나 강한 의무감을 지닌 용감한 노신사와 자신을 매섭게 비교하기에 이르렀다. (그에게 뼈저린 결과가 된) 이런 비교에 뒤따라 그에게 쓰라린 상처를 입혔던 귀족 나리들의 비웃음과 해묵은 이유 때문에 특히나 더 야비하고 불쾌했던 스트라이버의 비웃음이 곧바로 떠올랐다. 이어 가벨의 편지가 떠올랐다. 죽음의 위험에 처해 그의 정의와 명예와 가문의 이름에 대고 애원하는 무고한 죄수의 호소.

그는 결심이 섰다. 파리로 가야 한다.

그래. 자석 바위가 그를 끌어당기고 있었고, 그는 그곳에 닿을 때까지 계속 나아가야 했다. 그는 어떤 바위도 알지 못했다. 어떤 위험도 거의 인지하지 못했다. 비록 일을 완벽하게 처리하지는 못했지만, 자신이 그 일을 했을 때의 의도를 직접 가서 밝히면 그것이 프랑스에서 감사하게 받아들여질 것 같았다. 게다가 이로운 일을 한다는 영광스러운 비전, 수많은 선량한 이들에게 너무나 흔히 나타나는 이 낙관적 망상이 그의 눈앞에 떠올랐고, 심지어 걷잡을 수 없게 휘몰아치는 이 격렬한 혁명을 올바르게 이끌

영향력이 자신에게 있다는 착각마저 들었다.

그는 결심 속에 이리저리 서성이면서 자신이 떠나기 전까지는 루시나 그녀의 아버지에게 이 사실을 알리지 말아야겠다고 생각했다. 그래야 루시가 이별의 고통을 겪지 않을 것이었다. 위험한 옛 화제에 생각이 미치는 것을 언제나 꺼렸던 그녀의 아버지도 이번 조치에 대해 이미 일어난 뒤에 알게 되어야지, 긴장과 의심의 불확실한 상태에 놓이게 해서는 안 되었다. 자신의 처지가 이처럼 애매한 것이 얼마나 그녀의 아버지와 관련 있는지, 그의 마음속에 프랑스와 관련된 옛 기억을 되살리는 것을 피하고자 얼마나 노심초사했기 때문인지 그는 굳이 생각지 않았다. 하지만 그런 상황 역시 그의 행로에 나름대로 영향을 미친 터였다.

그는 몹시 분주한 생각 속에 이리저리 서성였고, 이윽고 텔슨에 돌아가 로리 씨를 배웅할 시간이 되었다. 그는 파리에 도착하는 즉시 이 오랜 벗을 찾아갈 생각이었지만, 지금은 그에게 자신의 의도를 밝혀서는 안 되었다.

역마가 끄는 마차 한 대가 은행 문간에서 대기 중이었고, 제리는 장화를 신고 채비를 갖춘 모습이었다.

"편지는 잘 전달했습니다." 찰스 다네이가 로리 씨에게 말했다. "선생님께 서면으로 답신을 부탁드리는 건 안 된다고 했습니다만, 혹시 구두로는 괜찮겠습니까?"

"기꺼이 그렇게 하지." 로리 씨가 말했다. "위험한 내용만 아니라면."

"전혀 아닙니다. 수신자가 아베이 감옥에 갇힌 죄수이긴 하지만요."

"이름이?" 로리 씨가 손에 수첩을 펼치고 물었다.

"가벨입니다."

"가벨. 감옥에 갇힌 불운한 가벨에게 보내는 전갈은?"

"단순합니다. '그가 편지를 받았으며, 갈 것이다.'"

"언급된 시간은?"

"내일 밤에 여정에 나설 거라고 합니다."

"언급된 사람은?"

"없습니다."

그는 로리 씨가 온몸을 외투와 망토로 겹겹이 싸매도록 도운 뒤, 그와 함께 은행의 따뜻한 실내를 뒤로하고 안개 자욱한 플리트 거리로 나섰다. "루시와 꼬마 루시에게 안부 전하게." 로리 씨가 헤어질 때 말했다. "그리고 내가 돌아올 때까지 소중하게 돌보고." 마차가 멀어져갈 때, 찰스 다네이는 고개를 저으면서 불확실한 미소를 지었다.

그날 밤—8월 14일이었다—그는 늦게까지 자리에 앉아 두 통의 뜨거운 편지를 썼다. 한 통은 루시에게 보내는 것으로, 본인이 파리로 갈 수밖에 없는 강한 의무에 대해 설명하고, 그곳에서 개인적으로 위험에 처할 일이 없다고 확신하는 이유를 상세히 적었다. 다른 한 통은 박사에게 보내는 것으로, 루시와 그들의 소중한 아이를 부탁하면서 앞서와 같은 이야기를 확신에 넘쳐 상술하고 있었다. 둘 다에게 그는 본인이 도착하는 즉시 안전하다는 증거로 편지를 보내겠다고 썼다.

그날은 힘든 하루였다. 삶을 함께한 이래 처음으로 마음속에 근심을 숨긴 채 그들과 보낸 하루였으니까. 그들은 전혀 짐작조차 못 하는 선의의 기만을 계속하는 것은 힘든 일이었다. 하지만 너무나 행복하고 분주한 아내를 사랑스럽게 바라보면서 그는 조만간 닥칠 일을 그녀에게 말해선 안 된다는 결심을 굳히게 되었고(말해야겠다고 반쯤 마음이 기울었던 터였다, 그녀의 조용한 도움 없이 무언가를 한다는 것이 너무 낯설게 느껴졌으니까), 그날은 빠르게 흘러갔다. 이른 저녁에 그는 아내, 그리고 그녀와 이름이 같고 그녀만큼 소중한 아이를 꼭 껴안은 뒤 곧 돌아올 것처럼 하면서(그는 가공의 약속을 둘러대었고 작은 옷 가방을 미리 감춰놓았다), 무거운 거리의 무거운 안개 속으로, 더더욱 무거운 마음을 안고 나섰다.

그 보이지 않는 힘이 이제 그를 빠르게 끌어당기고 있었고, 모든 물결과 바람이 그곳을 향해 똑바로 거세게 몰려갔다. 그는 믿을 만한 수위에게 이 편지 두 통을 맡기면서 자정이 되기 30분 전에 전달하라고, 그보다 일러서는 안 된다고 말한 뒤 도버를 향해 말에 올랐고, 이어 길을 떠났다. "하늘과 정의와 너그러움과 고귀한 가문의 명예를 위해!"라던 가엾은 죄수의 절규를 떠올리며 무거워지는 가슴을 다잡고, 그는 지상의 모든 소중한 것들을 등 뒤로 한 채 자석 바위를 향해 흘러갔다.

3부

폭풍의 진로

1장

독방 수감

1792년 가을, 영국에서 파리로 향하는 여행자는 더디게 나아갔다. 몰락한 비운의 프랑스 국왕이 위세 당당하게 왕좌를 지키고 있던 시절에도 여행자는 열악한 도로, 열악한 마차, 열악한 말을 숱하게 겪으며 일정이 지체되었을 터였다. 하지만 시대가 바뀌자 또 다른 장애물들이 곳곳에 도사렸다. 모든 도시 관문과 마을 세무서에는 국민 머스킷 총으로 무장한 '시민 애국지사' 무리가 언제라도 방아쇠를 당길 태세로 대기 중이었다. 그들은 오가는 사람들을 모조리 불러 세워 꼬치꼬치 질문하고 서류를 검사하고 자기네 명단에서 이름을 검색한 뒤, 되돌려 보내거나 계속 가도록 허락하거나 아니면 아예 붙잡고 있거나 했는데, 이 모든 것이 그들의 자의적 판단이나 변덕에 따라 새롭게 밝아오는 '자유, 평등, 우애, 그것이 아니면 죽음인, 단일 불가분의 공화국'을 위해 최선이라 여겨지는 대로 처리되었다.

프랑스 땅에서 몇 리그 나아가지도 않았을 때 찰스 다네이는 파리에서 충실한 시민 동지라고 선언되지 않는 한, 이 시골길을 따라 다시 돌아갈 가망이 전혀 없음을 이해하기 시작했다. 이제는 어떤 일이 닥치든 여정의 끝까지 나아갈 수밖에 없었다. 눈앞에 초라한 마을이 나타날 때마다, 평범한 검문소가 등 뒤로 멀어질 때마다 그는 그것이 자신과 영국 사이에 놓인 수많은 철문 중 하나임을 깨달았다. 도처의 감시가 얼마나 삼엄했던지, 설령 그가 그물에 걸렸다거나 아니면 우리에 갇힌 채 목적지까지 보내졌다 하더라도 지금보다 더 철저히 자유를 박탈당했다고 느끼지는 않았을 터였다.

말을 타고 뒤에서 쫓아와 다시 데리고 돌아간다거나, 앞에서 미리 대기하고 있다가 멈춰 세운다거나, 말을 타고 동행하면서 감시한다거나, 이런 식으로 도처의 감시는 한 구간에만 스무 번씩 그를 멈춰 세웠고, 하루에도 스무 번씩 여정을 지연시켰다. 프랑스 내에서만 벌써 며칠째 체류하던 어느 날, 여전히 파리에서 멀리 떨어진 대로변의 어느 작은 마을에서 그는 녹초가 되어 잠자리에 들었다.

그가 그나마 이만큼이라도 올 수 있었던 것은 아베이 감옥에서 보내온 고통받는 가벨의 서신을 제시한 덕분이었다. 앞서 이 작은 마을의 경비 초소에서 워낙 애를 먹었던지라 그는 자신의 여정이 위기에 처했다고 느꼈다. 그런고로 아침까지 머물기로 한 작은 여인숙에서 한밤중에 누군가에 의해 잠이 깼을 때, 그는 최대한 침착성을 유지했다.

잠을 깨운 이는 소심한 지역 관리 한 명과 무장한 애국지사 세 명이었는데, 거친 붉은 모자를 쓰고 파이프 담배를 입에 문 애국지사들이 그의 침대에 걸터앉았다.

"망명자 선생." 관리가 말했다. "선생을 파리로 보내야겠소, 호위대와 함께."

"시민 동지, 파리에 가는 것이 제가 무엇보다 바라는 바이지만, 호위대는 굳이 필요 없습니다."

"조용히 해!" 붉은 모자 한 명이 총의 개머리판으로 침대보를 내리치며 으르렁거렸다. "입 다물라고, 귀족은!"

"여기 충실한 애국지사가 말하듯," 소심한 관리가 말했다. "선생은 귀족이니 호위대가 있어야 합니다. 비용도 지불해야 하고요."

"선택의 여지가 없군." 찰스 다네이가 말했다.

"선택이라고! 이자 말하는 것 좀 보소!" 아까와 같은 험악한 붉은 모자가 소리쳤다. "가로등에 안 매달리게 보호해주는 걸 감사해도 모자랄 판에!"

"충실한 애국지사 말씀이 항상 옳습니다." 관리가 말했다. "일어나서 옷을 입어요, 망명자 선생."

다네이는 명령에 따랐고, 다시 경비 초소로 끌려갔다. 그곳에서는 거친 붉은 모자를 쓴 다른 애국지사들이 모닥불 옆에서 담배를 피우거나 술을 마시거나 잠을 자고 있었다. 그곳에서 그는 호위대 비용으로 비싼 값을 지불했고, 이런 연유로 새벽 3시에 축축하디축축한 길을 이들과 함께 떠나게 되었다.

호위대는 삼색 모표가 달린 붉은 모자를 쓰고 국민 머스킷 총과 기병용 군도로 무장한 애국지사 두 명으로, 각자 그의 양옆에서 말을 타고 나아갔다. 호위를 받는 자도 자기 말을 따로 부리기는 했지만, 그의 고삐에 느슨하게 줄을 연결해 그 끝을 애국지사 한 명이 자기 손목에 감고 있었다. 이런 상태로 그들은 세찬 비가 얼굴을 때리는 가운데 출발했고, 마치 중무장한 용기병처럼 다그닥다그닥 빠른 속도로 울퉁불퉁한 마을 길을 지나, 발이 푹푹 빠지는 진흙투성이 도로로 나아갔다. 또한 이런 상태로 그들은 말이나 속도를 바꾸는 것 외에는 아무런 변화 없이 그들과 수도 사이에 놓인 진흙투성이 길을 가로질렀다.

그들은 밤에 이동했고, 동이 트고 한두 시간 있다가 걸음을 멈춘 뒤 땅거미가 질 때까지 휴식을 취했다. 호위대는 옷차림이 너무나 남루해서 비에 젖지 않기 위해 맨다리에 지푸라기를 감고 누덕누덕한 어깨에는 이엉을 얹어놓았다. 감시가 너무 삼엄하다는 개인적인 불편함을 빼면, 그리고 애국지사 한 명이 만성적으로 취한 데다 머스킷 총을 아무렇게나 다루는 데서 생기는 현존하는 위험에 관한 문제를 빼면, 찰스 다네이는 자신에게 가해진 이런 속박이 가슴속에 어떤 심각한 두려움도 일으키지 않도록 잘 억눌렀다. 그가 스스로에게 논리적으로 설명했듯, 이건 아직 진술되지도 않은 개별적인 소송에 관한 시비라든가, 아베이 감옥의 죄수에 의해 확인될 아직 제기되지도 않은 주장의 시비와는 아무 관계가 없을 터이기 때문이었다.

하지만 그들이 보베라는 마을에 도착했을 때—저녁 무렵이었는데 거리에는 사람들이 가득했다—그는 형세가 매우 우려스럽다는 생각을 하지 않을 수 없었다. 역참 마당에서 말에서 내리는 그를 보기 위해 험악한 군중이 몰려들었고, 수많은 목소리가 쩌렁쩌렁 외쳤다. "망명자를 타도하라!"

그는 안장에서 뛰어내리려다 동작을 멈추었고, 안장 위가 더 안전하겠다는 판단에 다시 걸터앉으면서 말했다.

"망명자라니요, 동지 여러분! 제가 여기, 프랑스에, 자진해서 돌아온 것이 보이지 않으십니까?"

"넌 저주받을 망명자야!" 편자공이 소리쳤다. 그는 손에 망치를 들고 군중을 헤치며 맹렬한 기세로 덤벼들었다. "저주받을 귀족이고!"

역장이 이 사내와 (그가 겨냥하고 덤벼든) 말을 탄 이의 고삐 사이에 끼어들면서 달래듯 말했다. "그냥 놔두게, 그냥 놔둬! 파리에서 심판을 받을 테니까."

"심판이라고!" 편자공이 망치를 휘두르며 되풀이했다. "그렇지! 반역자로 유죄 판결을 받겠네."[82] 이 말에 군중이 환호했다.

82 1789년 이후 프랑스를 떠난 왕당파는 혁명 정부를 무너뜨리기 위해 주변의 적국들과 긴밀한 협조를 하고 있었기에, 그 무렵 프랑스로 돌아온 망명자는 적국의 첩자로 여겨졌다.

역장이 그의 말 머리를 마당 쪽으로 돌리려 할 때(술 취한 애국지사는 손목에 줄을 감은 채 안장에 걸터앉아 태연히 구경하고 있었다), 다네이가 역장을 제지하며 자신의 목소리를 사람들이 들을 수 있게 되자 즉시 말했다.

"동지들, 여러분은 스스로를 속이고 있거나 누군가에게 속은 겁니다. 저는 반역자가 아닙니다."

"거짓말이야!" 편자공이 소리쳤다. "법령이 나온 이후부터 반역자야. 저자의 목숨은 민중의 것이라고. 저주받을 목숨이 자기 게 아니라고!"

다네이가 군중의 눈에서 금방이라도 자신에게 돌진할 것 같은 기색을 본 순간 역장이 그의 말을 마당으로 이끌었고, 호위대가 그의 말을 측면에서 바싹 붙어 따라왔다. 이어 역장이 흔들거리는 이중문을 닫고 빗장을 걸었다. 편자공이 망치로 문을 갈겼고 군중이 불만스럽게 으르렁댔다. 하지만 그 이상의 일은 일어나지 않았다.

"편자공이 말한 법령이 뭡니까?" 다네이가 역장에게 고마움을 표하고 마당에서 그의 옆에 섰을 때 물었다.

"그러니까, 망명자의 재산을 매각하는 법령이죠."

"언제 통과됐습니까?"

"14일에요."

"내가 영국을 떠난 날인데!"

"이게 여러 법령 중 하나에 지나지 않는다고, 다른 법령들이 또

나올 거라고—벌써 나온 게 아니라면—다들 그럽디다. 망명자를 모조리 추방하고, 돌아오는 자는 모조리 사형시키기로 하는 법령 말이죠. 아까 그자가 당신 목숨이 당신 게 아니라고 한 말이 바로 그런 의미입니다."

"하지만 아직 그런 법령이 나오지는 않은 거죠?"

"내가 어찌 알겠소!" 역장이 어깨를 으쓱하며 말했다. "나왔을지도 모르고, 앞으로 나올지도 모르죠. 그게 그거지, 뭔 차이가 있겠소?"

그들은 고미다락의 짚 더미 위에서 한밤중까지 휴식을 취한 뒤, 마을이 모두 잠들었을 때 다시 여정에 나섰다. 익숙한 풍경 속 수많은 거센 변화들은 그의 거센 여정을 비현실적으로 만들었는데, 그중 특히 눈에 띄는 점은 잠이 드물어 보인다는 것이었다. 황량한 길 위를 오래도록 외로이 달리고 나면 옹기종기 모여 있는 가난한 오두막들이 나타나곤 했는데, 이것들이 어둠에 잠긴 것이 아니라 모조리 환하게 빛나고 있었으며, 사람들은 고요한 한밤중에 유령 같은 모습으로 손에 손을 맞잡고 시들시들한 '자유의 나무'[83] 주변을 빙빙 돌거나 다 같이 모여 서서 자유의 노래를 부르고 있었다. 하지만 다행스럽게도 그날 밤 보베에는 잠이 내려앉았기에 그들은 그곳을 무사히 빠져나와 다시금 외롭고 쓸쓸한 길로 들어설 수 있었다. 그들은 때 이른 추위와

83 자유의 승리를 상징하기 위해 혁명의 색깔이나 이미지로 장식한 어린나무.

궂은 날씨를 뚫고, 그해 대지의 결실을 전혀 거두지 못한 메마른 들판을 다그닥다그닥 달렸다. 단조로운 길 위로 이따금 시커멓게 타버린 집의 잔해가 보이거나, 도처에서 감시 중인 애국 순찰대가 매복해 있다가 갑자기 튀어나와 매섭게 고삐를 잡아당기고는 했다.

동이 틀 무렵 마침내 그들은 파리 성벽 앞에 섰다. 그들이 다가갔을 때 관문은 닫힌 채 삼엄히 경비 중이었다.

"죄수의 서류는?" 보초에게 불려 나온 단호하게 생긴 책임자가 물었다.

이 불쾌한 단어가 당연히 마음에 걸린 찰스 다네이가 상대에게 청하길, 자신은 자유로운 여행객이자 프랑스 시민이며, 국내의 어지러운 상황으로 인해 호위대와 동행하고 있을 뿐 그 비용도 지불했다는 사실을 유념해달라고 했다.

"어디 있냐고?" 그의 말을 완전히 무시한 채 책임자가 다시 물었다. "죄수의 서류는?"

술 취한 애국지사가 모자에서 서류를 꺼내 제출했다. 책임자는 가벨의 서신을 훑어보더니 다소 당황하고 놀란 기색으로 다네이를 주의 깊게 쳐다보았다.

하지만 그는 아무 말 없이, 호위하는 자와 호위를 받는 자를 남겨둔 채 경비 초소로 들어갔다. 그사이 일행은 관문 밖에서 말을 탄 채 기다렸다. 이런 모호한 긴장감 속에 주위를 둘러보던 중 찰스 다네이의 눈에 들어온 장면들이 있었다. 관문을 지키는 경비대에 병사와 애국지사가 섞여 있다는 것, 후자가 전자보다 훨씬 수가 많다는 것, 그리고 물자를 실은 소작농 수레라든가 이와 유사한 차량이나 상인이 도시로 들어가는 것은 꽤 수월한 반면, 도시에서 나오는 것은 더없이 순박해 보이는 사람들의 경우에도 몹시 어렵다는 것이었다. 온갖 종류의 짐승이나 운송 수단은 말할 것도 없이, 잡다하게 뒤섞인 수많은 남녀가 도시를 빠져나가려고 기다리고 있었다. 하지만 사전 신원 확인이 워낙 깐깐한 탓에 행렬은 매우 더디게 관문을 통과했다. 어떤 이들은 심사 차례가 아직 한참 멀었다는 걸 알고 바닥에 드러누워 잠을 자거나 담배를 피웠고, 어떤 이들은 함께 얘기를 나누거나 주위를 어슬렁거렸다. 삼색 모표를 단 붉은 모자는 남녀 모두에게 일반적이었다.

이런 것들에 주목하면서 반 시간가량 안장에 앉아 있을 때, 같은 책임자가 나오더니 보초에게 관문을 열라고 명령했다. 이어 그는 호위대—취한 자와 말짱한 자—에게 인수증을 전달했고 호위를 받는 자에게 말에서 내리라고 요구했다. 그가 명령에 따르자, 두 애국지사는 도시에 들어가지 않고 방향을 돌려 지친 말을 끌고 떠났다.

그는 책임자를 따라 싸구려 포도주와 담배 냄새가 풍기는 경비 초소로 들어갔다. 그곳에는 잠든 자와 깨어 있는 자, 취한 자와 말짱한 자, 그리고 잠든 상태와 깬 상태 사이, 취한 상태와 말짱한 상태 사이의 다채로운 중간 지대에 놓인 일부 병사들과 애국지사들이 서 있거나 누워 있었다. 희미해져가는 밤의 등불에서 반쯤, 구름으로 뒤덮인 하늘에서 반쯤 얻는 경비 초소의 불빛 역시 이와 비슷하게 어정쩡한 상태였다. 장부 몇 권이 책상 위에 펼쳐져 있고, 거칠고 음산한 분위기의 관리가 그것을 맡아보고 있었다.

"드파르주 시민 동지." 그가 기록할 종이 한 장을 집으면서 다네이의 책임자에게 말했다. "이자가 망명자 에브레몽드인가?"

"이자가 맞습니다."

"나이, 에브레몽드?"

"서른일곱입니다."

"결혼은, 에브레몽드?"

"했습니다."

"어디에서?"

"영국에서."

"그렇겠지. 아내는, 에브레몽드?"

"영국에 있습니다."

"그렇겠지. 에브레몽드, 당신을 라 포르스 감옥으로 송치하겠다."

"세상에!" 다네이가 외쳤다. "무슨 법으로, 어떤 죄목으로 말입니까?"

관리가 잠시 종이에서 시선을 들었다.

"지금은 새로운 법이 있어, 에브레몽드, 새로운 죄목이 있고.

당신이 이곳에 있었던 예전과는 달라." 그는 냉정한 미소 속에 이렇게 말하고는 계속 기록해나갔다.

"부디 제가 이곳에 자발적으로 왔다는 점을 참작해주십시오, 거기 앞에 놓인 동포의 호소문에 응하기 위해서 말입니다. 지체 없이 그렇게 할 기회를 얻는 것 외에는 아무것도 바라지 않습니다. 그게 제 권리가 아닙니까?"

"망명자에게 권리 따윈 없어, 에브레몽드." 완강한 대답이 돌아왔다. 관리는 계속 기록하여 작성을 마친 뒤 본인이 쓴 내용을 쓱 훑어보고는, 그 위에 모래를 뿌리고,[84] 드파르주에게 건네면서 "독방 수감"이라는 말을 덧붙였다.

드파르주가 따라오라는 표시로 죄수를 향해 종이를 흔들었다. 죄수는 명령에 따랐고, 무장한 애국지사 두 명이 그들과 동행했다.

"혹시 당신이," 그들이 경비 초소 계단을 내려가 파리로 들어섰을 때 드파르주가 낮은 목소리로 물었다. "지금은 사라진 바스티유 감옥에 한때 수감되어 있던, 마네트 박사의 딸과 결혼한 사람이오?"

"그렇습니다." 다네이가 놀라서 그를 쳐다보며 대답했다.

"내 이름은 드파르주요, 생탕투안 구역에서 포도주 상점을 운영하고 있지. 아마 나에 관해 들어봤을 거요."

84 젖은 잉크를 빨아들여 글자를 건조하기 위해 18~19세기에 흔히 사용한 방법이다.

"제 아내가 아버지를 되찾기 위해 그 집으로 갔었죠? 들어봤습니다!"

'아내'라는 단어가 드파르주에게 뭔가 음울한 사실을 일깨웠는지 갑자기 그가 성마르게 내뱉었다. "새로이 태어나 '기요틴'이라 불리는 날카로운 여인[85]의 이름으로 묻건대, 대체 프랑스에는 왜 온 거요?"

"조금 전에 듣지 않았습니까. 그게 사실이 아니라고 생각하는 겁니까?"

"당신한텐 불길한 사실이지." 드파르주가 이마를 찌푸리고 앞을 직시하면서 말했다.

"정말이지 혼란스럽군요. 이곳의 모든 것이 너무 낯설고, 너무 변하고, 너무 갑작스럽고 부당해서, 더없이 혼란스럽습니다. 저를 좀 도와주겠습니까?"

"아니." 드파르주가 내내 앞만 직시하면서 말했다.

"한 가지 질문에 답은 해주겠습니까?"

"아마도. 어떤 질문인지에 달렸겠지. 일단 말이나 해보시오."

"이렇게 부당하게 송치되는 이 감옥에서 말입니다, 제가 바깥 세상과 어떤 식으로든 자유롭게 연락을 주고받을 수 있습니까?"

"가보면 알 거요."

"설마 재판을 받을 기회도 없이 미리 판결이 정해져서 그곳에

85 단두대를 뜻하는 프랑스어 '기요틴'은 여성 명사이다.

매장되는 것은 아니겠죠?"

"가보면 알 거요. 하지만, 그래서 뭐? 같은 식으로 더 끔찍한 감옥에 매장된 사람들도 있었소, 예전에는."

"하지만 제가 그런 짓을 한 것은 아니잖습니까, 드파르주 시민 동지."

드파르주가 대답으로 그를 어둡게 응시한 다음, 단호하고 한결같은 침묵 속에 걸어갔다. 그가 이런 침묵에 깊이 빠져들수록 조금이나마 그의 마음을 누그러뜨릴 희망은—다네이가 생각하기에—더더욱 멀어졌다. 그래서 서둘러 말을 이었다.

"제게 극도로 중요한 문제가 있는데(당신이 더 잘 알 겁니다, 시민 동지, 얼마나 중요한 일인지), 텔슨 은행의 로리 씨라는 영국인 신사가 지금 파리에 있어요. 그분에게 제가 라 포르스 감옥에 갇히게 되었다는 것을, 그냥 다른 이야기 없이 그 사실만이라도 전할 수 있어야 합니다. 저를 위해 그렇게 되도록 손써주겠습니까?"

"나는," 드파르주가 완강히 응수했다. "그쪽을 위해서는 아무것도 안 합니다. 내 임무는 조국과 민중을 위한 거요. 나는 당신에게 맞서, 그 둘을 섬기기로 맹세한 하인이란 말이오. 당신을 위해서는 아무것도 안 할 거요."

찰스 다네이는 더 간청해봐야 소용없다고 느꼈고, 이에 더해 자존심도 상했다. 그들이 말없이 걸어갈 때, 그는 사람들이 거리에서 죄수가 호송되는 광경에 얼마나 익숙해졌는지 느끼지 않을 수 없었다. 아이들조차 거의 그에게 관심을 두지 않았다. 몇몇 행인이 고개를 돌렸고, 몇몇은 귀족이라며 손가락질을 하기는 했다. 그 외에는 좋은 옷을 입은 남자가 감옥에 간다는 것은 작업복을 입은 노동자가 일터에 간다는 것보다 특이할 게 없었다. 그들이 지나가는 어느 좁고 어둡고 더러운 골목에서, 한 흥분한 연설자가 걸상에 올라서서 흥분한 청중에게 국왕과 왕족이 민중에게 저지른 범죄에 관해 이야기하고 있었다. 이 남자의 입에서 나온 몇몇 단어가 들렸을 때 그는 국왕이 감옥에 있고 외국 대사들이 모두 파리를 떠났다는 것을 처음으로 알게 되었다. 길 위에서는 (보베만 빼면) 아무 소식도 듣지 못했던 터였다. 호위대와 도처의 감시가 그를 완전히 고립시켰으니까.

그는 자신이 영국을 떠나던 당시에 전개되던 위험보다 훨씬 더 큰 위험에 빠졌음을, 이제는 당연히 알고 있었다. 그의 주변으로 위험이 긴박하게 몰려들고 있으며 앞으로 점점 더 긴박하게 몰려들 것임도, 이제는 당연히 알고 있었다. 며칠간 벌어졌던 일들을 미리 내다볼 수 있었더라면 이 여정에 나서지 않았을 거라고 인정하지 않을 수 없었다. 그럼에도 훗날에 비추어 생각했을 때 당시 그의 염려는 보이는 것만큼 그렇게 암울하지 않았다. 미래가 불안하긴 했지만 아직은 어떻게 될지 모르는 미래였고, 그 불명확함 속에는 무지한 희망이 깃들어 있었다. 앞으로 시계가 몇 바퀴만 돌면 축복이 깃드는 추수철에 거대한 핏자국을 남기게 될 끔찍한 대학살이 며칠 밤낮으로 자행될 것이란 사실도, 마치 10만 년이나 떨어진 일인 듯 그는 전혀 알지 못했다.[86] '새로이 태어나 기요틴이라 불리는 날카로운 여인'은 그에게도, 다른 일반 대중에게도 거의 이름이 알려져 있지 않았다. 이제 곧 자행될 무시무시한 행위를, 아마도 당시에는 실행자들조차 머릿속에 그리지 못했을 것이다. 온순한 인간의 어두운 마음속에 어떻게 그런 생각이 자리할 수 있었겠는가?

감옥에 갇혀 겪게 될 고초라든가 처자식과의 무정한 이별 등의 부당한 대우에 관해서 그는 가능성이 있다고, 아니 확실하다고 예상했다. 하지만 그것 외에는 딱히 뚜렷한 두려움이 없었다. 음울한 감옥 마당에 품고 가기엔 충분한, 이런 생각을 마음에 품은 채 그는 라 포르스 감옥에 도착했다.

얼굴이 부은 사내가 튼튼한 쪽문을 열자 드파르주는 그에게 '망명자 에브레몽드'를 선사했다.

"빌어먹을! 대체 뭐가 이렇게 많아!" 얼굴이 부은 사내가 소리쳤다.

드파르주는 사내의 불평에 아랑곳하지 않고 인수증을 받은 뒤, 애국지사 동지 두 명과 함께 퇴장했다.

"다시 말하지만, 빌어먹을!" 아내와 함께 남게 되자 사내가 소

86 1792년 9월 2일에서 6일까지 파리 감옥에서 수많은 죄수들이 학살된 '9월 대학살' 사건을 의미한다. 당시 프로이센군과 오스트리아군이 파리 근교까지 진출했다는 유언비어와 혁명을 붕괴시키려는 왕당파와 반혁명 세력의 음모가 있다는 소문이 퍼지자, 공포와 불안에 휩싸인 파리 시민들은 감옥을 습격해 왕당파와 반혁명 혐의로 체포되어 수감 중이던 죄수들을 살해했다.

리쳤다. "뭐가 이렇게 많냐고!"

간수의 아내는 이 질문에 마땅한 대답이 없었기에 그저 이렇게 대꾸했다. "인내심을 가져야지, 여보!" 그녀가 울린 종소리를 듣고 들어온 간수 세 명 역시 같은 반응이었다. 한 명은 "자유의 이름으로 맙소사"라고 덧붙였는데, 장소가 장소인 만큼 뭔가 어울리지 않는 마무리처럼 들렸다.

라 포르스 감옥은 암울한 감옥이었다. 어둡고 불결했으며, 더러운 잠의 악취가 진동했다. 형편없이 관리되는 그런 장소에서는 수감자의 역겨운 잠자리 악취가 얼마나 순식간에 드러나는지 놀랍지 않은가!

"게다가 독방이잖아." 간수가 기록된 서류를 보면서 투덜거렸다. "이미 터져 나갈 지경인 게 안 보이나!"

그는 언짢은 기분으로 서류를 철했고, 찰스 다네이는 그가 다시 상대해줄 때까지 반 시간을 더 기다렸다. 때로는 아치형 구조의 튼튼한 방 안을 서성대기도 하고, 때로는 돌의자에 앉아 있기도 했는데, 어느 경우에든 대장과 부하들의 기억에 새겨질 때까지 기다려야 했다.

"어이!" 마침내 대장이 열쇠 꾸러미를 집어 들면서 말했다. "이리 따라와, 망명자."

감옥의 칙칙한 어스름 속에서 새로운 담당자는 그를 데리고 복도와 계단을 지났고, 그들 뒤로 수많은 문이 철커덩 잠기는 가운데 이윽고 넓고 낮고 천장이 둥근 방에 이르렀다. 그곳에는 남녀 죄수들이 가득했다. 여자들은 기다란 탁자에 앉아 읽거나 쓰거나, 혹은 뜨개질이나 바느질이나 자수를 하고 있었다. 남자들은 대부분 의자 뒤에 서 있거나 방 안을 이리저리 서성이고 있었다.

죄수들이라고 하면 수치스러운 범죄나 치욕을 본능적으로 연상하기 마련인지라 신참은 이 무리를 보고 흠칫 놀랐다. 하지만 그의 비현실적인 긴 여정에서 단연 압도적으로 비현실적이었던 장면은 그들이 한꺼번에 자리에서 일어나더니, 당대에 알려진 온갖 세련된 몸가짐, 온갖 매력적인 우아함과 예의범절로 그를 맞았다는 점이었다.

감옥의 생활 양식과 음울한 어둠이 이런 교양을 너무나 기묘하게 뒤덮었고, 어울리지 않는 누추함과 비참함 속에 드러난 모습들이 너무나 유령 같았던 까닭에 찰스 다네이는 마치 죽은 자들 가운데 서 있는 듯했다. 모두가 유령이리라! 아름다운 유령, 위풍당당한 유령, 우아한 유령, 자부심 강한 유령, 자유분방한 유령, 재치 있는 유령, 젊은 유령, 늙은 유령, 그들 모두가 이 쓸쓸한 해안에서 물러날 때를 기다리고 있었고, 이곳에 오면서 맞이한 죽음으로 인해 달라진 눈빛으로 그를 바라보고 있었다.

그는 놀라서 움직일 수 없었다. 그의 곁에 서 있는 간수나 주위에서 움직이는 다른 간수들은 일상적인 업무를 수행할 때는 충분히 외모 면에서 괜찮아 보였을 테지만, 그곳에 자리한 슬픔에 젖은 어머니라든가 꽃처럼 피어나는 딸들—애교스러운 여인, 젊은 미인, 교양 있게 성장한 원숙한 여인의 유령들—과 비교했을 때는 터무니없을 정도로 상스러워 보였기에, 환영들의 장면에서 비롯된 모든 경험과 가능성이 뒤집힌 듯한 느낌이 최고조에 달했다. 틀림없이, 모두가 유령이리라. 틀림없이, 그의 비현실적인 긴 여정으로 인해 이 우울한 환영들에게 그를 인도한 어떤 질병이 깊어진 것이리라!

"불행 속에 이곳에 모인 사람들을 대표하여," 외모와 응대 태도에서 궁정을 연상시키는 한 신사가 앞으로 나서며 말했다. "라 포르스에 오신 것을 환영하며, 또한 귀하를 우리에게 인도한 불운에 위로를 표합니다. 일이 조만간 행복하게 마무리되길! 다른 곳에서는 이런 질문을 드리면 실례이겠습니다만 이곳에선 그렇지 않으니, 성함과 지위를 여쭤도 되겠소?"

찰스 다네이는 정신을 차리고 상대가 요구한 정보를 최대한 적합한 단어로 전달했다.

"희망컨대," 신사가 방을 가로지르는 간수장을 두 눈으로 좇으며 말했다. "혹시 독방 수감은 아니겠죠?"

"그게 어떤 의미인지는 모르겠지만, 제가 듣기로는 그렇다고 하더군요."

"아, 안타깝군요! 정말 유감입니다! 그래도 기운 내십시오. 우리 일행 몇 명도 처음에는 독방이었지만 얼마 가지 않았습니다." 이어 그는 목소리 높여 덧붙였다. "여러분께 전하게 되어 비통하지만, 독방 수감이랍니다."

찰스 다네이가 방을 가로질러 간수가 기다리는 쇠창살 문으로 걸어갈 때 웅성웅성 그를 위로하는 소리가 들렸고, 수많은 목소리—그중에서도 특히 여성들의 부드럽고 연민 어린 목소리—가 그에게 행운과 격려의 말을 건넸다. 그는 쇠창살 문에서 몸을 돌려 진심으로 감사를 전했다. 간수가 문을 닫았고, 환영들은 그의 시야에서 영원히 사라졌다.

작은 문은 돌계단에서 열려 위쪽으로 연결되어 있었다. 그들이 마흔 계단을 올랐을 때(반 시간짜리 죄수는 벌써 계단을 세고 있었다) 간수가 낮고 시커먼 문을 열었고, 그들은 독방 안으로 들어갔다. 차갑고 눅눅했지만 어둡지는 않았다.

"여기." 간수가 말했다.

"왜 나는 혼자 수감되는 겁니까?"

"내가 어떻게 알아!"

"펜, 잉크, 종이를 살 수 있습니까?"

"그런 건 내 업무가 아니야. 나중에 누가 찾아오면 그때 부탁할 수 있어. 지금은 식량만 살 수 있고 다른 건 안 돼."

감방 안에는 의자 하나, 탁자 하나, 짚으로 만든 침상 하나가 있었다. 간수가 나가기 전에 이런 물건들과 사방의 벽을 점검하는 동안, 맞은편 벽에 기대어 서 있던 죄수의 마음에는 종작없는 생각 하나가 떠올랐으니, 간수의 얼굴과 온몸이 뭔가 병적으로 부어 있어 마치 그가 물에 퉁퉁 불은 익사자처럼 보인다는 생각이었다. 간수가 나가고 나자 그는 같은 식으로 종작없이 생각했다. '이제 나는 죽은 사람처럼 남겨진 건가.' 이어 그는 생각을 멈추고 침상을 내려다보고는 구역질이 나서 몸을 돌리며 다시 생각했다. '그리고 여기 기어 다니는 것들 속에 파묻히는 것이 죽고 나서 몸이 겪는 첫 상태겠지.'

'가로로 다섯 세로로 넷 반, 가로로 다섯 세로로 넷 반, 가로로 다섯 세로로 넷 반.' 죄수는 걸음 수를 세면서 감방 안을 오갔다. 도시의 함성이 둔탁한 북소리처럼 솟아오르고 거세게 일렁이는 목소리들이 거기에 더해졌다. '그는 구두를 만들었지, 그는 구두를 만들었지, 그는 구두를 만들었지.' 죄수는 다시 걸음 수를 셌고, 마지막에 되풀이된 생각을 떨치기 위해 더욱 빨리 걸었다. '쇠창살 문이 닫혔을 때 사라졌던 유령들. 그들 중에는 검은 드레스를 입은 숙녀가 있었어, 벽에 난 창구멍에 기대고 있었지. 햇살에 금빛 머리카락이 빛나면서 마치 그 모습이…… 다시 말을 달리게 해주소서, 제발, 모두들 깨어 있던 불 켜진 마을을 지나도록…… 그는 구두를 만들었지, 그는 구두를 만들었지, 그는 구두를 만들었지…… 가로로 다섯 세로로 넷 반.' 마음 깊은 곳에서 이런 생각의 파편들이 솟구쳐 나뒹구는 가운데 죄수는 점점 더 걸음을 빨리하면서 고집스럽게 세고 또 셌다. 그러는 동안 도시의 함성은 변해갔으니, 그것은 여전히 둔탁한 북소리처럼 울렸지만, 그 위로 일렁이는 목소리들 속에는 그가 아는 흐느낌도 섞여 있었다.

2장

회전 숫돌

파리의 생제르맹 구역에 세워진 텔슨 은행은 어느 대저택의 부속 건물에 위치했는데, 안뜰을 통해야 들어갈 수 있는 데다 높은 담과 튼튼한 대문에 의해 길거리와는 차단되어 있었다. 이 저택은 한때 위대한 귀족의 소유지였다. 그는 이곳에서 살다가 자기 요리사의 옷으로 변장하고 난리를 피해 국경을 넘었다. 사냥꾼에게 쫓겨 달아나는 짐승에 불과한 신세이지만, 육신이 바뀌기 전의 영혼으로 보자면 그는 입술에 코코아 한 잔을 대령하는 데에만 문제의 요리사뿐 아니라 장정 세 명을 동원했던 그 대귀족 나리였다.

대귀족 나리는 사라지고, 장정 세 명은 새롭게 밝아오는 '자유, 평등, 우애, 그것이 아니면 죽음인, 단일 불가분의 공화국'의 제단에 기꺼이 주인의 목을 쳐서 바칠 각오를 함으로써 그에게서 높은 급료를 받았던 스스로의 죄를 용서했으며, 대귀족의 저택은 처음에는 가압류, 이어 몰수 처리가 되었다. 모든 것들이 워낙 빨리 진행되었고, 법령들이 꼬리에 꼬리를 물고 비 오듯 쏟아졌기 때문에, 가을로 접어든 9월 셋째 날 밤에 애국 특사들은 이미 대귀족의 저택을 수중에 넣고 그곳을 삼색으로 표시한 뒤 의전실에서 브랜디를 마시고 있었다.

텔슨의 파리 영업소 같은 런던 영업소가 있었다면 행장은 이내 미칠 지경이 되어 〈가제트〉[87]에 파산 공고를 냈을 것이다. 그도 그럴 것이 책임감 있고 존경받는 견실한 영국 기업에서 은행 마당에 놓인 오렌지 나무 화분이라든가, 영업 창구 위의 큐피드 그림을 보면 무슨 말을 하겠는가? 하지만 실정이 그랬다. 텔슨 영업소는 큐피드 위에 백색 도료를 덧발랐지만, 여전히 큐피드는 서늘한 리넨을 휘감은 채 (사랑이 흔히 그러하듯) 아침부터 밤까지 화살로 돈을 겨냥한 모습으로 천장에 남아 있었다. 런던 롬바드 거리에서였다면 이 이교도 소년 때문에, 또한 이 불멸의 소년 뒤쪽에 자리한 커튼 쳐진 벽감 때문에, 또한 벽에 오목하게 설치한 거울 때문에, 또한 나이도 지긋하지 않을뿐더러 걸핏하면 사람들 앞에서 춤을 춰대는 직원들 때문에 필시 파산하고도 남았을 것이다. 하지만 프랑스의 텔슨 영업소는 이런 난관을 굉

87 〈런던 가제트〉는 주 2회 발행되는 관보로서 파산자 명단, 정부 인사이동, 그 외 공시 등을 게재했다.

장히 훌륭하게 극복했고, 시대가 무너지지 않는 한 지레 겁을 먹고 돈을 인출하는 사람도 없었다.

차후 텔슨에서 얼마나 돈이 인출되고 얼마나 그곳에 맡겨진 채 사라지고 잊힐지, 예금자가 감옥에서 썩어가다 비참한 죽음을 맞이하면 어떤 금은 식기류와 보석들이 텔슨의 비밀 금고에서 광택을 잃어갈지, 얼마나 많은 계정이 이승에서는 결산하지 못해 저승으로 이월되어야 할지, 그날 밤 자비스 로리 씨는 이런 문제들을 심각하게 고민했지만 알 수가 없었고, 이는 어느 누구라도 마찬가지였을 것이다. 그는 새로 불붙인 벽난로 앞에 앉아 있었는데(병충해가 심해 흉년이 든 그해는 일찍부터 추웠다), 그의 정직하고 용감한 얼굴에는 천장에 매달린 전등이 드리우는 것보다, 또는 방 안의 물건이 일그러지게 투영된 것보다 짙은 그림자가 드리워 있었다. 바로 공포의 그림자였다.

그는 은행 내의 숙소에서 기거했다. 질긴 담쟁이덩굴처럼 어느덧 그 자신도 일부가 되어버린 회사에 대한 충성심에서였다. 애국지사들이 본관을 사용하면서 어쩌다 보니 일종의 보안을 제공했지만, 마음이 충실한 노신사는 그런 계산은 하지 않았다. 이 모든 상황이 그에게는 중요치 않았고, 그는 임무에만 충실했다. 안뜰 맞은편 콜로네이드 아래 마차를 대는 널찍한 공간이 있었다. 실제로 그곳에는 대귀족 나리의 마차 몇 대가 아직 서 있었다. 이글이글 타오르는 커다란 횃불 두 개가 기둥 두 개에 묶여 있고, 그 불빛 속에 어떤 물체가 마당에 서 있었으니, 바로 거대한 회전 숫돌이었다. 인근 대장간이나 여타 작업장에서 서둘러 가져왔는지 아무렇게나 대충 설치되어 있었다. 로리 씨는 자리에서 일어나 창가에서 이 무해한 물건을 바라보다가 몸서리를 치면서 다시 난롯가 자리로 돌아왔다. 그는 유리창뿐 아니라 바깥쪽의 격자 덧문도 열어놓았다가 둘 다 다시 닫았고, 온몸을 부르르 떨었다.

높은 담과 튼튼한 대문 너머 길거리에서 도시에 내려앉은 밤의 일상적인 웅성거림이 들려왔는데, 여기에 더해 이따금 뭔가 형언할 수 없는 소리가 울렸다. 마치 무시무시한 본성을 지닌 특이한 소리들이 하늘로 올라가는 듯 기이하고 섬뜩한 울림이었다.

"천만다행이야." 로리 씨가 두 손을 꽉 쥐며 말했다. "가깝고 소중한 사람들이 오늘 밤 이 끔찍한 도시에 있지 않아서. 부디 위험에 빠진 모든 이들에게 은총을 베푸소서!"

그로부터 얼마 뒤 대문의 종이 울렸고, 그는 '그자들이 다시 돌아온 모양이군!'이라 생각하며 귀 기울였다. 하지만 그의 예상처럼 마당으로 떠들썩하게 몰려드는 소리는 들리지 않았고, 다시 대문이 철커덩 닫히더니 이내 사방이 고요해졌다.

그를 덮친 초조함과 두려움은 은행과 관련하여 막연한 불안감을 일깨웠다. 이런 감정들과 더불어 큰 책임감이 자연스레 불러일으킬 법한 불안감이었다. 은행은 안전하게 경호 중이었다. 그가 그곳을 지키고 있는 믿음직한 사람들을 보러 가려고 자리에서 일어난 순간 갑자기 문이 벌컥 열리면서 두 사람이 황급히 들어섰는데, 그는 그들이 누구인지 보고는 너무 놀라서 다시 주저앉고 말았다.

루시와 그녀의 아버지였다! 루시는 그를 향해 두 팔을 뻗으면서 예전의 그 간절한 표정을 짓고 있었다. 그 표정이 얼마나 결연하고 강렬했던지 마치 일생 중 이 순간에 특별히 그 표정에 강력한 힘을 부여하기 위해 얼굴에 찍어놓은 듯했다.

"무슨 일입니까?" 로리 씨가 숨이 막히고 당황하여 외쳤다. "어떻게 된 거예요? 루시! 마네트! 무슨 일이 생겼습니까? 여기에는 왜 온 거예요? 무슨 일입니까?"

루시는 창백하고 격하게 시선을 고정한 채 그의 팔에 안겨 숨가쁘게 애원했다. "오, 아저씨! 제 남편이!"

"네 남편이, 루시?"

"찰스가요."

"찰스가 뭐?"

"여기에 있어요."

"여기, 파리에?"

"며칠 됐어요. 사흘 아니면 나흘, 얼마나 됐는지 모르겠어요. 정신을 차릴 수가 없어요. 뭔지는 모르겠지만 이곳에서 누구를 돕고자 했나 봐요. 그런데 관문에서 체포되어 감옥으로 보내졌대요."

노인은 억누를 수 없는 탄성을 내뱉었다. 거의 동시에 대문의 종이 다시 울렸고, 떠들썩한 발소리와 목소리가 안뜰로 쏟아져 들어왔다.

"저 소리는 뭐지?" 박사가 창문 쪽으로 다가가며 말했다.

"보지 말아요!" 로리 씨가 외쳤다. "내다보지 말아요! 마네트, 죽어도 덧문을 건드리지 말아요!"

박사가 창문 걸쇠에 손을 얹은 채 돌아보더니 차분하고 담대한 미소를 지으며 말했다.

"친애하는 벗이여, 나는 이 도시에서 불사신이나 다름없어요. 바스티유의 죄수였지 않습니까. 여기 파리에서—파리? 아니 프랑스에서—내가 바스티유의 죄수였다는 사실을 알면서도 내 몸에 손댈 수 있는 애국지사는 단 한 명도 없어요. 내게 포옹 세례를 안긴다거나 나를 떠받들고 승리의 행진을 한다면 모를까. 내가 과거에 겪은 고통은 우리가 관문을 통과하고, 그곳에서 찰스에 관한 소식을 얻고, 이곳까지 오는 힘이 되어주었소. 나는 그럴 거라 알고 있었죠. 내가 찰스를 어떤 위험에서든 구해낼 수 있다는 것도. 루시에게도 그렇게 말했고요. 저 소리는 뭡니까?" 그는 다시 창문에 손을 얹었다.

"보지 말아요!" 로리 씨가 더없이 절박하게 외쳤다. "안 돼, 루시, 얘야, 보면 안 돼!" 그는 루시를 팔로 감싸 안고 붙잡았다. "그렇게 겁에 질릴 것 없어, 얘야. 너에게 엄숙하게 맹세하는데, 찰스가 어떤 해를 입었다는 소식은 들은 바가 없어. 그가 이 치명적인 도시에 있으리라곤 생각조차 못 했단다. 어떤 감옥에 있지?"

"라 포르스요!"

"라 포르스! 루시, 얘야, 만약 네가 살면서 용감하고 도움이 된 적이 있었다면—너는 항상 그랬지—지금 바로 마음을 다잡고 정확히 시키는 대로 하렴. 네가 생각하는 것보다, 또는 내가 말할 수 있는 것보다, 많은 것이 여기에 달려 있으니까. 오늘 밤 네가 할 수 있는 일은 아무것도 없단다. 어차피 바깥에 나갈 수도 없고. 내가 이런 말을 하는 까닭은 찰스를 위해 네게 시켜야 하는 일이 무엇보다 힘든 일이기 때문이야. 즉각 시키는 대로 따르고 가만히 있어야 하는 거란다. 여기 뒤쪽 방에 데려다줄 테니 따르렴. 그리고 내가 아버지와 잠시만 단둘이 있도록 해주고. 생사가 달린 문제이니 지체해선 안 돼."

"말씀하신 대로 따르겠어요. 아저씨 얼굴을 보니 이것 외엔 달리 제가 할 수 있는 일이 없다는 걸 알고 계시는군요. 아저씨가 옳다는 걸 알아요."

노인은 루시에게 입을 맞췄고, 서둘러 자기 방에 데려다준 뒤 열쇠로 잠갔다. 이어 박사에게 돌아와 창문을 열고 덧문을 일부만 연 다음 박사의 팔에 손을 얹고 그와 함께 안뜰을 내다보았다.

내다본 곳에는 우글우글 모여든 남녀들이 있었다. 안뜰을 가득 채우기에는 충분치 않은, 혹은 많이 모자라는 인원이었다. 전부 합쳐봤자 마흔이나 쉰 명 정도였다. 저택을 점령한 사람들이 그들을 대문 안으로 들여보내주자, 회전 숫돌에서 작업을 하러 몰려든 것이었다. 편리하고 구석진 장소인지라, 그곳에 이런 목적으로 숫돌을 설치한 게 분명했다.

하지만 이 얼마나 끔찍한 작업자들이며, 이 얼마나 끔찍한 작업이란 말인가!

회전 숫돌에는 이중 손잡이가 달려 있고, 사내 두 명이 미친 듯 그것을 돌리고 있었다. 빙글빙글 돌아가는 숫돌을 따라 그들이 얼굴을 쳐들 때면 기다란 머리카락이 철썩철썩 뒤로 넘어갔는데, 그럴 때면 가장 야만스럽게 분장한 가장 흉포한 미개인들보다도 더 무시무시하고 잔인한 얼굴들이 드러났다. 그들은 가짜 눈썹과 가짜 콧수염을 달았고, 흉측한 얼굴은 온통 피와 땀으로 범벅이었으며, 하나같이 악을 쓰느라 일그러진 모습인 데다, 하나같이 짐승 같은 흥분과 수면 부족으로 눈을 번득이며 노려보고 있었다. 이러한 악당들이 숫돌을 돌리고 돌리면, 텁수룩한 머리털이 한 번은 앞으로 휙 넘어와 눈을 덮고, 한 번은 뒤로 휙 넘어가 목덜미를 덮었으며, 그럴 때면 몇몇 여자들이 그들이 마시도록 입에 포도주를 대주었다. 뚝뚝 떨어지는 피에다, 뚝뚝 떨어지는 포도주에다, 숫돌에서 끊임없이 튀는 불꽃까지 더해져, 그들의 사악한 대기는 온통 핏덩이와 불로 가득한 듯 보였다. 그들 중에 피로 얼룩지지 않은 인간은 눈 씻고 찾아봐도 없었다. 다음 차례에 숫돌을 사용하기 위해 서로 어깨를 밀치는 자들은 웃통을 훌렁 벗은 채 팔다리와 몸통이 온통 피로 얼룩진 사내들, 온갖 누더기를 걸쳤으며 그 누더기에도 피가 얼룩덜룩한 사내들, 여성용 레이스와 실크와 리본 같은 약탈품으로 악마처럼 치장했으며 이런 소품들도 피로 흠뻑 물든 사내들이었다. 손도끼,

칼, 총검, 대도 등등, 숫돌에 날카롭게 갈려고 가져온 모든 것들이 피로 얼룩져 시뻘겠다. 몇몇 사람들은 이렇게 간 칼을 기다란 천이나 옷 조각으로 손목에 묶었는데, 사용된 끈들은 가지각색이었지만 다들 한 가지 색깔로 짙게 물들어 있었다. 그리고 이런 무기들을 휘두르는 미치광이들이 탁탁 튀는 불꽃 속에서 무기를 낚아채 길거리로 내달릴 때 그들의 광분한 두 눈도 똑같은 붉은 빛으로 시뻘겠다. 정조준한 총으로 저 눈을 없앨 수만 있다면, 어떤 문명인이라도 자기 삶의 스무 해를 내줄 만한 그런 눈이었다.

마치 물에 빠진 사람이나 중대한 위기에 처한 사람의 눈앞에 한세상이 생생하게 펼쳐지듯 이 모든 장면은 순식간에 보였다. 그들은 창가에서 물러났고, 박사는 설명을 구하듯 친구의 잿빛 얼굴을 바라보았다.

"저들은," 로리 씨가 잠긴 방을 걱정스럽게 돌아보며 속삭였다. "죄수들을 살해하고 있어요. 박사님이 본인의 말을 확신한다면, 정말로 본인이 생각하는 그런 힘을 가졌다면—나는 그렇게 믿소만—저 악마들한테 정체를 밝히고, 라 포르스로 데려가달라고 하세요. 이미 늦었을지도 모르지만, 1분도 더 지체해선 안 됩니다!"

마네트 박사는 그의 손을 꽉 쥔 다음 모자도 쓰지 않고 급히 방에서 나갔고, 로리 씨가 다시 덧문으로 내다봤을 때 그는 안뜰에 있었다.

휘날리는 흰 머리카락, 비범한 얼굴, 무기들을 대수롭잖게 옆으로 밀쳐버리는 맹렬하고 당당한 태도, 이런 것들 덕분에 그는 순식간에 숫돌 옆의 군중 한가운데에 섰다. 잠시 침묵이 흘렀고, 이어 서두르는 소리, 웅성대는 소리, 그리고 알아들을 수는 없지만 뭐라고 이야기하는 박사의 목소리가 들렸다. 다음 순간 로리 씨가 목격한 장면은 그가 모든 이들에게 둘러싸여, 한 줄로 늘어서서 서로 어깨동무를 하거나 어깨에 손을 짚은 스무 명의 사내들 한가운데에서, "바스티유 죄수 만세! 라 포르스에 갇힌 바스티유 죄수의 가족을 구하라! 바스티유 죄수가 나가신다, 길을 비켜라! 라 포르스 죄수 에브레몽드를 구하라!" 같은 함성 속에, 그리고 이에 화답하는 수천 개의 함성 속에 서둘러 떠나는 모습이었다.

그는 벌렁대는 가슴으로 다시 덧문을 닫고 창문과 커튼도 단속한 다음, 서둘러 루시에게 가서 아버지가 사람들의 도움을 받아 그녀의 남편을 찾으러 떠났다고 전했다. 지금 보니 루시 외에 그녀의 딸과 프로스 양도 함께 있었다. 하지만 그들을 보고 놀랍다는 생각을 할 경황조차 없었고, 그런 생각이 든 것은 그로부터 한참 뒤 밤의 정적 속에 그들을 지켜보며 앉아 있을 때였다.

그 무렵 루시는 바닥에 주저앉아 로리 씨의 발치에서 그의 손에 매달린 채 망연자실한 상태였다. 프로스 양은 아이를 침대에 뉘었고, 서서히 그녀의 머리도 어여쁜 아이 곁의 베개에 떨어졌다. 오, 기나긴 밤, 가엾은 아내는 한탄하고 있구나! 오, 기나긴 밤, 그녀의 아버지는 돌아오지도 않고 어떤 소식도 없구나!

어둠 속에서 두 번 더 대문의 종이 울렸고, 군중의 난입이 되풀이되었으며, 숫돌이 타닥타닥 돌아갔다. "무슨 일이죠?" 루시가 겁에 질려 외쳤다. "쉿! 군인들이 저곳에서 칼을 가는 거란다." 로리 씨가 말했다. "이곳은 이제 국유 재산이고, 일종의 무기고로 사용 중이거든, 얘야."

모두 합쳐 두 번 더. 하지만 마지막 작업은 간간이 미미하게 이루어졌다. 얼마 지나지 않아 날이 밝아오기 시작했고, 그는 자신에게 매달린 손을 가만히 내려놓은 뒤 다시 조심스럽게 밖을 내다보았다.

한 남자가 숫돌 옆의 포장길에서 일어나 멍하니 주위를 둘러보았는데, 온몸이 얼마나 피로 얼룩졌던지 마치 살육의 현장에서 서서히 의식을 되찾고 있는 심각한 부상자처럼 보일 정도였다. 이내 이 고단한 살인자는 희뿌연 햇빛 속에서 대귀족 나리의 마차 한 대를 발견하고선, 그 호화로운 차량으로 비틀비틀 걸어갔고, 문 안으로 기어오르더니, 그 속에 틀어박혀 우아한 쿠션 위에서 휴식을 취했다.

로리 씨가 다시 내다봤을 때 거대한 숫돌인 지구가 회전하여 태양이 안뜰에 붉게 비치고 있었다. 하지만 더 작은 숫돌은 조용한 아침 공기 속에 그곳에 홀로 선 채, 태양이 준 것도 아닐뿐더러 결코 앗아 가지도 못할 붉은빛을 띠고 있었다.

3장

그림자

사무 시간이 다가왔을 때 로리 씨의 사무적인 마음에 처음으로 떠오른 생각 중 하나는, 망명자 죄수의 아내를 은행 지붕 밑에 숨겨줌으로써 텔슨 은행을 위험에 빠뜨릴 권리가 자신에겐 없다는 것이었다. 자신의 재산이나 안전이나 생명이라면 루시와 그녀의 아이를 위해 한순간의 망설임도 없이 내걸 수 있었다. 하지만 그에게 위임된 책임은 자신만의 것이 아니었고, 이런 사무적인 책임에 관한 한 그는 철저히 사무적인 사람이었다.

처음에 그의 마음은 드파르주를 다시 떠올렸고, 이 혼란스러운 도시에서 가장 안전한 거처가 어디일지 포도주 상점을 찾아가 그곳 주인과 상의해볼까 생각했다. 하지만 그를 떠올린 똑같은 이유로 인해 그를 포기해야 했다. 그는 가장 격렬한 구역에 거주했고, 의심할 여지없이 그곳에서 영향력 있는 인물인 데다, 위험한 활동에도 깊숙이 관여하고 있었으니까.

정오가 다가오는데도 박사는 돌아오지 않았고, 매 순간 지연될수록 텔슨 은행을 위태롭게 할 터였기에 로리 씨는 루시와 상의했다. 그녀는 아버지가 이 구역에서 은행 근처에 임시 숙소를 단기 임대하는 것에 대해 얘기했다고 말했다. 이 점에는 사무적으로 반대할 이유가 없었고, 또한 일이 잘 해결돼서 찰스가 풀려난다 해도 당장 이 도시를 떠나기는 어려울 터였기에, 로리 씨는 적당한 숙소를 구하기 위해 나섰고 알맞은 곳을 찾아냈다. 외떨어진 뒷골목에 자리한 건물의 높은 층이었는데, 우울해 보이는 네모난 고층 건물의 다른 창문들이 하나같이 덧문에 가려진 것으로 보건대 모두 버려진 집들인 듯했다.

그는 이 숙소에 즉각 루시 모녀와 프로스 양을 데려다 놓았고, 자신이 해줄 수 있는 최대한, 그리고 자신이 누리는 것보다 훨씬 많이, 그들이 편히 지낼 수 있도록 배려했다. 앞으로 적잖이 두드려댈 출입문을 지키는 일은 제리에게 맡긴 뒤 그는 본업으로 돌아갔다. 업무를 보는 내내 심란하고 비통한 마음이었고, 느릿느릿 무겁게 하루가 흘러갔다.

은행이 문을 닫을 때까지 하루가 스러져가고 그도 지쳐갔다. 다시금 전날 밤과 같은 방에 홀로 앉아 다음에 어떻게 해야 할까 고민하는 차에, 계단을 올라오는 발소리가 들렸다. 잠시 뒤 눈앞에 한 남자가 나타나 빈틈없는 시선으로 그를 살피면서 그의 이름을 불렀다.

"제가 맞습니다만," 로리 씨가 말했다. "저를 아십니까?"

그는 단단한 체격에 짙은 곱슬머리, 나이는 마흔다섯에서 쉰 살쯤 되어 보이는 남자였다. 그는 대답으로 강세 하나 바꾸지 않고 똑같은 말을 되풀이했다.

"저를 아십니까?"

"어딘가에서 뵌 적이 있소만."

"아마 제 포도주 가게였겠죠?"

로리 씨가 흥분한 기색으로 관심을 보이며 말했다. "마네트 박사가 보내서 왔소?"

"예, 마네트 박사가 보내서 왔습니다."

"뭐라고 하던가요? 내게 어떤 전갈을 보냈소?"

드파르주가 그의 초조한 손에 펼쳐진 종이쪽지 한 장을 건넸다. 박사의 필체로 이런 글이 적혀 있었다.

> 찰스는 무사합니다만, 아직 나는 이곳을 안전하게 벗어날 수가 없습니다. 전달자를 통해 찰스가 아내에게 짧은 서신을 보낼 수 있도록 허락을 구했습니다. 전달자를 그의 아내에게 데려다주십시오.

라 포르스에서 보낸 것으로, 한 시간도 채 되지 않은 편지였다.

"나와 함께 그의 아내가 묵고 있는 곳으로 가시겠소?" 로리 씨가 쪽지를 소리 내어 읽은 뒤 기쁨과 안도감을 느끼며 말했다.

"예." 드파르주가 대답했다.

드파르주가 말하는 방식이 묘하게 폐쇄적이고 기계적이었지만 로리 씨는 아직 아무것도 눈치채지 못한 채 모자를 썼고 둘은 안뜰로 내려갔다. 그곳에 두 여인이 있었다. 한 명은 뜨개질 중이었다.

"아무렴, 드파르주 부인이군요!" 로리 씨가 말했다. 17년쯤 전에 헤어질 때도 그녀는 지금과 정확히 똑같은 태도였다.

"맞습니다." 그녀의 남편이 말했다.

"부인도 저희와 함께 가나요?" 그들이 움직일 때 그녀도 움직이는 것을 보고 로리 씨가 물었다.

"예, 얼굴을 보고 누군지 익혀놓아야 하니까요. 그들의 안전을 위해서입니다."

드파르주의 태도가 마음에 걸리기 시작한 로리 씨가 미심쩍게 그를 쳐다보았고, 이어 길을 안내했다. 여인 둘도 따라왔다. 두 번째 여인은 방장스였다.

그들은 도중에 있는 거리를 최대한 빨리 지나 새 거처의 계단을 올랐고, 제리가 그들을 안으로 들이자 홀로 흐느끼고 있는 루시가 보였다. 그녀는 로리 씨가 전해준 남편의 소식에 기뻐서 어쩔 줄 몰라 하며 서신을 가져다준 손을 꼭 잡았다. 그 손이 밤에 남편 근처에서 어떤 짓을 하고 있었는지, 그리고 일이 이렇게 되지 않았다면 남편에게도 어떤 짓을 했을지 생각도 못 한 채.

내 사랑, 용기를 내요. 나는 잘 있소. 아버님은 내 주위에
서 영향력 있는 인물이라오. 이 편지에는 답신이 안 돼요.
나 대신 우리 아이에게 입 맞춰주오.

글은 이게 다였다. 하지만 받은 이로서는 너무나 벅차 그녀는 드파르주에게서 부인에게로 몸을 돌려 뜨개질 중인 손 하나에 입을 맞추었다. 그것은 열정과 사랑과 감사와 여성스러움이 담긴 행동이었지만, 상대의 손은 아무 반응도 하지 않았다. 그저 차갑게 툭 떨어지더니 다시 뜨개질을 할 뿐이었다.

그 손길에는 루시를 얼어붙게 만드는 뭔가가 있었다. 그녀는 쪽지를 가슴께에 넣다 말고 손을 목 주변에 그대로 멈춘 채 겁에 질려 드파르주 부인을 쳐다보았다. 그녀의 치켜 올라간 눈썹과 이마에, 드파르주 부인은 차갑고 냉담한 시선으로 응수했다.

"얘야," 로리 씨가 설명하기 위해 끼어들었다. "거리에서 잦은 폭동이 일어나고 있어. 그런 것이 네게 문제를 일으킬 것 같지는 않지만, 드파르주 부인은 혹시라도 그런 일이 생겼을 때 자신이 보호할 만한 사람들을 봐두려고 하는 거란다. 누군지 알아야 하니까, 낯을 익혀놓아야 하니까. 제 말이," 로리 씨가 루시를 안심시키기 위해 이렇게 말하다가 세 사람의 냉랭한 태도가 점점 무겁게 다가오자 다소 머뭇거리며 물었다. "제 말이 맞습니까, 드파르주 시민 동지?"

드파르주가 어둡게 아내를 쳐다보더니 다른 대답 없이 묵인

의 뜻으로 걸걸한 소리를 내뱉었다.

"내 생각엔, 루시," 로리 씨가 말투로나 태도로나 최대한 분위기를 좋게 만들려 애쓰면서 말했다. "우리 귀염둥이를 불러오는 게 좋겠구나, 우리 프로스 양도 부르고. 드파르주, 우리 프로스 양은 영국 숙녀랍니다, 프랑스어는 하나도 모르죠."

문제의 숙녀는 어떤 외국인도 자신의 적수가 안 된다는 뿌리 깊은 신념을 갖고 있었고, 이런 신념은 어떤 고난이나 위험에도 흔들리지 않았다. 그런 그녀가 팔짱을 끼고 나타나더니, 먼저 시선이 닿은 방장스에게 영어로 이렇게 말했다. "거참, 정말이지, 당차게도 생기셨네! 무탈하시길 바랍니다!" 그녀는 드파르주 부인에게도 영국식으로 헛기침을 해 보였다. 하지만 두 여인은 그녀에게 거의 관심을 보이지 않았다.

"저 애가 그 남자의 자식인가요?" 드파르주 부인이 처음으로 일손을 멈추고 운명의 손가락처럼 뜨개질바늘로 어린 루시를 가리켰다.

"예, 부인." 로리 씨가 대답했다. "이 아이가 우리 가엾은 죄수의 소중한 딸이지요, 게다가 외동딸입니다."

드파르주 부인 일행이 품은 그림자가 너무나 위협적이고 험악하게 아이에게 드리우는 듯하여 엄마는 본능적으로 아이 곁에 무릎을 꿇고 아이를 품에 껴안았다. 그러자 이제 드파르주 부인 일행이 품은 그림자는 엄마와 아이 둘 다에게 위협적이고 험악하게 드리우는 것처럼 보였다.

"이제 됐어요, 여보." 드파르주 부인이 말했다. "누구인지 봤어요. 이제 가죠."

하지만 그 억제된 태도 속에는 충분한 위협—보이거나 드러낸 것이 아니라 희미하며 억누르고 있는 위협—이 있었던 까닭에 루시는 겁에 질려 드파르주 부인의 치마를 간절하게 붙들고 말했다.

"불쌍한 저희 남편에게 잘 대해주시겠지요. 그이를 해치진 않으시겠지요. 여력이 되면 제가 그이를 보도록 도와주시겠지요?"

"당신 남편은 내 소관이 아니에요." 드파르주 부인이 더없이 태연하게 그녀를 내려다보며 말했다. "이곳에서 내 소관은 당신 아버지의 딸이지."

"그렇다면 저를 위해, 제 남편에게 자비를 보여주세요. 제 아이를 위해서요! 부인께서 자비를 베푸시길 이 아이도 두 손 모아 기도할 거예요. 저희는 여기 다른 분들보다 부인이 두렵습니다."

드파르주 부인은 이것을 칭찬으로 받아들이고 남편을 쳐다보았다. 마음이 불편한 듯 엄지손톱을 물어뜯으며 아내를 쳐다보고 있던 드파르주가 좀 더 단호한 표정을 지어 보였다.

"거기 쪽지에서 당신 남편이 뭐라고 했더라?" 드파르주 부인이 못마땅한 미소를 지으며 물었다. "영향력, 뭔가 영향력에 관한 말이었지요?"

"저희 아버지께서," 루시가 가슴께에서 허둥지둥 쪽지를 꺼냈지만, 겁에 질린 두 눈은 쪽지 대신 질문자를 향하고 있었다. "그이 주변에서 영향력 있는 인물이라고 했어요."

"그럼 분명 풀려나겠네요!" 드파르주 부인이 말했다. "그렇게 하라고 해요."

"아내이자 엄마로서 애원할게요." 루시가 더없이 간절하게 외쳤다. "부디 저를 불쌍히 여기셔서 부인께서 갖고 계신 힘을, 제 무고한 남편에게 해로운 쪽이 아니라 이로운 쪽으로 사용해주세요. 오, 같은 여자로서, 저를 좀 봐주세요. 아내이자 엄마로서!"

드파르주 부인은 애원하는 상대를 여전히 싸늘하게 바라보다가 자기 동료인 방장스에게 돌아서며 말했다.

"우리가 이 아이만큼, 아니 훨씬 더 어렸을 때부터 익히 보았던 아내들과 엄마들은 그다지 배려를 못 받았던 것 같은데? 남편과 아버지가 감옥에 끌려가서 생이별하는 경우도 진짜 흔했지? 지금까지 살면서 말이야, 같은 여자들이 자기뿐 아니라 자식들까지 가난, 헐벗음, 굶주림, 목마름, 질병, 고통, 온갖 억압과 방치에 시달리는 걸 본 것 같은데?"

"우리가 본 건 그런 모습밖에 없었죠." 방장스가 대꾸했다.

"우리는 오랫동안 이런 대접을 견뎠어." 드파르주 부인이 다시 루시에게 시선을 돌리며 말했다. "생각해봐요! 한낱 한 아내와 엄마의 고통이 지금 우리에게 대수로운 일이겠는지?"

그녀는 뜨개질을 다시 시작하며 밖으로 나갔다. 방장스도 뒤를 따랐다. 드파르주가 마지막에 나가면서 문을 닫았다.

"용기를 내렴, 우리 루시." 로리 씨가 그녀를 일으켜 세우며 말했다. "용기, 용기! 지금까지는 일이 잘 풀린 거란다. 수많은 가엾은 영혼들이 최근에 겪었던 일을 생각하면 우리는 훨씬, 훨씬 나은 거지. 기운 내렴, 그리고 감사하는 마음을 갖고."

"감사하지 않는 건 아니에요. 하지만 저 무서운 여인이 저와 제 모든 희망에 그림자를 드리우는 것 같아요."

"이런, 이런!" 로리 씨가 말했다. "이렇게 용감한 가슴에 낙담이 웬 말이냐? 그림자라니, 참말로! 그건 전혀 실체가 없는 거란다, 루시."

그러나 이 모든 말에도 불구하고, 드파르주 부부의 태도는 그에게 짙은 그림자를 드리웠고, 그 역시 마음속으로는 몹시 심란했다.

4장

폭풍 속의 고요

마네트 박사는 떠난 지 나흘째 되는 날 아침에야 돌아왔다. 그 끔찍한 시간 동안 어떤 일이 벌어졌는지 루시에게는 최대한 숨길 수 있을 만큼 숨겼기 때문에, 그로부터 한참 뒤 프랑스에서 멀리 벗어나고 나서야 그녀는 무방비 상태의 죄수 1,100명이 남녀노소 가릴 것 없이 군중에 의해 살해되었다는 것, 나흘 밤낮이 이런 잔학 행위로 어둡게 물들었다는 것, 그녀 주변의 공기가 살해당한 자들의 피비린내로 오염되어 있었다는 것을 알게 되었다. 당시 그녀가 알았던 것이라곤 감옥 몇 곳이 습격당했고, 모든 정치범이 위험에 처했으며, 그중 일부는 군중에게 끌려가 살해되었다는 것 정도였다.

박사는 로리 씨에게 굳이 당부할 필요도 없었지만 비밀 엄수를 조건으로 이야기를 들려주었다. 군중이 그를 데리고 학살의 현장을 지나 라 포르스 감옥까지 갔다는 이야기. 감옥에서 자칭 재판소가 열린 것을 보았는데, 그 앞에 죄수들이 한 명씩 끌려 나와 학살될지 석방될지 아니면 (몇몇 경우) 다시 감옥으로 돌려보내질지 뚝딱뚝딱 결정되었다는 이야기. 안내자들이 그를 재판소에 소개했고, 그가 이름과 직업을 대며 자신이 바스티유의 독방에 18년간 아무 죄 없이 수감되어 있었다고 밝혔다는 이야기. 심판석에 앉아 있던 인물 중 한 명이 자리에서 일어나 그의 신원을 확인해주었는데, 그자가 드파르주였다는 이야기.

거기에 더해, 그가 탁자 위의 명부를 통해 사위가 아직 살아 있는 죄수들 사이에 있음을 확인했고, 재판소에—자고 있는 자와 깨어 있는 자, 살인으로 더러워진 자와 깨끗한 자, 정신이 말짱한 자와 그렇지 않은 자가 섞여 있는 그곳에—부디 그를 살려서 석방해달라고 간곡히 호소했다는 이야기. 타도된 체제 아래 고통당한 저명인사로서 처음에 그에게 열광적인 환영 인사가 쏟아졌고, 찰스 다네이를 그 무법의 법정에 데려와 심리를 받게 해주기로 했다는 이야기. 그가 곧장 석방될 것처럼 보이던 찰나, 그에게 유리하게 흘러가던 형세가 (박사에게는 알려지지 않은) 어떤 이유로 인해 바뀌었고, 이어서 비밀리에 몇 마디 협의가 오갔다는 이야기. 그런 다음 재판장직을 수행 중인 남자가 마네트 박사에게 죄수를 다시 수감하되 박사를 봐서 안전하게 수감하기로 약조했다는 이야기. 신호가 떨어지자 즉각 죄수가 감옥 내부로 다시 이송되었고, 이에 박사가 종종 재판 진행이 안 들릴 정도로 문밖에서 무시무시하게 함성을 질러대는 군중 손에 사위가 악의나 불운에 의해 떨어지는 일이 없는지 부디 그곳에 남아서 확인하게 해달라고 강력하게 호소했고, 허락이 떨어진 덕분에 위험이 끝날 때까지 그 '피의 전당'에 머물러 있었다는 이야기.

그곳에서 그가 간간이 먹고 자면서 보았던 광경들은 앞으로 언급되지 않을 터였다. 목숨을 부지한 죄수들에게 쏟아지는 미친 듯한 환호는 사지가 갈가리 찢긴 자들을 향한 미친 듯한 잔학성 못지않게 충격적이었다. 박사가 말하길, 한 죄수가 자유의 몸이 되어 거리로 풀려났는데, 그가 문을 나설 때 뭔가 착각한 흉포한 군중 한 명이 그를 창으로 찔렀다고 했다. 그에게 가서 상처를 치료해달라는 요청에 박사가 똑같은 문을 나서서 그곳에 갔더니, 한 무리의 사마리아인들이 그를 안고 있었는데 정작 그들은 자신들이 죽인 시체 더미 위에 앉아 있었다고 했다. 이 끔찍한 악몽 속에서 도저히 말도 안 되는 모순성을 드러내면서 그들은 박사를 도와 더없이 부드럽고 살뜰한 손길로 환자를 보살피고 그를 위해 들것을 만들어 조심스레 다른 곳으로 옮기기까지 하더니, 이어 무기를 집어 들고 너무나 무시무시한 도살에 다시금 뛰어들었던지라, 박사는 두 손으로 눈을 가리고 그 한가운데에서 실신하고 말았다.

로리 씨는 이런 비밀 이야기를 들으면서 이제 예순둘이 된 친구의 얼굴을 바라보며, 이처럼 끔찍한 경험 때문에 예전 증세가 재발하진 않을까 마음속으로 염려되었다. 하지만 그는 친구에게서 지금과 같은 면모를 본 적이 없었다. 친구에게서 지금과 같은 기질을 본 적이 단 한 번도 없었다. 처음으로 박사는 자신이 겪었던 고통이, 이제, 힘이고 권력이라 느꼈다. 처음으로 그는 자신이 그 세찬 불길 속에서 서서히 무쇠를 벼렸으며, 그 무쇠로 딸의 남편이 갇힌 감옥의 문을 부수고 그를 구해낼 수 있으리라 느꼈다. "이 모든 것이 바람직한 결과를 내는 데 도움이 되었소, 친구. 그저 헛되이 썩어가기만 한 것은 아니었어요. 사랑하는 우리 아이가 나 자신을 되찾도록 도와준 것처럼 이제 내가 그 아이에게 가장 소중한 존재를 되찾도록 도와줄 겁니다. 하늘의 도움으로 반드시 그렇게 할 겁니다!" 마네트 박사는 그러했다. 너무나 오랜 세월 동안 삶이 시계처럼 멈춘 듯 보였지만, 그동안 쓸모가 없어 잠들어 있던 에너지를 되살려 다시금 삶이 돌아가기 시작한 남자, 그런 그의 빛나는 두 눈, 결연한 얼굴, 차분하고 강인한 표정과 태도를 보았을 때, 자비스 로리는 그를 믿었다.

당시 박사가 맞서 싸워야 했던 것보다 더 큰 난관이 있었을지라도 그가 지닌 불굴의 의지 앞에서는 굴복하고 말았으리라. 그는 속박된 자와 자유로운 자, 부유한 자와 가난한 자, 악한 자와 선한 자를 가리지 않고 모든 종류의 인간들을 치료하며 의사로서 자리를 지켰고, 워낙 현명하게 개인적 영향력을 발휘한 덕분에 곧 감옥 세 군데에서 진찰을 맡게 되었는데, 그중에는 라 포르스도 끼어 있었다. 이제 그는 루시에게 남편이 더는 독방에 감금되어 있지 않고 일반 죄수들과 함께 섞여 있다고 말해줄 수 있었다. 박사는 사위를 매주 보았고, 그의 입에서 직접 들은 달콤한 전갈을 딸에게 전해주었다. 이따금 남편이 직접 그녀에게 편지를 보내기도 했는데(하지만 의사의 손을 통해 전달한 적은 없었다), 그녀가 남편에게 답장을 쓰는 것은 허락되지 않았다. 감옥 내에 음모가 존재한다는 터무니없는 의심 중에서도 가장 터무니없는 의심의 대상은 외국에서 친구를 사귀었거나 영속적인 인연을 맺은 망명자들이었으니까.

확실히 박사의 이런 새로운 삶은 불안한 삶이었을 테지만, 현명한 로리 씨는 그 안에서 뭔가 새롭고 지속적인 자긍심을 엿보았다. 그 자긍심에는 어떠한 겉도는 요소도 없었다. 그것은 자연스럽고 당연한 자긍심이었다. 그럼에도 로리 씨의 눈에 그것은 신기하게 비치었다. 박사는 자신의 감금 생활이 그때까지 딸이나 친구의 마음속에서 개인적 고통, 박탈, 나약함 등으로 연상되었음을 알고 있었다. 하지만 이제 상황이 변했고, 그는 과거의 시련이 자신에게 힘을 주었음을, 그리고 그 힘을 통해 궁극적으로 찰스를 무사히 구해낼 수 있으리라 그들이 바라고 있음을 잘 알았기에, 이런 변화에 마음이 한껏 고양되어 본인이 앞장서 방향을 제시하면서 약한 그들에게 강한 그를 믿고 따르도록 청했다. 그와 루시의 상대적 입장이 기존과 뒤바뀌었지만, 그것은 뜨거운 감사와 애정에서 비롯된 변화였다. 그의 자긍심은 자신에게 너무나 많은 것을 베풀어준 딸에게 무언가를 베풀 수 있다는 데에서 나온 것이었으니까. '지켜보자니 참으로 신기해.' 로리 씨가 온화한 통찰력으로 그를 보며 생각했다. '하지만 더없이 자연스럽고 온당한 일이지. 그러니 친애하는 벗이여, 주도권을 잡고 계속 앞장서주시오. 당신보다 적임자도 없으니.'

하지만 박사가 찰스 다네이를 석방시키기 위해, 아니면 최소한 재판이라도 받게 하기 위해 온갖 애를 쓰고 부단히 노력했음에도 불구하고 당대 여론의 흐름은 그에게 너무나 거세고 세차게 흘렀다. 새로운 시대가 시작되었다. 왕은 재판을 받고, 유죄를 선고받고, 머리가 잘렸다. '자유, 평등, 우애, 그것이 아니면 죽음인 공화국'은 무장한 세계에 대항해 승리 아니면 죽음을 선포했다.[88] 검은 깃발이 노트르담의 웅장한 탑에서 밤낮으로 나부꼈다. 지상의 압제자들에게 항거하기 위해 소집된 30만 명의 남자들이 프랑스의 온갖 다양한 토양에서 일어났다. 마치 용의 이빨이 널리 뿌려져 언덕과 평원에서, 바위와 자갈과 충적토에서, 남부의 화창한 하늘과 북부의 구름 아래에서, 들판과 숲에서, 포도밭과 올리브밭과 잘린 풀과 옥수수 그루터기 사이에서, 드넓은 강가의 비옥한 토양과 바닷가 모래에서 똑같이 열매가 맺힌 것처럼.[89] 그 어떤 사사로운 염려가 '자유 원년'의 대홍수에 맞설 수

88 1793년 1월에 루이 16세가 처형되자, 군주제를 옹호하고 혁명 세력에 반대하는 유럽 각국의 연합이 이루어졌다. 프랑스는 이미 프로이센 및 오스트리아와 전쟁 중이었고, 여기에 영국, 네덜란드, 스페인, 나폴리 등이 가담하여 대프랑스 동맹이 결성되었다.

89 고대 그리스 신화 중 황금 양털을 찾기 위한 원정대 이야기로, 살해된 용의 이빨을 경작지에 뿌리자 무장한 군사들이 땅에서 솟아오르는 일화가 나온다.

있었으랴! 하늘의 창은 열린 게 아니라 굳게 닫혀 있고, 대홍수는 위에서 쏟아지는 것이 아니라 아래에서 솟구치는데!

중단도 없고, 동정도 없고, 평화도 없고, 잠시 마음이 누그러지는 휴식도 없고, 시간의 측정도 없었다. 시간이 갓 탄생하여 저녁과 아침이 첫날이 되었듯 낮과 밤은 규칙적으로 돌고 돌았지만, 다른 시간대는 존재하지 않았다. 열병을 앓는 환자가 그렇듯, 극심한 열병을 앓는 나라에서 시간관념은 사라지고 없었다. 이제, 도시 전체의 비정상적인 침묵을 깨뜨리며, 사형 집행인이 민중에게 국왕의 머리를 보여주었다. 그리고 이제, 거의 한순간처럼 느껴지는 가운데, 남편 없이 비참하게 여덟 달의 고단한 투옥 생활을 하며 머리카락이 하얗게 세어버린 그의 아리따운 아내의 머리도 보여주었다.[90]

그럼에도 이런 경우에 한결같이 적용되는 기이한 모순의 법칙에 따라 시간은 그토록 빠르게 타오르면서도 길게 느껴졌다. 수도에 세워진 혁명 재판소와 전국 각지에 세워진 사오만 개의 혁명 위원회, 자유나 생명에 대한 보장을 모조리 제거한 채 선하고 죄 없는 사람들을 악하고 죄 많은 사람들에게 넘겨주는 '용의자법', 아무 죄도 없이 재판조차 받지 못하는 사람들로 넘쳐나는 감옥들, 이러한 일들이 확고한 질서이자 정해진 순리가 되었으며, 몇 주 지나지도 않아 예로부터의 관례처럼 자리 잡았다. 그중

90 왕비 마리 앙투아네트는 1793년 10월 16일에 처형되었다.

에서도 특히, 어떤 흉측한 형체 하나가 세상이 생겨난 이후로 늘 사람들 눈앞에 있었던 것처럼 익숙한 존재가 되었으니, '기요틴'이라 불리는 날카로운 여인의 형체였다.

그것은 대중적인 농담거리였다. 두통에 이만한 치료제가 없었고, 머리카락이 하얗게 세는 걸 확실하게 방지해주는 데다, 안색에 독특한 섬세함을 부여했으며, 말끔한 면도 솜씨를 자랑하는 '국민 면도날'이기도 했다. 물론 기요틴에 입을 맞추고, 그 작은 창을 들여다보고, 자루에 재채기를 한 사람에게 그렇다는 이야기다. 그것은 인류 갱생의 표시였다. 십자가를 대체했다. 사람들은 십자가를 버리고 가슴에 그것의 모형을 내걸었다. 십자가를 부인한 곳에서 그것에 머리를 조아리고 믿음을 보였다.

그것이 얼마나 머리를 베어댔던지, 그것과 그것 때문에 가장 오염된 땅은 역겨운 붉은빛이었다. 그것은 어린 악마를 위한 장난감 퍼즐처럼 필요한 경우 조각조각 분해했다가 다시 조립할 수 있었다. 그것은 달변가를 침묵시키고, 권력자를 쓰러뜨리고, 아름답고 선량한 자들을 파괴했다. 어느 아침나절엔 산 자 스물한 명과 죽은 자 한 명, 즉 스물둘에 해당하는 고위 인사들의 머리를 불과 22분 만에 댕강댕강 잘라냈다. 그것을 담당한 주 책임자는 구약 성경에 나오는 천하장사의 이름을 물려받았다.[91] 하지만 그렇게 무장한 그는 동명의 천하장사보다 힘이 세고 눈도 멀

91 당시 파리의 사형 집행인은 샤를 앙리 상송으로, 종종 '삼손'이라 불렸다.

어 날마다 하느님 신전의 문을 무너뜨렸다.

이러한 공포 속에서, 그리고 공포의 대상들 속에서, 박사는 차분한 머리로 걸어 다녔다. 그는 자신의 힘을 확신했고, 자신의 목표를 신중하고 끈질기게 추구했으며, 종국에는 자신이 루시의 남편을 구해내리라 의심치 않았다. 하지만 시대의 물결은 너무나 세차고 깊게 휘몰아치면서 너무나 거세게 시간을 휩쓸고 지나갔기에, 박사가 이렇듯 차분함과 자신감을 견지하는 가운데 찰스가 감옥에 갇힌 지도 어느덧 1년 3개월이 되었다. 그해 12월에 혁명은 더더욱 사악하고 혼란스럽게 변해갔다. 그 결과 남부의 강들에는 밤새 비참하게 익사한 시신들이 가득했고, 죄수들은 남부의 겨울 햇살 아래 줄지어 또는 떼로 총살당했다.[92] 그럼에도 박사는 이러한 공포 속을 차분한 머리로 걸어 다녔다. 당시 파리에서 그보다 더 잘 알려진 이도 없었고, 그보다 더 기이한 상황에 놓인 이도 없었다. 조용하고 인간적인 사람, 병원과 감옥에 없어서는 안 될 존재, 암살자와 희생자에게 동등하게 의술을 구사하는 사람으로서 그는 남들과 달랐다. 그가 의술을 베풀 때, 외모로나 바스티유의 죄수였다는 사연으로나 그는 여느 사람들과는 확연히 다른 존재였다. 마치 열여덟 해 전에 실제로 죽었다가 부활한 게 아니냐고, 또는 산 자들 사이를 돌아다니는 유령이

92 당시 일부 지역에서는 기요틴보다 신속하게 반혁명 세력을 처형할 방법을 고안해냈다. 리옹에서는 사람들을 집단 총살했고, 낭트에서는 죄수들을 결박한 채 구멍 뚫린 배에 실어 루아르 강 한가운데에서 익사시켰다.

아니냐고 그를 의심하거나 추궁하는 사람이 없었듯, 그는 어떤 의심이나 추궁도 받지 않았다.

5장

톱질꾼

1년 3개월. 그 시간 동안 루시는 혹여 다음 날 기요틴이 남편의 머리를 치진 않을까 한순간도 마음 졸이지 않을 때가 없었다. 날마다 돌길 위로 사형수를 가득 실은 호송 마차가 덜컹덜컹 무겁게 지나갔다. 사랑스러운 소녀들, 갈색과 흑색과 회색 머리카락의 빛나는 여인들, 젊은이들, 건장한 사내들과 늙은이들, 상류층 출신들과 소작농 출신들, 그들 모두가 '기요틴'에 바치는 붉은 포도주였으니, 그녀의 탐욕스러운 갈증을 해소하기 위해 날마다 역겨운 감옥의 컴컴한 지하실에서 햇빛 속으로 끌려 나와, 이렇듯 거리를 지나 그녀에게로 향하는구나. 자유, 평등, 우애, 그것이 아니면 죽음일지라. 그중 마지막이 가장 내어주기 쉬웠으니, 오, 기요틴이여!

자신에게 닥친 재앙이 너무 갑작스럽고 시간의 바퀴가 너무 빙글빙글 돌아가서 망연자실한 박사의 딸이 그저 하릴없이 결과만 기다리는 신세였다면, 그것은 수많은 다른 사람들에게도 마찬가지였다. 하지만 생탕투안의 다락방에서 그 하얗게 센 머리를 자신의 풋풋한 젊은 가슴에 안았던 그 순간부터 그녀는 언제나 도리에 충실했다. 조용히 신의와 선함을 지키는 자들이 언제나 그러하듯 이 시련의 계절에 그녀는 더없이 도리에 충실했다.

그들이 새로운 거처에 자리를 잡고 아버지가 규칙적으로 업무를 시작하자마자, 그녀는 남편이 그곳에 함께 있는 것처럼 소박한 살림살이를 꾸려갔다. 모든 것에는 정해진 장소와 정해진 시간이 있었다. 마치 영국 집에 다 함께 모여 있는 것처럼 그녀는 어린 루시를 규칙적으로 가르쳤다. 그들이 조만간 다시 함께하리라는 신념을 드러내기 위해 스스로를 속이며 사용한 소소한 장치들—그의 의자와 책을 따로 챙겨놓는 등, 그의 신속한 귀가를 위해 준비해둔 사소한 것들—과 더불어, 감옥과 죽음의 그림자에 갇힌 수많은 불행한 영혼들 가운데 특히 사랑하는 한 죄수를 위해 밤마다 올리는 경건한 기도가 그녀의 무거운 마음을 달래주는 위안거리 중 겉으로 드러난 거의 유일한 것이었다.

외모가 크게 변하지는 않았다. 그녀와 아이가 입은 어두운 빛깔의 수수한 드레스는 상복과 비슷하긴 했지만, 행복했던 시절에 입었던 밝은 빛깔의 옷만큼 말끔했고 잘 손질되어 있었다. 다만 안색이 창백해졌고, 예전에 짓곤 했던 몰두한 표정은 이제 가끔이 아니라 항상 보이는 표정이 되었다. 그 외에는 여전히 매우 아름답고 매력적이었다. 때때로 그녀는 밤에 아버지에게 입을 맞추다가 온종일 억눌러왔던 슬픔이 북받쳐 하늘 아래 자신이 의지할 사람은 아버지밖에 없다고 말하곤 했다. 그러면 그는 언제나 결연히 대답했다. "찰스에게 무슨 일이 일어나면 내가 모를 리 없어. 내가 구해줄 수 있단다, 아비는 알아, 루시."

그들이 달라진 일상을 시작한 지 몇 주 지나지 않았을 무렵, 어느 날 저녁에 아버지가 집에 돌아와 그녀에게 말했다.

"아가, 감옥 위층에 창문이 하나 있는데 때때로 찰스가 오후 3시에 그곳에 들를 수가 있단다. 확실치도 않고 상황에 따라 어떻게 달라질지도 모르지만, 그래도 그의 생각으로는, 자기가 그곳에 가 있을 때 네가 거리에 서 있으면 보일지도 모르겠다고 하더구나. 어디에 서 있을지는 아비가 알려주마. 하지만 너는 찰스가 보이지 않을 거야, 가엾은 아가. 그리고 설령 찰스가 보인대도 어떤 식으로든 알아봤다는 신호를 보내는 건 위험하단다."

"오, 어딘지 알려주세요, 아버지. 날마다 그곳에 가 있겠어요."

그때부터 비가 오나 눈이 오나 그녀는 그곳에서 두 시간씩 기다렸다. 시계가 2시를 알리면 그녀는 그곳에 있었고, 4시가 되면 체념하듯 돌아섰다. 비가 너무 많이 온다거나 날씨가 궂어서 아이를 데려갈 수 없는 경우를 제외하고는 아이와 함께 갔고, 함께 갈 수 없을 때는 혼자 갔다. 하지만 단 하루도 빠진 적은 없었다.

그곳은 구불구불한 골목의 어둑하고 더러운 모퉁이였다. 통

나무를 잘라 장작개비로 만드는 톱질꾼의 허름한 오두막이 그쪽 끄트머리에 자리한 유일한 집이었다. 나머지는 모두 담벼락이었다. 그녀가 그곳에 간 지 사흘째 되던 날, 톱질꾼이 관심을 보였다.

"안녕하시오, 시민 동지."

"안녕하세요, 시민 동지."

이런 호칭법이 이제 법령으로 정해졌다. 얼마 전부터 철저한 애국지사들 사이에서는 자발적으로 쓰이고 있었지만, 지금은 모든 이에게 법으로 적용되었다.

"또 여기에서 산책 중이에요, 시민 동지?"

"보시는 것처럼요, 시민 동지!"

톱질꾼은 몸짓에 군더더기가 많은 작은 사내로(한때는 도로 보수공으로 일했다), 감옥을 흘깃 쳐다보면서 그곳을 손가락으로 가리키더니, 열 손가락을 쇠창살처럼 얼굴 앞에 펼치고선 익살스럽게 내다보는 척했다.

"뭐 내가 신경 쓸 일은 아니지." 그가 말했다. 그러고는 장작을 들고 톱질을 계속했다.

다음 날에는 아예 기다리고 있다가 그녀가 나타나자마자 말을 붙였다.

"어? 또 여기에서 산책 중이에요, 시민 동지?"

"예, 시민 동지."

"아! 애도 있네! 이분이 엄마지, 꼬마 시민 동지?"

"그렇다고 해요, 엄마?" 어린 루시가 그녀에게 바싹 붙어 속삭였다.

"그래, 아가."

"예, 시민 동지."

"아! 뭐 내가 신경 쓸 일은 아니지. 나는 내 일이나 신경 써야지. 내 톱 좀 보시오! 나는 이걸 작은 기요틴이라고 부른답니다. 랄랄라, 랄랄라! 이제 이 남자 목을 싹둑!"

이 말과 동시에 장작개비가 툭 떨어졌고, 그는 그것을 바구니에 던져 넣었다.

"나는 자칭 장작용 기요틴의 삼손이랍니다. 자, 또 갑니다! 룰룰루, 룰룰루! 이제 이 여자 목을 싹둑! 자, 어린이 차례. 간질간질, 따끔따끔! 이제 꼬맹이 목도 싹둑! 온 가족이 모였네!"

그가 장작개비를 두 개 더 바구니에 던져 넣었을 때 루시는 몸서리를 쳤다. 하지만 톱질꾼이 일하는 동안 그곳에 있으면서 그의 눈에 띄지 않기란 불가능했다. 그때부터 루시는 그의 호감을 사기 위해 항상 먼저 말을 걸었고, 때로는 술값을 건네기도 했는데, 그러면 그는 덥석 받아 들었다.

그는 호기심 많은 사내였다. 때때로 그녀가 감옥 지붕과 쇠창살을 바라보며 남편에게 온 마음을 쏟느라 톱질꾼을 까맣게 잊고 있다가 문득 정신을 차려보면, 그가 작업대에 무릎을 대고 톱질하던 손을 멈춘 채 그녀를 쳐다보고 있었다. "뭐 내가 신경 쓸 일은 아니지!" 그럴 때면 그는 대개 이렇게 말하곤 다시 부지런히 톱질을 계속했다.

날씨가 어떠하건, 겨울의 눈과 서리 속에서, 봄의 매서운 바람 속에서, 여름의 뜨거운 햇빛 속에서, 가을의 빗줄기 속에서, 그리고 다시 겨울의 눈과 서리 속에서, 루시는 날마다 그곳에 서서 두 시간씩 머물렀다. 또한 날마다 그곳을 떠날 때 감옥 담에 입을 맞추었다. (아버지에게 듣기로) 남편이 그녀를 보았으며, 그런 경우는 대여섯 중에 한 번일 수도 있었다. 두세 번 연달아 있을 수도 있었다. 일주일 혹은 보름 동안 한 번도 없을 수도 있었다. 하지만 기회가 닿을 때 그가 볼 수 있고 실제로 보았다는 것만으로 충분했고, 그런 가능성만으로도 그녀는 일주일에 7일을 하루 종일이라도 밖에서 기다렸을 것이다.

그녀가 이렇게 지내는 사이 그녀의 아버지가 차분한 머리로 공포 속을 걸어 다녔다는 그 12월이 되었다. 가볍게 눈이 날리는 어느 오후에 그녀는 늘 가는 모퉁이에 도착했다. 그날은 뭔가 환호로 떠들썩한 축제가 벌어진 날이었다. 지나오던 길에 보니, 붉은 모자를 꽂은 작은 창과 삼색 리본, '단일 불가분의 공화국. 자유, 평등, 우애, 그것이 아니면 죽음이로다!'라는 공식 구호로(삼색 글자가 대다수였다), 집집이 장식되어 있었다.

톱질꾼의 초라한 가게는 너무 협소해서 건물 표면을 다 사용해도 구호를 적기에는 자리가 부족했다. 그래도 그는 누군가에게 부탁해서 구호를 적게 했는데, 그 결과 '죽음이로다'라는 글씨가 참으로 힘겹고도 마땅찮게 끼어 있었다. 그는 충실한 시민 동지답게 집 꼭대기에는 모자 꽂힌 창을 내걸었고, 창가에는 '어린 성녀 기요틴'이라 적힌 톱을 전시했다. 그때쯤 되자 위대하고 날카로운 그 여인은 대중에게 성녀로 받들어졌던 것이다. 가게는 닫혀 있고 톱질꾼도 보이지 않았다. 루시로서는 다행이었고, 덕분에 홀로 있게 되었다.

하지만 그는 멀리 있지 않았다. 곧 뭔가 소란스럽고 떠들썩하게 다가오는 소리가 들리면서 그녀는 두려움에 휩싸였다. 잠시 뒤 수많은 인파가 감옥 담 모퉁이 뒤에서 쏟아져 나왔는데, 그 중에는 방장스와 손을 맞잡은 톱질꾼도 있었다. 군중은 최소한 500명은 되어 보였고, 마치 5,000명의 악마들처럼 춤을 추고 있었다. 음악이라고는 본인들이 직접 부르는 노래가 전부였다. 그들은 유행하던 혁명가에 맞춰 춤을 췄고, 마치 단체로 바드득바드득 이를 가는 듯한 소리로 무시무시하게 장단을 맞췄다. 남녀가 함께 춤을 췄고, 여자들끼리 춤을 췄고, 남자들끼리 춤을 췄고, 아무나 어우러지는 대로 춤을 췄다. 처음에 그들은 그저 폭풍처럼 몰아친 거친 붉은 모자와 거친 모직 누더기에 불과했지만, 그들이 그곳을 가득 메우고 루시 주변에 멈춰 춤을 추기 시작하자, 뭔가 미쳐 날뛰는 듯한 춤 동작의 섬뜩한 유령이 그들 사이에 생겨났다. 앞으로 갔다가 뒤로 갔다가, 서로 손을 두드렸다가 서로 머리를 움켜잡았다가, 혼자 빙글 돌았다가 서로를 붙잡고 쌍쌍이 빙글 돌았다가, 결국에는 여럿이 나가떨어졌다. 그런 이들이 앉아 있는 동안 나머지는 손에 손을 잡고 다 함께 빙글빙글 돌았다. 이어 원이 해체되면서 둘씩 넷씩 따로 원을 지어 돌다가, 갑자기 동시에 멈추더니, 다시 시작하여 두드리고 움켜잡고 흩어졌다가, 이어 방향을 반대로 돌려 다 함께 거꾸로 돌았다. 그러다 갑자기 그들은 다시 멈추고 숨을 돌리고 새롭게 장단을 맞추고 도로 폭만큼 줄지어 늘어서더니, 이어 머리를 아래로 숙이고 손은 위로 쳐든 채 고함을 지르면서 덤벼들었다. 그 어떤 싸움도 이 춤의 반만큼도 무섭지 않았으리라. 그것은 단연코 타락한 놀이였다. 한때는 순수했다가 완전히 극악하게 변해버린 어떤 것이자, 한때는 건강한 오락이었다가 이제는 피를 들끓게 만들고, 정신을 어지럽게 하고, 심장을 냉혹하게 얼려버리는 수단으로 변질된 것이었다. 그 속에서 간혹 언뜻 비치는 매력은 오히려 그것을 더욱 추하게 만들었다. 본질적으로 선한 모든 것이 얼마나 뒤틀리고 타락하는지 보여주기 때문이었다. 처녀의 가슴은 이렇듯 훤히 드러나고, 어여쁘고 앳된 아이의 머리는 이렇듯 어지럽고, 섬세한 발은 이렇듯 피와 오물의 진창을 내디뎠으니, 이 모두가 혼돈의 시대를 드러내는 전형이었다.

카르마뇰[93]이었다. 그것이 지나가고, 루시가 톱질꾼의 집 문간에 두려움과 당혹감 속에서 남겨졌을 때, 깃털 같은 눈송이가 그 어느 때보다도 조용히 떨어져 희고 보드랍게 쌓였다.

"오, 아버지!" 그녀가 잠깐 손으로 가렸다가 눈을 다시 들었을

93 프랑스 혁명 당시 유행한 노래와 춤.

때 그가 앞에 서 있었다. “너무 잔인하고 사악한 광경이었어요.”

“나도 안다, 아가, 아비도 알아. 예전에도 여러 번 봤단다. 두려워할 것 없어! 그들 중 누구도 너를 해치지 않을 거니까.”

“저 때문에 두려운 게 아니에요, 아버지. 그이를 생각하면, 그리고 저들이 지닌 아량을 생각하면…….”

“저들의 아량이 미치지 못하는 곳으로 이제 곧 찰스를 구해낼 거야. 내가 나설 때 찰스가 창가로 올라가고 있기에 그걸 전해주러 왔단다. 아무도 보는 사람이 없구나. 저쪽에 가장 높은 경사진 지붕을 향해 손으로 키스를 전하렴.”

“그렇게 하겠어요, 아버지. 제 영혼도 함께 전하겠어요!”

“그가 보이진 않지, 가엾은 아가?”

“네, 아버지.” 루시가 손으로 키스를 전하며 애달프게 흐느꼈다. “안 보여요.”

눈 위를 걸어오는 발소리. 드파르주 부인이었다. “안녕하세요, 시민 동지.” 박사가 말했다. “안녕하세요, 시민 동지.” 그녀가 지나가며 말했다. 이것이 전부였다. 드파르주 부인은 하얀 눈길 너머로 그림자처럼 사라졌다.

“팔을 잡으렴, 아가. 찰스를 위해 여기서부터는 명랑하고 씩씩하게 가자꾸나. 그렇지, 잘했다.” 어느덧 그곳을 벗어났다. “헛수고가 되지는 않을 거야. 찰스가 내일 소환된단다.”

“내일이요!”

“한시가 급하단다. 나는 만반의 준비가 되었다만, 찰스가 실제로 재판소에 소환되기 전에는 취할 수 없었던 몇 가지 예방 조치들을 처리해야 해. 아직 그는 통보를 받지 않았지만, 이제 곧 내일 소환된다는 통보를 받고 콩시에르주리[94]로 이송될 거야. 적절한 때에 정보를 얻었단다. 두렵진 않지?"

그녀는 대답조차 쉽게 나오지 않았다. "아버지를 믿어요."

"그래야지, 무조건. 마음 졸일 일도 거의 끝났단다. 이제 몇 시간 뒤면 그가 네게 돌아올 거야. 그를 위해 만반의 보호 조치를 취해두었어. 로리를 만나러 가야겠구나."

그는 걸음을 멈추었다. 무겁게 굴러가는 바퀴 소리가 들려왔다. 두 사람 다 그것이 무엇을 의미하는지 너무나 잘 알았다. 하나, 둘, 셋. 사형수 호송 마차 세 대가 무시무시한 짐을 싣고 고요하게 침묵시키는 눈길 위로 멀어져갔다.

"로리를 만나러 가야겠구나." 박사가 그녀를 다른 길로 이끌며 말했다.

충실한 노신사는 여전히 책임을 다하고 있었다. 지금껏 책임을 내려놓은 적이 없었다. 국가에 몰수되어 국유화된 재산에 관한 일로 그와 그의 장부는 빈번히 징발되었다. 그는 소유주를 위해 최대한 지킬 수 있는 만큼은 지켰다. 살아 있는 사람들 중에 텔슨에 맡겨진 재산을 그만큼 단단히 붙들고 입 다물 수 있는 사람은 없었다.

94 파리 법원 청사 내에 있는 건물로, 중세부터 19세기까지 감옥으로 사용되었다. 혁명 재판소에 소환되는 죄수들은 편의상 재판 전에 콩시에르주리에 며칠 수감되었다.

흐릿한 적황색 하늘, 그리고 센 강에서 피어오르는 안개는 어둠이 다가오고 있음을 뜻했다. 그들이 은행에 도착했을 때 날은 거의 저물었다. 대귀족 나리의 위풍당당한 저택은 완전히 엉망진창으로 내버려져 있었다. 안뜰의 쓰레기와 잿더미 위로 이런 글이 적혀 있었다. '국유 재산. 단일 불가분의 공화국. 자유, 평등, 우애, 그것이 아니면 죽음이로다!'

로리 씨와 함께 있던 사람, 의자에 놓인 승마용 코트의 주인은 누구이기에 모습을 드러내지 않는 것일까? 새로 도착한 이가 누구이기에 로리 씨는 동요하고 놀란 기색으로 방에서 나와 사랑하는 루시를 감싸 안은 것일까? 그녀가 떨리는 목소리로 전한 소식을 그는 누구에게 전달하고 싶었기에 방금 나온 문 쪽을 돌아보며 목소리 높여 이렇게 말한 것일까? "콩시에르주리로 이송되고, 내일 소환된다고?"

6장

승리

판사 다섯, 검사, 단호한 배심원단으로 구성된 무시무시한 재판소는 날마다 개정했다. 매일 저녁 이곳에서 명단이 나오면, 다양한 감옥에서 간수들이 자기 죄수들에게 이것을 낭독했다. 간수들 사이에서는 "어이 거기 안에 죄수, 이리 나와서 석간신문 좀 들어보지!"가 일반적인 농담이었다.

"샤를 에브레몽드, 일명 다네이!"

마침내 라 포르스에서도 석간신문이 발행되었다.

이름이 호명되면 죄수는 치명적 명단에 포함되었다고 선언된 자들을 위한 장소에 따로 나가서 섰다. 샤를 에브레몽드, 일명 다네이는 당연히 그 관례를 알고 있었다. 수백 명이 그런 식으로 사라지는 것을 봐왔으니까.

몸이 퉁퉁 부은 간수는 글씨를 읽으려고 안경을 쓰고 있었는데, 찰스가 제자리에 가 있는지 안경 너머로 확인하고는 각각의 이름 사이에 이런 식으로 잠깐씩 멈추면서 명단을 읽어 내려갔다. 이름은 스물세 개가 불렸지만, 대답한 이는 스무 명이었다. 소환된 죄수들 중 한 명은 이미 감옥에서 죽어 잊혔고, 둘은 기요틴에 목이 날아가 잊혔다. 명단이 낭독된 곳은 다네이가 처음 이곳에 도착한 밤에 동료 죄수들을 보았던 천장이 둥근 방이었다. 그들은 이미 대학살 기간에 모두 처형된 터였다. 이후로 그가 정을 붙이고 이별을 고했던 사람들도 모조리 기요틴에서 목숨을 잃었다.

작별과 배려의 인사말이 서둘러 오갔지만, 이별은 금세 끝났다. 그것은 날마다 벌어지는 일이었고, 라 포르스의 공동체는 그날 저녁에 벌금 놀이[95]와 작은 콘서트를 준비 중이었기 때문이었다.[96] 그들은 쇠창살에 몰려와 눈물을 흘렸지만, 그날 기획했던 오락에서 빈자리 스무 개를 다시 채워야 하는 데다 감방에 돌아갈 때까지 남은 시간은 아무리 생각해도 빠듯했다. 감금 시간이 되면 휴게실과 복도는 커다란 개들에게 넘어가고 그놈들이 밤새 그곳에서 망을 보았다. 죄수들이 감수성이 둔하다거나 감정

95 게임에서 지면 부채나 손수건 같은 개인 소지품을 내놓고 이를 되찾기 위해 우스꽝스러운 벌칙을 수행하는 놀이.

96 프랑스 혁명기에 재판을 기다리던 죄수들은 대부분 공동체 생활을 했고, 사회적 신분에 따라 종종 다른 죄수들의 흥을 돋우기 위해 아마추어 콘서트나 연극을 개최했다.

이 메말랐던 것은 결코 아니었다. 그들의 방식은 시대적 상황에서 비롯된 것이었다. 같은 식으로, 비록 미묘한 차이는 있지만, 의심의 여지없이 일부 사람들로 하여금 불필요하게 기요틴에 맞서 그 아래 죽어가게 만들었다고 알려진 일종의 열광 혹은 도취 상태도 그저 허세만은 아니라, 광적으로 뒤흔들린 민심이 광적으로 전염된 것이었다. 전염병이 도는 시기에 우리 중 어떤 이들은 그 질병에 남몰래 이끌리어 그 병으로 죽고 싶다는 일시적 경향을 보이게 된다. 우리는 다들 이와 비슷한 기이함을 가슴속에 숨기고 있으며, 단지 그것을 불러낼 상황이 필요할 뿐이다.

콩시에르주리로 가는 길은 짧고 어두웠다. 해충들이 버글대는 그곳 감방에서의 밤은 길고 추웠다. 다음 날, 찰스 다네이의 이름이 호명되기 전에 열다섯 명의 죄수가 법정에 불려 갔다. 열다섯 명 모두 유죄 선고를 받았는데, 이들의 재판에 걸린 시간은 전부 합쳐 한 시간 반에 불과했다.

"샤를 에브레몽드, 일명 다네이." 마침내 그가 소환되었다.

판사들은 깃털 달린 모자를 쓰고 판사석에 앉아 있었다. 하지만 그 외에 사람들 대다수의 머리를 장식한 것은 삼색 모표가 달린 거친 붉은색 모자였다. 그는 배심원단과 소란스러운 방청석을 보면서 만물의 순리가 뒤집혀 흉악범들이 정직한 사람들을 심판하고 있다고 생각했을지도 모른다. 저급하고 잔인하고 비열한 인간들이 절대 부족하지 않은 이 도시에서 가장 저급하고 가장 잔인하고 가장 비열한 자들이 이 장면을 주도하는 인물들이었다. 아무 거리낌 없이 결과에 대해 왁자지껄 논하고, 환호하고, 반대하고, 예상하고, 재촉하는 자들이었다. 남자들의 경우에는 다수가 갖가지 방법으로 무장하고 있었다. 여자들의 경우에는 일부는 칼, 일부는 단도를 찼고, 일부는 먹고 마시면서 구경을 했으며, 다수는 뜨개질을 했다. 이 마지막 부류 가운데 여분의 뜨개질감을 팔 아래 끼고 작업하는 한 여인이 있었다. 그녀는 맨 앞줄에 있었고, 그녀 곁에는 그가 관문에 도착한 이후로 다시 본 적은 없지만 드파르주라고 곧바로 기억해낸 남자가 있었다. 다네이는 그녀가 한두 번 남자에게 귓속말하는 모습을 보았고, 아마도 그의 아내인 모양이라고 생각했다. 하지만 두 사람에게서 가장 눈에 띄었던 점은 그들이 최대한 그와 가까운 곳에 자리 잡고 있으면서도 한 번도 그를 향해 눈길을 주지 않는다는 사실이었다. 그들은 집요하고 단호하게 무언가를 기다리는 듯했고, 배심원단 외에는 아무것도 쳐다보지 않았다. 재판장 아래에는 마네트 박사가 평소처럼 점잖은 차림으로 앉아 있었다. 죄수가 보기에 그곳에서 재판소와 관련 없는 사람은 박사와 로리 씨뿐으로, 그들만이 거친 카르마뇰 의복이 아니라 평상시 옷차림이었다.

샤를 에브레몽드, 일명 다네이는 망명자 혐의로 검사에게 기소되었고, 모든 망명자를 추방하고 위반 시 사형에 처한다는 법령에 의거해 그의 생명은 공화국의 것이라고 했다. 해당 법령이 그가 프랑스에 돌아온 이후에 시행되었다는 점은 무시되었다. 그곳에 그가 있었고, 그곳에 법령이 있었다. 그는 프랑스에서 체포되었으므로 머리를 내놓아야 했다.

"머리를 잘라버려!" 방청객들이 외쳤다. "공화국의 적이잖아!"

재판장이 야유를 중단시키기 위해 종을 울린 뒤 죄수에게 물었다. 피고는 영국에서 수년간 살았다고 하는데 그렇지 아니한가?

단연코 그렇습니다.

그렇다면 망명자이지 않은가? 피고는 자신을 무엇이라 부르는가?

바라건대, 법령의 의미와 취지에 따르면, 망명자는 아닙니다.

이유가 무엇인가? 재판장이 알고 싶어 했다.

왜냐하면 스스로에게 혐오스러운 작위와 스스로에게 혐오스러운 신분을 자발적으로 포기한 채—그는 그 시기가 망명자라는 단어가 재판소에서 현재 수용되는 의미로 쓰이기 이전이었다고 지적했다—영국에서 저 자신의 노동으로 살았기 때문입니다. 착취당하는 프랑스 민중의 노동에 기대지 않고요.

피고에게 이것을 입증할 증거가 있는가?

그는 증인 두 명의 이름을 제출했다. 테오필 가벨, 그리고 알렉상드르 마네트.

하지만 피고는 영국에서 결혼했다고 하던데? 재판장이 상기시켰다.

맞습니다, 하지만 영국 여성이 아닙니다.

프랑스 시민인가?

예, 프랑스 태생입니다.

부인의 이름과 가족은?

"루시 마네트, 저기 앉아 계신 훌륭한 의사, 마네트 박사님의 외동딸입니다."

이 대답은 방청객 사이에 즐거운 효과를 낳았다. 저명하고 훌륭한 의사를 칭송하는 외침에 법정이 떠나갈 듯했다. 사람들의 마음이 얼마나 변덕스럽게 움직였던지, 조금 전까지만 해도 얼른 죄수를 거리로 끌어내어 죽이고 싶다는 듯 이글이글 노려보던 몇몇 사나운 얼굴 위로 눈물이 바로 흘러내렸다.

이처럼 찰스 다네이는 마네트 박사의 되풀이된 지시에 따라 위태로운 여정에서 몇 걸음을 내디뎠다. 이 신중한 조언자는 그의 앞에 놓인 모든 걸음을 지도했고, 그의 여정을 한 치도 빠뜨리지 않고 준비했던 터였다.

재판장이 물었다. 피고는 왜 그때 프랑스에 돌아왔는가, 더 빨리 오지 않고?

그가 대답했다. 더 빨리 돌아오지 않은 것은, 단지 앞서 포기한 수단을 제외하고는 프랑스에서 살아갈 길이 없었기 때문입니다. 반면 영국에서는, 프랑스의 언어와 문학을 가르침으로써 생계를 유지했습니다. 그때 돌아온 이유를 말하자면, 한 프랑스 시민이 긴박한 서신을 보내 저의 부재로 인해 그의 목숨이 위험에 처했다고 알렸기 때문입니다. 제 일신상의 위험이 어떠하건, 그 시민 동지의 목숨을 구하고 진실을 증언하고자 돌아왔습니다.

공화국의 눈에는 그것이 범죄 행위입니까?

군중이 열광적으로 외쳤다. "아니오!" 재판장이 그들을 조용히 시키고자 종을 울렸다. 하지만 소용이 없었으니, 그들은 계속해서 "아니오!"라고 외치다가 나중에야 자발적으로 잦아들었기 때문이었다.

재판장이 시민 동지의 이름을 요구했다. 그의 첫 번째 증인이라고 피고가 설명했다. 또한 시민 동지의 서신을 자신 있게 언급하면서, 관문에서 서신을 압수당했지만 틀림없이 지금 재판장 앞에 놓인 서류들 사이에 있을 것이라 덧붙였다.

박사는 서신이 그곳에 있도록 미리 조치했고—다네이에게도 그곳에 있을 거라 확언해두었으며—이 시점에서 서신이 제출되어 낭독되었다. 내용 확인을 위해 가벨 시민 동지가 소환되었고, 그는 내용이 사실임을 밝혔다. 가벨 시민 동지가 한없이 조심스럽고 깍듯하게 내비치길, 재판소가 처리해야 할 공화국의 적이 너무 많아 업무가 과중하다 보니, 그간 자신이 아베이 감옥에서 다소 방치되어 있었노라고—사실, 재판소의 애국심 강한 기억력 속에서 완전히 잊혔노라고—그러다가 사흘 전에서야 이곳에 소환되었고, 에브레몽드, 일명 다네이 시민 동지가 인도됨으로써 배심원단이 그 자신에 대한 혐의가 풀렸다고 선고한 덕분에 자유의 몸이 되었노라고 했다.

마네트 박사가 다음으로 질문을 받았다. 그의 드높은 인기와 명료한 답변은 훌륭한 인상을 남겼다. 하지만 그가 더 나아가 자신이 기나긴 감금 생활에서 풀려났을 때 피고가 처음으로 친구가 되어주었으며, 자신과 딸이 망명 생활을 하는 동안 피고가 영국에 머물면서 그들에게 언제나 충실하고 헌신적이었다고, 심지어 피고가 그곳의 귀족 정부에 우호적이기는커녕 영국의 적이자 미국의 친구로서 실제로 사형 재판을 받기까지 했다고 말했을 때—그가 이런 상황들을 진실과 진심이라는 꾸밈없는 힘으로 더없이 신중하게 제시했을 때—배심원단과 군중은 하나가 되었다. 마침내 그가 지금 이곳에 와 있는 영국인 신사 로리 씨의 이름을 대면서 앞서 말한 영국 재판에서 그가 자신과 마찬가지로 증인 역할을 해서 지금까지의 이야기가 사실임을 입증해줄 수 있다고 하자, 배심원단은 이제 충분히 들었다면서 만약 재판장이 동의한다면 표결에 들어갈 준비가 되었다고 선언했다.

표결이 나올 때마다(배심원들은 각자 큰 소리로 표결했다) 군중은 환호성을 보냈다. 만장일치로 죄수의 편을 들었고, 재판장은 그의 석방을 선언했다.

다음 순간, 참으로 기이한 장면 하나가 연출되었으니, 그것은 민중이 때때로 자신들의 변덕을 충족시키는 방법, 또는 관용과 자비를 베풀고자 하는 선한 충동, 또는 본인들의 잔혹한 분노가 터질 듯 기록된 장부에 대한 일종의 상쇄였다. 이 기이한 장면이 이런 동기들 가운데 어떤 것과 관련 있었는지는 아무도 알 수 없다. 아마도 셋 모두가 골고루 섞여 있고, 그중 두 번째가 우세하지 않았을까. 무죄 선고가 내려지자마자 다른 때에 피가 철철 쏟아지듯 지금은 눈물이 펑펑 쏟아졌고, 남녀를 불문하고 달려올 수 있는 사람들은 모두 달려와 죄수에게 얼마나 형제애 가득한 포옹을 선사했던지, 오랜 시간 열악한 투옥 생활에 지친 죄수는 탈진하여 쓰러질 지경이었다. 그럼에도 그는 이 똑같은 사람들이 다른 물결에 휩쓸렸다면, 아마도 그를 갈기갈기 찢어 길거리에 뿌리기 위해 지금 못지않게 열렬히 덤벼들었을 것이란 사실을 너무나 잘 알고 있었다.

재판을 기다리는 다른 피고들에게 자리를 내주어야 하는 덕분에 그는 잠시나마 이런 포옹에서 벗어날 수 있었다. 다음에는 공화국의 적이란 혐의로 다섯 사람이 동시에 재판을 받았는데, 그들이 말이나 행동으로 공화국을 돕지 않았다는 것이 그 이유였다. 재판소는 잃어버린 기회 하나에 대해 얼마나 신속하게 자신과 국가에 보상했던지, 그가 그곳을 떠나기도 전에 다섯 사람은 스물네 시간 이내에 사형에 처해진다는 선고를 받고 그에게 다가왔다. 그들 중 첫 번째 남자가 감옥에서 통상적으로 죽음을 뜻하는 표시—손가락 하나를 쳐드는 것—로 그에게 선고 내용을 알렸고, 그들 모두 소리 내어 덧붙였다. "공화국이여 영원하라!"

사실 이 다섯 명에게는 재판 과정을 질질 끌 방청객도 없었다. 그와 마네트 박사가 재판소 문을 나설 때 그곳에는 거대한 군중이 모여 있었으니까. 그가 법정에서 보았던 모든 얼굴들이 있는 듯했는데, 두 개의 얼굴만은 그가 둘러보아도 보이지 않았다. 그가 밖으로 나서자 군중은 새로이 그에게 덤벼들어 번갈아 혹은 한꺼번에 울고 안고 소리쳤다. 나중에는 이 미친 듯한 장면이 연출되는 강둑 아래 물결마저 기슭의 사람들과 마찬가지로 미쳐 날뛰는 듯했다.

그들은 법정 자체에서 들고 나왔는지, 아니면 법정 내 다른 방이나 복도에서 들고 나왔는지, 커다란 의자 하나를 갖고 와 그를 앉혔다. 의자 위쪽에서는 붉은 깃발이 휘날렸고, 의자 뒤쪽에는 붉은 모자가 얹힌 창이 묶여 있었다. 박사의 간절한 만류에도 불구하고 이 승리의 가마에 그를 태운 채 사내들이 어깨에 지고 집까지 모시겠다고 나섰으니, 붉은 모자의 어지러운 바다가 사방에 일렁이고, 그 거센 심연에서 난파선 같은 얼굴들이 언뜻언뜻 드러나는 통에, 그는 행여 자신이 정신을 놓은 것은 아닌가, 사실은 호송 마차에 실려 기요틴에 가는 길은 아닌가, 의심하기도 여러 번이었다.

이 격렬하고 몽환적인 행렬에서 만나는 이마다 포옹하고 그를 가리키면서, 그들은 계속 그를 태우고 나아갔다. 눈 덮인 거리를 구불구불 저벅저벅 나아가면서, 한때 눈 아래 그 길을 더 짙은 붉은색으로 물들였듯 그곳을 압도적인 공화국 색깔로 붉게 물들이면서, 행렬은 어느덧 그가 사는 건물의 안뜰에 이르렀다. 그녀의 아버지가 미리 가서 딸을 준비시켰는데, 남편이 두 발을 디디고 서자 그녀는 정신을 잃고 그의 품에 쓰러졌다.

그가 그녀를 가슴에 끌어안고, 그녀의 아름다운 머리를 자신의 얼굴과 떠들썩한 군중 사이에 놓이도록 돌려 자신의 눈물과 그녀의 입술이 남몰래 포개지도록 하자, 몇몇 사람들이 춤을 추기 시작했다. 즉시 나머지 사람들도 모두 춤을 추기 시작했고, 안뜰은 카르마뇰로 넘쳐났다. 이어 그들은 빈 의자에 군중 속의 한 여인을 '자유의 여신'으로 태웠다. 인접한 거리를 지나, 강둑을 따라, 다리를 건너, 넘쳐흐르듯 넘실넘실, 카르마뇰은 한 사람도 빠짐없이 모조리 휩쓸고 사라졌다.

그의 앞에 의기양양하고 자랑스럽게 서 있는 박사의 손을 꽉 쥔 뒤, 카르마뇰의 회오리를 뚫고 오느라 숨을 헐떡이는 로리 씨의 손을 꽉 쥔 뒤, 바닥에서 들어 올려져 그의 목을 감싸 안은 어린 루시에게 입을 맞춘 뒤, 그리고 루시를 들어 올린 언제나 열성적이고 충실한 프로스 양을 껴안은 뒤, 그는 아내를 품에 안고 집으로 올라갔다.

"루시! 내 사랑! 나는 무사하오."

"오, 사랑하는 찰스, 하느님께 무릎 꿇고 감사드리겠어요, 언제나 그렇게 기도드렸던 것처럼요."

그들 모두 경건하게 머리를 숙이고 마음을 바쳤다. 그녀가 다시 그의 품에 안겼을 때 그가 말했다.

"이제 아버님께 말해요, 여보. 온 프랑스를 뒤져도 아버님처럼 나를 위해 그런 일을 해줄 수 있는 사람은 없을 거요."

오래, 오래전, 그의 가엾은 머리를 자신의 가슴에 품었던 것처럼, 이제 그녀는 아버지의 가슴에 자신의 머리를 기댔다. 그는 딸에게 보답을 해주어 행복했고, 지난날의 고통을 보상받았으며, 자신의 힘을 뿌듯하게 여겼다. "약해지면 안 된다, 아가." 그가 타일렀다. "그렇게 떨 것 없어. 내가 그를 구했단다."

7장
문을 두드리는 소리

"내가 그를 구했단다." 이것은 그가 자주 되돌아왔던 꿈이 아니었다. 그는 정말 이곳에 있었다. 그런데도 그의 아내는 몸을 떨었고, 막연하지만 무거운 두려움에 짓눌렸다.

사방의 공기가 너무나 탁하고 어두웠고, 사람들은 너무나 뜨겁게 복수심에 불타고 변덕스러웠으며, 무고한 사람들이 모호한 의심과 시커먼 악의에 의해 너무나 끊임없이 죽음에 처했고, 비록 그녀의 남편은 그러한 운명에서 구원을 받았지만, 그처럼 아무 죄 없는 사람들, 그가 그녀에게 소중한 존재이듯 누군가에게 소중한 존재일 수많은 사람들이 날마다 그런 운명에 처해 있다는 사실을 잊기가 너무나 힘들었기 때문에, 그녀는 마땅히 그래야 한다고 느끼면서도 쉽게 마음의 짐을 털어내지 못했다. 겨울 오후의 어둠이 내려앉기 시작했고, 지금도 무시무시한 마차들은 거리를 지나고 있었다. 그녀는 마음으로 그 마차들을 따라가 사형수들 가운데에서 남편을 찾고 있었다. 그러다가 실제의 그에게 바싹 매달려 더더욱 몸을 떨었다.

아버지는 딸을 다독이면서 이 여인의 연약함에 비해 다정하면서도 강한 모습을 보여주었다. 그것은 바라보기에 흐뭇한 광경이었다. 이제는 다락방도, 구두 만드는 일도, 북탑 105도 없었다! 그는 스스로 설정한 임무를 완수했고, 약속을 지켰으며, 찰스를 구해냈다. 그들 모두 그에게 의지할지라.

그들은 살림살이가 매우 검소했다. 그것이 민중의 심기를 최대한 건드리지 않는 가장 안전한 생활 방식인 까닭도 있었지만, 그들에게 돈이 넉넉지 않은 데다 찰스가 투옥되었던 기간에 열악한 식량, 그의 간수, 처지가 더 딱한 죄수들의 생활을 위해 비싼 비용을 치러야 했기 때문이기도 했다. 한편으로는 이런 이유로, 다른 한편으로는 집 안에 첩자를 들이지 않기 위해 그들은 하인을 두지 않았다. 안뜰 입구에서 수위 역할을 하는 남녀 시민 동지들이 이따금 도움을 주었고, (로리 씨가 그들에게 거의 전적으로 넘겨준) 제리가 날마다 충복 노릇을 하면서 밤마다 그곳에서 잠을 잤다.

'자유, 평등, 우애, 그것이 아니면 죽음인, 단일 불가분의 공화국'의 조례에 따라 모든 집의 문이나 문설주에는 모든 거주자의 이름이 바닥에서 적당한 높이에, 일정한 크기의 글씨로, 알아보기 쉽게 적혀 있어야 했다. 그런고로 제리 크런처 씨의 이름도 문설주 아래쪽을 적당히 장식하고 있었다. 그리고 오후의 어둠이 짙어갈 무렵 그 이름의 주인이 샤를 에브레몽드, 일명 다네이의 이름을 목록에 추가하고자 마네트 박사가 고용한 도장공을 지켜보다가 안으로 들어왔다.

당대에 어둡게 드리웠던 보편적인 불안과 불신으로 인해 일상의 무해한 생활 방식도 전부 바뀌었다. 수많은 다른 집들과 마찬가지로 박사의 소박한 가정에서도 나날이 필요한 생필품을 매일 저녁, 다양한 작은 상점에서 소량으로 구입했다. 타인의 관심을 끌지 않는 것, 그리고 입에 오르내리거나 시샘을 살 빌미를 되도록 주지 않는 것이 일반적으로 바람직했다.

지난 몇 달간 프로스 양과 크런처 씨는 식료품 조달자 역할을 해왔다. 전자는 돈을 들고, 후자는 바구니를 들었다. 매일 오후 가로등이 켜질 무렵이 되면, 그들은 이 임무를 수행하기 위해 길을 나섰고, 필요한 물건을 구입해 집으로 가져왔다. 프로스 양은 프랑스인 가족과 오랜 시간을 함께한지라 본인이 그럴 마음만 있었다면 그들의 언어를 본인의 것만큼 구사할 수도 있었을 터이나, 그쪽 방면으로는 전혀 마음이 없었다. 결과적으로 그녀는 (본인이 즐겨 부르듯) 그 '우스꽝스러운 언어'를 크런처 씨만큼이나 알지 못했다. 따라서 그녀가 장을 보는 방식은 상품의 성질에 대한 아무런 설명도 없이 상점 주인의 머리에 대고 명사를 퉁명스레 내뱉는 식이었고, 만약 그것이 본인이 원하는 물건의 이름이 아닌 경우에는 직접 찾으러 돌아다니다가 물건을 손에 넣으면 흥정이 끝날 때까지 단단히 쥐고 있는 것이었다. 그녀는 언제나 물건값을 흥정했는데, 주인이 손가락을 몇 개 들건 본인이 하나 적게 듦으로써 그것이 적정 가격이라고 주장하는 식이었다.

"자, 크런처 씨." 행복해서 눈시울이 붉어진 프로스 양이 말했다. "크런처 씨만 괜찮으면 저는 준비됐어요."

제리가 프로스 양을 도울 준비가 되었다고 탁한 목소리로 답했다. 그에게서 녹은 오래전에 모두 사라졌지만, 삐죽삐죽한 머리카락은 어떤 것으로도 다듬어지지 않았다.

"필요한 게 한두 가지가 아니에요." 프로스 양이 말했다. "다 사려면 만만찮은 시간이 될 거예요. 그중에서도 포도주는 있어야 하는데. 어딜 가서 사든 붉은 모자 인간들이 축배를 들고 있을 거란 말이죠."

"제 생각엔," 제리가 대꾸했다. "그들이 당신 건강을 위해 건배하든 아니면 마 영감을 위해 건배하든, 프로스 양에게는 별 차이가 없을 것 같군요."

"그게 누군데요?" 프로스 양이 물었다.

크런처 씨가 다소 주저하며 '마 영감'은 '악마'를 뜻한다고 설명했다.

"하!" 프로스 양이 말했다. "이 인간들이 무엇을 뜻하는지는 통역사가 없어도 알겠네요. 뜻이라곤 하나니까. '암흑, 살인, 그리고 악행.'"

"쉿, 유모! 제발, 제발, 조심해요!" 루시가 간청했다.

"네, 네, 네, 조심할게요." 프로스 양이 말했다. "하지만 우리끼리니까 말인데, 포옹이랍시고 양파 냄새 담배 냄새 풍겨가면서 사람 숨 막히게 하는 짓은 그만 좀 하면 좋겠어요. 길거리에서 다들 그러고 다니잖아요. 자, 아기씨, 내가 돌아올 때까지 그 난롯가에서 꼼짝도 하지 말아요! 다시 찾은 소중한 낭군님을 잘 돌봐주고요, 그 예쁜 머리를 지금처럼 그대로 낭군님 어깨에 기대고 있어요. 나를 다시 볼 때까지 움직이면 안 돼요! 가기 전에 질문 하나 해도 될까요, 마네트 박사님?"

"얼마든지 자유롭게 하시게." 의사가 싱긋 웃으며 대답했다.

"아이고, 제발 그 자유 얘기는 하지 마세요. 자유라면 질리도록 들었으니까." 프로스 양이 말했다.

"쉿, 유모! 또 그래요?" 루시가 나무랐다.

"알겠어요, 아기씨." 프로스 양이 단호하게 고개를 끄덕이며 말했다. "요점만 말하자면, 저는 더없이 자애로우신 조지 3세 국왕 폐하의 신민이에요." 프로스 양이 그 이름을 대며 인사로서 예를 표했다. "그런고로, 제 좌우명은 이렇답니다. '그들의 정치에 혼란을, 그들의 간교한 계략에 좌절을, 당신께 저희의 희망을 거노니, 국왕 폐하를 보우하소서!'"[97]

97 영국 국가의 2절을 살짝 변형했다. 원래는 "오, 지도자이신 주님, 일어나시어/국왕(여왕) 폐하의 적들을 변방으로 흩으사/패배하도록 하소서/그들의 정치에 혼란을/그들의 간교한 계략에 좌절을/당신께 저희의 희망을 거노니/저희 모두를 보우하소서"이다.

크런처 씨도 갑자기 충성심이 솟구치는지 마치 교회에 온 사람처럼 프로스 양의 말을 갈라진 목소리로 따라 했다.

"크런처 씨한테 영국인다운 면이 풍부해서 좋네요. 그 감기 걸린 목소리는 참 안타깝지만요." 프로스 양이 흡족하게 말했다. "그렇지, 질문이요, 마네트 박사님. 혹시라도," 이것이 이 선량한 부인이 그들 모두에게 심각한 걱정거리를 가볍게 만들고 우연히 생각난 듯 이야기를 꺼내는 방식이었다. "혹시라도 우리가 이곳에서 벗어날 전망은 없나요?"

"안타깝지만 아직은 없소. 그러기에는 아직 찰스한테 위험할 테니."

"아이고야!" 프로스 양이 벽난로 불빛에 비친 사랑하는 아기씨의 금빛 머리카락을 흘깃 보고선 명랑하게 한숨을 삼키며 말했다. "그럼 인내심을 갖고 기다려야겠네요. 그래야죠, 뭐. 내 동생 솔로몬이 즐겨 말했듯 고개를 꼿꼿이 들고 조용히 싸울 수밖에요. 가시죠, 크런처 씨! 꼼짝하지 말아요, 아기씨!"

그들은 루시와 그녀의 남편, 아버지, 아이를 환한 불가에 남겨두고 밖으로 나갔다. 로리 씨는 금방 은행에서 돌아올 예정이었다. 앞서 프로스 양은 램프를 켜기는 했지만 구석에 놓아두어 그들이 난롯불을 방해 없이 즐길 수 있도록 했다. 어린 루시는 할아버지 팔을 붙잡고 곁에 앉아 있었다. 그는 속삭이듯 나직한 소리로 어느 훌륭하고 강력한 요정에 관한 이야기를 손녀에게 들려주기 시작했다. 요정이 감옥 벽을 열고 한때 자신에게 도움을 주었던 죄수를 탈출시키는 이야기였다. 모든 것이 차분하고 조용했으며, 루시는 이전보다 마음이 편안했다.

"무슨 소리죠?" 갑자기 그녀가 외쳤다.

"아가!" 아버지가 이야기를 멈추고 딸의 손을 지그시 잡았다. "마음을 다잡으렴. 왜 이리 안절부절못하는지 걱정스럽구나! 별것 아닌 일에도—아무것도 아닌 일에도—이렇게 화들짝 놀라다니. 너는, 이 아비의 딸이잖니?"

"제 생각엔, 아버지," 루시가 창백한 얼굴과 떨리는 목소리로 해명했다. "계단에서 수상한 발소리를 들은 것 같아요."

"아가, 계단은 쥐 죽은 듯 조용하단다."

그가 이 말을 했을 때 누군가 문을 쾅 두드렸다.

"오, 아버지, 아버지. 도대체 무슨 일이죠! 찰스를 숨겨주세요. 이이를 구해주세요!"

"아가." 의사가 자리에서 일어나 딸의 어깨에 손을 얹고 말했다. "이미 구했단다. 이리 나약해져선 안 된다, 얘야! 내가 나가보마."

그가 손에 램프를 들고, 중간에 있는 바깥방 두 개를 가로질러 문을 열었다. 소란스러운 발소리가 바닥에 울리더니, 곧이어 붉은 모자를 쓰고 기병용 군도와 권총으로 무장한 거친 사내 네 명이 방에 들어왔다.

"에브레몽드, 일명 다네이 시민 동지." 첫 번째 사내가 말했다.

"누가 그를 찾는 겁니까?" 다네이가 물었다.

"내가 찾고 있소. 우리가 찾고 있소. 나는 당신을 알아, 에브레몽드. 오늘 재판소 앞에서 봤거든. 당신은 다시 공화국의 죄수요."

아내와 아이가 그에게 매달린 가운데, 네 명이 그를 에워쌌다.

"어떻게, 왜 내가 다시 죄수라는 겁니까?"

"지금은 콩시에르주리로 곧장 돌아가기만 하면 돼, 내일 알게 될 거니까. 당신은 내일에 앞서 소환되었소."

마네트 박사는 이 불시의 방문으로 인해 돌처럼 굳은 나머지 마치 램프를 거는 석상이라도 된 듯 손에 램프를 들고 서 있다가, 이 말을 듣자 램프를 내려놓고 말한 이에게 다가가 그의 붉은색 모직 셔츠의 느슨한 앞자락을 거칠지 않게 잡으며 말했다.

"그를 안다고 지금 말하셨소. 그럼 나는 아시오?"

"예, 압니다. 의사 시민 동지."

"저희 모두 압니다, 의사 시민 동지." 나머지 세 명이 말했다.

그는 이 사람에서 저 사람으로 멍하니 시선을 옮기다가 잠시 뒤 목소리를 낮추어 말했다.

"그럼 그의 질문에 대한 대답을 내게 해주겠소? 어떻게 이런 일이 생긴 거요?"

"의사 시민 동지." 첫 번째 남자가 주저하며 말했다. "생탕투안 구역에서 그에 대한 고발이 접수됐습니다. 이 시민 동지가," 그는 두 번째로 들어온 남자를 가리켰다. "생탕투안 출신입니다."

지목당한 시민 동지가 고개를 끄덕이며 덧붙였다.

"생탕투안에서 그를 고발했습니다."

"무슨 죄목으로?" 의사가 물었다.

"의사 시민 동지." 첫 번째 남자가 앞서 그랬듯 주저하며 말했다. "더는 묻지 마십시오. 공화국이 희생을 요구하면, 틀림없이 시민 동지는 충실한 애국지사로서 기꺼이 희생을 치를 겁니다. 공화국이 무엇보다 우선입니다. 민중이 무엇보다 중요합니다. 에브레몽드, 시간이 없소."

"한마디만," 박사가 간청했다. "누가 그를 고발했는지 말해주겠소?"

"그건 규정에 어긋납니다." 첫 번째 남자가 대답했다. "하지만 여기 생탕투안 출신에게 물어보실 수는 있습니다."

의사가 그 남자에게 시선을 돌렸다. 상대는 마음이 불편한지 서성서성 움직이면서 수염을 만지작거리더니, 마침내 이렇게 말했다.

"이거 참! 정말 규정에 어긋나는데. 그를 고발한 사람은, 그것도 심각한 죄목으로 고발한 사람은, 드파르주 시민 동지 부부입니다. 그리고 그 외 일인."

"그 외 일인이라니?"

"그걸 몰라서 물으시는 겁니까, 의사 시민 동지?"

"그렇소."

"그렇다면," 생탕투안 출신이 묘한 표정을 지으며 말했다. "내일 대답을 듣게 되실 겁니다. 이제 더는 말 못 합니다!"

8장

카드의 패

집에 닥친 새로운 재앙에 대해 다행히 아무것도 모른 채 프로스 양은 꼭 사야 할 물건들의 가짓수를 마음속으로 세면서 좁은 거리를 요리조리 지나 퐁뇌프를 따라 강을 건넜다. 크런처 씨가 바구니를 들고 곁에서 걸었다. 그들은 지나치는 상점 대부분을 좌우로 들여다보면서 북적북적 떼 지어 몰린 사람들이 없는지 살폈고, 몹시 흥분해서 떠드는 무리가 보이면 바로 다른 쪽으로 발걸음을 돌렸다. 몹시 싸늘한 저녁이었다. 안개 자욱한 강은 이글거리는 불빛 때문에 눈에도 흐릿하게 보이고, 시끄럽게 울려대는 소음 때문에 귀에도 흐릿하게 들렸으니, 바지선이 정박한 곳에서 대장장이들이 공화국 군대를 위해 총기를 만드는 중이었다. 감히 그 군대에 농간을 부리거나, 혹은 그 안에서 분에 넘치는 자리를 차지한 자에게 화가 미칠진저![98] 그런 자는 턱수염을 기르지 말았어야 할지니, '국민 이발사'가 그들을 말끔히 밀어버렸기 때문이다.

프로스 양은 식료품 몇 가지와 램프용 기름을 구입한 다음, 그들에게 필요한 포도주를 떠올렸다. 그녀는 포도주 상점 몇 군데를 눈으로 기웃거리다가 '충실한 공화주의자 고대의 브루투스'[99]라는 간판 앞에서 걸음을 멈추었다. 한때 (또는 두 차례) 튀일리 궁전이라 불리었던 국립 왕궁에서 그리 멀지 않은 곳이었는데, 전체적인 모양새가 마음에 들었다. 지금까지 지나온 다른 동종 상점들보다 분위기가 조용했고, 이곳 역시 애국지사들의 모자로 붉기는 했지만 다른 곳만큼 붉지는 않았기 때문이었다. 프로스 양은 크런처 씨에게 물어보고 생각이 같다는 걸 확인한 뒤 자신의 호위병과 함께 '충실한 공화주의자 고대의 브루투스'로 들어갔다.

침침한 불빛, 파이프 담배를 입에 물고 낡은 카드와 누런 도미노로 게임하는 사람들, 가슴과 팔을 훤히 드러내고 검댕으로 시커메진 모습으로 소리 내어 잡지를 읽고 있는 노동자, 그에게 귀

98 전투에서의 패배는 종종 공화국에 대한 죄로 간주되었다. 전투에서 패배한 사령관들, 대개 과거 귀족 출신이었던 자들은 적군과 동조했다는 혐의로 파리에 소환되어 혁명 재판소에서 재판을 받았고, 1793~1794년 사이에 일부는 기요틴에서 처형되었다.

99 당시에는 식당이나 상점들에서 혁명과 관련된 이름이 많이 사용되었다. 고대 그리스나 로마 시절의 유명한 공화주의자들, 그중에서도 카이사르를 암살한 마르쿠스 유니우스 브루투스와 로마 공화국의 초대 집정관이었던 루키우스 유니우스 브루투스의 이름이 인기였다.

기울이고 있는 다른 사람들, 몸에 찼거나 다시 차려고 옆에 놓아 둔 무기들, 당시에 유행하던 어깨가 올라가고 털이 복슬복슬한 검은색 짧은 재킷 차림으로 엎드린 채 자고 있어 마치 그 모습이 잠든 곰이나 개처럼 보이는 손님 두세 명, 이런 장면들을 대충 눈에 넣으면서 두 이방인 고객은 카운터로 다가가 원하는 물건을 제시했다.

그들의 포도주가 계량되는 동안 한 남자가 구석에서 다른 남자와 헤어져 그곳을 나서려고 자리에서 일어났다. 그는 나가는 길에 프로스 양을 마주해야 했는데, 그가 그녀와 마주하자마자 프로스 양은 외마디 비명을 지르면서 손뼉을 쳤다.

즉각 모든 사람들이 자리에서 일어났다. 누군가가 의견 차이를 주장하는 다른 누군가에게 살해당했을 가능성이 가장 농후했다. 다들 누군가 쓰러지는 장면을 기대했지만, 그들이 본 건 그저 한 남자와 한 여자가 서로를 빤히 쳐다보면서 서 있는 장면이었다. 남자는 외관상으로는 영락없는 프랑스인에 철저한 공화주의자처럼 보였고, 여자는 틀림없이 영국인이었다.

이처럼 실망스러운 결말 앞에서 '충실한 공화주의자 고대의 브루투스' 신봉자들이 어떤 말을 했는지는, 그것이 뭔가 굉장히 수다스럽고 시끄러운 반응이었다는 정도만 들렸을 뿐, 설령 프로스 양과 그녀의 호위병이 온 귀를 쫑긋 세우고 들었다 해도 그들에겐 히브리어나 칼데아어처럼 들렸을 터였다. 하지만 그들은 너무 놀란 나머지 듣고 말고 할 귀도 없었다. 여기에서 짚고 넘어

가야 할 부분이지만, 프로스 양만 놀라고 당황한 것이 아니라 크런처 씨 역시—그 나름의 개인적인 이유로—더없이 어리둥절한 상태였기 때문이다.

"왜 그래요?" 프로스 양에게 비명을 지르게 한 장본인이 말했다. 그는 (나직하긴 했지만) 짜증과 통명스러움이 섞인 목소리로, 그것도 영어로 말했다.

"오, 솔로몬, 우리 솔로몬!" 프로스 양이 다시 손뼉을 치면서 외쳤다. "그렇게 오랫동안 보이지도 않고 소식도 없더니, 여기서 널 만나는구나!"

"솔로몬이라 부르지 말아요. 나를 죽일 셈이오?" 남자가 주위를 살피면서 겁먹은 태도로 물었다.

"내 동생, 내 동생!" 프로스 양이 눈물을 왈칵 쏟으며 외쳤다. "누나가 지금껏 너한테 무슨 잘못을 했다고 그렇게 모진 질문을 하는 거니?"

"그럼 그 오지랖 넓은 입이나 다물어요." 솔로몬이 말했다. "내게 할 말이 있으면 밖으로 나와요. 포도줏값부터 내고, 나와요. 이 남자는 누구요?"

프로스 양은 어느 모로나 다정하지 않은 남동생을 향해 애정과 낙담으로 가득한 머리를 저으면서 눈물 속에 말했다. "크런처 씨란다."

"이 사람도 나오라고 해요." 솔로몬이 말했다. "저치는 왜 나를 유령 보듯 하지?"

확실히 표정으로 보건대 크런처 씨는 그런 모양이었다. 하지만 그는 아무 말도 하지 않았고, 프로스 양은 눈물범벅으로 간신히 손가방을 더듬어 포도줏값을 지불했다. 그녀가 그렇게 하는 동안 솔로몬은 '충실한 공화주의자 고대의 브루투스' 추종자들에게 다가가 프랑스어로 몇 마디 해명했고, 그러자 다들 각자의 자리로 돌아가 하던 일을 계속했다.

"자," 솔로몬이 어둑한 길모퉁이에서 걸음을 멈추고 말했다. "원하는 게 뭐요?"

"지금까지 얼마나 너를 애지중지했는데 어떻게 누나한테 그렇게 매정하게 굴 수 있니!" 프로스 양이 흐느꼈다. "그런 식으로 인사하고, 살가운 표현도 없고."

"자, 젠장! 자." 솔로몬이 프로스 양의 입술에 건성으로 입을 맞춘 뒤 말했다. "이제 됐어요?"

프로스 양은 그저 고개를 젓고는 말없이 흐느낄 뿐이었다.

"내가 놀랐기를 기대한다면," 그녀의 남동생 솔로몬이 말했다. "그럴 일은 없어요. 누님이 여기 있는 줄 진작 알았으니까. 나는 여기 있는 사람들을 거의 알아요. 정말로 나를 위험에 빠뜨릴 생각이 아니라면—내가 보기엔 반쯤은 그런 것 같은데—얼른 누님 가던 길이나 가고, 나는 나대로 가게 놔둬요. 바빠요. 공무 수행 중이라서."

"내 영국인 동생 솔로몬이," 프로스 양이 눈물이 그렁그렁한 눈으로 쳐다보며 한탄했다. "고국에서 가장 훌륭하고 위대한 인물이 될 자질을 지녔던 네가, 외국인들 사이에서 공무 수행 중이라니, 그것도 이런 외국인들 사이에서! 이런 모습을 볼 바엔 차라리 네가 일찌감치 죽……."

"내가 뭐랬어!" 남동생이 버럭 끼어들었다. "그럴 줄 알았어. 나를 죽일 셈인 거지! 친누나 때문에 '용의자'로 찍히게 생겼네. 이제 막 자리 잡은 판에!"

"아이고, 하느님, 그래선 안 되지!" 프로스 양이 외쳤다. "그렇게 될 바엔 차라리 누나가 다시는 널 보지 않으마, 우리 솔로몬, 지금까지 진심으로 너를 사랑했고 앞으로도 영원히 그럴 테지만. 누나한테 다정하게 한마디만 해주렴. 그리고 우리 사이에 노여움이나 서먹한 감정이 없다고 해주렴. 그러면 더는 너를 잡지 않을게."

착한 프로스 양! 마치 둘 사이가 멀어진 것이 자신의 잘못인 듯. 마치 로리 씨가 수년 전 소호의 조용한 길모퉁이에서, 이 소중한 남동생이 그녀의 돈을 탕진하고 떠나버렸다는 사실을 간파하지 않았다는 듯!

하지만 그는 설령 그들의 상대적 잘잘못과 입장이 뒤바뀐 처지였다 해도 그럴 수 없을 정도로 진짜 마지못해 인심 쓴다는 듯 다정한 한마디를 건넸는데(이는 전 세계에서 예외 없이 나타나는 사례이다), 그 순간 크런처 씨가 그의 어깨를 툭툭 건드리더니 탁한 목소리로 예기치 않게 다음과 같은 특이한 질문을 하며 끼어들었다.

"저기! 뭐 좀 물어봅시다. 당신 이름이 존 솔로몬이오, 아니면 솔로몬 존이오?"

공무원이 갑작스러운 불신을 품고 그에게로 돌아섰다. 지금까지 그는 한마디도 없었던 터였다.

"어서요!" 크런처 씨가 말했다. "시원하게 말해봐요, 어서." (여담이지만, 이건 그 자신에게도 버거운 일이었다.) "존 솔로몬이오, 아니면 솔로몬 존이오? 이분은 당신을 솔로몬이라 부르는데, 이름을 모를 리 없겠지, 누나니까. 그런데 그게, 나는 당신을 존이라고 알고 있거든. 어느 이름이 먼저요? 그리고 프로스라는 성 말이야, 그것도 마찬가지거든. 바다 건너에서는 그 성이 아니었어."

"무슨 소리요?"

"글쎄, 나도 무슨 소린지 모르겠소. 바다 건너에서 당신 성이 뭐였는지 기억이 안 나니까."

"그래요?"

"그렇소. 하지만 세 음절이었다는 건 맹세할 수 있지."

"그렇다고?"

"그렇소. 다른 한 명의 성도 세 음절이었고. 난 당신을 알아. 당신은 첩자였고, 베일리의 증인이었어. 거짓말의 아버지이자 당신 아버지인 사탄의 이름으로, 그때 뭐라고 불리었소?"

"바사드." 다른 목소리가 치고 들어왔다.

"그 이름이 맞다는 데 1천 파운드 걸겠어!" 제리가 소리쳤다.

치고 들어온 사람은 시드니 카턴이었다. 그는 승마용 코트 자락 아래로 뒷짐을 진 채 마치 올드 베일리에 서 있을 때처럼 무심하게 크런처 씨 곁에 서 있었다.

"놀라지 마세요, 친애하는 프로스 양. 로리 씨도 놀라긴 했지만, 저는 어제저녁에 그분 거처에 도착했습니다. 상황이 모두 좋아질 때까지, 또는 제가 쓸모 있기 전까지는 다른 곳에서 제 모습을 드러내지 않기로 합의했고요. 제가 이곳에 온 이유는, 동생분과 잠시 담소를 나눴으면 해서요. 바사드 씨보다 일자리가 번듯한 동생을 두셨으면 좋았을 텐데, 아쉽습니다. 프로스 양을 위해서라도 바사드 씨가 '감옥의 양'이 아니었으면 좋았을 텐데 말입니다."

'양'은 당시에 간수들 사이에서 첩자를 뜻하는 은어였다. 첩자는 창백했던 얼굴이 더더욱 창백해지면서 그에게 따졌다. 어떻게 감히 내게…….

"내가 말해드리지." 시드니가 말했다. "우연히 당신을 봤거든, 바사드 씨. 한 시간쯤 전에 콩시에르주리 감옥의 벽을 감상하고 있었는데 그때 당신이 그곳에서 나오더란 말이지. 당신 얼굴은 기억하기 쉽게 생겼고, 나는 사람들 얼굴을 잘 기억하거든. 그런 맥락에서 당신을 보게 되니 궁금하기도 했고, 또 그쪽도 잘 알다시피 당신이랑 지금 아주 불운한 상황에 처한 어떤 친구의 불행을 엮어서 생각할 이유도 있고 해서 뒤를 밟아봤지. 그쪽을 뒤따라서 여기 포도주 상점으로 들어왔고 가까이에 앉았어. 당신의 거침없는 대화에서나, 당신 추종자들 사이에서 공공연히 떠도는 소문에서나, 그쪽이 어떤 직업을 가졌는지 전혀 힘들지 않게 추론이 되더군. 그리고 차츰차츰, 내가 무작정 했던 일이 어떤 목적의식을 띠게 되더란 말이지, 바사드 씨."

"어떤 목적의식 말이오?" 첩자가 물었다.

"그런 건 길거리에서 설명하기엔 번거롭고, 또 위험할 수도 있지. 그러니 조용한 곳에서 나랑 몇 분간 이야기 나누지 않겠소? 예를 들면, 텔슨 은행 사무실 같은 곳에서?"

"협박이오?"

"오! 내가 그런 말을 했소?"

"그럼, 내가 거길 왜 가야 합니까?"

"어허, 바사드 씨, 댁이 모른다면 나는 말할 수가 없지."

"말하지 않겠다는 겁니까, 선생?" 첩자가 머뭇머뭇 물었다.

"내 말을 똑똑히 이해하신 것 같은데, 바사드 씨, 그렇소."

카턴의 무심하고 저돌적인 태도는 그가 은밀히 염두에 둔 일을 처리할 때나 이런 부류의 인간을 상대해야 할 때, 그의 기민함이나 수완에 더욱 큰 힘을 실어주었다. 그의 노련한 눈은 기회를 포착했고 그것을 최대한 활용했다.

"거봐, 내가 뭐랬어." 첩자가 누이를 비난 섞인 눈초리로 쏘아보며 말했다. "만약 무슨 문제라도 생기면 다 누님 때문이오."

"이런, 이런, 바사드 씨!" 시드니가 외쳤다. "그렇게 배은망덕하게 굴면 안 되지. 내가 당신 누님을 무척 존경하지 않았다면, 우리에게 서로 만족스러울 작은 제안을 이렇게 유쾌하게 제시하지는 않았을 거요. 나와 함께 은행으로 가겠소?"

"하실 말씀이 뭔지 들어는 봅시다. 그래요, 같이 가겠소."

"우선 당신 누님부터 안전하게 집 근처 길모퉁이까지 모셔다 드립시다. 제가 팔을 잡아드리죠, 프로스 양. 이런 시간에 아무 보호 없이 밖에 다니시기엔 이곳은 썩 좋은 도시가 못 됩니다. 그리고 동행자께서 바사드 씨를 아는 것 같으니, 저분도 우리와 함께 로리 씨 댁에 가도록 청하겠습니다. 준비되셨습니까? 그럼 가시죠!"

프로스 양은, 그녀가 시드니의 팔을 붙잡고 그의 얼굴을 올려다보면서 제발 솔로몬을 해치지 말라고 애원했을 때 그의 팔에 강인한 목적의식이 있었고 그의 눈에 일종의 영감이 있었음을, 그것이 그의 가벼운 태도와 모순될 뿐만 아니라 사람 자체를 고귀하게 변화시켰음을, 그로부터 얼마 뒤에 떠올렸고, 삶이 다하는 순간까지 기억했다. 그러나 당시에는 애정을 받을 자격도 없는 남동생이 행여 잘못될까 두려운 마음에, 그리고 시드니가 친절하게 안심시켜주는 말에 너무 정신이 팔린 나머지, 자신이 본 모습에 온당한 관심을 기울일 여력이 없었다.

그들은 길모퉁이에서 그녀와 헤어졌고, 카턴이 로리 씨 거처로 그를 이끌었다. 걸어서 몇 분 거리였다. 존 바사드, 혹은 솔로몬 프로스가 그의 곁에서 걸었다.

로리 씨는 막 저녁 식사를 마친 뒤 장작개비 한두 개가 기분 좋게 타고 있는 불가에 앉아 있었다. 아마도 활활 타는 불길 속에서 좀 더 젊었던 텔슨의 노신사, 지금으로부터 꽤 오래전 도버의 로열 조지 호텔에서 시뻘건 석탄불을 들여다보던 그 모습을 찾고 있었는지도 모른다. 그들이 들어오자 그는 고개를 돌렸다가 낯선 이를 보고는 다소 놀라는 기색이었다.

"프로스 양의 남동생입니다, 선생님." 시드니가 말했다. "바사드 씨라고 합니다."

"바사드?" 노신사가 되풀이했다. "바사드? 이름이 뭔가 낯익은데, 얼굴도 그렇고."

"내가 눈에 띄는 얼굴이라고 했죠, 바사드 씨." 카턴이 태연하게 말했다. "앉으시죠."

그는 자신도 의자에 앉은 뒤, 얼굴을 찌푸리며 "그 재판에서 증인이었습니다"라는 말로 로리 씨에게 필요한 연결 고리를 제공했다. 로리 씨는 즉각 기억을 되살렸고, 굳이 혐오감을 감추지 않은 표정으로 새로운 방문객을 쳐다보았다.

"프로스 양이 바사드 씨를 알아보더군요, 선생님도 들으셨던 다정한 남동생이 이분이랍니다." 시드니가 말했다. "바사드 씨도 관계를 인정했고요. 좀 더 나쁜 소식으로 넘어가죠. 다네이가 다시 체포됐습니다."

노신사가 대경실색하여 외쳤다. "무슨 소리요! 불과 두 시간 전에 내가 나설 때만 해도 안전하고 자유로운 몸이었는데, 안 그래도 지금 그에게 다시 가보려던 참이었는데!"

"그렇긴 하지만 아무튼 체포됐습니다. 그게 언제죠, 바사드 씨?"

"지금 막 그랬겠죠, 이미 체포되었다면."

"바사드 씨는 이쪽에서 최고의 권위자입니다, 선생님." 시드니가 말했다. "저는 바사드 씨가 포도주 한 병을 비우면서 동료이자 형제인 어떤 '양'에게 말하는 걸 듣고 체포 소식을 알게 됐습니다. 이분이 전령들과 문 앞에서 헤어졌고, 수위가 그들을 집 안으로 들이는 걸 봤답니다. 그가 다시 체포되었다는 데에는 의문의 여지가 없습니다."

로리 씨의 사무적인 눈은 말하는 이의 얼굴에서 이 점에 대해 왈가왈부해봤자 시간 낭비임을 파악했다. 그는 혼란스러웠지만 자신의 침착한 태도에 뭔가가 달려 있을 수도 있다는 것을 알았기에, 마음을 다잡고 말없이 귀를 기울였다.

"자, 저는," 시드니가 그에게 말했다. "마네트 박사님의 명성이나 영향력이 내일도 그에게 유리하게 작용하리라 믿습니다. 그가 내일 다시 재판을 받는다고 했죠, 바사드 씨?"

"예, 그럴 겁니다."

"내일도 오늘만큼 유리하게 작용하겠죠. 하지만 그렇지 않을 수도 있어요. 솔직히 말씀드리자면, 로리 씨, 마네트 박사님께 이번 체포를 막을 힘이 없었다는 점이 충격이었습니다."

"미리 알지 못했을지도 모르잖소." 로리 씨가 말했다.

"하지만 그런 상황 자체가 우려스럽습니다. 박사님이 사위와 얼마나 동일시되는지 생각해보면요."

"그렇구려." 로리 씨가 심란한 손을 턱에 대고 심란한 눈은 카턴을 바라보면서 인정했다.

"간단히 말해서," 시드니가 말했다. "지금은 필사적인 판돈을 걸고 필사적인 게임을 벌이는, 필사적인 때입니다. 박사님은 이기는 게임을 하게 합시다. 저는 지는 게임을 하겠습니다. 이곳에서는 어느 누구의 목숨도 한 푼 가치가 없습니다. 오늘 사람들에게 떠받들려 집에 온 사람도 내일이면 사형 선고를 받을 수 있어요. 이제, 최악의 경우에 대비해 제가 차지하려고 마음먹은 판돈은 콩시에르주리에 있는 한 친구입니다. 그리고 제가 따려고 마음먹은 그 친구는 바사드 씨고요."

"그러려면 패가 좋아야 할 거요, 선생." 첩자가 말했다.

"그럼 한번 훑어보죠. 내가 쥔 패가 어떤지. 로리 씨, 제가 어떤 놈인지 잘 아시잖습니까. 브랜디를 좀 주셨으면 좋겠는데."

그의 앞에 브랜디가 놓였고, 그는 한 잔을 쭉 들이켰다. 이어 다시 한 잔을 들이켠 뒤 사려 깊게 병을 옆으로 치워두었다.

"바사드 씨," 그가 정말로 카드 패를 훑어보고 있는 것 같은 말투로 이야기를 이어갔다. "감옥의 양이자, 공화국 위원회의 특사, 어떤 때는 간수, 어떤 때는 죄수, 언제나 첩자에다 비밀 정보원, 영국인이라는 이유로 이곳에서 더욱 가치가 있는 인물이지, 영국인은 성격상 프랑스인보다 위증 교사 혐의를 덜 받으니까. 그런 그가 고용인들한테 가짜 이름으로 행세했단 말이지. 이만하면

썩 괜찮은 카드지. 바사드 씨, 지금은 프랑스 공화국 정부를 위해 일하는 그가, 예전에는 프랑스의 적이자 자유의 적인 영국 귀족 정부를 위해 일했어. 이만하면 훌륭한 카드지. 의심이 난무하는 이런 지역에선 딱 봐도 답이 나오잖아, 아직도 영국 귀족 정부의 녹을 받아먹는 바사드 씨가 사실은 피트[100]의 첩자라는 것, 공화국 깊숙이 웅크린 음험한 적이라는 것, 그토록 소문은 무성한데 찾기는 힘든 온갖 악행을 저지른 주체이자 영국인 반역자라는 것. 이만하면 불패의 카드지. 내가 어떤 패를 쥐었는지 따라오고 있소, 바사드 씨?"

"무슨 내기를 하자는 건지 모르겠소." 첩자가 다소 불안한 눈치로 대답했다.

"내 에이스 패는 이거요, 바사드 씨를 가장 가까운 구역 위원회에 고발하는 것. 당신 패를 훑어보시오, 바사드 씨, 어떤 패를 손에 쥐었는지. 서두르지 마시고."

그는 브랜디 병을 가까이 당겨 다시 한 잔을 따른 뒤 쭉 들이켰다. 보아하니 첩자는 그가 이렇게 마셔대다가 술김에 당장 자신을 고발하는 건 아닌지 두려워하는 눈치였다. 그걸 보고 그는 다시 한 잔을 따라 들이켰다.

"찬찬히 패를 살펴봐요, 바사드 씨, 시간은 넉넉하니까."

그가 가진 패는 카턴이 예상했던 것보다 더 형편없었다. 바사

100 윌리엄 피트. 영국의 정치가로, 프랑스 혁명 시기에 영국의 수상을 지냈다.

드 씨는 시드니 카턴조차 알지 못했던 지는 패를 쥐고 있었다. 자신이 영국에서 위증에 나섰다가 너무 많이 실패한 나머지 명예로운 직장에서 쫓겨나—그곳에 일자리가 없어서는 아니었다, 기밀이나 첩보 활동 따위는 우리 영국인 수준에 맞지 않는다고 폄하한 건 아주 최근의 일이니까—영국 해협을 건너 프랑스에서 일자리를 받아들인 것을 바사드는 잘 알고 있었다. 처음에는 이곳에서 영국인 동포들 사이에 미끼를 던지고 엿듣는 일을 했다. 그러다가 차츰차츰 프랑스인들 사이에서 미끼를 던지고 엿듣는 일을 했다. 지금은 타도된 정부 아래서 자신이 생탕투안과 드파르주의 포도주 상점을 염탐한 첩자였다는 것, 마네트 박사의 투옥과 석방과 과거사에 대해 감시 경찰에게서 정보를 얻어 드파르주 부부와 스스럼없이 대화를 터보려고 시도했던 것, 드파르주 부인에게 그 정보를 써봤다가 그들과 무척 어색하게 헤어졌던 것도 그는 알고 있었다. 그 무시무시한 여인이 자신과 대화할 때 뜨개질을 하고 있었으며, 손가락을 움직이면서 그를 불길하게 쳐다보던 것을 기억할 때면 그는 언제나 두려움에 몸이 떨렸다. 그 이후로도 생탕투안 구역에서 그녀가 몇 번이고 거듭거듭 뜨개질한 장부를 꺼내어 사람들을 고발하고, 그러면 기요틴이 가차 없이 그들의 목숨을 꿀꺽 삼켜버리는 것을 본 터였다. 그와 같은 직업을 가진 사람이라면 다들 알고 있듯 그 역시 자신이 결코 안전하지 않다는 것, 도주는 불가능하다는 것, 자신이 기요틴 칼날의 그림자 아래 단단히 묶여 있다는 것, 그리고 현재

군림하는 공포 정치에 이바지하기 위해 부단히 변절과 배신행위를 해왔지만 말 한마디면 파멸할 수 있다는 것을 잘 알고 있었다. 일단 고발당하면, 그것도 조금 전에 마음속에 떠오른 것처럼 그렇게 심각한 죄목으로 고발당하면, 그 무자비한 성격을 익히 보아 알고 있는 무시무시한 여인이 죽음의 장부를 꺼내어 그의 마지막 삶의 기회마저 짓밟아버릴 것이 뻔했다. 첩자들은 모두 쉽게 겁에 질린다는 사실을 차치하더라도, 지금 그가 손에 쥔 패는 한 장씩 넘겨볼 때마다 안색이 납빛으로 변하기에 충분한 줄줄이 나쁜 카드였다.

"손에 쥔 패가 마음에 안 드시나 본데," 시드니가 더없이 태연자약하게 말했다. "치실 거요?"

"저기 말입니다, 선생님." 첩자가 로리 씨를 향해 비굴하기 그지없는 태도로 말했다. "선생님처럼 연륜과 인정을 두루 갖추신 신사분께서 부디 연배가 훨씬 아래인 저 신사분께 어떤 상황에서든 본인의 사회적 지위를 고려하여 지금 말한 에이스 패를 단념할 수는 없는지 말씀 좀 해주십시오. 제가 첩자이고 그것이 떳떳하지 못한 직업으로 여겨진다는 건 인정합니다. 그래도 누군가는 해야 할 일이지만요. 하지만 이 신사분은 첩자도 아닌데 왜 스스로 위신을 떨어뜨리면서 첩자처럼 행동하는지요?"

"나는 에이스 패를 쓸 겁니다, 바사드 씨." 카턴이 직접 대답하면서 손목시계를 쳐다봤다. "아무 주저 없이, 이제 곧."

"두 분 신사 나리, 부디 희망컨대," 첩자가 어떻게든 로리 씨를 대화에 함께 엮으려고 애쓰면서 말했다. “저희 누님을 생각하신다면…….”

“당신 누님을 생각하는 마음을 표현하는 방법으로, 이런 남동생한테서 마침내 벗어나게 해드리는 것보다 나은 방법은 없지.” 시드니 카턴이 말했다.

“그렇게 생각하신다고요, 선생?”

“그 점에서라면 완전히 마음을 정했소.”

첩자의 사근사근한 언변은 그의 과시적인 거친 의복이나 아마도 평소의 행태와 몹시 부조화를 이루었는데, 그런 말솜씨조차 불가해한 카턴 앞에선—그보다 지혜롭고 정직한 사람들에게조차 수수께끼 같은 이 인물 앞에선—도저히 통하지 않았으니, 이 대목에서 그는 더듬더듬 말문이 막혀버리고 말았다. 첩자가 어찌할 바를 모르는 동안 카턴이 앞서 그랬듯 카드 패를 숙고하는 태도로 말했다.

“맞아, 지금 다시 보니, 아직 열거하지 않은 꽤 괜찮은 카드가 하나 더 있다는 생각이 강하게 드는데. 당신 친구이자 동료 ‘양’ 말이오, 시골 감옥에서 풀 뜯는 중이라고 말했던 사람, 그자가 누구였더라?”

“프랑스인이오. 선생은 모르는 사람입니다.” 첩자가 재빨리 말했다.

“프랑스인이라, 그래?” 카턴이 그의 단어를 그대로 따라 했지만 마치 아무것도 귀에 들어오지 않는 듯 생각에 잠긴 채 되풀이했다. "뭐, 어쩌면 그럴지도."

"맞아요, 장담합니다." 첩자가 말했다. "중요한 일은 아니지만."

"중요한 일은 아니지만." 카턴이 이번에도 기계적인 태도로 되풀이했다. "중요한 일은 아니지만. 맞아, 중요하진 않지, 그래. 하지만 얼굴이 낯익거든."

"그럴 리가요. 확실히 아닙니다. 그럴 수가 없죠." 첩자가 말했다.

"그럴 수가 없다……." 시드니 카턴이 다시 잔을 채우면서(다행히 작은 잔이었다), 기억을 더듬듯 중얼거렸다. "그럴 수가……. 프랑스어가 꽤 유창했어. 그래도 외국인 같았지, 내 생각엔?"

"지방 출신입니다." 첩자가 말했다.

"아니, 외국인이오!" 카턴이 마침내 생각이 났는지 손바닥으로 탁자를 쾅 치면서 외쳤다. "클라이! 변장을 했지만 그자가 틀림없어. 올드 베일리에서 우리 앞에 세웠었지."

"이런, 그런 경솔한 주장은 곤란하죠, 선생." 바사드가 이렇게 말하며 씩 웃자 매부리코가 더욱 한쪽으로 쏠려 보였다. "여기에서 정말 제가 유리한 입장에 서는군요. 클라이는(이 정도 시간이 흘렀으니, 그가 제 파트너였다는 건 깨끗이 인정하겠습니다) 벌써 몇 년 전에 죽었습니다. 그가 숨을 거두기 전 제가 직접 보살폈고요. 그는 런던 세인트 판크라스 인더필즈 교회에 묻혔습니다. 당시 불한당 같은 군중 사이에서 그의 평판이 워낙 나빴던 탓에 제가 그의 유해를 따라가지는 못했지만 입관할 때는 도왔습니다."

이 대목에서 로리 씨는 문득 벽에 아주 희한한 도깨비 그림자가 생긴 것을 앉아 있던 자리에서 발견했다. 어디에서 비롯된 것인가 따라가보니, 안 그래도 크런처 씨의 머리통에 삐죽삐죽 곤두선 머리카락이 갑자기 심상찮을 정도로 삐죽삐죽 곤두선 바람에 생긴 그림자였다.

"이치에 맞게 생각합시다." 첩자가 말했다. "공정하게 생각하자고요. 선생이 얼마나 잘못 알고 있는지, 그리고 선생의 추측이 얼마나 근거 없는지 보여주기 위해 클라이의 매장 증명서를 여기 꺼내놓겠습니다, 마침 지갑에 넣고 다녔으니까요." 그는 서둘러 증명서를 꺼내어 펼쳤다. "그날 이후로 줄곧. 자, 여기 있습니다. 여기, 보세요, 보라고요! 손에 들고 보십시오. 위조인지 아닌지."

이 대목에서 로리 씨는 벽의 그림자가 점점 더 길어지는 것을 보았고, 이어 크런처 씨가 자리에서 일어나 앞으로 걸어왔다. 설령 '잭이 지은 집에 사는 뒤틀린 뿔이 달린 젖소'[101]가 그의 머리를 빗겼다 해도 그럴 수 없을 정도로 격렬히 머리카락이 곤두선 모습이었다.

크런처 씨가 첩자가 못 본 새 곁에 서더니 유령 집행관처럼 그

101 유명한 영국 동요 〈이것은 잭이 지은 집This Is the House That Jack Built〉에 나오는 구절.

의 어깨를 건드렸다.

"그 로저 클라이 말이오, 선생." 크런처 씨가 무뚝뚝하고 딱딱한 얼굴로 말했다. "그러니까 당신이 그자를 관에 넣었다고?"

"맞소."

"그럼 관에서 꺼낸 건 누군데?"

바사드가 앉아 있다가 몸을 뒤로 빼며 더듬거렸다. "무슨 소리요?"

"무슨 소리냐면," 크런처 씨가 말했다. "그자는 관에 없었다고. 그래! 없었어! 그자가 관에 있었다면 내 목을 내놓겠어."

첩자가 고개를 돌려 두 신사를 바라보았다. 둘 다 어안이 벙벙한 얼굴로 제리를 쳐다보고 있었다.

"내가 말해볼까." 제리가 말했다. "당신은 관 속에 자갈이랑 흙을 넣었어. 그러니까 나한테 클라이를 묻었다는 소리 따위 지껄이기만 해봐. 그건 속임수였어. 나 말고도 두 명이 더 안다고."

"당신이 그걸 어떻게 아는데?"

"그게 뭔 상관이야? 제기랄!" 크런처 씨가 으르렁거렸다. "그때 나를 물먹인 게 당신이구먼, 그래, 어디 장사꾼한테 뻔뻔한 사기를 치고 있어! 금전 반 푼만 준대도 그 모가지를 잡고 숨통을 끊어버리겠어."

시드니 카턴은 로리 씨와 마찬가지로 갑작스러운 사태의 전환에 놀라워하다가 크런처 씨에게 진정하고 설명을 해보라고 부탁했다.

"나중에요, 선생님." 그가 어물쩍 대답했다. "지금은 설명하기가 좀 그렇습니다. 제가 하고 싶은 말은요, 저자는 그 관 속에 클라이가 없었단 걸 잘 알고 있다는 겁니다. 아니라고만 해봐, 입을 벙긋하는 즉시, 금전 반 푼에 그 모가지를 잡고 숨통을 끊어버릴 테니." 크런처 씨는 이것을 꽤 너그러운 제안처럼 생각했다. "아니면 밖에 나가서 확 고발해버릴까."

"흠! 한 가지는 분명하군요." 카턴이 말했다. "카드 한 장이 더 생겼습니다, 바사드 씨. 온 천지에 의심이 만연한 이 거센 파리에서, 당신과 똑같은 내력을 지닌 귀족주의 첩자, 그것도 죽음을 가장했다가 다시 살아난 미심쩍은 인물과 내통했다니, 이 정도면 고발에서 살아남긴 힘들겠는데요! 공화국에 맞서 외국인이 벌이는 감옥 내의 음모라. 강력한 카드군요, 확실한 기요틴 카드예요! 그래서 카드 치실 거요?"

"아뇨!" 첩자가 대답했다. "접겠소. 털어놓자면, 그 포악한 군중 사이에 우리 평판이 너무 나빠서, 나는 물에 빠져 죽을 뻔하다가 간신히 영국에서 벗어났고, 클라이는 사방에서 얼마나 찾아대는지 그런 속임수를 쓰지 않았다면 절대 벗어나지 못했을 거요. 이게 속임수란 걸 저치가 어떻게 알았는지, 나로선 놀랍고 놀라울 따름이오."

"저치에 관해선 괜히 머리 쓰지 마시지." 크런처 씨가 말꼬리를 잡아 대꾸했다. "저 신사분께 집중하는 것만으로도 골치 꽤나 아플 텐데. 그리고 저기! 다시 말하는데!" 크런처 씨는 본인의 너그러움을 과시하고 싶어 자제가 안 되는 모양이었다. "금전 반 푼만 준대도 그 모가지를 잡고 숨통을 끊어버리겠어."

감옥의 '양'은 그에게서 시드니 카턴에게로 시선을 돌리고 좀 더 결연히 말했다. "이제 본론으로 들어갑시다. 곧 근무 시간이라 오래 있지는 못하니까. 나한테 제안이 있다고 하셨는데, 그게 뭡니까? 말하지만, 나한테 너무 많은 걸 요구하는 건 소용없어요. 혹시라도 내 모가지가 날아갈 만한 위험한 일을 근무 중에 하라고 요구한다면, 동의했을 때의 승산보다 거절했을 때의 승산에 내 목숨을 맡기는 편이 나으니까. 간단히 말해, 그런 선택을 할 수밖에 없소. 필사적인 상황이라고 했나요? 지금은 우리 모두 필사적인 상황이오. 명심해요! 필요하다고 생각되면 내가 선생을 고발할지도 모르고, 나는 위증으로 돌담도 뚫고 나갈 수 있으니까. 그건 다른 사람들도 마찬가지고. 자, 나한테 원하는 게 뭡니까?"

"별것 아니오. 그쪽은 콩시에르주리의 간수죠?"

"분명히 말해두는데, 탈옥 같은 건 불가능합니다." 첩자가 단호히 말했다.

"묻지도 않은 얘기는 왜 합니까? 그쪽은 콩시에르주리의 간수죠?"

"이따금 합니다."

"원하는 때에 할 수도 있고?"

"원하는 때에 들락날락할 수 있소."

시드니 카턴이 브랜디를 한 잔 더 따르더니 벽난로에 천천히 쏟으면서 떨어지는 모습을 지켜보았다. 브랜디가 모두 사라지자, 그가 자리에서 일어나며 말했다.

"지금까지는 이 두 분 앞에서 이야기를 나누었소, 카드의 가치를 우리 둘만 알아서는 안 되니까. 이제 여기 어두운 방으로 들어가서, 마지막 한마디는 단둘이 나눠봅시다."

9장

게임판이 꾸려지다

시드니 카턴과 감옥의 양이 어두운 옆방에 들어가 아무 소리도 들리지 않을 정도로 낮게 이야기하는 사이, 로리 씨는 의혹과 불신이 상당한 기색으로 제리를 쳐다보았다. 이 정직한 장사꾼이 그의 시선을 받아내는 태도도 썩 믿음을 불러일으키진 않았다. 마치 다리가 쉰 개쯤 있어 한 번씩 번갈아 써보기라도 하는 것처럼 수시로 발을 바꿔 디뎠고, 미심쩍을 정도로 자세히 손톱을 들여다봤으며, 어쩌다 로리 씨와 눈이 마주치기라도 하면 그때마다 특이한 잔기침 발작이 일어 손바닥으로 앞을 가리는 등, 떳떳한 사람에게선 좀처럼 보기 드문 증상을 선보였으니까.

"제리." 로리 씨가 말했다. "이리로 와보게."

크런처 씨는 한쪽 어깨를 몸통보다 앞세우고 옆 걸음질로 다가왔다.

“심부름꾼 말고, 또 무슨 일을 했나?”

크런처 씨는 주인을 말똥말똥 쳐다보며 잠시 심사숙고한 뒤 총명한 답변을 생각해냈다. “농경 쪽 일입니다.”

“심히 우려스럽네.” 로리 씨가 괘씸한 듯 그에게 검지를 흔들며 말했다. “혹여 자네가 점잖고 명망 높은 텔슨 은행을 눈가림 삼아 파렴치한 성격의 일을 불법으로 자행하지 않았나 하고 말이야. 행여 그랬다면, 영국에 돌아갔을 때 자네를 가까이할 거라 기대하지 말게. 행여 그랬다면, 자네의 비밀을 덮어줄 거라 기대하지도 말고. 텔슨 은행을 기만하다니 있을 수 없는 일이야.”

“나리.” 당황한 크런처 씨가 간청했다. “지금껏 머리가 희끗해질 때까지 곁에서 허드렛일을 해왔습니다. 그러니까 나리 같은 신사라면 저를 벌하시기 전에 한 번만 더 생각해주셨으면 합니다, 행여 그게 사실이라면 말입죠. 진짜 그렇다는 말이 아니라, 행여 그렇다면 말입니다. 게다가 고려를 해봐야 할 것이, 행여 그게 사실이라면, 설사 그렇다 해도 일에는 한쪽 면만 있는 게 아니란 말입니다. 일에는 양면이 있어요. 지금도 정직한 장사꾼은 땡전 한 푼 구경하기 힘든데—한 푼은 무슨! 반 푼도 힘듭니다—반 푼은 무슨! 반의반 푼도 힘들어요—그런데도 의사 양반들은 금전을 벌어들인단 말입니다. 수월하게 텔슨에서 은행일도 보고요, 그 의료적인 눈으로 이런 장사꾼한테 은근슬쩍 눈짓도 던지고요, 자가용 마차로 들락날락하면서요. 어휴! 이때도 수월하기가 이를 데 없죠. 뭐, 그렇다면 이것 역시 텔슨을 기만하는 행위 아닙니까? 거위 소스를 암놈한테만 치고 수놈한테 안 치는 법은 없잖습니까. 게다가 제 여편네는 말입죠, 아무튼 영국에 살던 시절에는 그랬고, 무슨 구실만 생기면 내일도 그럴 테지만, 남편 일이 망하라고 그렇게 털썩질을 해댑니다, 쫄딱 망하라고요! 반면에 의사 양반들의 부인들은 털썩질 따윈 안 해요. 그럴 리가 없죠! 혹시나 털썩질을 한다면, 환자가 더 늘어나게 해달라고 하는 거겠죠. 한쪽 면이 있으려면 다른 쪽도 있지 않겠습니까? 게다가 장의사 챙겨야죠, 교구 서기 챙겨야죠, 교회 묘지기 챙겨야죠, 사설 야경꾼 챙겨야죠(하나같이 탐욕스러운 데다가 몽땅 낍니다), 그러고 나면 정작 손에 떨어지는 건 얼마 없어요, 행여 그게 사실이라면 말입죠. 그나마 얼마 생긴다 해도 절대 형편이 피지도 않고요, 나리. 결코 좋은 일은 못 되었습죠. 일단 발을 담갔지만, 다시 발을 빼낼 방도만 보였다면, 줄곧 그 일에서 벗어나고 싶었을 겁니다. 행여 그게 사실이라면 말입죠."

"어이구!" 로리 씨는 다소 누그러졌지만, 어쨌거나 꾸짖었다. "자네를 보고 있자니 경악스럽네."

"저기, 송구스러운 제안이 있는데요, 나리." 크런처 씨가 말을 이었다. "행여 그게 사실이라면 말입죠, 그렇다고 사실이란 소리는 아니고요……."

"어물쩍 기만하지 말게." 로리 씨가 말했다.

"예, 안 그럽니다." 크런처 씨가 그런 생각이나 행동은 자기와 전혀 거리가 멀다는 듯 대답했다. "그렇다고 사실이란 소리는 아니고요. 송구스러운 제안이 뭐냐면요, 나리, 이겁니다. 저기 템플바에 놓인 걸상에 말입죠, 제 자식 놈이 앉아 있는데, 이제는 다 자라 사내가 되었습죠. 그 녀석이 심부름도 하고 전갈도 전하고 잡일도 두루두루 해드리면 어떨까요, 나리께서 저세상으로 가실 때까지요, 나리 뜻이 그러시다면 말입니다. 행여 그게 사실이라면, 그렇다고 절대 사실이란 소리는 아니지만(어물쩍 기만 안 합니다, 나리), 그놈한테 아비 일자리를 대신 맡기시고, 제 어미를 돌보도록 해주십시오. 아비 체면을 깎지 마시고—이렇게 부탁드립니다, 나리—아비한테 정상적으로 땅 파는 일자리를 갖게 해서, 그동안 파냈을 것에 대한 속죄로—행여 그게 사실이라면 말입니다—앞으로는 열의와 신념을 갖고 땅을 파서 안전하게 지키는 일을 하도록 허락하십시오. 이것이, 나리," 장황한 연설의 결론에 도달했다는 것을 알리기 위해 크런처 씨가 팔로 이마를 쓱 훔치며 말했다. "제가 나리께 정중히 드리는 제안입니다. 지금 주변에서 온갖 끔찍한 일이 벌어지고 있잖습니까. 목 없는 시신만 해도 그래요, 맙소사, 그런 시신이 온통 넘쳐나니 그걸 넘겨봤자 운송료만 겨우 손에 떨어집니다. 이런 일을 지켜보다 보면 이런저런 진지한 생각을 안 할 수가 없지요. 그리고 행여 그게 사실이라면, 제가 지금까지 드린 이야기 말입니다, 제가 선한 뜻에서 자진해서 했다는 점을 유념해주시면 좋겠습니다, 그냥 입 다물고 있어도 됐는데요."

"적어도 그 말은 사실이네." 로리 씨가 말했다. "이제 더는 말하지 말게. 어쩌면 계속 자네와 가까운 사이로 지낼지도 모르지. 자네가 그럴 만한 가치가 있고 행동으로 속죄한다면 말일세, 말로만 그치지 않고. 이제 그만 됐네."

크런처 씨는 주먹으로 이마를 문질렀다. 그때 시드니 카턴과 첩자가 어두운 방에서 나왔다.

"잘 가시오, 바사드 씨." 전자가 말했다. "이렇게 계약을 맺었으니, 나를 두려워할 이유가 전혀 없소."

그는 로리 씨의 맞은편에 놓인 난롯가 의자에 앉았다. 둘만 남게 되었을 때 로리 씨가 물었다. "어떤 계약을 맺었소?"

"별것 아닙니다. 혹시라도 죄수에게 상황이 불리하게 돌아가면, 그와 만나게 해준다는 약조를 받았습니다, 딱 한 번."

로리 씨의 안색이 어두워졌다.

"그 정도가 제가 할 수 있는 전부입니다." 카턴이 말했다. "너무 많이 요구하면 그자의 목이 기요틴 칼날에 날아갈 테고, 그자 스스로 말했듯 고발당해봤자 최악의 상황이 기요틴이니까요. 상황이 확실히 여의치 않네요. 달리 방도가 없습니다."

"하지만 재판소에서 상황이 불리해졌을 때 죄수와 만날 수 있다 한들, 그게 그의 목숨을 구하지는 못하잖소."

"구할 거라고 말씀드린 적 없습니다."

로리 씨의 두 눈이 천천히 불길로 향했다. 사랑하는 이에 대한 연민, 그리고 두 번째 체포로 비롯된 깊은 좌절감이 차츰차츰 두 눈을 피로하게 했다. 그는 이제 늙은이였고, 최근 계속된 근심으로 짓눌려 있었다. 눈물이 떨어졌다.

"선생님은 좋은 분이고 진정한 친구이십니다." 카턴이 바뀐 어조로 말했다. "심란해하시는 모습을 눈치챈 점 용서하십시오. 부친이 슬퍼할 때 무심히 앉아서 보기만 하지는 못할 테니까요. 설령 선생님께서 제 부친이었다 해도, 제가 그 슬픔을 더 높이 여기지는 않았을 겁니다. 물론 선생님은 제 부친이 되는 불운은 피하셨지요."

마지막 말을 할 때 그의 태도는 어느새 평상시와 다름없어졌지만, 어조에서나 방식에서나 진정성과 존경심이 묻어났다. 지금껏 그의 더 나은 면모를 본 적이 없었던 로리 씨로서는 전혀 예상치 못했던 일이었다. 로리 씨가 손을 내밀자 카턴이 부드럽게 쥐었다.

"가엾은 다네이 이야기로 되돌아가서," 카턴이 말했다. "그녀에게 이 면담이나 계약에 대해 말하지 마십시오. 그녀가 남편을 보러 갈 수 있는 것도 아니니까요. 어쩌면 그녀는, 최악의 경우, 형 집행 전에 미리 손쓸 수단을 그에게 전하기 위해 이런 계약을 맺었다고 생각할지도 모릅니다."

로리 씨는 이런 생각을 전혀 해보지 않았기에 혹시 그런 의중인가 싶어 황급히 카턴을 쳐다보았다. 그런 모양이었다. 카턴이 그의 시선을 마주 보았고, 그 의미도 이해한 듯했다.

"그녀는 수천 가지 생각을 할 겁니다." 카턴이 말했다. "어떤 생각을 하건 하나같이 근심만 더 키우겠죠. 그녀에게 제 얘기는 하지 마십시오. 처음 이곳에 왔을 때 말씀드린 것처럼 저는 그녀를 보지 않는 편이 낫습니다. 뭐든 작은 일이라도 그녀에게 도움 되는 일을 찾아서 하려면, 그편이 나아요. 이제 그녀를 보러 가셔야죠? 오늘 밤 몹시 괴로워하고 있을 겁니다."

"지금 가겠소, 곧장."

"잘 생각하셨습니다. 그녀는 선생님을 무척 좋아하고 의지하니까요. 모습은 어떻던가요?"

"불안하고 불행하지만, 아주 아름답소."

"아!"

그것은 길고 비통한 소리였다. 마치 탄식처럼, 거의 흐느낌처럼 들렸다. 그 소리에 로리 씨의 두 눈이 카턴의 얼굴을 살폈다. 그의 얼굴은 난롯불을 향하고 있었다. 마치 바람 불고 화창한 날에 산허리를 훑고 지나가는 변화처럼 빛 혹은 그림자가(노신사는 어느 쪽인지 알지 못했다) 너무나 순식간에 그의 얼굴에 스쳐 지나갔다. 시뻘건 장작개비 하나가 앞으로 굴러 나오자 그는 다시 집어넣기 위해 발을 들었다. 당시에 유행하던 흰색 승마용 코트와 장화 차림이었는데, 그 옅은 표면에 불빛이 비친 탓에 그는 매우 창백해 보였고, 긴 갈색 머리는 전혀 손질되지 않은 채 아무렇게나 흘러내린 모습이었다. 불에 관해선 잊었는지 너무 무심했던지라 로리 씨가 한마디 하지 않을 수 없었다. 시뻘건 장작개비의 뜨거운 잉걸불이 그의 발 무게에 부서질 때까지 여전히 장화로 그것을 밟고 서 있었으니까.

"깜박했습니다." 그가 말했다.

다시 한번 로리 씨의 두 눈이 그의 얼굴을 살폈다. 타고난 잘생긴 용모를 가린 피폐한 기색이 눈에 들어왔다. 죄수들의 표정이 아직 마음속에 생생했던 탓인지 그의 얼굴을 보고 있자니 그들의 표정이 강하게 떠올랐다.

"그래서 이곳에서의 임무는 거의 마무리하신 겁니까?" 카턴이 그에게로 몸을 돌리며 물었다.

"그렇소. 지난밤에 루시가 갑작스레 찾아와서 이야기하다 말았지만, 이곳에서 내가 할 수 있는 일은 드디어 마무리했다오. 그들이 완벽히 안전한지 확인한 다음 파리를 떠나고 싶어서 기다렸지. 내겐 통행증도 있고. 나는 떠날 채비가 되어 있었소."

그들은 둘 다 말이 없었다.

"선생님께는 되돌아볼 긴 삶이 있겠지요?" 카턴이 아쉬운 듯 말했다.

"올해로 일흔여덟이라오."

"평생 쓸모 있는 삶을 사셨겠죠. 한결같이 꾸준하게 일하시고. 신뢰와 존중과 존경을 받으셨겠죠?"

"어른이 된 이후로는 내내 일을 했지. 사실, 아이 티를 벗기도 전에 일을 했다고 말해도 무방하다오."

"일흔여덟에 선생님께서 어떤 자리를 차지하고 계신지 보십시오. 그 자리가 비게 될 때 얼마나 많은 사람들이 그리워할지도!"

"홀로 외로이 살다 간 늙은이일 뿐인걸." 로리 씨가 고개를 저으며 대답했다. "나를 위해 울어줄 사람도 없어."

"어떻게 그런 말씀을 하십니까? 그녀가 선생님을 그리워하며 울지 않는다고요? 그녀의 아이가요?"

"그래, 그렇구려, 하느님께 감사할 일이지. 내가 마음에도 없는 소리를 했어."

"그건 하느님께 감사할 일이겠죠, 그렇지 않은가요?"

"아무렴, 그렇고말고."

"오늘 밤, 선생님께서 외로운 가슴에 대고 진심으로 이렇게 말한다고 생각해보십시오. '나는 어떤 인간으로부터도 사랑과 애정, 감사나 존경을 받은 적이 없어. 어느 누구의 마음에도 애틋하게 자리하지 못해. 누군가에게 기억될 만한 선한 일도, 쓸모 있는 일도 한 적이 없어!'라고요. 그러면 선생님의 일흔여덟 해는 일흔여덟 개의 지독한 저주가 되겠죠, 그렇지 않습니까?"

"그 말이 맞소, 카턴 씨. 그럴 것 같소."

시드니는 다시 불길로 시선을 돌렸고, 잠시 침묵한 뒤 이렇게 말했다.

"여쭙고 싶은 게 있습니다. 선생님은 어린 시절이 까마득하게 느껴지십니까? 어머니의 무릎에 앉았던 그 시절이, 아주 먼 옛날의 일 같습니까?"

그의 부드러워진 태도에 응하여 로리 씨가 대답했다.

"20년 전에는, 그랬지. 이만큼 살고 나서 지금 말하자면, 아니라오. 인생 여정이 원과 같아서 끝을 향해 점점 다가갈수록 시작점에 점점 가까워지거든. 아마도 평온하게 떠날 채비를 시키려는 친절한 섭리겠지. 젊고 예뻤던 우리 어머니(나는 이렇게 늙었는데!)에 관해 오랫동안 잠들어 있던 추억들, 그리고 우리가 세상이라 불렀던 것이 그다지 현실로 다가오지 않고 내 결점들도 아직 굳어지기 전이었던 시절에 관한 많은 기억들, 이제는 그런 것들이 가슴을 뭉클하게 한다오."

"그 기분 이해합니다!" 카턴이 발그레 홍조 띤 얼굴로 외쳤다. "그리고 그 덕분에 예전보다 행복하십니까?"

"그러길 바란다오."

카턴은 여기에서 대화를 끝냈고, 자리에서 일어나 로리 씨가 외투 입는 것을 도와주었다. "하지만 선생은," 로리 씨가 다시 이야기로 돌아가서 말했다. "카턴 씨는 젊잖소."

"예." 카턴이 말했다. "늙지는 않았죠, 하지만 제 젊은 날의 행보가 나이 들기에 적당한 방식은 결코 아니었습니다. 제 얘기는 이만하면 됐습니다."

"내 얘기도 마찬가지라오." 로리 씨가 말했다. "이제 나가실 참이오?"

"그녀의 집 대문까지 모셔다드리겠습니다. 정처 없이 방황하는 제 습성에 대해 잘 아실 겁니다. 혹시 제가 오랫동안 거리를 헤매고 다녀도 괘념치 마십시오. 아침에 다시 나타날 테니까요. 내일 법정에 가십니까?"

"그래요, 안타깝지만."

"저도 갑니다만, 군중 틈에 섞일 생각입니다. 첩자가 자리를 구해놓기로 했습니다. 제 팔을 잡으십시오, 선생님."

로리 씨가 팔을 잡자, 그들은 아래층으로 내려가 거리로 나갔다. 몇 분 지나지 않아 그들은 목적지에 도착했다. 카턴은 그곳에서 그와 헤어졌다. 하지만 조금 떨어진 곳에서 기다렸다가 대문이 닫히자 다시 그곳으로 돌아가 손으로 어루만졌다. 그녀가 날마다 감옥에 간다는 이야기를 들었던 터였다. "그녀는 이곳으로 나왔겠지." 그가 주위를 둘러보며 말했다. "이쪽으로 돌아서 이 돌들을 자주 밟고 다녔겠지. 그녀의 발자취를 따라가보리라."

그가 라 포르스 감옥 앞에 선 때는 밤 10시였다. 그녀가 수백 번 서 있던 자리였다. 키 작은 톱질꾼은 이미 가게 문을 닫고 문가에서 파이프 담배를 피우고 있었다.

"안녕하십니까, 시민 동지." 시드니 카턴이 지나가다 멈추고 말했다. 사내가 궁금한 눈초리로 지켜보았기 때문이었다.

"안녕하세요, 시민 동지."

"공화국 상황은 어떻습니까?"

"기요틴 말씀이구나. 나쁘지 않죠. 오늘이 예순셋이니, 곧 백을 채울걸요. 삼손과 그 수하들은 피곤해 죽겠다고 불평불만이래요. 하하하! 진짜 웃겨, 삼손이라는 인간, 대단한 이발사야!"

"자주 가서 보십니까, 그자가……."

"면도하는 거요? 항상 가죠, 날이면 날마다. 그런 이발사가 있을까! 삼손의 작업을 보신 적 있습니까?"

"없습니다."

"처치할 일감 좋을 때 한번 가서 보세요. 이거 기억해두시고, 시민 동지. 오늘 그자가 예순셋을 면도했는데, 내가 파이프 두 대를 채 못 피웠다니까! 파이프 두 대를! 맹세코 진짜요!"

작은 사내가 사형 집행인의 작업 속도를 어떻게 쟀는지 설명하려고 자신이 피우던 담뱃대를 싱글싱글 웃으면서 내밀었을 때 카턴은 그자를 때려죽이고 싶다는 욕망이 솟구치는 걸 느끼고 발길을 돌렸다.

"그런데 영국인 아니죠?" 톱질꾼이 물었다. "영국인처럼 옷을 입기는 했지만."

"영국인입니다." 카턴이 다시 걸음을 멈추고 어깨 너머로 대답했다.

"프랑스인처럼 말씀하시는데."

"오래전에 이곳에서 공부했습니다."

"아하, 완벽한 프랑스인이시네! 안녕히 가세요, 영국인 선생."

"안녕히 계십시오, 시민 동지."

"그래도 그 웃긴 인간은 꼭 보러 가요." 작은 사내가 등 뒤에서 끈덕지게 외쳤다. "담뱃대도 꼭 챙겨 가시고!"

사내의 시야에서 벗어나고 얼마 지나지 않았을 때, 시드니는 희미한 가로등 아래 길 한복판에 멈춰 서서 종이쪽지에 연필로 무언가를 적었다. 그런 다음, 길을 훤히 기억하고 있는 듯 단호한 발걸음으로 어둡고 더러운—당시 공포 정치 아래에서는 가장 좋은 공공 대로도 제대로 청소가 되지 않았으므로, 여느 때보다 훨씬 더러운—거리 몇 개를 가로지른 뒤, 어느 약방 앞에서 걸음을 멈췄다. 주인이 손수 문을 닫는 중이었다. 작고 칙칙하고 삐뚜름한 사내가 구불구불한 오르막길에서 운영하는, 작고 칙칙하고 삐뚜름한 가게였다.

약방 판매대에서 주인과 마주했을 때 이 시민 동지에게도 안녕하십니까 하고 인사를 건넨 뒤, 그는 종이쪽지를 내밀었다. "후유!" 약제사가 쪽지를 읽으면서 나직이 휘파람 소리를 냈다. "이런! 이런! 이런!"

시드니 카턴이 아무 반응도 보이지 않자 약제사가 말했다.

"본인이 쓰실 겁니까, 시민 동지?"

"그렇습니다."

"따로따로 조심해서 보관하실 거죠, 시민 동지? 같이 섞이면 어떻게 되는지 잘 아시죠?"

"물론입니다."

작은 꾸러미 몇 개가 만들어져 그에게 건네졌다. 그는 재킷 가슴 주머니에 하나씩 하나씩 챙겨 넣은 뒤 돈을 세어 지불하고 침착하게 가게를 나섰다. "더 할 일은 없어." 그는 달을 쳐다보며 말했다. "내일까지는 말이야. 잠들지 못하겠군."

빠르게 흘러가는 구름 아래 이런 말을 툭 내뱉었을 때 그의 태도, 그것은 무심한 태도가 아니었고, 무관심보다는 반항심에 가까운 태도였다. 그것은 지금껏 방황하고 버둥대고 헤매다가, 마침내 자기 길을 찾아서 그 길의 끝을 보게 된, 한 지친 사내의 결연한 태도였다.

오래전, 초창기 경쟁자들 사이에서 장래가 매우 촉망되는 청년으로 유명하던 시절, 그는 아버지의 운구를 따라 장지까지 갔었다. 어머니는 이미 수년 전에 세상을 떠난 터였다. 머리 위로 높이 흘러가는 구름과 달, 컴컴하게 드리운 그림자들, 그 속에서 어둑한 거리를 따라갈 때 아버지의 무덤가에서 낭독되었던 경건한 구절들이 마음속에 떠올랐다. "예수께서 이르시되 나는 부활이요 생명이니 나를 믿는 자는 죽어도 살겠고, 무릇 살아서 나를 믿는 자는 영원히 죽지 아니하리니."

기요틴 칼날이 지배하는 도시에서, 한밤에 홀로, 그날 죽음에 처해진 예순셋과 지금 감옥에서 운명을 기다리고 있을 내일의 희생자들과 그다음 날에도 또 다음 날에도 있을 희생자들을 생각하며 자연스레 슬픔이 솟구치는 가운데, 마치 심해에서 건져 올린 녹슨 배의 닻처럼 그의 가슴속에 왜 이 기도문이 사무치는지 그 생각의 연결 고리를 찾기는 어렵지 않았으리라. 그는 굳이 찾지 않았고, 그저 기도문을 되뇌며 나아갔다.

자신을 둘러싼 공포를 단 몇 시간이라도 조용히 잊은 채 잠을 청할 사람들의 불 켜진 창문들, 성직을 사칭한 사기꾼과 약탈자와 난봉꾼에게 오랜 세월 시달린 결과 대중의 혐오감이 자멸에 이를 정도가 되어 이제는 어떤 기도문도 들려오지 않는 교회의

탑들, 입구에 써놓았듯 '영원한 잠'[102]을 위해 마련된 외딴곳의 묘지들, 넘쳐나는 감옥들, 예순 남짓한 사람들이 죽음을 향해 실려 가는 일이 너무나 평범한 일상사가 된 탓에 기요틴이 그렇게 작업을 해대어도 한을 품은 유령 이야기 하나 대중 사이에 생겨나지 않는 거리들, 이런 것들에 경건한 관심을 품은 채, 그리고 난폭하게 질주하다 밤사이 잠시 멈춰 선 이 도시의 삶과 죽음 전체에 경건한 관심을 품은 채, 시드니 카턴은 센 강을 다시 건너 불빛이 더 밝은 거리로 나갔다.

거리에는 마차가 거의 없었다. 마차를 이용했다가는 의심을 사기 십상인지라, 상류층도 붉은 나이트캡 속에 머리를 숨긴 채 무거운 신발을 신고 터벅터벅 걸어 다녔기 때문이었다. 하지만 극장들은 모두 만석이라 그가 지나갈 때 사람들이 유쾌하게 쏟아져 나와 재잘대며 집으로 향했다. 그중 한 극장 문 앞에 어린 소녀가 엄마와 함께 있었는데, 진흙탕 속에서 길을 건너갈 방법을 찾는 중이었다. 그는 아이를 안아서 건네준 뒤 자신의 목을 안았던 수줍은 팔이 풀리기 전에 입맞춤을 부탁했다.

"예수께서 이르시되 나는 부활이요 생명이니 나를 믿는 자는 죽어도 살겠고, 무릇 살아서 나를 믿는 자는 영원히 죽지 아니하리니."

102 로마 가톨릭교회의 부패와 탐욕에 대한 반발로, 공화정 아래에서는 탈기독교 운동이 진행되었다. 일부는 '연옥, 천국, 지옥'이라는 가톨릭 교리에 반박하여 묘지 입구에 "죽음은 영원한 잠"이라고 표시했다.

이제 거리는 조용했고, 밤은 깊어갔으며, 그 구절은 그의 발치에서, 그리고 공중에서 맴돌았다. 그는 더없이 차분하고 침착했으며, 길을 걸으면서 이따금 그 구절을 되뇌었다. 하지만 귀로는 내내 그 구절을 들었다.

밤이 끝나갔다. 가옥과 성당이 그림처럼 뒤섞인 채 달빛 속에 환히 빛나는 시테섬, 그곳의 강둑에 부딪치는 물소리를 들으면서 그가 다리 위에 서 있을 때, 마치 하늘에서 나타난 시신의 얼굴처럼 아침이 차갑게 밝아왔다. 이어, 달이며 별과 함께 밤이 파리하게 사그라졌고, 잠시 우주 만물은 죽음의 지배하에 넘어간 듯 보였다.

하지만 솟아오르는 찬란한 태양은, 밤의 번뇌였던 그 구절을, 길고 환한 빛으로 보듬어 그의 가슴속에 따뜻하게 내리꽂는 듯했다. 두 눈을 경건하게 가리고 햇살을 바라보자, 그와 태양 사이에 빛의 다리가 허공을 가르며 놓였고, 그 아래에서 강물이 눈부시게 반짝였다.

너무나 빠르고, 너무나 깊고, 너무나 확실한 세찬 물결은 아침의 고요함 속에 유쾌한 벗처럼 느껴졌다. 그는 주택가에서 멀리 떨어진 채 강물을 따라 걸었고, 따뜻한 햇살에 안기어 강둑에서 잠이 들었다. 다시 잠에서 깨어 일어났을 때 그는 잠시 더 그곳에 머물면서 소용돌이 하나가 하릴없이 돌고 돌다가 이윽고 물결에 휩쓸려 바다로 실려 나가는 모습을 지켜보았다. '내 모습 같구나!'

이어 부드러운 낙엽 빛깔의 돛을 단 상선 하나가 그의 시야에 미끄러져 들어왔고, 그의 곁을 지나 서서히 사라져갔다. 상선이 물 위에 남긴 조용한 자국이 사라졌을 때, 그의 마음속에서는 지금까지의 모든 눈먼 잘못과 실수에 대해 자비로운 용서를 구하고자 하는 기도가 터져 나왔고, 이러한 구절로 끝을 맺었다. "나는 부활이고 생명이라."

그가 돌아왔을 때 로리 씨는 이미 나가고 없었다. 선량한 노신사가 어디로 갔는지 추측하기는 쉬웠다. 시드니 카턴은 커피 몇 모금과 빵만 조금 먹고, 심신을 새롭게 하기 위해 몸을 씻고 옷을 갈아입은 다음, 재판 장소로 향했다.

법정은 온통 웅성웅성 소란스러웠다. 그때 검은 양—많은 사람들이 멀찍이 피하는 두려움의 대상—이 군중 속의 구석진 자리로 그를 밀어 넣었다. 로리 씨가 보였고, 마네트 박사도 보였다. 그녀도 아버지 옆에 앉아 있었다.

남편이 불려 들어오자 그녀의 시선이 남편을 향했는데, 너무나 든든하고 고무적이고 감탄 어린 애정과 연민 어린 다정함이 가득하면서도 동시에 그를 위해 너무나 씩씩한 눈빛이었던지라, 그의 얼굴에 건강한 혈색을 불어넣고, 두 눈을 반짝반짝 빛나게 하고, 심장을 힘차게 뛰게 했다. 그녀의 시선이 시드니 카턴에게 어떤 영향을 미쳤는지 지켜보는 눈이 있었다면, 그에게도 똑같은 영향력을 미쳤다는 것을 알았으리라.

그 부당한 재판소에서는 피고에게 합당한 심리를 보장해주는 절차가 거의, 또는 전혀 없었다. 애초에 모든 법과 형식과 양식이 그렇게 극악무도하게 남용되지 않았더라면, 자멸적인 복수심으로 그것들을 산산이 흩날려버리는 혁명 또한 일어나지 않았으리라.

모든 눈이 배심원단을 향했다. 어제와 그저께에도 똑같았고 내일과 모레에도 똑같을, 단호한 애국지사이자 충실한 공화주의자들. 그중에서도 유난히 눈에 띄게 열성적으로 보이는 사내가 있었으니, 뭔가에 굶주린 듯한 표정이나 끊임없이 입가를 맴도는 손가락 등, 그 모습이 관중들에게 크나큰 만족감을 선사했다. 생명에 목말라하고 인육을 탐하는 듯하고 피에 굶주린 배심원, 그는 생탕투안의 자크 삼이었다. 배심원단 전체를 평하자면, 마치 사슴을 재판하기 위해 개 떼를 배심원으로 선정한 듯했다.

이어 모든 눈이 다섯 명의 판사와 검사에게로 향했다. 오늘은 그쪽에서도 호의적인 경향은 전혀 보이지 않았다. 뭔가 사납고 강경하고 살의를 품은 듯 호락호락하지 않은 분위기였다. 다음으로 모든 눈이 군중 속의 다른 눈을 찾았고 서로를 향해 흐뭇하게 번득였다. 그들은 서로를 향해 고개를 끄덕인 뒤 팽팽한 관심 속에 앞을 향했다.

샤를 에브레몽드, 일명 다네이. 어제 석방되었습니다. 어제 다시 기소되어 수감되었습니다. 어젯밤 본인에게 기소장을 전달했습니다. 공화국의 적, 귀족 신분, 폭정을 일삼은 가문 출신, 폐지된 특권을 사용해 민중을 악랄하게 착취하여 법적으로 추방된 일족의 일원으로서 고발되었습니다. 이러한 추방령에 비추어 볼 때 샤를 에브레몽드, 일명 다네이는 법률상 사형이 마땅합니다.

이런 취지로 검사가 몇 마디 혹은 더 적은 말로 진술하였다.

재판장이 물었다. 피고의 고발은 공개적으로 이루어졌습니까, 비공개적입니까?

"공개적입니다, 재판장님."

"고발인이 누구요?"

"세 명입니다. 생탕투안의 포도주 상인, 에르네스트 드파르주."

"좋습니다."

"그의 아내, 테레즈 드파르주."

"좋습니다."

"의사, 알렉상드르 마네트."

법정에 거대한 소요가 일었고, 그 가운데 마네트 박사가 창백하게 몸을 떨며 앉아 있던 자리에서 일어나는 모습이 보였다.

"재판장님, 분연히 이의를 제기하는바 이것은 위조이고 사기입니다. 재판장님께서도 아시다시피 피고는 제 여식의 남편입니다. 제 여식과 저 아이에게 소중한 사람들은 제게 목숨보다도 훨씬 소중합니다. 제가 제 자식의 남편을 고발했다니, 그렇게 말하는 거짓된 음모자는 누구이고 어디에 있습니까!"

"마네트 시민 동지, 진정하시오. 재판소의 권위에 복종하지 않으면 범법 행위로 간주하겠소. 목숨보다 소중한 것으로 말하자면, 훌륭한 시민 동지에게 공화국보다 소중한 것은 없습니다."

이러한 질책에 떠들썩한 환호성이 터져 나왔다. 재판장이 종을 울린 다음, 격앙된 어조로 말을 이었다.

"설령 공화국이 자식을 희생하라고 요구한다 해도, 박사는 자식을 희생하는 게 의무요. 다음에 나올 내용을 들으시오. 그때까지는 입을 다무시오!"

다시 한번 열광적인 환호성이 일었다. 마네트 박사가 자리에 앉았다. 그의 눈이 주위를 살폈고, 입술이 파르르 떨렸다. 딸이 그의 곁에 바싹 다가가 앉았다. 굶주린 표정의 배심원 사내가 양손을 비비더니 으레 그러하듯 손을 입가로 가져갔다.

증언을 해도 될 정도로 법정이 조용해졌을 때 드파르주가 앞으로 나가 박사의 투옥, 자신은 그를 모시던 일개 소년이었다는 것, 박사의 석방, 그가 석방되어 자신에게 맡겨졌을 때의 상태 등에 관해 빠르게 설명했다. 곧바로 짧은 심문이 이어졌다. 법정은 맡은 일을 신속하게 처리했으니까.

"바스티유 탈환 당시 상당히 공헌했죠, 시민 동지?"

"그런 것 같습니다."

이 대목에서, 한 흥분한 여인이 군중 속에서 날카롭게 소리쳤다. "시민 동지는 그곳에 있던 애국지사들 중에서 최고였어요. 왜 그렇게 말하지 않죠? 그날 그곳에서 포병 역할을 했고, 그 빌어먹을 요새가 함락되었을 때 제일 먼저 진입한 사람들 중 한 명이었잖아요. 애국지사 여러분, 제 말은 진실이에요!"

관중들의 뜨거운 환호 속에 이렇듯 진행을 도운 이는 방장스였다. 재판장이 종을 울렸다. 하지만 방장스는 관중의 격려에 흥분하여 "그 종도 나를 막지 못해요!"라고 외쳤고, 이 대목에서 다시금 열렬한 환호를 받았다.

"그날 바스티유 안에서 어떤 일을 했는지 법정에 고하시오, 시민 동지."

"제가 알기로," 드파르주가 아내를 내려다보며 말했다. 그녀는 남편이 올라선 단의 맨 아래에 서서 흔들림 없는 시선으로 그를 올려다보고 있었다. "제가 알기로, 지금 제가 말씀드리고 있는 이 죄수는 북탑 105라고 알려진 감방에 수감되어 있었습니다. 본인에게 직접 들은 이야기입니다. 제 보호 아래 구두를 만들 당시, 그는 자신을 북탑 105라는 이름으로밖에 알지 못했습니다. 그날 대포를 쏘면서, 저는 그곳이 함락되면 그 감방을 조사해보기로 다짐했습니다. 그곳이 무너졌고, 저는 여기 배심원인 시민 동지 한 명과 함께 간수의 안내를 받아 감방으로 올라갔습니다. 그리고 그곳을 매우 꼼꼼히 살펴보았습니다. 굴뚝 속에 돌 하나를 들어냈다가 다시 끼운 구멍이 있었는데, 거기에서 글이 적힌 문서를 발견했습니다. 이것이 그 문서입니다. 저는 마네트 박사의 다른 글을 통해 직접 필체를 살펴보았습니다. 이것은 마네트 박사의 필체가 맞습니다. 마네트 박사의 필체로 적힌 이 문서를 재판장님께 제출합니다."

"낭독해보시오."

죽음 같은 침묵과 정적이 흐르는 가운데—재판 중인 죄수는 아내를 사랑스럽게 바라보고, 아내는 한결같이 그를 바라보다가 이따금 아버지를 염려스럽게 쳐다보고, 마네트 박사는 낭독자를 뚫어지게 쳐다보고, 드파르주 부인은 죄수에게서 눈을 떼지 않고, 드파르주는 만끽 중인 아내에게서 눈을 떼지 않고, 나머지 군중의 눈은 그들 중 누구도 쳐다보지 않는 박사에게 쏠린 가운데—다음과 같이 문서가 낭독되었다.

10장

그림자의 실체

나, 알렉상드르 마네트, 이 불행한 의사는 보베에서 태어나 이후 파리에서 거주했으며, 1767년 마지막 달에 바스티유의 비통한 감방에서 이 서글픈 글을 쓴다. 나는 더없이 어려운 상황에서 틈틈이 눈을 피해 글을 남긴다. 이 글을 굴뚝 벽에 숨길 생각으로, 그간 더디지만 힘들여 그곳에 은닉 장소를 마련해두었다. 나와 내 슬픔이 먼지가 되었을 때 누군가의 연민 어린 손길이 그곳에서 이것을 찾아낼지도 모르리라.

나는 감금 생활 10년째 되는 해의 마지막 달에, 굴뚝의 숯과 검댕을 긁어모아 피를 섞은 다음, 녹슨 쇳조각의 끝으로 어렵사리 이 글을 쓴다. 희망은 이미 가슴에서 사라졌다. 나 자신에게서 감지한 끔찍한 경고로 보건대 내가 정신을 온전히 지킬 수 있는 날도 얼마 남지 않았다. 하지만 지금 이 순간에는 온전히 제정신이라는 것, 내 기억이 정확하고 세밀하다는 것, 앞으로 사람들이 이 글을 읽게 되든 아니든 내가 이 마지막 기록에 대해 최후의 심판 자리에서 답하는 것처럼 오직 진실만을 쓴다는 것을 엄숙히 선언한다.

1757년 12월 셋째 주의 어느 흐린 달밤(아마도 그달 22일), 나는 상쾌한 찬 공기를 쐬기 위해 의과 대학 거리의 자택에서 한 시간 거리에 있는 센 강 부둣가의 한적한 길을 걷고 있었다. 그때 마차 한 대가 뒤쪽에서 다가왔는데, 속도가 매우 빨랐다. 까딱하다가는 치일까 싶어 마차가 지나가도록 옆으로 비켜서는데, 머리 하나가 창밖으로 나오더니 마부에게 멈추라고 명령하는 목소리가 들렸다.

마부가 고삐를 당겨 가까스로 말들을 세우자 곧바로 마차가 멈췄고, 똑같은 목소리가 내 이름을 불렀다. 나는 대답했다. 당시 마차가 나보다 한참 앞에 있었기 때문에 내가 다가가기 전에 벌써 신사 두 명이 문을 열고 내린 터였다.

두 사람 다 외투로 몸을 감쌌고 정체를 숨기려는 듯했다. 그들이 마차 문 가까이 나란히 섰을 때 나는 그들이 내 나이 또래거나 약간 젊으며, 키, 태도, 목소리, 그리고 (내 눈에 보이는 한) 얼굴까지 굉장히 닮았다고 느꼈다.

"마네트 박사 되시오?" 한 명이 말했다.

"그렇습니다."

"보베 출신," 다른 한 명이 말했다. "젊은 내과의, 원래는 외과 전문의, 최근 한두 해 사이 파리에서 명성이 자자하다는 그 마네트 박사?"

"나리들," 내가 대답했다. "그토록 후하게 말씀해주시는 마네트 박사가 맞습니다."

"자택에 들렀다 오는 길이오." 첫 번째 남자가 말했다. "유감스럽게도 그곳에 안 계시더군. 아마 이쪽으로 산책 중이실 거란 얘기를 듣고, 따라잡을 수 있지 않을까 싶어 와봤습니다. 마차에 타주시겠소?"

둘은 태도가 거만했고, 이 말을 하면서 걸음을 옮겨 나를 그들과 마차 문 사이에 서도록 했다. 그들에겐 무기가 있었다. 나는 아니었다.

"나리들," 내가 말했다. "죄송하지만, 저는 도움을 청하시는 분이 누구인지, 그리고 제가 가서 만날 환자의 증상이 어떠한지 보통은 먼저 여쭙습니다."

이 말에 대한 대답은 두 번째 남자가 했다. "선생, 당신의 의뢰인은 신분이 높은 사람이오. 환자의 증상으로 말하자면, 선생의 실력을 믿고 있으니 아마도 우리가 설명하는 것보다 직접 확인하시는 편이 나을 거라 생각합니다. 자, 그만하고, 이제 마차에 타주시겠소?"

지시에 따르는 것 외에는 달리 방도가 없었기에 나는 말없이 마차에 올랐다. 두 사람도 나를 따라 마차에 올랐다. 마지막으로 오른 이는 디딤대를 접은 뒤 뛰어오르듯 올라탔다. 마차가 방향을 돌렸고, 이어 아까와 같은 속도로 질주했다.

나는 오고 간 대화를 있는 그대로 정확히 옮긴다. 단어 하나하나 완전히 똑같다고 확신한다. 이 일을 하는 동안 정신이 흐트러지지 않도록 다잡으면서 모든 일을 일어난 그대로 똑같이 기술한다. 다음처럼 끊김 표시가 있는 곳은 내가 당분간 쓰는 일을 중단하고 은닉 장소에 글을 보관하겠다는 의미이다. ×××

마차는 거리들을 뒤로하고 북쪽 관문을 지난 뒤, 이어 시골길로 들어섰다. 관문으로부터 반 리그 되는 지점에서—나는 당시에는 거리를 측정하지 않았고 나중에 돌아올 때 쟀다—마차가 큰길에서 벗어나더니 이내 어느 외딴 저택 앞에서 멈추었다. 우리 셋은 모두 마차에서 내렸고, 방치된 분수가 흘러넘친 탓에 축축하고 물컹해진 정원의 보도를 따라 저택 현관으로 걸어갔다. 종을 울려도 즉각 문이 열리지 않자, 나를 이끌고 간 두 남자 중 한 명이 문을 연 사내의 얼굴을 묵직한 승마용 장갑으로 휘갈겼다.

이러한 행동에서 특별히 내 관심을 끄는 점은 없었다. 나는 하층민이 개보다도 흔히 두들겨 맞는 장면을 익히 봐왔으니까. 하지만 두 사람 중 나머지 한 명이 역시 화가 나서 같은 식으로 사내를 팔로 내리쳤는데, 형제의 생김새나 태도가 너무나 똑같았던지라 나는 그때 처음으로 그들이 쌍둥이라는 사실을 깨달았다.

앞서 저택 대문에서 내린 순간부터(대문은 잠겨 있었고, 형제 중 한 명이 문을 열어 우리를 들여보낸 뒤 다시 잠갔다), 나는 위층의 어느 방에서 비명이 흘러나오는 것을 들었다. 나는 곧장 그 방으로 안내되었고, 우리가 계단을 올라갈수록 비명은 더욱 커졌으며, 이어 침대에 누워 있는 고열의 뇌막염 환자가 눈에 들어왔다.

환자는 매우 아름답고 젊은 여인이었다. 분명 스물을 넘긴 지 얼마 되지 않은 듯했다. 머리카락이 온통 쥐어뜯긴 채 헝클어져 있었고, 양팔은 끈과 손수건으로 옆구리에 묶여 있었다. 그녀를 결박한 끈들이 모두 신사의 옷가지 일부라는 게 눈에 들어왔다. 그중 하나는 가두리 장식이 있는 예복용 스카프였는데, 귀족 가문의 문장과 'E'라는 글자가 새겨져 있었다.

내가 이 글자를 본 것은 환자를 살펴보고 얼마 되지 않아서였다. 그녀가 끊임없이 몸부림치다 침대 끄트머리에서 얼굴을 대고 엎드린 채 스카프 끝자락을 입에 넣어 거의 질식할 지경이 되었기 때문이었다. 내가 제일 먼저 한 행동은 손을 내밀어 그녀의 호흡을 도운 것이었다. 그리고 스카프를 치우는 과정에서 구석에 수놓은 자수가 눈에 띄었다.

나는 조심스레 환자를 똑바로 누이고, 그녀의 가슴에 양손을 얹어 진정시킨 다음 얼굴을 자세히 들여다보았다. 그녀는 눈동자가 팽창되어 있었고, 날카로운 비명을 끊임없이 질러댔으며, "우리 남편, 우리 아버지, 우리 오라비"라는 말을 되풀이한 다음 열둘까지 세고는 "쉿!" 하고 말했다. 그러고는 잠깐, 딱 그만큼만 비명을 멈추고 귀를 기울이더니, 이어 날카로운 비명이 다시 시작되고, "우리 남편, 우리 아버지, 우리 오라비!"라는 절규가 되풀이된 다음 열둘까지 세고 "쉿!" 하는 식이었다. 순서에서나 방식에서나 아무 변화가 없었다. 규칙적으로 잠깐 멈출 때를 제외하면, 중단되는 법도 없이 이런 소리를 내질렀다.

"얼마나 오래됐습니까?" 내가 물었다. "이런 상태가?"

형제를 구별하기 위해 그들을 형과 동생이라고 부르겠다. 그 중 형은 권위가 더 높아 보였던 이를 이른다. 대답한 이는 형이었다. "지난밤 이맘때부터였소."

"저 여인에게 남편, 아버지, 오라비가 있습니까?"

"오라비가 있소."

"얘기 나누시는 분이 혹시 오라비 되십니까?"

그는 몹시 경멸하듯 대답했다. "아니오."

"저 여인이 최근에 열둘이라는 숫자와 관련된 일을 겪었습니까?"

동생 쪽이 참다못해 끼어들었다. "12시랑 관련됐겠지!"

"이보시오, 나리들." 내가 여전히 그녀의 가슴에 양손을 얹고 말했다. "이런 식으로 저를 데려왔으니, 아무짝에도 쓸모가 없잖습니까! 환자 상태가 이런 줄 진작 알았다면, 미리 준비를 해서 왔을 겁니다. 상황이 이러하니 시간만 허비하겠군요. 이렇게 외진 곳에서는 약을 구할 길도 없으니."

형이 동생을 쳐다보자 그가 거만하게 말했다. "이곳에 약상자가 있소." 그러고는 벽장에서 약상자를 꺼내 탁자에 올려놓았다.
×××

나는 약병 몇 개를 열어 냄새를 맡아본 뒤 병마개를 입술에 대어보았다. 그 자체로 독약이라 할 수 있는 마약성 진정제 외에 내가 다른 약을 쓸 생각이었다면, 그중 어떤 것도 쓰지 않았을 것이다.

"이것들의 효능을 의심하시오?" 동생이 물었다.

"아니, 됐습니다. 이 약들을 쓸 겁니다." 나는 이렇게 대답하고 더는 말하지 않았다.

나는 어렵사리 여러 번 시도한 끝에, 환자에게 적정량을 삼키도록 했다. 그러고는 잠시 후에 이 과정을 반복할 생각이었고, 또한 약의 효과를 지켜봐야 했기에 침대 옆에 자리를 잡고 앉았다. 소심하고 주눅 들어 보이는 한 아낙네(아래층 사내의 아내)가 시중을 들다가 구석 자리로 물러나 있었다. 저택은 습하고 낡았으며, 가구도 엉성하게 비치되어 있었다. 분명 최근에 사람이 들어와 임시로 사용하는 듯했다. 창문에는 비명 소리를 죽이기 위해 두툼하고 낡은 커튼이 못으로 박혀 있었다. "우리 남편, 우리 아버지, 우리 오라비!"라고 외친 뒤 열둘까지 세고 "쉿!" 하는 식으로, 비명은 규칙적으로 계속 이어졌다. 환자의 착란 상태가 너무 격하여 나는 양팔을 결박한 끈을 풀지 않고 놔두었다. 하지만 결박당한 곳이 아프지 않도록 미리 살펴봐두었다. 미미하게나마 희망이라 할 것은 내가 가슴에 손을 올리면 진정이 되는지 한 번에 몇 분간은 발작을 멈춘다는 점이었다. 하지만 비명에는 아무런 효과가 없었다. 어떤 시계추도 그녀보다 규칙적이지는 못했다.

(생각하기로) 내 손이 이 정도로나마 효과를 발휘했기에, 나는 두 형제가 줄곧 지켜보는 가운데 반 시간 남짓 침대 곁을 지켰다. 그때 형이 말했다.

"환자가 한 명 더 있소."

나는 깜짝 놀라 물었다. "위급한 환자입니까?"

"직접 보는 게 좋을 거요." 그는 무심하게 대답하고는 등불을 집어 들었다. ×××

환자는 두 번째 계단 건너편의 뒷방에 누워 있었다. 마구간 위의 다락처럼 생긴 방이었다. 일부에는 회반죽이 칠해진 낮은 천장이 있고, 나머지 공간은 기와지붕의 용마루까지 트여 있었으며, 들보가 가로지르는 구조였다. 건초와 밀짚, 땔감용 장작, 모래에 파묻은 사과 더미가 그곳에 보관되어 있었다. 반대편으로 가려면 이곳을 지나야 했다. 내 기억은 상세하고 확실하다. 나는 이처럼 세세한 기억에 도전하고 있으며, 감금 생활 10년째가 저물어가는 지금, 바스티유의 내 감방에서, 그날 밤 보았던 모든 것을 생생히 그대로 보고 있다.

바닥에 깔린 건초 위에, 머리 아래 쿠션이 아무렇게나 받쳐진 채로, 잘생긴 소작농 소년이 누워 있었다. 이를 악다물고, 오른손을 가슴 위에 꽉 쥐고, 이글거리는 두 눈으로 위를 응시한 채 똑바로 누운 모습이었다. 소년 옆에 한쪽 무릎을 대고 앉았을 때 상처 부위가 어디인지 보이지 않았다. 하지만 그가 뭔가 날카로운 것에 찔린 상처로 죽어가고 있다는 점은 분명했다.

"나는 의사란다, 안타깝구나." 내가 말했다. "좀 살펴봐도 되겠니?"

"그러고 싶지 않아요." 소년이 대답했다. "그냥 놔두세요."

상처는 그의 손 밑에 있었다. 나는 소년을 달래어 손을 들어 치웠다. 상처는 칼에 찔린 것으로, 스물 내지 스물네 시간 전에 생긴 듯했다. 그러나 설령 지체 없이 치료에 들어갔다 해도 살릴 방도는 없었을 것이다. 당시 그는 빠르게 죽어가고 있었다. 내가 형을 쳐다보았을 때 그는 생명이 빠져나가고 있는 이 잘생긴 소년을 내려다보고 있었는데, 마치 자신과 같은 인간이 아니라 상처 입은 새나 산토끼, 또는 집토끼를 대하는 태도였다.

"어쩌다 이렇게 된 겁니까?" 내가 물었다.

"천한 놈이 미쳐 날뛴 거지! 농노 주제에! 내 아우더러 기어이 칼을 뽑게 하더니 그 칼에 쓰러졌소, 신사라도 되는 것처럼."

이 대답 속에는 그 어떤 연민이나 슬픔, 또는 인간애도 깃들어 있지 않았다. 그저 신분이 천한 놈이 그곳에서 죽어가고 있다는 불편함, 그리고 버러지면 버러지답게 평소의 미천한 일상 속에서 뒈지면 좋았을 거라는 생각만이 드러나고 있는 듯했다. 그에게는 소년에 대해, 또는 소년의 운명에 대해 측은한 마음을 품을 능력이 전혀 없었다.

그가 이 말을 할 때 소년의 눈이 천천히 그 쪽을 향했다가 이제는 천천히 내 쪽을 향했다.

"선생님, 저자들, 저 귀족들은 자존심이 매우 강해요. 하지만 우리 같은 천한 것들도 자존심이 있어요, 가끔은요. 저자들은 우리를 약탈하고, 짓밟고, 구타하고, 죽여요. 하지만 우리에게도 작은 자존심이 남아 있어요, 가끔은요. 저 여인, 저 여인을 보셨나요, 선생님?"

거리가 떨어져 약하게 들리긴 했지만, 그곳에서도 비명과 절규가 들렸다. 소년은 마치 그녀가 우리 곁에 누워 있는 것처럼 소리를 가리켰다.

내가 말했다. "보았단다."

"우리 누이예요, 선생님. 저자들, 저 귀족들은요, 오래전부터 우리 누이들의 정조와 순결에 대해 남부끄러운 권리를 누려왔어요. 하지만 우리 중에도 정숙한 여인들이 있어요. 저도 알고요, 저희 아버지도 그렇게 말씀하셨어요. 제 누이는 정숙한 여자였어요. 저자의 소작인이었던 선량한 청년과 결혼도 약속했었죠. 우리는 모두 저자의—저기 서 있는 남자의—소작인이었어요. 다른 한 명은 저자의 동생인데, 타락한 가문에서 최악의 인간이죠."

소년은 이 말을 하기 위해 육신의 힘을 가까스로 짜냈지만, 그의 영혼은 무시무시하게 강한 어조로 말했다.

"우리 천한 것들이 저 귀하신 존재들한테 하나같이 착취당하는 것처럼, 우리는 저기 서 있는 남자에게 그렇게 착취당했어요. 인정사정없이 세금을 뜯기고, 임금도 없이 노동력을 바치고, 저 자의 방앗간에서 우리 곡식을 갈고, 우리 자신은 평생 새 한 마리 키우지 못하는데 우리가 키우는 보잘것없는 작물로 저자가 키우는 수십 마리 새들을 먹여야 했어요.[103] 얼마나 약탈과 착취에 시달렸던지 어쩌다가 고기 한 점이라도 생기면 저자 부하들한테 들켜서 뺏길까 봐 문을 닫아걸고 덧문까지 내린 채 두려움에 떨면서 먹었어요. 빌어먹을, 우리는 너무 착취당하고 쫓기고 가난해져서 아버지는 저희더러 이렇게 말씀하셨어요. 아이를 세상에 내놓는 게 끔찍하다고, 차라리 우리 여인들이 불임이 되어서 비참한 우리 일족의 씨앗이 말라버리게 해주십사 간절히 기도해야 한다고요!"

나는 억압에 대한 자각이 불길처럼 솟구치는 광경을 그때까지 본 적이 없었다. 그런 자각이 민중 속 어딘가에 잠재되어 있으리란 생각은 막연히 했었지만, 그것이 실제로 터져 나오는 광경을 본 건 이 죽어가는 소년에게서가 처음이었다.

"그럼에도, 선생님, 누이는 결혼을 했어요. 당시 약혼자는 불쌍하게도 병을 앓았고, 누이는 사랑하는 남자와 결혼해서 우리 오두막에서—저 남자의 표현에 따르면 우리 개집에서—그를 돌보고 보살필 생각이었어요. 그런데 결혼하고 몇 주 지나지도 않

103 귀족들이 키우는 새는 대개 사냥을 위해 영지에서 키우던 비둘기 종류를 말한다. 소작인들은 새가 씨앗이나 곡식을 먹어도 쫓아낼 수 없었다.

았을 때, 저자 동생이 누이를 보고 연심을 품고는 저자에게 누이를 빌려달라고 했어요. 우리 같은 것한테 남편이 있은들 무슨 대수겠습니까! 저자는 기꺼이 빌려주겠다고 했지만, 누이는 선량하고 정숙했을뿐더러 저 못지않게 저자 동생을 지독하게 싫어했어요. 그러자 어떻게든 힘을 써서 누이의 마음을 돌려놓으라면서 저 두 사람이 매형을 설득하기 위해 무슨 짓을 했을까요?"

그때까지 내게 고정되어 있던 소년의 눈이 천천히 구경꾼에게 옮겨 갔고, 나는 두 사람의 얼굴에서 소년이 들려준 모든 말이 진실임을 보았다. 서로 다른 두 종류의 자존심이 팽팽히 맞서던 광경이 이곳 바스티유에서조차 눈앞에 선하다. 신사의 경우에는 오로지 냉담한 무관심, 소작농의 경우에는 오로지 짓밟힌 감정과 불타는 복수심이었다.

"아시겠지만, 선생님, 저런 귀족들한테는 우리 천한 것들을 수레에 묶어 말처럼 몰아도 되는 권리가 있어요. 그래서 저자들은 매형을 수레에 묶고 몰았어요. 그리고 아시겠지만, 저자들한테는 우리를 밤새 영지에 붙잡아두고 그 귀하신 수면이 방해받지 않도록 개구리들을 조용히 시키게 만들 권리가 있어요. 저자들은 밤이면 건강에 나쁜 안개 속에 매형을 불러내고, 낮이면 다시 수레를 몰도록 명령했어요. 그래도 매형은 설득에 넘어가지 않았어요. 절대로! 어느 날 정오에 요기를 위해—먹을 거나 있을 때 말이지만—묶여 있던 마구에서 풀려났을 때 매형은 종이 울릴 때마다 한 번씩, 그렇게 열두 번을 흐느끼곤, 누나 품에서 숨을 거됐어요."

지금까지 겪었던 부당한 처사에 대해 말하겠다는 굳은 의지 외에 그 어떤 인간적인 것도 소년의 생명을 붙들어두지 못했을 것이다. 꽉 쥔 오른손을 기어코 풀지 않고 상처를 가린 채, 그는 모여드는 죽음의 그림자를 내치고 있었다.

"그런 뒤, 저자의 허락과 심지어 도움 속에, 저자 동생이 누이를 데려갔어요. 제가 아는 한 누이는 틀림없이 저자 동생에게 이야기를 했을 텐데 말이에요. 누이가 어떤 이야기를 했는지, 그건 오래지 않아 알게 되실 거예요, 선생님, 이미 알고 계신 게 아니라면요. 그렇게 잠시의 쾌락과 유흥을 위해 저자 동생은 누이를 데려갔어요. 저는 누이가 길 위로 지나가는 걸 봤어요. 제가 그 소식을 집에 알렸을 때 아버지는 심장이 터졌어요. 그 속에 가득 차 있던 말들을 한마디도 못 한 채요. 저는 어린 누이를(제게는 누이가 한 명 더 있거든요) 저자의 손길이 미치지 못하는 곳으로, 최소한 저자의 노예가 되지 않을 곳으로 데려다 놓았어요. 그런 다음 저자 동생을 뒤쫓아 여기로 와서 지난밤 담을 기어올랐어요. 천한 놈이지만 손에 칼을 들고요. 다락방 창문이 어디 있죠? 여기 어딘가에 있었는데?"

그의 눈앞에서 방이 어두워지고 있었다. 그를 둘러싼 세상이 점점 좁아지고 있었다. 내가 주변을 둘러보니, 그곳에서 몸싸움이라도 있었던 듯 건초와 밀짚이 바닥에 짓밟혀 있었다.

"누이가 제 소리를 듣고 달려왔어요. 저는 그자를 죽일 때까지 우리 근처에 오지 말라고 일렀어요. 그자가 들어오더니 처음에는 돈 몇 닢을 던져주더군요. 다음에는 채찍으로 저를 내리쳤어요. 하지만 저는, 비록 천한 놈이지만, 그자를 제대로 공격하여 칼을 뽑게 만들었어요. 제 천한 피로 칼을 더럽히게 해서 나중에 산산이 부수도록 만들어줄 셈이었어요. 그자는 자기를 방어하기 위해 칼을 뽑았어요. 자기 목숨을 지키기 위해 온갖 기술을 동원해서 저를 찔렀어요."

조금 전에 나는 부서진 칼 조각들이 건초 위에 나뒹구는 것을 본 터였다. 그건 신사의 무기였다. 또 다른 곳에 병사의 것으로 보이는 낡은 칼 한 자루가 놓여 있었다.

"이제 저를 일으켜주세요, 선생님. 저를 좀 일으켜주세요. 그자는 어디 있죠?"

"여기에 없단다." 내가 소년을 부축하며 대답했다. 아마도 동생 쪽을 가리키는 모양이었다.

"그자! 이 귀족들은 그렇게 자존심은 강하면서, 그자는 저를 보는 걸 두려워해요. 여기에 있던 남자는 어디 있죠? 제 얼굴을 그쪽으로 돌려주세요."

나는 소년의 머리를 내 무릎으로 받치고 그렇게 했다. 하지만 소년은 순간적으로 비범한 힘을 부여받았는지 완전히 몸을 일으켰다. 나 역시 일어나지 않을 수 없었다. 안 그랬다간 소년을 계속 부축하지 못했을 테니까.

"후작." 소년이 눈을 부릅뜨고 오른손을 쳐든 채 그를 향해 말했다. "언젠가 이 모든 것에 대해 책임질 날이 오면, 나는 당신과 당신 가족을, 타락한 일족의 마지막 한 명까지 소환하여 책임을 묻겠다. 그렇게 한다는 표시로 이 피의 십자가를 당신에게 남긴다. 언젠가 이 모든 것에 대해 책임질 날이 오면, 나는 당신 동생을, 타락한 일족 중에서도 최악의 인간을 소환하여 따로 책임을 묻겠다. 그렇게 한다는 표시로 이 피의 십자가를 그자에게 남긴다."

두 차례, 소년은 가슴의 상처에 손을 대었다가 검지로 허공에 십자가를 그렸다. 소년은 손가락을 든 채 잠시 서 있었고, 이어 손가락이 떨어지면서 그도 함께 쓰러졌다. 나는 죽은 소년을 뉘었다. ×××

내가 젊은 여인의 병상으로 돌아왔을 때 그녀는 정확히 똑같은 순서대로 절규하고 있었다. 그 증상이 이후로도 상당 시간 지속될 것이고, 결국에는 무덤의 침묵 속에서야 끝날 것임을 나는 알고 있었다.

나는 앞서 주었던 약을 다시 투여했고, 밤이 꽤 깊어질 때까지 침대 곁을 지켰다. 귀청을 찢을 듯한 비명이 잦아드는 일도, 발음의 정확성이나 단어의 순서가 뒤섞이는 일도 없었다. 언제나 다음과 같았다. "우리 남편, 우리 아버지, 우리 오라비! 하나, 둘, 셋, 넷, 다섯, 여섯, 일곱, 여덟, 아홉, 열, 열하나, 열둘. 쉿!"

이 증상은 내가 그녀를 처음 보았던 때부터 스물여섯 시간 계속되었다. 나는 그사이 두어 차례 자리를 비웠다가 돌아왔다. 그녀가 말을 더듬기 시작한 건 내가 다시 그녀의 곁에 앉아 있을 때였다. 나는 기회를 놓치지 않고 미미하게나마 할 수 있는 조치들을 취했고, 그녀는 차츰차츰 기면 상태에 빠져 죽은 듯 누워 있었다.

마치 길고 사나운 폭풍이 몰아친 뒤 마침내 비바람이 잦아드는 것 같았다. 나는 그녀의 양팔을 풀어준 뒤 아낙네에게 나를 도와 그녀의 모습을 단정히 하고 찢긴 옷매무새를 매만지도록 했다. 그녀의 몸 상태가 임신 초기임을 안 건 그때였다. 내가 그녀에게 걸었던 작은 희망을 버린 것도 그때였다.

"죽은 거요?" 후작이 말에서 내려 장화를 신은 채 방으로 들어서며 물었다. 나는 그를 계속 형이라고 지칭하겠다.

"아직 아닙니다." 내가 말했다. "하지만 곧 죽을 것 같군요."

"천한 몸뚱이에 무슨 힘이 이렇게들 있는지!" 그가 신기하다는 듯 그녀를 내려다보며 말했다.

"비범한 힘이 있죠." 내가 대답했다. "슬픔과 절망에는."

그는 내 말을 듣고 처음에는 웃었다가, 이어 인상을 찌푸렸다. 그는 발로 의자를 밀어 내 근처로 옮기더니, 아낙네에게 물러나 있으라고 명한 뒤 나직한 목소리로 말했다.

"선생, 동생이 시골뜨기들과 이런 곤경에 엮인 것을 알고 내가 선생의 도움을 청하자고 권했소. 선생은 평판도 높고 입신출세를 앞둔 젊은 사람이니, 자신에게 무엇이 이득이 되는지도 잘 아실 거요. 선생이 이곳에서 본 것 말이오, 눈으로 보되 입에 담아서는 안 됩니다."

나는 환자의 숨소리에 귀 기울이면서 대답을 회피했다.

"내 말에 답을 해주겠소, 선생?"

"나리." 내가 말했다. "직업상 환자와 주고받은 대화는 항상 비밀로 유지됩니다." 나는 신중하게 대답했다. 그곳에서 보고 들은 것으로 인해 마음이 심란했기 때문이었다.

그녀의 숨소리를 따라가기가 너무 힘들어져서 맥박과 심장 박동을 조심스레 짚어보았다. 아직 생명이 있었지만, 딱 거기까지였다. 다시 자리에 앉으면서 주위를 둘러봤을 때 두 형제가 나를 뚫어지게 응시하고 있었다. ×××

글쓰기가 너무 힘들고, 추위가 너무 혹독하고, 혹시 발각되어 칠흑처럼 깜깜한 지하 감방에 수감될까 너무 두렵기 때문에 이야기를 짧게 줄여야겠다. 내 기억력에는 어떤 혼란이나 감퇴도 없다. 나와 그 형제 사이에 어떤 대화가 오갔는지 단어 하나하나 그대로 되살려 세세히 묘사할 수 있다.

그녀는 일주일을 더 버텼다. 마지막에 이르렀을 때 그녀의 입술에 귀를 가까이 대자 내게 하는 말을 몇 마디 알아들을 수 있었다. 여기가 어디냐고 물어서 그녀에게 대답해줬다. 내가 누구냐고 물어서 그녀에게 대답해줬다. 그녀에게 어느 집안 출신인지 물었지만 소용없었다. 그녀는 베개 위의 머리를 힘없이 저을 뿐 소년과 마찬가지로 비밀을 지켰다.

그녀가 급속히 쇠약해져 하루를 넘기지 못할 것 같다고 형제에게 말하기 전까지 나는 그녀에게 어떤 질문도 던질 기회가 없었다. 그녀는 아낙네와 나 외에 다른 사람의 존재를 의식하지 못했지만, 그때까지는 내가 그곳에 있으면 언제나 형제 중 한 사람이 빈틈없이 침대 머리맡의 커튼 뒤에 앉아 있었다. 하지만 그 순간이 되자, 그들은 내가 그녀와 어떤 대화를 나누건 관심이 없어 보였다. 마치—그때 내 마음속에 스친 생각처럼—나 역시 죽어가고 있다는 듯.

동생 쪽(그렇게 지칭하겠다)이 일개 소작농과 결투를 했다는 사실, 그것도 그 소작농이 소년에 불과했다는 사실 때문에 형제의 자존심이 심하게 상했다는 것은 내내 알고 있었다. 그들이 마음 쓰는 것처럼 보였던 유일한 점은 이것이 가문의 품격을 심각하게 훼손하는 일이자 어처구니없는 일이라는 생각이었다. 동생과 눈이 마주칠 때마다 그의 눈빛은 내가 소년에게 들어 알고 있는 이야기 때문에 나를 몹시 싫어한다는 것을 일깨워주었다. 나를 대하는 태도는 형보다 동생 쪽이 더 사근사근하고 정중했지만, 그래도 나는 알고 있었다. 형 쪽 역시 마음속으로 나를 찜찜하게 여긴다는 것도 알고 있었다.

나의 환자는 자정을 두 시간 앞두고 숨을 거뒀다. 내 시계에 따르면, 그녀를 처음 봤던 시간과 거의 일치했다. 그 쓸쓸하고 젊은 머리가 한쪽으로 스르르 떨어지고, 그녀가 지상에서 겪었던 모든 부당함과 슬픔이 끝나던 순간, 나는 그녀와 단둘이 있었다.

형제는 아래층 방에서 기다리고 있었는데, 한시라도 빨리 떠나고 싶은 눈치였다. 내가 홀로 병상을 지키고 있을 때 그들이 승마용 채찍으로 장화를 갈기면서 이리저리 오가는 소리가 들렸었다.

"드디어 죽었소?" 내가 방에 들어서자 형이 말했다.

"죽었습니다." 내가 말했다.

"축하한다, 아우야." 이것이 그가 돌아서며 했던 말이었다.

그는 앞서 내게 사례를 하겠다고 했지만, 나는 받기를 미루고 있었다. 이제 그가 둘둘 말린 금전 뭉치를 내밀었다. 나는 그의 손에서 돈을 받아 들기는 했지만, 그것을 탁자 위에 내려놓았다. 이 문제에 대해 고심한 끝에 아무것도 받지 않기로 마음을 굳힌 터였다.

"양해해주십시오." 내가 말했다. "상황이 상황인지라, 사양하겠습니다."

형제는 서로 눈빛을 교환했지만, 내가 그들에게 고개를 숙이자 그들도 내게 고개를 숙였고, 우리는 서로 아무 말 없이 헤어졌다. ×××

지치고, 지치고, 지쳤다. 고통이 나를 갉아먹는다. 이 앙상한 손으로 쓴 글을 읽을 수조차 없다.

이른 아침, 금전 뭉치가 담긴 작은 상자가 문간에 놓여 있었다. 상자 겉에는 내 이름이 적혀 있었다. 처음부터 나는 어떻게 해야 할지 심각하게 고민했던 바였다. 그날, 나는 장관에게 은밀히 편지를 써서 내가 불려 갔던 곳의 두 환자가 어떤 경우였는지,

그리고 내가 다녀온 곳이 어디였는지 밝히기로 마음먹었다. 사실상 모든 상황을 밝히기로 한 것이다. 나는 궁정의 영향력이 어떠한지, 귀족들이 누리는 면책 특권이 어떠한지 잘 알았고, 이 사안이 다루어지지 않을지도 모른다는 것 역시 예상했다. 그럼에도 마음의 무거운 짐을 덜고 싶었다. 나는 이 사안을 철저히 비밀에 부쳤고, 심지어 아내에게조차 말하지 않았다. 이런 사실 역시 편지에 명시하기로 마음먹었다. 내게 실제로 어떤 위험이 닥칠지는 전혀 걱정되지 않았지만, 혹시라도 내가 알고 있는 정보를 다른 이가 알게 되는 불상사가 생기면 그들이 위험에 처할지 모른다는 점을 자각했기 때문이었다.

그날은 일이 바빠서 밤까지 편지를 완성하지 못했다. 나는 편지를 끝내기 위해 다음 날 아침 평소보다 훨씬 일찍 일어났다. 그날은 한 해의 마지막 날이었다. 편지를 막 완성하여 내 앞에 놓았을 때, 어떤 숙녀가 나를 보기를 청하면서 기다리고 있다는 말을 들었다. ×××

나 자신에게 부여한 이 임무가 점점 더 버거워져간다. 너무 춥고, 너무 어둡다. 감각은 너무 무뎌졌고, 나를 덮친 암울함이 너무 두렵다.

숙녀는 젊고 매력적이고 아름다웠지만, 긴 삶을 누릴 것 같지는 않았다. 그녀는 몹시 동요한 상태였다. 내게 자신을 생 에브레몽드 후작의 아내라고 소개했다. 나는 소년이 형 쪽을 지칭할 때 썼던 작위와 스카프에 수놓아져 있던 머리글자를 연관시켰고,

그 귀족이 얼마 전에 내가 만났던 사람이라는 결론에 어렵잖게 도달했다.

내 기억은 여전히 정확하지만, 우리가 주고받은 대화를 세세히 옮기지는 못하겠다. 예전보다 나에 대한 감시가 심해진 느낌인 데다 감시가 언제 이루어지는지 알 길이 없기 때문이다. 그녀는 이 잔인한 사건에 남편이 가담했다는 것, 그리고 내가 불려갔다는 것 등등의 주된 내용을 일부는 추측으로, 일부는 실제로 알아낸 터였다. 하지만 여인이 죽었다는 사실은 모르고 있었다. 후작 부인이 몹시 괴로워하며 말하길, 남몰래 그녀에게 여인의 연민을 전하고 싶었다고 했다. 고통받는 다수에게 오랫동안 증오의 대상이었던 가문이 하늘의 분노를 피하게 되길 바랐다고 했다.

그녀는 그들의 어린 누이가 살아 있다고 믿을 나름의 이유가 있다면서, 그 아이를 돕는 것이 무엇보다도 간절한 소망이라고 했다. 나는 그런 누이가 있다는 것 외에는 아무것도 말해줄 수 없었다. 나 자신도 몰랐으니까. 비밀을 지켜줄 거라 믿으면서 그녀가 나를 찾아온 이유는 혹시라도 내가 그 이름과 거처를 말해줄 수 있으리란 희망 때문이었다. 하지만 이 비참한 순간까지 나는 둘 다 아는 바가 없다. ×××

이 종잇조각들이 나를 난처하게 한다. 한 장은 어제 경고와 함께 압수되었다. 나는 오늘 기록을 모두 끝내야 한다.

그녀는 선하고 따뜻한 숙녀였고, 결혼 생활이 행복하지 않았다. 어떻게 행복할 수 있겠는가! 시동생은 그녀를 불신하고 싫어했으며, 사사건건 그녀와 반대되는 영향력을 행사했다. 그녀는 시동생을 두려워했고, 남편도 두려워했다. 내가 그녀를 문까지 배웅했을 때 그녀의 마차 안에서 어린아이를 보았다. 두세 살 남짓한 어여쁜 소년이었다.

"이 아이를 위해서라도, 선생님," 그녀가 눈물 속에 아이를 가리키며 말했다. "미미한 보상이나마 제가 할 수 있는 건 모두 하겠어요. 그렇게 하지 않으면 이 아이는 자신이 계승한 유산 때문에 행복하지 못할 거예요. 이 죄에 대해 어떤 식으로든 순수한 속죄를 하지 않으면, 언젠가 이 아이가 대가를 치르게 될 거란 불길한 예감이 들어요. 아직 제 것이라 부를 수 있는 물건들을—그래봤자 보석 몇 점밖에 안 되지만—그 고통받은 가족에게 전하라고, 죽은 어미의 연민과 애도를 함께 전하라고 시킬게요. 그 일을 이 아이 삶의 최우선 과제로 삼게 하겠어요, 그들의 누이를 찾을 수만 있다면."

그녀는 아이에게 입 맞춘 뒤 아이를 쓰다듬으며 말했다. "이것은 사랑하는 너를 위한 거란다. 약속을 지킬 거지, 우리 샤를?" 아이는 씩씩하게 대답했다. "네!" 내가 그녀의 손에 입 맞추자, 그녀는 아이를 품에 안고 쓰다듬으며 떠났다. 그 후로는 다시 보지 못했다.

그녀가 남편의 이름을 언급한 것은 이미 내가 알고 있으리라는 믿음 때문이었기에 나는 편지에다 그것에 대한 언급을 덧붙이지 않았다. 나는 편지를 봉한 뒤, 다른 인편은 믿을 수 없어 그날 내 손으로 직접 전달했다.

그날 밤, 그해의 마지막 밤, 거의 9시경, 검은 옷차림의 한 사내가 현관 종을 울렸고, 나를 만나겠다고 하면서 당시 내 시중을 들던 소년, 에르네스트 드파르주를 뒤따라 가만히 위층으로 올라왔다. 나와 아내—오 나의 아내, 온 마음으로 사랑하는 이여! 아름답고 젊은 나의 영국인 아내!—가 함께 앉아 있던 방으로 하인이 들어왔을 때, 우리는 현관에서 기다리고 있어야 할 사내가 하인 뒤에 말없이 서 있는 것을 보았다.

사내는 생토노레 거리에 위급한 환자가 있다고 말했다. 시간을 지체하진 않을 거라고, 마차를 대기시켜 놓았다고 했다.

그 마차는 나를 이곳에 데려다 놓았다. 나를 내 무덤에 데려다 놓았다. 내가 집을 나섰을 때 등 뒤에서 검은 스카프가 내 입을 단단히 막았고, 내 양팔을 결박했다. 두 형제가 컴컴한 구석에서 길을 건너와 한 번의 몸짓으로 내가 맞다고 확인했다. 후작이 내가 쓴 편지를 주머니에서 꺼내 내게 보이더니, 손에 든 등불로 태운 뒤 발로 재를 짓이겼다. 한마디도 없었다. 나는 이곳에 끌려왔다. 살아 있는 무덤에 끌려왔다.

이 끔찍했던 세월 동안, 하느님께서 두 형제의 냉혹한 가슴에 은총을 베푸시어, 그들 중 한 사람이라도 내게 사랑하는 아내의 소식을 알려줬더라면—그녀가 살았는지 죽었는지 그것만이라도 한마디 알려줬더라면—나는 하느님께서 그들을 완전히 버리시지는 않았다고 생각했을 것이다. 하지만 이제 나는 그 붉은 십자가 표시가 그들에게 파멸이며, 하느님의 자비가 그들에게 미치지 않는다고 믿는다. 나, 알렉상드르 마네트, 이 불행한 죄수는 1767년 마지막 밤에, 견디기 힘든 고통 속에서, 그들과 그들의 자손들, 그 일족의 마지막 한 명까지, 이 모든 일에 책임을 물을 그날에 대고 고발한다. 하늘과 지상에 대고 그들을 고발한다.

*

문서 낭독이 끝나자 무시무시한 함성이 일었다. 그것은 갈증과 열망의 함성이었고, 그 속에서 또렷이 들리는 것은 오로지 피의 외침뿐이었다. 이 사연은 당대 최고의 뜨거운 복수심을 불러일으켰고, 그 앞에서 고개 숙이지 않을 자는 나라 안에 없었다.

그런 재판소와 그런 청중 앞에서, 왜 드파르주 부부가 바스티유에서 포획하여 행진에서 선보였던 다른 기념물들과 달리 그 문서는 대중에게 공개하지 않고 때를 노리면서 따로 보관했는지는 굳이 설명할 필요가 없었다. 이 증오스러운 가문의 이름이 오래전부터 생탕투안에서 저주받아왔으며, 죽음의 명부에 올라 있었다는 것도 굳이 설명할 필요가 없었다. 그날 그곳에서 그런 고발에 맞서, 자신의 미덕과 공헌으로 그의 생명을 구할 수 있는 사람은 지상에 발을 디딘 자 중에는 없었다.

게다가 비운의 죄수에게 더더욱 불리했던 상황이 있었으니, 그것은 고발인이 저명한 시민이자, 그 자신의 사랑하는 벗이자, 아내의 아버지라는 사실이었다. 대중의 광기 어린 열망 중 하나는 의문의 여지가 있는 고대의 공중도덕을 모방하여, 민중의 제단에 자기희생과 제물을 강요하는 것이었다.[104] 그리하여 재판장이 말하길(그렇지 않았다면 어깨 위에 달린 자기 목이 위태로웠을 테니까), 공화국의 훌륭한 의사는 추악한 귀족 가문을 뿌리 뽑음으로써 더더욱 공화국을 누릴 자격을 얻게 되었고, 또한 자신의 딸을 과부로 만들고 그녀의 아이를 고아로 만드는 일에 틀림없이 신성한 충족감과 기쁨을 느낄 것이라고 했다. 그러자 그곳에는 격렬한 흥분과 애국적인 열정이 일었고, 인간적인 연민은 찾을 길이 없었다.

"주위에 큰 영향력을 미친다고 했지, 저 의사가?" 드파르주 부인이 방장스에게 미소를 지으며 중얼거렸다. "이제 저자를 구해보시지, 의사 선생, 구해보라고!"

배심원이 한 명씩 표결할 때마다 떠들썩한 함성이 일었다. 다음에도 그다음에도, 함성 또 함성.

만장일치 표결이었다. 마음으로도 혈통으로도 귀족, 공화국의 적, 민중을 짓밟은 악명 높은 압제자. 콩시에르주리로 다시 이송, 그리고 스물네 시간 내에 사형!

104 로마 공화국의 초대 집정관이었던 루키우스 유니우스 브루투스가 공화정을 배신하고 타르퀴니우스 왕의 복위를 꾀한 자신의 두 아들에게 사형을 선고하고, 처형식을 직접 지켜본 사건을 말한다.

11장

해 질 녘

죄도 없이 죽음을 맞게 된 남자의 가련한 아내는 선고가 내려지자 죽을 것 같은 고통을 느낀 듯 쓰러졌다. 하지만 그녀는 아무 소리도 내지 않았다. 온 세상에서 자신만은 불행에 처한 남편을 지탱해야지 더더욱 불행하게 만들어서는 안 된다는 내면의 소리가 강하게 들려왔기에 충격조차 서둘러 떨치고 일어났다.

재판관들이 장외에서 열리는 대중 시위에 참여해야 해서 재판소는 산회했다. 여러 통로로 법정을 빠져나가는 사람들의 민첩한 움직임과 웅성거림이 잦아들기 전에, 루시가 그저 애정과 위로만이 가득한 표정으로 남편을 향해 팔을 뻗었다.

"저이를 만질 수만 있다면! 한 번만이라도 안을 수 있다면! 오, 선량한 시민 동지들이여, 우리에게 조금만 연민을 보여주실 순

없나요?"

그곳에는 간수 한 명, 지난밤 그를 데리고 갔던 사내 넷 중 두 명, 그리고 바사드만 남아 있었다. 사람들은 모두 거리 시위를 위해 몰려 나가고 없었다. 바사드가 나머지 사람들에게 제안했다. "그냥 안게 해주자고. 얼마 걸리지도 않을 텐데." 침묵의 동의가 이루어졌고, 루시는 그들의 도움 속에 법정 좌석을 지나 높이 자리한 피고석에 다가갔다. 그는 피고석 너머로 몸을 내밀어 그녀를 안을 수 있었다.

"안녕, 내 영혼을 다해 사랑하는 이여. 그대를 위해 마지막으로 축복을 빌겠소. 우리는 다시 만날 거요, 지친 자들이 안식을 취하는 그곳에서!"

남편이 그녀를 품에 안으며 이렇게 말했다.

"난 견딜 수 있어요, 사랑하는 찰스. 천상이 내게 힘을 주시는 걸요. 나 때문에 괴로워 마요. 우리 아이에게도 마지막으로 축복을 빌어줘요."

"그대를 통해 아이에게 축복을 빌겠소. 그대를 통해 입맞춤을 전하겠소. 그대를 통해 작별 인사를 남기겠소."

"여보! 안 돼! 잠깐만요!" 그가 그녀에게서 멀어지려 하고 있었다. "우리는 오래 헤어져 있지 않을 거예요. 머지않아 내 가슴도 부서져버릴 테니까. 하지만 내가 할 수 있는 동안은 도리를 다하겠어요. 그러다 언젠가 우리 아이 곁을 떠날 때가 되면, 하느님께서 제게 그렇게 해주셨듯이 그 애에게도 벗을 내려주실 거예요."

그녀의 아버지도 딸을 뒤따라와 있었는데, 다네이가 손을 내밀어 붙잡지 않았다면 그는 두 사람에게 무릎을 꿇었을 것이다. 다네이가 외쳤다.

"아니, 안 됩니다! 무슨 잘못을 하셨다고, 도대체 무슨 잘못을 하셨다고, 저희에게 무릎 꿇으려 하십니까! 과거에 어떤 고생을 하셨는지, 저희는 이제 압니다. 제 가문을 의심하셨을 때, 그리고 알게 되셨을 때 어떤 고통을 겪으셨는지, 저희는 이제 압니다. 사랑하는 딸을 위해 저에 대한 당연한 반감을 힘겹게 억누르셨다는 것도, 저희는 이제 압니다. 온 마음을 다해, 사랑과 도리를 다해 아버님께 감사드립니다. 부디 하느님께서 함께하시길!"

그녀의 아버지는 대답으로 그저 백발을 움켜쥐었다가 비통한 비명을 내지르며 양손을 비틀 뿐이었다.

"어차피 이렇게 될 수밖에 없었습니다." 죄수가 말했다. "모든 것이 주어진 대로 되었을 뿐입니다. 처음 숙명적으로 저를 아버님 가까이 데려갔던, 제 가여운 어머니의 의무를 이행하는 건 언제나 헛된 노력이었습니다. 선은 그런 악에서 결코 나올 수 없었고, 행복한 결말은 그토록 불행한 시작에서 본질적으로 불가능한 일이었습니다. 기운 내십시오, 그리고 저를 용서하십시오. 하느님의 은총이 있기를!"

죄수가 끌려 나갈 때 아내는 그를 놓아주고 기도하듯 양손을 서로 맞댄 채 그의 뒷모습을 보며 서 있었다. 그녀의 얼굴은 환했고, 심지어 위로하듯 미소마저 짓고 있었다. 그가 죄수용 출입문으로 나가자 그녀는 몸을 돌려 아버지의 가슴에 사랑스럽게 머리를 기대었고, 뭔가 말하려 애쓰더니 그의 발치에 쓰러지고 말았다.

그 순간, 지금껏 자리에서 기척도 없던 시드니 카턴이 어둑한 구석에서 걸어 나와 그녀를 안아 들었다. 그녀 곁에는 아버지와 로리 씨밖에 없었다. 그녀를 안아 들고 머리를 받쳐줄 때 그의 팔이 떨렸다. 그러나 그의 태도는 그저 연민만은 아니었다. 그 안에는 벅차오르는 자부심도 있었다.

"마차로 모시고 갈까요? 무게가 느껴지지도 않는군요."

그는 그녀를 가볍게 문으로 안고 가서 마차 안에 부드럽게 내려놓았다. 그녀의 아버지와 그들의 오랜 벗이 마차에 탔고, 그는 마부 옆에 자리를 잡았다.

불과 몇 시간 전 그가 어둠 속에 멈춰 선 채 거친 포석 어디쯤 그녀가 발을 디뎠을까 홀로 생각했던 그 대문 앞에 그들이 도착했을 때, 카턴은 다시 그녀를 안아 들고 계단을 올라 방으로 갔다. 그곳에서 그녀를 소파에 내려놓았다. 아이와 프로스 양이 그녀를 보고 흐느껴 울었다.

"깨우지 마십시오." 그가 프로스 양에게 나직이 말했다. "그편이 낫습니다. 그저 기절했을 뿐이니, 굳이 의식을 차리게 하지 마십시오."

"오, 아저씨, 아저씨, 카턴 아저씨!" 어린 루시가 슬픔에 복받쳐 뛰어와 그를 격하게 껴안으며 외쳤다. "이제 아저씨가 오셨으니, 뭔가 엄마를 도울 수 있는 일을, 뭔가 아빠를 구할 수 있는 일을 하실 거죠! 오, 엄마 좀 보세요, 카턴 아저씨! 엄마를 사랑하는 모든 사람 중에, 다른 사람은 몰라도 아저씨는 엄마의 저런 모습을 견딜 수 있으세요?"

그는 아이에게 몸을 숙이고 꽃다운 뺨을 자기 얼굴에 대었다. 이어 살포시 아이를 내려놓고, 의식이 없는 아이 엄마를 바라보았다.

"가기 전에," 그가 이렇게 말하고 잠시 멈추었다. "그녀에게 입맞춰도 될까요?"

훗날 기억되길, 그가 몸을 숙이고 그녀의 얼굴에 입술을 대었을 때 그는 어떤 말을 속삭였다고 한다. 그의 곁에 가장 가까이 있었던 아이는 훗날 자신이 들은 내용을 그들에게 말했고, 또한 자신이 멋진 노부인이 되었을 때 손주들에게도 말했으니, 당시 그는 이렇게 속삭였다고 한다. "당신이 사랑하는 생명을."

그는 옆방으로 물러난 뒤, 뒤따라온 로리 씨와 그녀의 아버지를 향해 갑자기 몸을 돌리더니 후자에게 말했다.

"어제까지만 해도 굉장한 영향력을 지니고 계셨습니다, 마네트 박사님. 최소한 다시 시도해보십시오. 이 판사들, 그리고 권력을 쥔 모든 사람들은 박사님께 매우 호의적이고, 또한 박사님의 공헌을 높이 인정하고 있어요, 그렇지 않습니까?"

"찰스와 관련된 일은 단 하나도 나에게 숨긴 적이 없었소. 나는 그를 구할 수 있다고 절대적으로 확신했고, 실제로도 그랬소." 그는 아주 힘겹게, 아주 천천히, 대답했다.

"다시 시도해보십시오. 지금부터 내일 오후까지는 시간이 빠듯하지만, 그래도 시도해보십시오."

"그럴 생각이오. 잠시도 쉬지 않겠소."

"좋습니다. 이전에도 박사님과 같은 에너지로 위대한 일들을 해내는 것을 보았습니다. 비록," 그가 미소와 한숨을 동시에 지으며 덧붙였다. "지금처럼 위대한 일은 결코 아니었지만요. 그래도 시도하십시오! 삶은 우리가 잘못 쓰면 별 가치가 없지만, 그래도 노력해볼 가치는 있지요. 만약 그것도 아니라면 내려놓아도 되는 삶이겠죠."

"지금 가보겠소." 마네트 박사가 말했다. "곧장 검사와 재판장을 만나보고, 이름을 언급 않는 편이 나은 다른 사람들도 찾아가보겠소. 편지도 쓰겠소. 그리고…… 그런데 잠깐만! 거리에 행사가 있지 않소. 그러면 어두워지기 전에는 누구도 만나기 힘들 텐데."

"그렇겠죠. 괜찮습니다! 어차피 기껏해야 실낱같은 희망이니, 어두워질 때까지 늦춰진다고 해서 더 나빠질 것도 없습니다. 일의 진척 상황을 알았으면 합니다. 그래도 명심하십시오! 저는 아무것도 기대하지 않습니다! 이 두려운 권력자들을 언제쯤이면 만나실 것 같습니까, 마네트 박사님?"

"어두워지면 곧장 만나지 않을까 싶소. 지금부터 한두 시간 이

내에."

"4시가 넘으면 금방 어두워질 겁니다. 한두 시간 더 여유 있게 하죠. 제가 9시에 로리 씨 거처로 찾아뵈면 일이 어떻게 되었는지 들을 수 있을까요, 여기 친구분에게서나 박사님 본인에게서요?"

"그렇소."

"성공을 빌겠습니다!"

로리 씨가 바깥문까지 시드니를 따라 나오더니, 그가 막 떠나려 할 때 어깨를 건드려 돌아보게 했다.

"내 생각엔 전혀 가망이 없소." 로리 씨가 나직하고 슬프게 속삭였다.

"제 생각도 그렇습니다."

"그들 중에 누군가가, 설령 모두가 그를 살려줄 마음이 내킨다 해도—말도 안 되는 가정이긴 하오, 그의 생명이, 아니 어떤 이의 생명인들 그들에게 대수겠소—법정에서 그런 광경을 봤는데 감히 어떻게 살려주겠소."

"제 생각도 그렇습니다. 그들의 함성 속에서 기요틴 칼날이 떨어지는 소리가 들리더군요."

로리 씨가 문설주에 팔을 기대고 그 위로 얼굴을 숙였다.

"낙담하지 마십시오." 카턴이 매우 부드럽게 말했다. "슬퍼하지 마십시오. 제가 마네트 박사님께 이 생각을 부추긴 건, 언젠가 이것이 그녀에게 위안이 될 거라 느꼈기 때문입니다. 이렇게 하지 않으면, 그녀는 '그의 목숨이 아무렇게나 내버려져 헛되이 사라졌다'라고 생각할지 모르고, 마음이 괴로울 테니까요."

"그래, 그래, 그래." 로리 씨가 눈물을 훔치며 대답했다. "그 말이 맞소. 하지만 그는 죽을 거요. 실제로 아무 가망이 없어."

"예, 그는 죽을 겁니다. 실제로 아무 가망이 없습니다." 카턴이 그대로 되풀이했다.

이어 단호한 걸음으로, 아래층으로 내려갔다.

12장

어둠

시드니 카턴은 어디로 갈지 마음을 못 정한 채 길에 멈춰 섰다. "9시에 텔슨 은행이라." 그는 생각에 잠긴 얼굴로 말했다. "그사이 사람들에게 모습을 보이는 게 나을까? 그렇겠지. 이곳에 나라는 사람이 있다는 걸 사람들에게 알리는 편이 유리해. 그게 안전한 예방책이고, 어쩌면 필수적인 대비책일지도 몰라. 그래도 조심, 조심, 조심! 철저히 따져봐야 해!"

그는 어떤 목적지로 향하기 시작했던 발걸음을 멈춘 뒤, 이미 어두워져가는 거리를 한두 번 돌면서 가능한 결과들을 마음속으로 따져보았다. 처음에 가졌던 느낌이 더 확실해졌다. "그편이 유리해." 그가 마침내 마음을 굳히며 말했다. "이곳에 나라는 사람이 있다는 걸 사람들에게 알리는 편이." 그러고는 생탕투안 쪽으로 고개를 돌렸다.

그날 드파르주는 자신을 생탕투안 교외에 있는 한 포도주 상점의 주인이라고 설명했었다. 시내 지리를 잘 알고 있는 사람의 경우, 굳이 길을 묻지 않아도 어렵잖게 그 상점을 찾을 만했다. 그곳의 위치를 확인한 뒤 카턴은 비좁은 거리를 다시 벗어나 여인숙에서 식사를 하고 식후에는 곤히 잠들었다. 수년 만에 처음으로, 그는 독한 술을 마시지 않았다. 지난밤 이후로는 순한 포도주만 가볍게 마셨고, 지난밤에는 브랜디와 끝장을 봤다는 듯 로리 씨의 벽난로에 그것을 천천히 버리기까지 했었다.

그가 개운하게 잠에서 깨어 다시 거리로 나간 건 7시가 다 되어서였다. 그는 생탕투안을 향해 걸어가다 거울이 있는 한 가게 진열장 앞에 멈춰 서서 느슨한 넥타이와 외투 깃과 헝클어진 머리 등 단정치 못한 모습을 살짝 매만졌다. 이 일이 끝나자 곧장 드파르주의 상점으로 가서 안으로 들어갔다.

마침 상점 안에 손님이라고는 초조한 손가락과 쉰 목소리의 자크 삼뿐이었다. 배심원단에서 봤던 이 사내는 작은 카운터에 서서 술을 마시며 드파르주 부부와 이야기를 나누는 중이었다. 방장스도 이 무리의 고정 일원인 듯 대화에 힘을 보태고 있었다.

카턴이 안으로 들어가 자리를 잡은 뒤 (매우 서툰 프랑스어로) 포도주 소량을 주문하자, 드파르주 부인이 무심하게 눈길을 던졌다가 더 자세히, 이어 더 자세히 그를 쳐다보더니, 급기야 직접 그에게로 다가와 무엇을 주문했냐고 물었다.

그는 좀 전에 했던 말을 되풀이했다.

"영국인?" 드파르주 부인이 뭔가 캐내려는 듯 짙은 눈썹을 치키며 물었다.

마치 한 단어의 프랑스어 발음도 느리게 이해된다는 듯, 그는 그녀를 쳐다본 뒤 아까처럼 강한 외국인 억양으로 대답했다. "예, 부인, 예. 영국인입니다!"

드파르주 부인은 포도주를 가지러 카운터로 돌아갔고, 그가 자코뱅 잡지를 꺼내 골똘히 뜻을 파악하는 척할 때 그녀가 이렇게 말하는 소리가 들렸다. "정말이라니까요, 에브레몽드랑 닮았어요!"

드파르주가 포도주를 가져오며 안녕하십니까 하고 인사를 건넸다.

"예?"

"안녕하십니까."

"오! 안녕하세요, 시민 동지." 그가 잔을 채우며 말했다. "아! 포도주 좋군요. 공화국을 위해 건배."

드파르주가 카운터로 되돌아가 말했다. "그렇군, 약간 닮았어." 부인이 단호하게 대꾸했다. "아주 많이 닮았다니까요." 자크 삼이 중재하듯 말했다. "그자 생각을 너무 많이 해서 그래요, 부인." 사근사근한 방장스가 웃으며 덧붙였다. "맞아요, 정말로! 게다가 내일 다시 한번 그자를 보려고 몹시 즐겁게 기다리고 있잖아요!"

카턴은 학구적이며 집중하는 표정을 지은 채 검지로 느릿느릿, 잡지의 행과 단어를 짚어나갔다. 그들은 모두 카운터에 팔을 기대고 바싹 붙어서 낮게 이야기하고 있었다. 그들은 잠시 침묵 속에서 자코뱅 잡지에 짐짓 몰두한 손님을 가만히 지켜보더니, 다시 대화를 이어나갔다.

"부인이 한 말이 옳아요." 자크 삼이 말했다. "왜 멈춥니까? 여기 엄청난 힘이 있는데, 왜 멈춰요?"

"이봐, 이봐." 드파르주가 이치를 따졌다. "그래도 어딘가에서는 멈춰야 하잖은가. 어쨌든 문제는 이거 아닌가, 어디에서 멈추는가?"

"전멸시키면." 부인이 말했다.

"훌륭하십니다!" 자크 삼이 쉰 목소리로 말했다. 방장스 역시 격하게 동조했다.

"전멸은 괜찮은 신조요, 여보." 드파르주가 다소 심란해하며 말했다. "일반적으로는 나도 거기에 반대하지 않아. 하지만 의사 선생은 상당한 고통을 겪었소. 당신도 오늘 봤잖소. 서신이 낭독될 때 그의 표정이 어땠는지."

"그의 표정이 어땠는지 봤고말고요!" 부인이 경멸과 분노를 담아 되풀이했다. "그래요. 그의 표정이 어땠는지 봤어요. 그의 표정이 어떠했냐면, 공화국의 진정한 친구가 지을 만한 표정은 아니더군요. 그 표정 관리나 잘하라고 해요!"

"게다가 당신도 봤잖소, 여보." 드파르주가 항변하듯 말했다.

"그의 딸이 얼마나 괴로워하는지. 그걸 보는 의사 선생 마음도 얼마나 괴롭겠소!"

"그의 딸도 봤죠." 부인이 되풀이했다. "그럼요, 그의 딸도 봤어요, 그것도 여러 번. 오늘도 봤고, 다른 날에도 봤죠. 법정에서도 봤고, 감옥 옆의 길에서도 봤어요. 내가 손가락을 들기만 하면……." 그녀가 손가락을 드는 것 같더니(엿듣는 자는 잡지에서 내내 눈을 떼지 않았다), 자기 앞의 선반에 탁 내리쳤다. 마치 기요틴 칼날이 떨어지듯.

"시민 동지는 최곱니다!" 배심원 사내가 말했다.

"천사라니까요!" 방장스가 이렇게 말하며 그녀를 껴안았다.

"당신으로 말하자면," 부인이 남편을 지칭하며 무자비하게 말을 이었다. "만약 일이 당신한테 달렸다면—다행히도 그렇지 않지만—당신은 심지어 지금도 그자를 구해주려 들겠죠."

"아니오!" 드파르주가 항의했다. "설령 이 잔을 드는 것만으로 그자를 구할 수 있다고 해도 그렇게 하지는 않아! 하지만 이 선에서 끝내야지. 그러니까, 이쯤에서 멈춰요."

"들어봐요, 자크." 드파르주 부인이 격분하여 말했다. "우리 방장스, 당신도 들어봐요. 둘 다! 들어보라고요! 폭정이라든가 압제라든가 하는 다른 죄목으로, 이미 이 일족은 오래전부터 내 명부에 올라와 있었어요, 파괴해서 전멸시킬 대상으로. 남편한테 물어봐요, 그랬는지 아닌지."

"그랬소." 질문을 받을 것도 없이 드파르주가 시인했다.

"위대한 시절의 초반, 바스티유가 무너지던 그날, 이이가 오늘 본 이 문서를 발견해서 집으로 가져왔어요. 그리고 가게가 텅 비고 문을 닫은 한밤중에 우리는 그것을 읽었죠. 여기 바로 이 장소에서, 이 램프 불빛으로. 이이한테 물어봐요, 그랬는지 아닌지."

"그랬소." 드파르주가 인정했다.

"그날 밤, 문서를 끝까지 다 읽고, 램프의 불이 다 타고, 저 덧문 위로, 저 쇠창살 사이로 어슴푸레 날이 밝아올 때, 나는 이이한테 말했어요, 털어놓을 비밀이 있다고. 이이한테 물어봐요, 그랬는지 아닌지."

"그랬소." 드파르주가 다시 인정했다.

"나는 이이한테 비밀을 털어놨어요. 지금처럼 이 두 손으로 이 가슴을 치면서 이렇게 말했죠. '드파르주, 나는 바닷가 어부들 사이에서 자랐어요. 바스티유 문서에 묘사된 두 에브레몽드 형제에게 그토록 고통받았다는 소작인 가족은 바로 내 가족이었어요. 드파르주, 치명적인 상처를 입고 바닥에 쓰러져 있던 소년의 그 누이는 내 언니였고, 그 남편은 내 언니의 남편이었고, 태어나지 못한 그 아기는 그들의 아기였고, 그 오라비는 내 오라비였고, 그 아버지는 내 아버지였고, 그렇게 죽은 이들은 내 죽은 이들이었어요. 그리고 그 일에 대한 책임을 물을 소명이 나에게 내려온 거예요!' 이이에게 물어봐요, 그랬는지 아닌지."

"그랬소." 드파르주가 다시 한번 인정했다.

"그렇다면 어디에서 멈추라는 말은 바람이나 불한테 해요." 부인이 대꾸했다. "하지만 내게는 하지 말아요."

두 청중은 그녀의 뿌리 깊은 분노에서 끔찍한 즐거움을 얻었고—엿듣는 자는 그녀가 얼마나 창백한지 보지 않고서도 느낄 수 있었다—둘 다 이를 높이 칭송했다. 드파르주는 힘없는 소수로서, 동정심 많던 후작 부인에 관한 기억을 몇 마디 섞었지만, 자기 아내에게 마지막 답변과 똑같은 말을 들었을 뿐이었다. "어디에서 멈추라는 말은 바람이나 불한테 해요, 내게 말고!"

손님들이 들어오자 무리는 해산했다. 영국인 손님은 술값을 지불했고, 어설프게 잔돈을 센 뒤, 이방인답게, 국립 궁전으로 가려면 어떻게 해야 하냐고 물었다. 드파르주 부인은 그를 문으로 데리고 가서 자기 팔을 그의 팔에 대고 방향을 가리켰다. 그 순간 영국인 손님은, 그 팔을 잡아 쳐들고 그 밑을 깊고 예리하게 찔러버리는 것도 괜찮은 행동 아닐까 하는 생각이 없지는 않았다.

하지만 그는 자기 길을 갔고, 이내 감옥 담벼락의 그림자 속으로 사라졌다. 약속 시간이 되자 그는 그곳에서 벗어나 다시 로리 씨의 방에 모습을 드러냈다. 그곳에서는 노신사가 초조한 기색으로 이리저리 서성이고 있었다. 그는 조금 전까지 루시와 함께 있었다면서, 약속을 지키기 위해 잠시 그녀를 두고 왔노라고 했다. 그녀의 아버지는 4시 무렵에 은행을 나선 뒤로 감감무소식이었다. 그녀는 아버지의 중재로 찰스를 살릴 수 있을지도 모른다고 희미한 희망을 품고 있지만, 그럴 가능성은 희박했다.

박사가 자리를 비운 지 다섯 시간이 넘었다. 도대체 어디에 있는 걸까?

로리 씨는 10시까지 기다렸다. 하지만 마네트 박사는 돌아오지 않았고, 더는 루시 혼자 놔두는 것도 내키지 않아, 그는 일단 루시에게 돌아갔다가 자정에 다시 은행에 오기로 했다. 그사이 카턴은 난롯가에서 혼자 박사를 기다리기로 했다.

그는 기다리고 또 기다렸다. 시계가 열두 번 울렸다. 하지만 마네트 박사는 나타나지 않았다. 로리 씨가 돌아왔지만, 그는 박사에 관한 소식을 얻지도, 본인이 전하지도 못했다. 도대체 어디에 있는 걸까?

그들이 이 문제를 논의하면서 박사의 오랜 부재를 토대로 약하게나마 희망의 뼈대를 세우고 있을 때 계단에서 기척이 들렸다. 박사가 방에 들어선 순간, 모든 희망이 사라졌음이 명백해졌다.

그가 실제로 누구라도 찾아갔던 것인지, 아니면 그 시간 내내 길을 헤매고 다녔던 것인지는 이후에도 알려지지 않았다. 그가 그들을 빤히 쳐다보며 서 있을 때 그들은 아무 질문도 하지 않았다. 그의 얼굴이 모든 걸 말해주었으니까.

"아무리 찾아도 없어." 그가 말했다. "그게 있어야 하는데. 어디 있는 거지?"

그는 머리와 목이 훤히 드러나 있었고, 무력한 눈빛으로 온 사방을 두리번거리며 이렇게 말하면서 외투를 벗어 그대로 바닥에 툭 떨어뜨렸다.

"내 작업대가 어디 있지? 작업대를 찾으려고 온 천지를 뒤졌는데 아무리 찾아도 없어. 그들이 내 일감을 어떻게 한 거지? 시간이 없는데. 구두를 완성해야 해."

그들은 서로를 바라보았고, 심장이 그대로 얼어붙었다.

"어서, 어서!" 그가 딱하게 훌쩍이며 말했다. "일하게 해줘. 내 일감을 달라고."

아무 대답이 없자, 그는 산만한 아이처럼 머리를 쥐어뜯으며 바닥에 쾅쾅 발을 굴렀다.

"외롭고 불쌍한 사람 괴롭히지 말고," 그가 무시무시하게 울부짖으며 그들에게 애원했다. "나한테 일감을 달라고! 그 구두를 오늘 밤까지 못 끝내면 우리는 어떻게 되지?"

희망이 사라졌다, 모든 희망이!

그를 합리적으로 설득한다거나 제정신을 차리게 만드는 일은 전혀 가망이 없어 보였으므로—마치 약속이나 한 듯이—그들은 각자 그의 어깨에 손을 얹고 금방 일감을 주겠다는 말로 달래어 벽난로 앞에 앉게 했다. 그는 의자에 주저앉아 잉걸불 위로 몸을 숙인 채 눈물을 흘렸다. 마치 다락방 시절 이후에 일어났던 모든 일들이 한순간의 환상이나 꿈이었던 것처럼, 로리 씨는 그가 드파르주에게 맡겨졌던 그때와 똑같은 모습으로 움츠러든 것을 보았다.

이 처참한 광경에 두 사람 다 경악하고 동요하긴 했지만, 지금은 그런 감정에 굴복할 때가 아니었다. 그의 외로운 딸이, 마지막 희망과 의지할 곳을 빼앗긴 채, 두 사람 모두에게 너무나 강력하게 호소하고 있었다. 다시금, 마치 약속이나 한 듯이, 그들은 얼굴에 하나의 의미를 담고 서로를 쳐다보았다. 먼저 입을 연 이는 카턴이었다.

"마지막 가능성이 사라졌습니다. 어차피 크지도 않았지만. 예, 저분을 그녀에게 모셔다드리는 편이 낫겠습니다. 하지만 가시기 전에, 잠시만 제 말에 차분히 귀 기울여주시겠습니까? 제가 지금부터 내걸려는 조건을 왜 내거는지, 그리고 지금부터 요구하려는 약조를 왜 요구하는지는 묻지 마십시오. 이유가 있습니다. 합당한 이유가."

"당연히 그럴 테지요." 로리 씨가 대답했다. "말씀해보세요."

그들 사이의 의자에 앉아 있는 형체는 내내 단조롭게 앞뒤로 몸을 흔들면서 신음 소리를 냈다. 그들은 한밤중에 병상을 지킬 때 쓸 법한 어조로 말했다.

카턴이 그의 발치에 둘둘 감기다시피 한 외투를 집으려고 몸을 숙였다. 그 순간, 박사가 하루에 처리할 업무 목록을 담아서 들고 다니던 작은 상자가 바닥에 툭 떨어졌다. 카턴이 상자를 집어 들었다. 접힌 종이 한 장이 그 안에 있었다.

"뭔지 봐야겠는데요!" 카턴이 말했다. 로리 씨가 동의의 뜻으로 고개를 끄덕였다. 그는 종이를 펼쳤고, 이어 "오, 감사합니다!" 라고 외쳤다.

"뭡니까?" 로리 씨가 간절히 물었다.

“잠시만요! 이건 적당한 차례가 되면 그때 말씀드리겠습니다. 먼저,” 그가 자기 외투에 손을 넣어 또 다른 종이를 꺼냈다. “이건 제가 이 도시를 벗어날 수 있도록 허락해주는 증명서입니다. 보십시오. 여기 보이시죠, 시드니 카턴, 영국인?”

로리 씨가 펼쳐진 종이를 손에 들고 진지한 표정으로 들여다보았다.

“내일까지 이걸 저 대신 맡아주십시오. 기억하시겠지만, 내일 그를 만나러 가는데, 감옥에는 가져가지 않는 편이 나을 것 같습니다.”

“그건 왜 그렇소?”

“모르겠습니다. 그냥 그편이 나을 것 같아서요. 이제 마네트 박사님께서 몸에 지니고 다니셨던 이 서류를 보십시오. 비슷한 증명서인데, 이게 있으면 박사님과 따님과 손녀는, 언제든, 관문과 국경을 통과할 수 있어요! 보이시죠?”

“그렇군!”

“아마도 박사님은 어제, 불운에 대비하여 최후이자 최선의 예방책으로 이것을 구하셨을 겁니다. 날짜가 언제로 되어 있죠? 상관없습니다. 굳이 들여다보지 마십시오. 제 것과 선생님 것과 함께 이걸 잘 넣어두십시오. 이제 들어보세요. 한두 시간 전까지만 해도, 저는 박사님께서 이런 서류를 구했을 거라고, 혹은 구했을지도 모른다고 확신하고 있었습니다. 이건 취소되기 전까지 유효합니다. 하지만 곧 취소될지 몰라요. 제 나름의 근거로 예상하건대 분명 취소될 겁니다."

"설마 그들이 위험에 처한 건 아니겠죠?"

"크나큰 위험에 처해 있습니다. 드파르주 부인에게 고발당할 위험에 처했어요. 그녀 입으로 말하는 걸 직접 들었습니다. 오늘 밤 그 여자가 하는 말을 엿들었는데, 그들이 처한 위험을 확실하게 보여주더군요. 저는 지체하지 않고 그 뒤에 첩자를 만났습니다. 그자가 확인해줬습니다. 감옥 담벼락 옆에 어떤 톱질꾼이 사는데, 그가 드파르주 부부의 통제를 받고 있답니다. 그런데 드파르주 부인이 그자에게 연습을 시켰답니다. '그녀'가—그는 결코 루시를 이름으로 부르지 않았다—죄수들에게 어떤 몸짓과 신호를 보내는 것을 봤다고 말이죠. 그들이 옥중 음모라는 흔한 구실을 댈 거라는 점, 그리고 그녀의 생명이 위태롭다는 점은 쉽게 예상됩니다. 아마 그녀 아이의 생명도—그리고 아마 그녀 아버지의 생명도—위태롭겠죠, 둘 다 그곳에서 그녀와 함께 눈에 띈 적이 있으니까요. 그렇게 경악하지 마십시오. 선생님이 그들을 전부 구하실 겁니다."

"제발 그렇게 되면 좋겠소, 카턴! 하지만 어떻게?"

"어떻게 하면 되는지 제가 말씀드리겠습니다. 이 일은 선생님께 달렸고, 선생님보다 적임자도 없습니다. 이 새로운 고발은 분명 내일 이후나 되어서 이루어질 겁니다. 아마 이틀이나 사흘 이후에 이루어질 가능성이 크고, 일주일 이후일 가능성은 더 크죠. 선생님도 아시다시피 기요틴 희생자를 애도한다거나 동정하는 건 사형에 해당하는 중죄입니다. 그녀와 그녀의 아버지는 틀림없이 이 죄를 짓게 될 거고, 이 여자는(그 집념이 얼마나 대단한지 묘사하지 못하겠습니다) 고발장에 이런 죄목을 더해서 이중으로 확실하게 하려고 기다릴 겁니다. 지금까지 이해되십니까?"

"카턴 씨의 말에 너무 집중한 데다 그 말을 너무 확신한 나머지," 로리 씨가 박사의 의자 등받이를 짚으면서 말했다. "잠시 이 괴로운 고민마저 잊고 있었소."

"선생님껜 돈이 있으니 해안까지 가는 최대한 빠른 여행 수단을 구하실 수 있을 겁니다. 이미 선생님은 며칠 전에 영국으로 돌아갈 채비를 마치셨지요. 내일 일찍 말들을 대기시켜 놓으십시오, 오후 2시에 바로 출발할 수 있도록."

"그렇게 하겠소!"

그의 태도가 워낙 열정적이고 고무적이었으므로, 로리 씨 역시 그 불길이 붙어 젊은이처럼 타올랐다.

"선생님은 고귀한 마음을 지니셨어요. 우리가 의지하기에 선생님보다 나은 분은 없다고 말씀드렸던가요? 오늘 밤 그녀에게 선생님이 알고 계신 내용을 말씀해주십시오. 그녀뿐 아니라 그녀의 아이와 아버지까지 어떤 위험에 처했는지, 그 점을 강조하세요. 그녀라면 자신의 아름다운 머리를 남편의 머리 곁에 기꺼이 누일 테니까요." 그는 잠시 목소리가 흔들렸지만, 앞서와 같이 말을 이었다. "아이와 아버지를 위해, 그 시각에, 선생님과 함께 그들을 데리고 파리를 떠나야 한다고 강조하세요. 이게 남편이 마련해둔 마지막 계획이라고 말씀하십시오. 그녀가 감히 믿거나 희망하는 것 이상으로 많은 일이 여기에 달려 있다고요. 선생님 생각에는 그녀의 아버지가 이렇게 안쓰러운 상태에서도 그녀의 말에 따를까요? 어떻게 생각하십니까?"

"분명 괜찮을 거요."

"제 생각도 그렇습니다. 조용하고 차분하게 이곳 안뜰에서 모든 채비를 마치십시오. 심지어 마차 안에 앉아서 대기하셔야 합니다. 제가 오는 즉시, 바로 태우고 출발하십시오."

"어떤 상황에서도 카턴 씨를 기다려야 한다는 말이지요?"

"아시다시피 제 증명서가 다른 사람들 것과 함께 선생님 수중에 있으니, 제 자리도 마련해주십시오. 더 기다릴 필요 없이 제 자리가 차기만 하면, 바로 영국으로 떠나는 겁니다!"

"아, 그렇다면," 로리 씨가 그의 열성적인, 그러면서도 너무나 굳건하고 침착한 손을 꼭 잡으며 말했다. "이 일이 늙은이 한 사람에게 전적으로 맡겨진 게 아니라 열정적인 젊은이가 내 곁에 있겠구려."

"하느님의 은총으로 그렇게 될 겁니다! 그 어떤 일이 있어도 지금 서로에게 약속한 이 노정을 바꾸지 않겠다고 엄숙하게 맹세해주십시오."

"맹세하겠소, 카턴."

"내일 이 말을 기억하십시오. 어떤 이유에서건 노정을 바꾸거나 지체하면, 어떤 목숨도 살릴 수 없다고, 그리고 불가피하게 많은 목숨이 희생당할 거라고."

"기억하겠소. 내 역할을 충실하게 해내면 좋겠소."

"저 역시 제 역할을 해내면 좋겠습니다. 그럼, 안녕히 계십시오!"

그는 진지하고 엄숙하게 미소를 지으며 인사했고, 심지어 노인의 손에 입을 맞추기까지 했지만, 곧장 그의 곁을 떠나지는 않았다. 그는 노인을 도와 죽어가는 잉걸불 앞에서 몸을 흔들고 있는 형체를 깨워 외투를 입히고 모자를 씌웠으며, 그가 여전히 달라고 구슬프게 애원하는 작업대와 일감이 어디에 숨겨져 있는지 찾으러 가보자고 설득했다. 그는 박사의 한쪽에서 걸으면서 자택 안마당까지 안전하게 그를 배웅했다. 그곳에서는 한 비통한 마음이—그가 자신의 황량한 심정을 고백했던 잊지 못할 시절에는 너무나 행복했던 그 마음이—참혹한 밤을 지새우고 있었다. 그는 안마당에 들어가 홀로 잠시 머물면서, 그녀의 창에 비친 불빛을 올려다보았다. 떠나기 전, 그는 그곳을 향해 축복의 인사를 속삭였다. 또한 작별의 인사도.

13장

쉰둘

콩시에르주리의 컴컴한 감옥 속에서 그날의 사형수들이 운명을 기다렸다. 그들의 수는 한 해의 일주일 수와 맞먹었다. 쉰둘이 그날 오후에 도시 속 삶의 물결에 실려 끝없고 영원한 바다로 흘러갈 예정이었다. 그들의 감방이 비워지기도 전에 새로운 수감자들이 배정되었다. 그들의 피가 어제 쏟긴 피에 흘러들기도 전에 내일 그들의 피와 뒤섞일 다른 피가 이미 정해졌다.

마흔하고도 열두 명이 질책을 당했다. 온갖 재물로도 자기 목숨을 사지 못한 일흔 살의 징세 도급인부터, 가난하고 미천한 신분이라 해서 목숨을 건지지는 못한 스무 살의 재봉사에 이르기까지. 인간의 부도덕과 방치로 비롯된 육체적 질병이 신분을 가리지 않고 희생자를 엄습하듯, 말할 수 없는 고통, 견딜 수 없는 억압, 비정한 무관심에서 비롯된 끔찍한 도덕적 장애는 차별 없이 평등하게 희생자를 덮쳤다.

찰스 다네이는 독방에 수감된 채, 재판소에서 돌아온 이후로 허황한 망상에 기대지 않고 버텨내고 있었다. 앞서 그는 문서가 한 줄 한 줄 낭독될 때마다 자신의 유죄 선고를 들었던 터였다. 사적인 영향력으로는 그를 구할 수 없다는 것, 사실상 자신은 수백만 명에게 유죄 판결을 받았다는 것, 따라서 한낱 개인들은 어떤 도움도 되지 못한다는 것을 완벽히 이해하고 있었다.

그럼에도 불구하고 사랑하는 아내의 얼굴이 눈앞에 어른거려 마음을 내려놓고 체념하기는 쉽지 않았다. 그의 손은 삶을 강하게 붙잡고 있었고, 그것을 놓기란 너무나, 너무나 힘든 일이었다. 꾸준히 애써서 조금이나마 이쪽에서 손을 놓으면, 저쪽에서 더 강하게 붙들었다. 온 힘을 가해 그 손을 굴복시키면, 이 손이 다시 움켜쥐었다. 게다가 체념하면 안 된다고 주장하는 모든 간절한 생각, 사납고 격렬한 마음이 있었다. 잠시라도 체념했다고 느낄 때면, 뒤에 남겨질 아내와 아이가 이기적이라고 항의하는 듯했다.

하지만 이 모든 일은 처음에만 그러했다. 오래지 않아 자신이 맞이해야 하는 운명이 결코 수치스럽지 않다는 생각이 들었고, 많은 이들이 같은 길을 부당하게 걸었으며 날마다 꿋꿋하게 그 길을 밟았다는 생각이 솟아올라 그를 격려했다. 그다음에 뒤따른 생각은 사랑하는 사람들이 훗날 누릴 마음의 평화가 그 자신의 조용한 의연함에 달렸다는 것이었다. 그리하여 그는 차츰차츰 마음을 다스려 좀 더 편안한 상태, 곧 생각을 고양하고 위안을 끌어낼 수 있는 상태에 이르렀다.

유죄를 선고받은 그날 밤 어둠이 내려앉기 전, 그는 그렇게 마지막 길을 지나서 왔다. 필기도구와 등불을 구입해도 된다는 허락을 받아, 그는 감옥 소등 시간이 될 때까지 앉아서 글을 썼다.

그는 루시에게 긴 편지를 썼다. 그녀에게 직접 듣기 전까지는 그녀 아버지가 투옥된 사실을 전혀 몰랐다고, 또한 문서가 낭독되기 전까지는 자기 아버지와 숙부가 그런 불행에 책임이 있다는 사실을 그녀와 마찬가지로 전혀 몰랐다고 썼다. 자신이 버린 이름을 그녀에게 숨기는 것이—이제는 완전히 이해되지만—그녀 아버지가 그들의 약혼에 내건 유일한 조건이었고, 결혼식 날 아침에 요구했던 유일한 약조였다는 사실은 이미 그녀에게 설명했던 적이 있었다. 그는 그녀의 아버지를 위해 그분이 문서의 존재에 대해 까맣게 잊고 있었는지, 아니면 그 옛날 일요일에 정원의 정다운 플라타너스 아래에서 런던 탑 이야기를 들었을 때 (잠시 혹은 영구히) 기억이 되살아났는지 절대 알아내려 하지 말라고 간청했다. 혹시라도 그가 문서에 대해 확실한 기억을 간직하고 있었다면, 그곳에서 군중에게 발견되어 온 세상에 선보여진 죄수들의 유물 중에 그것에 대한 언급이 전혀 없는 걸 보고, 틀림없이 문서가 바스티유와 함께 파괴되었으리라 여겼을 거라고 썼다. 그는 간청하길—굳이 이런 말이 필요 없음을 안다고 덧붙이면서—그녀가 생각할 수 있는 온갖 다정한 방법으로, 그녀의 아버지가 스스로 책망할 만한 일을 전혀 하지 않았고 오히려 그들을 위해 한결같이 자신을 잊고 살았다는 사실을 일깨워주라고, 그렇게 그를 위로하라고 썼다. 부디 자신의 마지막 감사를 담은 사랑과 축복을 간직해달라고, 그리고 슬픔을 이겨내어 사랑하는 아이에게 헌신해달라고 이른 다음, 그들이 훗날 천국에서 만날 터이니, 부디 그녀의 아버지를 위로하라고 청했다.

그녀의 아버지에게도 그는 같은 맥락으로 편지를 썼다. 다만 자신의 아내와 아이를 그에게 맡긴다고 또렷이 명시했다. 이렇게 강한 어조로 부탁한 까닭은 그가 빠져들 것으로 예상되는 위험한 회귀나 낙담으로부터 그를 일깨우고자 하는 바람에서였다.

로리 씨에게는, 그들 모두를 부탁하는 한편 세속적인 업무에 대해 설명했다. 고마운 우정과 따뜻한 애정을 담은 문장을 여럿 덧붙여 편지를 마무리하자, 모든 게 끝났다. 카턴에 대해서는 전혀 생각하지 않았다. 그의 마음속에는 다른 이들이 너무 가득해서 카턴 생각은 한 번도 떠오르지 않았다.

소등되기 전에 그는 편지들을 모두 마무리했다. 밀짚 침대에 누웠을 때, 이 세상과는 끝났다고 생각했다.

하지만 이 세상은 꿈속에서 다시 그를 손짓해 불렀고 빛나는 형상으로 나타났다. 그는 자유롭고 행복하게 소호의 옛집으로 돌아왔고(비록 진짜 집과 닮은 점은 하나도 없었지만), 알 수 없는 이유로 감옥에서 풀려나 날아갈 듯한 마음이었다. 그는 다시금 루시와 함께였으며, 그녀는 모든 게 꿈이었다고, 당신은 떠난 적도 없었노라고 말했다. 짧은 망각 상태 이후, 그는 심지어 사형까지 당한 뒤 시신이 되어 그녀에게 되돌아와 있었는데, 그럼에도 자신에게는 아무런 변화가 없었다. 다시금 짧은 망각 상태가 이어진 뒤, 그는 칙칙한 아침에 잠에서 깨었으며, 자신이 어디에 있는지 혹은 무슨 일이 일어났는지 기억이 없다가 불현듯 생각이 떠올랐다. '오늘이 내가 죽는 날이구나!'

이런 식으로, 그는 쉰둘의 머리가 떨어지게 될 그날까지 몇 시간을 버티어냈다. 그리고 이제, 그의 마음이 차분해지고, 그가 조용하고 용감하게 마지막을 맞게 되길 바라는 가운데, 그의 깨어 있는 생각 속에서 다스리기 매우 어려운 새로운 활동이 시작되었다.

그는 자신의 생명을 앗아 갈 그 도구를 지금껏 본 적이 없었다. 그게 지면에서 얼마나 높이 있는지, 계단은 몇 개나 되는지, 그는 어디에 서게 될지, 그를 다루는 방식은 어떨지, 그를 만지는 손이 시뻘겋게 물들어 있을지, 그의 얼굴은 어느 쪽을 향할지, 그가 처음이 될지 혹은 마지막이 될지, 이러한 질문들과 이와 비슷한 수많은 질문이 그의 의지와는 무관하게 몇 번이고 불쑥불쑥 끼어들었다. 그 생각들이 두려움과 관련된 것은 아니었다. 그는 어떤 두려움도 의식하지 않았다. 오히려 그것들은 때가 되었을 때 어떻게 해야 하는지 알고 싶다는 기묘하고 끈덕진 욕망, 실제로 겪게 될 일순간에 비해 지나치게 과대한 욕망, 그 자신의 궁금증이라기보다는 그 자신 안에 존재하는 또 다른 영혼의 궁금증에서 비롯된 것이었다.

그가 이리저리 서성이는 동안 시간은 계속 흘렀고, 시계가 이제는 다시 듣지 못할 숫자들을 울려댔다. 9시가 영원히 사라졌고, 10시가 영원히 사라졌고, 11시가 영원히 사라졌고, 12시가 사라지기 위해 다가오고 있었다. 그는 마지막 순간에 자신을 당혹스럽게 했던 기묘한 사고 활동과 힘겹게 싸운 끝에, 마침내 그것을 떨쳐버렸다. 그는 그들의 이름을 조용히 되뇌면서 감옥 안을 거닐었다. 최악의 투쟁은 끝났다. 그는 마음을 흩뜨리는 망상을 완전히 떨친 채 감옥 안을 거닐면서 자신과 그들을 위해 기도할 수 있었다.

12시가 영원히 사라졌다.

최종 시간이 3시라고 들었지만, 사형수 호송 마차가 길에서 덜걱덜걱 느릿느릿 나아갈 것을 감안하면 그것보다 이른 시간에 소환될 터였다. 따라서 그는 최종 시간을 2시라고 마음속에 새기고, 그때까지 자기 자신을 격려해서 그 이후에는 다른 이들을 격려할 수 있도록 하자고 다짐했다.

가슴 앞에 팔짱을 낀 채 규칙적으로 감옥 안을 거니는 그는 라 포르스 감옥에서 이리저리 서성이던 죄수와는 전혀 다른 사람이었기에, 1시가 영원히 사라지는 것을 듣고서도 놀라지 않았다. 그 시간은 여느 시간들과 같은 길이로 다가왔다. 그는 자제력을 되찾은 것에 대해 하늘에 경건한 감사를 올렸고, '이제 한 시간밖에 남지 않았구나'라고 생각하며 다시 걷기 시작했다.

그때 문밖에서 돌바닥을 울리는 발소리가 들렸다. 그는 걸음을 멈췄다.

열쇠가 자물쇠에 끼워져 돌려졌다. 문이 열리기 전 혹은 문이 열리던 순간, 한 사내가 영어로 낮게 말했다. "그는 이곳에서 나를 본 적이 없소. 내가 알아서 피해 다녔으니까. 당신 혼자 들어가시오. 나는 근처에서 기다리지. 서두르시오!"

문이 재빨리 열렸다 닫혔고, 그의 앞에 어떤 이가 얼굴을 마주하고 섰다. 조용하고 강렬한 시선, 얼굴에 띤 옅은 미소, 조심하라는 듯 입술에 댄 손가락, 바로 시드니 카턴이었다.

그의 모습에는 뭔가 너무나 환하고 비범한 면이 있어서, 처음에 죄수는 자기 상상이 만들어낸 환영인 줄 알았다. 하지만 그가 입을 열자 그것은 그의 목소리였고, 그가 죄수의 손을 잡자 그것 역시 진짜 그의 손길이었다.

"온 세상 사람들 중에 나를 보리라고는 기대하지 않았나 보죠?" 그가 말했다.

"당신이라고 믿기지 않았소. 지금도 믿기지가 않아요. 설마……." 갑자기 불안한 생각이 엄습했다. "죄수는 아니겠죠?"

"아닙니다. 어쩌다 보니 여기 간수 한 명에게 힘을 쓸 수 있어서, 덕분에 당신 앞에 서 있는 겁니다. 그녀가 보내서 왔어요. 당신 부인 말입니다, 다네이."

죄수가 그의 손을 쥐었다.

"그녀의 부탁을 가져왔어요."

"뭡니까?"

"더없이 간절하고 절박하고 단호한 부탁입니다. 당신에게 너무나 소중한, 더없이 애틋한 목소리로 전하더군요. 잘 기억하시겠지만."

죄수는 고개를 약간 옆으로 돌렸다.

"왜 이런 부탁을 가져왔는지, 또는 이게 무슨 의미인지, 질문할 시간이 없습니다. 대답할 시간도 없고요. 그저 여기에 따라야 합니다. 신고 있는 장화를 벗고 여기 내 걸 신으십시오."

죄수 뒤쪽으로, 의자 하나가 감옥 벽 가까이에 놓여 있었다. 카턴이 성큼성큼 나아가더니, 번개 같은 속도로 벌써 그를 의자에 앉히고 자신은 맨발로 그 앞에 섰다.

"내 장화를 신어요. 손으로 집어요. 열의를 보여요. 얼른!"

"카턴, 이곳에서 달아날 방법은 없어요. 그건 불가능해요. 그러다가 당신까지 죽을 거요. 미친 짓이에요."

"내가 당신더러 달아나라고 한다면 그건 미친 짓이겠죠. 하지만 내가 그랬나요? 혹시라도 내가 저 문을 빠져나가라고 하면, 그때는 미친 짓이라고 말하고 여기 그냥 남아 있어요. 그 넥타이를 내 것과 바꿉시다, 그 외투도 내 것과 바꾸고. 그러는 동안 당신 머리 끈을 풀어서 머리카락을 나처럼 좀 헝클어놓겠소."

그는 초자연적으로 보일 정도의 의지력과 실천력, 그리고 놀라운 민첩성으로 상대에게 이런 변화를 만들어냈다. 죄수는 그의 손안에 맡겨진 어린아이 같았다.

"카턴, 카턴! 이건 미친 짓이오. 어차피 해낼 수도 없어요. 절대 불가능한 일이니까. 이전에도 시도되었지만, 언제나 실패했단 말입니다. 간청하건대 나의 비통한 죽음에 당신 죽음까지 더하지 마시오."

"내가 저 문을 빠져나가라고 그랬나요, 친애하는 다네이? 만약 내가 그러거든, 거절해요. 이 탁자에 펜과 잉크와 종이가 있군요. 글을 쓸 만큼 손이 차분합니까?"

"당신이 나타나기 전까지는 그랬소."

"다시 차분하게 만들어서 내가 부르는 대로 받아써요. 얼른, 친구, 서둘러요!"

다네이는 혼란스러운 머리를 손으로 누르면서 탁자에 앉았다. 카턴이 오른손을 가슴에 대고 그의 곁에 가까이 섰다.

"정확히 내가 말하는 대로 써요."

"수신인은 누구로 할까요?"

"생략하세요." 카턴은 여전히 가슴에 손을 대고 있었다.

"날짜는요?"

"그것도요."

죄수는 질문을 할 때마다 그를 올려다보았다. 카턴은 가슴에 손을 대고 서서 그를 내려다보았다.

"만약 당신이," 카턴이 부르기 시작했다. "오래전에 우리 사이에 오간 대화를 기억한다면, 이 글을 보고 바로 그 의미를 이해할 겁니다. 나는 알아요, 당신이 그 대화를 기억하리란 걸. 당신의 성품상 잊을 리가 없지요."

그가 가슴에서 손을 꺼냈다. 죄수가 글을 쓰다가 문득 이상한 느낌에 올려다보자, 카턴의 손이 뭔가를 꼭 쥔 채 멈췄다.

"'잊을 리가 없지요'까지 썼습니까?" 카턴이 물었다.

"그래요. 당신 손에 든 게 무기입니까?"

"아뇨. 무기 따위는 없소."

"손에 든 게 뭡니까?"

"이제 곧 알게 됩니다. 계속 써요. 이제 몇 마디밖에 안 남았으니까." 그는 다시 글을 불렀다. "그 말을 증명할 수 있는 순간이 와서 고마울 따름이오. 내가 이렇게 하는 건 절대 한탄할 일도, 슬퍼할 일도 아닙니다." 그는 대필자에게 시선을 고정한 채 이 말을 하면서, 대필자의 얼굴 가까이로 서서히 조용하게 손을 움직였다.

다네이의 손에 쥔 펜이 탁자 위로 툭 떨어지더니, 그가 멍하니 주위를 둘러보았다.

"이게 무슨 증기죠?"

"증기?"

"뭔가 나를 스쳤는데?"

"나는 아무것도 못 느꼈소. 이곳에 뭐가 있을 리 없지. 펜을 들고 마무리해요. 얼른, 서둘러요!"

마치 기억력이 손상된 듯 혹은 기능에 이상이 생긴 듯, 죄수는 집중력을 모으려고 애썼다. 그가 흐려진 두 눈과 달라진 호흡으로 카턴을 바라보자, 카턴은—다시 손을 가슴에 댄 채—침착하게 그를 마주 보았다.

"얼른, 서둘러요!"

죄수가 다시 한번 종이 위로 몸을 숙였다.

"설령 일이 이렇게 되지 않았다 해도," 카턴의 손이 다시 조심스럽게 슬그머니 아래로 내려갔다. "내가 누릴 기회가 더 늘어나지는 않았을 거요. 설령 일이 이렇게 되지 않았다 해도, 내게는 책임져야 할 죄만 더 늘었을 거요. 설령 일이 이렇게 되지 않았다 해도……." 카턴은 펜을 보았고, 그 끝의 글씨가 알아볼 수 없는 기호로 변해가는 것을 보았다.

카턴의 손은 더는 가슴으로 돌아가지 않았다. 죄수가 책망하는 표정으로 벌떡 일어났지만, 카턴의 손이 그의 코를 단단히 막았고 왼쪽 팔은 그의 허리를 잡았다. 잠시 그는 자신을 위해 목숨을 내려놓으러 온 남자와 약하게 몸싸움을 했으나, 곧 의식을 잃은 채 바닥에 늘어졌다.

재빨리, 그러나 목적에 충실하기로는 마음에 뒤지지 않는 손놀림으로, 카턴은 죄수가 벗어둔 옷으로 갈아입고, 머리를 뒤로 빗어 죄수의 머리 끈으로 묶었다. 그런 뒤, 가만히 불렀다. "어이, 들어오시오! 안으로!" 이어 첩자가 모습을 드러냈다.

"봤소?" 카턴이 의식 없는 남자의 곁에 한쪽 무릎을 대고 앉아 가슴 안쪽에 종이를 넣으며 올려다보았다. "당신 상황이 매우 위험하오?"

"카턴 씨." 첩자가 초조하게 손가락을 튕기며 대답했다. "일이 이만큼이나 진행됐으니, 당신이 거래만 충실하게 끝내주면, 내 상황이 위험할 일은 없소."

"두려워할 것 없소. 죽을 때까지 충실할 테니."

"그래야겠지, 카턴 씨, 쉰둘의 이야기가 맞아떨어지려면. 당신이 그 옷차림으로 숫자만 맞춰주면, 나는 두려울 게 없소."

"두려울 게 없지! 나는 곧 당신을 해칠 수 없는 몸이 되고, 하느님께 바라건대, 나머지 사람들은 곧 이곳을 멀리 벗어나게 될 테니까! 자, 도움을 요청해서 나를 마차로 데려가시오."

"당신을?" 첩자가 초조하게 말했다.

"이 사람 말이오, 거참, 내가 바꿔치기한 사람. 아까 나를 데리고 들어온 문으로 나갈 거요?"

"물론."

"처음에 나를 들일 때부터 몸이 안 좋았는데 이제 나갈 때는 더 나빠졌다고 해요. 작별 면회가 너무 힘들었던 거지. 그런 일은 이곳에서 자주 일어나니까, 그것도 너무 자주. 당신 목숨은 당신 손에 달렸소. 서둘러요! 도움을 요청하시오!"

"나를 배신하지 않겠다고 맹세합니까?" 첩자가 마지막 순간에 걸음을 멈추고 몸을 떨며 물었다.

"거참, 거참!" 카턴이 발을 구르며 대답했다. "이 일을 끝까지 해내기로 내가 이미 엄숙하게 맹세를 안 해서 지금 이 귀한 시간을 낭비하는 거요? 당신이 잘 아는 그 안마당까지 직접 이 사람을 데려가서, 직접 마차에 태우고, 직접 로리 씨한테 보여주고, 직접 그분한테 전하시오. 이 사람한테 각성제는 주지 말고 공기만 쐬게 하라고, 그리고 지난밤에 내가 했던 말과 지난밤에 그분이 했던 약속을 명심하고 바로 떠나라고!"

첩자가 물러나자 카턴은 탁자에 앉아 양손으로 이마를 감쌌다. 첩자가 이내 사내 둘을 데리고 돌아왔다.

"뭐래, 이건?" 그들 중 하나가 쓰러진 사람을 응시하며 말했다. "자기 친구가 성녀 기요틴의 복권에 당첨돼서 너무 가슴이 아프셨나 봐?"

"아무리 훌륭한 애국지사라도," 다른 한 명이 말했다. "이 양반보다 가슴 아파하지는 못하겠구먼, 귀족이 꽝을 뽑았을 때 말이야."

그들은 의식 없는 사람을 들어 문간에 가져다 놓은 들것에 실은 다음, 들고 나가려고 허리를 숙였다.

"시간이 얼마 없소, 에브레몽드." 첩자가 경고하는 목소리로 말했다.

"잘 알고 있소." 카턴이 대답했다. "부탁이니, 내 친구를 잘 돌봐주고, 이제 그만 가시오."

"자, 그럼, 친구들," 바사드가 말했다. "들어 올리게. 그만 가자고!"

문이 닫히고, 카턴은 홀로 남겨졌다. 그는 최대한 청각을 곤두세우고 혹시라도 의심이나 경고의 조짐이 들리지는 않나 귀 기울였다. 전혀 없었다. 열쇠가 돌아가고, 문이 쾅 닫히고, 저 멀리 복도로 발소리가 사라져갔다. 평소와 다를 만한 고함 소리도, 서두르는 기척도 없었다. 잠시 뒤 그는 좀 더 편하게 숨을 내쉬며 탁자에 앉아 다시 귀 기울였다. 이윽고 시계가 2시를 알렸다.

이어 그가 의미를 잘 알고 있는 소리, 그래서 두려워하지 않는 소리가 들려오기 시작했다. 몇 개의 문들이 잇달아 열렸고, 마침내 그의 문이 열렸다. 손에 명단을 든 간수가 안을 들여다보며 "이리로, 에브레몽드!"라고 짧게 말했고, 그는 간수를 따라 멀찍이 떨어진 크고 어둑한 방으로 들어갔다. 칙칙한 겨울날이었고, 안에 도사린 어둠과 밖에 도사린 어둠 때문에, 그는 양팔을 결박당하기 위해 그곳에 불려 온 다른 사람들을 그저 어렴풋이 분간할 수 있었다. 어떤 이들은 서 있었고, 어떤 이들은 앉아 있었다. 어떤 이들은 한탄하면서 안절부절못했다. 하지만 그런 이들은 소수였다. 대다수는 아무 말 없이 가만히 바닥만 응시했다.

그가 어둑한 구석에서 벽 쪽에 서 있을 때 쉰둘의 일부가 그의 뒤에 들어왔는데, 한 남자가 지나가다가 걸음을 멈추더니 마치 서로 아는 사이인 듯 그를 포옹했다. 그는 정체가 탄로 날까 봐 크나큰 두려움에 가슴이 떨렸다. 하지만 남자는 그냥 지나갔다. 그로부터 불과 얼마 지나지 않아 소녀처럼 가냘픈 체구, 핏기라고는 없는 상냥하고 야윈 얼굴에, 인내심 많은 두 눈을 동그랗게 뜬 아가씨 한 명이 앉아 있던 자리에서 일어나더니 그에게 다가와 말을 걸었다.

"에브레몽드 시민 동지." 그녀가 차가운 손으로 그를 만지며 말했다. "저는 작고 불쌍한 재봉사예요. 예전에 라 포르스 감옥에 함께 있었죠."

그는 나직하게 대답했다. "맞아요. 죄목이 뭐였죠?"

"음모요. 제게 아무 죄도 없다는 걸 공정한 하느님께서는 아시겠지만요. 가능키나 해요? 누가 저처럼 작고 불쌍하고 나약한 존재와 음모를 꾸밀 생각을 하겠어요?"

그녀가 이 말을 하면서 지은 쓸쓸한 미소가 너무 가슴 시려서 그는 눈물이 났다.

"죽는 건 두렵지 않아요, 에브레몽드 시민 동지. 하지만 저는 아무 짓도 안 했어요. 공화국은 우리 같은 가난한 사람한테 정말 많은 도움을 베풀 거니까, 그런 공화국에 제 죽음이 보탬이 된다면, 저는 죽는 게 꺼려지지는 않아요. 그런데 그게 어떻게 가능한지 모르겠어요, 에브레몽드 시민 동지. 저는 이렇게 작고 불쌍하고 나약한 존재인데!"

지상에서 따뜻하고 부드럽게 대할 마지막 대상으로서, 그의 심장은 이 가련한 아가씨에게 따뜻하고 부드럽게 열렸다.

"석방되셨다고 들었어요, 에브레몽드 시민 동지. 그게 사실이길 바랐는데요?"

"맞아요. 하지만 다시 체포되어 유죄 선고를 받았죠."

"만약 같은 호송 마차를 타게 되면, 에브레몽드 시민 동지, 제가 손을 잡아도 될까요? 두렵지는 않지만, 저는 작고 나약해서 그렇게 하면 더 용기가 생길 것 같아요."

인내심 많은 두 눈이 그의 얼굴을 올려다볼 때 그는 그 눈빛 속에서 돌연한 의구심, 이어 놀라움을 보았다. 그는 일에 지치고 굶주림에 지친 어린 손가락을 꼭 쥐고 자신의 입술에 갖다 댔다.

"그분을 위해 죽는 건가요?" 그녀가 속삭였다.

"그리고 그의 아내와 아이를 위해서요. 쉿! 맞아요."

"오, 낯선 분이여, 그 용감한 손을 잡아도 될까요?"

"쉿! 그래요, 가엾은 누이여, 마지막까지."

*

감옥에 드리운 것과 같은 어둠이, 이른 오후 같은 시각, 사람들이 우글우글 몰려 있는 관문에도 드리우고 있다. 그때 파리를 떠나는 마차 한 대가 검문을 받기 위해 다가온다.

"여행객이 누구요? 안에 누가 타고 있소? 서류!"

서류가 건네어지고 읽힌다.

"알렉상드르 마네트. 의사. 프랑스인. 누구요?"

이분입니다. 무력하고, 어눌하게 웅얼웅얼 헛소리를 하는 노인이 가리켜진다.

"의사 시민 동지가 제정신이 아닌 것 같은데? 혁명 열기가 버거웠던 거요?"

이분한텐 너무 버거웠지요.

"하! 그런 사람들이야 많지. 루시. 그의 딸. 프랑스인. 누구요?"

이 여인이오.

"당연히 그렇겠군. 루시라면, 에브레몽드의 아내, 아니오?"

맞습니다.

"하! 에브레몽드는 다른 곳에서 은밀한 약속이 있지. 루시. 그녀의 딸. 영국인. 이 아이요?"

물론 이 아이입니다.

"뽀뽀해주렴, 에브레몽드의 아이야. 그렇지, 충실한 공화주의자한테 뽀뽀했으니, 너희 집안으로선 새로운 경험이지. 잘 기억해라! 시드니 카턴. 변호사. 영국인. 누구요?"

여기 누워 있습니다, 이쪽 마차 구석에요. 그 역시 손으로 가리켜진다.

"보아하니 영국인 변호사께서 기절한 것 같은데?"

좀 더 신선한 공기를 쐬면 나아지지 않을까 기대한다고 말한다. 원래부터 건강이 좋지 않은 데다 공화국의 노여움을 산 친구와 슬픈 이별을 한 탓이라고 설명한다.

"그게 다요? 고작 그런 걸로! 공화국의 노여움을 사서 기요틴의 작은 창을 내다봐야 하는 사람들이 얼마나 많은데. 자비스 로리. 은행원. 영국인. 누구요?"

"접니다. 그래야겠죠, 남은 사람이 저밖에 없으니."

앞서 모든 질문에 대답한 이는 자비스 로리다. 마차에서 내려 문에 손을 대고 서서 한 무리의 관리들에게 대답하는 이도 자비스 로리다. 그들은 느긋하게 마차 주위를 돌고 느긋하게 마부석에 올라가 지붕에 어떤 소소한 짐을 실었나 살펴본다. 시골 사람들이 어슬렁어슬렁 마차 문으로 가까이 다가와 대놓고 안을 들여다본다. 엄마 품에 안긴 어린아이가 짧은 팔을 쭉 내밀고는 기요틴의 희생자가 된 귀족의 아내를 만져보려고 한다.

"서류 받으시오, 자비스 로리, 확인했소."

"떠나도 됩니까, 시민 동지?"

"떠나도 됩니다. 출발, 거기 기수들! 좋은 여행 되시오!"

"감사합니다, 시민 동지들. 이로써 첫 번째 위험은 통과했군!"

이것 역시 자비스 로리가 두 손을 꽉 쥐고 위를 올려다보며 한 말이다. 마차에는 극심한 두려움이 있고, 흐느끼는 소리가 있고, 의식 없는 여행객의 무거운 숨소리가 있다.

"너무 천천히 가는 것 아닌가요? 속도를 높이라고 하면 안 되나요?" 루시가 노인에게 매달려 묻는다.

"그러면 달아나는 것처럼 보일 거란다, 얘야. 마부들을 너무 재촉할 수는 없어, 의심을 불러일으킬 테니까."

"뒤를 보세요, 뒤를 보세요, 누가 쫓아오지는 않는지!"

"길에는 아무도 없단다, 얘야. 지금까지는, 아무도 쫓아오지 않아."

가옥들이 두세 채씩 우리 곁을 지나가고, 외딴 농장, 허물어진 건물들, 염색 작업장, 무두질 작업장, 이와 비슷한 건물들, 탁 트인 들판, 헐벗은 나무들이 늘어선 가로수 길이 스쳐 지나간다. 우리 발밑은 딱딱하고 울퉁불퉁한 길이고, 양옆은 물컹하고 깊은 진흙탕이다. 때때로 우리는 덜컹덜컹 마차를 뒤흔드는 돌을 피해 갓길의 진창으로 들어선다. 때때로 우리는 그곳에서 바퀴 자국 홈이나 진구렁에 빠져 꼼짝 못 한다. 그럴 때면 고통스러운 초조함이 극에 달하여 몹시 불안한 데다 허둥지둥 마음이 급해져서 그냥 마차에서 내려 달리고 싶다—숨고 싶다—멈추는 것만 빼고 무엇이든 하고 싶다.

탁 트인 들판을 지나, 다시 허물어진 건물들, 외딴 농장, 염색 작업장, 무두질 작업장, 이와 비슷한 건물들, 두세 채씩 모인 가옥, 헐벗은 나무들이 늘어선 가로수 길이 스쳐 지나간다. 이자들이 우리를 속여서 딴 길로 되돌아가는 건가? 이 길은 아까 지나간 곳이 아닌가? 오, 감사하게도 아니구나. 마을이다. 뒤를 보세요, 뒤를 보세요, 누가 쫓아오지는 않는지! 쉿! 역참이란다.

느긋하게, 우리의 말 네 마리가 풀려난다. 느긋하게, 말들도 없이, 다시 움직일 기미도 없이, 마차는 작은 길 위에 멈춰 서 있다. 느긋하게, 새로운 말들이 한 마리씩 한 마리씩 눈앞에 나타난다. 느긋하게, 새 기수들이 채찍 끈을 쪽쪽 빨아 꼭꼭 땋으면서 말 뒤를 따라온다. 느긋하게, 옛 기수들이 돈을 세고, 셈을 잘못하고, 마땅찮은 합계에 이른다. 그러는 내내, 터질 듯한 우리 심장은 지금껏 태어난 가장 빠른 말들의 가장 빠른 질주를 능가할 정도로 콩닥콩닥 뛴다.

마침내 새 기수들이 안장에 앉고, 옛 기수들은 뒤에 남는다. 우리는 마을을 지나고, 언덕을 올라가고, 언덕을 내려가고, 축축한 저지대로 들어선다. 갑자기, 기수들이 요란한 손짓을 섞어 대화를 나누더니 말들이 거의 궁둥이를 대다시피 멈추도록 고삐를 당긴다. 설마 쫓기는 걸까?

"어이! 거기 마차 안에요, 말 좀 나눕시다!"

"뭡니까?" 로리 씨가 창밖을 내다보며 묻는다.

"몇 명이라고 그럽디까?"

"무슨 말인지 못 알아듣겠소."

"좀 전에 역참에서 말이오. 오늘 기요틴행이 몇 명이랍디까?"

"쉰둘이오."

"내 말이! 근사한 숫자잖아! 여기 우리 시민 동지는 마흔둘이라고 우기잖소. 머리가 열 개는 더 있어야지. 기요틴이 참 멋지게 돌아가요. 마음에 들어. 어이 앞으로. 이랴!"

밤이 어둡게 내려앉는다. 그는 기척이 늘어난다. 정신이 들기 시작하는지 말도 점점 분명해진다. 그는 그들이 아직 함께 있다고 생각한다. 상대의 이름을 부르면서 손에 든 게 뭐냐고 묻는다. 오, 자비로운 하늘이여, 우리를 가엾게 여겨 도와주소서! 밖을 보세요, 밖을 보세요, 누가 쫓아오지는 않는지.

바람이 쌩쌩 뒤쫓고, 구름이 훨훨 뒤쫓고, 달이 첨벙 뒤쫓고, 사나운 밤 전체가 우리를 뒤쫓는다. 하지만 지금까지는, 그 외에 우리 뒤를 쫓는 것은 없다.

14장

뜨개질이 끝나다

쉰돌이 자신의 운명을 기다리고 있던 바로 그 시각에 드파르주 부인은 방장스, 혁명 배심원단의 자크 삼과 함께 음산하고 불길한 회의를 열었다. 드파르주 부인이 각료들과 회담한 장소는 포도주 상점이 아니라, 전직 도로 보수공인 톱질꾼의 헛간이었다. 톱질꾼은 회의에 참여하지 않고 조금 떨어진 곳에서 대기했는데, 마치 명하기 전에는 말해서도 안 되고 청하기 전에는 소견을 내어서도 안 되는 곁다리 같았다.

"하지만 우리 드파르주는," 자크 삼이 말했다. "충실한 공화주의자인 건 확실하잖아요? 안 그래요?"

"그만한 사람도 없어요." 입심 좋은 방장스가 새된 목소리로 항의했다. "온 프랑스를 뒤져도 말이죠."

"진정해, 방장스." 드파르주 부인이 살짝 인상을 찌푸리며 부관의 입술을 손으로 막았다. "내 말을 들어봐요. 내 남편 시민 동지는 충실한 공화주의자이고 용감한 사람이에요. 공화국을 누릴 자격이 충분하고 공화국의 신임도 얻고 있지. 하지만 그이는 약점도 있어요, 너무 약해서 이 의사를 동정한단 말이야."

"참 딱한 일이군." 자크 삼이 잔인한 손가락을 굶주린 입가에 대고 미심쩍게 고개를 저으며 말했다. "충실한 시민 동지라면, 그러면 안 되지. 애석한 일이야."

"봐요." 부인이 말했다. "난 이 의사한테는 관심이 없어요. 그자 머리가 달려 있든 잘려 나가든, 내 상관할 바 아니지. 나한테는 그게 그거니까. 하지만 에브레몽드 일족은 모조리 뿌리 뽑아야 해요. 그자의 아내랑 자식도 남편과 아버지 뒤를 따라야 한다고요."

"그 여자 머리가 참하죠." 자크 삼이 쉰 목소리로 말했다. "예전에 거기에서 금발에 푸른 눈을 봤는데, 삼손 손에 들린 모습이 꽤 매력적이더라고." 그는 식인 괴물이었기에 마치 미식가처럼 이야기했다.

드파르주 부인이 눈을 깔고 잠시 생각에 잠겼다.

"그 아이도," 자크 삼이 자기가 한 말을 즐겁게 되새기며 말했다. "금발에 푸른 눈이잖아요. 게다가 그곳에서 어린애를 보는 경우는 드물거든. 꽤 예쁜 광경이 되겠어."

"간단히 말해," 드파르주 부인이 짧은 상념에서 깨어나 말했다. "이 사안에 관해서는 남편을 못 믿겠어요. 지난밤 이후로, 그이한테 내 계획을 세세히 털어놓으면 안 되겠다는 생각이 들어요. 그뿐 아니라 혹시라도 지체하면 그이가 귀띔해서 그자들이 달아날지도 모른다는 생각도 들고."

"절대 그러면 안 되죠." 자크 삼이 말했다. "아무도 달아나면 안 돼. 지금만 해도 절반을 못 채우는데. 하루에 120명은 해치워야죠."

"간단히 말해," 드파르주 부인이 말을 이었다. "남편에겐 나처럼 이 가문을 끝장내고자 하는 이유가 없고, 나에겐 그이처럼 이 의사를 섬세하게 대할 이유가 없어요. 그러니까 자력으로 행동할 수밖에. 이리 와봐요, 작은 시민 동지."

극심한 두려움에 그녀를 경외의 대상으로, 그리고 자신은 복종의 대상으로 여기는 톱질꾼이 붉은 모자에 손을 얹고 다가왔다.

"그 신호 말입니다, 작은 시민 동지," 드파르주 부인이 엄하게 말했다. "그 여자가 죄수들에게 보냈다는 신호요. 오늘 당장 거기에 대해 증언할 준비가 되어 있죠?"

"예, 예, 그럼요!" 톱질꾼이 외쳤다. "날이면 날마다, 비가 오나 눈이 오나, 2시부터 4시까지, 언제나 신호를 보냈습죠. 어떤 날엔 꼬맹이랑 함께, 어떤 날엔 혼자서요. 제가 확실히 압니다. 두 눈으로 똑똑히 봤으니까."

마치 본 적도 없는 갖가지 다양한 신호 중 몇 가지를 무심코 따라 하기라도 하는 듯, 그는 이 말을 하면서 온갖 몸짓을 해댔다.

"확실히 음모군." 자크 삼이 말했다. "명백해!"

"배심원단은 확실하죠?" 드파르주 부인이 음산한 미소를 지으며 그에게 눈길을 돌리고 물었다.

"애국 배심원단을 믿어요, 시민 동지. 동료 배심원들은 내가 책임집니다."

"그럼, 어디 보자," 드파르주 부인이 다시 생각에 잠기며 말했다. "한 번만 더! 남편을 봐서 이 의사는 살려줄까? 이러든 저러든 나는 상관없는데. 살려줘도 될까?"

"그자도 머리 하나로 계산될 텐데." 자크 삼이 낮은 목소리로 말했다. "정말로 머리가 충분치 않아요. 참 딱한 일이야, 내 생각엔."

"내가 그녀를 봤을 때 그도 딸과 함께 신호를 보내고 있었어요." 드파르주 부인이 논리를 내세웠다. "이쪽을 말하면서 저쪽을 말하지 않을 수는 없지. 게다가 이 사건을 여기 작은 시민 동지한테만 떠맡기고 내가 입 다물고 있어선 안 되지. 나도 증인으로 나쁘지 않으니까."

방장스와 자크 삼은 그녀보다 훌륭하고 멋진 증인은 세상에 없다고 서로 경쟁적으로 열변을 토했다. 작은 시민 동지도 이에 뒤질세라 그녀를 천상의 증인이라고 단언했다.

"그자도 자기 운을 따라야지." 드파르주 부인이 말했다. "그래, 살려줄 수는 없겠어! 시민 동지들은 3시에 볼일이 있죠. 오늘도 한 무리가 처형되는 걸 보러 갈 거니까. 그쪽은?"

이 질문은 톱질꾼에게 던진 것이었다. 그는 허둥지둥 그렇다고 대답하면서 이 기회를 포착해 덧붙이길, 자기보다 열성적인 공화주의자는 없을 거라고, 또한 익살맞은 국민 이발사를 구경하면서 오후의 파이프 담배를 피우는 즐거움을 빼앗긴다면 사실상 자기보다 비참한 공화주의자도 없을 거라고 했다. 그가 이 대목에서 워낙 노골적으로 말했기 때문에, 그는 매분 매초 자기 한 몸의 안전만 소소하게 걱정하는 사람은 아닌가 하는 의심을 샀을지도 모른다. (드파르주 부인의 머리에 달린 짙은 두 눈이 그를 경멸하듯 바라본 것으로 보건대, 아마도 그랬을 것이다.)

"나도," 부인이 말했다. "같은 장소에서 똑같이 볼일이 있어요. 볼일이 끝나면—이를테면 오늘 밤 8시쯤—생탕투안으로 찾아와요. 나랑 같이 우리 구역에서 이 사람들을 고발할 거니까."

톱질꾼은 시민 동지를 돕게 되어 자랑스럽고 영광이라고 말했다. 시민 동지가 쳐다보자 그는 겸연쩍은지 작은 개가 그러듯 그녀의 시선을 피했고, 목재 속에 숨어서 톱질로 당혹감을 숨겼다.

드파르주 부인이 배심원과 방장스를 문 가까이 불러 향후 계획을 자세히 설명했다.

"그녀는 지금 남편의 처형 순간을 기다리면서 집에 있을 거예요. 아마 애달프게 슬퍼하고 있겠지. 공화국의 정당성을 부정하는 마음 상태일 거야. 공화국의 적들에게 완전히 동조하면서 말이지. 내가 가봐야겠어."

"이렇게 감탄스러운 여성이 있을까, 이렇게 경외할 만한 여성이 있을까!" 자크 삼이 열광적으로 부르짖었다. "아, 소중한 분!" 방장스가 소리치면서 그녀를 끌어안았다.

"내 뜨개질감을 가져가." 드파르주 부인이 부관의 손에 뜨개질감을 쥐어주며 말했다. "내가 늘 앉는 자리에다 이걸 준비해줘. 늘 앉는 자리를 맡아주고. 지금 바로 가, 아마도 오늘은 평소보다 군중이 많을 테니까."

"대장의 명령을 기꺼이 받들게요." 방장스가 민첩하게 말하면서 그녀의 뺨에 입을 맞췄다. "늦지 않게 올 거죠?"

"처형이 시작되기 전에 갈 거야."

"사형수 호송 마차가 도착하기 전에요. 반드시 와야 해요, 꼭!" 방장스가 등 뒤에서 외쳤다. 그녀가 이미 길거리로 나섰기 때문이었다. "호송 마차가 도착하기 전에요!"

드파르주 부인은 알아들었다는 표시로, 그리고 시간 내에 도착할 테니 걱정 말라는 표시로 살짝 손을 흔든 다음, 진창을 헤치고 감옥 벽 모퉁이를 돌아 사라졌다. 방장스와 배심원은 멀어져가는 그녀의 뒷모습을 보면서 그녀의 멋진 외모와 빼어난 윤리적 자질을 높이 평가했다.

당시에는 시대의 손길 아래 무시무시하게 탈바꿈된 여인들이 많았다. 하지만 그들 중 어느 누구도 지금 길을 헤치며 나아가는 이 무자비한 여성보다 두려운 존재는 없었다. 그녀는 강인하고 용맹한 기질, 기민한 판단력과 준비성, 굳은 결단력, 자신이 단호함과 증오심의 소유자임을 드러낼 뿐 아니라 상대가 이런 자질을 본능적으로 깨닫게 만드는 그런 종류의 아름다움을 지니고 있었다. 격랑의 시대는 어떤 상황에서든 이런 그녀를 높이 들어 올렸을 것이다. 하지만 부당함에 대한 음울한 자각, 그리고 계급에 대한 뿌리 깊은 적개심을 어린 시절부터 키워온 탓에 그녀는 기회가 되자 암호랑이로 변했다. 그녀에게 동정심 따위는 전혀 없었다. 설령 그런 미덕을 지닌 적이 있었다고 해도 지금은 모두 사라진 터였다.

결백한 남자가 조상들의 죄 때문에 죽어야 한다는 것, 그건 그녀에게 아무것도 아니었다. 그녀 눈에 보이는 건 그들이었지, 그가 아니었으니까. 그의 아내가 남편을 잃고 딸은 아비를 잃게 되는 것, 그것 역시 아무것도 아니었다. 그 정도 처벌로도 부족했다. 그들은 그녀의 천적이자 먹잇감이었고, 그런고로 살아남을 자격이 없었으니까. 그녀에겐 상대에 대한 연민, 심지어 자기 자신에 대한 연민조차 없었기에 그녀의 마음에 호소하는 것은 아무 소용도 없었다. 본인이 가담한 수많은 교전 중에 길바닥에 쓰러졌다 해도, 그녀는 자신을 불쌍히 여기지 않았을 것이다. 내일 당장 교수대로 보내진다 해도, 자기를 그곳에 보낸 사람과 자리를 맞바꾸고 싶다는 맹렬한 욕망을 느끼면 느꼈지 더 약한 마음으로 그곳을 향하지는 않을 것이었다.

이러한 마음을 드파르주 부인은 거친 의복 아래 지니고 있었다. 무심하게 걸쳤지만, 그 의복은 뭔가 묘한 방식으로 그녀에게 어울렸고, 짙은 머리카락은 거친 붉은 모자 아래 풍성해 보였다.

가슴에는 장전된 권총이 숨겨져 있었다. 허리춤에는 날카로운 단도가 숨겨져 있었다. 이 같은 차림새로 무장한 채, 그리고 이러한 성격에 어울리는 자신만만한 발걸음, 소녀 시절 언제나 맨발과 맨다리로 갈색 바다 모래를 밟고 다녔던 여인다운 유연하고 활발한 걸음걸이로, 드파르주 부인은 길을 나아갔다.

한편, 바로 그 시각 여행 마차는 일행이 다 차길 기다리고 있었는데, 여정을 짜던 그 전날 밤에 로리 씨는 프로스 양을 함께 태우기 어렵다는 점에 고심했다. 마차에 지나친 부담을 주지 않는 것이 바람직할 뿐만 아니라, 마차와 승객을 검사하는 데 걸리는 시간을 최대한 줄이는 것이 무엇보다 중요했다. 그들의 탈출 여부는 여기저기에서 아낀 단 몇 초에 달려 있었으니까. 마침내 초조한 심사숙고 끝에 그가 제안하길, 언제라도 도시를 떠날 수 있는 제리와 프로스 양은 당대에 알려진 가장 빠른 마차를 이용해 3시에 출발하라고 했다. 그들에겐 거추장스러운 짐이 없으니 이내 일행을 따라잡을 테고, 길에서 일행을 앞질러 가서 미리 그들의 말을 주문해주면 지체되는 것이 무엇보다 두려운 귀한 밤 시간 동안 한결 빠른 속도로 나아갈 수 있을 터였다.

프로스 양은 긴박한 상황에서 실질적인 도움을 줄 수 있다는 희망을 이 계획에서 발견하고 반색하며 동의했다. 그녀와 제리는 마차가 출발하는 것을 보았고, 솔로몬이 데려온 사람이 누구인지도 알았으며, 옥죄는 긴장 속에 10여 분을 보낸 뒤, 이제 일행을 따라갈 준비를 마무리하고 있었다. 그러는 중에도 드파르주 부인은 길을 헤치면서 다들 떠나고 둘만 남아 협의 중인 텅 빈 숙소를 향해 점점 더 가까이 다가오고 있었다.

"자, 어떻게 생각하세요, 크런처 씨?" 프로스 양이 말했다. 그녀는 극도로 불안해서 제대로 말하거나, 서 있거나, 움직이거나, 살아 있기도 버거운 상태였다. "이 안마당에서 출발하지 말자는 것에 대해 어떻게 생각하세요? 오늘 벌써 마차 한 대가 여기에서 출발했으니, 의심을 불러일으킬지도 몰라요."

"제 의견은, 프로스 양," 크런처 씨가 대답했다. "그 말이 옳습니다. 어쨌거나 부인 뜻을 지지합니다, 옳든 그르든."

"사랑하는 사람들에 대한 두려움과 희망 때문에 마음이 너무 어지러워서," 프로스 양이 격하게 흐느끼며 말했다. "어떤 계획도 세울 수가 없어요. 당신은 무슨 계획이든 세울 수 있나요, 친애하는 크런처 씨?"

"앞으로 살아갈 인생에 관해서라면, 프로스 양," 크런처 씨가 대답했다. "그러길 희망합니다. 이 빌어먹을 늙은 머리를 지금 사용하는 것에 관해서라면, 그건 무리겠습니다. 부탁 하나 드려도 될까요, 프로스 양? 지금 이 위기 상황에서 제가 약속과 맹세 두 가지를 기록으로 남기고 싶은데, 증인이 되어주실래요?"

"아이고, 맙소사!" 프로스 양이 여전히 격하게 흐느끼며 외쳤다. "당장 기록으로 남기고 해치워버리세요, 훌륭한 남자답게."

"첫째로," 크런처 씨가 온몸을 덜덜 떨면서 해쓱하고 엄숙한 얼굴로 말했다. "저 가여운 분들을 여기서 벗어나게만 해주시면,

그 짓거리를 다시는 안 하겠습니다, 절대로 다시는!"

"틀림없이 그러실 거예요, 크런처 씨." 프로스 양이 대답했다. "절대로 다시는 안 하실 거예요, 그 짓거리가 뭔지는 모르겠지만. 그리고 부탁이니까 굳이 자세히 설명하실 필요는 없어요."

"예, 프로스 양." 제리가 대답했다. "뭔지 얘기하지 않을 겁니다. 둘째로, 저 가여운 분들을 여기서 벗어나게만 해주시면, 크런처 부인이 털썩질을 해대도 절대 간섭하지 않을 겁니다, 절대로 다시는!"

"그게 어떤 살림살이 일인지는 모르겠지만," 프로스 양이 눈물을 닦고 마음을 진정시키려 애쓰면서 말했다. "크런처 부인이 알아서 하도록 놔두시는 게 상책이라고 확신해요. 오, 우리 가여운 분들!"

"더 나아가 얘기하고자 하는 바가 있는데요," 크런처 씨가 마치 교회 연단에서 장황하게 설교를 늘어놓을 듯한 매우 우려스러운 기색으로 말을 이었다. "부디 제 말을 잘 기억했다가 크런처 부인한테 좀 전해주십시오. 그게 뭐냐면 털썩질에 대한 제 의견이 변했다고요. 그리고 지금 이 순간 크런처 부인이 털썩질을 하기만을 제가 온 마음으로 바라고 있다고요."

"자, 자, 자! 저도 그러길 바랄게요, 크런처 씨." 마음이 어지러운 프로스 양이 외쳤다. "아울러 그렇게 해서 부인이 기대하는 바가 이루어지길 바랄게요."

"부디 제발." 크런처 씨가 더더욱 엄숙하게, 더더욱 느릿느릿,

그리고 더더욱 장황하고 고집스럽게 연설을 늘어놓을 듯한 기색으로 말을 이었다. "제가 지금껏 했던 말이나 행동 때문에 지금 이 가여운 분들을 위한 제 간절한 기도가 헛되이 되지 않기를! 부디 제발 (그럴 상황이 된다면) 우리 모두 털썩질을 해서 여기 이 끔찍한 위험에서 그분들이 벗어날 수 있게 되기를! 부디 제발, 프로스 양! 제 말은, 부디 '제-발!'" 이것이 크런처 씨가 좀 더 그럴듯한 단어를 찾기 위해 길고도 헛된 노력 끝에 내뱉은 마무리였다.

그러는 중에도 드파르주 부인은 길을 헤치면서 점점 더 가까이 다가오고 있었다.

"혹시라도 우리가 고국 땅에 돌아가게 된다면," 프로스 양이 말했다. "크런처 씨가 이렇게 절절하게 했던 말을 제가 최대한 기억하고 이해해서 부인한테 전할 테니 믿어도 좋아요. 그리고 어떤 경우에든 이 끔찍한 순간에 크런처 씨가 더없이 진지했다는 점을 제가 증언해드릴 테니 그것도 믿으세요. 자, 이제 생각 좀 해봅시다! 존경하는 크런처 씨, 생각 좀 해보자고요!"

그러는 중에도 드파르주 부인은 길을 헤치면서 점점 더 가까이 다가오고 있었다.

"만약 크런처 씨가 먼저 가서," 프로스 양이 말했다. "마차랑 말이 이쪽으로 오지 못하게 한 다음, 어디 딴 곳에서 저를 기다리면 어떨까요, 그게 낫지 않을까요?"

크런처 씨는 그게 낫겠다고 생각했다.

"어디에서 기다리실래요?" 프로스 양이 물었다.

크런처 씨는 너무 정신이 없어서 인근 장소는 하나도 생각나지 않고 오로지 템플 바만 떠올랐다. 안타깝도다! 템플 바는 수백 마일 떨어져 있고, 드파르주 부인은 정말 가까이 다가오고 있었다.

"대성당 문 옆에서 봐요." 프로스 양이 말했다. "두 탑 사이에 있는 대성당 문 근처에서 저를 태우면, 너무 길에서 벗어나나요?"

"아닙니다, 프로스 양." 크런처 씨가 대답했다.

"그럼, 멋진 남자답게," 프로스 양이 말했다. "곧장 역참으로 가서 그렇게 변경하세요."

"걱정이 됩니다." 크런처 씨가 머뭇머뭇 고개를 저으면서 말했다. "제 말은, 프로스 양을 혼자 놔둬도 되는지. 어떤 일이 일어날지 모르잖아요."

"하늘에 맹세코 그렇긴 하죠." 프로스 양이 대답했다. "하지만 제 걱정은 마세요. 3시에, 아니면 가급적 3시 근처에, 대성당에서 저를 태우세요. 분명 여기에서 출발하는 것보다는 그편이 나을 거예요. 그런 확신이 들어요. 자! 몸조심하시고요, 크런처 씨! 제 생각은 마시고, 우리 둘에게 달려 있을 생명들을 생각하세요!"

이러한 서두에 이어 프로스 양의 두 손이 괴로움과 간절함을 담아 그의 손을 꽉 쥐자, 크런처 씨는 마음을 다잡았다. 그는 격려하듯 고개를 한두 번 끄덕인 뒤 일정을 변경하고자 곧장 나섰고, 제안대로 그녀를 혼자 남겨두었다.

예방책을 생각해서 이미 실행에 옮기고 있다는 사실이 프로스 양에게는 큰 위안이 되었다. 또한 길거리에서 사람들의 이목을 끌지 않도록 모양새를 다듬어야 할 필요성이 있다는 사실도 위안이 되었다. 시계를 봤더니 2시 20분이었다. 한시가 급했고 당장 준비해야 했다.

마음이 극도로 불안한 탓에 텅 빈 방들의 적막감도 두렵고, 열린 방문 뒤에서 지켜보고 있을 것만 같은 얼굴들도 두려웠다. 프로스 양은 대야에 찬물을 받아 빨갛게 부어오른 두 눈을 씻기 시작했다. 미칠 듯한 불안감 때문에 그녀는 뚝뚝 떨어지는 물방울이 시야를 가리는 것을 잠시도 참지 못했으며, 몇 번이고 동작을 멈추고선 혹시라도 누가 지켜보지는 않나 주위를 둘러보았다. 이렇게 동작을 멈춘 어느 순간 그녀는 소스라치게 놀라서 비명을 질렀다. 방 안에 어떤 사람이 서 있었기 때문이었다.

대야가 바닥에 떨어지면서 부서졌고, 물이 드파르주 부인의 발치로 흘러갔다. 기묘하고도 준엄한 방식에 의해, 그리고 수없이 얼룩진 피를 통해, 그 발은 이 물을 만나기에 이르렀다.

드파르주 부인이 그녀를 차갑게 쳐다보며 말했다. "에브레몽드의 아내는 어디 있지?"

방마다 문이 모두 열려 있어 달아난 것이 드러나겠다는 생각이 프로스 양의 뇌리에 퍼뜩 스쳤다. 그녀는 우선 방문부터 닫았다. 그곳에는 문이 네 개 있었다. 그녀는 모조리 닫았다. 그런 다음 루시가 묵었던 침실의 문 앞을 가로막고 섰다.

드파르주 부인의 짙은 눈이 이 재빠른 동작을 내내 지켜보았고, 동작이 끝나자 상대에게 시선을 고정했다. 프로스 양에게는 아름다운 구석이 없었다. 세월이 흘렀어도 그녀의 외모에서 풍기는 거친 면은 길들여지지 않았고, 억센 느낌도 부드러워지지 않았다. 하지만 그녀 역시 나름대로 결의가 확고한 여성이었다. 그녀의 두 눈이 드파르주 부인을 샅샅이 뜯어보았다.

"생김새를 보아하니, 악마의 아내겠군." 프로스 양이 거친 숨을 내쉬며 말했다. "그래도 나는 못 당할걸. 나는 영국 여자니까."

드파르주 부인이 경멸하듯 쳐다보았지만, 그녀 역시 프로스 양과 마찬가지로 자신들이 서로 막다른 골목에 내몰렸다고 인식하고 있었다. 그녀는 눈앞에서 단호하고 강인하고 억센 여인을 보았다. 십수 년 전 이 똑같은 인물에게서 로리 씨가 굳센 손을 지닌 여인을 본 것처럼. 그녀는 프로스 양이 이 집안에 헌신적인 친구라는 사실을 너무나 잘 알고 있었다. 프로스 양 역시 드파르주 부인이 이 집안에 악의를 지닌 적이라는 사실을 너무나 잘 알고 있었다.

"저쪽으로 가던 길에 들렀지." 드파르주 부인이 처형 장소를 향해 손을 까딱하며 말했다. "사람들이 내 자리랑 뜨개질감을 맡아놨을 거야. 지나가던 길에 그녀에게 인사나 전할까 해서. 좀 만났으면 싶은데."

"네 속셈이 사악하다는 걸 모를 줄 알고." 프로스 양이 말했다. "믿어도 좋아, 내가 그 속셈을 어떻게든 저지하겠어."

그들은 각자 자기 언어로 말했기에 서로의 말을 이해하지 못했다. 둘 다 서로의 표정과 태도를 뚫어지게 주시하면서 불가해한 말뜻을 유추하려고 애썼다.

"지금 이런 순간에 나한테서 숨는 건 그녀한테도 이롭지 않을 텐데." 드파르주 부인이 말했다. "충실한 애국지사라면 이게 무슨 뜻인지 아니까. 그녀를 만나게 해줘. 내가 보잔다고 가서 전해. 듣고 있어?"

"네년의 두 눈이 침대용 렌치고 내가 영국제 기둥 침대라고 해도, 그걸로 나한테서 나무 부스러기 하나도 긁어내지 못해. 어림없지, 이 사악한 외국년. 내가 상대해주마."

드파르주 부인이 이런 관용적인 표현을 세세히 따라갈 성싶지는 않았지만, 자신이 무시당하고 있다는 것을 알아차릴 정도로는 이해했다.

"멍청하고 돼지 같은 년!" 드파르주 부인이 인상을 찌푸리며 말했다. "너한테선 대답을 듣지 않겠어. 무조건 그녀를 봐야겠어. 내가 보잔다고 가서 전하든지, 아니면 직접 들어가서 보게 문 앞에서 비켜!" 그러고는 설명을 더하려는 듯 험악하게 오른팔을 휘둘렀다.

"내 생전에, 너희 우스꽝스러운 언어를 이해하고 싶은 생각이 들 줄은 꿈에도 몰랐네. 하지만 지금은 네년이 사실을 눈치챘는지, 아니면 조금이라도 낌새를 챘는지 알아낼 수만 있다면 내 몸에 걸친 이 옷만 빼고 뭐든 내주겠어."

두 사람 다 한순간도 상대의 눈에서 시선을 떼지 않았다. 드파르주 부인은 프로스 양이 처음에 그녀의 존재를 인식했던 그 자리에서 꼼짝 않고 서 있다가 이제 한 발 앞으로 다가섰다.

"나는 영국인이고," 프로스 양이 말했다. "이판사판이야. 나 자신이 어떻게 되건 눈곱만큼도 신경 안 써. 네년을 여기에 오래 붙들어두면 둘수록 우리 아기씨한테 희망이 늘어날 테지. 내 몸에 손가락 하나라도 댔단 봐, 그 머리통에 붙은 검은 머리털을 모조리 뽑아버릴 테니."

프로스 양은 숨을 내쉴 때마다 문장을 쏘아붙이고, 문장을 쏘아붙일 때마다 고개를 흔들면서 눈을 이글거렸다. 평생 누구를 때려본 적이라곤 없으면서도 그렇게 맞섰다.

하지만 그녀의 용기는 감정적이라서 억누를 수 없는 눈물이 두 눈에 차올랐다. 드파르주 부인은 이런 용기를 이해하지 못했기에 이것을 나약함으로 오해했다. "하, 하!" 그녀가 웃었다. "딱한 년! 상대할 가치도 없어! 의사랑 직접 얘기하겠어." 이어 그녀는 목소리 높여 소리쳤다. "의사 시민 동지! 에브레몽드의 아내! 에브레몽드의 자식! 이 한심한 바보 말고 누구든, 드파르주 시민 동지에게 응답하시오!"

어쩌면 뒤이은 정적이, 어쩌면 프로스 양의 표정에 숨어 있다 얼핏 드러난 무언가가, 어쩌면 이 두 가지와는 상관없이 불현듯 떠오른 의혹이, 드파르주 부인에게 그들이 이미 떠나버렸다고 속삭였다. 그녀는 후다닥 문 세 개를 열어젖히고 안을 들여다보았다.

"방마다 전부 어수선해. 급하게 짐을 쌌어. 바닥에 이것저것 널려 있고. 네년 등 뒤의 방에도 아무도 없는 거지! 봐야겠어."

"절대 안 돼!" 프로스 양이 말했다. 드파르주 부인이 상대의 대답을 이해한 것만큼이나 그녀 역시 상대의 요구를 완벽히 이해한 터였다.

"만약 그 방에도 없다면, 그자들은 떠난 거야. 그러면 쫓아가서 다시 잡아 오면 돼." 드파르주 부인이 혼잣말을 했다.

"그분들이 이 방에 있는지 없는지 모르는 한 너는 어떻게 해야 할지 확신이 안 서겠지." 프로스 양이 혼잣말을 했다. "그리고 내가 막아서는 한 너는 알아낼 길이 없어. 사실을 알게 되든 모르든, 내가 붙잡고 있는 한 너는 이곳을 떠나지 못해."

"나는 처음부터 길거리에서 살았고, 어떤 것도 날 막지 못했어. 네년 몸뚱이를 갈가리 찢어서라도 그 문에서 비키게 만들겠어." 드파르주 부인이 말했다.

"우리는 외딴 마당의 높은 건물 꼭대기 층에 단둘이 있으니, 누가 우리 소리를 들을 일은 없어. 그저 너를 이곳에 붙잡아둘 체력이 있기만 기도할 뿐이야, 왜냐하면 네년이 여기에 있는 매분 매초가 우리 사랑하는 아기씨에게는 금화 수만 냥의 값어치니까." 프로스 양이 말했다.

드파르주 부인이 문으로 덤벼들었다. 프로스 양이 순간적인 본능으로 그녀의 허리께를 양팔로 부여잡고 힘껏 매달렸다. 드파르주 부인이 버둥버둥 상대를 후려치려 했지만 헛수고였다. 사랑은 언제나 미움보다 훨씬 큰 힘을 지녔으니, 프로스 양은 사랑의 그 강인한 집념으로 상대를 힘껏 붙들고 심지어 몸싸움 도중에 바닥에서 들어 올리기까지 했다. 드파르주 부인이 두 손으로 그녀의 얼굴을 갈기고 할퀴었다. 하지만 프로스 양은 고개를 숙인 채 상대의 허리를 끌어안고 물에 빠진 여자보다 더 절박하게 매달렸다.

곧 드파르주 부인의 두 손이 가격을 멈추더니 상대에게 붙들린 허리께를 더듬었다. "그건 내 팔 아래 있어." 프로스 양이 억눌린 어조로 말했다. "꺼내지 못할걸. 하늘에 감사하게도, 나는 너보다 힘이 세거든. 우리 둘 중 누가 쓰러지거나 죽을 때까지 너를 붙들고 있을 거야!"

드파르주 부인의 손이 가슴께를 향했다. 프로스 양이 고개를 들었다가 그것이 무엇인지 보았고, 그것을 향해 덤벼든 순간 섬광과 함께 굉음이 울리더니, 그녀 홀로 서 있었다. 자욱한 연기에 눈이 먼 채로.

이 모든 일은 순식간에 벌어졌다. 무서운 정적을 남긴 채, 연기가 걷히면서 공중으로 흩어졌다. 마치 생명 없는 육신이 바닥에 널브러진 그 분노한 여성의 영혼처럼.

처음에는 이런 상황에 놀라고 경악하여 프로스 양은 최대한 멀찍이 시신을 지나 부질없는 도움을 요청하러 아래층으로 달려갔다. 다행스럽게도, 그녀는 본인의 행동이 어떤 결과를 가져올지 생각했고 늦지 않게 자제력을 발휘해 집으로 돌아왔다. 문 안으로 다시 들어서기가 끔찍했다. 하지만 그녀는 안으로 들어갔고, 보닛이나 몸에 걸쳐야 할 다른 옷가지들을 챙기기 위해 심지어 시신 가까이 다가가기까지 했다. 그녀는 일단 문을 닫아 잠그고 열쇠를 챙긴 뒤 바깥 계단에서 옷을 걸쳤다. 그러고선 잠시 계단에 앉아 숨을 가다듬으며 흐느껴 울었고, 이어 자리에서 일어나 서둘러 떠났다.

운 좋게 보닛에 베일이 달려 있었기에 망정이지, 그렇지 않았다면 길거리를 걷다가 십중팔구 불리어 세워졌을 터였다. 또한 운 좋게 그녀의 외모가 원래부터 특이했기에 망정이지, 다른 여인들이었다면 엉망이 된 모양새가 눈에 띄었을 터였다. 그녀에게는 두 가지 이점이 모두 필요했다. 억센 손가락 자국이 얼굴에 깊게 남은 데다, 머리카락은 쥐어뜯기고, 치마는 (떨리는 손으로 급히 매무시를 가다듬긴 했지만) 온갖 방식으로 구겨지고 늘어져 있었으니까.

그녀는 다리를 건너면서 출입문 열쇠를 강에 떨어뜨렸다. 그녀는 동행보다 몇 분 일찍 대성당에 도착했고, 그곳에서 기다리며 생각했다. 열쇠가 벌써 그물에 걸렸으면 어떡하지, 어떤 열쇠인지 알아냈으면 어떡하지, 문을 열고 시신을 찾아냈으면 어떡하지, 검문소에서 붙들려 감옥에 보내지고 살인죄로 기소되면 어떡하지! 이처럼 안절부절 불안한 생각들을 하는 가운데, 동행이 나타나 그녀를 마차에 태우고 출발했다.

"거리에서 어떤 소리든 들리나요?" 그녀가 물었다.

"늘 듣는 소리죠." 크런처 씨가 대답했다. 그는 이런 질문과 그녀의 모습에 놀란 기색이었다.

"무슨 말인지 안 들려요." 프로스 양이 말했다. "뭐라고 하셨죠?"

크런처 씨가 했던 말을 되풀이해도 소용없었다. 프로스 양은 그의 말을 듣지 못했다. "그럼 고개를 끄덕여야겠군." 크런처 씨가 몹시 놀라며 생각했다. "어쨌거나 보이긴 할 테니까." 실제로 그랬다.

"지금은 거리에서 어떤 소리든 들리나요?" 이내 프로스 양이 다시 물었다.

이번에도 크런처 씨는 고개를 끄덕였다.

"저는 하나도 안 들려요."

"한 시간 새에 귀라도 멀었나?" 크런처 씨가 마음이 몹시 심란해져 생각에 잠기며 말했다. "도대체 어떻게 된 거지?"

"마치," 프로스 양이 말했다. "섬광과 함께 굉음이 들렸는데, 그 굉음이 이번 생에서 제가 들을 마지막 소리가 될 것 같아요."

"상태가 진짜 이상한데!" 크런처 씨가 점점 더 심란해져서 말했다. "용기를 내려고 대체 어떤 술을 마셨기에 이러지? 들어봐요! 저 끔찍한 마차들이 덜컹덜컹 굴러가잖아요. 저 소리는 들려요, 프로스 양?"

"안 들려요." 프로스 양이 그가 말을 거는 것을 보고 말했다.

"아무것도. 오, 크런처 씨, 처음에는 거대한 굉음이 났고, 그다음엔 거대한 정적이 흘렀어요. 그런데 그 정적이 불변의 상태로 고정되어 제 삶이 끝날 때까지 영영 깨지지 않을 것 같아요."

"여정의 끝에 거의 다다른 저 끔찍한 마차들의 바퀴 소리가 들리지 않는다면," 크런처 씨가 어깨 너머로 보며 말했다. "내 생각엔 참말로 이번 세상에서는 어떤 소리도 못 듣겠구먼."

그리고 참말로 그녀는 어떤 소리도 듣지 못했다.

15장

발소리가 영원히 사라지다

파리 거리를 따라 죽음의 마차들이 공허하고 거칠게 굴러간다. 여섯 대의 호송 마차가 이날의 포도주를 기요틴으로 실어 나른다. 상상력이 기록되기 시작한 이래 상상된 것들 가운데 온갖 게걸스럽고 탐욕스러운 괴물들을 하나로 융합하여 만들어낸 것이 있었으니, 바로 기요틴이었다. 그럼에도 불구하고 풍요롭고 다양한 토양과 기후를 지닌 프랑스에서 풀잎, 나뭇잎, 뿌리, 잔가지, 후추 열매 등을 무르익게 만드는 그 어떤 조건도 이런 공포를 키워낸 조건보다 확실하지는 못할 터였다. 다시 한번 비슷한 망치 아래 짓밟히고 망가지면, 인간성은 지금처럼 뒤틀리고 일그러진 형태로 변하리라. 다시 한번 탐욕스러운 방종과 억압의 씨앗이 뿌려지면, 틀림없이 그 종류에 따라 똑같은 열매가 맺히리라.

여섯 대의 사형수 호송 마차가 거리를 굴러간다. 그대 강력한 마법사, 시간이여, 이것들을 다시 원래의 형태로 돌려놓으소서. 그러면 이것들은 절대 군주의 사륜마차, 봉건 귀족의 호화 마차, 화려한 요부의 몸단장 공간, 우리 아버지가 거하시는 집이 아니라 도적들의 소굴인 교회, 수백만 굶주린 소작농들의 오두막으로 변하리라! 아니, 창조주의 정해진 명령을 장엄하게 수행하는 위대한 마법사는 그분이 변형시킨 것들을 절대 되돌리지 않는다. 현명한 아라비아 이야기에서 예언자들이 마법에 걸린 자에게 말하노니, "그대가 신의 뜻에 의해 이런 형태로 변했다면, 이대로 있으라! 하지만 그대가 단지 일시적인 주술에 의해 이런 형태를 띠게 되었다면, 그대의 본모습으로 되돌아오라!"[105] 변화도 없이 희망도 없이, 호송 마차들은 굴러간다.

마차 여섯 대의 우울한 바퀴들이 빙글빙글 돌아가면서 거리의 군중 사이에 구불구불 기다란 고랑을 일구는 듯 보인다. 얼굴들의 이랑이 이쪽저쪽으로 쌓이고, 쟁기는 꾸준히 앞으로 나아간다. 집집마다 일반적으로 거주하는 사람들은 이런 광경에 너무 익숙하여 아예 내다보는 사람 한 명 없는 창가도 많고, 어떤 이들은 호송 마차에 실린 얼굴들을 눈으로만 살필 뿐 굳이 일손을 멈추지도 않는다. 이곳저곳에 거주자들이 이런 광경을 구경하러 온 손님들과 있다. 그럴 때면 그는 권위 있는 해설자나 큐레이터

105 《아라비안나이트》의 일화 속에서 공주가 원숭이로 변한 남자에게 말했다. "그대가 마법에 의해 원숭이가 되었다면, 그대의 원래 모습인 인간으로 변하시오."

처럼 짐짓 흡족하게 이 마차 저 마차를 손가락으로 가리키면서, 어제는 여기에 누가 앉았고, 그제는 저기에 누가 앉았는지 설명을 곁들이는 모습이다.

호송 마차에 실린 사형수들의 경우, 어떤 이들은 이런 장면과 마지막 여정에서 보이는 모든 것을 무표정하게 응시한다. 어떤 이들은 세상만사에 미련이 남은 듯한 눈길로 응시한다. 어떤 이들은 고개를 푹 숙인 채 말없이 절망에 빠져 있고, 또 어떤 이들은 겉모습에 워낙 신경을 쓴 탓에 극장이나 그림에서나 보았을 법한 시선을 군중에게 던진다. 몇몇은 두 눈을 감은 채 생각에 잠기거나 떠도는 생각을 다잡으려고 애쓴다. 오직 한 사람, 미치광이 행색의 비참한 인간 한 명만이 극심한 두려움에 취하고 꺾인 나머지, 노래를 부르면서 춤까지 추려고 해댄다. 그들 중 표정으로나 몸짓으로나, 군중의 동정심에 호소하려는 이는 단 한 명도 없다.

잡다한 기수들로 구성된 호위대가 호송 마차와 나란히 말을 달리는데, 자주 사람들의 얼굴이 그들을 올려다보며 어떤 질문을 던진다. 언제나 질문이 같은 모양이다. 항상 질문이 끝나면 사람들이 우르르 세 번째 마차로 몰려갔으니까. 그 마차와 나란히 달리는 기수들은 그 안에 탄 어떤 남자를 종종 검으로 가리킨다. 주요 관심사는, 그자가 누구인지 알고자 하는 것이다. 그자는 호송 마차 뒤편에 서서 한낱 어린 처녀와 이야기를 나누기 위해 고개를 숙인 모습이고, 처녀는 마차 옆쪽에 앉아 그의 손을 잡고 있다. 그는 자신을 둘러싼 광경에는 전혀 호기심이나 관심을 두지 않은 채 줄곧 처녀에게만 이야기한다. 길게 뻗은 생토노레 거리 곳곳에서 그를 비난하는 외침이 인다. 그런 외침이 조금이나마 그에게 어떤 감정을 불러일으켰다면, 그는 그저 조용한 미소를 지으면서 머리카락이 좀 더 얼굴 위로 흘러내리게 고개를 흔들 뿐이다. 양팔이 결박당한 처지이기에 그는 쉽사리 얼굴을 만지지 못한다.

교회 계단에서 사형수 호송 마차의 도착을 기다리며 첩자와 감옥의 양들이 서 있다. 그는 첫 번째 마차를 들여다본다. 그곳에 없다. 두 번째 마차를 들여다본다. 그곳에도 없다. '나를 배신한 건가?'라는 의문이 든 순간 세 번째 마차를 들여다보며 표정이 밝아진다.

"누가 에브레몽드야?" 뒤에 선 사내가 말한다.

"저자. 저기 뒤쪽에."

"여자애가 손을 잡고 있는 사람?"

"그래."

남자가 외친다. "타도, 에브레몽드! 귀족들은 깡그리 기요틴으로! 타도, 에브레몽드!"

"쉿, 그만!" 첩자가 소심하게 말린다.

"왜, 시민 동지?"

"어차피 대가를 치를 거잖아. 5분만 있으면 대가를 치를 텐데. 지금은 그냥 놔두자고."

하지만 남자가 계속해서 "타도, 에브레몽드!"를 외치자, 에브레몽드의 얼굴이 잠시 그쪽을 향한다. 이어 에브레몽드가 첩자를 발견하고 찬찬한 눈빛으로 바라보더니 가던 길을 간다.

시계가 3시를 치고, 군중 사이에 쟁기질 된 고랑이 방향을 선회하면서 처형 장소에 이르러 멈춘다. 마지막 쟁기가 지나가자 이제 이쪽저쪽에 쌓인 군중의 이랑이 우르르 무너지면서 그 뒤로 모여든다. 다들 기요틴까지 따라갈 셈이다. 기요틴 앞에는 마치 공공 유원지라도 되듯 수많은 여인들이 의자에 앉아 부지런히 뜨개질을 하고 있다. 방장스가 맨 앞줄 의자 중 하나 위에 올라서서 두리번두리번 친구를 찾는다.

"테레즈!" 그녀가 새된 목소리로 외친다. "누가 본 사람 없어요? 테레즈 드파르주!"

"지금까지 한 번도 놓친 적이 없는데." 뜨개질하는 자매들 중 한 명이 말한다.

"없죠. 지금도 안 놓쳐요." 방장스가 발끈하여 외친다. "테레즈!"

"더 크게." 여자가 권한다.

아아! 더 크게, 방장스여, 한껏 크게 외치라, 아무리 그런들 그녀는 그대의 말을 듣지 못하리라. 그럼에도 더 크게, 방장스여, 신의 이름을 더럽히는 욕설을 섞어가며 외치라, 아무리 그런들 그녀를 불러오지는 못하리라. 어딘가에서 꾸물대고 있을 그녀를 찾기 위해, 다른 여인들을 보내 샅샅이 뒤지게 하라. 비록 그대의 전령들이 지금껏 무시무시한 짓들을 해왔지만, 그녀를 찾기 위해 자진해서 저세상까지 가지는 못하리라!

"이런 경우가 있나!" 방장스가 의자에서 발을 구르며 외친다. "여기 호송 마차가 도착했는데! 게다가 에브레몽드는 눈 깜짝할 사이에 처치될 텐데 아직도 안 오다니! 뜨개질감도 내 손에 있고, 자리까지 다 맡아놓았는데. 속상하고 실망스러워 울 것 같아!"

방장스가 올라서 있던 의자에서 내려와 울먹일 때 호송 마차가 짐을 내려놓기 시작한다. 성녀 기요틴의 사제들이 예복을 입고 대령하고 있다. 쿵! 머리 하나가 들려 올려지고, 그 머리가 생각하고 말할 수 있던 조금 전까지는 눈길 한번 주지 않던 뜨개질하는 여인들이 숫자를 센다. "하나."

두 번째 호송 마차가 짐을 내려놓고 이동한다. 세 번째가 다가온다. 쿵! 뜨개질하는 여인들은 일손을 멈추거나 머뭇거리는 법도 없이 센다. "둘."

에브레몽드라고 여겨지는 남자가 내리고, 그다음으로 재봉사가 들려서 내려진다. 그는 내릴 때 그녀의 인내심 많은 손을 놓지 않고 약속했던 것처럼 계속 잡고 있다. 끊임없이 휙휙 올랐다가 쿵 떨어지는 기계를 등지도록 그가 그녀를 부드럽게 돌려세우자, 그녀가 그의 얼굴을 바라보며 고맙다고 말한다.

"선생님이 아니었다면, 낯선 분이여, 저는 이렇게 차분하지 못했을 거예요. 원래부터 작고 불쌍한 데다 마음도 약하니까요. 게다가 오늘날 우리가 이곳에서 희망과 위안을 얻을 수 있도록 죽음에 처해지신 그분을 향해, 제 생각을 돌리지도 못했을 거예요. 아마 하늘이 선생님을 제게 보내셨나 봐요."

"아니면 당신을 내게 보내셨거나." 시드니 카턴이 말한다. "나만 바라봐요, 어린 벗이여, 다른 건 걱정하지 말고."

"선생님 손을 잡고 있는 동안에는 아무것도 걱정하지 않아요. 그들이 빨리 끝내준다면, 이 손을 놓을 때도 걱정하지 않을게요."

"빨리 끝날 거예요. 두려워 말아요!"

두 사람은 빠르게 줄어드는 희생자들 가운데 서 있지만, 마치 단둘이 있는 듯 이야기한다. 눈과 눈을, 목소리와 목소리를, 손과 손을, 마음과 마음을 마주한 채, 대지의 어머니가 낳은 이 두 아이는 나머지 면에서는 너무나 동떨어지고 다른 존재이건만, 이제 어둠의 길에서 서로를 만나 함께 집으로 돌아가 어머니의 품속에서 쉬려 한다.

"용감하고 너그러운 벗이여, 마지막으로 질문 하나만 해도 될까요? 저는 너무 무지한 데다 이것 때문에 마음이 쓰여요, 그냥 조금."

"무엇인지 말해봐요."

"제게는 사촌이 하나 있어요. 유일한 친척이고 저처럼 고아인데, 제가 정말 사랑하는 아이예요. 저보다 다섯 살 어리고, 남쪽 지방의 농가에서 살아요. 저희는 가난 때문에 헤어졌는데, 그 애는 제 운명에 대해 아무것도 몰라요, 저는 글을 쓸 줄 모르거든요. 설령 글을 쓸 줄 안다고 해도, 어떻게 그 애에게 말하겠어요!

그냥 이대로가 나아요."

"그래, 맞아요. 이대로가 낫죠."

"제가 여기로 오는 길에 생각했고, 제게 정말 큰 힘을 주는 선생님의 친절하고 강인한 얼굴을 바라보면서 지금도 생각하고 있는 게 있는데요, 바로 이거예요. 만약 정말로 공화국이 가난한 사람들을 이롭게 해서 그들이 덜 굶주리고 모든 면에서 덜 고생하게 된다면, 그 애는 오래 살지도 몰라요. 어쩌면 노인이 될 때까지 살지도 모르죠."

"그렇게 되면요, 착한 누이여?"

"그러면," 너무나 참을성 많고 불평을 모르는 두 눈에 눈물이 차오르고, 살짝 벌어진 입술이 파르르 떨린다. "선생님이나 저나 자비로운 은총으로 더 좋은 곳에서 안식을 취할 거라 믿는데요, 그러면 그곳에서 제가 그 애를 기다릴 때 기나긴 시간으로 느껴질까요?"

"그럴 리가 없어요, 어린 벗이여. 그곳에는 '시간'이 없으니까, 또한 그곳에는 번민도 없으니까."

"선생님 덕분에 정말 마음이 놓여요! 저는 너무 무지해요. 이제 선생님께 입 맞춰야 할까요? 때가 되었나요?"

"그래요."

그녀가 그의 입술에 입을 맞춘다. 그도 그녀의 입술에 입을 맞춘다. 그들은 서로에게 엄숙히 신의 가호를 빈다. 그가 손을 놓았을 때 그녀의 여윈 손은 떨리지 않는다. 참을성 많은 얼굴에는 변함없이 상냥하고 밝은 표정뿐이다. 그보다 앞서 다음이 그녀의 차례다. 그리고 사라진다. 뜨개질하는 여인들이 센다. "스물둘."

"예수께서 이르시되 나는 부활이요 생명이니 나를 믿는 자는 죽어도 살겠고, 무릇 살아서 나를 믿는 자는 영원히 죽지 아니하리니."

웅성웅성 수많은 목소리, 올려다보는 수많은 얼굴, 군중의 끝자락에서 우르르 밀려들어 마치 거대한 파도처럼 한꺼번에 솟구치는 수많은 발소리, 모든 것이 섬광처럼 사라진다. "스물셋."

*

그날 밤 도시 곳곳에서 사람들이 그에 관해 말하길, 그곳에서 그토록 평온한 얼굴은 본 적이 없다고 했다. 숭고하고 예언자 같은 모습이었다고 많은 이들이 덧붙였다.

불과 얼마 전, 같은 칼날 아래 사라진 주목할 만한 희생자 중 한 명—여성—은 같은 처형대 발치에서 자신에게 영감을 주는 생각들을 적게 해달라고 부탁한 바 있었다.[106] 만약 그도 자기 생각을 남겼다면, 그리고 그 생각들이 앞날을 내다보는 것이었다면, 아마도 이런 글이 되지 않았을까.

"나는 본다, 이 징벌 기구가 현재의 효용을 다하기 전에, 바사

106 지롱드파의 핵심 인물인 롤랑 부인은 사형이 집행되기 직전 종이와 펜을 빌려달라고 부탁했지만 거절당하자 다음과 같은 유명한 말을 남기고 처형되었다고 한다. "오! 자유여, 그대의 이름으로 얼마나 많은 죄를 범할 것인가!"

드, 클라이, 드파르주, 방장스, 배심원, 판사, 그리고 옛 압제자들의 파멸을 딛고 부상한 새로운 압제자들의 기나긴 행렬이 이 기구에 의해 처형되는 것을. 나는 본다, 아름다운 도시와 찬란한 사람들이 이 암흑의 구렁텅이에서 다시 일어서는 것을, 그리고 앞으로 긴 세월에 걸쳐, 진정한 자유를 얻기 위한 그들의 투쟁 속에서, 그들의 승리와 패배 속에서, 오늘날의 죄악과 이런 죄악을 낳은 지난날의 죄악이 서서히 속죄를 치르며 사라져가는 것을.

나는 본다, 이제 다시는 보지 못할 영국에서 내 생명을 바쳐 구한 이들이 평화롭고 유익하게 번영하며 행복한 삶을 사는 것을. 그녀가 내 이름을 딴 어린아이를 품에 안고 있는 것을. 그녀의 아버지가 늙고 등이 굽었지만 그 외에는 온전히 회복하여 자신의 진찰실을 찾는 모든 사람을 성심껏 대하며 평화롭게 지내는 것을. 그토록 오랜 시간 그들의 친구였던 선량한 노인이 10년간 더 자신이 가진 모든 것으로 그들의 삶을 풍요롭게 한 뒤 평온히 천국으로 떠나는 것을.

나는 본다, 내가 그들의 마음속에, 그리고 수 세대에 걸쳐 그 자손들의 마음속에 신성하게 자리하는 것을. 늙은 여인이 된 그녀가 매년 오늘이 되면 나를 기리며 흐느껴 우는 것을. 그녀와 남편이 생이 다했을 때 지상의 마지막 침대에 나란히 누운 것을. 그리고 나는 안다, 그들이 서로의 영혼 속에 귀하고 성스럽게 자리한 만큼이나 나 역시 그들의 영혼 속에 그렇게 자리하고 있음을.

나는 본다, 그녀의 품속에 안겨 있던 내 이름을 딴 아이가 어른이 되어 한때 나의 길이었던 인생행로에서 성공을 거두는 것을. 그가 워낙 잘해준 덕분에 그 분야에서 내 이름이 그의 빛에 의해 찬란해진 것을. 내가 남겼던 오점들이 그 이름에서 지워져 사라진 것을. 더없이 공정한 판사이자 명예로운 남자인 그가, 나의 이름을 지닌 또 다른 남자아이, 내게 친숙한 이마와 금빛 머리카락을 지닌 그런 아이를 이곳—그때쯤이면 오늘날의 흉측한 모습은 흔적도 없이 사라지고 바라보기에 아름답게 변한 곳—으로 데려오는 것을. 그리고 나는 듣는다, 그가 아이에게 다정하고 떨리는 목소리로 나에 관해 들려주는 것을.

내가 하는 일은 지금껏 내가 했던 그 어떤 일보다도 훨씬, 훨씬 근사하다. 내가 취하러 가는 안식은 지금껏 내가 알았던 그 어떤 안식보다도 훨씬, 훨씬 근사하다."

| 작품 해설 |

프랑스 혁명을 무대로 한 역사소설

권민정 (번역가)

1.

찰스 디킨스는 19세기 빅토리아 시대 영국에서 대중에게 가장 사랑받은 작가였다. 당시 그의 소설 다수는 주간지나 월간지에 연재된 후 단행본으로 출판되었는데, 주인공의 운명을 궁금해하는 대중은 그의 글이 실리는 날만을 손꼽아 기다렸으며, 글을 알지 못하는 이들은 푼돈을 각출하여 낭독을 들었다고 한다. 디킨스 본인도 대중의 요구에 부응해 수년간 공개 낭독 여행을 다녔다. 당시 〈가디언〉에 따르면, 그가 등장인물들의 목소리를 얼마나 실감나게 연기했던지 극적인 장면에서는 기절하는 이마저 나왔다고 한다. 또한 낭독회 표를 구하기 위해 암표상이 등장했을 정도라고 하니, 그 인기가 얼마나 대단했는지 짐작할 수 있다.

디킨스가 이처럼 대중의 열광적인 사랑과 지지를 받았던 것은 그가 사회의 그늘에 자리한 빈곤층과 소외 계층에 한결같이 관심을 기울였기 때문이었다. 그는 작품을 통해 빈곤층에 대한 착취와 억압을 묘사하면서 공공기관의 무능과 부패를 신랄하게 비판했고, 아동 인권과 교육, 사회 개혁에 힘을 쏟았다. 이것은 본인의 경험과 무관하지 않았다. 해군 경리국의 하급 관리였던 아버지가 빚을 갚지 못해 채무자 감옥에 갇히자, 그 역시 제대로 교육도 받지 못한 채 열두 살 때부터 런던의 한 구두약 공장에서 하루 열 시간의 노동을 감내해야 했으니까. 이 시절의 경험은 훗날 그가 작품 속 인물들의 비참한 상황을 사실적으로 그려내는 바탕이 되었다.

디킨스의 소설은 크게 한 주인공의 성장을 중심으로 전개되는 전기 작품과, 다수의 인물을 등장시켜 사회 비판적 메시지를 전하는 후기 작품으로 나뉜다. 《두 도시 이야기》는 후기 작품에 속하는 한편으로 그가 남긴 열다섯 편의 장편 소설 중 두 편에 불과한 역사소설이기도 하다.

2.

최고의 시절이었고, 최악의 시절이었고, 지혜의 시대였고, 어리석음의 시대였고, 믿음의 세기였고, 불신의 세기였고, 빛의 계절이었고, 어둠의 계절이었고, 희망의 봄이었고, 절망의 겨울이었고, 우리 앞에 모든 것이 있었고, 우리 앞

> 에 아무것도 없었고, 우리는 모두 천국을 향해 똑바로 나아가고 있었고, 우리는 모두 천국을 등진 채 반대로 나아가고 있었다. _1부 1장 중에서

《두 도시 이야기》의 유명한 도입부이다. 디킨스는 모순으로 가득했던 시절을 압축하여 보여주려는 듯 믿음과 불신, 빛과 어둠, 희망과 절망으로 상반되는 열네 개의 문장을 한 숨에 뱉어낸다. 그는 소설 전반에 걸쳐 여러 대조와 상징을 사용하는데, 시대적 배경이 프랑스 혁명기인 만큼 빈부 격차, 사회계층의 대조가 두드러진다. 그는 당시 프랑스 농촌의 가난한 실상을 이렇게 묘사한다.

> 마을에는 가난한 길이 하나 나 있고, 가난한 양조장, 가난한 무두질 작업장, 가난한 선술집, 역마를 교체하기 위한 가난한 마구간 마당, 가난한 샘터, 일상적으로 존재하는 모든 가난한 설비들이 있었다. 또한 가난한 사람들도 있었다. 그곳의 사람들은 모조리 가난했는데, 그중 많은 이들이 문간에 앉아 저녁에 먹을 빈약한 양파 따위를 썰거나, 샘터에서 이파리나 풀이나 땅에서 나는 것 중 빈약하나마 뭐든 먹을 만한 것들을 씻고 있었다. 그들이 무엇 때문에 가난한지 드러내는 표시는 부족하지 않았다. 국가에 내는 세금, 교회에 내는 세금, 지주에게 내는 세금,

> 지방세와 일반세 등등 작은 마을에 엄숙하게 새겨진 글귀에 따르면 이곳에도 세금 저곳에도 세금이었기에, 아직 살아남은 마을이 있다는 사실이 놀라울 정도였다. _2부 8장 중에서

실제로 혁명 직전의 앙시앵 레짐 프랑스는 심각한 재정난에 허덕이고 있었다.[107] 경제 발전은 정체되고 국가 부채는 눈덩이처럼 불어나는 가운데, 엎친 데 덮친 격으로 기록적인 가뭄과 홍수, 추위가 수년에 걸쳐 전국을 강타했다. 잇따른 흉년으로 굶주림에 시달리는 민중을 더더욱 괴롭힌 것은 세금이었다. 왕실에 돈을 빌려준 대가로 일정한 영지에서 세금을 걷는 수조권을 획득한 귀족 혹은 부르주아들이 그들을 가혹하게 쥐어짰기 때문이었다. 반면에 면세 특권을 누리는 귀족들은 호화로운 생활을 영위하고 있었다. 디킨스는 코코아 한 잔을 마시기 위해 번쩍이는 제복을 입은 시종 네 명의 보필을 받는 대귀족 나리의 모습과 더불어, 상류층의 무능과 부패를 신랄하게 묘사한다.

> 군사 지식이 결핍된 육군 장교들, 배에 관해 아무것도 모르는 해군 장교들, 공무 개념조차 없는 공무원들, 눈빛이 음탕하고 입이 경박하고 삶은 더 경박한 최악의 속물근

107 나무위키 〈프랑스 혁명〉 참고.

성을 지닌 철면피 성직자들. 하나같이 각자의 소명에 철저히 무능했고, 하나같이 각자의 소명에 적임자인 듯 지독하게 거짓말을 해댔지만, 하나같이 가깝든 멀든 대귀족 나리의 집단에 속한 자들이었고, 그리하여 뭐든 잇속을 챙길 수 있는 공직 자리를 부당하게 꿰차고 앉은 자들이었다. _2부 7장 중에서

《두 도시 이야기》에서 디킨스가 프랑스 혁명을 다루는 방식은 피상적이라는 비판을 받기도 했다. 당시 유럽의 복잡한 정치 상황을 무시한 채 억압받는 민중과 착취하는 귀족의 구도로 단순화시켰다는 것이다. 실제로 이런 한계가 있음에도 불구하고《두 도시 이야기》에서 디킨스가 전하려는 메시지는 분명했다. 그가 반복해서 사용한 "뿌린 대로 거둔다"는 비유는 부당한 억압과 착취라는 "씨앗"을 뿌리면 언제든 혁명이라는 "수확"을 거두게 될 거라는 경고, 정확히 말하면 영국 상류층에 대한 경고였다.

3.

《두 도시 이야기》를 분석한 여러 자료에서 중요하게 다루는 상징 중 하나는 '부활과 죽음'이다. 실제로 이 소설은 마네트 박사의 부활로 시작하여 시드니 카턴의 부활로 끝맺는 긴밀한 구조로 이루어진다.

이야기는 영국인 은행원 자비스 로리 씨가 누군가를 '되살리

기' 위해 프랑스로 건너가면서 시작된다. 그가 되살리려는 대상은 아무 죄도 없이 18년간 바스티유에 갇혀 있던 옛 고객인 마네트 박사다. 감옥에 산 채로 매장되어 있던 박사는 전도유망한 젊은 의사였던 옛 모습은 흔적도 없이 정신과 육신이 피폐해져 껍데기만 남은 모습이다. 그런 그는 영국으로 건너와 딸 루시 마네트의 보살핌 아래 '되살아나게' 된다.

마네트 박사가 죽음의 문턱에서 되살아났다면, 시드니 카턴은 죽음을 받아들임으로써 부활한다. 소설 속에서 카턴은 다른 인물들과 뚜렷이 대비된다. 다른 인물들이 이상적인 가치를 지니고 바르게 살아가는 정형적인 모습을 보이는 데 반해, 카턴은 방탕하고 무심한 겉모습 아래 깊은 상처를 숨긴 인물이다. 그는 삶을 고역이라 말한다. 그에게 삶은 아무런 의미가 없다. 디킨스는 그의 서글픈 모습을 이렇게 묘사한다.

> 슬프게, 슬프게, 태양이 떠올랐다. 떠오르는 태양 아래 이 남자보다 슬픈 광경도 없었으니, 훌륭한 능력과 훌륭한 감정을 지녔음에도 그것을 제대로 발휘하지 못하고, 자신을 돕거나 행복을 챙기지도 못하며, 무엇이 자신을 좀먹는지 알면서도 그것이 자신을 먹어치우도록 체념해버린 터였다. _2부 5장 중에서

하지만 그는 루시 마네트를 만나면서 한 가지 삶의 목적을 지

니게 된다. 그것은 자신의 목숨을 바쳐서라도 그녀를 지켜주는 것, 혹은 그녀가 사랑하는 사람을 그녀 곁에 지켜주는 것이었다. 그는 찰스 다네이 대신 죽음을 맞이함으로써 지상에서의 고단했던 삶을 내려놓고 사람들의 가슴속에서 되살아난다. 카턴의 희생은 디킨스의 작품들 가운데에서도 단연 극적이고 논란거리가 된 장면이었다. 이 작품의 연재를 손꼽아 기다렸던 대중이 그의 처형 장면에서 어떤 탄식을 내뱉었을지 상상되지 않는가.

4.

디킨스는 종종 작품 속에서 어떤 사회악에도 물들지 않는 고결한 성품을 지닌 인물을 설정하여 추악한 사회 현실과 대비시키곤 했다. 《두 도시 이야기》에서 온화하고 아름다운 루시 마네트는 빅토리아 시대의 이상적인 여인상이다. 오늘날의 시각으로 보면 연약해 보일 수도 있지만 사실 그녀는 연민이라는 진정한 힘을 지닌 인물이다. 그녀는 기나긴 투옥 생활로 몸과 정신이 피폐해진 마네트 박사, 선대의 악행을 바로잡으려다 끊임없이 위험에 내몰리는 찰스 다네이, 무기력하고 메마른 삶을 이어가는 시드니 카턴을 진심으로 가엾게 여기고 도우려 한다. 그녀의 따뜻한 연민은 그들의 상처를 어루만지고 치유한다.

루시 마네트의 대척점에 있는 인물은 찰스 다네이의 숙부인 후작이다. 후작은 연민이 결여된 인간으로 묘사된다. 그는 쾌락을 위해 소작농 일가를 죽음으로 내몰고, 증거를 없애기 위해 마네트 박사를 감옥에 가두고, 난폭한 마차 질주로 어린아이를 죽이고서도 아무런 양심의 가책을 느끼지 않는다. 그것은 후작의 쌍둥이 형이자 찰스 다네이의 아버지 역시 마찬가지였다. 그는 죽어가는 소작농 소년 앞에서 어떤 동정심도 느끼지 못한다. "그저 신분이 천한 놈이 그곳에서 죽어가고 있다는 불편함, 그리고 버러지면 버러지답게 평소의 미천한 일상 속에서 뒈지면 좋았을 거라는 생각"만을 드러낸다.

후작 형제가 선천적으로 혹은 기형적인 특권 의식 때문에 연민이 결여된 인간들이라면, 드파르주 부인은 후천적으로 연민을 잃은 경우였다. 그녀는 후작 형제 때문에 부당하게 가족을 잃은 뒤 그들의 일족을 몰살하고자 하는 집념에 사로잡힌다. 그녀의 맹목적인 복수심은 올바른 판단을 상실하고 잘못된 대상을 향한다. 디킨스는 그녀를 이렇게 묘사한다.

> 하지만 부당함에 대한 음울한 자각, 그리고 계급에 대한 뿌리 깊은 적개심을 어린 시절부터 키워온 탓에 그녀는 기회가 되자 암호랑이로 변했다. 그녀에게 동정심 따위는 전혀 없었다. 설령 그런 미덕을 지닌 적이 있었다고 해도 지금은 모두 사라진 터였다. 결백한 남자가 조상들의 죄 때문에 죽어야 한다는 것, 그건 그녀에게 아무것도 아니었다. 그녀 눈에 보이는 건 그들이었지, 그가 아니었으니까. 그의 아내가 남편을 잃고 딸은 아비를 잃게 되

는 것, 그것 역시 아무것도 아니었다. (……) 그녀에겐 상대에 대한 연민, 심지어 자기 자신에 대한 연민조차 없었기에 그녀의 마음에 호소하는 것은 아무 소용도 없었다.
_3부 14장 중에서

프랑스 혁명이라는 거센 역사적 소용돌이를 배경으로 디킨스가 궁극적으로 이야기하고자 한 것은 개개인의 선한 힘이다. 소설 속 인물들은 목숨을 무릅쓰고 지키고자 하는 어떤 대상과 신념을 갖고 있다. 마네트 박사가 후작 형제의 행위를 고발한 것은 부당한 행위를 묵과할 수 없는 양심을 지녔기 때문이었다. 찰스 다네이가 혁명의 프랑스로 되돌아간 것은 옛 하인의 간청을 저버릴 수 없는 신의와 정의감에서였다. 그 외에도 자비스 로리는 평생 몸담은 은행에 대한 충성심에서, 프로스 양은 어린 시절부터 보살펴온 마네트 양에 대한 애정에서 기꺼이 고난을 선택한다. 소설의 막바지에 이르러 마네트 가족을 지키려는 프로스 양과 그들을 파괴하려는 드파르주 부인의 몸싸움은 필연적으로 프로스 양의 승리로 끝난다. 디킨스가 말하듯 "사랑은 언제나 미움보다 큰 힘을 지녔기" 때문이리라.

5.

고전을 번역하는 일은 쉽지 않은 작업이다. 언어의 벽에 더해, 현재와는 너무나 다른 시공간의 벽이 존재하기 때문이다. 번역은 등가를 맞추는 작업이라 생각한다. 160여 년 전 이 책을 읽었을 영국 독자들과 오늘날 이 책을 읽을 한국 독자들 사이에 필연적으로 존재할 배경지식의 차이를 최대한 줄이고자 했다.

이 과정에서 《주석 달린 두 도시 이야기The Annotated A Tale of Two Cities》의 도움을 많이 받았다. 당시 영국과 프랑스의 정치·사회 상황뿐 아니라 시간이 흐르면서 뜻이 달라진 어휘 용례 등이 자세히 실려 있어 오역을 피할 수 있었다. 또한 고전문학을 현대 영어로 풀어낸 사이트 SparkNotes와 소설 속 어휘와 문장에 대해 토론한 WordReference Forums의 도움도 컸다.

《두 도시 이야기》는 출간된 이래 지금까지 2억 부 이상이 팔린 역대 최고의 베스트셀러이며, 오늘날에도 꾸준히 영화, 연극, 뮤지컬, 오페라로 제작되고 있다. 모든 고전이 그러하겠지만, 이 책이 시공간을 넘어 사랑받는 것은 보편적인 인간성에 대한 공감이 있기 때문이 아닐까 싶다. 인류가 존재하는 한 부유한 자와 가난한 자, 억압하는 자와 억압받는 자, 기득권을 지키려는 자와 새로운 사회를 꿈꾸는 자는 계속 존재할 테니까. 그리고 무엇보다도 쓸쓸한 지상에서 삶의 의미가 되어줄 무언가를 찾으려는 이와 자신에게 소중한 것을 지키려는 이는 앞으로도 영원히 존재할 테니까.

찰스 디킨스 연보

2월 7일 영국 포츠머스에서 해군 경리국 직원으로 일하던 존 디킨스와 엘리자베스 디킨스의 여덟 자녀 중 둘째로 태어남.	1812
아버지의 근무지인 켄트 주 채텀으로 이주, 불우한 어린 시절 중 비교적 행복한 시기를 보냄.	1817
경제적 어려움으로 인해 이사를 반복하던 가족이 런던 캠던 타운에 정착. 디킨스는 남은 학기를 마치기 위해 채텀에 좀 더 머물다 홀로 런던으로 향함. 이때의 런던 풍경이 평생토록 깊은 인상을 남김.	1822
아버지가 빚을 지고 채무자 감옥에 세 달 동안	1824

수감됨. 당시 관례에 따라 가족들이 감옥에 함께 거주하게 되자, 디킨스는 홀로 하숙을 하며 구두약 공장에서 일함. 매일 10시간씩 일하며 주당 6실링을 받았던 혹독한 경험이 후일 여러 작품의 토대가 됨. 아버지가 유산을 상속받게 되면서 부채를 해결하고 디킨스는 학업을 재개함.

1827

집안 사정으로 학교를 다시 그만두고 변호사 사무실의 사환으로 근무.

1832

속기법을 익힌 후 의회의 속기 기자로 근무. 《데이비드 코퍼필드》의 '도라'의 모델로 알려진 마리아 비드넬을 만나 사랑에 빠지나 비드넬의 부모가 그녀를 파리로 유학 보내면서 헤어짐.

1833

《먼슬리 매거진》에 첫 단편 〈포플러 거리의 만찬〉 발표.

1834

《모닝 크로니클》에서 기자로 근무. '보즈'라는 필명으로 런던의 일상을 그린 단편들을 발표하여 상당한 인기를 얻음.

1835

《이브닝 크로니클》의 편집인 조지 호가스의 딸 캐서린과 약혼.

1836 《보즈의 스케치》

첫 작품집 《보즈의 스케치》 출간. 4월, 캐서린 호가스와 결혼.

1월, 열 자녀 중 첫째 찰리 출생. 동생 프레더릭과 처제 메리와 함께 블룸즈버리에 정착. 같은 해 갑작스러운 죽음을 맞이한 메리는 이후 《오래된 골동품 상점》의 '넬'을 비롯한 여러 여주인공들의 모델이 됨. 6월, 연재소설 형식으로 발표되었던 첫 장편 《픽윅 클럽 여행기》가 단행본으로 출간되어 4만 부라는 당시로서는 획기적인 판매를 이룸. 12월, 문예 잡지 《벤틀리스 미셀러니》의 초대 편집장을 맡음.

1837 《픽윅 클럽 여행기》

1837년부터 1839년까지 매달 《벤틀리스 미셀러니》에 연재되었던 《올리버 트위스트》 출간. 어린아이를 주인공으로 한 빅토리아 시대 최초의 소설인 이 작품은 다수의 표절작이 나올 정도로 큰 인기를 끔.

1838 《올리버 트위스트》

세 번째 장편 《니컬러스 니클비》 출간. 런던 리젠트 파크로 이사.

1839 《니컬러스 니클비》

장편 《오래된 골동품 상점》과 첫 역사소설 《바너비 러지》 출간.

1841 《오래된 골동품 상점》
《바너비 러지》

1월부터 6월까지 북미 지역 방문. 극진한 환대를 받았으나 노예제도 등에 부정적인 인상을 받음. 귀국 후 여행기 《아메리칸 노트》 출간.

1842 《아메리칸 노트》

12월 19일 《크리스마스 캐럴》 출간. 일주일 만에 6천 부가 판매되는 큰 성공을 거둠. 이 작품을 시작으로 1848년까지 매년 12월 크

1843 《크리스마스 캐럴》

리스마스 서적을 출간(《돔비와 아들》 연재로 바빴던 1847년 제외).

1844 《마틴 처즐위트》 《종소리》

《마틴 처즐위트》 출간. 가족과 함께 이탈리아, 스위스, 프랑스를 여행. 두 번째 크리스마스 서적 《종소리》 출간에 앞서 잠시 런던으로 귀국, 친구들 앞에서 낭독회를 가짐.

1845 《화롯가의 귀뚜라미》

가족들과 함께 이탈리아에서 돌아옴. 세 번째 크리스마스 서적 《화롯가의 귀뚜라미》 출간.

1846 《이탈리아의 초상》 《생의 전투》

여행기 《이탈리아의 초상》과 네 번째 크리스마스 서적 《생의 전투》 출간.

1847

집 없는 여성들의 쉼터인 '우라니아 코티지'를 설립하고 운영을 도움.

1848 《돔비와 아들》 《유령의 선물》

1846년부터 1848년까지 매달 연재되었던 《돔비와 아들》 출간. 12월, 마지막 크리스마스 서적 《유령의 선물》 출간.

1850 《데이비드 코퍼필드》

주간지 《하우스홀드 워즈》 발간. 1849년부터 1850년까지 연재했던 《데이비드 코퍼필드》 출간.

1851

《하우스홀드 워즈》에 〈영국 어린이의 역사〉를 정기적으로 기고. 12월 호에 수록된 〈늙어가는 우리에게 크리스마스란 무엇인가〉를 시작으로 1858년까지 매년 12월 호에 크리스마스 단편을 게재.

아홉 번째 장편 《블릭 하우스》 출간. 첫 번째 자선 낭독회 개최.	1853 《블릭 하우스》
《하우스홀드 워즈》에 《어려운 시절》 연재를 마치고 출간.	1854 《어려운 시절》
《리틀 도릿》 출간. 윌키 콜린스의 연극 〈얼어붙은 바다〉에 출연하면서 배우 엘런 터넌과 사랑에 빠짐.	1857 《리틀 도릿》
아내 캐서린과 별거. 낭독회를 점차 확대해 나감. 4월부터 다음 해 2월까지 영국 49개 도시에서 129차례의 낭독회를 개최.	1858
주간지 《올 더 이어 라운드》 발간. 4월 호부터 매주 《두 도시 이야기》 연재 후 출간. 12월 호에 수록된 〈귀신 들린 집〉을 시작으로 1867년까지 매년 12월 호에 크리스마스 관련 단편을 발표.	1859 《두 도시 이야기》
1860년부터 1861년까지 《올 더 이어 라운드》에 연재했던 열세 번째 장편 《위대한 유산》 출간. 초자연 현상에 대한 관심으로 '유령 클럽'의 멤버로 가입.	1861 《위대한 유산》
엘런 터넌과 파리 여행에서 돌아오던 중 열차 전복 사고를 겪음. 외상은 없었으나 큰 충격	1865 《우리 공통의 친구》

을 남긴 경험이었고, 이후 단편 〈신호수〉를 비롯한 몇몇 환상·공포 소설들의 토대가 됨. 디킨스 생전의 마지막 장편 《우리 공통의 친구》 출간.

1867

두 번째 미국 여행을 떠남. 이 기간 중 에머슨, 롱펠로 등 저명한 작가들과 만남. 워싱턴, 뉴욕 등지에서 70여 차례의 낭독회를 개최하여 1만 9천 파운드의 수익을 올림. 계속되는 강연으로 스스로 '미국 카타르'라고 불렀던 염증에 시달림.

1868

4월, 강연 수익과 관련된 연방법 등의 문제로 영국으로 귀국. 10월, 영국 전역에 걸쳐 진행될 고별 낭독회 시작. 과도한 일정으로 건강이 더욱 악화됨.

1869

4월, 낭독회 일정을 소화하던 중 랭커셔 프레스턴에서 마비 증세를 겪고 쓰러짐. 의사의 조언에 따라 낭독회 취소. 열두 권의 대작으로 기획된 미스터리 소설 《에드윈 드루드의 미스터리》 집필 시작.

1870

런던 세인트 제임스 홀에서 열린 고별 낭독회에서 《크리스마스 캐럴》과 《픽윅 클럽 여행기》를 낭독함. 6월 8일, 《에드윈 드루드의 미스터리》 집필 도중 심장마비로 쓰러져 의식을 회복하지 못하고 다음 날 영면. 소박한 장례를 원했던 본인의 바람과는 달리, "그의 죽음으로 영국은 가장 위대한 작가를 잃었다"는 찬사와 더불어 셰익스피어, 초서, 밀턴 등과 함께 웨스트민스터 대성당의 시인 묘역에 안장됨.

옮긴이 **권민정**

이화여대 영어교육학과와 동대학 통번역대학원 한영번역학과를 졸업했다. 현재 전문번역가로 일하고 있으며, 옮긴 책으로 제인 오스틴의 《이성과 감성》, 워싱턴 어빙의 《슬리피 할로우의 전설》, 캐런 러셀의 《늪 세상》, 레이프 엥거의 《강 같은 평화》, 오스네 사이에르스타드의 《카불의 책장수》, 로알드 달의 《기상천외한 헨리 슈거 이야기》, 트레이시 슈발리에의 《여인과 일각수》 등이 있다.

찰스 디킨스 선집

두 도시 이야기

초판 1쇄 발행일 2020년 3월 24일
초판 6쇄 발행일 2024년 8월 15일

지은이 찰스 디킨스
옮긴이 권민정

발행인 조윤성

편집 조예원 **디자인** 서윤하 **마케팅** 서승아
발행처 ㈜SIGONGSA **주소** 서울시 성동구 광나루로 172 린하우스 4층(우편번호 04791)
대표전화 02-3486-6877 **팩스(주문)** 02-585-1755
홈페이지 www.sigongsa.com / www.sigongjunior.com

ISBN 978-89-527-5107-2 04840
ISBN 978-89-527-5106-5 (세트)

*SIGONGSA는 시공간을 넘는 무한한 콘텐츠 세상을 만듭니다.
*SIGONGSA는 더 나은 내일을 함께 만들 여러분의 소중한 의견을 기다립니다.
*잘못 만들어진 책은 구입하신 곳에서 바꾸어 드립니다.